CROOKED KINGDOM

LEIGH BARDUGO

CROOKED KINGDOM

Tradução
Eric Novello

Planeta minotauro

Título original: *Crooked Kingdom*

Preparação: Paula Passarelli
Revisão: Nilce Xavier, Mariana Paixão e Elisa Martins
Projeto gráfico e diagramação: Maria Beatriz Rosa e Vivian Oliveira
Mapa: Keith Thompson
Ilustrações de capa: Shutterstock
Capa: adaptada do projeto original
Adaptação de capa: Isabella Teixeira

Dados Internacionais de Catalogação na Publicação (CIP)
Angélica Ilacqua CRB-8/7057

Bardugo, Leigh
Crooked Kingdom / Leigh Bardugo ; tradução de Eric Novello. - São Paulo : Planeta do Brasil, 2025.
528 p.

ISBN 978-85-422-3186-1
Título original: Crooked Kingdom

1. Ficção norte-americana I. Título II. Novello, Eric

25-0484 CDD 813

Índice para catálogo sistemático:
1. Ficção norte-americana

2025
Todos os direitos desta edição reservados à
Editora Planeta do Brasil Ltda.
Rua Bela Cintra, 986, 4º andar – Consolação
São Paulo – SP CEP 01415-002
www.planetadelivros.com.br
faleconosco@editoraplaneta.com.br

Para Holly e Sarah, que me ajudaram a construir;
Noa, que garantiu que as paredes continuassem de pé;
Jo, que me manteve de pé também.

A ILHA ERRANTE
ROTA DOS OSSOS
JELKA
VILKI
NOVYI ZEM
WEDDLE
Enseada de Reb
Enseada de Eames
Mar Real
PORTO SHRIFT
CABO DE EAMES
COFTON
KETTERDAM
BELENDT
COLÔNIAS DO SUL
KERCH

KENST HJERTE
Isenvee
HJAR
LING
OVERÜT
Rio Stelge
AVFALLE
GÄFVALLE
KEJERUT
GJELA
FELSTED
FJERDA
ELBJEN
PERMAFROST
DJERHOLM
HALMHEND
CHERNAST
TSIBEYA
RAVKA
ULENSK
ARKESK
UDOVA
NOVO-
KRIBIRSK
Não
Mar
ADENA
Rio Sokol
RYEVOST
OS ALTA
KRIBIRSK
BALAKIREV
OS
KERVO
POLIZNAYA
SIKURSK
IVETS
KERAMZIN
Rio Obol
TSEMNA
CARYEVA
SHU HAN
KOBA
BHEZ JU
AHMRAT JEN

Os Grishas

Soldados do Segundo Exército
Mestres da Pequena Ciência

Corporalki

(a ordem dos vivos e dos mortos)
Sangradores
Curandeiros

Etherealki

(a ordem dos conjuradores)
Aeros
Infernais
Hidros

Materialki

(a ordem dos fabricadores)
Durastes
Alquimistas

PARTE I

ABANDONADO

1. Retvenko

Retvenko se apoiou no bar e enfiou o nariz no copo imundo. O uísque não tinha conseguido aquecê-lo. Nada poderia aquecê-lo naquela cidade abandonada pelos Santos. E não havia como escapar do cheiro sufocante de água parada, mariscos e pedra molhada que parecia ter impregnado seus poros como se ele tivesse sido mergulhado na essência da cidade, um sachê humano na pior das xícaras de chá. Era mais notável no Barril, ainda mais num buraco miserável como aquele – uma taverna achatada e encaixada no piso inferior de um dos edifícios mais sombrios da favela de apartamentos, seu teto curvado pelo clima e por uma construção de má qualidade, suas vigas enegrecidas pela fuligem de uma lareira que havia muito já não funcionava, a chaminé entupida por detritos. O piso estava coberto de serragem para absorver cerveja, vômito e tudo mais que os fregueses derrubavam quando perdiam o controle. Retvenko se perguntou há quanto tempo as placas tinham sido varridas. Ele enterrou ainda mais o nariz no copo, inalando o doce perfume de uísque barato. Aquilo fez seus olhos se encherem de água.

— Isso é para beber, não para cheirar — disse o garçom com uma risada.

Retvenko baixou o copo e olhou para o homem. Ele tinha o pescoço grosso e um torso cilíndrico, um verdadeiro brutamontes. Retvenko o tinha visto arremessar mais de uma vez algum freguês inconveniente para fora do bar, mas era difícil levá-lo a sério quando usava aquelas roupas que eram moda entre os jovens do Barril – uma camisa rosa com mangas que pareciam prestes a explodir sobre os enormes bíceps e um colete xadrez vermelho e laranja berrante. Ele parecia um caranguejo dândi.

— Diga-me — começou Retvenko. Para começo de conversa, seu kerch não era bom, e ficava ainda pior depois de alguns drinques. — Por que a cidade cheira tão mal? Como sopa velha? Como pia cheia de pratos?

O garçom riu.

— É apenas Ketterdam. Você acaba se acostumando.

Retvenko sacudiu a cabeça. Ele não queria se acostumar com a cidade nem com seu fedor. Seu trabalho com o Conselheiro Hoede tinha sido um saco, mas pelo menos os quartos eram secos e aquecidos. Como um valioso servo Grisha, Retvenko fora mantido com conforto, com a barriga cheia. Havia reclamado de Hoede na época, entediado com o trabalho de pastoreio de embarques de cargas caras do mercador pelo mar, ressentindo-se pelos termos de seu contrato, a barganha tola que havia feito para sair de Ravka depois da guerra civil. Mas e agora? Agora ele não conseguia deixar de pensar na oficina Grisha na casa de Hoede, no fogo queimando alegremente na lareira, no pão integral servido com blocos de manteiga e grossas fatias de presunto. Depois da morte de Hoede, o Conselho Mercante de Kerch tinha deixado Retvenko trabalhar em viagens marítimas para quitar seu contrato de servidão. O dinheiro era péssimo, mas quais seriam as outras opções? Ele era um Grisha Aero em uma cidade hostil com nenhum talento além dos dons com os quais havia nascido.

— Mais um? — o garçom perguntou, apontando para o copo vazio de Retvenko.

Retvenko hesitou. Não devia desperdiçar seu dinheiro. Se fosse esperto com suas economias, só precisaria se alugar para mais uma viagem, quem sabe duas, e teria dinheiro suficiente para quitar seu contrato de servidão e comprar uma passagem para Ravka em um cais de terceira classe. Era tudo o que ele precisava. Ele era esperado nas docas em menos de uma hora. Havia previsão de tempestades, então a tripulação confiaria em Retvenko para comandar as correntes de ar e guiar o navio calmamente para qualquer porto que fosse preciso alcançar. Ele não sabia para onde iria, mas também não se importava. O capitão passaria as coordenadas, e Retvenko inflaria as velas ou acalmaria os céus. E então receberia seu pagamento. Mas os ventos não tinham ganhado força ainda. Talvez ele pudesse dormir durante a primeira metade da viagem. Retvenko bateu no balcão e assentiu. O que mais ele podia fazer? Ele merecia algum conforto neste mundo.

— Não sou garoto de mensagens — ele murmurou.

— O que foi? — perguntou o garçom servindo outra dose.

Retvenko acenou com a mão, dispensando-o. Aquela pessoa, aquele sujeito grosseiro e comum, nunca entenderia. Ele trabalhava duro na obscuridade. Esperando pelo quê? Uma moeda extra no bolso? O olhar de uma garota bonita? Ele não conhecia nada da glória em batalha, o que havia para ser reverenciado.

— Você é ravkano?

Apesar do borrão confuso que o uísque havia criado, Retvenko subitamente ficou alerta.

— Por quê?

— Por nada. É que você soa ravkano.

Retvenko disse a si mesmo para relaxar. Muitos ravkanos passavam por Ketterdam à procura de trabalho. Não havia nada nele que dissesse que era um Grisha. Sua covardia o encheu de desgosto, com ele mesmo, com o garçom, com a cidade. Queria se sentar e apreciar sua bebida. Não havia ninguém no bar para pular em cima dele, e, apesar dos músculos do garçom, Retvenko sabia que poderia lidar facilmente com ele. Mas, quando se é um Grisha, mesmo permanecer em silêncio podia significar cortejar problemas. Havia mais rumores de desaparecimentos em Ketterdam recentemente, Grishas sumindo das ruas, de suas casas, provavelmente capturados por traficantes de escravos e vendidos pela oferta mais alta. Retvenko não deixaria que isso acontecesse, não quando estava tão perto de comprar seu retorno para Ravka.

Ele baixou o uísque, bateu uma moeda no balcão e se levantou. Não deixou gorjeta. Um homem podia trabalhar para ganhar a vida. Retvenko se sentia um pouco vacilante quando saiu do bar, e o cheiro úmido do ar não ajudou. Baixou a cabeça e se pôs em direção ao Quarto Porto, deixando que a caminhada limpasse sua mente. *Mais duas viagens*, repetiu para si mesmo, *mais algumas semanas no mar, e mais alguns meses nessa cidade*. Encontraria um jeito de tornar isso suportável. Ele se perguntou se algum dos seus antigos amigos poderia estar esperando por ele em Ravka. Dizia-se que o jovem rei estava distribuindo perdões como se fossem doces baratos, ansioso para reconstruir o Segundo Exército, a força militar Grisha que havia sido dizimada pela guerra.

— Só mais duas viagens — disse em voz alta, batendo as botas contra a umidade da primavera. Como podia estar tão frio e úmido no fim do ano?

Viver naquela cidade era como estar aprisionado na axila de um gigante de gelo. Ele passou ao longo do Grafcanal, sentindo calafrios ao avistar a Ilha do Véu Negro enfiada na curva da água. Foi ali que os kerches ricos tinham enterrado seus mortos no passado, em pequenas casas de pedra acima do nível da água. Alguma proeza do clima havia mantido a ilha envolta em névoas que se moviam, e havia rumores de que o lugar era assombrado. Retvenko apertou o passo. Não era um homem supersticioso – quando se tem poderes como aqueles, não há razão para temer o que pode estar à espreita nas sombras –, mas quem gosta de passar perto de um cemitério?

Protegeu-se ainda mais com o casaco e acelerou descendo a Havenstraat, mantendo-se atento aos movimentos em cada ruela sinuosa. Logo estaria de volta a Ravka, onde poderia passear pelas ruas sem medo. Presumindo que receberia o perdão.

Retvenko se contorceu desconfortável no casaco. A guerra havia colocado Grishas contra Grishas, e seu lado tinha sido particularmente brutal. Ele havia assassinado alguns camaradas antigos, civis e até mesmo crianças. Mas o que estava feito não podia ser desfeito. Rei Nikolai precisava de soldados, e Retvenko era um soldado muito bom.

Ele assentiu uma vez para o guarda escondido na pequena guarita na entrada do Quarto Porto e olhou por sobre o ombro, certificando-se de que não havia sido seguido. Seguiu seu caminho passando pelos contêineres de carga e chegou às docas, encontrou o cais apropriado e permaneceu na fila para se registrar com o imediato. Retvenko o reconheceu de viagens passadas, sempre atormentado e de mau humor, o pescoço magricelo se projetando para fora da gola do casaco. Ele segurava uma pilha grossa de documentos, e Retvenko vislumbrou o selo roxo de cera de um dos membros do Conselho Mercante de Kerch. Aqueles selos valiam mais do que ouro naquela cidade, garantindo os melhores cais no porto e o acesso preferencial às docas. E por que os conselheiros haviam conseguido tamanho respeito, tamanha vantagem? Por causa do dinheiro. Porque suas missões davam lucro a Ketterdam. Poder significava algo mais em Ravka, onde os elementos se dobravam à vontade dos Grishas e o país era governado por um rei de verdade, e não por um bando de comerciantes arrivistas. Retvenko admitiu ter tentado depor o pai daquele rei, mas o argumento permanecia válido.

— Ainda não estamos prontos para o restante da tripulação — o imediato disse quando Retvenko deu seu nome. — Pode se aquecer no escritório do capitão do porto. Estamos esperando que o Conselho das Marés nos dê o sinal.

— Bom pra você — Retvenko disse, impassível. Ele olhou para uma das torres do obelisco negro que pairava sobre o porto. Se houvesse alguma chance de que o poderoso Conselho das Marés pudesse vê-lo de sua torre de vigia, ele os informaria exatamente sobre o que estava pensando com alguns gestos bem específicos. Eles eram supostamente Grishas, mas será que já tinham erguido um dedo algum dia para ajudar outro Grisha na cidade? Para ajudar aqueles sem sorte que talvez ficassem gratos ao receber um pouco de gentileza?

— Não, eles nunca fizeram isso — respondeu a si mesmo.

O imediato fez uma careta.

— Por Ghezen, Retvenko. Andou bebendo?

— Não.

— Está fedendo a uísque.

Retvenko fungou.

— Um pouco de uísque.

— Recomponha-se. Tome um pouco de café ou de *jurda* forte. Esse algodão tem que estar em Djerholm dentro de duas semanas, e não estamos te pagando para cuidar de uma ressaca a bordo. Entendido?

— Sim, sim — Retvenko respondeu com um aceno, já seguindo na direção do escritório do capitão do porto. Mas, quando estava a alguns passos de distância, girou o punho. Um pequeno rodamoinho acertou os papéis que o imediato segurava, espalhando-os pelas docas.

— Droga! — ele gritou enquanto corria pelas tábuas de madeira, tentando capturar as páginas do seu manifesto antes que voassem para o mar.

Retvenko sorriu com um prazer cruel, mas logo sentiu-se dominado por uma onda de tristeza. Ele era um gigante entre os homens, um talentoso Aero, um grande soldado, mas ali não passava de um *empregado*, um velho ravkano triste que falava mal kerch e bebia demais. *Casa*, ele disse a si mesmo. *Logo eu estarei em casa.* Obteria seu perdão e provaria mais uma vez o seu valor. Lutaria por seu país. Dormiria sob um teto sem goteiras e vestiria um *kefta* de lã azul costurado com pele de raposa prateada. Seria Emil Retvenko outra vez, não aquela sombra patética.

— Tem café — disse o escrivão, quando Retvenko entrou no escritório do capitão do porto, gesticulando em direção a uma urna de cobre no canto.

— Chá?

— Tem café.

Este país. Retvenko encheu uma caneca até a boca com o lodo escuro, mais para aquecer as mãos do que qualquer outra coisa. Não conseguia aguentar o gosto daquilo, não sem uma generosa dose de açúcar, o qual o capitão do porto não havia providenciado.

— O vento está soprando — disse o escrivão enquanto um sino tocava do lado de fora, agitado pela brisa que começava a soprar.

— Tenho ouvidos — Retvenko resmungou.

— Não acho que vai fazer muita diferença aqui, mas assim que tiver saído do porto...

— Quieto — Retvenko disse de repente. Levantou-se, escutando.

— O que foi? — disse o escrivão. — Tem um...

Retvenko pôs um dedo nos lábios.

— Alguém está gritando.

O som tinha vindo de onde o navio estava atracado.

— São só as gaivotas. O sol logo nascerá e...

Retvenko ergueu uma mão, e uma rajada de ar lançou com força o escrivão de volta para a parede.

— Eu disse para ficar *quieto.*

O escrivão ficou boquiaberto, pendurado nas ripas.

— Você é o Grisha que eles arrumaram para a tripulação?

Por todos os Santos, será que Retvenko teria de tirar o ar dos pulmões daquele garoto e sufocá-lo para que ele ficasse quieto?

Através das janelas embaçadas, Retvenko podia ver o céu começando a ficar azul conforme amanhecia. Ele ouviu o grasnar de gaivotas à procura de café da manhã nas ondas. Talvez a bebida estivesse atrapalhando sua mente. Ele deixou o escrivão cair no chão. Tinha derramado o café, mas não se deu ao trabalho de pegar outra xícara.

— Eu falei que não era nada — disse o escrivão enquanto se punha de pé. — Não precisava ficar todo esquentadinho.

O escrivão sacudiu a poeira da roupa e se reacomodou atrás da mesa.

— Nunca conheci um de vocês antes. Grishas.

Retvenko fungou. O escrivão provavelmente já havia conhecido, só não sabia disso.

— Você é muito bem pago pelas viagens, não?

— Não o bastante.

— Eu… — Mas o que quer que o escrivão estivesse prestes a dizer se perdeu quando a porta que dava para o escritório explodiu em uma chuva de estilhaços.

Retvenko ergueu as mãos para proteger o rosto. Ele se agachou e rolou para trás da mesa do escrivão, buscando cobertura. Uma mulher entrou no escritório. Seus cabelos eram negros e seus olhos eram dourados. *Shu.*

O escrivão se esticou para pegar uma arma de fogo que Retvenko viu presa sob a mesa.

— Eles vieram atrás da folha de pagamento — ele gritou. — Ninguém vai pegar a folha de pagamento.

Retvenko assistiu em choque quando o escrivão desengonçado se levantou como uma espécie de guerreiro vingador e abriu fogo. Por tudo que era mais sagrado, nada poderia motivar mais um kerch do que dinheiro. Retvenko espiou pela mesa, a tempo de ver o tiro de espingarda acertar a mulher diretamente no peito. Ela foi lançada para trás e colidiu com o batente da porta, desabando no chão. Ele sentiu o cheiro acre de pólvora queimada, o paladar metálico do sangue, e sentiu um vergonhoso embrulho no estômago. Fazia muito tempo que não via alguém levando um tiro, e isso tinha acontecido numa época de guerra.

— Ninguém vai pegar a folha de pagamento — o escrivão repetiu com satisfação.

Mas, antes que Retvenko pudesse responder, a mulher Shu segurou o batente com a mão ensanguentada e se levantou. Retvenko piscou. Quanto uísque ele havia bebido, afinal?

A mulher marchou adiante. Através dos restos de sua blusa esfarrapada, Retvenko viu sangue, carne estourada com chumbo grosso e o brilho do que parecia ser metal. O escrivão tentou desesperadamente recarregar a arma, mas a mulher foi muito mais veloz. Ela pegou a arma de suas mãos e bateu nele com ela, jogando-o para o lado com uma força terrível. Ela jogou a arma para longe e voltou os olhos dourados para Retvenko.

— Leve a folha de pagamento! — Retvenko gritou, recuando. Ele escavou os bolsos e jogou sua carteira quase vazia para ela. — Leve o que quiser.

A mulher sorriu levemente ao ouvir isso… por pena? Diversão? Retvenko não soube dizer. Mas ele entendeu que ela não tinha vindo atrás de dinheiro nenhum. Ela tinha vindo atrás dele. E não importava se ela era uma traficante de escravos, mercenária ou algo completamente diferente. Ela enfrentaria um soldado, e não algum covarde fracote.

Com um salto ele ficou de pé, músculos respondendo relutantes às suas exigências, e assumiu uma posição de combate. Seus braços subiram num arco. Um vento uivante varreu a sala, jogando uma cadeira, a mesa do escrivão e depois a urna fumegante de café para cima da mulher. Ela se livrou de cada item com pouco interesse, como se estivesse afastando fios soltos de teia de aranha.

Retvenko concentrou seu poder e lançou as duas mãos para a frente, sentindo seus ouvidos estalarem quando a pressão caiu e o vento acelerou, ganhando força de furacão. Talvez aquela mulher não pudesse ser parada por balas. Vamos ver como ela se sai contra a fúria de uma tempestade. A mulher rosnou enquanto o vendaval a prendia, empurrando-a de volta pela porta aberta. Ela agarrou o batente, tentando se segurar.

Retvenko riu. Ele havia se esquecido de como era boa a sensação de lutar. Então, atrás de si, ouviu um estalo alto, o guincho de pregos se soltando e madeira destroçada. Olhou por sobre o ombro e teve um brevíssimo vislumbre do céu do amanhecer, o cais. A parede tinha sumido.

Braços fortes o agarraram, prendendo suas mãos nas laterais de seu corpo, impedindo-o de usar seu poder. Ele foi levantado, flutuando para cima, o porto encolhendo sob seus pés. Viu o telhado do escritório do capitão do porto, o corpo do imediato em um amontoado de destroços na doca, o navio no qual Retvenko deveria embarcar, seu convés uma bagunça de tábuas quebradas, corpos empilhados perto dos mastros estilhaçados. Seus agressores tinham passado por lá primeiro. Sentia no rosto o ar frio. O coração batia num ritmo irregular em seus ouvidos.

— Por favor — ele implorou enquanto subiam cada vez mais alto, incerto do que estava pedindo. Com medo de se mexer demais ou muito repentinamente, ele inclinou a cabeça para ver seu captor. Retvenko soltou um gemido de pavor, algo entre um soluço e o gemido de pânico de um animal preso numa armadilha.

O homem que o segurava era Shu, seu cabelo preto puxado em um coque firme, os olhos dourados apertados contra o sopro do vento. E de suas costas emergiam duas largas asas que batiam contra o céu, articuladas, graciosamente forjadas em filigrana de prata enrolada e lona esticada.

Ele era um anjo? Um demônio? Algum ser mecânico estranho que havia ganhado vida? Será que Retvenko tinha simplesmente enlouquecido?

Nos braços de seu sequestrador, Emil Retvenko viu a sombra que juntos lançavam sobre a superfície brilhante e distante do mar: duas cabeças, duas asas, quatro pernas. Ele havia se tornado uma grande fera, e, ainda assim, aquela fera acabaria por devorá-lo. Suas preces se transformaram em gritos, mas ambos continuaram sem resposta.

2. Wylan

O QUE ESTOU FAZENDO AQUI?

Aquele pensamento passava pela cabeça de Wylan pelo menos seis vezes por dia desde que havia conhecido Kaz Brekker. Mas em uma noite como aquela, uma noite em que estavam "trabalhando", aquele pensamento se repetia na sua cabeça como um tenor nervoso praticando repetidamente suas escalas: *Oqueestoufazendoaquioqueestoufazendoaquio-queestoufazendoaqui.*

Wylan puxou a bainha do casaco azul-celeste, o uniforme usado pelos garçons do Clube Cumulus, e tentou parecer à vontade. *Pense nisso como um jantar*, disse a si mesmo. Ele tinha suportado inúmeras refeições desconfortáveis na casa de seu pai. Aquela não era diferente. Na verdade, era mais fácil. Nenhuma conversa desagradável sobre seus estudos ou sobre quando planejava começar as aulas na universidade. Tudo o que precisava fazer era ficar quieto, seguir as instruções de Kaz e decidir o que fazer com suas mãos. Cruzá-las na frente? Parecido demais com um cantor em um recital. Nas costas? Muito militar. Ele tentou simplesmente deixá-las soltas ao lado do corpo, mas aquilo também não pareceu correto. Por que não havia prestado mais atenção no modo como os garçons se portavam? Apesar das garantias de Kaz de que o salão do segundo andar seria deles durante a noite, Wylan tinha certeza de que a qualquer momento um funcionário de verdade poderia entrar no salão, apontar para ele e gritar "Impostor!". Por outro lado, Wylan se sentia como um impostor na maioria dos dias, de qualquer modo.

Fazia menos de uma semana que haviam chegado a Ketterdam, quase um mês desde que haviam deixado Djerholm. Wylan vinha usando as feições de Kuwei por quase todo esse tempo, mas, sempre que tinha um vislumbre do seu reflexo em um espelho ou vitrine, levava um longo tempo para perceber que não estava olhando para um estranho. Aquele era seu rosto agora – olhos dourados, sobrancelhas grossas, cabelo escuro. Seu antigo eu tinha sido apagado, e Wylan não sabia ao certo se conhecia a pessoa que havia restado, a pessoa que estava de pé em um salão privado em um dos mais luxuosos salões de jogos da Tampa, metido em mais um dos esquemas de Kaz Brekker.

Um jogador na mesa levantou sua taça de champanhe pedindo por mais bebida, e Wylan lançou-se em sua direção, deixando seu posto perto da parede. Suas mãos tremiam quando pegou a garrafa de dentro do balde prata de gelo, mas os anos passados nas funções sociais de seu pai haviam lhe rendido alguns benefícios. Pelo menos ele sabia como servir adequadamente uma taça de champanhe sem a espuma subir. Wylan quase podia ouvir a voz de zombaria de Jesper. *Habilidades valiosas, mercantezinho.*

Ele se arriscou a olhar para Jesper agora. O atirador de elite estava sentado à mesa, debruçado sobre suas cartas. Ele usava um colete surrado da marinha bordado com pequenas estrelas de ouro, e sua camisa amarrotada brilhava branca contra a pele marrom-escura. Jesper esfregou uma mão cansada no rosto. Eles vinham jogando cartas havia mais de duas horas. Wylan não sabia dizer se o cansaço de Jesper era real ou parte de sua atuação.

Wylan encheu outra taça, concentrando-se nas instruções de Kaz.

— Só atenda aos pedidos dos jogadores e mantenha um ouvido atento à conversa do Smeet — disse ele. — É um trabalho, Wylan. Trate de fazê-lo.

Por que todos eles chamavam aquilo de trabalho? Ele não se sentia trabalhando. A sensação era a de dar um passo em falso e de repente começar a cair. A sensação era de pânico. Então Wylan fez um balanço dos detalhes da sala, um truque que usara com frequência para se estabilizar sempre que chegava a um lugar novo, ou quando seu pai estava particularmente de mau humor. Ele inventariou o padrão de explosões de estrelas interconectadas que formavam o piso de madeira polido, os nós em forma de concha do lustre de vidro soprado, o papel de parede de seda cobalto floculado com nuvens de prata. Nenhuma janela para permitir a passagem de luz natural. Kaz disse que nenhum salão de jogos as tinha, porque os proprietários queriam que os jogadores perdessem a noção do tempo.

Wylan observou Kaz passar outra mão para Smeet, Jesper e os outros jogadores na mesa redonda. Assim como Wylan, ele usava o mesmo casaco azul-celeste dos funcionários, e suas mãos estavam nuas. Wylan teve de se esforçar para não olhar fixamente para elas. Não era só a estranheza, mas a sensação de que era errado Kaz estar sem as luvas, a sensação de que as mãos dele pareciam animadas por uma maquinaria secreta que Wylan não entendia. Quando começou a aprender a desenhar silhuetas, Wylan estudou ilustrações de anatomia. Ele tinha uma boa compreensão da musculatura, a forma como ossos, articulações e ligamentos se encaixavam. Mas as mãos de Kaz moviam-se como se tivessem sido feitas com a única finalidade de manipular cartas, os dedos brancos e compridos se flexionando em um ritmo fácil, a movimentação precisa, cada giro econômico. Kaz havia dito que podia controlar qualquer baralho. Então por que Jesper estava perdendo de lavada?

Quando Kaz definiu essa parte do plano às escondidas no Véu Negro, Wylan tinha ficado incrédulo e, pela primeira vez, não tinha sido o único a levantar dúvidas.

— Deixe-me ver se entendi direito — disse Nina. — Seu grande esquema é dar a Jesper uma linha de crédito e fazê-lo jogar cartas com Cornelis Smeet?

— Smeet gosta de apostas altas no Espinheiro dos Três Homens e de loiras — disse Kaz. — Então daremos os dois a ele. Distribuirei as cartas na primeira metade da noite, depois Specht assumirá.

Wylan não conhecia Specht muito bem. Ele era um ex-marujo, um membro dos Dregs que havia conduzido o navio deles na ida e na volta da Corte do Gelo. Se Wylan fosse ser honesto, entre a mandíbula grisalha e as tatuagens que corriam por metade do pescoço de Specht, ele considerava o marinheiro ligeiramente assustador. Mas até Specht pareceu preocupado quando ele disse:

— Posso distribuir as cartas, Kaz, mas não consigo controlar um baralho.

— Você não vai precisar. A partir do momento em que se sentar, este será um jogo honesto. O ponto importante é manter Smeet na mesa até a meia-noite. É na mudança de turno que arriscamos perdê-lo. Assim que eu me levantar, ele vai começar a pensar sobre mudar para outro jogo ou encerrar a noite, então todos vocês precisam fazer o possível para manter a bunda dele firmemente plantada naquela cadeira.

— Posso cuidar disso — disse Jesper.

Nina apenas franziu o cenho.

— Claro, e talvez para a fase dois deste plano eu possa me disfarçar de traficante de *jurda parem*. O que poderia sair errado, afinal?

Wylan não teria colocado exatamente dessa maneira, mas ele concordava. Fortemente.

Eles deveriam manter Jesper longe de salões de jogos, e não encorajar seu amor pelo risco. Mas Kaz não tinha se comovido.

— Basta que façam o trabalho de vocês e mantenham Smeet completamente encantado até a meia-noite — disse ele. — Vocês sabem o que está em jogo.

Todos sabiam. A vida de Inej. E como Wylan poderia argumentar contra isso? Ele sentia uma pontada de culpa toda vez que pensava a respeito. Van Eck tinha dito que daria sete dias a eles para desistirem de Kuwei Yul-Bo; depois disso, começariam a torturar Inej. O tempo estava se esgotando. Wylan sabia que não podia ter impedido seu pai de trair o grupo e sequestrá-la. Ele *sabia* disso, mas ainda assim se sentia responsável.

— O que devo fazer com Cornelis Smeet depois da meia-noite? — Nina perguntou.

— Tente convencê-lo a passar a noite com você.

— O quê? — Matthias falou exasperado, a vermelhidão inundando seu rosto e subindo até as orelhas.

— Ele não vai aceitar.

Nina fungou.

— Até parece que não.

— Nina... — Matthias resmungou.

— Smeet nunca trapaceia nas cartas nem trai a esposa — disse Kaz. — Ele é como a metade dos amadores que se exibem pelo Barril. Respeitável na maior parte do tempo, escrupuloso, com rigorosas economias e meia taça de vinho no jantar. Uma vez por semana, entretanto, ele gosta de se sentir um bandido, comparando sua sagacidade com a dos maiores apostadores da Aduela Leste, e gosta de ter uma bela loira ao seu lado quando faz isso.

Nina franziu os lábios.

— Se ele é tão certinho, então por que quer que eu tente...

— Porque Smeet está nadando em dinheiro, e qualquer garota que se preze da Aduela Oeste tentaria pelo menos arriscar a sorte.

— Não gosto disso — disse Matthias.

Jesper havia dado seu sorriso de pistoleiro imprudente.

— Na verdade, Matthias, você não gosta de várias coisas.

— Mantenham Smeet no Clube Cumulus das oito badaladas até a meia-noite — disse Kaz. — Isso dá quatro horas de jogo, então fiquem espertos.

Nina certamente estava fazendo seu melhor, e Wylan não sabia se ficava impressionado ou preocupado. Ela usava um vestido cor de lavanda finamente equipado com algum tipo de espartilho que empurrava seu decote para alturas alarmantes, e, embora ela tivesse perdido peso desde a batalha com a *parem*, ainda havia muito dela para Smeet agarrar. Sentada nos joelhos dele e com um braço em torno de seu pescoço, ela arrulhava lindamente em seu ouvido, acariciando seu peito e, de vez em quando, escorregando a mão por baixo do casaco como um cão à procura de guloseimas. Parou somente para pedir ostras ou outra garrafa de champanhe. Wylan sabia que Nina podia lidar com praticamente qualquer homem e qualquer situação, mas não achava que devia ter de se sentar semivestida em um frio salão de jogos, empoleirada no colo de algum advogado de olhar malicioso. No mínimo dos mínimos, ela provavelmente pegaria um resfriado.

Jesper desistiu novamente da mão e soltou um suspiro longo e exasperado. Ele vinha perdendo lentamente pelas últimas duas horas. Havia mantido seus lances cautelosos, mas nem a sorte nem Kaz pareciam estar do seu lado naquela noite. Como conseguiriam manter Smeet na mesa se Jesper ficasse sem dinheiro? Será que os outros jogadores que gostavam de apostas altas bastariam como iscas? Havia alguns deles no salão, vagando próximo às paredes, assistindo ao jogo, cada um deles esperando para pegar um lugar se alguém ficasse sem dinheiro. Nenhum deles sabia o jogo que Kaz estava realmente armando.

Quando se inclinou para encher a taça de Nina, Wylan ouviu Smeet murmurar:

— Um jogo de cartas é como um duelo. São os pequenos cortes e talhos que preparam o palco para o golpe final. — Ele olhou para Jesper do outro lado da mesa. — Aquele rapaz está sangrando por toda a mesa.

— Não sei *como* você consegue guardar as regras na cabeça — disse Nina com uma risadinha.

Smeet sorriu, claramente satisfeito.

— Isso não é nada comparado a gerenciar um negócio.

— Também não consigo imaginar como você faz isso.

— Às vezes nem eu mesmo sei — Smeet disse com um suspiro. — Foi uma semana difícil. Um dos meus empregados nunca voltou de suas férias, e isso significa que fui forçado a me virar com menos funcionários.

Wylan quase deixou cair a garrafa que estava segurando, derramando champanhe no chão.

— Estou pagando para beber, e não para vestir o champanhe, garoto — Smeet disparou. Ele limpou suas calças e murmurou: — Isso que dá contratar estrangeiros.

Ele está falando de mim, Wylan se deu conta enquanto recuava apressadamente. Ele não sabia como se adaptar à realidade de sua nova aparência Shu. Ele nem sabia falar Shu, um fato que não o tinha preocupado até que dois turistas Shu com um mapa nas mãos o haviam abordado na Aduela Leste. Wylan entrou em pânico, deu de ombros e disparou para a entrada dos empregados do Clube Cumulus.

— Pobrezinho — Nina disse para Smeet, passando os dedos pelo cabelo ralo do homem e ajustando uma das flores que enfeitavam suas sedosas tranças loiras. Wylan não tinha certeza se ela realmente havia dito a Smeet que era da Casa da Íris Azul, mas ele certamente teria imaginado isso.

Jesper se acomodou novamente em seu banco, dedos tamborilando nos punhos de seus revólveres. O movimento pareceu atrair a atenção de Smeet.

— Essas armas são extraordinárias. Madrepérola real nos punhos, se não estou enganado — disse Smeet nos tons de um homem que raramente se engana. — Eu tenho uma bela coleção de armas de fogo, embora nada na linha de pistolas de repetição zemeni.

— Oh, eu adoraria ver suas armas — Nina murmurou e Wylan olhou para o teto, na tentativa de evitar revirar os olhos. — Vamos ficar sentados aqui a noite inteira?

Wylan tentou disfarçar sua confusão. O plano não era justamente mantê-lo lá? Mas aparentemente Nina sabia o que estava fazendo, porque o semblante de Smeet adquiriu uma ligeira expressão de teimosia.

— Silêncio agora. Se eu ganhar um bocado, talvez compre algo bonito para você.

— Vou me contentar com mais algumas ostras.

— Você nem terminou essas.

Wylan notou a palpitação das narinas de Nina e pensou que ela poderia estar respirando fundo para recuperar as forças. Ela tinha perdido o apetite desde que havia se recuperado de sua crise com a *parem*, e ele não sabia como ela tinha conseguido engolir quase uma dúzia de ostras.

Agora ele a assistiu engolir o que restava delas com um arrepio.

— Delicioso — ela conseguiu dizer lançando um olhar para Wylan. — Vamos pedir um pouco mais.

Aquele era o sinal. Wylan se aproximou e recolheu o prato grande carregado com gelo e conchas descartadas.

— A dama expressou um desejo — disse Smeet.

— Ostras, senhorita? — Wylan perguntou. Sua voz soou estridente demais. — Camarões na manteiga? — Baixa demais.

— Ela terá os dois — disse Smeet de um jeito indulgente. — E outra taça de champanhe.

— Maravilhoso — disse Nina, com um tom ligeiramente verde no rosto.

Wylan correu pela porta de vaivém para a despensa dos empregados. Ela era abastecida com pratos, copos, guardanapos e uma banheira metálica cheia de gelo. Um aparador ocupava grande parte da parede mais distante; ao seu lado havia um tubo acústico em forma de trompete que permitia a comunicação entre os funcionários e a cozinha. Wylan colocou o prato de gelo e conchas na mesa, depois foi para a cozinha atrás das ostras e dos camarões na manteiga.

— Ah, e outra garrafa de champanhe.

— Qual o ano?

— Hum, mais do mesmo? — Wylan tinha ouvido os amigos de seu pai falarem sobre quais vinhos davam bons investimentos, mas não confiava muito em si mesmo para escolher um ano.

Quando voltou para o salão com o pedido de Nina, Kaz estava se levantando da mesa. Ele fez um gesto como se estivesse tirando pó das mãos – o sinal de que um crupiê tinha terminado seu turno. Specht se sentou. Em torno do pescoço havia amarrado um cachecol de seda azul para esconder as tatuagens. Ele sacudiu as mangas e pediu que os jogadores fizessem as apostas ou sacassem os ganhos.

Os olhos de Kaz encontraram os de Wylan enquanto ele desaparecia para a despensa.

Havia chegado o momento. De acordo com Kaz e Jesper, um jogador muitas vezes pensava que sua sorte estava atrelada ao crupiê e parava de jogar na mudança de turno.

Wylan observou aflito enquanto Smeet se esticava e dava uma palmada firme nas ancas de Nina.

— Tivemos uma maré de boa sorte — disse ele olhando para Jesper, que, cabisbaixo, olhava para o monte miserável de fichas que havia restado. — Podemos encontrar um jogo mais valioso em outro lugar.

— Mas minha comida acabou de chegar — Nina fez um beicinho.

Wylan se adiantou, inseguro sobre o que dizer, apenas ciente de que tinham de atrasar Smeet.

— Está tudo do seu agrado, senhor? Posso oferecer mais alguma coisa ao senhor e à dama?

Smeet o ignorou, a mão ainda passeando sobre o traseiro de Nina.

— Existem comidas mais sofisticadas e serviço melhor para se desfrutar por toda a Tampa, minha querida.

Um homenzarrão vestido com um terno listrado se aproximou de Smeet, ansioso para pegar seu lugar.

— Recolhendo seu dinheiro?

Smeet deu um aceno amigável para Jesper.

— Parece que nós dois estamos, hein, rapaz? Mais sorte da próxima vez.

Jesper não retribuiu o sorriso.

— Ainda não terminei aqui.

Smeet apontou para a pilha deplorável de fichas de Jesper.

— Certamente parece que terminou.

Jesper se levantou e pegou as armas. Wylan apertou a garrafa de champanhe nas mãos enquanto os outros jogadores empurravam a mesa para se afastar, prontos para sacar suas próprias armas ou mergulhar no chão para buscar cobertura. Mas tudo o que Jesper fez foi remover seu cinturão. Delicadamente, colocou os revólveres na mesa, acariciando o cano altamente brilhante das armas.

— Quanto por elas? — ele perguntou.

Wylan esperou para ver se Jesper olhava para ele. Isso fazia parte do plano? E mesmo que fizesse, o que Jesper estava pensando? Ele amava suas armas. Era como se cortasse a própria mão e a jogasse sobre as fichas.

Specht pigarreou e disse:

— O Cumulus não é uma casa de penhores. Aceitamos apenas dinheiro e créditos do Gemensbank.

— Eu te cubro — disse Smeet com desinteresse estudado —, se isso for colocar o jogo em andamento novamente. Mil kruges pelas armas?

— Elas valem dez vezes mais.

— Cinco mil kruges.

— Sete.

— Seis, e isso só porque estou me sentindo generoso.

— Não faça isso! — Wylan gritou. O salão ficou em silêncio.

A voz de Jesper soou fria.

— Não me lembro de ter pedido a sua opinião.

— Que insolência! — disse Smeet. — Desde quando garçons se envolvem no andar do jogo?

Nina encarou Wylan, e o tom de Specht era de fúria e incredulidade quando disse:

— Cavalheiros, podemos recomeçar este jogo? Ponham suas fichas!

Jesper empurrou seus revólveres para Smeet do outro lado da mesa, e em troca Smeet deslizou uma pilha alta de fichas para Jesper.

— Muito bem — disse Jesper, seus olhos cinza vazios. — Eu tô dentro.

Wylan se afastou da mesa e desapareceu na despensa o mais rápido que pôde. Seu prato de gelo e conchas havia desaparecido, e Kaz estava esperando. Ele tinha jogado uma longa capa laranja sobre seu casaco azul. Suas luvas já estavam de volta ao seu lugar.

— Kaz — disse Wylan desesperado. — Jesper apostou as armas.

— Quanto conseguiu por elas?

— Qual a importância disso? Ele…

— Cinco mil kruges?

— Seis.

— Ótimo. Nem mesmo Jesper seria capaz de perder tudo isso em menos de duas horas. — Ele jogou uma capa e uma máscara para Wylan, a fantasia do Diabrete Cinza, um dos personagens da Komedie Brute. — Vamos.

— Eu?

— Não, o idiota atrás de você. — Kaz pegou o tubo acústico e disse: — Mandem outro garçom. Esse aqui fez a proeza de derramar champanhe nos sapatos de um alto apostador.

Alguém na cozinha riu e disse:

— Pode deixar.

Poucos minutos depois, eles estavam descendo as escadas e saindo pela entrada de serviço, e seus trajes permitiam que se movessem anonimamente em meio à multidão da Aduela Leste.

— Você sabia que Jesper iria perder. Você garantiu que isso acontecesse — Wylan acusou.

Kaz raramente usava a bengala nas partes da cidade onde poderia ser facilmente reconhecido. Mas, apesar de sua marcha desequilibrada, Wylan teve de correr para acompanhá-lo.

— Claro que sim. Ou eu controlo o jogo, Wylan, ou eu não jogo. Poderia ter garantido que Jesper vencesse cada mão.

— Então por que…

— Não estávamos lá para vencer nas cartas. Precisávamos que Smeet continuasse nas mesas. Ele estava olhando para aquelas armas quase tanto quanto olhava para o decote de Nina. Agora ele está se sentindo confiante, como se estivesse pronto para uma noitada. Se ele perder, continuará jogando. Quem sabe? Jesper pode até recuperar os revólveres.

— Espero que sim — disse Wylan enquanto pulavam para um barco estreito cheio de turistas e seguiam para o sul da Aduela.

— Você deveria saber.

— O que quer dizer com isso?

— Alguém como Jesper vence duas mãos e começa a chamar isso de uma maré de sorte. Cedo ou tarde ele perde, e isso só o deixa ainda mais ansioso pela próxima rodada de boa sorte. A casa conta com isso.

Então por que fazê-lo entrar em um salão de jogos? Wylan pensou, mas não disse nada. *E por que fazer Jesper abrir mão de algo que tinha tanto valor para ele?*

Tinha de haver outra maneira de manter Smeet jogando. Mas aquelas nem mesmo eram as perguntas certas. A pergunta certa era por que Jesper fez aquilo tudo sem hesitar. Talvez ele ainda quisesse obter a aprovação de Kaz, na esperança de ganhar de volta a sua estima após o deslize de Jesper os ter levado para a emboscada nas docas que quase custara a vida de Inej. Ou talvez Jesper quisesse algo além do perdão de Kaz.

O que estou fazendo aqui?, Wylan se perguntou novamente. Ele se pegou roendo o dedão e se forçou a parar. Ele estava ali por Inej. Ela havia salvado a vida deles mais de uma vez, e ele não se esqueceria disso. Ele estava ali porque precisava desesperadamente de dinheiro. E se havia outra razão, uma razão alta e magra, com um gosto excessivo por jogos de azar, ele não iria pensar nisso agora.

Assim que alcançaram os arredores do Barril, Wylan e Kaz abandonaram suas capas e as jaquetas azuis-celestes e se dirigiram para o leste entrando no distrito de Zelver.

Matthias os esperava sob uma entrada escura no Handelcanal.

— Tudo pronto? — Kaz perguntou.

— Tudo pronto — disse o grande fjerdano. — As luzes se apagaram no piso superior da casa de Smeet há mais de uma hora, mas não sei se os empregados estão acordados.

— Ele só tem uma cozinheira e uma diarista — disse Kaz. — Ele é muito mão de vaca para pagar empregados em tempo integral.

— Como está…

— Nina está bem. Jesper está bem. Todo mundo está bem menos eu, porque estou cercado por um bando de babás paranoicas. Fique de guarda.

Wylan deu de ombros se desculpando com Matthias, que parecia estar considerando esmagar o crânio de Kaz contra uma parede, e, em seguida, correu pelos paralelepípedos atrás de Kaz. A casa de Smeet também funcionava como seu escritório, e ficava localizada em uma rua escura com pouco trânsito de pedestres. As lâmpadas foram acesas ao longo do canal e velas queimavam em algumas das janelas, mas, depois das dez badaladas, a maioria dos cidadãos respeitáveis do bairro já havia se recolhido em suas casas.

— Vamos simplesmente entrar pela porta da frente?

— Use os seus olhos em vez de matraquear — disse Kaz, chaves-mestras já espocando de suas mãos enluvadas.

Eu estou usando, Wylan pensou. Mas aquilo não era estritamente verdade. Ele tinha notado as proporções da casa, a inclinação de seu telhado de duas águas, as rosas começando a florescer em seus canteiros nas janelas. Mas ele não havia olhado para a casa como um quebra-cabeça.

Com alguma frustração, Wylan poderia admitir que esse era um problema fácil de se resolver. O distrito de Zelver era próspero, mas não era verdadeiramente rico – um lugar para artesãos bem-sucedidos, contadores e advogados. Embora as casas fossem bem construídas e arrumadas, com vistas para um amplo canal, elas eram hermeticamente empacotadas juntas e não havia grandes jardins ou cais exclusivos. Para acessar as janelas dos andares superiores, ele e Kaz teriam de invadir uma casa vizinha e passar por dois conjuntos de fechaduras em vez de um só. Melhor arriscar a porta da frente e simplesmente agir como se tivessem todo o direito de estar lá – mesmo que Kaz estivesse carregando gazuas em vez de chaves.

Use seus olhos. Mas Wylan não gostava de olhar para o mundo da mesma forma que Kaz. E assim que conseguissem o dinheiro, ele nunca mais teria de fazer aquilo.

Um segundo depois, Kaz pressionou a maçaneta e a porta se abriu. Imediatamente, Wylan ouviu os sons de patas, garras na madeira dura, rosnados baixos, enquanto os cães de caça de Smeet corriam para a porta, dentes brancos brilhando, rosnados vindos como estrondos profundos do peito. Antes de perceberem que alguém que não seu dono tinha vindo chamá-los, Kaz enfiou o apito de Smeet entre os lábios e assoprou. Nina tinha conseguido tirá-lo da corrente que o advogado sempre usava no pescoço, e depois o havia escondido debaixo de uma concha vazia de ostra para Wylan levá-la rapidamente para a cozinha.

O apito não produziu nenhum som, pelo menos nenhum que Wylan pudesse ouvir. *Isso não vai funcionar*, ele pensou, imaginando aquelas mandíbulas enormes estraçalhando sua garganta. Mas os cães escorregaram até parar, colidindo uns nos outros em um emaranhado confuso.

Kaz soprou novamente, lábios se apertando em tempo com o padrão de um novo comando. Os cães se acalmaram e deslizaram para o chão com um lamento descontente. Um chegou a rolar de barriga para cima.

— Por que as pessoas não podem ser treinadas assim tão facilmente? — Kaz murmurou enquanto se agachava para agradar o cão com uma carícia na barriga, seus dedos escondidos na luva preta deslizando sobre o pelo curto. — Feche a porta.

Wylan obedeceu e pressionou as costas contra a porta, observando cautelosamente o amontoado de cães que babavam. A casa inteira cheirava a cachorro – pelos úmidos, couros oleosos, hálito quente e úmido com o fedor de carne crua.

— Não é fã de animais? — Kaz perguntou.

— Gosto de cães — disse Wylan. — Mas não quando eles são do tamanho de ursos.

Wylan sabia que o verdadeiro quebra-cabeça da casa de Smeet tinha sido espinhoso para Kaz resolver. Kaz podia abrir qualquer fechadura e superar qualquer sistema de alarmes, mas ele não tinha sido capaz de inventar uma forma simples de driblar os cães de caça sanguinários de Smeet sem deixar seu plano exposto. Durante o dia, os cães eram mantidos em um canil, mas à noite podiam correr livres pela casa enquanto a família de Smeet dormia tranquilamente nos quartos ricamente decorados do terceiro andar, a escada fechada por um portão de ferro. Smeet passeava com os cães, subindo e descendo o Handelcanal, seguindo atrás deles como um trenó pesado usando um chapéu caro.

Nina havia sugerido drogar os cães com comida. Smeet ia ao açougue todas as manhãs para selecionar cortes de carne para a matilha, e seria muito fácil trocar os pacotes. Mas Smeet queria seus cães famintos à noite, então ele os alimentava de manhã. Ele teria notado se seus animais de estimação premiados ficassem lentos durante o dia, e eles não podiam se arriscar que Smeet permanecesse em casa para cuidar de seus cães de caça. Ele tinha de passar a noite na Aduela Leste, e, quando voltasse para casa, era essencial que não encontrasse nada de errado. A vida de Inej dependia disso.

Kaz tinha arrumado o salão privativo no Cumulus, Nina tinha retirado o apito de baixo da camisa de Smeet numa carícia e, peça por peça, o plano tinha sido posto em andamento. Wylan não queria nem pensar no que eles haviam feito para obter os comandos do apito. Ele estremeceu ao se lembrar do que Smeet havia dito: *Um dos meus empregados nunca voltou de suas férias*. E nunca voltaria. Wylan ainda podia ouvir o escrivão gritando enquanto Kaz o balançava pelos tornozelos do topo do Farol em Hanraat. *Eu sou uma boa pessoa*, ele tinha gritado. *Sou um bom homem*. Estas foram as suas últimas palavras. Se tivesse falado menos, talvez tivesse sobrevivido.

Agora Wylan observava Kaz coçar atrás das orelhas do cão que babava e se levantar.

— Vamos. Cuidado com barulho ao andar.

Eles desviaram da pilha de corpos caninos no corredor e seguiram silenciosamente pela escada. A planta da casa de Smeet era familiar para Wylan. A maioria dos estabelecimentos comerciais na cidade seguia a mesma planta: uma cozinha e salas públicas para reuniões com os clientes no piso térreo, escritórios e armazém no segundo andar, quartos para a família no terceiro andar. Casas muito ricas tinham um quarto andar com aposento para a criadagem. Quando menino, Wylan tinha passado mais do que algumas horas se escondendo de seu pai nos quartos de cima de sua própria casa.

— Nem está trancado — Kaz murmurou enquanto entrava no escritório de Smeet. — Esses cães o deixaram preguiçoso.

Kaz fechou a porta e acendeu uma lamparina, deixando a chama baixa. O escritório tinha três pequenas mesas arrumadas perto das janelas para aproveitar a luz natural, uma para Smeet e duas para seus funcionários. *Sou um bom homem.*

Wylan afastou a memória e se concentrou nas prateleiras que iam do chão ao teto. Elas estavam tomadas de caixas cheias de documentos e livros-razão, cada um cuidadosamente etiquetado com o que Wylan presumiu serem os nomes dos clientes e das empresas.

— Tantos alvos fáceis — Kaz murmurou, olhos varrendo as caixas. — Naten Boreg, aquele pequeno vagabundo triste Karl Dryden. Smeet representa metade do Conselho Mercante.

Inclusive o pai de Wylan. Até onde alcançava a lembrança de Wylan, Smeet trabalhara como advogado e administrador de patrimônio de Jan Van Eck.

— Por onde começamos? — Wylan sussurrou.

Kaz puxou um gordo livro-razão das prateleiras.

— Primeiro garanta que seu pai não tenha nenhuma compra nova no nome dele. Depois vamos procurar com o nome da sua madrasta, e depois com o seu.

— Não a chame assim. Alys é pouco mais velha do que eu. E meu pai não teria nenhuma propriedade no meu nome.

— Você ficaria surpreso com o que um homem é capaz de fazer para evitar pagar impostos.

Eles passaram boa parte da hora seguinte vasculhando os arquivos de Smeet. Sabiam tudo sobre as propriedades públicas de Van Eck – as fábricas, os hotéis, as plantas industriais, o estaleiro naval, a casa de campo e a fazenda ao sul de Kerch. Mas Kaz acreditava que o pai de Wylan tinha ativos privados, lugares que mantinha fora dos registros públicos, lugares onde guardaria algo – ou alguém – que não quisesse que ninguém encontrasse.

Kaz leu os nomes e registros dos livros-razão em voz alta, fazendo perguntas a Wylan e tentando encontrar conexões com propriedades ou empresas que ainda não haviam descoberto. Wylan sabia que ele não devia nada ao seu pai, mas ainda assim sentia que estava cometendo uma traição.

— Geldspin? — perguntou Kaz.

— Um moinho de algodão. Acho que fica em Zierfoort.

— Muito longe. Ele não a manteria lá. E o que me diz de Firma Allerbest?

Wylan buscou na memória.

— Acho que essa é uma fábrica de conservas.

— As duas estão praticamente imprimindo dinheiro, e ambas estão no nome de Alys. Mas Van Eck guarda os que dão mais lucro para si – o estaleiro, os silos no Recife Doce.

— Eu te disse — Wylan falou, brincando com uma caneta em um dos mata-borrões. — Meu pai confia primeiro nele mesmo, e em Alys só até certo ponto. Ele não deixaria nada no meu nome.

Kaz apenas disse:

— Próximo livro. Vamos começar com as propriedades comerciais.

Wylan parou de remexer a caneta.

— *Tinha* algo no meu nome?

Kaz se inclinou para trás. Seu olhar era quase desafiador quando disse:

— Uma prensa.

A mesma velha piada. Então por que ainda incomodava? Wylan largou a caneta.

— Entendo.

— Ele não é o que eu chamaria de um homem sutil. Eil Komedie também está no seu nome.

— Claro que está — Wylan respondeu, desejando ter soado menos amargo.

Outra piada pessoal que seu pai gostava – uma ilha abandonada com nada mais que um parque de diversões destruído, um lugar inútil para seu filho inútil e analfabeto. Ele não devia ter perguntado.

Conforme os minutos passavam e Kaz continuava a ler em voz alta, Wylan começou a ficar cada vez mais nervoso. Se ele pelo menos pudesse ler, eles estariam pesquisando os arquivos com o dobro de velocidade. Na verdade, Wylan já poderia conhecer os negócios de seu pai de trás para frente.

— Estou te atrasando — ele disse.

Kaz abriu outro maço de documentos.

— Eu sabia exatamente quanto tempo isso levaria. Qual é o sobrenome da família da sua mãe?

— Não tem nada no nome dela.

— Diga o que estou pedindo.

— Hendriks.

Kaz caminhou até as prateleiras e selecionou outro livro-razão.

— Quando ela morreu?

— Quando eu tinha oito anos. — Wylan pegou a caneta de novo. — Meu pai ficou pior depois que ela partiu.

Pelo menos era essa a lembrança de Wylan.

Os meses após a morte de sua mãe foram um borrão de tristeza e silêncio.

— Ele não me deixou ir ao funeral dela. Nem ao menos sei onde ela foi enterrada. Aliás, por que vocês dizem aquela frase? Sem luto, sem funerais? Por que não dizer simplesmente boa sorte ou cuide-se?

— Gostamos de manter nossas expectativas baixas. — O dedo enluvado de Kaz deslizou por uma coluna de números e parou. Seus olhos avançaram e recuaram entre os dois livros, então ele fechou a capa de couro com tudo. — Vamos embora.

— Encontrou alguma coisa?

Kaz assentiu.

— Eu sei onde ela está.

Wylan sabia que não tinha imaginado a tensão na voz rouca de Kaz.

Kaz nunca gritava como o pai de Wylan, mas Wylan tinha aprendido a ouvir aquela rouquidão baixa, aquela ponta de harmonia sombria que crepitava no tom de Kaz quando as coisas estavam prestes a ficar perigosas. Ele a tinha escutado após a luta nas docas quando Inej caiu sangrando por conta da faca de Oomen, mais tarde quando Kaz tinha descoberto que Pekka Rollins havia tentado emboscá-los, e novamente quando tinham sido traídos pelo pai de Wylan. Ele a tinha ouvido claramente no topo do farol quando o escrivão gritou por sua vida.

Wylan observou Kaz rearrumar o aposento. Ele moveu um envelope um pouco mais para a esquerda, empurrou uma gaveta no armário maior um pouco mais para o fundo, empurrou uma cadeira para trás só um pouquinho. Quando terminou de averiguar o escritório, arrancou a caneta da mão de Wylan e a colocou cuidadosamente de volta em seu lugar na mesa.

— Um bom ladrão é como um bom veneno, mercantezinho. Ele não deixa vestígios. — Kaz assoprou a lamparina. — Seu pai gosta de fazer caridade?

— Não. Ele paga o dízimo a Ghezen, mas diz que a caridade rouba do homem a chance de um trabalho honesto.

— Bem, ele tem feito doações para a Igreja de Santa Hilde nos últimos oito anos. Se quer prestar homenagens à sua mãe, provavelmente esse é o lugar por onde começar.

Wylan lançou um olhar indeciso para Kaz no quarto sombrio. Ele nunca tinha ouvido falar da Igreja de Santa Hilde. E nunca soubera de um momento em que o Mãos Sujas tivesse compartilhado qualquer informação da qual não pudesse tirar proveito.

— O que...

— Se Nina e Jesper fizeram o trabalho deles direito, Smeet logo estará em casa. Temos de sair antes que ele volte, senão o plano todo vai por água abaixo. Vamos.

Wylan sentiu como se alguém tivesse esmagado um livro na sua cabeça e depois dito para esquecer sobre o assunto.

Kaz abriu uma fresta da porta. Os dois pararam de repente.

Por sobre o ombro de Kaz, Wylan viu uma garotinha de pé no patamar da escada, inclinada sobre um dos enormes cães cinza. Ela devia ter cerca de cinco anos, e mal se podiam ver os dedos de seus pés sob a bainha da camisola de flanela.

— Por Ghezen — Wylan sussurrou.

Kaz saiu para o corredor, puxando a porta até quase fechá-la atrás de si. Wylan hesitou no escritório escuro, incerto de como agir, pensando aterrorizado no que Kaz poderia fazer.

A menina olhou para Kaz com olhos arregalados, depois tirou o dedão da boca.

— Você trabalha pro papai?

— Não.

A memória voltou novamente a Wylan. *Sou um bom homem*. Eles haviam emboscado o escrivão na saída do Menagerie e o arrastado para o topo do farol. Kaz o havia segurado pelos tornozelos, e o escrivão havia mijado nas calças, gritando e implorando por misericórdia, antes de finalmente entregar os comandos do apito de Smeet. Kaz estava prestes a puxá-lo para cima quando o escrivão começou a oferecer coisas: dinheiro, números de contas bancárias dos clientes de Smeet, e então: *Eu tenho informações sobre uma das garotas do Menagerie, a zemeni.*

Kaz parou. *O que sabe sobre ela?*

Naquele momento, Wylan escutou aquele tom baixo e perigoso de alerta. Mas o escrivão não conhecia Kaz, não reconheceu a mudança na aspereza rouca de sua voz. Ele pensou ter encontrado uma brecha, algo que Kaz queria.

Um dos clientes dela está lhe dando presentes caros. Ela está juntando o dinheiro. Você sabe o que a Pavão fez com a última garota pega escondendo o jogo dela?

Eu sei, disse Kaz, seus olhos brilhando como o fio de uma navalha. *Tante Heleen a espancou até a morte.*

Kaz, Wylan tentou, mas o escrivão continuou falando.

Bem ali no salão. A garota sabe que está frita se eu contar. Ela me vê de graça só para eu manter a boca fechada. Me põe para dentro escondido. Ela vai fazer o mesmo por você e por seus amigos. Sempre que quiser.

Se Tante Heleen tivesse descoberto, ela teria matado a sua zemeni, disse Kaz. *Ela faria dela um exemplo para as outras garotas.*

Sim, o escrivão disse, engasgando de ansiedade. *Ela fará o que você quiser, tudo mesmo.*

Bem devagar, Kaz começou a deixar as pernas do homem deslizarem de suas mãos. *É terrível, não é? Saber que alguém tem sua vida nas mãos.*

A voz do escrivão subiu outra oitava quando ele percebeu seu erro.

Ela é apenas uma meretriz, ele gritou. *Ela conhece o jogo! Eu sou uma boa pessoa. Sou um bom homem.*

Não há homens bons em Ketterdam, disse Kaz. *O clima não é bom para eles.* E então ele simplesmente o soltou.

Wylan estremeceu. Através da fresta na porta, viu Kaz se agachar para que pudesse olhar a menininha direto nos olhos.

— Qual é o nome desse seu amigão aí? — perguntou Kaz, pousando a mão no pescoço enrugado do cachorro.

— Esse é o Maestro Spots.

— É mesmo?

— Ele uiva muito bem. O papai me deixou dar nome para todos os filhotes.

— Maestro Spots é o seu favorito? — perguntou Kaz.

Ela pareceu pensar, depois sacudiu a cabeça.

— Eu gosto mais do Duke Addam Von Silverhaunch, depois do Fuzzmuzzle, *e aí* do Maestro Spots.

— É bom saber, Hanna.

A menina ficou levemente boquiaberta.

— Como sabe o meu nome?

— Eu sei o nome de todas as crianças.

— Sabe?

— Sim, sim. Albert vive na porta ao lado, e a Gertrude, em Ammberstraat. Eu moro embaixo das suas camas e no fundo dos seus armários.

— Eu sabia — a garota suspirou, medo e triunfo em sua voz. — Mamãe disse que não tinha nada lá, mas eu sabia. — Ela inclinou a cabeça para um lado. — Você não parece um monstro.

— Vou te contar um segredo, Hanna. Os monstros realmente maus nunca se parecem com monstros.

Agora os lábios da garotinha tremiam.

— Você veio me comer? Papai disse que monstros comem crianças que não vão para a cama quando os pais mandam.

— Eles comem. Mas não farei isso. Não esta noite. Se você fizer duas coisas para mim. — Sua voz era calma, quase hipnótica. Tinha a aspereza de uma proa muito polida. — Primeiro, você precisa subir de volta para a cama. E segundo, você não pode nunca, jamais, contar *a ninguém* que nos viu, principalmente ao seu papai.

Ele se inclinou para a frente e deu um puxão de brincadeira na trança da menina.

— Porque se contar, vou cortar a garganta da sua mãe e, em seguida, a do seu pai, e depois vou arrancar o coração de todos estes amáveis cães babões. Talvez eu deixe Duke Silverhaunch por último para que você saiba que é tudo sua culpa.

O rosto da garotinha estava branco como o laço na gola de sua camisola, seus olhos arregalados e brilhando como a lua nova.

— Você me entendeu? — Ela assentiu freneticamente, queixo tremendo. — Agora, escute, nada de choro. Monstros veem lágrimas e isso só abre seu apetite. Volte para a cama e leve aquele inútil do Maestro Spots com você.

Ela deslizou para trás sobre o patamar e subiu a escada. Quando estava na metade, lançou um olhar apavorado para Kaz. Ele ergueu um dedo enluvado sobre os lábios.

Quando ela desapareceu para os aposentos, Wylan deslizou de trás da porta e seguiu Kaz escada abaixo.

— Como pôde dizer algo assim para ela? É apenas uma criança.

— Todos nós já fomos crianças um dia.

— Mas...

— Era isso ou quebrar o pescoço dela e fazer parecer que ela havia caído da escada, Wylan. Acho que demonstrei um autocontrole notável. Mexa-se.

Eles seguiram caminho passando pelo restante dos cães ainda deitados no corredor.

— Incrível — disse Kaz. — Eles provavelmente ficariam assim a noite inteira. Ele soprou o apito e eles se levantaram, orelhas para cima, prontos para guardar a casa. Quando Smeet retornasse, tudo estaria do jeito que deveria estar: os cães andando pelo térreo; o escritório intacto no segundo andar; sua esposa dormindo confortavelmente no terceiro piso, e sua filha fingindo fazer o mesmo.

Kaz verificou a rua e então acenou para Wylan sair, parando somente para trancar a porta atrás deles.

Eles se apressaram pelos paralelepípedos. Wylan espiou por sobre o ombro.

Quase não conseguia acreditar que haviam se safado.

— Pare de olhar em volta como se houvesse alguém seguindo você — disse Kaz. — E pare de correr. Você não conseguiria parecer mais culpado nem se estivesse interpretando o papel do Ladrão Número Três em uma peça barata na Aduela Leste. Da próxima vez, caminhe normalmente. Tente parecer que faz todo sentido estar aqui.

— Não vai haver uma próxima vez.

— É claro que não. Mantenha a gola levantada.

Wylan não discutiu. Até que Inej estivesse em segurança, até que tivesse o dinheiro que haviam lhes prometido, ele não poderia dar nenhum grande ultimato. Mas isso tudo teria um final. Tinha de ter, não tinha?

Matthias soltou um pio alto da outra ponta da rua. Kaz olhou para o relógio e correu a mão pelo cabelo, bagunçando-o descontroladamente.

— Bem na hora.

Ao virarem a esquina, esbarraram em Cornelis Smeet.

3. Matthias

Matthias se manteve nas sombras, observando o desdobramento daquela estranha cena.

Cornelis Smeet virou-se, perdendo o equilíbrio, chapéu escorregando da cabeça quase careca. O menino que tinha esbarrado nele se adiantou, oferecendo ajuda.

O garoto era Kaz, mas ele não era Kaz. Seu cabelo escuro estava bagunçado, seus modos afobados. Ele evitou olhá-lo nos olhos, seu queixo enfiado na gola como se estivesse irremediavelmente envergonhado – um jovem inexperiente, respeitoso em relação aos mais velhos.

Wylan pairava atrás dele, encolhido tão profundamente em seu casaco que Matthias pensou que ele poderia desaparecer de verdade.

— Olha por onde anda! — Smeet bufou indignado, recolocando o chapéu na cabeça.

— Mil desculpas, senhor — disse Kaz, esfregando os ombros da jaqueta de Smeet. — Amaldiçoada seja minha falta de jeito! — Ele se curvou sobre os paralelepípedos. — Oh, meu senhor, acho que derrubou sua carteira.

— E não é que foi? — Smeet disse surpreso. — Obrigado. Muito obrigado.

Em seguida, enquanto Matthias assistia incrédulo à cena, Smeet abriu a carteira e tirou uma nota amarrotada de cinco kruges.

— Para você, jovem. Ser honesto recompensa.

Kaz manteve a cabeça baixa, mas, de alguma forma, conseguiu transmitir seu humilde apreço enquanto murmurava:

— Muita bondade de sua parte, senhor. Muita bondade. Que Ghezen seja tão generoso quanto.

O advogado imponente seguiu seu caminho, chapéu torto, cantarolando uma discreta melodia, alheio ao fato de que tinha acabado de dar um encontrão no crupiê que estivera sentado na sua frente por duas horas no Clube Cumulus. Smeet chegou à porta e puxou uma corrente de sua camisa; em seguida, freneticamente, apalpou o colete à procura do apito.

— Você não o colocou na corrente? — perguntou Matthias enquanto Kaz e Wylan se juntavam a ele na entrada escura. Ele sabia que tais artimanhas estavam dentro das capacidades de Kaz.

— Não se preocupe.

Smeet procurou em sua camisa e, em seguida, tirou o apito e destrancou a porta, mais uma vez a cantarolar. Matthias não conseguiu entender. Ele havia mantido seu olhar treinado nas mãos enluvadas de Kaz enquanto ele fingia ajudar Smeet, mas, mesmo sabendo que Kaz pretendia devolver o apito, Matthias não tinha sido capaz de detectar o momento do truque. Ele ficou tentado a arrastar Smeet de volta para Kaz repetir o truque.

Kaz arrumou o cabelo com os dedos e entregou os cinco kruges a Wylan.

— Não gaste tudo de uma vez. Vamos.

Matthias guiou-os ao longo do canal secundário estreito onde havia ancorado o barco a remo. Passou a bengala para Kaz, e eles embarcaram.

Kaz tinha sido esperto ao não usar a bengala naquela noite. Se alguém notasse um rapaz com uma bengala com a cabeça de um corvo rondando os escritórios de Cornelis Smeet numa hora incomum, se uma menção espontânea desse fato chegasse de alguma forma aos ouvidos de Van Eck, todo o trabalho teria sido em vão. Para resgatar Inej, eles precisariam do fator surpresa do lado deles, e o *demjin* não era do tipo que deixava nada ao sabor da sorte.

— Então? — Matthias perguntou enquanto o barco deslizava pelas águas escuras do canal.

— Segure a língua, Helvar. As palavras gostam de percorrer a água. Faça algo de útil e ajude a manejar os remos.

Matthias lutou contra a vontade de partir seus remos ao meio. Por que Kaz era incapaz de manter um diálogo civilizado? Ele dava ordens como se simplesmente esperasse que todo mundo seguisse suas instruções, e tinha sido duas vezes mais insuportável desde que Van Eck sequestrara Inej. Mas Matthias queria voltar para o Véu Negro e para Nina o mais rápido possível, por isso fez como ele havia pedido, sentindo seus ombros flexionarem enquanto o barco se movia contra a corrente.

Ele se concentrou em ficar de olho nos pontos de referência pelos quais iam passando, tentando lembrar os nomes de ruas e de pontes. Apesar de Matthias estudar o mapa da cidade todas as noites, ele ainda considerava o complexo de vielas e canais de Ketterdam praticamente impossível de decifrar. Ele sempre havia se orgulhado de ter um bom senso de direção, mas aquela cidade o havia derrotado, e ele frequentemente se pegava amaldiçoando qualquer projetista que tivesse achado sensato erguer uma cidade em um pântano e então organizá-la sem ordem ou lógica.

Assim que passaram sob Havenbridge, ele se sentiu aliviado ao perceber que seu entorno estava se tornando familiar novamente. Kaz largou seus remos, conduzindo-os para as águas turvas da Curva dos Mendigos, onde o canal se alargava, e os guiou para a parte rasa da Ilha do Véu Negro. Eles esconderam o barco atrás dos galhos de um salgueiro branco e então seguiram caminho por entre as sepulturas que pontilhavam o barranco íngreme.

Véu Negro era um lugar sinistro, uma cidade em miniatura composta de mausoléus de mármore, muitos esculpidos em forma de navios, suas carrancas de pedra chorando enquanto atravessavam um mar invisível.

Alguns carregavam o carimbo das Moedas do Favor de Ghezen, outros os três peixes voadores de Kerch que Nina disse que indicavam que um membro da família tinha servido no governo. Alguns poucos eram vigiados pelos Santos ravkanos em mantos fluidos de mármore. Não havia sinal de Djel ou de seu freixo. Talvez os fjerdanos não quisessem ser enterrados acima da terra, onde não pudessem enraizar.

Quase todos os mausoléus estavam deteriorados, e muitos não passavam de pilhas de rochas caídas cobertas de vinhas e cachos de flores da primavera. Matthias tinha ficado horrorizado com a ideia de usar um cemitério como esconderijo, não importava há quanto tempo ele estivesse abandonado.

Mas, é claro, nada era sagrado para Kaz Brekker.

— Por que eles não usam mais este lugar? — Matthias perguntou quando pegaram um grande túmulo no centro da ilha para montar o esconderijo.

— Por causa da peste — Kaz respondeu. — O primeiro surto foi há mais de cem anos, e o Conselho Mercante proibiu enterros dentro dos limites da cidade. Agora os corpos precisam ser cremados.

— Não se você for rico — Matthias acrescentou. — Se for endinheirado, eles te levam para um cemitério no campo, onde seu cadáver pode aproveitar o ar fresco.

Matthias odiava o Véu Negro, mas tinha de reconhecer que atendia bem aos propósitos deles. Os rumores de assombrações mantinham invasores afastados, e a névoa que cercava os salgueiros retorcidos e os mastros de pedras das sepulturas obscurecia a luz ocasional das lamparinas.

Claro, nada disso serviria para camuflá-los se as pessoas pudessem ouvir Nina e Jesper discutindo aos berros. Eles deviam ter retornado para a ilha e deixado seu gondel no lado norte. A voz irritada de Nina ecoava sobre os túmulos, e Matthias sentiu uma onda de alívio, seus passos acelerando, ansioso pelo reencontro.

— Não acho que você esteja mostrando o devido apreço pelo que acabei de passar — Jesper estava dizendo enquanto andava irritado pelo cemitério.

— Você passou a noite inteira nas mesas perdendo o dinheiro de outra pessoa — Nina disparou. — Isso para você não é o equivalente a curtir um feriado?

Kaz bateu sua bengala firme contra uma lápide e ambos se calaram, entrando rapidamente em posição de combate.

Nina relaxou assim que viu os três nas sombras.

— Ah, são vocês.

— Sim, somos nós. — Kaz usou a bengala para conduzir os dois em direção ao centro da ilha. — E vocês teriam nos ouvido se não estivessem gritando um com o outro. Pare de encarar Nina como se nunca tivesse visto uma garota de vestido antes, Matthias.

— Não a estou encarando — Matthias disse com toda a dignidade que conseguiu reunir. Mas pela graça de Djel, como esperavam que ele reagisse quando Nina tinha lírios enfiados... por todos os lados.

— Fique quieto, Brekker — disse Nina. — Gosto quando ele fica boquiaberto.

— Como foi a missão? — Matthias perguntou, tentando olhar apenas para o rosto dela. Foi fácil quando percebeu o quanto ela estava cansada sob a maquiagem que havia aplicado. Ela chegou a aceitar o braço que ele ofereceu, apoiando-se levemente nele enquanto seguiam pelo terreno irregular. A noite tinha cobrado seu preço. Ela não devia estar passeando pelo Barril em farrapos de seda; ela devia estar descansando. Mas o prazo estabelecido por Van Eck estava se esgotando, e Matthias sabia que Nina não se permitiria nenhum tipo de conforto enquanto Inej não estivesse a salvo.

— Não é uma missão, é um trabalho — Nina o corrigiu. — E foi tudo esplêndido.

— Sim — disse Jesper. — *Esplêndido*. Tirando o fato de que meus revólveres estão agora acumulando poeira na segurança do Clube Cumulus. Smeet estava com medo de ir andando com eles para casa, aquele gorducho idiota. Só de pensar nos meus bebês naquelas mãos suadas…

— Ninguém disse para apostá-los — disse Kaz.

— Você me encurralou com as mãos que me deu. De que outra maneira eu conseguiria manter Smeet nas mesas de apostas?

Kuwei colocou a cabeça para fora de uma tumba enorme enquanto eles se aproximavam.

— O que eu falei? — Kaz resmungou, apontando a bengala para ele.

— Meu kerch não é muito bom — Kuwei protestou.

— Não fique de joguinhos comigo, garoto. Você entendeu o suficiente. Fique dentro do túmulo.

Kuwei baixou a cabeça.

— Fique no túmulo — ele repetiu melancólico.

Eles seguiram o garoto Shu para dentro da tumba. Matthias detestava aquele lugar. Por que construir tamanhos monumentos à morte? O jazigo havia sido construído para se parecer com um antigo cargueiro, seu interior esculpido como um grande casco de pedra. Tinha até vigias de janelas circulares com vitrais que projetavam arco-íris no chão da cripta no final da tarde. De acordo com Nina, as esculturas de palmeiras e cobras nas paredes indicavam que aquela tinha sido uma família de comerciantes de especiarias. Mas eles devem ter enfrentado tempos difíceis ou simplesmente levado seus mortos para outro lugar, porque apenas uma das gavetas funerárias tinha um residente, e as passagens estreitas em ambos os lados do casco principal estavam igualmente vazias.

Nina tirou os grampos do cabelo, arrancou a peruca loira e a jogou sobre a mesa que haviam colocado no centro da tumba. Ela se jogou numa cadeira, esfregando os dedos pelo couro cabeludo.

— Bem melhor assim — disse com um suspiro feliz. Mas Matthias não podia ignorar o tom quase esverdeado de sua pele.

Ela estava pior aquela noite. Ou havia passado por problemas com Smeet ou simplesmente havia ultrapassado seus limites. E, ainda assim, ao observá-la, Matthias sentiu algo nele se acalmar. Pelo menos ela se parecia com a Nina novamente, seu cabelo castanho em tranças úmidas, seus olhos semicerrados. Era normal ficar fascinado pelos maus modos de alguém?

— Adivinhem só o que vimos enquanto íamos para a Tampa? — ela perguntou.

Jesper começou a mexer em suas reservas de comida.

— Dois navios de guerra Shu atracados no porto.

Ela jogou seu prendedor de cabelo nele.

— Eu queria que eles tentassem adivinhar!

— Shu? — perguntou Kuwei, retornando para onde havia espalhado suas anotações sobre a mesa.

Nina assentiu.

— Canhões armados, bandeiras vermelhas hasteadas.

— Falei com Specht mais cedo — disse Kaz. — As embaixadas estão cheias de diplomatas e soldados. Zemenis, kaelishes, ravkanos.

— Acha que eles sabem a respeito de Kuwei? — Jesper perguntou.

— Acho que eles sabem sobre a *parem* — disse Kaz. — Ouviram rumores, pelo menos. E na Corte do Gelo havia várias pessoas interessadas em ouvir os boatos a respeito da... libertação de Kuwei.

Ele se virou para Matthias.

— Os fjerdanos também estão aqui. Eles trouxeram um contingente inteiro de drüskelle com eles.

Kuwei suspirou melancolicamente, e Jesper se acomodou ao lado dele, dando-lhe um empurrão com o ombro.

— Não é legal ser desejado?

Matthias não disse nada. Ele não gostava de pensar no fato de que seus antigos amigos e seu antigo comandante podiam estar a apenas alguns quilômetros de distância.

Ele não se arrependia das coisas que havia feito na Corte de Gelo, mas isso não significava que estava em paz com isso.

Wylan se esticou para pegar um dos biscoitos que Jesper havia despejado na mesa. Ainda era desconcertante vê-lo com Kuwei no mesmo ambiente.

O trabalho de Artesã de Nina tinha sido tão bem-sucedido que Matthias frequentemente tinha dificuldades em diferenciá-los até que falassem alguma coisa. Ele gostaria que um deles fizesse a gentileza de usar um chapéu.

— Isso é bom para nós — disse Kaz. — Os Shu e os fjerdanos não sabem por onde começar a procurar Kuwei, e todos esses diplomatas causando problemas para o Stadhall vai gerar algum barulho interessante para distrair Van Eck.

— O que aconteceu no escritório de Smeet? — Nina perguntou. — Conseguiu descobrir onde Van Eck a está escondendo?

— Tenho um bom palpite. Sairemos amanhã à meia-noite.

— Isso é tempo suficiente para nos prepararmos? — Wylan perguntou.

— É todo o tempo que temos. Não vamos esperar por um convite formal. Qual o seu progresso com o caruncho?

Jesper ergueu as sobrancelhas.

— O caruncho?

Wylan tirou um pequeno frasco de seu casaco e o colocou sobre a mesa. Matthias se inclinou para olhar para ele. Parecia com um monte de seixos.

— Isso é um caruncho? Ele pensava que carunchos eram pestes que davam em estoques de grãos.

— Não um caruncho real — disse Wylan. — É um caruncho químico. Ele ainda não tem um nome de verdade.

— Precisa dar um nome a ele — falou Jesper. — De que outra maneira irá convidá-lo para jantar?

— Esqueça o nome dele — disse Kaz. — O que importa é que esse pequeno frasco irá consumir as contas bancárias de Van Eck e, de quebra, sua reputação.

Wylan pigarreou.

— Possivelmente. Mas a química é complicada. Tinha esperanças de que Kuwei pudesse ajudar.

Nina disse algo em Shu para Kuwei. Ele deu de ombros e desviou o olhar, lábios ligeiramente projetados para a frente. Fosse pela morte recente de seu pai ou pelo fato de que se encontrava preso em um cemitério com um bando de ladrões, o garoto vinha ficando cada vez mais taciturno.

— E então? — Jesper provocou.

— Tenho outros interesses — Kuwei respondeu.

O olhar escuro de Kaz perfurou Kuwei como a ponta de uma adaga.

— Eu sugiro que você repense suas prioridades.

Jesper deu outro cutucão em Kuwei.

— Esse é o jeito de Kaz dizer "Ajude Wylan ou vou te trancar num desses túmulos e ver como isso atende aos seus interesses".

Matthias já não tinha certeza do que o garoto Shu compreendia ou deixava de compreender, mas aparentemente ele tinha recebido a mensagem. Kuwei engoliu em seco e assentiu de má vontade.

— O poder da negociação — disse Jesper enfiando um biscoito na boca.

— Wylan e Kuwei, a contragosto, colocarão o caruncho para funcionar — Kaz prosseguiu. — Assim que tivermos Inej, podemos prosseguir para os silos de Van Eck.

Nina revirou os olhos.

— Ainda bem que isso tudo se trata de pegar nosso dinheiro e não de salvar Inej. Definitivamente não se trata disso.

— Se não se importa com o dinheiro, querida Nina, chame-o por outros nomes.

— Kruge? Grana? O verdadeiro amor de Kaz?

— Liberdade, segurança, retribuição.

— Não dá para colocar um preço nessas coisas.

— Não? Aposto que Jesper consegue. É o preço da garantia de penhora da fazenda do pai dele.

O atirador de elite encarou a ponta de suas botas.

— E quanto a você, Wylan? Consegue colocar um preço na chance de ir embora de Ketterdam e viver sua própria vida? E Nina, suspeito que você e seu fjerdano talvez queiram algo mais para sobreviver além de patriotismo e longas trocas de olhares. Inej talvez tenha alguns planos em mente também. É o preço de um futuro, e é a vez de Van Eck pagar.

Matthias não se deixou enganar. Kaz sempre falava de um jeito lógico, mas isso não significava que ele sempre dizia a verdade.

— A vida da Espectro vale mais do que isso — disse Matthias. — Para todos nós.

— Nós libertamos Inej. E pegamos nosso dinheiro. Simples assim.

— Simples assim — disse Nina. — Sabia que eu sou a próxima na linha de sucessão para o trono fjerdano? Eles me chamam de Princesa Ilse de Engelsberg.

— Não existe princesa de Engelsberg — disse Matthias. — É uma vila de pescadores.

Nina deu de ombros.

— Se vamos mentir para nós mesmos, podemos muito bem ser grandiosos quanto a isso.

Kaz a ignorou, abrindo um mapa da cidade sobre a mesa, e Matthias ouviu Wylan murmurar para Jesper:

— Por que ele não diz apenas que a quer de volta?

— Você conhece o Kaz, não conhece?

— Mas ela é uma de nós.

Jesper ergueu a sobrancelha outra vez.

— Uma de nós? Isso significa que ela conhece o aperto de mão secreto? Significa que você está pronto para fazer uma tatuagem? — Ele percorreu um dedo pelo antebraço de Wylan, que ficou de um rosa vibrante. Matthias não conseguia deixar de simpatizar com o garoto. Ele sabia o que era ser um peixe fora d'água, e às vezes suspeitava de que poderiam deixar todo o planejamento de Kaz de lado e simplesmente deixar Jesper e Nina colocarem Ketterdam a seus pés com seus flertes.

Wylan puxou sua manga para baixo envergonhado.

— Inej é parte do grupo.

— Só não force a barra.

— Por que não?

— Porque o mais prático para Kaz seria vender Kuwei num leilão pelo lance mais alto e se esquecer completamente de Inej.

— Ele não faria... — Wylan se afastou de forma abrupta, a dúvida perpassando seu rosto.

Nenhum deles sabia realmente o que Kaz seria capaz ou não de fazer. Às vezes Matthias se perguntava se o próprio Kaz sabia.

— Tudo bem, Kaz — disse Nina, tirando os sapatos e mexendo os dedos dos pés. — Já que estamos falando do seu grandioso plano, que tal parar de meditar sobre o mapa e nos dizer de uma vez por que estamos aqui?

— Quero que se concentrem no que temos para fazer amanhã à noite. Depois disso, vocês receberão toda a informação necessária.

— Sério? — perguntou Nina, puxando seu espartilho. O pólen de um dos lírios havia se espalhado sobre seu ombro nu. Matthias teve o impulso irresistível de limpá-lo com os lábios. *Provavelmente isso é venenoso*, ele disse a si mesmo. Talvez ele devesse sair para dar um passeio.

— Van Eck nos prometeu trinta milhões de kruges — disse Kaz. — É exatamente isso que vamos tomar dele. Com mais um milhão de juros, despesas e simplesmente porque podemos.

Wylan quebrou um biscoito no meio.

— Meu pai não tem trinta milhões de kruges dando sopa por aí. Mesmo se você juntar todos os seus bens.

— Você devia ir embora, então — disse Jesper. — Nós só nos associamos aos herdeiros exilados das fortunas *mais* estupendas.

Kaz esticou sua perna ruim, flexionando ligeiramente o pé.

— Se Van Eck tivesse essa quantia de dinheiro em mãos, nós simplesmente o teríamos roubado em vez de invadir a Corte do Gelo, para começo de conversa. Ele só pôde oferecer uma recompensa tão grande porque declarou que o Conselho Mercante o estava apoiando com fundos da cidade.

— E quanto àquele baú cheio de notas que ele levou para Vellgeluk? — perguntou Jesper.

— Lixo — disse Kaz, com repulsa em sua voz. — Provavelmente falsificações de qualidade.

— Então como conseguiremos o dinheiro? Roubando a cidade? Roubando o Conselho?

Jesper se endireitou na cadeira, mãos tamborilando ansiosas na mesa.

— Assaltamos doze cofres em uma só noite?

Wylan se endireitou na cadeira, e Matthias notou sua expressão inquieta. Pelo menos alguém mais nesse bando de depravados estava relutante em continuar cometendo crimes.

— Não — disse Kaz. — Agiremos como fazem os comerciantes e deixaremos o mercado trabalhar para nós. — Ele se inclinou para trás, as mãos enluvadas repousando na cabeça de corvo de sua bengala. — Tiraremos o dinheiro de Van Eck e depois tiraremos a sua reputação. Vamos garantir que ele nunca mais possa fazer negócios em Ketterdam ou em qualquer lugar de Kerch novamente.

— E o que vai acontecer com Kuwei? — perguntou Nina.

— Quando terminarmos o trabalho, Kuwei e qualquer outro condenado, Grishas e jovens deserdados que podem ou não estar com a cabeça a prêmio podem ir descansar nas Colônias do Sul.

Jesper franziu a testa.

— Onde você estará?

— Bem aqui. Ainda tenho muitos negócios que requerem minha atenção.

Embora o tom de Kaz fosse tranquilo, Matthias notou a ansiedade sombria de suas palavras. Ele sempre se perguntava como as pessoas sobreviviam àquela cidade, mas era possível que Ketterdam não sobrevivesse a Kaz Brekker.

— Espera aí — disse Nina. — Pensei que Kuwei fosse para Ravka.

— Por que pensaria isso?

— Quando vendeu a sua parte do Clube do Corvo para Pekka Rollins, pediu a ele que enviasse uma mensagem para a capital ravkana. Todos nós ouvimos isso.

— Pensei que fosse um pedido de ajuda — disse Matthias —, não um convite para barganhar.

Eles nunca haviam discutido entregar Kuwei para Ravka.

Kaz os observou com algum divertimento.

— Nem uma coisa nem outra. Vamos torcer para Rollins ser tão ingênuo quanto vocês dois.

— Foi uma pista falsa — Nina falou. — Você só estava mantendo Rollins ocupado.

— Quero Pekka Rollins preocupado. Com sorte, ele mandou seu pessoal investigar nossos contatos ravkanos. Será bastante difícil de encontrá-los, considerando que eles nem existem.

Kuwei pigarreou.

— Preferiria ir para Ravka.

— Eu prefiro um calção de banho forrado de zibelina — disse Jesper. — Mas nem sempre dá para ter o que queremos.

Kuwei franziu as sobrancelhas a ponto de aparecer um sulco entre elas. Os limites de sua compreensão de kerch aparentemente haviam sido alcançados e ultrapassados.

— Eu preferiria ir para Ravka — ele repetiu com mais firmeza. Kaz manteve seu olhar firme e sombrio sobre Kuwei por mais tempo. Kuwei se contorceu nervoso. — Por que ele está me olhando desse jeito?

— Kaz está se perguntando se deve mantê-lo vivo — disse Jesper. — Terrível para os nervos. Recomendo respirar fundo. Talvez tomar um tônico.

— Jesper, pare — disse Wylan.

— Vocês dois precisam relaxar. — Jesper deu um tapinha na mão de Kuwei. — Não vamos deixar que ele te coloque embaixo da terra.

Kaz ergueu uma sobrancelha.

— Nada de promessas por enquanto.

— Para com isso, Kaz. Não passamos por todos aqueles problemas para salvar Kuwei só para ele virar comida de minhoca.

— Por que você quer ir para Ravka? — perguntou Nina, incapaz de esconder a ansiedade.

— Nunca combinamos isso — disse Matthias. Ele não queria discutir sobre o assunto, principalmente com Nina. O plano era libertar Kuwei para que pudesse viver anonimamente em Novyi Zem, e não o entregar para o maior inimigo de Fjerda.

Nina deu de ombros.

— Talvez tenhamos que repensar nossas opções.

Kuwei falou lentamente, escolhendo suas palavras com cuidado.

— É mais seguro lá. Para os Grishas. E para mim. Não quero me esconder. Quero treinar. — Kuwei tocou as anotações na frente dele. — O trabalho do meu pai pode ajudar a descobrir... — Ele hesitou, trocou algumas palavras com Nina. — Um antídoto para a *parem*.

Nina juntou as mãos, radiante.

Jesper se inclinou ainda mais para trás na cadeira.

— Acho que Nina está a um passo de começar a cantar.

Um antídoto. Era isso o que Kuwei vinha rabiscando em seus cadernos? A perspectiva de algo que pudesse neutralizar os poderes da *parem* era atraente, e ainda assim Matthias não podia deixar de se preocupar.

— Colocar esse conhecimento nas mãos de uma nação... — ele começou.

Mas Kuwei o interrompeu.

— Meu pai trouxe essa droga ao mundo. Mesmo sem mim, sem o que sei, ela será fabricada de novo.

— Está dizendo que alguém mais vai desvendar o enigma da *parem*? — Matthias perguntou. Realmente não havia esperança de que aquela abominação pudesse ser contida?

— Às vezes descobertas científicas são assim — disse Wylan. — Quando as pessoas descobrem que algo é possível, o ritmo de novas descobertas aumenta. Depois disso, é como tentar colocar um enxame de vespas de volta na colmeia.

— Acha mesmo que é possível descobrir um antídoto? — perguntou Nina.

— Não sei — disse Kuwei. — Meu pai era um Fabricador. Sou apenas um Infernal.

— Você é um químico, Wylan — disse Nina, com esperança. — O que acha?

Wylan deu de ombros.

— Talvez. Nem todos os venenos possuem um antídoto.

Jesper bufou.

— É por isso que o chamamos de Wylan Van Otimista.

— Em Ravka, há muitos Fabricadores talentosos — disse Kuwei. — Eles poderiam ajudar.

Nina assentiu enfaticamente.

— É verdade. Genya Safin conhece venenos como ninguém, e David Kostyk desenvolveu toda sorte de novos armamentos para o Rei Nikolai. — Ela olhou para Matthias. — E outras coisas também! Coisas boas. Muito pacíficas.

Matthias sacudiu a cabeça.

— Essa não é uma decisão a ser tomada levianamente.

Kuwei fez uma cara de decidido.

— Preferiria ir para Ravka.

— Viu só? — disse Nina.

— Não, não vi — disse Matthias. — Não podemos simplesmente entregar um prêmio desses a Ravka.

— Ele é uma pessoa, não um prêmio, e ele quer ir.

— Quer dizer que agora todo mundo aqui vai fazer o que quer? — perguntou Jesper. — Porque se for assim, eu tenho uma lista.

Houve uma pausa longa e tensa, então Kaz percorreu com o polegar enluvado o vinco das calças e disse:

— Nina, querida, pode traduzir para mim? Quero ter certeza de que Kuwei e eu estamos nos entendendo.

— Kaz... — ela disse num tom de advertência.

Kaz se inclinou para a frente e pousou as mãos sobre os joelhos, como um bondoso irmão mais velho oferecendo alguns conselhos de amigo.

— Acho importante que você entenda as mudanças nas circunstâncias que o cercam. Van Eck sabe que o primeiro lugar onde você buscaria refúgio seria Ravka, então qualquer navio em direção à sua costa será revistado de cima a baixo. Os únicos Artesãos poderosos o bastante para fazer você se parecer com outra pessoa estão em Ravka, a menos que Nina queira tomar outra dose de *parem*.

Matthias grunhiu.

— O que é improvável — Kaz admitiu. — Agora, presumo que você não queira ser entregue de volta a Fjerda ou a Shu Han?

Ficou claro que Nina havia terminado de traduzir quando Kuwei gritou:

— Não!

— Então as suas escolhas são Novyi Zem e as Colônias do Sul, mas a presença de kerches nas colônias é bem menor. Além disso, o clima é melhor, se esse tipo de coisa for relevante para você. Você é um quadro roubado, Kuwei. Reconhecível demais para ser vendido no mercado tradicional, e valioso demais para deixar zanzando por aí. Não vale nada para mim.

— Não vou traduzir isso — Nina rebateu.

— Então traduza isto: minha única preocupação é manter você longe de Jan Van Eck, e se você quiser começar a explorar opções mais definitivas, uma bala sai muito mais barato do que colocá-lo em um navio para as Colônias do Sul.

Nina traduziu, apesar de hesitante.

Kuwei respondeu em Shu. Ela hesitou.

— Ele disse que você é cruel.

— Sou pragmático. Se eu fosse cruel, teria dado a ele uma homenagem póstuma em vez da possibilidade de conversar. Então, Kuwei, você vai para as Colônias do Sul e, quando a poeira tiver baixado, pode encontrar um jeito de ir para Ravka ou para a casa da avó de Matthias, não estou nem aí.

— Deixe minha avó fora disso — disse Matthias.

Nina traduziu e, finalmente, Kuwei assentiu firme com a cabeça. Apesar de Matthias tê-lo ajudado, o desânimo no rosto de Nina deixou um sentimento de vazio no peito.

Kaz verificou o relógio.

— Agora que chegamos a um acordo, todos sabem quais são as suas responsabilidades. Existem muitas coisas que podem sair errado daqui até amanhã à noite, então repassem o plano e depois o repassem novamente. Só temos uma chance aqui.

— Van Eck vai definir um perímetro. Ele estará fortemente vigiado — disse Matthias.

— Exato. Ele tem mais armas, mais homens e mais recursos. Tudo o que temos é o fator surpresa, e nós não vamos desperdiçá-lo.

Um barulho leve de raspagem veio do lado de fora. No mesmo instante, eles se levantaram e ficaram a postos, inclusive Kuwei.

Mas um momento depois, Rotty e Specht deslizaram para dentro da tumba.

Matthias suspirou e recolocou o rifle onde o havia guardado, sempre ao alcance de suas mãos.

— O que descobriu? — perguntou Kaz.

— Os Shu já se organizaram em sua embaixada — disse Specht. — Todo mundo na Tampa está falando sobre isso.

— Números?

— Quarenta, perto disso — disse Rotty, chutando para tirar a lama de suas botas. — Fortemente armados, mas ainda operando sob bandeiras diplomáticas. Ninguém sabe exatamente o que eles querem.

— Nós sabemos — disse Jesper.

— Não cheguei muito perto da Ripa — disse Rotty —, mas Per Haskell está nervoso e não está sendo discreto. Sem você por perto, o velho está ficando soterrado de trabalho. Agora há rumores de que você voltou à cidade e teve um desentendimento com um mercador. Ah, e houve algum tipo de ataque em um dos portos há alguns dias. Um bando de marinheiros mortos, o escritório do capitão do porto completamente destruído, mas ninguém sabe dos detalhes.

Matthias viu a expressão de Kaz ficar mais séria. Ele estava sedento por mais informações. Matthias sabia que o *demjin* tinha outras razões para ir atrás de Inej, mas o fato era que, sem ela, sua capacidade de reunir informações úteis tinha sido severamente comprometida.

— Muito bem — disse Kaz. — Mas ninguém ligou o nosso nome ao ataque à Corte do Gelo ou à *parem*?

— Não que eu saiba — disse Rotty.

— Não — disse Specht.

Wylan pareceu surpreso.

— Isso significa que Pekka Rollins não abriu a boca.

— Dê tempo a ele — disse Kaz. — Ele sabe que escondemos Kuwei em algum lugar. A carta para Ravka só o deixará correndo atrás do próprio rabo por mais algum tempo.

Jesper tamborilava em suas coxas sem parar.

— Alguém notou que a cidade inteira está atrás de nós, com raiva de nós, ou quer nos matar?

— E daí? — disse Kaz.

— Bem, geralmente é só a metade da cidade.

Jesper podia até brincar, mas Matthias se perguntava se algum deles realmente tinha se dado conta das forças que estavam se alinhando contra eles. Fjerda, Shu Han, Novyi Zem, os kaelishes, os kerches. Esses não eram gangues rivais ou parceiros comerciais irritados. Eram nações determinadas a proteger seu povo e garantir seu futuro.

— Tem mais uma coisa — disse Specht. — Matthias, você está morto.

— O que disse? — o kerch de Matthias era bom, mas talvez ainda faltasse aprender os detalhes.

— Você foi atacado na enfermaria do Hellgate.

O silêncio caiu sobre o lugar. Jesper sentou com tudo.

— Muzzen morreu?

— Muzzen? — Matthias não conseguiu identificar o nome.

— Ele ocupou o seu lugar em Hellgate — disse Jesper. — Para que você pudesse se juntar à missão da Corte do Gelo.

Matthias se lembrou da luta com os lobos, Nina em pé em sua cela, a fuga da prisão. Nina havia coberto um membro dos Dregs com feridas falsas e lhe deixado com febre para certificar-se de que seria colocado em quarentena e afastado da maioria dos detentos. *Muzzen*. Matthias não devia ter se esquecido de algo assim.

— Pensei que tivesse dito que tinha um contato na enfermaria — disse Nina.

— Para mantê-lo doente, não para mantê-lo em segurança. — O rosto de Kaz estava soturno. — Alguém encomendou sua morte.

— Os fjerdanos — disse Nina.

Matthias cruzou os braços.

— Isso não é possível.

— Por que não? — disse Nina. — Sabemos que há drüskelle aqui. Se eles vieram à cidade procurando por você e fizeram barulho no Stadhall, eles seriam informados de que você estava em Hellgate.

— Não — disse Matthias. — Eles não recorreriam a uma tática tão inescrupulosa. Contratar um assassino? Matar alguém doente em seu leito?

Mas, mesmo enquanto dizia as palavras, Matthias não sabia ao certo se acreditava nelas. Jarl Brum e seus oficiais tinham feito pior sem um pingo de consciência.

— Grande, loiro e cego — disse Jesper. — O modo fjerdano.

Ele morreu no meu lugar, Matthias pensou. *E eu nem reconheci seu nome.*

— Muzzen tinha família? — Matthias perguntou, por fim.

— Só os Dregs — disse Kaz.

— Sem luto — Nina murmurou.

— Sem funerais — Matthias respondeu baixinho.

— E aí? Qual a sensação de estar morto? — perguntou Jesper. O brilho jovial tinha sumido de seus olhos.

Matthias não tinha a resposta. A faca que matou Muzzen tinha sido destinada a Matthias, e os fjerdanos talvez fossem os responsáveis. Os drüskelle. Seus irmãos. Eles queriam que morresse sem honra, assassinado no leito de uma enfermaria. Era uma morte adequada para um traidor. Era a morte que merecia. Agora Matthias tinha uma dívida de sangue com Muzzen, mas como ele poderia pagá-la?

— O que eles farão com o corpo dele? — perguntou.

— Provavelmente já virou cinzas na Barcaça da Ceifadora — disse Kaz.

— Tem mais uma coisa — disse Rotty. — Alguém está fazendo barulho procurando pelo Jesper.

— Seus credores terão de esperar — disse Kaz, e Jesper estremeceu.

— Não — disse Rotty sacudindo a cabeça. — Um homem apareceu na universidade. Jesper, ele diz que é o seu pai.

4. Inej

Inej estava deitada de bruços, os braços estendidos para a frente, contorcendo-se como um verme pela escuridão. Apesar do fato de ter praticamente passado fome, o duto ainda era apertado. Não conseguia ver aonde estava indo; apenas continuava se movendo para a frente, puxando-se adiante com a ponta dos dedos.

Ela havia acordado um pouco depois da luta em Vellgeluk, sem nenhuma noção de quanto tempo passara inconsciente e sem a menor ideia de onde estava. Lembrava-se de despencar de uma altura grande quando um dos Aeros de Van Eck a soltou, só para ser arrebatada por outro – envolta em braços como faixas de aço, o ar esbofeteando seu rosto, o céu cinzento ao redor, e então a dor explodindo por todo o crânio. Lembrava-se, então, de acordar na escuridão, a cabeça latejando. Suas mãos e tornozelos estavam atados, e ela podia sentir uma venda apertada sobre os olhos. Por um momento, sentiu como se tivesse quatorze anos novamente, sendo atirada no porão de um navio de escravos, assustada e sozinha. Ela se forçou a respirar. Onde quer que estivesse, não sentia o balanço de nenhum navio, não ouvia o estalar das velas. Estava sobre chão firme.

Para onde Van Eck a havia levado? Podia estar em um armazém, na casa de alguém. Talvez nem estivesse mais em Kerch. Isso não importava. Ela era Inej Ghafa, e não iria tremer como um coelho em uma armadilha. *Onde quer que eu esteja, tenho que escapar.*

Ela tinha conseguido abaixar a venda esfregando o rosto contra a parede. O quarto estava escuro, e tudo o que podia ouvir no silêncio era a própria respiração acelerada ao ser tomada novamente pelo pânico. Ela tinha dominado esse sentimento controlando a respiração, inspirando pelo nariz, expirando pela boca, deixando sua mente voltar-se para as preces enquanto seus Santos se reuniam ao seu redor.

Ela os imaginou verificando as cordas em seus punhos, esfregando suas mãos para dar-lhes vida. Não disse a si mesma que não estava com medo. Tempos atrás, depois de uma queda séria, seu pai tinha explicado que só os tolos não sentiam medo. *Nós encaramos o medo*, ele disse. *Cumprimentamos o visitante inesperado e escutamos o que ele tem para nos dizer. Quando o medo chega, algo está para acontecer.*

Inej pretendia fazer algo acontecer. Ela havia ignorado a dor de cabeça e se movia vagarosamente pela sala, estimando suas dimensões. Depois, usou a parede para se colocar de pé e começou a tocá-la, arrastando os pés e saltando, procurando por qualquer porta ou janela. Quando ouviu passos se aproximando, jogou-se no chão, mas não teve tempo de colocar a venda de volta no lugar. Depois disso os guardas passaram a amarrá-la mais apertado. Mas aquilo não importava, porque ela havia encontrado o duto de ventilação. Precisava apenas escapar de suas cordas, algo que Kaz teria conseguido mesmo no escuro e provavelmente até debaixo d'água.

Ela só conseguia estudar direito o quarto durante as refeições, quando lhe traziam uma lamparina. Ela escutava chaves girando em uma série de fechaduras, a porta se abrindo, o som da bandeja sendo colocada sobre a mesa. Um momento depois, a venda seria gentilmente erguida de seu rosto – Bajan nunca era grosseiro ou brusco. Não fazia parte da sua natureza. Na verdade, ela suspeitava que isso estava além das capacidades de suas mãos bem cuidadas de músico.

Nunca havia nenhum talher na bandeja, é claro. Van Eck era esperto o suficiente para não confiar nela nem em posse de uma colher, mas Inej tinha tirado vantagem de cada instante sem a venda para estudar cada centímetro do quarto estéril, procurando pistas que pudessem ajudá-la a avaliar sua localização e planejar a fuga.

Não havia muito para analisar: um piso de concreto marcado por nada além da pilha de cobertas que havia recebido para se enrolar de noite, paredes com prateleiras vazias, a mesa e a cadeira onde fazia suas refeições. Não havia janelas, e a única dica de que ainda poderiam estar perto de Ketterdam era o rastro úmido de sal no ar.

Bajan soltava seus pulsos, depois os amarrava novamente pela frente para que ela conseguisse comer – embora, depois de descobrir a ventilação, ela apenas beliscava a comida, comendo o suficiente para manter as forças e mais nada. Entretanto, quando Bajan e os guardas trouxeram sua bandeja naquela noite, seu estômago roncou alto por conta do cheiro de salsichas macias e mingau.

Ela estava tonta de fome e, quando tentou se sentar, derrubou a bandeja da mesa, quebrando a caneca de cerâmica branca e a tigela. Seu jantar se espalhou pelo chão em uma mistura fumegante de pirão saboroso e louça quebrada, e ela havia caído de modo desajeitado ao lado dela, evitando por pouco um rosto cheio de mingau.

Bajan sacudiu a cabeça escura e sedosa.

— Você está fraca porque não come. O Senhor Van Eck diz que devo forçá-la a se alimentar se for preciso.

— Tente — ela disse, olhando-o do chão e arreganhando os dentes. — Vai ter problemas para ensinar piano sem todos os seus dedos.

Mas Bajan apenas riu, seu sorriso brilhante e branco. Ele e um dos guardas a ajudaram a se sentar novamente na cadeira, e ele saiu para buscar outra bandeja.

Van Eck não podia ter escolhido um carcereiro melhor para ela. Bajan era suli, somente alguns anos mais velho que Inej. Tinha grossos cabelos pretos que pendiam em cachos sobre a gola, e seus olhos pretos como joias eram emoldurados por cílios longos o suficiente para golpear moscas. Contou que era um professor de música sob contrato de servidão com Van Eck, e Inej se perguntou por que o mercante traria um rapaz assim para o porão de sua casa considerando que sua nova esposa tinha menos da metade da idade dele. Ou Van Eck era muito estúpido ou muito seguro de si. *Ele havia traído Kaz*, ela lembrou a si mesma. *Está pendendo com força para o lado da estupidez.*

Assim que a bagunça foi limpa – por um guarda, já que Bajan não se rebaixaria a um trabalho desses – e uma nova refeição foi trazida, ele se apoiou na parede para vê-la comer. Ela havia apanhado uma porção de mingau com os dedos, permitindo-se apenas beliscar de um modo desajeitado.

— Precisa comer mais do que isso — Bajan a repreendeu. — Se tentar ser um pouco mais prestativa, se responder às perguntas dele, descobrirá que Van Eck é um homem razoável.

— Um mentiroso, trapaceiro e sequestrador razoável — ela disse, e então se amaldiçoou por responder.

Bajan não conseguiu esconder sua satisfação. Eles mantinham a mesma rotina a cada refeição: ela ciscava a comida. Ele puxava uma conversa fiada, temperando o papo com perguntas perspicazes sobre Kaz e os Dregs. Cada vez que ela falava, ele considerava uma vitória. Infelizmente, quanto menos ela comia, mais fraca ficava, e mais difícil era manter sua concentração.

— Considerando as pessoas com quem você anda, acho que ser um mentiroso traidor conta pontos a favor do Senhor Van Eck.

— *Shevrati* — disse Inej distintamente. *Sabe-nada.* Ela havia chamado Kaz assim em mais de uma ocasião. Ela pensou em Jesper brincando com suas armas, Nina suprimindo a vida de um homem com o movimento de um punho, Kaz escolhendo uma chave-mestra em suas luvas pretas. Bandidos. Ladrões. Assassinos. E todos valiam mais do que mil Jan Van Ecks.

Então onde eles estavam? A pergunta dilacerava algum remendo costurado apressadamente dentro dela. *Onde está Kaz?* Ela não queria pensar muito no assunto. Antes de mais nada, Kaz era prático. Por que ele viria atrás dela quando podia se afastar de Van Eck com o refém mais valioso do mundo?

Bajan torceu o nariz.

— Nada de falar suli. Isso me deixa sentimental.

Ele usava calças de seda que se afunilavam e um casaco de corte elegante. Presa à lapela, uma lira dourada coroada com folhas de louro e um pequeno rubi indicavam tanto sua profissão quanto a casa de seu contrato de servidão.

Inej sabia que não deveria continuar a falar com ele, mas ela ainda era uma colecionadora de segredos.

— Que instrumentos você ensina? — ela disse. — Harpa? Piano?

— E também flauta, e canto para damas.

— E como Alys Van Eck canta?

Bajan deu um sorriso preguiçoso.

— Da forma mais linda seguindo minhas instruções. Eu poderia te ensinar a emitir todo tipo de som agradável.

Inej revirou os olhos. Ele era como os garotos com quem havia crescido: a cabeça cheia de bobagens e a boca cheia de cantadas fáceis.

— Estou amarrada e enfrentando a possibilidade de tortura ou algo pior. Você está realmente flertando comigo?

Bajan resmungou.

— O Senhor Van Eck e seu Senhor Brekker chegarão a um acordo. Van Eck é um homem de negócios. Até onde eu sei, ele está simplesmente protegendo seus interesses. Não consigo imaginar que ele recorra à tortura.

— Se fosse você passando todas as noites amarrado e vendado, sua imaginação talvez não te deixasse completamente na mão.

E se Bajan conhecesse um mínimo de Kaz, não confiaria tanto em uma troca.

Nas longas horas em que ficava sozinha, Inej tentava descansar e pensar na fuga, mas inevitavelmente seus pensamentos voltavam a Kaz e aos outros. Van Eck queria trocá-la por Kuwei Yul-Bo, o rapaz Shu que eles tinham roubado da fortaleza mais mortal do mundo. Ele era a única pessoa capaz de recriar o trabalho do pai sobre a droga conhecida como *jurda parem*, e o pagamento por seu resgate daria a Kaz tudo o que ele sempre quis – todo o dinheiro e prestígio de que ele precisava para tomar seu lugar de direito entre os chefes do Barril e a chance de se vingar de Pekka Rollins pela morte de seu irmão. Os fatos se alinharam um após o outro, um exército de dúvidas se unindo contra a esperança que ela tentou manter firme dentro de si.

O roteiro de Kaz era óbvio: vender Kuwei, pegar o dinheiro, encontrar uma nova aranha para escalar as paredes do Barril e roubar segredos para ele. Afinal, ela não tinha dito para ele que planejava deixar Ketterdam assim que fossem pagos? *Fique comigo.* Ele realmente disse isso para valer? Que valor a vida dela tinha quando comparada à recompensa que Kuwei poderia angariar? Nina jamais deixaria Kaz abandoná-la. Ela lutaria com todas as suas forças para libertar Inej, mesmo que ainda estivesse nas garras da *parem*. Matthias ficaria ao lado dela com aquele grande coração cheio de honra. E Jesper... bem, Jesper nunca faria mal a Inej, mas ele precisava desesperadamente de dinheiro se não quisesse que seu pai perdesse seu sustento. Ele faria seu melhor, mas isso podia não significar necessariamente o melhor para ela. Além disso, sem Kaz, será que algum deles seria páreo para a crueldade e os recursos de Van Eck? *Eu sou*, Inej disse a si mesma. *Posso não ter a mente maquiavélica de Kaz, mas sou uma garota perigosa.*

Van Eck mandava Bajan até ela todos os dias, e ele tinha sido amável e agradável mesmo quando a havia incitado a dizer os locais dos esconderijos de Kaz. Ela suspeitava que Van Eck não vinha pessoalmente porque sabia que Kaz estaria atento a todos os seus movimentos. Ou talvez ele pensasse que ela seria mais vulnerável a um rapaz suli do que a um mercador astuto.

Mas naquela noite algo havia mudado.

Bajan geralmente ia embora quando Inej deixava claro que não comeria mais – um sorriso de despedida, uma mesura discreta, e lá ia ele, dever cumprido até a manhã seguinte. Naquela noite ele havia se demorado.

Em vez de aproveitar a deixa para desaparecer quando ela usou as mãos atadas para afastar o prato, ele perguntou:

— Quando você viu sua família pela última vez?

Uma nova abordagem.

— Van Eck lhe ofereceu alguma recompensa se conseguir extrair essas informações de mim?

— É só uma pergunta.

— E eu sou só uma prisioneira. Ele te ameaçou com alguma punição?

Bajan olhou de relance para os guardas e disse em voz baixa:

— Van Eck poderia levá-la de volta até sua família. Poderia quitar seu contrato com Per Haskell. Isso está ao alcance de seus meios.

— Isso foi ideia sua ou do seu mestre?

— Por que isso importa? — Bajan perguntou. Havia uma urgência em sua voz que perturbou as defesas de Inej. *Quando o medo chega, algo está para acontecer.*

Mas ele estava com medo de Van Eck ou com medo por ela?

— Pode se libertar completamente dos Dregs e de Per Haskell, e também daquele horrível Kaz Brekker. Van Eck arrumaria transporte para Ravka, dinheiro para a viagem.

Uma oferta ou uma ameaça? Será que Van Eck teria encontrado sua mãe e seu pai? Os sulis não eram fáceis de rastrear, e eles seriam cautelosos com estranhos fazendo perguntas. Mas e se Van Eck tivesse enviado homens por aí dizendo terem informações sobre uma garota perdida? Uma garota que havia desaparecido num amanhecer frio como se a maré houvesse chegado à costa para reclamá-la?

— O que Van Eck sabe sobre a minha família? — ela perguntou, a raiva crescendo.

— Ele sabe que você está longe de casa. Sabe sobre os termos do seu contrato de servidão com o Menagerie.

— Portanto ele sabe que eu era uma escrava. Será que ele vai fazer com que Tante Heleen seja presa?

— Eu... eu não acho...

— É claro que não. Van Eck não se importa que eu tenha sido comprada e vendida como um rolo de algodão. Ele só está querendo tirar vantagem.

Mas o que Bajan perguntou em seguida pegou Inej de surpresa.

— Sua mãe fazia pão de frigideira?

Ela franziu a testa.

— É claro. — Era um prato comum suli. Inej poderia ter feito pão de frigideira enquanto dormia.

— Com alecrim?

— Endro, quando tínhamos. — Ela sabia o que Bajan estava fazendo, tentando levá-la a pensar em sua casa. Mas ela estava tão faminta e a memória veio com tanta força que seu estômago acabou roncando. Ela podia ver sua mãe amainando o fogo, vê-la virando o pão com movimentos rápidos de seus dedos, sentir o cheiro de massa cozinhando sobre as cinzas.

— Seus amigos não virão — disse Bajan. — É hora de pensar em sua própria sobrevivência. Poderia estar em casa com sua família no fim do verão. Van Eck pode ajudá-la se você permitir.

Cada alarme dentro de Inej a alertava do perigo. A encenação está óbvia demais. Por baixo do charme de Bajan, de seus olhos escuros e promessas fáceis, havia medo. E ainda assim, em meio ao clamor da suspeita, ela podia ouvir o som suave do outro alarme, o som que se perguntava *E se*? E se ela se deixasse ser confortada, abdicasse da pretensão de haver superado as coisas que havia perdido? E se ela simplesmente deixasse Van Eck colocá-la em um navio e enviá-la para casa? Ela poderia provar o pão de frigideira quente da panela, ver a trança escura de sua mãe entrelaçada com fitas, fios de seda da cor dos caquis maduros.

Mas Inej era mais esperta do que isso. Ela havia aprendido com o melhor. *Melhor verdades terríveis do que mentiras gentis.* Kaz nunca lhe havia oferecido felicidade, e ela não começaria agora a confiar em homens que a prometem de bandeja. Seu sofrimento não havia sido em vão. Seus Santos a tinham trazido para Ketterdam por um motivo – um navio para caçar traficantes de escravos, uma missão para dar sentido a tudo o que ela havia passado. Ela não trairia aquele propósito ou seus amigos por algum sonho do passado.

Inej grunhiu para Bajan, um som animalesco que o fez recuar vacilante.

— Diga a seu mestre para honrar os acordos já feitos antes de começar a fazer novos — ela disse. — Agora me deixe em paz.

Bajan tinha saído correndo como o rato bem-vestido que era, mas Inej sabia que era hora de partir. A nova insistência de Bajan não podia significar nada de bom para ela. *Tenho que escapar dessa armadilha*, ela pensou, *antes que essa criatura me seduza com lembranças e simpatia*. Talvez Kaz e os outros estivessem vindo atrás dela, mas Inej não tinha a intenção de pagar para ver.

Assim que Bajan e os guardas saíram, ela deslizou o fragmento da tigela quebrada de onde o tinha escondido embaixo das cordas em torno de seus tornozelos e começou a trabalhar. Embora sentindo-se fraca e oscilante como quando Bajan chegara com aquela tigela com um aroma celestial de angu, ela tinha apenas fingido desmaiar para que pudesse derrubar a bandeja da mesa de propósito.

Se Van Eck tivesse realmente investigado direito, poderia ter avisado Bajan de que a Espectro não caía. Certamente não em uma pilha desajeitada no chão onde poderia facilmente esconder um pedaço afiado de louça entre suas amarras.

Depois do que pareceu uma eternidade serrando, raspando e machucando a ponta dos dedos na borda do caco até sangrar, ela finalmente cortou as cordas e libertou as mãos, depois desamarrou os tornozelos e tateou em busca do caminho até o duto de ventilação. Bajan e os guardas não voltariam até a manhã seguinte. Isso lhe dava a noite inteira para escapar daquele lugar e conseguir ir o mais longe possível.

A passagem era extremamente apertada, o ar era mofado e com odores que quase não conseguia identificar, uma escuridão tão completa que poderia muito bem ter mantido sua venda. Ela não fazia ideia de aonde o duto poderia levar. Ele poderia percorrer mais alguns metros ou meio quilômetro. Precisaria estar longe dali ao amanhecer, ou encontrariam os parafusos frouxos da grade que cobria o duto e saberiam exatamente onde ela estava.

Boa sorte para me tirar daqui, ela pensou amargamente. Duvidava que algum dos guardas de Van Eck pudesse se espremer dentro do respiradouro. Eles teriam de encontrar algum garoto servente de cozinha e untá-lo com banha.

Ela avançou. O quão longe havia ido? Toda vez que respirava profundamente, sentia como se o respiradouro estivesse se apertando em torno de suas costelas. Até onde sabia, ela podia estar no topo de um edifício.

Poderia muito bem colocar a cabeça para fora do outro lado e encontrar uma rua movimentada de Ketterdam lá embaixo. Inej poderia lidar com isso. Mas e se o duto simplesmente acabasse? E se ele estivesse emparedado do outro lado? Ela teria que se contorcer para trás a distância inteira e torcer para reapertar as cordas novamente para que seus captores não soubessem o que tinha feito. Impossível. Não poderia haver nenhum beco sem saída aquela noite.

Mais rápido, disse a si mesma, suor se acumulando em sua sobrancelha. Era difícil não imaginar o edifício se comprimindo ao seu redor, suas paredes apertando o ar para fora de seus pulmões. Ela não poderia arquitetar um plano de verdade até chegar ao final desse túnel, até saber quão longe teria de ir para fugir dos homens de Van Eck.

Então ela sentiu a rajada mais leve de ar roçando sua testa úmida. Ela sussurrou uma oração rápida de agradecimento. *Deve haver algum tipo de abertura acima*. Ela farejou à procura de um rastro de fumaça de carvão ou dos campos verdes molhados de uma cidade campestre. Com cautela, ela se contorceu para a frente até que seus dedos tocaram as grades do duto de ventilação. Não havia luz passando através delas, o que ela supôs ser um bom sinal. O aposento onde estava prestes a cair devia estar vazio. Pelos Santos, e se ela estivesse na mansão de Van Eck? E se ela estivesse prestes a cair sobre um mercador adormecido? Ela ficou atenta a algum som humano – roncos, respiração profunda. Nada.

Ela desejou estar com suas facas, desejou o peso reconfortante delas em suas mãos. Será que Van Eck ainda estava com elas? Será que as havia vendido? Será que as havia arremessado no mar? Ela repetiu o nome das lâminas mesmo assim – *Petyr, Marya, Anastasia, Lizabeta, Vladimir, Alina* –, e encontrou coragem em cada palavra sussurrada. Então ela balançou a grade do duto e deu um forte empurrão. Ela abriu de supetão, mas, em vez de balançar nas dobradiças, voou completamente solta. Ela tentou segurá-la, mas a grade deslizou pela ponta dos dedos e caiu tilintando no chão.

Inej esperou, coração acelerado. Um minuto se passou em silêncio. Depois outro. Ninguém apareceu. O quarto estava vazio. Talvez o prédio inteiro estivesse vazio.

Van Eck não a deixaria sem a proteção de guardas, então seus homens deviam estar posicionados do lado de fora. Se fosse esse o caso, ela sabia que passar por eles discretamente não seria um grande desafio. E pelo menos agora ela sabia sua distância aproximada do chão.

Não havia nenhuma maneira graciosa de realizar o que veio a seguir. Ela deslizou para baixo, primeiro a cabeça, segurando na parede. Depois, quando tinha saído mais da metade e seu corpo começou a se inclinar, ela deixou que o impulso a carregasse para a frente, enrolando-se numa bola e dobrando os braços sobre a cabeça para proteger seu crânio e pescoço enquanto caía.

O impacto foi relativamente indolor. O chão era de concreto duro como o chão de sua cela, mas ela caiu rolando e deu de cara com o que parecia ser as costas de algo sólido. Ela se levantou, mãos explorando o que quer que houvesse esbarrado. Aquilo era um estofado de veludo. Movendo-se para a frente, sentiu outro objeto idêntico ao lado daquele. *Assentos*, ela percebeu. *Estou em um teatro.*

Havia muitos salões de música e teatros no Barril. Será que ela estava assim tão perto de casa? Ou talvez em um dos respeitáveis teatros de ópera da Tampa?

Ela se moveu lentamente, mãos esticadas para frente até alcançar uma parede que pensou ser o fundo do teatro. Ela tateou ao longo dela, procurando uma porta, uma janela ou mesmo outro respiradouro. Finalmente, seus dedos se engancharam no batente de uma porta e suas mãos agarraram uma maçaneta. Ela estava emperrada, não se mexia. Trancada. Ela experimentou dar uma sacudida. O lugar se encheu de luz. Inej encolheu-se contra a porta, apertando os olhos devido ao brilho repentino.

— Se queria dar um passeio, Senhorita Ghafa, podia simplesmente ter pedido — disse Jan Van Eck.

Ele estava parado de pé no palco do teatro decrépito, seu terno preto de mercador cortado em linhas rígidas. Os assentos de veludo verde do teatro estavam comidos pelas traças. As cortinas penduradas nas laterais do palco estavam em farrapos. Ninguém havia se dado ao trabalho de retirar o cenário da última peça. Parecia a visão apavorada de uma criança da sala de operações de um cirurgião, serras e marretas superdimensionadas penduradas nas paredes. Inej reconheceu o cenário de *O Louco e o Médico*, uma das peças curtas da Komedie Brute.

Guardas estavam posicionados ao redor da sala, e Bajan ficou ao lado de Van Eck, remexendo as mãos elegantes. O duto havia sido deixado aberto para tentá-la? Será que Van Eck estava brincando com ela esse tempo todo?

— Tragam-na aqui — Van Eck disse aos guardas.

Inej não hesitou. Saltou para o encosto estreito do assento mais próximo e correu em direção ao palco, pulando de fileira em fileira enquanto os guardas tropeçavam sobre as cadeiras. Saltou para o palco com o apoio das mãos, passou por um Van Eck surpreso, desviou de mais dois guardas de maneira elegante e agarrou uma das cordas do palco, escalando-a e rezando para que ela aguentasse seu peso até que alcançasse o topo. Ela poderia se esconder nas vigas, encontrar um caminho para o telhado.

— Cortem a corda e derrubem-na! — Van Eck falou, sua voz calma.

Inej subiu mais alto, mais rápido. Mas, segundos depois, viu um rosto sobre ela.

Um dos guardas de Van Eck com uma faca nas mãos. Ele cortou a corda com um golpe.

Ela arrebentou e Inej caiu no chão, dobrando os joelhos para absorver o impacto. Antes que pudesse se erguer, três guardas estavam sobre ela, segurando-a no lugar.

— Por favor, Senhorita Ghafa — Van Eck disse, em tom de repreensão. — Estamos plenamente conscientes de seus talentos. Achou mesmo que eu não tomaria precauções? — Ele não esperou por uma resposta. — Você não vai encontrar um jeito de sair desta situação sem a minha ajuda ou a do Senhor Brekker. Como ele não parece estar disposto a aparecer, talvez você deva considerar uma mudança de lado na aliança.

Inej não disse nada.

Van Eck cruzou as mãos atrás das costas. Era estranho olhar para ele e ver o fantasma do rosto de Wylan.

— A cidade está tomada por rumores da *parem*. Uma delegação de drüskelle fjerdanos chegou ao setor de embaixadas. Hoje os Shu atracaram dois navios de guerra no Terceiro Porto. Eu dei a Brekker sete dias para intermediar uma troca pela sua segurança, mas estão todos procurando Kuwei Yul-Bo, e é imperativo que eu o tire da cidade antes que eles o encontrem.

Dois navios de guerra Shu. Então foi isso que havia mudado. O tempo de Van Eck havia se esgotado. Será que Bajan sabia ou simplesmente havia notado a mudança de humor de seu mestre?

— Eu esperava que Bajan pudesse se revelar bom em algo além de aperfeiçoar o talento da minha esposa no piano — continuou Van Eck. — Mas parece que você e eu teremos que chegar a um acordo agora. Onde Kaz Brekker está mantendo o garoto?

— Como eu poderia saber?

— Você provavelmente conhece os locais dos esconderijos dos Dregs. Brekker não faz nada sem se preparar. Ele deve ter planejado tocas para se esconder por toda a cidade.

— Se o conhece tão bem, então sabe que ele nunca iria manter Kuwei em um lugar aonde eu o pudesse levar.

— Não acredito nisso.

— Não estou nem aí para o que você acredita ou deixa de acreditar. Seu cientista Shu provavelmente já foi embora há muito tempo.

— Se fosse o caso, eu saberia. Meus espiões estão por toda parte.

— Claramente não por toda parte.

Os lábios de Bajan se curvaram.

Van Eck balançou a cabeça cansado.

— Coloquem-na sobre a mesa.

Inej sabia que não adiantava lutar, mas lutou mesmo assim. Era lutar ou ceder ao terror que a percorria enquanto os guardas a erguiam sobre a mesa e prendiam seus braços e pernas. Agora ela viu que uma das mesas de apoio estava equipada com instrumentos que não pareciam em nada com as marretas e serras gigantes penduradas nas paredes. Aquelas eram ferramentas cirúrgicas de verdade.

Serras, bisturis e pinças que brilhavam com intenção sinistra.

— Você é a *Espectro*, Senhorita Ghafa, uma lenda no Barril. Já descobriu segredos de juízes e vereadores, de ladrões e assassinos. Duvido que exista algo nesta cidade que você não saiba. Você vai me contar os locais dos esconderijos do Senhor Brekker agora mesmo.

— Não posso contar algo que não sei.

Van Eck suspirou.

— Lembre-se de que tentei tratá-la com civilidade.

Ele se virou para um dos guardas, um homem corpulento com um nariz que parecia uma lâmina afiada.

— Eu preferiria que isso não demorasse muito tempo. Faça o que achar melhor.

O guarda deixou sua mão pairar sobre a mesa de instrumentos como se estivesse decidindo qual crueldade seria mais eficiente. Inej sentiu sua coragem fraquejar, sua respiração começando a engasgar em suspiros de pânico. *Quando o medo chega, algo está para acontecer.*

Bajan se inclinou sobre ela, seu rosto pálido, os olhos cheios de preocupação.

— Por favor, diga a ele. Certamente por Brekker não vale a pena ganhar cicatrizes e passar por mutilações. Diga a ele o que sabe.

— Tudo o que sei é que homens como você não merecem o ar que respiram.

Bajan pareceu ofendido.

— Não fui nada além de gentil com você. Não sou nenhum tipo de monstro.

— Não, você é o homem que fica assistindo parado, congratulando-se por sua decência enquanto os monstros se refestelam. Pelo menos um monstro tem dentes e espinha.

— Isso não é justo!

Inej não conseguia acreditar na suavidade daquela criatura, como ele tentava ganhar sua aprovação num momento daqueles.

— Se você ainda acredita em justiça, então levou uma vida de muita sorte. Saia do caminho do monstro, Bajan. Vamos acabar com isso de uma vez. — O guarda de nariz afiado deu um passo à frente; algo brilhou em suas mãos. Inej alcançou um lugar de quietude dentro de si mesma, o lugar que lhe permitiu suportar um ano no Menagerie, um ano de noites marcadas por dor e humilhação, de dias contados com espancamentos e coisas piores. — Vá em frente, ela mandou, sua voz firme como aço.

— Espere — disse Van Eck. Ele estava estudando Inej como se lesse um livro de contabilidade, tentando fazer os números baterem. Inclinou a cabeça para um lado e disse: — Quebre as pernas dela.

Inej sentiu sua coragem se estilhaçar. Ela começou a se debater, tentando se libertar das mãos dos guardas.

— Ah — disse Van Eck. — Foi o que pensei.

O homem de nariz afiado escolheu um cano pesado e comprido.

— Não — disse Van Eck. — Não quero que seja uma fratura limpa. Use a marreta. Esmigalhe o osso.

O rosto dele pairou sobre ela, seus olhos de um azul claro e brilhante – os olhos de Wylan, mas sem qualquer traço de sua gentileza.

— Ninguém será capaz de remendá-la novamente, Senhorita Ghafa. Talvez você possa se livrar do seu contrato de servidão implorando por tostões na Aduela Leste e, então, rastejar para sua casa na Ripa todas as noites, supondo que Brekker ainda queira lhe dar um quarto lá.

— Não. — Ela não sabia se estava suplicando para Van Eck ou para si mesma.

Não sabia quem odiava mais naquele momento.

O guarda pegou uma marreta de aço.

Inej se contorceu em cima da mesa, seu corpo coberto de suor. Ela podia sentir o cheiro de seu próprio medo.

— Não — ela repetiu. — *Não.*

O guarda de nariz afiado testou o peso da marreta nas mãos. Van Eck assentiu. O guarda a ergueu em um arco perfeito.

Inej observou a marreta subir e alcançar seu ápice, a luz brilhando em sua cabeça larga, o rosto plano de uma lua morta. Ela ouviu o crepitar da fogueira, pensou no cabelo de sua mãe trançado com seda cor de caqui.

— Ele nunca fará a troca se você me machucar! — ela gritou, as palavras arrancadas de algum lugar profundo dentro dela, sua voz crua e indefesa. — Eu não terei mais utilidade para ele!

Van Eck ergueu uma mão. A marreta desceu.

Inej a sentiu roçar em suas calças enquanto o impacto quebrava a superfície da mesa a um fio de cabelo de distância de sua panturrilha, destruindo o canto da mesa sob a força do impacto.

Minha perna, ela pensou, tremendo violentamente. *Podia ter sido a minha perna.*

Havia um gosto metálico em sua boca. Ela havia mordido a língua. *Que os Santos me protejam. Que os Santos me protejam.*

— Seu argumento é interessante — Van Eck disse de um jeito meditativo. Ele tamborilou um dedo nos lábios, pensando. — Pondere sobre suas lealdades, Senhorita Ghafa. Amanhã à noite posso não estar tão misericordioso.

Inej não conseguia controlar seus tremores. *Eu vou te abrir como um peixe*, ela jurou silenciosamente. *Vou extrair essa imitação patética de um coração do seu peito.* Foi um pensamento cruel, um pensamento vil. Mas ela não conseguiu evitar. Será que seus Santos aprovariam algo assim? Será que haveria perdão se ela matasse não para sobreviver, mas porque queimou com um ódio vivo e luminoso? *Não me importo*, ela pensou enquanto seu corpo sofria espasmos e os guardas erguiam sua forma trêmula da mesa. *Farei penitência pelo resto dos meus dias se isso significar que o terei matado.*

Eles a arrastaram de volta para seu aposento através da antecâmara do teatro em ruínas e por um corredor para o que ela agora imaginava ser uma velha sala de equipamentos. Eles ataram suas mãos e pés novamente.

Bajan se moveu para acomodar a venda sobre seus olhos.

— Sinto muito — ele sussurrou.

— Eu não sabia que ele pretendia… Eu…

— *Kadema mehim.*

Bajan vacilou.

— Não diga isso.

Os Sulis eram um povo próximo, leal. Eles precisavam ser, em um mundo onde não possuíam terras e onde eram tão poucos. Os dentes de Inej estavam batendo, mas ela forçou as palavras a saírem.

— Eu te renuncio. Assim como virou suas costas para mim, eles também virarão as costas para você.

Aquela era a pior das acusações Sulis, uma que proibia alguém de receber as boas-vindas de seus antepassados no próximo mundo e condenava seu espírito a vaguear sem um lar.

Bajan empalideceu.

— Não acredito em nada disso.

— Mas irá.

Ele amarrou a venda. Ela ouviu a porta fechar.

Inej deitou de lado, seu quadril e seu ombro pressionados contra o chão duro, e esperou o tremor passar.

Nos primeiros dias no Menagerie, ela havia acreditado que alguém viria salvá-la. Sua família iria encontrá-la. Um oficial da lei. Um herói de uma das histórias que sua mãe costumava contar. Homens tinham vindo, mas não para libertá-la, e mais cedo ou mais tarde sua esperança murchou como folhas sob um sol muito forte, substituída por uma casca amarga de resignação.

Kaz a havia resgatado daquele estado de desesperança, e desde então suas vidas tinham sido uma série de resgates, uma sequência de dívidas que eles nunca contabilizavam enquanto salvavam um ao outro repetidas vezes. Deitada no escuro, percebeu que, apesar de todas as suas dúvidas, ela havia acreditado que ele a resgataria mais uma vez, que ele deixaria sua cobiça e seus demônios de lado e viria atrás dela. Agora ela não tinha mais tanta certeza. Porque não foi apenas a lógica nas palavras que disse que fizeram Van Eck hesitar, mas a verdade que ele ouviu na voz dela. *Ele nunca fará a troca se você me machucar.* Ela não podia fingir que aquelas palavras tinham sido conjuradas como uma estratégia ou mesmo por uma astúcia primal. A mágica que tinham produzido veio da crença. Um encanto desagradável.

Amanhã à noite posso não estar tão misericordioso. Será que aquela noite havia sido um exercício com o objetivo de assustá-la? Ou será que Van Eck retornaria para concretizar suas ameaças?

E se Kaz viesse, quanto dela ainda restaria?

PARTE II

Um Vento Assassino

5. Jesper

Jesper sentiu como se suas roupas estivessem cheias de pulgas. Sempre que o bando deixava a Ilha do Véu Negro para se esconder nos arredores do Barril, eles usavam os trajes da Komedie Brute – as capas, os véus, as máscaras e, ocasionalmente, os chifres que os turistas e moradores usavam para disfarçar suas identidades enquanto desfrutavam dos prazeres do Barril.

Mas ali nas respeitáveis avenidas e canais do distrito universitário, o Senhor Carmesim e o Diabrete Cinza tinham atraído muitos olhares, por isso ele e Wylan haviam abandonado seus trajes assim que saíram das Aduelas. E para ser honesto, Jesper não queria reencontrar seu pai depois de anos usando uma máscara de olhos esbugalhados ou uma capa de seda laranja, ou mesmo seu brilho usual do Barril. Ele estava vestido da forma mais respeitável que podia. Wylan havia lhe emprestado alguns kruges para comprar um casaco de tweed de segunda mão e um sombrio colete cinza. Jesper não parecia exatamente respeitável, mas, de qualquer forma, ninguém espera mesmo que estudantes pareçam muito prósperos.

Mais uma vez ele se pegou tentando tocar seus revólveres, desejando a sensação boa e familiar dos cabos de pérola sob os dedos. Aquele advogado vagabundo havia pedido ao supervisor do estabelecimento para armazená-los em um cofre no Cumulus. Kaz disse que eles os recuperariam na hora certa, mas Jesper achava que Kaz dificilmente ficaria calmo e tranquilo assim se alguém tivesse roubado sua bengala. *Foi você quem as apostou como um novato*, Jesper lembrou a si mesmo. Ele havia feito isso por Inej. E, para ser honesto, havia feito isso também por Kaz, para mostrar que estava disposto a fazer o que fosse preciso para consertar as coisas. Não que isso parecesse importar muito.

Bem, ele se consolou, *não que eu pudesse trazer meus revólveres neste passeio de qualquer maneira.* Alunos e professores não vão de aula em aula carregando armas de fogo. Provavelmente os dias na escola seriam mais interessantes se fizessem isso. Mesmo assim, Jesper havia escondido uma pequena pistola sem graça embaixo do casaco. Afinal, ele estava em Ketterdam, e havia sempre a possibilidade de ele e Wylan estarem caminhando diretamente para uma armadilha. Era por isso que Kaz e Matthias estavam seguindo seus passos discretamente. Ele não tinha visto sinal de nenhum deles, e Jesper supôs que isso fosse uma boa coisa, mas ainda se sentia grato por Wylan ter se oferecido para vir junto. Kaz só havia permitido isso porque Wylan disse que precisaria de suprimentos para seu trabalho com o caruncho.

Eles passaram por cafés estudantis e vendedores de livros, vitrines de lojas abarrotadas de livros, tinta e papel. Estavam a menos de três quilômetros do ruído e do barulho do Barril, mas parecia que haviam atravessado uma ponte para outro país. Em vez de montes de marinheiros recém-saídos dos barcos à procura de problemas ou turistas se acotovelando por todos os lados, as pessoas ali se afastavam para deixá-lo passar e conversavam em voz baixa. Nenhum ambulante gritava perto das vitrines na esperança de angariar negócios. Os pequenos becos tortos estavam cheios de gráficas e boticários, e nas esquinas não se viam as meninas e os meninos que não eram afiliados a uma das casas da Aduela Oeste e que tinham sido forçados a oferecer seus serviços na rua.

Jesper parou sob um toldo e respirou fundo pelo nariz.

— O que foi? — Wylan perguntou.

— O cheiro deste lugar é muito melhor. — Tabaco caro, chuva da manhã ainda úmida sobre os paralelepípedos, nuvens azuis de jacintos nos canteiros das janelas. Nada de urina, vômito, perfume barato ou lixo apodrecido. Até mesmo o cheiro penetrante de fumaça de carvão parecia mais fraco.

— Você está enrolando? — Wylan perguntou.

— Não. — Jesper expirou e se amuou. — Talvez um pouco.

Rotty tinha levado uma mensagem ao hotel onde o homem que dizia ser o pai de Jesper estava hospedado, para que pudessem marcar a hora e o local do encontro. Jesper queria ter ido pessoalmente, mas, se seu pai realmente estava em Ketterdam, era possível que estivesse sendo usado como isca. Melhor encontrá-lo em plena luz do dia, em território neutro. A universidade tinha parecido a escolha mais segura, longe dos perigos do Barril ou de qualquer território habitual de Jesper.

Jesper não sabia se queria ou não que seu pai estivesse esperando por ele na Universidade. Era muito mais agradável pensar em enfrentar uma luta do que a tamanha vergonha de ter horrivelmente estragado tudo, mas falar sobre isso era como tentar escalar um cadafalso feito de placas podres.

Então ele disse:

— Sempre gostei desta parte da cidade.

— Meu pai também gosta. Ele valoriza consideravelmente o aprendizado.

— Mais do que o dinheiro?

Wylan deu de ombros, olhando para uma janela de globos pintados à mão.

— Conhecimento não é um sinal do favor divino. A prosperidade, sim.

Jesper olhou de canto de olho para ele. Ainda não havia se acostumado com a voz de Wylan saindo da boca de Kuwei. Ele sempre ficava um pouco perturbado, como se, ao pegar uma taça de vinho, de repente tomasse um gole de água.

— Seu pai realmente é tão religioso assim, ou isso é apenas uma desculpa para ser um filho da puta quando se trata de negócios?

— Quando se trata de qualquer assunto, na verdade.

— Particularmente bandidos e ratos de canal do Barril?

Wylan mexeu na alça de sua bolsa de couro.

— Ele acha que o Barril distrai os homens do trabalho e da indústria e os leva à degeneração.

— Talvez seja um bom argumento — disse Jesper. Ele às vezes se perguntava o que poderia ter acontecido se nunca tivesse saído com seus novos amigos naquela noite, se nunca tivesse entrado naquele salão de jogos de azar e dado seu primeiro giro na Roda do Makker. Aquilo devia ser uma diversão inofensiva. E realmente era, para todos, menos para ele. E a vida de Jesper tinha se dividido como um tronco em duas partes distintas e desiguais: a época antes de ele ter se aproximado daquela roda e todos os dias desde então. — O Barril devora as pessoas.

— Talvez — Wylan considerou. — Mas negócios são negócios. Os salões de jogos e bordéis atendem a uma demanda. Eles oferecem empregos. Pagam impostos.

— Que belo menino do Barril você se tornou. Isso foi praticamente como ler uma página dos livros dos chefes. — De tempos em tempos algum reformador metia na cabeça que era preciso expurgar o Barril e limpar Ketterdam de sua má reputação. Era quando os panfletos apareciam, uma guerra de propaganda entre os donos dos salões de jogos e casas de prazeres de um lado e os mercadores reformistas em seus ternos pretos do outro. No fim das contas, o dinheiro sempre falava mais alto. Os negócios das Aduelas Leste e Oeste davam um belo lucro, e os moradores do Barril forneciam um dinheiro muito respeitável aos cofres de impostos da cidade.

Wylan puxou a alça da bolsa novamente. Ela havia enroscado no topo.

— Não acho que seja muito diferente de apostar sua fortuna em um carregamento de seda ou *jurda*. É só que suas chances são muito maiores quando você está apostando no mercado.

— Me deixou interessado, mercantezinho. — Melhores chances sempre eram um assunto de interesse. — Qual foi a maior quantia que o seu pai já perdeu numa transação?

— Não sei ao certo. Ele parou de falar sobre essas coisas há muito tempo.

Jesper hesitou. Jan Van Eck era tolo ao cubo pelo modo como tratava seu filho, mas Jesper tinha de admitir que estava curioso sobre a suposta "aflição" de Wylan. Ele queria saber o que Wylan via quando tentava ler, por que era bom com equações ou preços em um cardápio, mas não com frases e placas. Em vez disso, ele disse:

— Me pergunto se a proximidade com o Barril deixa os mercadores mais tensos. Toda aquela roupa preta e contenção, carne só duas vezes por semana, cerveja em vez de conhaque. Talvez eles estejam tentando compensar toda a diversão que temos.

— Mantendo o equilíbrio?

— Claro. Quer dizer, pense só nos altos níveis de devassidão que poderíamos alcançar se ninguém controlasse esta cidade. Champanhe no café da manhã. Orgias no chão do Mercado.

Wylan fez um ruído confuso que parecia um pássaro com tosse e olhou para todos os lados, menos para Jesper. Ele era tão maravilhosamente fácil de provocar, embora Jesper pudesse admitir que não achava que o distrito da universidade precisasse de uma dose de obscenidade. Ele gostava dele do jeito que era – limpo e tranquilo, e cheirando a livros e flores.

— Você não precisa vir comigo, sabe disso — disse Jesper, porque achou que devia dizer. — Já tem seus suprimentos. Poderia esperar por mim seguro e confortável num café.

— É isso o que você quer?

Não. Não posso fazer isso sozinho. Jesper deu de ombros. Não tinha certeza de como se sentia sobre o que Wylan poderia testemunhar na universidade. Jesper raramente tinha visto seu pai irritado, mas como ele não ficaria com raiva agora? Que explicações Jesper poderia oferecer a ele? Ele havia mentido, colocado em risco o sustento de seu pai, alguém que havia trabalhado tão duro por ele. E pelo quê? Por um amontoado malcheiroso de nada. Mas Jesper não podia aguentar o pensamento de encarar seu pai sozinho. Inej teria entendido. Não que merecesse a simpatia dela, mas havia algo constante nela que ele sabia que reconheceria e aliviaria seus próprios medos. Ele queria que Kaz tivesse se oferecido para acompanhá-lo, mas, quando eles se separaram para se aproximar da universidade, Kaz lhe ofereceu apenas um olhar soturno. A mensagem era bem clara: *Você cavou essa cova. Vá lá e deite nela.*

Kaz ainda o estava punindo pela emboscada que quase havia acabado com o trabalho da Corte do Gelo antes mesmo de começar, e o fato de Jesper sacrificar seus revólveres não seria suficiente para ele cair novamente nas graças de Kaz. Será que isso alguma vez foi possível? O coração de Jesper começou a bater um pouco mais rápido quando passaram sob o amplo arco de pedra e entraram no pátio da Boeksplein. A universidade não era um prédio, mas um complexo deles, todos construídos em torno de seções paralelas do Boekcanal e unidos pela Ponte do Orador, onde as pessoas se reuniam para debater ou tomar uma cerveja amigavelmente, dependendo do dia da semana. Mas a Boeksplein era o coração da universidade – quatro bibliotecas construídas em torno de um pátio central e do Chafariz do Estudioso. Haviam se passado quase dois anos desde que Jesper tinha posto os pés no terreno da universidade. Ele nunca havia se desligado oficialmente da escola. Ele nem sequer havia realmente decidido não comparecer. Simplesmente havia começado a passar cada vez mais tempo na Aduela Leste, até perceber que o Barril tinha se tornado seu lar.

Ainda assim, em seu breve período como aluno, ele havia se apaixonado pela Boeksplein. Jesper nunca tinha sido um grande leitor. Ele amava histórias, mas odiava ficar parado no mesmo lugar, e os livros que devia ler na escola pareciam feitos para fazer a sua mente vagar. Na Boeksplein, para onde quer que se olhasse, havia algo para ver: janelas chumbadas com bordas de vitrais, portões de ferro trabalhados com imagens de livros e navios, o chafariz central com seu estudioso barbudo, e o melhor de tudo: as gárgulas – grotescas figuras com asas de morcego usando capelos, e dragões de pedra adormecidos sobre livros. Ele gostava de pensar que o responsável por construir aquele lugar sabia que nem todos os alunos estavam aptos a uma contemplação tranquila.

Mas assim que entraram no pátio, Jesper não olhou em volta para saborear o trabalho em pedra ou ouvir o som do chafariz. Toda a sua atenção estava voltada para o homem de pé perto do muro a leste espiando os vitrais, um chapéu amassado nas mãos. Com angústia, Jesper percebeu que seu pai havia vestido seu melhor terno. Havia penteado o cabelo ruivo de kaelish puxando-o para trás. Havia fios grisalhos agora que não existiam quando Jesper havia partido de casa. Colm Fahey parecia um fazendeiro a caminho da igreja. Totalmente deslocado. Bastaria que Kaz – diabos, qualquer um no Barril – o visse uma única vez para identificar um alvo falante e ambulante.

Jesper sentiu a garganta seca como areia.

— Pap — ele resmungou.

Seu pai virou-se de repente e Jesper congelou no lugar esperando pelo que viria a seguir – qualquer insulto ou indignação que seu pai despejasse sobre ele seria merecido. Mas ele não estava preparado para o sorriso de alívio que se abriu na expressão pétrea de seu pai. Era como se alguém tivesse disparado um tiro direto no coração de Jesper.

— Jes! — seu pai gritou. E então Jesper estava atravessando o pátio, e os braços de seu pai estavam apertados em torno dele, abraçando-o com tanta firmeza que Jesper pensou que poderia realmente sentir as costelas se dobrarem. — Pelos Santos, pensei que estivesse morto. Eles disseram que você não estudava mais aqui, que tinha simplesmente desaparecido e eu tinha certeza de que tinha sido capturado por bandidos ou coisa parecida neste lugar esquecido pelos Santos.

— Estou vivo, pap — Jesper engasgou. — Mas se continuar me apertando desse jeito, não ficarei por muito tempo.

Seu pai riu e o soltou, segurando-o de braços esticados, mãos grandes apoiadas nos ombros de Jesper.

— Juro que você está uns trinta centímetros mais alto.

Jesper abaixou a cabeça.

— Uns quinze centímetros. Hum, esse é o Wylan — disse ele, mudando de zemeni para kerch. Eles falavam os dois idiomas em casa, o de sua mãe e a língua do comércio. O kaelish nativo de seu pai ficava reservado para as raras vezes que Colm cantava.

— Prazer em conhecê-lo. Você fala kerch? — seu pai disse, praticamente gritando, e Jesper percebeu que era porque Wylan ainda parecia Shu.

— *Pap* — disse ele, encolhendo-se envergonhado. — Ele fala kerch muito bem.

— Prazer em conhecê-lo, Senhor Fahey — disse Wylan. Abençoados sejam seus modos de mercador.

— O prazer é meu, rapaz. Você também é estudante?

— Eu… já estudei — disse Wylan desajeitadamente.

Jesper não fazia ideia de como preencher o silêncio que se seguiu. Ele não sabia o que esperar do encontro com seu pai, mas uma amigável troca de gentilezas não era.

Wylan pigarreou.

— Está com fome, Senhor Fahey?

— Faminto — o pai de Jesper respondeu agradecido.

Wylan cutucou Jesper com o cotovelo.

— Talvez pudéssemos levar seu pai para almoçar?

— Almoçar — disse Jesper, repetindo a palavra como se houvesse acabado de aprendê-la. — Claro, almoçar. Quem não gosta de almoço?

A ideia do almoço veio como um milagre. Eles comeriam. Eles conversariam. Talvez até bebessem. Por favor, deixe-os beber.

— Mas, Jesper, o que está acontecendo? Recebi uma notificação do Gemensbank. O empréstimo está sendo cobrado, e você me deu a entender que ele seria temporário. E seus estudos…

— Pap — Jesper começou. — Eu… O problema é…

Um tiro foi disparado contra os muros do pátio. Jesper empurrou seu pai para trás dele enquanto uma bala silvava nas pedras aos seus pés, enviando uma nuvem de poeira. De repente, disparos estavam ecoando por todo o pátio. A reverberação tornava difícil descobrir de onde vinham os tiros.

— Em nome de tudo o que é mais sagrado, o que…

Jesper agarrou na manga de seu pai e o puxou para a cobertura de pedra de uma porta. Ele olhou para a esquerda, preparado para agarrar Wylan, mas o mercador já estava em movimento, acompanhando Jesper numa posição levemente agachada. *Nada como ser alvo de tiros algumas vezes para fazer você aprender mais rápido*, Jesper pensou enquanto chegavam à curva protetora do beiral. Ele esticou o pescoço para tentar ver sobre a linha do teto, mas recuou quando mais tiros foram disparados. Mais um punhado de tiros espocou de algum lugar acima e à esquerda deles, e Jesper só podia torcer para que isso significasse que Matthias e Kaz estavam contra-atacando.

— Pelos Santos! — seu pai ofegou. — Esta cidade é pior do que o guia de viagens dizia!

— Pap, o problema não é a cidade — disse Jesper, sacando a pistola de seu casaco. — Eles estão atrás de mim. Ou atrás de nós. Difícil dizer.

— Quem está atrás de você?

Jesper e Wylan se entreolharam. Jan Van Eck? Uma gangue rival atrás de desforra? Pekka Rollins ou mais alguém de quem Jesper havia pegado dinheiro emprestado?

— Tem uma longa lista de candidatos potenciais. Precisamos dar o fora daqui antes que eles se apresentem de forma mais pessoal.

— Bandidos?

Jesper sabia que havia uma grande chance de que estivesse prestes a ser crivado de balas, então tentou conter o sorriso.

— Algo assim.

Ele espiou por um canto da porta, deu dois tiros e, em seguida, se escondeu quando outra onda de tiros explodiu.

— Wylan, me diga que trouxe mais do que canetas, tinta e ingredientes de caruncho na sua bolsa.

— Tenho duas bombas de luz e algo novo que montei com um pouco mais de, hum, impacto.

— Bombas? — o pai de Jesper perguntou, piscando como se tentasse acordar de um sonho ruim.

Jesper deu de ombros, sem saber o que fazer.

— Que tal pensar nelas como experimentos científicos?

— Com quantas pessoas mais ou menos estamos lidando aqui? — perguntou Wylan.

— Olha só você, fazendo todas as perguntas certas. Difícil dizer. Eles estão em algum lugar do telhado, e o único jeito de sair daqui é voltar pelo arco. É um bocado de pátio para cruzar com esses tiros vindos do alto. Mesmo se conseguirmos, imagino que muitos outros tiros estarão esperando por nós do lado de fora da Boeksplein, a menos que Kaz e Matthias consigam limpar o caminho de alguma forma.

— Conheço outro jeito de sair — disse Wylan. — Mas a entrada fica do outro lado do pátio.

Ele apontou para uma porta embaixo de um arco esculpido com algum tipo de monstro chifrudo mordendo um lápis.

— A sala de leitura? — Jesper aferiu a distância. — Muito bem. No três, você corre até lá. Eu te dou cobertura. Coloque meu pai para dentro.

— Jesper...

— Pap, juro que vou explicar tudo, mas agora tudo o que precisa saber é que estamos em uma situação ruim, e acontece que situações ruins são minha especialidade. — E isso era verdade. Jesper podia se sentir ganhando vida, a preocupação que vinha perseguindo seus passos desde que recebera a notícia da chegada de seu pai em Ketterdam desaparecendo. Ele se sentiu livre, perigoso, como relâmpagos cruzando sobre uma pradaria. — Confie em mim, pap.

— Tudo bem, garoto. Tudo bem.

Jesper tinha quase certeza de que havia um "*por enquanto*" não dito. Ele viu Wylan se preparar. O mercantezinho ainda era tão novo nisso tudo. Com sorte, Jesper não acabaria matando todo mundo.

— Vamos lá. Um, dois... — Ele começou a atirar no *três*. Saltando para o pátio, ele rolou para se esconder atrás do chafariz. Ele tinha avançado às cegas, mas havia percebido as silhuetas no telhado rapidamente, mirando por instinto, sentindo movimentos e atirando antes que pudesse pensar demais e perder a oportunidade de um bom tiro.

Ele não precisava matar ninguém, só precisava assustá-los e ganhar tempo para Wylan e seu pai. Uma bala atingiu a estátua central do chafariz, o livro na mão do estudioso explodindo em fragmentos de pedra. Seja qual fosse a munição que estivessem usando, eles não estavam para brincadeira. Jesper recarregou e saiu de trás do chafariz atirando.

— Pelos Santos — ele gritou enquanto a dor lhe atravessava o ombro. Ele realmente odiava ser atingido. Ele se encolheu voltando para trás do beiral de pedra. Flexionou a mão, testando o dano no braço. Só um arranhão, mas doía para diabo, e ele estava sujando sua jaqueta nova de tweed toda de sangue.

— É por isso que não pago para tentar parecer respeitável — resmungou. Acima dele, podia ver as silhuetas se movendo no telhado. A qualquer minuto, eles iriam contornar até o outro lado do chafariz e ele estaria acabado.

— Jesper! — Aquela era a voz de Wylan. Droga. Ele devia ter escapado. — Jesper, à sua direita.

Jesper olhou para cima e viu algo caindo em um arco pelo céu. Sem pensar, ele apontou e atirou. O ar explodiu.

— Entre na água! — Wylan gritou.

Jesper mergulhou na fonte, e um segundo depois o ar chiou com luz. Quando Jesper tirou a cabeça encharcada da água, viu que todas as superfícies expostas do pátio e seus jardins estavam marcados com buracos, gavinhas de fumaça subindo das pequenas crateras. A pessoa em cima do telhado gritava. Que tipo de bomba Wylan tinha jogado? Ele torceu para Matthias e Kaz terem encontrado abrigo, mas não havia tempo para pensar nisso. Ele correu para a porta embaixo do demônio mastigador de lápis. Wylan e seu pai estavam esperando do lado de dentro. Eles bateram com força na porta.

— Me ajude aqui — disse Jesper. — Precisamos armar barricadas na entrada.

O homem atrás da mesa vestia a beca cinza dos acadêmicos. Suas narinas estavam tão infladas pelo desaforo que Jesper teve medo de ser sugado por uma delas.

— Jovenzinho...

Jesper apontou sua arma para o peito do acadêmico.

— Mexa-se.

— Jesper! — disse seu pai.

— Não se preocupe, pap. As pessoas apontam armas umas para as outras o tempo todo em Ketterdam. É basicamente como apertar as mãos.

— Isso é verdade? — seu pai perguntou enquanto, relutante, o acadêmico mudava de lado e empurrava a mesa pesada contra a porta.

— Totalmente — disse Wylan.

— Certamente *não* — disse o acadêmico.

Jesper acenou para que continuassem.

— Depende da vizinhança. Vamos embora.

Eles dispararam pelo corredor principal da sala de leitura entre mesas compridas iluminadas por lâmpadas de hastes curvas. Os estudantes se amontoavam contra a parede e embaixo de suas cadeiras, provavelmente pensando que estavam prestes a morrer.

— Nada com o que se preocupar, pessoal! — Jesper falou. — Só um pouco de prática de tiro ao alvo no pátio.

— Por aqui — disse Wylan, conduzindo-os por uma porta coberta de arabescos elaborados.

— Oh, não, você não pode — disse o acadêmico correndo atrás dele, a beca chacoalhando.

— Não a sala de livros raros!

— Quer outro aperto de mãos? — Jesper perguntou, depois adicionou: — Prometo que não atiraremos em nada a menos que seja estritamente necessário.

Ele deu um empurrão suave em seu pai.

— Suba as escadas.

— Jesper? — disse uma voz debaixo da mesa mais próxima.

Uma menina loira e bonita olhou para cima, agachada no chão.

— Madeleine? — disse Jesper. — Madeleine Michaud?

— Você disse que tomaríamos café da manhã juntos!

— Tive de ir a Fjerda.

— Fjerda?

Jesper continuou subindo a escada atrás de Wylan, depois enfiou de novo a cabeça para dentro da sala de leitura.

— Se eu sobreviver, te comprarei waffles.

— Você não tem dinheiro o suficiente para comprar waffles para ela — Wylan resmungou.

— Silêncio. Estamos numa biblioteca.

Jesper nunca teve motivo para entrar na sala de livros raros enquanto estudava. O silêncio era tão profundo que parecia que eles estavam embaixo da água. Manuscritos reluzentes eram exibidos em caixas de vidro iluminadas por fontes douradas de luz, e mapas raros cobriam as paredes. Um Aero usando *kefta* azul estava de pé no canto, braços erguidos, mas se encolheu quando eles entraram.

— Shu! — o Aero gritou quando viu Wylan. — Eu não irei com você. Prefiro me matar primeiro!

O pai de Jesper ergueu as mãos como se estivesse amansando um cavalo.

— Calma, rapaz.

— Só estamos de passagem — disse Jesper, dando outro empurrão em seu pai.

— Sigam-me — disse Wylan.

— O que um Aero está fazendo na sala de livros raros? — Jesper perguntou enquanto eles corriam pelo labirinto de prateleiras e estantes, passando por alguns acadêmicos ou estudantes agachados junto aos livros com medo.

— Umidade. Ele mantém o ar seco para preservar os manuscritos.

— Parece um emprego bem confortável de se conseguir.

Quando chegaram à parede do lado oeste, Wylan parou em frente a um mapa de Ravka. Ele olhou em volta para garantir que não estavam sendo observados, então pressionou o símbolo marcando a capital – Os Alta. O país pareceu se rasgar ao longo da costura do Não Mar, revelando um fosso escuro com uma largura que quase não era suficiente para passar.

— A passagem leva ao segundo andar de uma loja de impressão — disse Wylan enquanto entravam. — Ela foi construída como uma maneira de professores irem da biblioteca para suas casas sem terem de lidar com alunos raivosos.

— Raivosos? — disse o pai de Jesper. — Todos os alunos aqui têm armas?

— Não, mas existe uma tradição antiga de tumultos por causa de notas.

O mapa deslizou para se fechar, deixando-os no escuro enquanto se arrastavam junto às paredes.

— Sem querer bancar o desagradável — Jesper murmurou para Wylan —, mas nunca teria imaginado que você conhecia a sala de livros raros.

— Eu costumava me encontrar com um dos meus tutores aqui, quando meu pai ainda pensava... O tutor conhecia várias histórias interessantes. E eu sempre gostei de mapas. Passar os dedos sobre as letras às vezes facilitava... foi assim que encontrei a passagem.

— Sabe, Wylan, qualquer dia desses vou parar de te subestimar.

Houve uma pausa breve e então, de algum lugar logo à frente, ele ouviu Wylan dizer:

— Então será bem mais difícil te surpreender.

Jesper sorriu, mas tinha alguma coisa errada. Atrás deles, ele podia ouvir gritos na sala de livros raros. Havia sido por pouco; seu ombro estava sangrando, e eles haviam feito uma grande fuga – momentos assim é que faziam a vida valer a pena. Ele devia estar fervilhando com a adrenalina da luta. A emoção ainda estava lá, crepitando em seu sangue, mas ao lado dela havia uma sensação fria e desconhecida que parecia estar drenando sua alegria. Tudo o que ele conseguia pensar era: *Pap poderia ter se machucado. Poderia ter morrido.* Jesper estava acostumado a ter pessoas atirando nele. Ele teria se sentido um pouco ofendido se eles tivessem *parado* de atirar nele. Isso era diferente. Seu pai não havia escolhido essa luta. Seu único crime tinha sido acreditar no próprio filho.

Esse é o problema de Ketterdam, Jesper pensou enquanto tropeçavam incertos pelo escuro. *Confiar na pessoa errada pode custar a própria vida.*

6. Nina

Nina não conseguia parar de encarar Colm Fahey. Ele era um pouco mais baixo do que o filho, tinha os ombros mais largos e uma coloração classicamente kaelish – cabelo vermelho escuro e vibrante e aquela pele branca da cor do sal densamente nublado de sardas pelo sol zemeni. E apesar de seus olhos terem o mesmo cinza claro dos de Jesper, havia seriedade neles, um tipo de calor confiante que diferia da energia crepitante de Jesper.

Não era apenas o prazer de tentar encontrar Jesper nos traços de seu pai que mantinha a atenção de Nina no agricultor. É que havia algo muito estranho em ver uma pessoa tão *normal* de pé no casco de pedra de um mausoléu vazio cercado pelo que havia de pior em Ketterdam – ela inclusive.

Nina estremeceu e puxou o velho cobertor de cavalo que estava usando como um embrulho, enrolando-se nele com mais força. Ela tinha começado a contabilizar sua vida em dias bons e dias ruins, e, graças ao trabalho de Cornelis Smeet, isso estava se tornando um dia muito ruim. Ela não podia permitir que ele tirasse o melhor dela, não quando estavam tão perto de resgatar Inej. *Esteja bem*, Nina desejou silenciosamente, esperando que seus pensamentos pudessem cortar o ar, atravessar as águas dos portos de Ketterdam e chegar à sua amiga. *Fique segura e inteira e espere por nós.*

Nina não estava em Vellgeluk quando Van Eck levou Inej como refém. Ela ainda estava tentando limpar a *parem* de seu corpo, presa na neblina de sofrimento que tinha começado na viagem de volta de Djerholm. Ela disse a si mesma que devia ser grata pela memória daquela miséria, por cada minuto agitado e dolorido que passou vomitando. A vergonha de Matthias testemunhando tudo, segurando seus cabelos, esfregando sua testa, segurando-a o mais gentilmente que podia enquanto ela discutia, tentava persuadi-lo, gritava com ele pedindo mais *parem*. Obrigou-se a lembrar de todas as coisas terríveis que havia dito, de todos os apelos selvagens que havia feito, de cada insulto ou acusação que tinha lançado sobre ele. *Você gosta de me ver sofrendo. Você quer que eu implore, não é? Por quanto tempo esperou para me ver assim? Pare de me castigar, Matthias. Ajude-me. Seja bom para mim e eu serei boa para você.* Ele havia absorvido tudo em um silêncio estoico. Ela se agarrou com firmeza àquelas lembranças. Precisava delas do modo mais vívido, brilhante e embaraçoso possível para lutar contra a vontade de usar a droga. Ela não queria ficar desse jeito nunca mais.

Agora, ela olhava para Matthias, o cabelo dele nascendo grosso e dourado, tão comprido que havia começado a enrolar sobre as orelhas. Ela amava poder vê-lo, e odiava também. Porque ele se recusava a dar-lhe o que ela queria. Porque ele sabia o quão desesperadamente ela precisava disso.

Depois que Kaz os acomodou no Véu Negro, Nina havia aguentado dois dias antes de fraquejar e pedir a Kuwei outra dose de *parem*. Uma dose pequena. Só uma provadinha, algo para acalmar a vontade incessante. Os suadouros haviam passado, os surtos de febre. Ela podia andar e falar, e também ouvir Kaz e os outros bolando seus planos. Mas, mesmo quando cuidava das suas tarefas, bebia as xícaras de caldo de carne e chá entupido de açúcar que Matthias colocava na frente dela, a necessidade continuava lá, incessante, arranhando seus nervos com dentes serrilhados, para a frente e para trás, minuto a minuto. Quando ela se sentou ao lado de Kuwei, o pedido que fez não foi de caso pensado. Eles haviam conversado em Shu, em voz baixa, ela tinha escutado Kuwei reclamar da umidade da tumba. E então as palavras simplesmente saíram de sua boca:

— Você tem mais?

Ele nem se deu ao trabalho de perguntar o que ela queria dizer com isso.

— Entreguei tudo a Matthias.

— Entendo — disse ela. — Talvez tenha sido o melhor.

Ela sorriu. Ele sorriu. Ela quis estraçalhar o rosto de Kuwei com as unhas.

Porque ela não podia nem pensar em pedir a Matthias. Jamais. E até onde sabia, ele havia jogado no mar qualquer resquício da droga que havia sobrado com Kuwei. O pensamento a encheu de um pânico tão grande que ela teve de correr para fora e vomitar o pouco que havia no estômago na frente de um dos mausoléus em ruínas. Ela cobriu a sujeira com terra, depois encontrou um lugar tranquilo para se sentar sob uma treliça de heras e chorar copiosamente.

— Vocês são um bando de vagabundos inúteis — ela disse para os túmulos silenciosos. Eles não pareceram se importar. E ainda assim, de alguma forma, a quietude do Véu Negro a confortou, a acalmou. Ela não sabia explicar o motivo. Os recantos dos mortos nunca haviam lhe oferecido consolo. Ela descansou por um tempo, secou as lágrimas e, quando teve certeza de que a pele manchada e os olhos lacrimejantes não a entregariam, voltou para junto dos outros.

Você sobreviveu à pior parte, disse a si mesma. *A* parem *está fora de alcance, e agora você pode parar de pensar nisso.* E ela conseguiu não pensar por um tempo.

Mas então, na noite anterior, quando se preparava para se aproximar de Cornelis Smeet, ela cometeu o erro de usar seu poder. Mesmo com a peruca, as flores, o traje e o espartilho, ela não se sentia à altura do papel de sedutora. Então encontrou um espelho no Clube Cumulus e tentou trabalhar em suas olheiras. Era a primeira vez que tentava usar seu poder desde a recuperação. Ela começou a suar com o esforço, e, assim que o roxo desapareceu, veio a vontade de consumir *parem*, um golpe rápido e duro no peito. Ela se curvou, agarrando-se na pia, sua mente cheia de pensamentos devastadores de como ela poderia fugir, quem poderia lhe fornecer a droga, pelo que ela poderia trocá-la. Ela se forçou a pensar na vergonha que havia passado no barco, no futuro que poderia construir com Matthias, mas pensar em Inej foi o que a trouxe de volta à sanidade. Ela devia sua vida a Inej, e não a abandonaria com Van Eck de jeito nenhum. Ela não era essa pessoa. Recusava-se a ser.

De algum modo, Nina conseguiu se recompor. Jogou água no rosto, beliscou as bochechas para deixá-las rosadas. Ainda parecia abatida, mas com determinação havia puxado o espartilho para cima e armado o sorriso mais brilhante que podia oferecer. *Faça isso direito e Smeet não ficará olhando para o seu rosto*, Nina disse a si mesma, e, confiante, atravessou as portas para pescar o seu peixe.

Mas, assim que terminou o trabalho, quando conseguiram a informação da qual precisavam e todos foram dormir, ela remexeu nos poucos pertences de Matthias, espiando os bolsos de suas roupas, sua frustração crescendo a cada segundo que passava. Ela o odiava. Odiava Kuwei. Odiava aquela cidade estúpida.

Com nojo de si mesma, ela se enfiou embaixo das cobertas. Matthias sempre dormia com as costas viradas para a parede, um hábito dos dias passados no Hellgate. Ela deixou as mãos vagarem pelos bolsos de Matthias, tentando tatear os forros de suas calças.

— Nina? — ele perguntou sonolento.

— Estou com frio — ela disse, suas mãos prosseguindo a busca. Ela deu um beijo em seu pescoço, depois abaixo de sua orelha. Ela nunca havia se permitido beijá-lo desse jeito. Nunca tivera a chance. Eles estiveram ocupados demais desemaranhando o novelo de suspeita, desejo e lealdade que os unia, e depois que havia consumido a *parem*... A droga era tudo o que ela conseguia pensar, mesmo agora. O desejo que sentia era pela droga, não pelo corpo que ela sentia se mover sob suas mãos. Ela não beijou seus lábios, contudo. Ela não deixaria que a *parem* tirasse isso dela também.

Ele resmungou de leve.

— Os outros...

— Estão todos dormindo.

Então ele segurou as mãos dela.

— *Pare.*

— Matthias...

— Não está comigo.

Ela libertou as mãos num puxão, a vergonha rastejando por sua pele como fogo sobre o chão da floresta.

— Então quem a tem? — ela murmurou.

— Kaz. — Ela ficou em silêncio. — Vai rastejar para cima da cama dele?

Nina soltou um resmungo de descrença.

— Ele cortaria minha garganta. — Ela queria expressar seu desamparo com um grito. Com Kaz não haveria barganha. Ela não podia intimidá-lo da maneira que poderia ter intimidado Wylan, ou negociar com ele como poderia com Jesper.

O cansaço bateu de repente, um jugo em seu pescoço, a exaustão pelo menos moderando sua necessidade frenética. Ela repousou a testa no peito de Matthias.

— Odeio isso — ela disse. — Te odeio um pouquinho, drüskelle.

— Estou acostumado. Vem cá. — Ele passou os braços em torno dela e a colocou para falar sobre Ravka, sobre Inej. Ele a distraiu com histórias, deu nome aos ventos que sopravam por Fjerda, contou-lhe sobre sua primeira refeição no salão dos drüskelle. Em certo ponto, ela deve ter adormecido, porque só voltou a ficar consciente quando escavou caminho para fora de um sono pesado e sem sonhos, acordada pelo som de alguém abrindo com força a porta da tumba.

Matthias e Kaz tinham voltado da universidade. Em suas roupas havia buracos queimados causados por algum tipo de bomba fabricada por Wylan. Jesper e Wylan vinham logo atrás, olhos arregalados e ensopados com a chuva da primavera que havia começado a cair, com um fazendeiro musculoso com jeito de kaelish a reboque. Nina sentiu como se tivesse recebido algum tipo de presente adorável dos Santos, uma situação desconcertante e louca o bastante para distraí-la.

Embora a vontade de *parem* tivesse amenizado desde o frenesi da noite anterior, ela ainda estava lá, e Nina não sabia como iria sobreviver à missão daquela noite. Seduzir Smeet tinha sido apenas a primeira parte do plano deles. Kaz estava contando com ela, Inej estava contando com ela. Precisavam que ela fosse uma Corporalki, não uma viciada com tremores que se cansava só de usar uma pequena porção de seus poderes. Mas Nina não tinha como pensar em nada disso com Colm Fahey ali de pé amassando seu chapéu, e Jesper com cara de quem preferia estar comendo uma pilha de waffles cobertos de vidro moído do que tendo de lidar com ele. Já Kaz... bem, ela não fazia ideia do que esperar de Kaz. Raiva, talvez algo pior. Kaz não gostava de surpresas ou de vulnerabilidades potenciais, e o pai de Jesper era uma vulnerabilidade muito encorpada e desgastada pelo vento.

Mas após ouvir Jesper descrever – de forma resumida, Nina suspeitou – sem pausa para respirar como eles haviam escapado da universidade, Kaz simplesmente se apoiou em sua bengala e disse:

— Vocês foram seguidos?

— Não — Jesper respondeu balançando a cabeça de forma decidida.

— Wylan?

Colm se eriçou.

— Você duvida da palavra do meu filho?

— Não é pessoal, pap — disse Jesper. — Ele duvida da palavra de todo mundo.

Kaz manteve a expressão serena, sua voz áspera e pétrea tão calma e agradável que Nina sentiu os pelos do braço se arrepiarem.

— Me desculpe, Senhor Fahey. Um hábito que todos desenvolvemos no Barril. Confie, mas confirme.

— Ou não confie em nada — murmurou Matthias.

— Wylan? — Kaz repetiu.

Wylan colocou a bolsa sobre a mesa.

— Se eles conhecessem a passagem, teriam nos seguido ou haveria alguém esperando por nós na loja de impressão. Nós os despistamos.

— Contei cerca de dez no telhado — disse Kaz, e Matthias assentiu confirmando.

— Parece correto — disse Jesper. — Mas não tenho certeza. Eles estavam com o sol a favor.

Kaz se sentou, seus olhos escuros concentrados no pai de Jesper.

— Você foi usado de isca.

— Perdão, jovem?

— O banco cobrou o seu empréstimo?

Colm piscou, surpreso.

— Bem, sim. Na verdade, eles me enviaram uma carta com palavras um tanto severas avisando que eu havia me tornado um risco instável de crédito. Disseram que, se eu não pagasse a quantia total, eles seriam forçados a tomar medidas legais. — Ele se virou para o filho. — Escrevi para você, Jes. — Sua voz soou confusa, não acusatória.

— Eu... eu não tenho conseguido pegar a correspondência. — Depois que Jesper havia parado de frequentar a universidade, ele ainda conseguia receber cartas por lá? Nina se perguntou como ele havia mantido essa farsa por tanto tempo. Talvez isso tenha sido mais fácil pelo fato de Colm estar a um oceano de distância, e pelo seu desejo de acreditar no filho. *Um alvo fácil*, Nina pensou com tristeza. Independentemente de seus motivos, Jesper vinha enganando o próprio pai.

— Jesper... — disse Colm.

— Eu estava tentando conseguir o dinheiro, pap.

— Eles estão ameaçando tomar a fazenda.

Jesper olhava fixamente para o chão da tumba.

— Eu estava perto. *Estou* perto.

— Do dinheiro? — Agora Nina ouviu frustração na voz de Colm. — Estamos sentados em uma tumba. Acabaram de atirar na gente.

— O que o fez pegar um navio para Ketterdam? — Kaz perguntou.

— O banco adiantou a data de cobrança! — Colm disse indignado. — Simplesmente disseram que meu tempo havia se esgotado. Tentei falar com Jesper, mas quando ele não me respondeu, pensei que...

— Pensou que deveria ver o que o seu menino brilhante estava aprontando por aqui, nas ruas escuras de Ketterdam.

— Temi pelo pior. Esta cidade tem certa reputação.

— Uma bem merecida, posso garantir — disse Kaz. — E quando você chegou?

— Fiz algumas perguntas na universidade. Eles disseram que ele não estava matriculado, então fui falar com a polícia.

Jesper estremeceu.

— Oh, pap. Com a *stadwatch*?

Colm esmagou seu chapéu com vigor renovado.

— E onde você queria que eu fosse, Jes? Você sabe o quanto é perigoso para um... para alguém como você.

— Pap — disse Jesper, finalmente olhando seu pai nos olhos. — Você não contou a eles que eu sou...

— É claro que não!

Grisha. Por que nenhum dos dois conseguia dizer isso?

Colm jogou no chão o pedaço de feltro que um dia tinha sido seu chapéu.

— Não entendo nada disso aqui. Por que você me traria a esse lugar horrível? Por que atiraram em nós? O que aconteceu com seus estudos? O que aconteceu com você?

Jesper abriu a boca, mas acabou fechando-a.

— Pai, eu... eu...

— Foi minha culpa — Wylan se intrometeu. Todos os olhares se voltaram para ele. — Ele... Ele estava preocupado com o empréstimo no banco, então deu um tempo nos estudos para trabalhar com um...

— Um armeiro local — Nina ofereceu.

— Nina — Matthias a advertiu num murmúrio.

— Ele precisa da nossa ajuda — ela sussurrou.

— Para mentir para o próprio pai?

— É uma mentirinha. Totalmente diferente. — Ela não fazia ideia de para onde Wylan estava conduzindo a história, mas ele claramente precisava de ajuda.

— Isso! — Wylan disse ansiosamente. — Um armeiro! E então eu... Eu contei a ele sobre um negócio...

— Eles foram enganados — disse Kaz. Sua voz soou fria e firme como sempre, mas ele se manteve rígido, como se caminhasse sobre um terreno incerto. — Ofereceram aos dois uma oportunidade de negócio que parecia boa demais para ser verdade.

Colm desabou numa cadeira.

— E quando parece bom demais...

— Geralmente é — disse Kaz. Nina teve a sensação estranha de que, ao menos uma vez, ele estava sendo sincero.

— Você e seu irmão perderam tudo? — Colm perguntou a Wylan.

— Meu irmão? — Wylan retrucou sem entender.

— Seu *irmão gêmeo* — disse Kaz olhando para Kuwei, que calmamente observava a cena. — Sim. Eles perderam tudo. O irmão de Wylan não falou uma palavra desde então.

— Ele parece ser do tipo quieto — disse Colm. — E vocês todos são... estudantes?

— De certa forma — disse Kaz.

— Que passam suas horas livres em um cemitério. Não podemos falar com as autoridades? Contar a eles o que aconteceu? Esses vigaristas podem ter feito outras vítimas.

— Bem... — Wylan começou a falar, mas Kaz o silenciou com um olhar. Um silêncio estranho caiu sobre a tumba. Kaz sentou-se à mesa.

— As autoridades não podem ajudar — disse ele. — Não nesta cidade.

— Por que não?

— Porque a lei aqui é o lucro. Jesper e Wylan tentaram pegar um atalho. A *stadwatch* nem vai se dar ao trabalho de secar suas lágrimas. Às vezes, o único modo de obter justiça é fazê-la com as próprias mãos.

— E é aí que você entra.

Kaz assentiu.

— Nós iremos recuperar o seu dinheiro. Você não perderá sua fazenda.

— Mas você precisará agir fora da lei para conseguir isso — disse Colm, balançando a cabeça cansado. — Você nem parece ter idade suficiente para se formar.

— Ketterdam foi minha escola. E posso lhe dizer uma coisa: Jesper nunca teria vindo pedir minha ajuda se ele tivesse qualquer outro lugar para ir.

— Você não pode ser tão ruim, garoto — Colm disse de forma meio áspera. — Ainda não viveu o bastante para acumular sua parcela de pecado.

— Eu aprendo rápido.

— Posso confiar em você?

— Não.

Colm pegou seu chapéu amassado novamente.

— Posso confiar que você ajudará Jesper a passar por isso?

— Sim.

Colm suspirou e olhou para todos ao seu redor. Nina se endireitou.

— Vocês todos me fazem me sentir muito velho.

— Experimente passar um pouco mais de tempo em Ketterdam — disse Kaz. — Aí se sentirá um ancião.

Em seguida, ele inclinou a cabeça para um lado, e Nina viu aquele olhar distante e calculador em seu rosto.

— Você tem o rosto de um homem honesto, Senhor Fahey.

Colm lançou um olhar intrigado para Jesper.

— Bem. Espero que sim, e obrigado por ressaltar isso.

— Não foi um elogio — disse Jesper. — E eu conheço essa cara, Kaz. Não se atreva a começar a pôr essas engrenagens em movimento.

A única resposta de Kaz foi uma piscada lenta. Qualquer que fosse o esquema em andamento em seu cérebro diabólico, era tarde demais para impedi-lo.

— Onde está hospedado?

— No Avestruz.

— Não é seguro voltar lá. Vamos transferi-lo para o Hotel Geldrenner. Vamos registrá-lo com um nome diferente.

— Mas por quê? — Colm falou atabalhoado.

— Porque algumas pessoas querem matar Jesper, e elas já usaram você como isca para tirá-lo de seu esconderijo. Não tenho dúvidas de que querem pegá-lo como refém, e já tem coisa demais acontecendo nesse sentido.

Kaz rabiscou algumas instruções para Rotty e entregou-lhe uma pilha bem grossa de kruges.

— Sinta-se à vontade para fazer suas refeições no restaurante, Senhor Fahey, mas gostaria que deixasse os pontos turísticos para lá e ficasse dentro do hotel até entrarmos em contato. Se alguém perguntar o que veio fazer, está aqui para um pouco de descanso e relaxamento.

Colm analisou Rotty e depois Kaz. Ele suspirou de um jeito decisivo.

— Não. Eu agradeço, mas isso é um erro. — Ele se virou para Jesper. — Encontraremos outro jeito de pagar a dívida. Ou começaremos do zero em outro lugar.

— Você não abrirá mão da fazenda — disse Jesper. Ele baixou a voz. — *Ela* está lá. Não podemos deixá-la para trás.

— Jes...

— Por favor, pap. Por favor, deixe-me consertar as coisas. Eu sei... — Ele engoliu o restante das palavras, os ombros ossudos se estreitando. — Sei que te desapontei. Só peço que me dê mais uma chance.

Nina suspeitou que ele não estivesse se dirigindo apenas ao pai.

— Nós não pertencemos a este lugar, Jes. É tudo muito barulhento, muito sem lei. Nada faz sentido.

— Senhor Fahey — Kaz disse tranquilamente. — Sabe o que dizem sobre caminhar em um pasto para vacas?

Jesper ergueu as sobrancelhas e Nina teve de sufocar uma risada nervosa. O que o bastardo do Barril sabia sobre pastagens para vacas?

— Mantenha a cabeça baixa e preste atenção por onde pisa — Colm respondeu.

Kaz assentiu.

— Basta pensar em Ketterdam como um enorme pasto para vacas.

O canto da boca de Colm se ergueu no sorriso mais sutil.

— Dê-nos três dias para recuperar seu dinheiro e levar você e seu filho de volta para Kerch em segurança.

— Isso é realmente possível?

— Nesta cidade tudo pode acontecer.

— Não é um pensamento que me encha de confiança. — Ele se levantou, e Jesper ficou de pé na mesma hora.

— Pap?

— Três dias, Jesper. Depois disso, vamos para casa. Com ou sem o dinheiro. — Ele pousou a mão no ombro de Jesper. — E, pelos Santos, tenha cuidado. Todos vocês.

Nina sentiu um nó repentino na garganta. Matthias havia perdido sua família para a guerra. Nina havia sido tirada de sua família para treinar quando era apenas uma garotinha. Wylan praticamente fora expulso da casa de seu pai. Kuwei havia perdido seu pai e seu país. E Kaz? Ela não queria saber de que ruela escura Kaz havia escapado. Mas Jesper tinha um lugar para ir, alguém para cuidar dele, alguém para dizer: *Vai ficar tudo bem*. Ela teve uma visão de campos dourados sob um céu sem nuvens, uma casa de tábuas protegida do vento por uma linha de carvalhos vermelhos. Algum lugar seguro. Nina desejou que Colm Fahey pudesse entrar no escritório de Jan Van Eck e dizer a ele para devolver Inej ou se preparar para tomar um murro na boca. Desejou que alguém naquela cidade pudesse ajudá-los, que não estivessem tão sozinhos. Desejou que o pai de Jesper pudesse levar todos com ele. Ela nunca havia visitado Novyi Zem, mas o anseio por aqueles campos dourados era como sentir saudade de casa. *Tola*, ela disse a si mesma, *infantil*. Kaz estava certo: se eles queriam justiça, teriam de fazê-la com as próprias mãos. Aquilo não confortou as batidas de seu coração.

Mas então Colm estava se despedindo de Jesper e desaparecendo pelos túmulos de pedra com Rotty e Specht. Ele se virou para acenar e partiu.

— Eu devia ir com ele — disse Jesper, pairando perto da porta.

— Ele quase foi morto por sua causa uma vez — disse Kaz.

— Nós sabemos quem armou a emboscada na universidade? — Wylan perguntou.

— O pai de Jesper falou com a *stadwatch* — disse Matthias. — Tenho certeza de que muitos dos oficiais são suscetíveis a suborno.

— É verdade — disse Nina. — Mas não pode ser uma coincidência que o banco tenha exigido o pagamento do empréstimo justo agora.

Wylan sentou-se à mesa.

— Se os bancos estão envolvidos, meu pai pode estar por trás disso.

— Pekka Rollins também tem influência nos bancos — disse Kaz, e Nina viu sua mão enluvada se contrair sobre a cabeça de corvo de sua bengala.

— Será que eles estão trabalhando juntos? — ela perguntou.

Jesper esfregou as mãos cansadas no rosto.

— Por todos os Santos e por sua Tia Eva, vamos torcer para que não.

— Não estou descartando nenhuma possibilidade — disse Kaz. — Mas nada disso muda o que precisa acontecer hoje à noite. Aqui.

Ele se esticou para pegar algo dentro de um dos nichos na parede.

— Meus revólveres! — Jesper gritou, agarrando-os junto ao peito. — Oh, olá, minhas belezinhas. — Seu sorriso era deslumbrante. — Você as conseguiu de volta!

— O cofre do Cumulus é fácil de invadir.

— Obrigado, Kaz. Obrigado.

Qualquer indício de cordialidade que Kaz tivesse demonstrado ao pai de Jesper havia desaparecido, tão fugaz quanto o sonho daqueles campos dourados.

— Do que vale um atirador sem suas armas? — Kaz perguntou, parecendo alheio ao modo como o sorriso de Jesper desapareceu. — Você passou tempo demais no vermelho. Todos nós passamos. Esta é a noite em que começaremos a pagar nossas dívidas.

Agora a noite havia caído, e eles estavam a caminho de fazer exatamente isso, uma lua polida brilhando sobre eles como um olho branco vigilante. Nina ajeitou as mangas. A onda de frio tinha amenizado, e eles estavam no fim da primavera. Ou o equivalente a isso em Kerch – o calor úmido, claustrofóbico, da boca de um animal, aliviado somente por tempestades breves, imprevisíveis. Matthias e Jesper tinham partido para as docas mais cedo para garantir que o gondel estivesse no lugar. Em seguida, todos foram para o ponto de embarque, deixando Kuwei no Véu Negro com Rotty e Specht.

O barco atravessou a água silenciosamente. À frente, Nina podia ver o brilho das luzes guiando-os adiante.

Os revólveres de Jesper estavam de volta aos seus quadris, e tanto ele como Matthias tinham rifles pendurados nos ombros. Kaz tinha uma pistola no casaco e aquela bengala demoníaca, e Nina viu Wylan apoiar a mão na sua mochila. Estava cheia de explosivos, bombas de luz, e sabe-se lá mais o quê.

— É melhor que estejamos certos sobre tudo isso — disse Wylan num suspiro. — Meu pai vai estar preparado.

— Estou contando com isso — Kaz respondeu.

Nina roçou os dedos no punho da pistola enfiada no bolso do seu casaco leve de primavera. Ela nunca havia precisado de uma arma antes, nunca quis carregar uma. *Porque eu era a arma.* Mas ela não confiava em si mesma agora. O controle sobre seu poder parecia frágil, como se continuasse tentando alcançar algo que estava só um pouco mais distante do que ela tinha pensado. Ela precisava saber se ele estaria lá naquela noite. Não podia cometer um erro, não quando a vida de Inej dependia disso. Nina sabia que, se ela tivesse estado em Vellgeluk, a batalha teria seguido um rumo diferente. Inej nunca teria sido capturada se Nina estivesse forte o bastante para enfrentar os capangas de Van Eck.

E se ela tivesse consumido *parem*? Ninguém poderia enfrentá-la.

Nina chacoalhou a cabeça com força. *Se tivesse consumido* parem, *você estaria completamente viciada e bem adiantada no seu caminho para a Barcaça da Ceifadora.*

Ninguém falou enquanto eles atracavam e desembarcavam o mais rápido e silenciosamente possível. Kaz gesticulou pedindo que assumissem suas posições. Ele se aproximaria pelo norte, Matthias e Wylan pelo leste. Nina e Jesper seriam responsáveis pelos guardas na fronteira oeste do perímetro.

Nina flexionou os dedos. Silenciar quatro guardas. Aquilo devia ser fácil. Algumas semanas atrás, teria sido. *Diminua suas pulsações. Mande-os silenciosamente para a inconsciência sem deixar nenhum alarme soar.* Mas agora ela se perguntava se era a umidade ou seu próprio suor de nervosismo que fazia com que as roupas grudassem de maneira tão incômoda à sua pele.

Cedo demais, ela avistou os primeiros dois guardas em seus postos. Eles estavam apoiados no muro baixo de pedra, rifles encostados ao lado deles, sua conversa subindo e descendo em um zumbido preguiçoso. Moleza.

— Bote-os para dormir — disse Jesper.

Nina se concentrou nos guardas, deixando seu próprio corpo entrar em sintonia com o deles, procurando seus batimentos cardíacos, o correr de seu sangue. Foi como cambalear às cegas no escuro. Simplesmente não havia nada lá. Vagamente, ela tinha consciência da silhueta de seus corpos, um traço de conhecimento, mas foi tudo. Ela os via com seus olhos, os ouvia com os ouvidos, mas o resto era silêncio. Aquele outro sentido dentro dela, o dom que estava ali desde que conseguia se lembrar, o coração do poder que tinha sido sua companhia constante desde criança, tinha simplesmente parado de bater. Ela só conseguia pensar na *parem*, na alegria, na facilidade, como se o universo repousasse na ponta de seus dedos.

— O que está esperando? — disse Jesper.

Alertado por algum som ou simplesmente pela presença deles, um dos guardas olhou de relance na direção em que estavam, perscrutando as sombras. Ele levantou o rifle e sinalizou para que seu companheiro o seguisse.

— Eles estão vindo para cá. — Jesper pôs as mãos em suas armas.

Pelos Santos. Se Jesper tivesse que atirar, os outros guardas seriam alertados. O alarme soaria, e todos os esforços iriam por água abaixo.

Nina se concentrou com toda sua força de vontade. Ela foi tomada pelo desejo da *parem* tremendo por seu corpo, cravando suas garras determinadas em seu crânio. Ela o ignorou. Um dos guardas vacilou, caiu de joelhos.

— Gillis! — disse o outro guarda. — O que é isso? — Mas ele não era tolo a ponto de baixar sua arma. — Alto lá! — ele gritou na direção deles, ainda tentando dar apoio ao amigo. — Identifiquem-se.

— *Nina* — Jesper sussurrou furiosamente. — Faça alguma coisa.

Nina cerrou o punho, tentando apertar a laringe do guarda e evitar que ele gritasse por ajuda.

— Identifiquem-se!

Jesper sacou a arma. *Não, não, não.* Ela não seria o motivo de o plano dar errado. A *parem* devia matá-la ou deixá-la em paz, e não prendê-la a um purgatório impotente e miserável. A raiva a varreu por dentro, uma raiva clara, perfeita, concentrada. Sua mente se expandiu e, de repente, ela havia segurado algo, não um corpo, mas algo. Ela captou um movimento de canto de olho, uma vaga silhueta emergindo das sombras, uma nuvem de poeira que disparou na direção do guarda que estava de pé. Ele a golpeou como se tentasse afastar um enxame de mosquitos, mas a coisa zuniu mais rápido, mais rápido, um borrão quase invisível. O guarda abriu a boca para gritar e a nuvem desapareceu. Ele soltou um gemido e caiu para trás.

Seu compatriota ainda estava se balançando tonto sobre os joelhos. Nina e Jesper avançaram, e Jesper deu uma pancada na nuca do guarda com o punho de seu revólver. O homem desabou no chão, inconsciente. Examinaram o outro guarda cautelosamente. Ele estava deitado de olhos abertos, vidrados no céu estrelado. Sua boca e narinas estavam sufocadas por uma fina poeira branca.

— Você fez isso? — perguntou Jesper.

Ela havia feito? Era como se Nina pudesse sentir a poeira em sua própria boca. Aquilo não era possível. Um Corporalki era capaz de manipular o corpo humano, mas não matéria inorgânica. Isso era o trabalho de um Fabricador, um bem forte.

— Não foi você?

— Agradeço pelo voto de confiança, mas isso tudo é obra sua, sua linda.

— Eu não pretendia matá-lo. — O que ela havia pretendido? Apenas silenciá-lo. Numa linha fina, a poeira escorria do canto dos lábios partidos do homem.

— Tem mais dois guardas — disse Jesper. — E estamos ficando sem tempo.

— O que acha de simplesmente nocautearmos esses com um golpe na cabeça?

— Sofisticado. Gosto disso.

Nina sentiu uma estranha sensação rastejando por todo o seu corpo, mas o desejo de *parem* não estava mais gritando dentro dela. *Eu não pretendia matá-lo.* Isso não importava. Não podia importar agora. Os guardas estavam fora de combate e o plano estava em andamento.

— Venha — disse ela. — Vamos salvar nossa garota.

7. Inej

Inej passou uma noite insone no escuro. Quando sua barriga começou a roncar, ela suspeitou que fosse de manhã, mas ninguém apareceu para remover a venda ou lhe oferecer uma bandeja de comida. Pelo visto Van Eck não sentia mais a necessidade de mimá-la. Ele tinha visto com clareza o medo dentro dela. Essa seria sua influência a partir de agora, não os olhos sulis de Bajan e suas tentativas de gentileza. Quando o tremor passou, ela se esforçou para chegar ao duto de ventilação, apenas para descobrir que ele estava firmemente fechado com parafusos. Deviam tê-lo parafusado enquanto ela estava no teatro. Não se surpreendeu. Ela suspeitava que Van Eck o havia deixado desprotegido só para lhe dar esperança e depois arrancá-la dela.

Depois de algum tempo, sua mente começou a clarear, e, deitada em silêncio, arquitetou um plano. Ela falaria. Havia um monte de esconderijos e locais seguros que os Dregs haviam parado de usar porque tinham sido descobertos ou simplesmente porque deixaram de ser convenientes. Ela começaria por eles. Então havia os lugares supostamente seguros que pertenciam a algumas das outras gangues do Barril. Ela sabia de um contêiner de transporte convertido no Terceiro Porto que os Liddies usavam ocasionalmente. Os Gaivotas Navalha gostavam de se refugiar num hotel sujo a apenas algumas ruas depois da Ripa. Eles o chamavam de Casa da Geleia devido à sua cor desbotada de framboesa e aos beirais brancos que pareciam ter sido decorados com glacê. Van Eck levaria boa parte de uma noite para procurar em todos os aposentos. Ela os enrolaria. Faria Van Eck e seus homens percorrerem toda Ketterdam atrás de Kaz. Ela nunca tinha sido exatamente uma boa atriz, mas tinha sido forçada a contar sua cota de mentiras no Menagerie, e certamente tinha passado tempo suficiente perto de Nina para aprender uma coisa ou outra.

Quando Bajan finalmente apareceu e removeu a venda, estava acompanhado de seis guardas armados. Ela não sabia ao certo quanto tempo tinha se passado, mas suspeitava que tivesse sido um dia inteiro. Bajan estava com o rosto pálido e teve dificuldade de olhá-la nos olhos. Ela torceu para que ele tivesse passado a noite toda acordado, o peso de suas palavras pesadas em seu peito. Ele libertou seus tornozelos, mas substituiu as cordas por correntes. Elas tilintaram pesadas enquanto os guardas a levavam pelo corredor. Dessa vez eles a levaram pela porta dos fundos do teatro, passaram pelas peças de cenário, adereços descartados cobertos de poeira, e foram para o palco. As cortinas comidas pelo mofo verde foram baixadas para que a cavernosa área de assentos e balcões não ficasse mais visível. Isolado do resto do teatro, aquecido pelo calor que irradiava das luzes do palco, o conjunto tinha uma curiosa sensação de intimidade. Parecia menos com um palco e mais com a sala real de operações de um cirurgião. Inej passou os olhos pelo canto destroçado da mesa onde havia se deitado na noite anterior e desviou-os rapidamente. Van Eck estava esperando por ela com o guarda de nariz afiado. Inej fez uma promessa silenciosa. Mesmo se seu plano falhasse, mesmo que ele esmagasse suas pernas até deformá-las, mesmo que ela jamais voltasse a andar, ela encontraria um jeito de retribuir na mesma moeda. Ela não sabia como, mas daria um jeito. Ela havia sobrevivido a coisas demais para deixar Jan Van Eck destruí-la.

— Está com medo, Senhorita Ghafa? — ele perguntou.

— Sim.

— Que honestidade. Está preparada para me dizer o que sabe?

Inej respirou profundamente e abaixou a cabeça no que ela esperava ser uma exibição convincente de relutância.

— Sim — ela sussurrou.

— Prossiga.

— Como eu sei que você não vai ouvir o que tenho para dizer e depois me machucar de qualquer jeito? — ela perguntou com cautela.

— Se a informação for boa, não tem o que temer de mim, Senhorita Ghafa. Não sou um bruto. Empreguei os métodos com os quais você mais está acostumada: ameaças, violência. O Barril treinou você para esperar esse tipo de tratamento. — Ele soou como Tante Heleen. *Por que me obriga a fazer essas coisas? Você atrai essas punições para si mesma, garota.*

— Tenho sua palavra então? — ela perguntou. Aquilo era absurdo. Van Eck tinha deixado extremamente claro o quanto valia sua palavra ao quebrar seu acordo sobre Vellgeluk e tentar matar a todos.

Mas ele assentiu solenemente.

— Você tem — disse ele. — Negócio fechado.

— E Kaz nunca poderá saber...

— É claro, é claro — disse ele com alguma impaciência.

Inej pigarreou.

— O Paraíso Azul é um clube não muito longe da Ripa. Kaz já usou os quartos de cima para guardar mercadoria roubada antes. — Era verdade. E os aposentos deviam estar vazios. Kaz parou de usar o lugar depois de descobrir que um dos garçons estava em dívida com os Leoneiros. Ele não queria ninguém relatando suas idas e vindas.

— Muito bem. O que mais?

Inej moveu o lábio aflita.

— Um apartamento em Kolstraat. Não me lembro do número. Tem vista para a entrada dos fundos de algumas das casas de jogos da Aduela Leste. Nós já o usamos para ficar de tocaia antes.

— É mesmo? Por favor, continue.

— Tem um contêiner de transporte...

— Sabe de uma coisa, Senhorita Ghafa? — Van Eck se aproximou dela. Não havia raiva em seu rosto. Ele parecia quase feliz. — Acho que nenhum desses lugares seja uma pista verdadeira.

— Eu não...

— Acho que você pretende me colocar para caçar meu próprio rabo enquanto espera por resgate ou planeja alguma outra tentativa de fuga peculiar. Mas, Senhorita Ghafa, você não precisa esperar. O Senhor Brekker está a caminho para resgatá-la neste exato minuto. — Ele apontou para um dos guardas. — Ergam a cortina.

Inej ouviu o rangido de cordas e, lentamente, as cortinas esfarrapadas foram suspensas. O teatro estava abarrotado de guardas enfileirados nos corredores, trinta pelo menos, talvez mais, todos fortemente armados com fuzis e cassetetes, uma esmagadora demonstração de força. *Não*, ela pensou, enquanto absorvia as palavras de Van Eck.

— É isso mesmo, Senhorita Ghafa — disse Van Eck. — Seu herói está vindo. Senhor Brekker gosta de acreditar que ele é a pessoa mais inteligente de Ketterdam, então pensei em dar um pouco de corda e deixá-lo ser esperto demais para seu próprio bem. Percebi que, em vez de escondê-la, simplesmente deveria deixar você ser encontrada.

Inej franziu a testa. Não podia ser. *Não podia ser.* Será que esse mercador realmente havia superado Kaz em esperteza? Ele a havia usado para fazer isso?

— Tenho mandado Bajan ir e vir do Eil Komedie todos os dias. Pensei que um menino suli seria bem perceptível e qualquer tráfego para uma ilha supostamente deserta provavelmente seria notado. Até esta noite não tinha certeza se Brekker morderia a isca; eu estava ficando deveras ansioso. Mas ele mordeu. No início desta noite, dois de seus colegas foram avistados nas docas preparando um gondel para partir – aquele fjerdano grandão e o garoto zemeni. Não mandei ninguém os interceptar. Assim como você, eles são meros peões. Kuwei é o prêmio, e seu querido Senhor Brekker finalmente vai me dar o que me deve.

— Se tivesse sido honesto conosco, já teria Kuwei — disse ela. — Nós nos arriscamos para tirá-lo da Corte do Gelo. Deveria ter honrado sua palavra.

— Um patriota teria se oferecido para libertar Kuwei sem uma recompensa.

— Um patriota? Seu esquema de *jurda parem* vai trazer caos a Kerch.

— Mercados são resistentes. Kerch aguentará. Talvez até se fortaleça com as mudanças que estão por vir. Já você e sua laia podem não se sair tão bem. Como acha que os parasitas do Barril vão sobreviver quando estivermos em guerra? Quando homens honestos não tiverem uma moeda para esbanjar e estiverem com a mente voltada para o trabalho árduo em vez do vício?

Inej sentiu um sorriso brotar em seus lábios.

— Ratos de canal sempre dão um jeito de sobreviver, não importa quanto você tente nos erradicar.

Ele sorriu.

— A maioria dos seus amigos não sobreviverá a esta noite.

Ela pensou em Jesper, Nina e Matthias, no doce Wylan, que merecia algo muito melhor do que essa imundice de pai. Para Van Eck, não se tratava apenas de vencer. Era uma questão pessoal.

— Você nos odeia.

— Francamente, tenho pouco interesse em *você*. Uma acrobata, dançarina ou o que quer que tenha sido antes de se tornar uma praga nesta cidade. Mas confesso que a existência de Kaz Brekker realmente me ofende.

Vil, impiedoso, amoral. Ele alimenta corrupção com corrupção. Uma mente tão notável poderia ter sido colocada para trabalhar numa finalidade nobre. Ele poderia ter comandado esta cidade, construído algo, gerado lucro que teria beneficiado a todos. Em vez disso, ele suga o trabalho de homens de melhor índole que ele.

— Homens de melhor índole? Como você?

— Pode ser doloroso de ouvir, mas é a verdade. Quando eu deixar este mundo, o maior império de transporte já conhecido continuará a existir, um motor de riqueza, uma homenagem a Ghezen e um símbolo de seu favor. Quem se lembrará de uma garota como você, Senhorita Ghafa? O que você e Kaz Brekker deixarão para trás além de cadáveres para serem queimados na Barcaça da Ceifadora?

Um grito veio de fora do teatro, e um súbito silêncio caiu sobre eles enquanto os guardas se voltavam em direção às portas de entrada.

Van Eck consultou o relógio.

— Meia-noite em ponto. Brekker tem um gosto para o dramático.

Ela ouviu outro grito e, em seguida, som de tiros. Seis guardas atrás dela, correntes em seus pés. O desamparo veio com tudo para sufocá-la. Kaz e os outros estavam prestes a cair em uma armadilha, e ela não tinha como avisá-los.

— Achei melhor não deixar o perímetro completamente desprotegido — disse Van Eck. — Nós não queríamos facilitar demais e entregar o jogo.

— Ele nunca vai dizer onde Kuwei está.

O sorriso de Van Eck foi indulgente.

— Só me pergunto o que se provará mais eficaz: torturar o Senhor Brekker ou fazê-lo assistir enquanto torturo você. — Ele se inclinou para perto. — Garanto que a primeira coisa que farei é arrancar aquelas luvas e quebrar cada um daqueles dedos de ladrão.

Inej pensou nas mãos pálidas de malandro de Kaz, a corda brilhante de cicatrizes que subia a partir das juntas do lado direito. Van Eck poderia quebrar todos os dedos e as duas pernas de Kaz, e ele nunca diria uma palavra, mas se seus homens arrancassem as luvas de Kaz? Inej ainda não entendia por que ele precisava delas, ou por que ele tinha desmaiado na carroça-prisão no caminho para a Corte do Gelo, mas sabia que Kaz não podia suportar o toque direto de pele contra pele. O quanto dessa fraqueza ele seria capaz de esconder? Com quanta rapidez Van Eck localizaria essa vulnerabilidade e a exploraria? Quanto tempo até Kaz enlouquecer? Ela não conseguiria aguentar. Estava feliz por não saber onde Kuwei se encontrava. Ela acabaria cedendo antes de Kaz.

Barulho de botas no corredor, um estrondo de passos. Inej se projetou para a frente e abriu a boca para alertá-los, mas a mão de um guarda desceu firme tampando seus lábios enquanto ela lutava para se libertar. A porta abriu com tudo. Trinta guardas ergueram trinta rifles e trinta disparadores engatilharam. O garoto na porta vacilou para trás, seu rosto branco, seus cachos marrons em espiral desarrumados. Ele vestia a farda vermelha e dourada de Van Eck.

— Eu… Senhor Van Eck — ele ofegou, as mãos erguidas em defesa.

— Descansar — Van Eck deu a ordem aos guardas. — O que houve?

O garoto engoliu em seco.

— Senhor, a casa no lago. Eles vieram pela água.

Van Eck se levantou, derrubando a cadeira.

— Alys…

— Eles a levaram uma hora atrás.

Alys. A bela esposa grávida de Jan Van Eck. Inej sentiu uma centelha de esperança, mas a abafou, com medo de acreditar.

— Eles mataram um dos guardas e deixaram os demais amarrados na despensa — o menino continuou sem fôlego. — Havia um bilhete sobre a mesa.

— Traga-o aqui — Van Eck gritou. O rapaz caminhou até a coxia e Van Eck arrancou a nota de sua mão.

— O que… O que ele diz? — perguntou Bajan. Sua voz tremia. Talvez Inej estivesse certa sobre Alys e o professor de música.

Van Eck o fez recuar.

— Se eu descobrir que você sabia algo sobre isso…

— Eu não sabia de nada! — Bajan gritou. — Segui exatamente as suas ordens!

Van Eck amassou o bilhete, mas não antes de Inej decifrar a escrita irregular e inconfundível de Kaz: *Meio-dia, amanhã. Na Goedmedbridge. Com as facas de Inej.*

— O bilhete estava preso sob isso. — O menino enfiou a mão no bolso e tirou um pino de gravata – um gordo rubi cercado por folhas de louro douradas. Kaz o havia roubado de Van Eck quando eles foram contratados pela primeira vez para o trabalho da Corte do Gelo. Inej não teve oportunidade de vendê-lo no mercado negro antes de partirem de Ketterdam. De alguma forma, Kaz deve ter se apossado dele novamente.

— Brekker — rosnou Van Eck, sua voz firme de raiva.

Inej não se aguentou. Começou a rir.

Van Eck bateu nela com força. Ele agarrou sua túnica e a sacudiu a ponto de seus ossos chacoalharem.

— Brekker ainda acha que está jogando, não é? Ela é minha esposa. Ela carrega meu herdeiro.

Inej riu ainda mais alto, todos os horrores da semana anterior ressonando de seu peito em estrondos vertiginosos. Mesmo que quisesse, ela não sabia se teria conseguido parar.

— E você foi tolo o bastante para contar tudo isso para Kaz em Vellgeluk.

— Será que devo mandar Franke buscar a marreta para te mostrar o quão sério eu sou?

— Senhor Van Eck — Bajan suplicou.

Mas Inej estava farta de ter medo daquele homem. Antes que Van Eck pudesse inspirar novamente, ela ergueu com força a testa, quebrando o nariz dele. Ele gritou e a soltou enquanto sangue jorrava sobre seu fino terno de mercador. Na mesma hora, os guardas estavam sobre ela, puxando-a para trás.

— Sua pequena desgraçada — disse Van Eck, segurando um lenço com um monograma sobre o rosto. — Sua pequena vadia. Eu mesmo descerei uma marreta nas suas pernas...

— Vá em frente, Van Eck, me ameace. Diga-me todas as *pequenas* coisas que eu sou. Se encostar um dedo em mim, Kaz Brekker vai arrancar o bebê de dentro da barriga da sua linda esposa e vai pendurar o corpo dele em uma varanda no Mercado. — Palavras horríveis, um discurso que inquietava sua consciência, mas Van Eck merecia as imagens que ela havia plantado em sua mente. Embora ela não acreditasse que Kaz faria uma coisa dessas, sentiu-se grata por cada coisa desagradável e perversa que Mãos Sujas *havia* feito para merecer sua reputação – uma reputação que perseguiria Van Eck cada segundo até que sua esposa fosse devolvida.

— Silêncio — ele gritou, saliva voando de sua boca.

— Acha que não? — Inej provocou. Ela podia sentir o calor na bochecha onde ele a havia acertado com a mão, podia ver a marreta ainda descansando na mão do guarda. Van Eck a havia feito sentir medo, e agora ela estava feliz em fazer o mesmo. — Vil, impiedoso, amoral. Para começo de conversa, não foi por isso que contratou Kaz? Porque ele faz as coisas que ninguém mais se atreve? Vá em frente, Van Eck. Quebre minhas pernas e veja o que acontece. *Desafie Kaz.*

Ela realmente havia acreditado que um mercador poderia ser mais esperto do que Kaz Brekker? Kaz a libertaria e depois mostraria a esse homem exatamente o que vadias e ratos de canal são capazes de fazer.

— Console-se — ela disse enquanto Van Eck se agarrava a um canto irregular da mesa buscando apoio. — Até homens de boa índole podem ser superados.

8. Matthias

Matthias iria pagar pelos erros que havia cometido nesta vida por boa parte da próxima, mas ele sempre acreditou que, apesar de seus crimes e falhas, havia um cerne de decência dentro dele que nunca poderia ser corrompido. E, ainda assim, estava certo de que, se tivesse de passar mais uma hora com Alys Van Eck, poderia muito bem matá-la só para ter um pouco de sossego. O cerco à casa do lago tinha se desenrolado com uma precisão que Matthias não podia deixar de admirar. Apenas três dias depois de Inej ter sido sequestrada, Rotty havia alertado Kaz para as luzes que tinham se acendido no Eil Komedie e para o fato de que barcos foram vistos entrando e saindo de lá em horas estranhas, muitas vezes carregando um jovem suli. Ele rapidamente foi identificado como Adem Bajan, professor de música em contrato de servidão com Van Eck nos últimos seis meses. Aparentemente, ele havia se juntado ao lar de Van Eck após Wylan sair de casa, mas Wylan não ficou surpreso com o fato de seu pai ter garantido instrução musical profissional para Alys.

— E ela é boa? — perguntou Jesper.

Wylan hesitou, então disse:

— Ela é muito dedicada.

Tinha sido fácil supor que Inej estava sendo mantida no Eil Komedie, e Nina quis ir atrás dela imediatamente.

— Ele não a tirou da cidade — ela disse, as bochechas brilhando com cor pela primeira vez desde que havia voltado da sua batalha com a *parem*. — É óbvio que ele a está mantendo ali.

Mas Kaz simplesmente ficou com aquele olhar perdido e estranho e disse:

— Óbvio demais.

— Kaz...

— O que acha de ganhar cem kruges?

— Qual é a pegadinha?

— Exatamente. Van Eck está deixando isso fácil demais. Ele está nos tratando como trouxas. Mas ele não nasceu no Barril, e nós não somos um bando de pombos prontos para correr para o abate quando ele acender a primeira isca brilhante. Van Eck quer que a gente pense que ela está naquela ilha. Talvez ela esteja. Mas ele terá um poder de fogo considerável esperando por nós também, talvez até alguns Grishas usando *parem*.

— Sempre ataque onde o alvo não está olhando — Wylan murmurou.

— Por Ghezen — disse Jesper. — Você foi completamente corrompido.

Kaz bateu de leve a bengala de cabeça de corvo sobre as lajes do piso da tumba.

— Sabe qual o problema de Van Eck?

— A falta de honra? — disse Matthias.

— O fato de ser um pai horrível? — disse Nina.

— Calvície? — ofereceu Jesper.

— Não — disse Kaz. — Ele tem muito a perder. E nos deu um mapa para saber o que roubar primeiro.

Ele se levantou e começou a traçar os planos do sequestro de Alys. Em vez de tentar resgatar Inej como Van Eck esperava, eles forçariam Van Eck a trocá-la por sua esposa grávida. O primeiro passo tinha sido encontrá-la. Van Eck não era idiota. Kaz suspeitava que ele tivesse tirado Alys da cidade assim que firmou o falso acordo com eles, e suas investigações iniciais confirmaram a hipótese. Van Eck não manteria sua esposa em um armazém, fábrica ou edifício industrial, e ela não estava em nenhum dos hotéis que pertenciam a ele, nem na casa de campo ou nas duas fazendas perto de Elsmeer. Era possível que ele a tivesse levado escondido para alguma fazenda ou terreno do outro lado do Mar Real, mas Kaz duvidava que ele colocaria a mulher que carregava seu herdeiro para fazer uma viagem marítima extenuante.

— Van Eck deve estar mantendo alguma propriedade fora dos livros contábeis — disse Kaz. — Receita também, provavelmente.

Jesper franziu a testa.

— Sonegar impostos não é, sei lá, um sacrilégio? Pensei que ele fosse todo dedicado a servir Ghezen.

— Ghezen e Kerch não são a mesma coisa — disse Wylan.

Descobrir aquelas propriedades secretas tinha significado obter acesso ao escritório de Cornelis Smeet, e outra série de trapaças. Matthias odiava a desonestidade de tudo isso, mas não podia negar o valor da informação que haviam obtido. Graças aos arquivos de Smeet, Kaz havia localizado a casa no lago, uma requintada propriedade dezesseis quilômetros ao sul da cidade, fácil de defender, confortavelmente equipada e listada no nome de Hendriks. *Sempre ataque onde o alvo não está olhando.* Era um pensamento sólido, Matthias admitiu. Pensamento militar, na verdade. Quando se está em menor número e com menos armas, você procura os alvos menos protegidos. Van Eck esperava uma tentativa de resgate de Inej, então era nisso que concentraria suas forças. E Kaz havia encorajado a ideia, dizendo a Matthias e Jesper que agissem da forma mais suspeita possível ao levarem um gondel para uma das vagas privadas no Quinto Porto. Às onze badaladas, Rotty e Specht tinham deixado Kuwei no Véu Negro e, vestidos com capas pesadas para esconder seus rostos, lançaram o barco, dando um tremendo show ao gritar para supostos compatriotas em outras docas – a maioria deles turistas confusos que não sabiam direito por que homens estranhos estavam gritando com eles de um gondel.

Matthias precisou se segurar para não discutir quando Kaz pediu que Nina acompanhasse Jesper no ataque à casa do lago, apesar de ele saber que a parceria fazia sentido. Eles precisavam apagar os guardas silenciosamente para impedir que alguém disparasse o alarme ou espalhasse pânico. O treinamento de combate de Matthias permitia isso, assim como as habilidades Grishas de Nina, por isso eles foram separados. Jesper e Wylan tinham talentos mais barulhentos, então entrariam na briga somente como último recurso. Além disso, Matthias sabia que, se começasse a acompanhar Nina nas missões como algum tipo de cão de guarda, ele colocaria as mãos naqueles quadris gloriosos e demonstraria seu conhecimento de profanidades em vários idiomas diferentes. Mesmo assim, ele era o único, além de Kuwei, talvez, que sabia como ela havia sofrido desde o retorno da Corte do Gelo. Tinha sido difícil vê-la partir.

Eles se aproximaram pelo outro lado do lago e tiraram rapidamente do caminho os poucos guardas da área. A maioria das casas de veraneio ao longo da costa estava vazia, já que não fazia calor suficiente. Mas as luzes queimavam nas janelas da casa de Van Eck, ou melhor, na casa dos Hendriks. A propriedade tinha pertencido à família da mãe de Wylan por gerações antes de Van Eck sequer sonhar em pôr os pés na porta. A investida quase não pareceu uma invasão. Um dos guardas, na verdade, estava cochilando no gazebo. Matthias não percebeu que tinha havido uma baixa até o momento de fazer a contagem dos guardas, mas não tivera tempo de questionar Nina e Jesper sobre o que tinha dado errado. Eles amarraram os guardas restantes, e, junto dos demais empregados, conduziram-nos para dentro da despensa. Subiram correndo as escadas para o segundo andar usando as máscaras do Komedie Brute. Pararam do lado de fora da sala de música, onde Alys se encontrava precariamente acomodada no banco de um piano. Eles esperavam encontrá-la dormindo, mas ela estava ensaiando alguma partitura musical.

— Pelos Santos, que barulho é esse? — Nina havia sussurrado.

— Acho que é "Fique bem, abelhinha" — disse Wylan por trás da máscara e dos chifres dos trajes do Diabrete Cinza. — Mas é difícil dizer.

Quando entraram na sala de música, o terrier de pelos sedosos aos seus pés começou a rosnar, mas a pobre, bela e grávida Alys apenas olhou por cima da partitura e perguntou:

— Isto é uma peça?

— Sim, meu amor — disse Jesper gentilmente —, e você é a estrela principal.

Eles a enfiaram em um casaco quente, depois a conduziram para fora da casa e para dentro do barco à espera. Ela havia agido de maneira tão dócil que Nina se preocupou.

— Talvez não esteja chegando sangue o suficiente no cérebro dela — ela murmurou para Matthias.

Matthias não soube ao certo como explicar o comportamento de Alys. Ele se lembrou de sua mãe se atrapalhando com as coisas mais simples quando estava grávida de sua irmã caçula. Ela havia caminhado por todo o trajeto desde sua pequena casa até a vila antes de perceber que estava usando as botas nos pés trocados. Mas foi no meio do caminho para a cidade, quando Nina atou as mãos de Alys e amarrou uma venda sobre seus olhos, apertando-a firmemente nas tranças elegantes enroladas no topo de sua cabeça, que ela deve ter começado a entender a realidade da situação. Ela tinha começado a fungar, limpando o nariz em sua manga de veludo. A fungação tornou-se um tipo de respiração profunda e vacilante, e, quando conseguiram acomodar Alys confortavelmente na tumba e inclusive trouxeram uma pequena almofada para seus pés, ela deixou escapar um longo lamento.

— Quero ir para caaaaasa — ela gritou. — Quero meu cachorro.

O choro não parou mais. Uma hora, Kaz jogou as mãos para cima frustrado, e todos eles saíram da tumba para tentar encontrar alguma paz.

— As mulheres grávidas são sempre assim? — Nina resmungou.

Matthias olhou para dentro do buraco de pedra.

— Só as sequestradas.

— Não consigo nem ouvir meus pensamentos — disse ela.

— Talvez se tirássemos a venda? — Wylan sugeriu. — Poderíamos vestir as máscaras da Komedie Brute.

Kaz sacudiu a cabeça.

— Não podemos arriscar que ela seja capaz de trazer Van Eck até aqui.

— Ela vai acabar doente assim — disse Matthias.

— Estamos no meio de um trabalho — disse Kaz. — Tem um monte de coisa para acontecer antes de fazermos a troca amanhã. Alguém encontre um jeito de calar a boca dessa mulher, ou farei isso eu mesmo.

— É apenas uma garota assustada... — Wylan protestou.

— Não pedi uma descrição.

Mas Wylan prosseguiu.

— Kaz, me prometa que...

— Antes de terminar essa frase, quero que pense o quanto custa uma promessa minha e o que está disposto a pagar por ela.

— Não é culpa dela que a meteram em um casamento com o meu pai.

— Alys não está aqui porque fez algo errado. Está aqui porque nos dá uma vantagem.

— Ela é só uma garota grávida...

— Engravidar não é exatamente um talento especial. Pergunte a qualquer garota sem sorte do Barril.

— Inej não iria querer...

Num piscar de olhos, Kaz havia jogado Wylan contra a parede da tumba com seu antebraço, a cabeça de corvo da sua bengala enfiada sob a mandíbula de Wylan.

— Me ensine novamente a como conduzir meus negócios.

Wylan engoliu em seco, entreabriu os lábios.

— Faça isso — disse Kaz. — E arrancarei sua língua e alimentarei com ela o primeiro gato vira-lata que encontrar.

— Kaz... — Jesper disse cauteloso. Kaz o ignorou.

Wylan pressionou os lábios numa linha teimosa. O garoto realmente não tinha noção do perigo. Matthias se perguntou se teria de interceder para ajudar Wylan, mas Kaz o soltou.

— Alguém enfie uma rolha na boca daquela garota antes que eu volte — disse ele saindo do cemitério.

Matthias revirou os olhos na direção dos céus. Esses lunáticos precisavam de uns bons seis meses no campo de treinamento e possivelmente de uma bela surra.

— Melhor não mencionar Inej — disse Jesper enquanto Wylan se limpava da poeira. — Sabe, se você pretende continuar vivo.

Wylan sacudiu a cabeça.

— Mas tudo isso não é por causa da Inej?

— Não, isso tudo é por causa do *grande plano*, lembra? — Nina disse bufando. — Tirar Inej das mãos de Van Eck é só a primeira parte.

Eles voltaram para a tumba. Sob a luz da lamparina, Matthias podia ver que Nina estava com uma cor saudável. Talvez a distração da invasão da casa do lago tenha sido uma coisa positiva, embora ele não pudesse ignorar o fato de que um guarda havia morrido durante uma missão que não era para ter baixas. Alys havia se acalmado e estava sentada com as mãos cruzadas sobre a barriga, soltando pequenos soluços infelizes. Ela tentou sem muito entusiasmo tirar a venda, mas Nina tinha sido esperta com os nós. Matthias olhou para Kuwei, que estava acomodado na mesa, de frente para Alys. O garoto Shu apenas deu de ombros.

Nina se sentou perto de Alys.

— Você gostaria de, hum, um pouco de chá?

— Com mel? — Alys perguntou.

— Eu, é... acho que só temos açúcar.

— Só gosto de chá com mel e limão.

Pela cara de Nina, ela estava com vontade de dizer a Alys exatamente onde colocar seu mel e limão, então Matthias disse rapidamente:

— E o que acha de um biscoito de chocolate?

— Ah, eu *amo* chocolate!

Os olhos de Nina se estreitaram.

— Não me lembro de dizer que você podia dar os meus biscoitos.

— É por uma boa causa — disse Matthias, recuperando a lata. Ele havia comprado os biscoitos na esperança de que Nina comesse mais. — Além disso, você mal encostou neles.

— Estou guardando para depois — disse Nina, fungando. — E você não devia ficar no meu caminho quando o assunto é doce.

Jesper assentiu.

— Ela é como um dragão que acumula doces compulsivamente.

Alys girou a cabeça para a direita e para a esquerda atrás de sua venda.

— Vocês todos soam tão jovens — disse ela. — Onde estão seus pais?

Wylan e Jesper caíram na risada.

— Falei alguma coisa engraçada?

— Não — disse Nina, tranquilizando-a — Eles só estão sendo idiotas.

— Ei, pera aí — disse Jesper. — Não somos nós que estamos invadindo seu estoque de biscoitos.

— Eu não deixo qualquer pessoa colocar as mãos no meu pote de biscoitos — Nina disse com uma piscadela.

— Com certeza não — Matthias resmungou, dividido entre a alegria de ver Nina voltar a ser ela mesma e o ciúme de ter sido Jesper a arrancar aquele sorriso. Ele precisava enfiar sua cabeça em um balde. Estava se comportando como um pateta enfeitiçado.

— Então — disse Jesper, passando um braço por cima do ombro de Alys. — Conte pra gente sobre o seu enteado.

— Por quê? — Alys perguntou. — Vocês vão sequestrá-lo também?

Jesper zombou:

— Duvido. Ouvi dizer que ele dá muito trabalho.

Wylan cruzou os braços.

— Ouvi dizer que ele é talentoso e incompreendido.

Alys franziu a testa.

— Posso compreendê-lo perfeitamente bem. Ele não resmunga nem nada. Na verdade, ele soa um pouco como você. — Wylan vacilou enquanto Jesper se curvava de tanto rir. — E sim, ele é muito talentoso. Está estudando música em Belendt.

— Mas *como* ele é? — Jesper perguntou. — Ele te confidenciou algum medo secreto? Maus hábitos? Paixões equivocadas?

Wylan empurrou a lata de biscoitos para Alys.

— Coma outro biscoito.

— Ela já pegou três! — Nina protestou.

— Wylan sempre cuidou bem dos meus pássaros. Sinto saudade dos meus pássaros. E do Rufus. Eu quero ir para caaaaasa. — E lá estava ela caindo no choro outra vez.

Nina deixou a cabeça cair sobre a mesa em sinal de derrota.

— Muito bem. Pensei que poderíamos realmente ter um momento de silêncio. Sacrifiquei meus biscoitos à toa.

— Nenhum de vocês nunca esteve com uma mulher grávida antes? — Matthias resmungou. Ele se lembrava bem do desconforto e das variações de humor de sua mãe, apesar de suspeitar que o comportamento de Alys pudesse não ter nada a ver com a criança que carregava. Ele rasgou uma tira de um dos cobertores estropiados no canto.

— Aqui — disse para Jesper. — Mergulhe isso na água para podermos fazer uma compressa fria.

Ele se agachou e disse para Alys:

— Vou tirar os seus sapatos.

— Por quê? — ela perguntou.

— Porque seus pés estão inchados, e uma massagem irá te acalmar.

— Hum, agora *isso* é muito interessante — disse Nina.

— Não fique cheia de ideias.

— Tarde demais — disse ela, balançando os dedos.

Matthias tirou com cuidado os sapatos de Alys e disse:

— Você não foi sequestrada. Só está sendo mantida aqui por um breve período de tempo. Amanhã à tarde estará em casa com o seu cachorro e os seus pássaros. Sabe que ninguém vai te machucar, não é?

— Não tenho certeza.

— Bem, você não pode me ver, mas eu sou o maior aqui, e prometo que ninguém vai te machucar. — Mesmo enquanto dizia aquelas palavras, Matthias sabia que podia estar mentindo. De fato, Alys estava em um poço com algumas das víboras mais mortíferas que infestavam as ruas daquela cidade peculiar enquanto seus pés eram massageados e uma toalha fria era colocada na sua testa.

— Agora — disse ele —, é muito importante que permaneça calma para que não acabe adoecendo. O que ajudaria a te animar?

— Eu… eu gosto de caminhar perto do lago.

— Muito bem, talvez possamos sair para caminhar mais tarde. O que mais?

— Gosto de arrumar meu cabelo.

Matthias lançou um olhar significativo para Nina.

Ela franziu o cenho.

— Por que acha que eu sei arrumar um cabelo?

— Porque o seu está sempre tão arrumado.

— Espere aí — disse Jesper. — Ele está sendo sedutor? — Ele olhou para Matthias. — Como sabemos que esse não é um impostor?

— Talvez *alguém* possa fazer o seu cabelo — disse Nina a contragosto.

— Mais alguma coisa? — perguntou Matthias.

— Gosto de cantar — disse Alys.

Wylan sacudiu a cabeça freneticamente, formando com a boca as palavras *não, não, não.*

— Posso cantar? — Alys perguntou esperançosa. — Bajan diz que sou boa o bastante para estar no palco.

— Talvez a gente deixe isso para mais tarde... — sugeriu Jesper.

O lábio inferior de Alys começou a tremer como um prato prestes a quebrar.

— Cante — Matthias disse subitamente —, fique à vontade, pode cantar.

E então o verdadeiro pesadelo começou.

Não é que Alys fosse tão ruim, é que ela simplesmente não parou mais. Ela cantou enquanto comia. Cantou enquanto caminhava entre os túmulos. Cantou de trás de um arbusto quando precisou se aliviar. Quando finalmente apagou, ela murmurou *em seus sonhos.*

— Talvez tenha sido isso que Van Eck planejou desde o início — disse Kaz melancólico quando se reuniram novamente fora da tumba.

— Deixar-nos loucos? — disse Nina. — Está funcionando.

Jesper fechou os olhos e murmurou:

— Diabólico.

Kaz consultou seu relógio de bolso.

— Nina e Matthias devem ir andando, de qualquer maneira. Se assumirem suas posições mais cedo, podem tirar algumas horas de sono.

Eles tinham de ser cuidadosos ao entrar e sair da ilha, então não podiam se dar ao luxo de esperar até o amanhecer para assumir seus postos.

— Vocês vão encontrar as máscaras e as capas no peleiro — Kaz prosseguiu. — Procure pelo texugo dourado no letreiro. Cheguem o mais perto possível da Tampa antes de começarem a distribuí-las e então sigam para o sul. Não fiquem em lugar algum por muito tempo. Não quero vocês chamando atenção demais dos chefes.

Kaz olhou nos olhos de todos eles, um por um.

— Todos precisam estar na posição final antes do meio-dia. Wylan em solo. Matthias no telhado do Emporium Komedie. Jesper estará do lado oposto no telhado do Hotel Ammbers. Nina, você ficará no terceiro andar do hotel. O quarto tem uma varanda com vista para a Goedmedbridge. Certifique-se de manter livre a sua linha de visão. Quero seus olhos atentos a Van Eck desde o início. Ele vai estar planejando algo, e precisamos estar preparados.

Matthias viu Nina lançar um olhar furtivo para Jesper, mas tudo o que disse foi:

— Sem luto.

— Sem funerais — eles responderam.

Nina seguiu para o lugar onde o barco a remo estava atracado. Kaz e Wylan voltaram para a tumba, e antes que Jesper pudesse desaparecer lá dentro, Matthias bloqueou sua passagem.

— O que aconteceu na casa do lago?

— Como assim?

— Vi o jeito que ela te olhou.

Jesper se moveu inquieto.

— Por que não pergunta a ela?

— Porque Nina dirá que está bem até estar sofrendo demais para conseguir formar palavras.

Jesper tocou seus revólveres.

— Tudo o que vou dizer é que deve ter cuidado. Ela não é… exatamente ela mesma.

— O que isso quer dizer? O que aconteceu na casa dos Hendriks?

— Tivemos alguns problemas — Jesper admitiu.

— Um homem morreu.

— Homens morrem o tempo todo em Ketterdam. Apenas fique alerta. Ela pode precisar de reforços.

Jesper disparou porta adentro, e Matthias soltou um grunhido de frustração. Ele correu para alcançar Nina, levando em consideração o aviso de Jesper, mas não disse nada quando ela subiu no barco e eles o impulsionaram para dentro do canal. A coisa mais inteligente que tinha feito desde que retornaram da Corte do Gelo foi ter dado o restante da *parem* a Kaz. Aquela não foi uma decisão fácil. Ele nunca tinha certeza de quão fundo era o vazio dentro de Kaz, onde localizar os limites do que ele poderia ou não fazer. Mas Nina não tinha influência sobre Kaz, e, quando ela rastejou para a cama de Matthias no meio da noite do trabalho com Smeet, ele teve certeza de que tinha tomado a decisão correta, porque, Djel é testemunha, Matthias estava pronto a entregar tudo o que ela quisesse se ela continuasse a beijá-lo.

Ela o havia acordado do sonho que o vinha assolando desde a Corte do Gelo. Num momento ele estava vagando no frio, cego por causa da neve, lobos uivando ao longe, e no próximo, tinha sido acordado, Nina ao lado dele, toda calor e suavidade. Ele pensou novamente no que ela tinha dito no navio, quando estava no pior momento com a *parem*. *Você consegue pensar por si mesmo? Sou apenas outra causa para você seguir. Primeiro foi Jarl Brum, e agora sou eu. Não quero o seu juramento amaldiçoado.* Ele não achava que ela tinha dito aquilo para valer, mas as palavras o perseguiram. Como um drüskelle, ele tinha servido a uma causa desonesta. Podia ver isso agora. Mas ele tinha um caminho, uma nação. Sabia quem era e o que o mundo pediria dele. Agora ele não tinha certeza de nada além de sua fé em Djel e dos votos que tinha feito a Nina. *Eu fui feito para protegê-la. Somente a morte me impedirá de cumprir esse juramento.* Será que ele simplesmente havia substituído uma causa por outra? Ele estava se abrigando nos sentimentos que nutria por Nina porque tinha medo de escolher um futuro para si mesmo?

Matthias se concentrou em remar. Seus destinos não seriam selados aquela noite, e eles tinham muito a fazer antes do amanhecer. Além disso, ele gostava do ritmo dos canais à noite, dos candeeiros refletidos sobre a água, do silêncio, a sensação de passar sem ser visto por um mundo adormecido, vislumbrando uma luz em uma janela, alguém se levantando inquieto de sua cama para fechar uma cortina ou olhar para a cidade do lado de fora. Eles tentavam ir e vir do Véu Negro o mínimo possível durante o dia, então foi dessa forma que ele chegou a conhecer Ketterdam. Uma noite ele tinha vislumbrado uma mulher em um vestido noturno adornado com joias em sua penteadeira, soltando os cabelos. Um homem – seu marido, Matthias imaginou – tinha parado atrás dela e assumido a tarefa, e ela havia virado o rosto para ele e sorrido. Matthias não conseguiu nomear a dor que sentiu naquele momento. Ele era um soldado. Nina também. Essas cenas domésticas não estavam em seus destinos. Mas ele invejava aquelas pessoas e seu bem-estar. Seu lar confortável, seu conforto um com o outro.

Ele sabia que estava perguntando demais a Nina como ela se sentia, mas, assim que desembarcaram perto da Aduela Leste, Matthias não conseguiu se aguentar e perguntou:

— Como se sente?

— Razoavelmente bem — ela disse sem muita atenção, ajustando seu véu. Trajava o vestuário azul brilhante da Noiva Perdida, a mesma fantasia que usara na noite em que ela e os outros membros dos Dregs tinham aparecido em sua cela. — Diga-me, drüskelle, você alguma vez realmente esteve nesta parte do Barril?

— Não tive muita oportunidade de passear enquanto estava em Hellgate — disse Matthias. — E não teria vindo aqui de qualquer modo.

— Claro que não. Esse tanto de gente se divertindo no mesmo lugar teria chocado o fjerdano dentro de você.

— Nina — disse Matthias calmamente enquanto seguiam para o peleiro. — Ele não queria forçar a barra, mas precisava saber. — Quando fomos até Smeet, você usou uma peruca e maquiagem. Por que não fez ajustes em você mesma?

Ela deu de ombros.

— Era mais fácil e mais rápido.

Matthias ficou em silêncio, sem saber se devia pressionar mais. Eles passaram por uma loja de queijos, e Nina suspirou.

— Como eu posso passar por uma vitrine cheia de rodas de queijo e não sentir nada? Não me reconheço mais. — Ela parou, depois disse: — Tentei usar meu dom de Artesã em mim mesma. Senti que algo estava fora do lugar... Diferente. Só consegui sumir com as olheiras, e precisei de toda a minha concentração para isso.

— Mas você nunca foi uma Artesã talentosa.

— Não me subestime, fjerdano.

— Nina.

— Isso foi diferente. Dessa vez não foi só um desafio, foi doloroso. É difícil de explicar.

— E quanto a obrigar as pessoas a fazerem coisas? — Matthias perguntou. — Do jeito que você fez na Corte do Gelo quando usou a *parem*.

— Não acho que isso seja mais possível.

— Você tentou?

— Não exatamente.

— Tente comigo.

— Matthias, temos trabalho a fazer.

— Tente.

— Não vou ficar remexendo na sua cabeça quando não sabemos o que pode acontecer.

— Nina...

— Tá — ela disse em desespero. — Vem cá.

Eles tinham quase alcançado a Aduela Leste, e a multidão de foliões tinha ficado mais volumosa. Nina o puxou para um beco entre dois prédios. Ergueu a máscara dele e seu próprio véu. Em seguida, lentamente, encostou uma das mãos na lateral do rosto dele. Seus dedos deslizaram pelo cabelo dele, e a concentração de Matthias se desmanchou. Era como se ela o estivesse tocando por toda parte.

Ela olhou nos seus olhos.

— E aí?

— Não sinto nada — ele disse. Sua voz soou rouca de vergonha.

Ela ergueu uma sobrancelha.

— Nada?

— O que tentou me obrigar a fazer?

— Estou tentando obrigá-lo a me beijar.

— Isso é idiotice.

— E por que diz isso?

— Porque eu sempre quero te beijar — ele admitiu.

— Então por que nunca me beijou?

— Nina, você acabou de passar por um calvário terrível...

— Passei mesmo. É verdade. Sabe o que ajudaria? Um monte de beijos. Não temos ficado a sós desde que embarcamos no Ferolind.

— Quer dizer, desde quando quase morreu? — disse Matthias. Alguém precisava lembrar a gravidade daquela situação.

— Prefiro pensar nos bons momentos. Como quando você segurou o meu cabelo enquanto eu vomitava em um balde.

— Pare de tentar me fazer rir.

— Mas eu gosto da sua risada.

— Nina, isso não é hora de flertar.

— Preciso te pegar desprevenido, porque no resto do tempo você está muito ocupado me protegendo e me perguntando se estou bem.

— É errado me preocupar?

— Não, é errado me tratar como se eu pudesse me desmanchar em pedaços a qualquer momento. Não sou tão delicada ou tão frágil. — Ela desceu a máscara, puxou o véu de volta ao lugar e passou por ele saindo do beco, atravessando a rua até uma loja com um texugo dourado sobre a porta.

Ele a seguiu. Sabia que tinha dito a coisa errada, mas não fazia ideia de qual seria a coisa certa. Um pequeno sino tocou quando eles entraram na loja.

— Como é que um lugar desses pode estar aberto a essa hora? — ele murmurou. — Quem é que quer comprar um casaco na calada da noite?

— Turistas.

E, de fato, algumas pessoas estavam espiando pilhas de peles e pelicas. Matthias seguiu Nina até o balcão.

— Viemos pegar um pedido — disse Nina para o balconista de óculos.

— Qual o nome?

— Judit Coenen.

— Ah! — disse o balconista, consultando um livro de contabilidade. — Lince dourado e urso negro, pago adiantado. Só um momento.

Ele desapareceu no quarto dos fundos e surgiu um minuto depois, fazendo um grande esforço para aguentar o peso dos dois pacotes enormes embrulhados em papel pardo e amarrados com barbante.

— Precisam de ajuda para levar esses…

— Não precisamos. — Matthias ergueu os pacotes com pouco esforço. As pessoas daquela cidade precisavam de mais ar fresco e exercícios.

— Mas talvez chova. Deixe-me pelo menos…

— Está tudo bem assim — Matthias grunhiu, e o balconista deu um passo atrás.

— Ignore-o — disse Nina. — Ele precisa de um cochilo. Muito obrigada por sua ajuda.

O balconista deu um sorrisinho, e eles foram embora.

— Você sabe que você é péssimo nisso, não sabe? — Nina perguntou quando estavam na rua e entrando na Aduela Leste.

— Em mentiras e subterfúgios?

— Em ser educado.

Matthias ponderou.

— Não queria ser rude.

— Deixe a conversa comigo.

— Nina…

— Nada de nomes daqui em diante.

Ela estava irritada com ele. Ele podia perceber isso em sua voz, e não achava que fosse porque tinha sido rude com o vendedor. Eles pararam somente para que Matthias pudesse trocar sua fantasia de Louco por um dos muitos conjuntos de Senhor Carmesim dobrados nos pacotes do peleiro. Matthias não tinha certeza se o funcionário sabia o que estava no embrulho de papel pardo, se os trajes tinham sido feitos na loja, ou se o Texugo Dourado era apenas algum tipo de ponto de entrega. Kaz tinha conexões misteriosas por toda Ketterdam, e só ele sabia a verdade sobre o seu funcionamento. Assim que Matthias encontrou uma capa vermelha grande o suficiente para ele e colocou a máscara laqueada vermelha e branca, Nina entregou-lhe um saco de moedas de prata.

Matthias sacudiu a bolsa uma vez em sua palma, e as moedas fizeram um barulho alegre.

— Elas não são reais, estou certo?

— Claro que não. Mas ninguém nunca sabe se as moedas são reais. É parte da brincadeira. Vamos praticar.

— Praticar?

— Mãe, pai, paguem o aluguel! — Nina disse cantarolando.

Matthias a encarou.

— Será que você está ficando com febre?

Nina puxou o véu sobre a cabeça para que ele pudesse experimentar a força total do seu olhar.

— É da Komedie Brute. Quando o Senhor Carmesim sobe ao palco, o público grita…

— Mãe, pai, paguem o aluguel — Matthias terminou.

— Exatamente. Daí você responde: "Não podemos, querido, gastamos o dinheiro no bordel", e joga um punhado de moedas na multidão.

— Por quê?

— Pelo mesmo motivo que todo mundo assobia para o Louco e joga flores na Rainha Escaravelho. É a tradição. Os turistas nem sempre entendem, mas os kerches, sim. Então hoje à noite, se alguém gritar "Mãe, pai, paguem o aluguel"...

— Não podemos, querido, gastamos o dinheiro no bordel — Matthias entoou contrariado, lançando um punhado de moedas no ar.

— Tem de fazer isso com mais entusiasmo — Nina insistiu. — É para ser divertido.

— Sinto-me um tonto.

— É bom se sentir tonto de vez em quando, fjerdano.

— Só diz isso porque você é cara de pau.

Para sua surpresa, em vez de dar uma resposta afiada, ela ficou em silêncio e permaneceu assim até assumirem sua primeira posição na frente de um salão de jogos de azar na Tampa, juntando-se aos músicos e artistas de rua, a apenas algumas portas do Clube Cumulus. Então foi como se alguém tivesse apertado um interruptor em Nina.

— Venham, venham todos para o Cutelo Carmesim! — ela proclamou. — Você aí, senhor. Você está magro demais para seu próprio bem. O que acha de um pouco de comida grátis e uma caneca de vinho? E você, senhorita, você sim parece que sabe como se divertir um pouco...

Nina começou a atrair os turistas um por um, como se tivesse nascido para isso, oferecendo bebida e comida de graça e distribuindo trajes e panfletos. Quando um dos seguranças do salão de jogos surgiu para ver o que eles estavam aprontando, eles seguiram adiante, indo para o sul e para o oeste, continuando a distribuir as duzentas fantasias e máscaras adquiridas por Kaz. Quando as pessoas perguntavam do que se tratava aquilo tudo, Nina dizia que era uma promoção para um novo salão de jogos chamado Cutelo Carmesim.

Como Nina havia previsto, por vezes alguém identificava a fantasia de Matthias e gritava:

— Mãe, pai, paguem o aluguel!

Obediente, Matthias respondia, dando o seu melhor para soar alegre. Se os turistas e foliões acharam o desempenho fraco, ninguém falou nada, possivelmente distraídos com a chuva de moedas de prata. Quando chegaram à Aduela Oeste, as pilhas de fantasias haviam acabado e o sol estava nascendo. Ele captou um breve brilho vindo do telhado do Hotel Ammbers – Jesper sinalizando com seu espelho. Matthias escoltou Nina até o quarto reservado para Judit Coenen no terceiro andar do hotel. Assim como Kaz havia dito, a varanda tinha uma visão perfeita da vasta extensão da Goedmedbridge e das águas da Aduela Oeste, delimitada de ambos os lados por hotéis e casas de prazer.

— O que isso significa? — Matthias perguntou. — Goedmedbridge?

— Ponte da boa donzela.

— Por que a chamam assim?

Nina se apoiou na porta e disse:

— Bem, a história conta que, quando uma mulher descobriu que seu marido tinha se apaixonado por uma garota da Aduela Oeste e planejava deixá-la, ela veio para a ponte e, em vez de viver sem ele, atirou-se no canal.

— Por causa de um homem de tão pouca honra?

— Nunca ficou tentado? Todos os frutos e carnes da Aduela Oeste diante de você?

— Você se jogaria de uma ponte por um homem que fosse desonrado?

— Não me jogaria de uma ponte nem pelo rei de Ravka.

— É uma história terrível — disse Matthias.

— Duvido que seja real. É isso que acontece quando você deixa homens darem nomes a pontes.

— Você devia descansar — disse ele. — Posso te acordar quando for a hora.

— Não estou cansada e não preciso que me digam como fazer o meu trabalho.

— Você está brava.

— Ou que me digam como me sinto. Assuma sua posição, Matthias. Você também está parecendo um pouco cansado cercado por essas bordas douradas.

Sua voz soou fria, as costas eretas. A lembrança do sonho voltou para ele com tanta força que ele quase pôde sentir a pinicada do vento, a neve açoitando suas bochechas em rajadas pungentes. Sua garganta queimou, arranhou seca ao gritar o nome de Nina. Ele queria dizer a ela para tomar cuidado. Queria perguntar o que estava errado.

— Sem luto — ele murmurou.

— Sem funerais — ela respondeu, seus olhos fixos na ponte.

Matthias saiu discretamente, desceu as escadas e atravessou o canal pela vasta extensão da Goedmedbridge. Ele olhou para a varanda do Hotel Ammbers, mas não viu sinal de Nina. Isso era uma boa coisa. Se ele não conseguia vê-la da ponte, então Van Eck também não conseguiria. Alguns degraus de pedra o levaram até um cais onde um vendedor de flores conduzia seu barco cheio de flores sob os raios em tons de rosa da luz da manhã. Matthias trocou breves palavras com o homem enquanto ele cuidava das suas tulipas e narcisos, observando as marcas que Wylan havia riscado acima da linha de flutuação em ambos os lados do canal. Eles estavam prontos.

Ele subiu pela escada até o Emporium Komedie, cercado por todos os lados de máscaras, véus e capas brilhantes. Cada andar tinha um tema diferente, oferecendo fantasias de todos os tipos. Ele ficou horrorizado ao ver uma estante com fantasias de drüskelle. Ainda assim, aquele era um bom lugar para evitar ser notado. Ele correu para o telhado e sinalizou para Jesper com seu espelho. Todos estavam posicionados agora. Um pouco antes do meio-dia, Wylan desceria para esperar no café do lado do canal que sempre reunia um grupo barulhento de artistas de rua – músicos, mímicos, malabaristas – que se apresentavam em troca do dinheiro dos turistas.

Por enquanto, o garoto estava deitado de lado, escondido debaixo do beiral de pedra do telhado e cochilando levemente. O rifle de Matthias repousava empacotado em tecido oleado ao lado de Wylan, e ele havia armado um conjunto inteiro de fogos de artifício, os fusíveis enrolados como caudas de ratos. Matthias apoiou as costas contra o parapeito e fechou os olhos, flutuando entre o sono e a consciência. Ele estava acostumado a esses longos períodos dormindo pouco devido ao tempo que passou com os drüskelle. Ele acordaria quando fosse preciso. Mas agora ele marchava pelo gelo, o vento uivando em seus ouvidos. Até os ravkanos tinham um nome para aquele vento, Gruzeburya, o bruto, um vento mortal. Ele vinha do norte, uma tempestade que engolia tudo em seu caminho. Soldados morriam a meros passos de suas tendas, perdidos na brancura, seus gritos pedindo ajuda engolidos pelo frio sem rosto. Nina estava lá fora. Ele sabia disso e não tinha como alcançá-la. Gritava seu nome várias e várias vezes, sentindo os pés ficarem dormentes dentro das botas, o gelo penetrando por suas roupas. Ele se esforçava ao máximo para ouvir uma resposta, mas seus ouvidos estavam tomados pelo rugido da tempestade e, em algum lugar distante, pelo uivo dos lobos. Ela morreria no gelo. Ela morreria sozinha e seria culpa dele.

Ele acordou ofegante. O sol estava alto no céu. Wylan estava de pé sobre ele, sacudindo-o gentilmente.

— Está quase na hora. — Matthias assentiu e se levantou, girando os ombros, sentindo o ar morto da primavera de Ketterdam à sua volta. Ele parecia estranho em seus pulmões. — Você está bem? — Wylan arriscou perguntar, mas aparentemente o olhar furioso de Matthias foi o bastante como resposta. — Você está ótimo, disse Wylan, e desceu apressado pela escada.

Matthias consultou o relógio de bronze barato que Kaz havia conseguido para ele. Quase doze badaladas. Torceu para que Nina tivesse descansado com mais facilidade do que ele. Sinalizou com o espelho uma vez para o balcão dela e sentiu uma onda de alívio quando uma luz brilhante veio em resposta. Sinalizou para Jesper, depois se inclinou sobre a borda do telhado para esperar. Matthias sabia que Kaz havia escolhido a Aduela Oeste devido ao seu anonimato e a suas multidões. Seus habitantes já estavam começando a acordar após os festejos da noite anterior. Os servos que atendiam às necessidades de suas várias casas estavam fazendo suas compras, recebendo carregamentos de vinho e frutas para as atividades da próxima noite. Turistas que haviam acabado de chegar à cidade passeavam por ambas as margens do canal, apontando para as placas ricamente decoradas que marcavam cada casa, algumas famosas, algumas notórias.

Ele podia ver uma rosa de várias pétalas esculpida em ferro forjado e decorada com prata. A Casa da Rosa Branca. Nina havia trabalhado nela por quase um ano. Ele nunca havia perguntado sobre seu tempo lá. Não tinha qualquer direito de fazer isso. Ela havia ficado na cidade para ajudá-lo, e podia fazer o que bem entendesse. Ainda assim, ele não tinha conseguido evitar imaginá-la trabalhando lá, deitada nua exibindo as curvas de seu corpo, olhos verdes com maquiagem pesada nos cílios, pétalas cor de creme perdidas nas ondas de seu cabelo escuro. Havia noites em que ele a imaginava acenando para ele se aproximar, em outras, ela recebia outra pessoa no escuro, e ele acabava acordando, imaginando se seria a inveja ou o desejo que o enlouqueceria primeiro. Ele tirou os olhos da placa e puxou uma luneta do bolso, forçando-se a verificar o restante da Aduela.

Alguns minutos antes do meio-dia, Matthias avistou Kaz avançando do oeste, seu contorno escuro um borrão se movendo pela multidão, sua bengala acompanhando o ritmo de seus passos irregulares. A multidão parecia se dividir ao redor dele, talvez sentindo o propósito que o impulsionava. Isso fez Matthias se lembrar de aldeões fazendo sinais no ar para repelir os maus espíritos. Alys Van Eck caminhava atrapalhada ao lado dele. Sua venda tinha sido removida, e, através de sua luneta, Matthias podia ver seus lábios se movendo. *Por Djel, será que ela ainda estava cantando?* A julgar pela expressão azeda de Kaz, era uma nítida possibilidade. Para além do outro lado da ponte, Matthias viu Van Eck se aproximar. Ele se mantinha numa posição ereta e rígida, braços apertados ao redor do corpo como se temesse que o ar repleto de pecado do Barril manchasse sua roupa. Kaz tinha sido claro: eliminar Van Eck só em último caso. Eles não queriam matar um membro do Conselho Mercante, não em plena luz do dia na frente de testemunhas.

— Não seria mais simples? — Jesper perguntou. — Um ataque do coração? Uma febre cerebral?

Matthias teria preferido uma morte honesta, uma batalha às claras. Mas não era assim que as coisas funcionavam em Ketterdam.

— Ele não pode sofrer se estiver morto — disse Kaz, e aquilo foi assunto encerrado. O *demjin* não tolerava discussões.

Van Eck veio cercado de guardas vestidos com o uniforme vermelho e dourado de sua casa. Eles olhavam para a esquerda e para a direita, analisando os arredores, à procura de alguma ameaça. Pelo caimento de seus casacos, Matthias sabia dizer que estavam todos armados. Mas lá, cercada por três guardas enormes, havia uma pessoa pequena encapuzada. *Inej.* Matthias ficou surpreso ao ser tomado por um sentimento de gratidão. Apesar de só conhecer a pequena menina suli havia pouco tempo, ele tinha admirado sua coragem desde o início. E ela havia salvado a vida deles várias vezes, colocando a própria vida em risco. Ele havia questionado muitas de suas escolhas, mas nunca seu compromisso em vê-la longe das garras de Van Eck. Seu único desejo é que ela se afastasse de Kaz

Brekker. A garota merecia alguém melhor. Por outro lado, talvez Nina merecesse alguém melhor do que Matthias também.

Ambas as partes alcançaram a ponte. Kaz e Alys avançaram. Van Eck sinalizou para os guardas que seguravam Inej. Matthias olhou para cima. Do outro telhado, o espelho de Jesper estava brilhando sem parar. Matthias observou a área em volta da ponte, mas não conseguia ver o que havia deixado Jesper em pânico. Ele espiou pela luneta, apontando-a para as ruas labirínticas que fluíam de ambos os lados da Aduela. O lugar por onde Kaz recuaria parecia livre. Mas quando Matthias olhou além de Van Eck para o leste, seu coração se encheu de pavor. As ruas estavam tomadas por aglomerados de púrpura, todos se movendo em direção à Aduela. *Stadwatch.* Era só uma coincidência ou algo que Van Eck havia planejado? Certamente ele não iria correr o risco de a guarda da cidade descobrir no que ele estava envolvido, certo? Será que os fjerdanos estavam envolvidos? E se eles estivessem vindo para prender os dois, Van Eck e Kaz?

Matthias brilhou seu espelho duas vezes para Nina. Do seu ponto de vista mais baixo, ela não poderia ver a *stadwatch* até que fosse tarde demais. Mais uma vez ele sentiu o golpe frio do vento, ouviu sua voz chamando por ela, sentiu o terror crescer quando não obteve resposta. *Ela ficará bem*, disse a si mesmo. *Ela é uma guerreira.* Mas o aviso de Jesper se repetia em seus ouvidos. *Tenha cuidado. Ela não é exatamente ela mesma.* Ele torceu para que Kaz estivesse preparado. Torceu para que Nina estivesse mais forte do que parecia estar. Torceu para que o plano que haviam elaborado fosse suficiente, que a mira de Jesper estivesse boa e que os cálculos de Wylan estivessem corretos. Havia problemas no horizonte para todos eles.

Matthias pegou seu rifle.

9. Kaz

O primeiro pensamento de Kaz quando vislumbrou Van Eck seguindo em direção à Goedmedbridge foi: *Esse homem nunca deveria jogar cartas.* Seu segundo pensamento foi que alguém havia quebrado o nariz do mercador. Estava torto e inchado, um círculo negro de coágulo se formando sob um dos olhos. Kaz suspeitou que um medik da universidade havia tratado o pior do dano, mas, sem um Grisha Curandeiro, não havia muito o que pudesse ser feito para esconder uma fratura como aquela.

Van Eck estava tentando manter uma expressão neutra, mas estava se esforçando tanto para parecer impassível que sua testa estava brilhando de suor. Os ombros estavam rígidos e seu peito se projetava para a frente, como se alguém tivesse conectado um fio no seu esterno e o puxado para cima. Ele entrou na Goedmedbridge num ritmo imponente, cercado por guardas fardados de vermelho e dourado, e *isso* foi uma surpresa para Kaz. Ele pensou que Van Eck iria preferir entrar no Barril com o mínimo possível de pompa. Ele revirou essa nova informação na cabeça. Era perigoso ignorar os detalhes. Ninguém gostava de ter sua inferioridade apontada, e apesar das tentativas de Van Eck de fingir estar dando um passeio digno, sua vaidade certamente estava ferida. Um mercador se orgulhava do seu senso para os negócios, da sua capacidade de criar estratégias, de manipular homens e mercados. Ele provavelmente estava tentando recuperar parte desse orgulho após ser pressionado contra a parede por um reles bandido do Barril.

Kaz passou os olhos pelos guardas uma vez, brevemente, procurando por Inej. Ela estava encapuzada, pouco visível entre os homens que Van Eck havia trazido, mas ele teria reconhecido aquela postura afiada como a ponta de uma faca em qualquer lugar. E se batesse a tentação de esticar o pescoço, olhar mais de perto, certificar-se de que estava ilesa? Ele poderia reconhecê-la, deixá-la de lado. Não perderia o foco. Por um breve instante, Kaz e Van Eck avaliaram um ao outro ao atravessarem a ponte. Kaz não pôde deixar de se lembrar de quando estiveram frente a frente sete dias atrás. Ele havia pensado tanto naquele encontro. Tarde da noite, quando o dia de trabalho havia terminado, ele se deitava acordado, analisando cada momento. Kaz pensou várias vezes naqueles poucos segundos cruciais em que, em vez de manter os olhos em Van Eck, voltou sua atenção para Inej. Não era um erro que ele poderia se dar ao luxo de cometer novamente. Aquele garoto havia deixado que sua fraqueza fosse percebida com um único olhar, tinha perdido a guerra por causa de uma única batalha, e colocado Inej – *e todos eles* – em perigo. Ele era um animal ferido que precisava ser sacrificado. E Kaz o tinha feito com prazer, sufocado a vida dele sem pausas para arrependimento. O Kaz que havia restado via apenas o trabalho: libertar Inej. Fazer Van Eck pagar. O resto era ruído inútil.

Ele também havia pensado nos erros de Van Eck em Vellgeluk. O mercador tinha sido estúpido o bastante para alardear o fato de que seu precioso herdeiro estava cozinhando no ventre de sua nova esposa – a jovem Alys Van Eck, com seu cabelo branco como o leite e mãos gordinhas. Ele tinha sido instigado pelo orgulho, mas também pelo ódio que sentia por Wylan, seu desejo de apagar o filho dos livros como se fosse um negócio de risco fracassado.

Kaz e Van Eck trocaram um cumprimento discreto de cabeça. Kaz mantinha uma mão enluvada sobre o ombro de Alys. Ele duvidava que ela tentasse correr, mas quem podia imaginar as ideias pipocando na cabeça da garota?

Então Van Eck sinalizou para seus homens trazerem Inej para frente, e Kaz e Alys começaram a atravessar a ponte. Num piscar de olhos, Kaz observou o jeito estranho de Inej andar, o modo como mantinha os braços para trás. Eles haviam atado suas mãos e acorrentado seus tornozelos. *Uma precaução razoável*, disse a si mesmo. *Eu teria feito a mesma coisa*. Mas ele sentia aquela faísca dentro dele, aquecendo os lugares vazios, pronta para incendiar sua raiva. Pensou novamente sobre simplesmente matar Van Eck. *Paciência*, lembrou a si mesmo. Ele havia praticado isso antes e com frequência. A paciência deixaria todos os seus inimigos de joelhos no momento certo. Paciência e o dinheiro que ele pretendia tirar desse mercador desgraçado.

— Você o acha bonito? — Alys perguntou.

— O quê? — disse Kaz, sem saber se tinha escutado direito. Ela havia cantarolado e cantado por todo o caminho desde o mercado, onde Kaz removera sua venda, e ele estava fazendo o melhor possível para ignorá-la.

— Algo aconteceu com o nariz do Jan — disse Alys.

— Suspeito que ele se deu mal com a Espectro.

Alys torceu seu pequeno nariz, ponderando.

— Acho que Jan seria bonito se não fosse tão velho.

— Para sua sorte, vivemos em um mundo onde os homens podem compensar o fato de serem velhos sendo ricos.

— Seria ótimo se ele fosse jovem e rico.

— Por que parar por aí? Que tal jovem, rico e da realeza? Por que se contentar com um mercador quando pode ter um príncipe?

— Faz sentido — disse Alys. — Mas o dinheiro é a parte importante. Nunca vi muito sentido em ser príncipe.

Bem, ninguém jamais duvidaria de que aquela garota havia nascido e crescido em Kerch.

— Alys, estou surpreso em descobrir que você e eu concordamos em algo.

Kaz monitorou o entorno da ponte enquanto se aproximavam do centro, mantendo-se atento aos guardas de Van Eck, notando as portas abertas da varanda do terceiro andar do Hotel Ammbers, a barcaça de flores atracada no lado oeste da ponte como em todas as manhãs. Ele imaginou que Van Eck tinha pessoas posicionadas nos prédios ao redor, assim como ele. Mas nenhum deles teria permissão de disparar um tiro mortal. Sem dúvida Van Eck adoraria vê-lo boiando de barriga para baixo em um canal, mas Kaz poderia levar Van Eck até Kuwei, e tal conhecimento evitaria que tomasse um tiro na cabeça.

Eles pararam a uns bons dez passos de distância um do outro. Alys tentou dar um passo à frente, mas Kaz a segurou com firmeza.

— Você disse que me traria para Jan — ela reclamou.

— E aqui está você — disse Kaz. — Agora fique quieta.

— Jan! — ela gritou agudamente. — Sou eu!

— Eu sei, meu amor — Van Eck disse com calma, sem desviar os olhos de Kaz. Ele baixou a voz. — Isso ainda não acabou, Brekker. Eu quero Kuwei Yul-Bo.

— Viemos aqui nos repetir? Você quer o segredo da *jurda parem*, eu quero meu dinheiro. Esse foi o nosso acordo.

— Não tenho trinta milhões de kruges para gastar.

— Que pena, não? Estou certo de que alguém por aí tem.

— E já teve alguma sorte arrumando um novo comprador?

— Não se preocupe com a minha parte, mercador. O mercado irá prover. Quer a sua esposa de volta ou arrastei a pobre Alys até aqui para nada?

— Só um momento — disse Van Eck. — Alys, que nome escolhemos para nosso bebê?

— Boa jogada — disse Kaz. Sua equipe entregara Wylan no lugar de Kuwei Yul-Bo em Vellgeluk, e Van Eck tinha sido completamente tapeado. Agora o mercador queria confirmar se estava realmente recebendo sua esposa de volta, e não alguma garota com o rosto radicalmente transformado e uma barriga falsa. — Pelo visto um cão velho pode aprender um novo truque, afinal. Além de rolar.

Van Eck o ignorou.

— Alys — ele repetiu —, que nome daremos ao nosso filho?

— Para o bebê? — respondeu Alys, confusa. — Jan se for um menino. Plumje se for uma menina.

— Concordamos que Plumje seria o nome do seu novo periquito.

Alys fez biquinho.

— *Eu nunca* concordei com isso.

— Ah, eu acho que Plumje é um nome adorável para uma menina — disse Kaz. — Satisfeito, mercador?

— Venha — disse Van Eck, indicando para Alys vir na sua direção enquanto sinalizava para o guarda libertar Inej.

Ao passar por Van Eck, Inej virou o rosto para ele e murmurou algo. Van Eck pressionou os lábios.

Inej avançou, graciosa de certa forma, mesmo com os braços amarrados atrás das costas e com correntes em volta dos tornozelos. Dez passos. Cinco passos. Van Eck abraçou Alys enquanto ela disparava um monte de perguntas e não parava de falar. Três passos. O olhar de Inej estava fixo. Ela estava mais magra. Seus lábios estavam rachados. Mas, apesar dos longos dias em cativeiro, o sol captou o brilho escuro de seu cabelo sob o capuz. Dois passos. E então ela estava diante dele. Eles ainda precisavam sair ilesos da ponte. Van Eck não os deixaria ir tão facilmente.

— Suas facas? — ele perguntou.

— Estão empacotadas dentro do meu casaco.

Van Eck havia soltado Alys, que foi levada pelos guardas. Aquele uniforme vermelho e dourado ainda incomodava Kaz. Alguma coisa não batia.

— Vamos dar o fora daqui — disse ele, uma faca de ostra em suas mãos para cortar as cordas.

— Senhor Brekker — disse Van Eck.

Kaz ouviu o ânimo na voz de Van Eck e congelou. Talvez não tivesse dado os devidos créditos à capacidade de blefe daquele homem.

— Você me deu sua palavra, Kaz Brekker! — Van Eck gritou em tons teatrais. Todos que estavam ao alcance de sua voz na Aduela se viraram para olhar. — Você jurou que me devolveria minha esposa e o meu filho! Onde está mantendo Wylan?

E então Kaz os viu – uma onda roxa se movendo em direção à ponte, *stadwatch* inundando a Aduela, rifles erguidos, cassetetes em punho.

Kaz ergueu uma sobrancelha. O mercador finalmente estava tornando o jogo interessante.

— Isolem a ponte! — um deles gritou. Kaz olhou por sobre o ombro e viu mais guardas da *stadwatch* bloqueando sua fuga.

Van Eck sorriu.

— Pronto para jogar para valer, Senhor Brekker? O poder da minha cidade contra o seu bando de bandidos?

Kaz nem se deu ao trabalho de responder. Ele empurrou o ombro de Inej e ela girou, oferecendo seus pulsos para que ele pudesse cortar suas amarras. Ele jogou a faca no ar, confiando que ela a pegasse enquanto ele se ajoelhava para lidar com as correntes, as chaves-mestras já deslizando entre seus dedos. Kaz ouviu o barulho das botas se aproximando, sentiu Inej se curvar para trás sobre sua forma ajoelhada, e então ouviu um sussurro suave, e o som de um corpo caindo. A tranca cedeu sob os dedos de Kaz e as correntes caíram soltas. Ele se levantou, girou, viu outro guarda da *stadwatch* caído, o eixo da faca de ostra saindo de um ponto entre seus olhos, e mais uniformes roxos correndo na direção deles vindos de todos os cantos.

Ele ergueu a bengala para sinalizar para Jesper.

— Barco de flores do lado oeste — disse para Inej. Foi só o que foi preciso – ela saltou para a grade da ponte e desapareceu pelo lado sem pensar duas vezes.

O primeiro conjunto de fogos de artifício explodiu sobre suas cabeças, cores pálidas na luz do meio-dia. O plano estava em andamento. Kaz puxou um laço de corda de escalada de dentro do bolso e enganchou-o à grade. Ele fincou a cabeça de sua bengala na grade ao lado, se impulsionou para cima e saltou sobre a lateral, seu impulso levando-o para fora do canal. A corda se estendeu, e ele arqueou de volta para a ponte como um pêndulo, caindo no convés da barcaça de flores ao lado de Inej.

Dois barcos da *stadwatch* já se moviam rapidamente na direção deles enquanto mais guardas corriam descendo as rampas que levavam ao canal. Kaz não sabia o que Van Eck tentaria – certamente não esperava que ele envolvesse a *stadwatch* nisso –, mas tinha certeza de que tentaria bloquear todas as suas rotas de fuga. Outra série de estouros soou, e explosões de rosa e verde explodiram no céu sobre a Aduela. Os turistas comemoraram. Não pareciam notar que duas das explosões tinham vindo do canal e haviam feito buracos na proa de um dos barcos da *stadwatch*, fazendo com que homens corressem para os lados e para dentro do canal enquanto a embarcação afundava. *Muito bem, Wylan.* Ele havia ganhado algum tempo, e feito isso sem deixar os transeuntes da Aduela em pânico. Kaz queria a multidão de muito bom humor.

Ele arremessou um feixe de gerânios selvagens dentro do canal sob os protestos do vendedor de flores e agarrou as roupas que Matthias tinha escondido lá mais cedo naquela manhã. Jogou o manto vermelho sobre os ombros de Inej provocando uma chuva de pétalas e flores enquanto ela continuava prendendo suas facas. Ela parecia quase tão perplexa quanto o vendedor de flores.

— O que foi? — ele perguntou enquanto lhe entregava uma máscara de Senhor Carmesim que combinava com a sua.

— Essas eram as flores favoritas da minha mãe.

— Bom saber que Van Eck não curou seu sentimentalismo.

— É bom estar de volta, Kaz.

— É bom ter você de volta, Espectro.

— Pronto?

— Espere — disse ele, ouvindo. Os fogos de artifício cessaram, e um momento depois ele ouviu o som que estava esperando, o tilintar musical de moedas atingindo o chão, seguido pelos gritos de felicidade da multidão.

— Agora — disse ele.

Eles agarraram a corda e ele deu um puxão violento. Com um zumbido agudo, a corda se retraiu, puxando-os para cima em uma explosão de velocidade. Em questão de segundos eles estavam de volta à ponte, mas a cena esperando por eles era definitivamente diferente daquela da qual haviam escapado menos de dois minutos atrás. A Aduela Oeste estava um caos. Havia Senhores Carmesins por toda parte, cinquenta, sessenta, setenta deles em máscaras e capas vermelhas, jogando moedas para o ar enquanto os turistas e moradores locais se empurravam e se acotovelavam, rindo e gritando, rastejando de quatro, completamente alheios aos guardas da *stadwatch* tentando passar por eles.

— Mãe, pai, paguem o aluguel! — gritava a multidão de meninas na porta da Íris Azul.

— Não podemos, querido, gastamos o dinheiro no bordel! — os vários Senhores Carmesins responderam, e lançaram outra nuvem de moedas para o ar, fazendo a multidão dar gritos de delírio de alegria.

— Saiam da frente! — gritou o capitão da guarda.

Um dos guardas tentou arrancar a máscara de um Senhor Carmesim de pé perto de um poste de luz, e a multidão começou a vaiá-lo. Kaz e Inej mergulharam no redemoinho de capas vermelhas e pessoas disputando moedas. À sua esquerda, ele ouviu Inej rir atrás da máscara. Ele nunca a tinha ouvido rir assim, um riso vertiginoso e selvagem. De repente uma explosão estrondosa e pesada sacudiu a Aduela. As pessoas derrubavam umas às outras, agarravam-se umas às outras, às paredes, ao que estivesse mais próximo. Kaz quase perdeu o equilíbrio, endireitando-se com a bengala.

Quando olhou para cima, foi como tentar enxergar através de um véu espesso. Havia uma fumaça pesada no ar. Os ouvidos de Kaz estavam zumbindo. Como se vindos de uma grande distância, ouviu gritos assustados, gritos de terror. Uma mulher correu por ele, rosto e cabelos cobertos de poeira e gesso, como um fantasma de pantomima, as mãos cobrindo os ouvidos. Havia sangue descendo sob suas palmas. Algo havia aberto um buraco enorme na fachada da Casa da Rosa Branca. Ele viu Inej erguer a máscara, mas puxou-a de volta sobre o rosto dela. Ele sacudiu a cabeça. Algo estava errado. Havia planejado uma revolta amigável, não um desastre em massa, e Wylan não era do tipo que se enganava tão gravemente.

Mais alguém tinha vindo arrumar confusão na Aduela Oeste, alguém que não se importava em causar danos.

Tudo o que Kaz sabia era que ele havia investido muito tempo e dinheiro para recuperar sua Espectro. Tinha certeza absoluta de que não a perderia novamente. Ele tocou o ombro de Inej rapidamente. Foi todo o sinal de que precisavam. Ele correu para a ruela mais próxima. Não precisava olhar para saber que ela estava ao lado dele, silenciosa, segura. Ela poderia tê-lo ultrapassado em um instante, mas eles correram juntos, acompanhando um ao outro a cada passo.

10. Jesper

Esse era o tipo de caos ao qual Jesper estava acostumado.

Jesper tinha duas missões a cumprir, uma antes e outra depois da troca de reféns. Enquanto Inej estava em posse de Van Eck, Nina era a primeira na linha de defesa caso os guardas tentassem tirá-la da ponte ou se alguém a ameaçasse. Cabia a Jesper manter Van Eck na mira do seu rifle. Nada de tiros para matar, mas se o sujeito começasse a brandir uma arma, Jesper tinha permissão de deixá-lo com um braço inutilizado. Ou quem sabe os dois.

— Van Eck vai armar alguma coisa — disse Kaz lá no Véu Negro —, e será algo confuso, porque ele tem menos de doze horas para se planejar.

— Bom — disse Jesper.

— Ruim — disse Kaz. — Quanto mais complicado for um plano, mais pessoas são envolvidas, mais as pessoas falam, mais formas de tudo sair errado.

— É uma lei de sistemas — Wylan murmurou. — Você prepara salvaguardas para as falhas, mas algo nas salvaguardas acaba causando uma falha inesperada.

— A jogada de Van Eck não será elegante, mas será imprevisível, então precisamos estar preparados.

— Como nos preparamos para algo imprevisível? — Wylan perguntou.

— Ampliamos as nossas opções. Deixamos abertas todas as rotas que podemos usar numa fuga. Telhados, ruas, becos, canais. Não há a menor chance de Van Eck nos deixar sair tranquilamente daquela ponte.

Jesper tinha visto os problemas vindo de longe quando avistou os grupos da *stadwatch* seguindo para a ponte. Podia ser apenas uma exibição de força. Aquilo acontecia uma ou duas vezes por ano nas Aduelas. Era a maneira de o Conselho Mercante mostrar aos apostadores, alcoviteiros e artistas que, por mais que derramassem dinheiro nos cofres da cidade, o governo ainda estava no comando.

Ele havia sinalizado para Matthias e esperado. Kaz tinha sido claro:

— Van Eck não irá agir até recuperar Alys e colocá-la fora de perigo. É aí que precisamos ficar espertos.

E foi assim mesmo que aconteceu: assim que Alys e Inej foram trocadas, algum tipo de alvoroço começou na ponte. O dedo de Jesper coçava no gatilho, mas sua segunda missão também tinha sido simples: esperar pelo sinal de Kaz.

Segundos depois, Kaz levantou sua bengala, e ele e Inej voaram por sobre a grade da ponte. Jesper riscou um fósforo e um, dois, três, quatro, cinco dos foguetes que Wylan havia preparado gritaram em direção ao céu, explodindo em rajadas de cor crepitantes. O último emitiu uma luz rosa difusa. *Cloreto de estrôncio*, dissera Wylan, trabalhando em sua coleção de fogos de artifício e explosivos, bombas de luz, carunchos e qualquer outra coisa que fosse necessária. *No escuro, ele queima vermelho.*

As coisas sempre são mais interessantes no escuro, Jesper respondera. Ele não conseguiu evitar. De fato, se o mercantezinho ia continuar oferecendo todas aquelas oportunidades, ele tinha o dever de aproveitá-las.

O primeiro lote de fogos de artifício era um sinal para os Senhores Carmesins que Nina e Matthias haviam recrutado na noite anterior – ou muito cedo naquela manhã –, oferecendo comida e vinho de graça a qualquer pessoa que chegasse à Goedmedbridge quando os fogos de artifício estourassem pouco depois do meio-dia. Uma grande promoção do inexistente Cutelo Carmesim. Sabendo que apenas uma fração das pessoas realmente apareceria, eles tinham distribuído mais de duzentos trajes e bolsas de moedas falsas.

— Se conseguirmos uns cinquenta já será o suficiente — disse Kaz.

Nunca subestime o desejo do público de conseguir algo de graça. Jesper calculou pelo menos uma centena de Senhores Carmesins inundando a ponte e a Aduela, cantando a música que acompanhava a entrada do personagem em qualquer uma das peças da Komedie Brute, jogando moedas no ar. Às vezes as moedas eram de verdade. Era por isso que ele era um favorito das massas. As pessoas estavam rindo, girando umas com as outras, pegando moedas, perseguindo os Senhores Carmesins enquanto a *stadwatch* tentava em vão manter a ordem. Foi glorioso. Jesper *sabia* que o dinheiro era falso, mas mesmo assim ele teria amado estar lá embaixo rastejando atrás de prata.

Ele precisava se manter a postos mais um pouquinho. Se as bombas que Wylan havia plantado no canal não funcionassem como o esperado,

Kaz e Inej iriam precisar de muito mais cobertura para sair do barco do vendedor de flores.

Uma série de explosões brilhantes iluminou o céu. Matthias havia acendido o segundo lote de fogos de artifício. Eles não eram um sinal, eram camuflagem.

Bem abaixo, Jesper viu dois grandes jatos de água jorrarem do canal quando Wylan detonou suas minas aquáticas. *Bem na hora, mercantezinho.* Agora ele guardou o rifle sob a capa de Senhor Carmesim e desceu as escadas, parando apenas para se juntar a Nina enquanto corriam para fora do hotel. Eles marcaram suas máscaras vermelhas e brancas com uma grande lágrima preta para se diferenciarem dos demais foliões, mas, no meio da confusão, Jesper se perguntou se eles deveriam ter escolhido algo mais visível.

Enquanto atravessavam a ponte, Jesper pensou ter visto Matthias e Wylan com suas capas vermelhas, lançando moedas enquanto se afastavam da Aduela. Se eles começassem a correr, isso poderia atrair a atenção da *stadwatch*. Jesper se esforçou para não rir. Aqueles definitivamente eram Matthias e Wylan. Matthias estava jogando o dinheiro com muita força e Wylan com muito mais entusiasmo. O braço de arremessar do garoto precisava de um treinamento sério. Ele parecia que estava tentando ativamente deslocar seu ombro.

A partir dali, eles se separariam, seguindo cada um por uma ruela ou canal diferente que levasse para fora da Aduela, descartando seus trajes de Senhor Carmesim em favor de outros disfarces e personagens da Komedie Brute. Eles precisariam esperar o sol se pôr antes de voltarem ao Véu Negro.

Tempo mais que suficiente para entrar em apuros.

Jesper podia sentir a atração da Aduela Leste. Ele poderia seguir seu caminho para lá, encontrar uma mesa de carteado, passar algumas horas no Espinheiro dos Três Homens. Kaz não iria gostar disso. Jesper tinha plena consciência disso. Uma coisa era jogar no Cumulus numa sala privada como parte de um trabalho. Isso seria diferente. Kaz tinha desaparecido com promessas de um enorme roubo e vários membros valiosos dos Dregs. As pessoas estavam especulando sobre onde ele tinha ido parar, e Rotty tinha dito que Per Haskell estava procurando por todos eles. Provavelmente os guardas da *stadwatch* visitariam a Ripa aquela noite para fazer um monte de perguntas desconfortáveis, e ele também precisava se preocupar com Pekka Rollins. *Só algumas rodadas*, Jesper prometeu a si mesmo, *o suficiente para a vontade parar de coçar. Depois irei visitar pap.*

O estômago de Jesper se revirou ao pensar naquilo. Ele ainda não estava pronto para encarar seu pai sozinho, dizer a ele a verdade sobre essa loucura. De repente, a necessidade de estar nas mesas de jogos se tornou esmagadora. Para o diabo com a ideia de não sair correndo. Já que Kaz não tinha lhe dado algo em que atirar, Jesper precisava de um par de dados e chances improváveis para limpar sua mente.

Foi então que o mundo ficou branco.

O som foi algo entre um trovão e um relâmpago. Aquilo derrubou Jesper e o deixou estatelado enquanto um rugido ecoava em seus ouvidos. De repente, ele estava perdido em uma tempestade de fumaça branca e poeira que entupiu seus pulmões. Ele tossiu, e o que quer que tenha inalado raspou contra o interior de sua garganta como se o ar tivesse se transformado em vidro finamente pulverizado. Suas pálpebras estavam cobertas de areia, e ele lutou para não as esfregar, piscando rapidamente, tentando desalojar os fragmentos de detritos.

Ele ficou de quatro, arfando em busca de ar, cabeça tinindo. Outro Senhor Carmesim estava caído no chão ao seu lado, uma lágrima preta pintada em sua bochecha laqueada de vermelho. Jesper removeu a máscara. Os olhos de Nina estavam fechados e escorria sangue de sua têmpora. Ele sacudiu os ombros dela.

— Nina! — gritou mais alto que os gritos e lamentos ao redor.

Suas pálpebras vibraram e ela respirou fundo, depois começou a tossir enquanto se sentava.

— O que foi isso? O que aconteceu?

— Não sei — disse Jesper. — Mas alguém, além de Wylan, está atirando bombas. Veja.

Havia um buraco negro enorme aberto na frente da Casa da Rosa Branca. Uma cama pendia precariamente do segundo andar, pronta para desabar no saguão. As rosas trepadeiras que subiam na frente da casa tinham se incendiado, e um perfume pesado tomava conta do ar. De algum lugar lá dentro, eles podiam ouvir gritos.

— Pelos Santos, preciso ajudá-los — disse Nina, e a mente abatida de Jesper lembrou-se de que ela havia trabalhado na Rosa Branca durante a maior parte do ano.

— Onde está Matthias? — ela perguntou, olhos procurando na multidão. — Onde está Wylan? Se isso for uma das surpresas do Kaz...

— Não acho que seja... — Jesper começou. Então outra explosão sacudiu os paralelepípedos. Eles se jogaram no chão, braços sobre a cabeça.

— Pelo sofrimento de todos os Santos, o que está acontecendo? — Nina gritou de medo e desespero. As pessoas tremiam e corriam desnorteadas, tentando encontrar algo que servisse de abrigo. Ela se levantou e olhou para o sul do canal, na direção da nuvem de fumaça que se erguia de outra casa de prazeres.

— Foi no Corte de Salgueiro?

— Não — disse Nina, uma expressão de horror nascendo em seu rosto enquanto ela começava a perceber o que Jesper não havia entendido. — Foi na Bigorna.

Ao dizer isso, uma silhueta cortou o céu saída do buraco ao lado do que tinha sido a Bigorna. Ela subiu cada vez mais alto, passando por eles como um borrão.

— Grisha — disse Jesper. — Eles devem ter a *parem*.

Mas, enquanto aquela forma zumbia acima deles e eles viravam o pescoço para acompanhar seu progresso, Jesper percebeu que estava completamente enganado. Ou ele havia enlouquecido de vez. Não era um Aero voando sobre eles. Era um homem *com asas*. Asas enormes e metálicas que se moviam em um zunido de beija-flor, e ele tinha alguém preso em seus braços, um garoto gritando no que soava como ravkano.

— Você viu aquilo? Diga-me que viu aquilo — disse Jesper.

— Aquele é Markov — disse Nina, o medo e a raiva estampados no rosto. — Por isso eles atacaram a Bigorna.

— Nina! — Matthias corria galopando pela ponte, Wylan em seu encalço. Ambos estavam com a máscara levantada, mas a *stadwatch* tinha preocupações maiores do que eles no momento.

— Temos que dar o fora daqui — disse Matthias. — Se Van Eck...

Mas Nina agarrou seu braço:

— Aquele era Danil Markov. Ele trabalhava na Bigorna.

— O homem de asas? — Jesper perguntou.

— Não — disse Nina, balançando a cabeça freneticamente. — O prisioneiro. Markov é um Infernal.

Ela apontou para baixo, no canal.

— Eles atacaram a Bigorna, a Casa da Rosa Branca. Eles estão caçando Grishas. Estão procurando por mim.

Naquele momento, uma segunda figura alada saiu veloz da Casa da Rosa Branca. Outra explosão soou, e, quando a parede inferior cedeu, um homem e uma mulher gigantescos avançaram. Tinham cabelo escuro e pele bronzeada, assim como o homem de asas.

— Shu — disse Jesper. — O que estão fazendo aqui? E desde quando ele*s voam*?

— Ponham as máscaras — disse Matthias. — Precisamos ir a um lugar seguro.

Eles colocaram as máscaras no lugar. Jesper se sentiu grato pelo alvoroço que os cercava. Mas assim que pensou aquilo, um dos homens Shu farejou o ar, uma inspiração profunda. Horrorizado, Jesper o observou se virar lentamente e olhar fixo para eles. Ele gritou algo para os companheiros, e então os Shu avançaram na direção deles.

— Tarde demais — disse Jesper. Ele arrancou a máscara e a capa e posicionou o rifle no ombro. — Se vieram atrás de diversão, então vamos oferecer diversão a eles. Deixem o voador comigo!

Jesper não tinha qualquer intenção de ser arrebatado por algum tipo de garoto-pássaro Shu. Ele não sabia aonde o segundo voador tinha ido e só podia torcer para que ele estivesse ocupado com seu prisioneiro Infernal. O homem alado disparou para a esquerda, depois para a direita, mergulhando e zumbindo como uma abelha bêbada.

— Fique parado, seu inseto gigante — Jesper grunhiu, então disparou três tiros que acertaram no meio do peito do garoto voador, arremessando-o para trás.

Mas o voador se endireitou em um salto mortal gracioso e acelerou na direção de Jesper.

Matthias estava atirando nos dois Shu gigantes. Cada disparo era um acerto direto, mas, embora os Shu cambaleassem, eles continuavam avançando.

— Wylan? Nina? — disse Jesper. — Se quiserem participar, fiquem à vontade!

— Estou tentando — Nina rosnou, mãos erguidas, punhos cerrados. — Eles não estão sentindo nada.

— Abaixem-se! — disse Wylan. Eles se jogaram sobre os paralelepípedos. Jesper ouviu um som forte de impacto e então viu um borrão preto enquanto algo era lançado com força no homem alado. O garoto voador se esquivou para a esquerda, mas o borrão preto se dividiu e duas bolas crepitantes de chama violeta explodiram. Uma caiu na água do canal com um silvo inofensivo. A outra acertou o voador. Ele gritou, debatendo-se enquanto chamas violeta se espalhavam por seu corpo e asas, em seguida começou a cair descontroladamente e colidiu contra uma parede, as chamas ainda queimando, seu calor palpável mesmo a distância.

— Corram! — Matthias gritou.

Eles dispararam para a ruela mais próxima, Jesper e Wylan na frente, Nina e Matthias logo atrás. Wylan jogou uma bomba de luz desajeitadamente por sobre o ombro. Ela atravessou uma janela e lançou uma explosão inútil de brilho.

— Você provavelmente acabou de matar de susto alguma garota de programa indefesa — disse Jesper. — Me dê isso aqui. — Ele agarrou a outra bomba de luz e atirou-a diretamente no caminho de seus perseguidores, virando-se para proteger os olhos da explosão. — E é assim que se faz.

— Da próxima vez, não vou salvar sua vida — Wylan arfou.

— Você sentiria minha falta. Todo mundo sente.

Nina gritou. Jesper se virou. Nina estava envolta por uma rede de prata e era puxada pela mulher Shu, que estava com as pernas plantadas no centro do beco. Matthias abriu fogo, mas ela nem se abalou.

— Balas não funcionam! — disse Wylan. — Acho que tem metal sob a pele deles.

Agora que ele tinha dito, Jesper podia ver o brilho do metal sob as feridas sangrentas de bala. Mas o que aquilo significava? Eles eram de alguma forma mecânicos? Como isso era possível?

— A rede! — Matthias rugiu.

Todos agarraram a rede de metal, tentando livrar Nina do perigo, mas a mulher Shu continuava a puxá-la para trás, mão sobre mão, com uma força impossível.

— Precisamos de algo para cortar a corda! — Jesper gritou.

— Que se dane a corda — Nina rosnou entre os dentes cerrados. Ela pegou um revólver no coldre de Jesper.

— Soltem! — ela ordenou.

— Nina... — Matthias protestou.

— *Façam o que eu disse.*

Eles a soltaram e Nina desceu zunindo a ruela em um súbito impulso. A mulher Shu deu um passo desajeitado para trás e em seguida agarrou a borda da rede, puxando Nina para cima.

Nina esperou até o último segundo possível, e então disse:

— Vamos ver se seu corpo todo é feito de metal.

Ela enfiou o revólver diretamente na cavidade ocular da mulher Shu e apertou o gatilho. A explosão não só arrancou o olho da mulher como a maior parte do topo de sua cabeça. Por um momento, ela se manteve de pé, segurando Nina, uma mistura de osso, massa encefálica de um rosa suave e fragmentos de metal onde o resto de seu rosto deveria estar. Em seguida, ela desabou.

Nina quase vomitou, depois travou uma luta contra a rede.

— Tirem-me desta porcaria antes que os amigos dela venham procurar pela gente.

Matthias rasgou a rede e a jogou para longe de Nina. Todos correram, coração acelerado, botas batendo sobre os paralelepípedos.

Jesper podia ouvir as palavras temerosas de seu pai apressando-o pelas ruas, um vento de preocupação em suas costas. *Eu temo por você. O mundo pode ser cruel para pessoas como você.* O que os Shu haviam mandado atrás de Nina? Atrás dos Grishas da cidade? Atrás *dele*?

A existência de Jesper tinha sido uma sequência de quase desastres e escapadas por um fio, mas ele nunca teve tanta certeza de que estava correndo por sua vida.

PARTE III

Tijolo por tijolo

11. Inej

Enquanto Inej e Kaz se afastavam da Aduela Oeste, o silêncio entre eles se espalhava como uma mancha. Eles tinham abandonado suas capas e máscaras em um monte de lixo atrás de um pequeno bordel de segunda categoria chamado Quarto de Veludo, onde Kaz aparentemente tinha escondido outra roupa para eles. Era como se toda a cidade tivesse se tornado seu guarda-roupa, e Inej não podia deixar de pensar nos ilusionistas que puxavam milhares de lenços de dentro de suas mangas e desapareciam com meninas em caixas que sempre a lembravam desconfortavelmente caixões.

Vestidos com os casacos volumosos e as calças ásperas dos estivadores, eles abriram caminho até o distrito dos armazéns, cabelos cobertos por chapéus, golas puxadas para cima apesar do calor. A borda oriental do distrito parecia uma cidade dentro de uma cidade, povoada principalmente por imigrantes que viviam em hotéis baratos e pensões ou em favelas de madeira compensada e estanho ondulado, segregando-se em bairros desorganizados por conta do idioma e da nacionalidade. Àquela hora, a maioria dos moradores da área estava trabalhando nas fábricas e nas docas da cidade, mas, em algumas esquinas, Inej viu homens e mulheres reunidos, esperando que algum chefe ou patrão aparecesse para oferecer um dia de trabalho a alguns poucos afortunados.

Depois de ter sido libertada do Menagerie, Inej tinha vagado pelas ruas de Ketterdam, tentando encontrar sentido na cidade. Ela tinha sido sobrecarregada pelo barulho e pelas multidões, certa de que Tante Heleen ou um de seus capangas a pegaria desprevenida e a arrastaria de volta para a Casa das Exóticas. Mas ela sabia que, para ser útil aos Dregs e conquistar a liberdade do seu novo contrato, não poderia deixar a estranheza do clamor e dos paralelepípedos a intimidar. *Saudamos o visitante inesperado.* Ela teria que conhecer a cidade.

Sempre preferiu viajar por cima dos telhados, fora do campo de visão, livre do tumulto dos corpos. Lá, ela se sentia mais ela mesma novamente –

a garota que fora um dia, alguém que não tinha o bom senso de ter medo, que não conhecia a crueldade que o mundo poderia oferecer. Tinha se tornado íntima dos picos dos telhados inclinados e caixilhos das janelas do Zelverstraat, os jardins e amplos bulevares do setor das embaixadas. Ela viajou para o sul até o ponto onde o distrito industrial dava lugar aos matadouros malcheirosos e poços de salmoura escondidos nas periferias da cidade, onde seus miúdos podiam ser esvaziados dentro do pântano na borda de Ketterdam, e era menor a chance de que seu fedor fosse flutuando até as partes residenciais da cidade. A cidade havia revelado a ela seus segredos quase timidamente, em relances de grandeza e miséria.

Agora ela e Kaz deixavam as pensões e carrinhos de rua para trás, mergulhando mais fundo no movimentado distrito dos armazéns e na área conhecida como Trama. Aqui, as ruas e os canais eram limpos e ordenados, mantidos amplos para o transporte de carga e mercadorias. Eles passaram por hectares cercados de madeira bruta e pedreiras, estoques de armas e munições cautelosamente protegidos, depósitos enormes de algodão, seda, lona e peles, e armazéns cheios de pacotes cuidadosamente pesados de folhas secas de *jurda* vindos de Novyi Zem, que seriam processadas e embaladas em latas com rótulos brilhantes para então serem enviadas a outros mercados.

Inej ainda se lembrava do choque que sentiu ao ver as palavras *Especiarias Raras* pintadas na lateral de um dos armazéns. Era um anúncio, as palavras emolduradas pela pintura de duas meninas sulis, os braços e pernas castanhos estavam nus, o bordado de suas vestimentas finas de seda sugerido por pinceladas douradas. Inej tinha ficado ali, olhando fixamente para a placa, a menos de três quilômetros e meio de onde os direitos sobre seu corpo tinham sido comprados, vendidos e pechinchados, o coração disparado, o pânico se apoderando de seus músculos, incapaz de parar de olhar para aquelas meninas, para os braceletes em seus pulsos, os sinos presos aos seus tornozelos. Depois de algum tempo ela tentou se mover e, como se algum feitiço tivesse sido quebrado, correu mais rápido do que jamais tinha feito, de volta para a Ripa, correndo sobre os telhados, a cidade passando em relances cinza abaixo de seus pés indiferentes. Naquela noite ela havia sonhado que as garotas pintadas ganhavam vida. Estavam aprisionadas na parede do armazém, gritando para serem libertadas, mas Inej era incapaz de ajudá-las.

Especiarias Raras. A placa continuava lá, desbotada pelo sol. Ela ainda tinha poder sobre ela, fazia seus músculos se contraírem, a respiração engasgar. Mas talvez, quando tivesse seu navio, quando tivesse derrubado o primeiro traficante de escravos, a pintura sairia dos tijolos. Os gritos dessas moças vestindo sedas de cor de menta se transformariam em risos. Elas não dançariam para ninguém mais, só para si mesmas. Mais adiante, Inej podia ver uma coluna alta coberta pela Mão de Ghezen, lançando sua longa sombra sobre o coração da riqueza de Kerch. Ela imaginou seus Santos passando cordas em torno dela e a derrubando no chão.

Ela e Kaz não atraíram olhares em seus casacos disformes, dois meninos procurando trabalho ou a caminho do próximo turno. Ainda assim, Inej sentia dificuldades para respirar. A *stadwatch* patrulhava as ruas do distrito dos armazéns regularmente, e caso isso não fosse proteção suficiente, as companhias de navegação empregavam guardas particulares para se certificarem de que as portas permaneceriam trancadas e que nenhum dos trabalhadores estocando, empilhando e transportando bens se sentisse muito à vontade com suas mãos. O distrito de armazéns era um dos lugares mais seguros de Ketterdam, e por conta disso ele era o último lugar onde Van Eck viria procurá-los.

Eles se aproximaram de um depósito abandonado de linho. As janelas de seus andares inferiores estavam quebradas, os tijolos acima deles, enegrecidos pela fuligem. O incêndio devia ter sido recente, mas o depósito não permaneceria desocupado por muito tempo. Ele seria limpo e reconstruído, ou simplesmente demolido para dar lugar a uma nova estrutura. Espaço era um bem precioso em Ketterdam.

O cadeado na porta dos fundos não foi problema para Kaz, e eles entraram num andar mais baixo que havia sido gravemente danificado pelo fogo. A escada perto da frente do edifício parecia intacta. Subiram por ela, Inej se movendo levemente sobre as tábuas, os passos de Kaz pontuados pela batida rítmica de sua bengala.

Quando alcançaram o terceiro andar, Kaz os conduziu para uma sala de armazenamento onde rolos de linho continuavam empilhados em pirâmides gigantes. Eles estavam em grande parte intactos, mas aqueles no fundo estavam manchados com fuligem, e o tecido tinha um cheiro desagradável de queimado. Contudo, eles eram confortáveis. Inej encontrou um lugar elevado perto de uma janela que a permitiu descansar seus pés em um rolo de tecido e suas costas em outro. Ela se sentia grata por simplesmente poder se sentar, olhar pela janela para a luz aquosa da tarde. Não havia muito para ver, apenas as paredes nuas de tijolos dos armazéns e o bosque de silos de açúcar enormes que se erguiam sobre o porto.

Kaz pegou uma lata embaixo de uma das velhas máquinas de costura e a passou para Inej. Ela a abriu, revelando avelãs, biscoitos embrulhados em papel de cera e um frasco com rolha. Então aquele era um dos esconderijos que Van Eck queria tanto descobrir. Inej desarrolhou o frasco e o cheirou.

— Água — disse ele.

Ela deu goles profundos e comeu um pouco dos biscoitos rançosos. Estava faminta, e duvidava de que faria uma refeição quente tão cedo. Kaz a havia avisado de que não podiam voltar ao Véu Negro até o anoitecer, e mesmo assim ela não acreditava que passariam muito tempo cozinhando. Ela o observou se impulsionar para cima da pilha de rolos de tecido na frente dela, apoiando sua bengala ao lado, mas se forçou a voltar a olhar pela janela, longe da precisão de seus movimentos, a linha tensa de sua mandíbula. Olhar para Kaz parecia perigoso de um jeito que não havia sentido antes. Ela podia ver a marreta subindo, brilhando sob as luzes do palco do Eil Komedie. *Ele nunca fará a troca se você me machucar.* Ela se sentia grata pelo peso de suas facas. Tocou-as como se cumprimentasse velhas amigas, e sentiu parte da tensão dentro dela ceder.

— O que disse para Van Eck na ponte? — Kaz perguntou finalmente. — Quando estávamos fazendo a troca?

— Você me verá mais uma vez, mas apenas uma vez.

— Mais provérbios sulis?

— Não. Uma promessa que fiz a mim mesma. E a Van Eck.

— Cuidado, Espectro. O jogo da vingança não cai bem em você. Não tenho certeza de que seus Santos sulis aprovariam isso.

— Meus Santos não gostam de ameaçadores.

Ela esfregou a manga na janela suja.

— Essas explosões — disse ela. — Os outros ficarão bem?

— Nenhum deles estava posicionado perto de onde as bombas estouraram. Pelo menos não as bombas que vimos. Saberemos mais quando voltarmos para o Véu Negro.

Inej não gostou daquilo. E se alguém tivesse se machucado? E se nem todos conseguissem voltar para a ilha? Depois de dias de medo e espera, sentar-se quieta enquanto seus amigos podiam estar em perigo se mostrou um novo tipo de frustração.

Ela percebeu que Kaz a estava analisando, e voltou o olhar para ele. A luz do sol atravessava as janelas, deixando seus olhos com cor de chá forte. *Ele nunca fará a troca se você me machucar.* Ela podia sentir a lembrança das palavras, como se elas tivessem queimado sua garganta quando as pronunciou.

Kaz não desviou os olhos quando perguntou:

— Ele te machucou?

Ela cruzou os braços em volta dos joelhos. *Por que quer saber? Para ter certeza de que continuo sendo capaz de enfrentar algum perigo novo? Para que possa me adicionar à lista de prejuízos pelos quais Van Eck deve ser responsabilizado?*

Kaz havia sido claro sobre seu acordo com ela desde o começo. Inej era um investimento, um ativo que valia a pena ser protegido. Ela quis acreditar que eles haviam se tornado mais do que isso um para o outro. Jan Van Eck tinha arrancado essa ilusão dela. Inej estava inteira, ilesa. Não trazia nenhuma cicatriz ou trauma de sua provação no Eil Komedie que um pouco de comida e descanso não pudessem amenizar. No entanto, Van Eck havia tirado algo dela. *Eu não terei mais utilidade para ele!* As palavras arrancadas de algum lugar escondido dentro dela, uma verdade que ela não podia voltar a ignorar. Ela devia estar feliz por isso. Melhor verdades terríveis do que mentiras gentis.

Ela passou os dedos no lugar onde a marreta tinha roçado sua perna, viu os olhos de Kaz rastrearem o movimento, parou. Cruzou as mãos em seu colo, sacudiu a cabeça.

— Não. Ele não me machucou.

Kaz se inclinou para trás, seu olhar a desarmando lentamente. Ele não acreditava nela, mas ela não conseguiu fazer o esforço de tentar convencê-lo dessa mentira.

Ele apoiou a bengala no chão e usou-a para se apoiar enquanto deslizava da pilha de tecido.

— Descanse — disse ele.

— Onde você vai?

— Tenho negócios perto dos silos, e quero ver o que consigo descobrir. — Ele deixou a bengala apoiada em um dos rolos.

— Não vai levar?

— Suspeito demais, especialmente se Van Eck tiver envolvido a *stadwatch*. Descanse — ele repetiu. — Estará segura aqui.

Inej fechou os olhos. Podia confiar nele o bastante para isso.

Quando Kaz a acordou, o sol estava se pondo, dourando a torre de Ghezen ao longe. Eles deixaram o depósito, trancando-o depois de saírem, e se juntaram aos trabalhadores caminhando de volta para casa. Continuaram a seguir para o sul e para o leste, evitando as partes mais movimentadas do Barril, onde sem dúvida alguma a *stadwatch* estaria rondando, e seguiram em direção a uma área mais residencial. Em um canal estreito, subiram em um pequeno barco, no qual navegaram descendo o Grafcanal, e entraram na neblina que cercava a Ilha do Véu Negro.

Inej sentiu a ansiedade aumentar enquanto seguiam entre os mausoléus em direção do centro da ilha. *Que eles estejam bem*, ela rezou. *Que todos eles estejam bem.* Finalmente, vislumbrou uma luz fraca e ouviu o murmúrio débil de vozes. Ela começou a correr, sem se preocupar quando seu chapéu deslizou de sua cabeça para o chão coberto de vinhas. Ela abriu a porta da tumba com tudo.

As cinco pessoas do lado de dentro se levantaram, armas e punhos preparados, e Inej derrapou ao parar de repente.

Nina gritou:

— Inej!

Ela voou pelo quarto e esmagou Inej em um abraço apertado. Então todos eles a cercaram de uma vez só, abraçando-a, dando tapinhas em suas costas. Nina não a soltava. Jesper passou os braços em torno das duas, comemorando.

— A Espectro retorna! — disse ele, enquanto Matthias ficava para trás, formal como sempre, mas sorrindo. Ela olhou do garoto Shu sentado à mesa no centro da tumba para o menino Shu idêntico pairando na frente dela.

— Wylan? — ela perguntou para o mais perto dela.

Ele abriu um sorriso que se desfez assim que ele disse:

— Desculpe-me pelo meu pai.

Inej o puxou para um abraço e sussurrou:

— Nós não somos os nossos pais.

Kaz bateu a bengala no chão de pedra. Ele estava parado na entrada da tumba.

— Se já terminaram com os abraços, temos um trabalho a fazer.

— Espera um pouco — disse Jesper, braço ainda em volta de Inej. — Não vamos falar de trabalho até descobrirmos o que eram aquelas coisas na Aduela.

— Que coisas? — perguntou Inej.

— Você não percebeu que metade da Aduela explodiu?

— Vimos a bomba que explodiu na Rosa Branca — disse Inej —, e depois ouvimos outra explosão.

— Foi na Bigorna — disse Nina.

— Depois disso — disse Inej —, nós fugimos.

Jesper assentiu com ar de sábio.

— Esse foi o seu grande erro. Se tivesse ficado pela área, poderia ter sido quase morta por um garoto Shu com asas.

— Um par — disse Wylan.

Inej franziu a testa.

— Um par de asas?

— Um par de garotos — disse Jesper.

— Com asas? — Inej quis mais detalhes. — Tipo um pássaro?

Nina a arrastou para a mesa bagunçada, onde um mapa de Ketterdam tinha sido esticado.

— Não, mais como uma mariposa, uma mariposa mecânica e mortal. Está com fome? Temos biscoitos de chocolate.

— Ah, claro — disse Jesper. — Ela ganha o tesouro de biscoitos.

Nina colocou Inej em uma cadeira e desceu a lata na frente dela fazendo um som estridente.

— Coma — ela mandou. — Há dois Shu com asas, e um homem e uma mulher que não são... normais.

— O poder de Nina não surtiu efeito neles — disse Wylan.

— Hum — Nina preferiu não comentar, mordiscando delicadamente a ponta de um biscoito. Inej nunca tinha visto Nina mordiscar nada delicadamente. Seu apetite claramente não havia voltado, mas Inej se perguntou se havia algo além disso.

Matthias se juntou a elas na mesa.

— A mulher Shu que enfrentamos era mais forte do que eu, Jesper e Wylan juntos.

— Você ouviu direito — disse Jesper. — Mais forte que Wylan.

— Eu fiz minha parte — Wylan contestou.

— Definitivamente fez, mercantezinho. O que era aquela coisa violeta?

— Algo novo no qual venho trabalhando. Se baseia em uma invenção ravkana chamada lumiya. As chamas são quase impossíveis de apagar, mas eu modifiquei a fórmula para que ela queime bem mais quente.

— Tivemos sorte de você estar conosco — disse Matthias com uma mesura sutil que deixou Wylan parecendo satisfeito e totalmente desorientado. — As criaturas eram praticamente invulneráveis a balas.

— Praticamente — disse Nina com um sorriso. — Eles tinham redes. Estavam lá para caçar e capturar Grishas.

Kaz apoiou os ombros na parede.

— Eles estavam usando a *parem*?

Ela sacudiu a cabeça.

— Não. Não acho que fossem Grishas. Eles não demonstraram ter nenhum poder, e não estavam curando suas feridas. Parecia que eles tinham algum tipo de blindagem metálica sob a pele.

Ela falou rapidamente com Kuwei em Shu.

Kuwei murmurou.

— Kherguud. — Todos olharam para ele sem entender nada. Ele suspirou e disse: — Quando meu pai criou a *parem*, o governo a testou em Fabricadores.

Jesper inclinou a cabeça para o lado.

— Só eu acho que seu kerch está melhorando?

— Meu kerch é bom. Vocês que falam rápido demais.

— Tá bom — Jesper falou bem devagar. — Por que seus queridos amigos Shu testaram a *parem* em Fabricadores?

Ele estava esparramado na cadeira, com as mãos repousando sobre os revólveres, mas Inej não acreditou na sua pose relaxada.

— Eles têm mais Fabricadores em cativeiro — disse Kuwei.

— São os mais fáceis de capturar — Matthias explicou, ignorando o olhar azedo de Nina. — Até recentemente, eles recebiam pouco treinamento de combate, e sem a *parem* seus poderes não eram suficientemente adequados à batalha.

— Nossos líderes queriam conduzir mais experimentos — Kuwei prosseguiu. — Mas eles não sabiam quantos Grishas poderiam encontrar…

— Quem sabe se não tivessem matado tantos? — Nina sugeriu.

Kuwei assentiu, sem notar ou ignorando o sarcasmo na voz de Nina.

— Sim. Eles têm poucos Grishas, e usar *parem* encurta a vida de um Grisha. Então eles trazem médicos para trabalhar com os Fabricadores já doentes de *parem*. Eles planejam criar um novo tipo de soldado, o Kherguud. Não sei se tiveram sucesso.

— Acho que posso responder a essa pergunta com um sonoro sim — disse Jesper.

— Soldados modificados com propósitos específicos — disse Nina pensativa. — Antes da guerra, ouvi dizer que tentaram algo parecido em Ravka, reforçar esqueletos, manipular a densidade óssea, implantes de metal. Eles fizeram os experimentos em voluntários do Primeiro Exército. Ah, não faça caretas, Matthias. Com o tempo, seus mestres fjerdanos provavelmente teriam tentado exatamente a mesma coisa.

— Fabricadores lidam com sólidos — disse Jesper. — Metal, vidro, materiais têxteis. Isso parece trabalho de um Corporalki.

Ainda falando a respeito como se não fosse um deles, Inej notou. Todos sabiam que Jesper era um Fabricador. Até mesmo Kuwei tinha descoberto isso no caos que se seguiu à fuga da Corte do Gelo. E ainda assim, Jesper raramente reconhecia seu poder. Ela achava que esse era um segredo dele, para manter conforme desejasse.

— Artesãos trabalham na fronteira entre Fabricadores e Corporalki — disse Nina. — Tive uma professora em Ravka, Genya Safin. Ela poderia ter sido tanto uma Sangradora quanto uma Fabricadora se desejasse. Em vez disso, tornou-se uma grande Artesã. Na verdade, o que está descrevendo é só algum tipo de avanço no trabalho de um Artesão.

Inej não conseguia entender bem.

— Mas vocês estão me dizendo que viram um homem com asas que de alguma forma foram enxertadas em suas costas?

— Não, elas eram mecânicas. Algum tipo de armação de metal e lonas, talvez? Mas eram mais sofisticadas do que simplesmente enfiar um par de asas entre as omoplatas de alguém. Você teria de ligar a musculatura, cavar os ossos para diminuir o peso corporal, em seguida, de alguma forma, compensar a perda de medula óssea, talvez substituir o esqueleto inteiro. O nível de complexidade…

— *Parem* — disse Matthias, suas sobrancelhas de um loiro pálido franzidas. — Um Fabricador usando *parem* poderia dar conta desse tipo de modificação.

Nina se jogou para trás, afastando-se da mesa.

— O Conselho Mercante não fará nada a respeito do ataque Shu? — ela perguntou a Kaz. — Eles têm permissão para simplesmente passear por Kerch e começar a explodir as coisas e sequestrar as pessoas?

— Duvido que o Conselho vá fazer alguma coisa — disse ele. — A menos que os Shu que os atacaram estivessem usando uniformes, o governo Shu Han provavelmente irá negar qualquer tipo de conhecimento do ataque.

— Então eles simplesmente vão se safar?

— Talvez não — disse Kaz. — Passei algum tempo coletando informações nos portos hoje. Aqueles dois navios de guerra Shu? O Conselho das Marés os colocou em doca seca.

As botas de Jesper deslizaram da mesa e acertaram o chão numa pancada.

— O quê?

— Eles recuaram a maré. Toda ela. Usaram o mar para cavar uma nova ilha com os dois navios de guerra encalhados nela. Podem ser vistos virados de lado, as velas se arrastando na lama, bem lá no porto.

— Uma demonstração de força — disse Matthias.

— Em favor dos Grishas ou da cidade? — perguntou Jesper.

Kaz deu de ombros.

— Quem sabe? Mas isso pode fazer com que os Shu sejam um pouco mais cuidadosos ao caçar nas ruas de Ketterdam.

— Será que o Conselho das Marés nos ajudaria? — perguntou Wylan. — Se sabem sobre a *parem*, certamente estão preocupados com o que pode acontecer se ela for parar nas mãos das pessoas erradas.

— Como você poderia encontrá-los? — Nina perguntou amarga. — Ninguém conhece as identidades dos Hidros, ninguém nunca os vê chegando ou saindo de suas torres de observação.

Inej de repente se perguntou se Nina havia tentado conseguir ajuda dos Hidros quando pôs os pés em Ketterdam pela primeira vez, dezesseis anos atrás, uma Grisha arrancada de seu país sem nenhum amigo ou conhecimento da cidade.

— Os Shu não ficarão acuados para sempre. Eles criaram esses soldados por um motivo.

— Foi um gesto inteligente, se pararmos para pensar — disse Kaz. — Os Shu estão maximizando seus recursos. Um Grisha viciado em *parem* não pode sobreviver muito tempo, então os Shu encontraram outra maneira de explorar seus poderes.

Matthias sacudiu a cabeça.

— Soldados indestrutíveis que vivem mais do que seus criadores.

Jesper esfregou a mão na boca.

— E que podem sair e caçar mais Grishas. Juro pelos Santos que um deles nos encontrou pelo cheiro.

— Como isso é possível? — Inej perguntou, apavorada.

— Nunca ouvi falar que os Grishas têm um cheiro específico — disse Nina —, mas acho que é possível. Se os receptores olfativos dos soldados forem aprimorados, talvez sintam um cheiro que as pessoas comuns não conseguem detectar.

— Não acho que esse foi o primeiro ataque — disse Jesper. — Wylan, você se lembra de como aquele Aero estava apavorado na sala de livros raros? E daquele navio mercante que Rotty nos contou?

Kaz assentiu.

— Foi completamente destruído, um grupo de marinheiros foi encontrado morto. Na época, eles pensaram que o Aero da tripulação podia ter se tornado um fora da lei, rompido seu contrato de servidão. Mas talvez ele não tenha desaparecido. Talvez tenha sido capturado. Ele era um dos antigos Grishas do Conselheiro Hoede.

— Emil Retvenko — disse Nina.

— Ele mesmo. Você o conhecia?

— Ouvi falar *sobre* ele. A maioria dos Grishas em Ketterdam sabe da existência uns dos outros. Compartilhamos informações, tentamos ficar de olho uns nos outros. Os Shu devem ter espiões aqui se sabiam onde procurar cada um de nós. Os outros Grishas… — Nina se levantou. Em seguida, agarrou o encosto da cadeira, como se o movimento repentino a tivesse deixado tonta.

Inej e Matthias se levantaram na mesma hora.

— Você está bem? — perguntou Inej.

— Esplêndida — disse Nina com um sorriso pouco convincente. — Mas se outros Grishas em Ketterdam estiverem em perigo…

— Vai fazer o quê? — disse Jesper, e Inej ficou surpresa com a aspereza de sua voz. — Tem sorte de estar viva depois do que aconteceu hoje. Aqueles soldados Shu podem *farejar* a gente, Nina.

Ele se virou para Kuwei.

— Tudo isso é culpa do seu pai.

— Ei — disse Wylan —, pega leve.

— Pega leve? Como se antes as coisas já não fossem ruins o bastante para os Grishas? E se eles nos rastrearem até aqui no Véu Negro? Somos três Grishas aqui.

Kaz bateu os nós dos dedos na mesa.

— Wylan tem razão. Pegue leve. A cidade não era segura antes e continua não sendo segura agora. Então vamos todos ficar ricos o suficiente para nos mudarmos daqui.

Nina colocou as mãos nos quadris.

— Estamos realmente falando sobre dinheiro?

— Estamos falando sobre o trabalho e sobre fazer Van Eck nos pagar.

Inej passou seu braço pelo de Nina.

— Quero saber o que podemos fazer para ajudar os Grishas que ainda estão em Ketterdam. — Ela viu a marreta brilhar quando alcançou o ápice de sua subida. — E também gostaria de saber como faremos Van Eck sofrer.

— Existem problemas maiores do que esses aqui — disse Matthias.

— Não para mim — disse Jesper. — Tenho dois dias para me acertar com meu pai.

Inej ficou na dúvida se havia escutado direito.

— Seu pai?

— Uhum. Reunião de família em Ketterdam — disse Jesper. — Estão todos convidados.

Inej não se deixou enganar pelo tom despojado de Jesper.

— O empréstimo?

A mão dele voltou aos revólveres.

— Exato. Então eu realmente gostaria de saber como pretendemos realizar esse acerto de contas.

Kaz apoiou seu peso na bengala.

— Alguns de vocês já se perguntaram o que eu fiz com todo o dinheiro que Pekka Rollins nos deu?

O estômago de Inej deu um nó.

— Você foi até Pekka Rollins pedir um empréstimo?

— Eu nunca contrairia uma dívida com Rollins. Vendi a ele minha participação no Quinto Porto e no Clube do Corvo.

Não. Kaz havia construído aqueles lugares do nada. Eles eram testemunhos do que ele havia feito pelos Dregs.

— Kaz…

— Onde acham que o dinheiro foi parar? — ele repetiu.

— Armas? — perguntou Jesper.

— Navios? — inquiriu Inej.

— Bombas? — sugeriu Wylan.

— Subornos políticos? — ofereceu Nina. Todos eles olharam para Matthias. — É agora que você nos diz o quanto somos horríveis — ela sussurrou.

Ele deu de ombros.

— Todas as hipóteses parecem escolhas práticas.

— Açúcar — disse Kaz.

Jesper empurrou para ele a tigela de açúcar.

Kaz revirou os olhos.

— Não para o meu café, seu estúpido. Usei o dinheiro para comprar ações de açúcar e colocá-las em contas privadas para todos nós, sob pseudônimos, é claro.

— Não gosto de especulação — disse Matthias.

— Claro que não. Você gosta de coisas que possa ver. Como montes de neve e deuses-árvores benevolentes.

— Ah, aí está! — disse Inej, pousando a cabeça no ombro de Nina e sorrindo para Matthias. — Senti falta desse olhar ameaçador.

— Além disso — disse Kaz —, não dá para chamar de especulação se você conhece o resultado.

— Sabe algo sobre as plantações açucareiras? — disse Jesper.

— Sei algo sobre o fornecimento.

Wylan se endireitou na cadeira.

— Os silos — disse ele. — Os silos no Recife Doce.

— Muito bem, mercantezinho.

Matthias sacudiu a cabeça.

— O que é Recife Doce?

— Uma área logo ao sul do Sexto Porto — disse Inej. Ela se lembrou da visão dos enormes silos fazendo sombra sobre o distrito dos armazéns. Eles tinham o tamanho de pequenas montanhas. — É onde eles guardam melaço, cana cortada, e as plantas de processamento para refinar açúcar. Passamos lá por perto hoje. Aquilo não foi uma coincidência, foi?

— Não — disse Kaz. — Queria que você desse uma olhada no terreno. A maior parte da cana de açúcar vem das Colônias do Sul e de Novyi Zem, mas a próxima colheita será só daqui a três meses. Essa safra já foi colhida, processada, refinada e armazenada nos silos do Recife Doce.

— São trinta silos — disse Wylan. — Meu pai é dono de dez deles.

Jesper assoviou.

— Van Eck controla um terço do fornecimento mundial de açúcar?

— Ele é dono dos *silos* — disse Kaz —, mas só de uma fração do açúcar dentro deles. Ele mantém os silos à sua própria custa, fornece guardas para eles e paga os Aeros que monitoram a umidade dentro dos silos para se certificar de que o açúcar permaneça seco e separado. Os mercadores donos do açúcar pagam a ele uma pequena percentagem sobre cada uma das vendas. Isso acumula rapidamente.

— Tamanha riqueza sob a proteção de um único homem — Matthias considerou. — Se alguma coisa acontecer com aqueles silos, o preço do açúcar...

— Dispararia como um par barato de pistolas de seis tiros — disse Jesper, levantando-se e começando a andar de um lado para o outro.

— O preço dispararia e continuaria subindo — disse Kaz. — E poucos dias atrás passamos a ser donos de ações nas empresas que *não* armazenam açúcar com Van Eck. Neste momento, elas valem o que pagamos por elas. Mas assim que destruirmos o açúcar nos silos de Van Eck...

Jesper saltava na ponta dos pés.

— Nossas ações valerão cinco, talvez dez vezes mais do que valem agora.

— Melhor pensar em vinte vezes.

Jesper assoviou.

— Tá bom pra mim.

— Poderíamos vender com um lucro enorme — disse Wylan. — Ficaríamos ricos da noite para o dia.

Inej pensou em uma escuna elegante, equipada com canhões pesados. Poderia ser dela.

— Trinta milhões de kruges mais ricos? — ela perguntou. A recompensa que Van Eck devia a eles pelo trabalho na Corte do Gelo. Uma que ele nunca tivera a intenção de pagar.

Um sorriso extremamente sutil passou pelos lábios de Kaz.

— Com uma margem de erro de um milhão.

Wylan mordia a unha do polegar.

— Meu pai pode arcar com uma perda. Já os outros mercadores, aqueles que são donos do açúcar nos silos dele, serão afetados de uma maneira pior.

— Verdade — disse Matthias. — E se destruirmos os silos, ficará na cara que o alvo era Van Eck.

— Poderíamos tentar fazer parecer um acidente — sugeriu Nina.

— E parecerá — disse Kaz. — Inicialmente. Graças ao caruncho. Diga a eles, Wylan.

Wylan se inclinou para a frente na cadeira como um aluno ansioso para mostrar que sabe as respostas. Ele tirou um frasco pequeno do bolso.

— Esta versão funciona.

— Isso é um caruncho? — perguntou Inej, examinando-o.

— Um caruncho químico — disse Jesper. — Mas Wylan ainda não deu um nome para ele. Meu voto vai para Wyluncho.

— Isso foi horrível — disse Wylan.

— É brilhante. — Jesper piscou. — Assim como você.

Wylan corou como um lírio rosa.

— Eu também ajudei — Kuwei acrescentou, parecendo carrancudo.

— Realmente — disse Wylan.

— Faremos uma placa em homenagem a ele — disse Kaz. — Diga a eles como funciona.

Wylan pigarreou.

— Tirei a ideia de uma ferrugem de cana. Bastam algumas bactérias para arruinar uma colheita inteira. Uma vez que o caruncho estiver no silo, ele vai continuar cavando para baixo, usando o açúcar refinado como combustível até que o açúcar não passe de uma gosma inútil.

— Ele reage ao açúcar? — perguntou Jesper.

— Sim, a qualquer tipo de açúcar. Até mínimas quantidades se houver umidade o bastante presente, então mantenha-o longe de suor, sangue, saliva.

— Não lamber o Wyluncho. Alguém quer anotar isso?

— Aqueles silos são enormes — disse Inej. — De quanto precisaremos?

— Um frasco desses para cada silo — disse Wylan.

Inej piscou pensando em como o tubo de vidro era pequeno.

— Sério?

— Pequenino e feroz — disse Jesper. Ele piscou de novo. — Que nem *você*.

Nina deu uma gargalhada, e Inej acabou retribuindo o sorriso de Jesper. Seu corpo doía e ela tinha vontade de dormir dois dias seguidos, mas sentia algo se desenrolar dentro de si, aliviando o terror e a raiva da semana anterior.

— O caruncho fará a destruição do açúcar parecer um acidente — disse Wylan.

— Isso mesmo — disse Kaz —, até os outros mercadores descobrirem que Van Eck vinha comprando açúcar que não fica armazenado em seus próprios silos.

Wylan arregalou os olhos.

— *O quê?*

— Usei metade do dinheiro em nossas ações. O resto usei para comprar ações em nome de Van Eck. Bem, em nome de uma holding criada no nome de Alys. Não podia deixar muito óbvio. As ações foram compradas em dinheiro, impossível de rastrear. Mas os certificados autenticando a compra delas serão encontrados carimbados e selados no escritório do advogado dele.

— Cornelis Smeet — disse Matthias, surpreso. — Ardil atrás de ardil. Você não estava apenas tentando descobrir onde ele estava mantendo Alys Van Eck quando entrou em seu escritório.

— Não dá para ganhar fazendo só uma jogada — disse Kaz. — A reputação de Van Eck será abalada quando o açúcar for perdido. Mas, quando as pessoas que o pagam para manter esse açúcar em segurança descobrirem que ele lucrou com suas perdas, eles olharão mais atentamente para aqueles silos.

— E encontrarão os vestígios do caruncho — concluiu Wylan.

— Destruição de propriedade, manipulação dos mercados — murmurou Inej. — Será o fim dele.

Ela pensou em Van Eck gesticulando para seu lacaio pegar a marreta. *Não quero que seja uma fratura limpa. Esmague o osso.*

— Ele poderia ser preso por isso?

— Ele será acusado de violar um contrato e de tentar interferir no mercado — disse Kaz. — Não existe crime maior do que esse de acordo com a lei de Kerch. As sentenças são as mesmas para um assassinato. Ele poderia até ser enforcado.

— Poderia? — sussurrou Wylan. Usou seu dedo para riscar uma linha pelo mapa de Ketterdam, percorrendo todo o caminho do Recife Doce até o Barril, e depois até Geldstraat, onde seu pai morava. Jan Van Eck havia tentado matar Wylan. Ele havia tentado se livrar dele como se fosse um lixo. Mas Inej se perguntou se Wylan estava pronto para condenar seu pai a uma execução.

— Duvido que ele seja enforcado — disse Kaz. — Meu palpite é que eles o prenderão com uma acusação menor. Ninguém no Conselho Mercante vai querer colocar um dos seus na forca. E se ele realmente irá ou não ver o interior de uma cela? — Ele deu de ombros. — Isso depende do talento do advogado dele.

— Mas ele será impedido de fazer comércio — disse Wylan, sua voz um pouco abalada. — Suas empresas serão apreendidas para compensar a perda do açúcar.

— Será o fim do império de Van Eck — disse Kaz.

— E quanto a Alys? — perguntou Wylan.

Mais uma vez, Kaz deu de ombros.

— Ninguém acreditará que aquela garota tinha algo a ver com um esquema financeiro. Alys pedirá o divórcio e provavelmente voltará a morar com os pais. Irá chorar por uma semana, cantar por mais duas, e depois irá superar tudo isso. Talvez acabe casando com um príncipe.

— Ou talvez com seu professor de música — disse Inej, lembrando-se do pânico de Bajan quando soube do sequestro de Alys.

— Só tem um pequeno problema — disse Jesper —, e por *pequeno* eu quero dizer "enorme, evidente, vamos esquecer isso tudo e ir pegar uma cerveja". Os silos. Sei que nossa especialidade é violar o inviolável, mas como é que a gente vai conseguir entrar neles?

— Kaz pode arrombar as fechaduras — disse Wylan.

— Não — disse Kaz —, não posso.

— Não acho que jamais tenha escutado essas palavras saírem dos seus lábios antes — disse Nina. — Diga-as de novo, bem devagar e em bom tom.

Kaz a ignorou.

— São trancas quádruplas. Quatro chaves em quatro fechaduras que devem ser viradas ao mesmo tempo, caso contrário disparam as portas de segurança e um alarme. Posso abrir qualquer fechadura, mas não quatro de uma vez.

— Então como vamos entrar? — Jesper perguntou.

— Os silos também têm uma abertura no topo.

— Aqueles silos têm praticamente vinte andares de altura! Inej vai ter de subir e descer dez deles em uma única noite?

— Não, só um — disse Kaz.

— E aí o quê? — disse Nina, mãos de volta aos quadris e olhos verdes brilhando.

Inej se lembrou dos silos enormes, o espaço entre eles.

— E então — disse Inej —, irei caminhar por uma corda lá no alto, indo de um silo para o outro.

Nina jogou as mãos para o alto.

— E vai fazer tudo isso sem uma rede, imagino?

— Uma Ghafa nunca se apresenta com uma rede — disse Inej indignada.

— E uma Ghafa se apresenta com frequência a uma altura de vinte andares acima de paralelepípedos após ter sido mantida prisioneira por uma semana?

— Haverá uma rede — disse Kaz. — Ela já está em um lugar atrás da casa de guarda, sob uma pilha de sacos de areia.

O silêncio na tumba foi total e repentino. Inej não conseguia acreditar no que estava ouvindo.

— Não preciso de uma rede.

Kaz consultou seu relógio.

— Não te perguntei. Temos seis horas para dormir e nos recuperarmos. Vou pegar suprimentos do Cirkus Zirkoa. Eles estão acampados nos arredores a oeste da cidade. Inej, faça uma lista de tudo o que irá precisar. Nós estaremos nos silos em vinte e quatro horas.

— Nem pensar — disse Nina. — Inej precisa descansar.

— Ela tem razão — Jesper concordou. — Ela está tão magra que poderia ser levada por uma brisa mais forte.

— Estou bem — disse Inej.

Jesper revirou os olhos.

— Você sempre diz isso.

— Não é assim que as coisas são feitas por aqui? — perguntou Wylan. — Dizemos para Kaz que estamos bem e depois fazemos alguma coisa estúpida?

— Somos tão previsíveis assim? — disse Inej.

Wylan e Matthias disseram em uníssono:

— *Sim.*

— Você quer derrotar Van Eck? — perguntou Kaz.

Nina deixou escapar um suspiro irritado.

— É claro.

Kaz passou os olhos pela sala, indo de um rosto para outro.

— Vocês querem? Querem o seu dinheiro? O dinheiro pelo qual lutamos, sangramos e pelo qual quase nos afogamos? Ou vocês querem que Van Eck continue feliz por ter escolhido um bando de zé ninguéns do Barril para sacanear? Porque ninguém mais irá fazê-lo pagar por isso. Ninguém mais se importa com o fato de ele ter nos enganado ou de termos arriscado a vida por nada. Ninguém mais vai consertar as coisas. Então estou perguntando mais uma vez, vocês querem derrotar Van Eck?

— Sim — disse Inej. Ela queria algum tipo de justiça.

— Definitivamente — disse Nina.

— Tô junto com o Wylan nessa — disse Jesper.

Um a um, eles assentiram.

— As apostas aumentaram — disse Kaz. — Considerando a pequena demonstração de Van Eck hoje, cartazes com os nossos rostos devem estar espalhados por toda Ketterdam, e imagino que ele deva estar oferecendo uma bela recompensa. Ele está jogando com sua credibilidade, e quanto antes o destruirmos, melhor. Roubaremos seu dinheiro, sua reputação e sua liberdade numa única noite. Mas isso significa que não podemos parar. Com toda a raiva que está sentindo, esta noite Van Eck terá um jantar requintado e uma noite de sono perturbado em sua cama macia de mercador. Aqueles soldados da *stadwatch* descansarão a cabeça exausta até começarem o próximo turno, perguntando-se se talvez vão ganhar um pouco mais pelas horas extras. Mas *nós não paramos*. O tempo está passando. Podemos descansar quando formos ricos. De acordo?

Mais uma rodada de concordância.

— Nina, há guardas que rondam o perímetro dos silos. Você será a distração, uma ravkana aflita, nova na cidade, procurando trabalho no distrito dos armazéns. Precisa mantê-los ocupados por tempo suficiente para que possamos entrar e para que Inej consiga escalar o primeiro silo. Depois...

— Com uma condição — disse Nina, braços cruzados.

— Isso não é uma negociação.

— No que diz respeito a você, Brekker, tudo é uma negociação. Você provavelmente negociou sua saída do útero. Se vou fazer isso, quero que tiremos os outros Grishas da cidade.

— Esqueça. Não vou fazer caridade para refugiados.

— Então estou fora.

— Ótimo. Você está fora. Ainda receberá a sua parte do dinheiro pelo trabalho na Corte do Gelo, mas não preciso de você nesta equipe.

— Não — disse Inej calmamente. — Mas precisa de mim.

Kaz apoiou a bengala sobre as pernas.

— Parece que todo mundo está formando alianças.

Inej se lembrou do modo como o sol havia destacado o castanho dos olhos de Kaz apenas algumas horas atrás. Agora estavam com a cor de um café que ficou amargo durante o preparo. Mas ela não iria recuar.

— O nome disso é amizade, Kaz.

Seu olhar mudou para Nina.

— Não gosto de ser chantageado.

— E eu não gosto de sapatos que apertam os dedões, mas todos nós precisamos sofrer. Pense nisso como um desafio para seu cérebro monstruoso.

Após uma longa pausa, Kaz disse:

— Estamos falando de quantas pessoas?

— Existem menos de trinta Grishas na cidade até onde eu saiba, tirando o Conselho das Marés.

— E como você gostaria de reuni-los? Entregar panfletos encaminhando-os para uma jangada gigante?

— Existe uma taverna perto da embaixada ravkana. Nós a usamos para deixar mensagens e trocar informações. Posso passar a informação adiante lá. Daí só precisaremos de um barco. Van Eck não pode vigiar todos os portos.

Inej não queria discordar, mas teve de dizer o que estava pensando.

— Acho que pode. Van Eck tem o apoio de todo o poder do governo da cidade. E você não viu a reação dele ao descobrir que Kaz tivera a ousadia de sequestrar Alys.

— Por favor, me diga que ele literalmente espumou de raiva — disse Jesper.

— Foi quase isso.

Kaz mancou até a porta da tumba, encarando a escuridão.

— Van Eck não faria a escolha de envolver a cidade levianamente. É um risco, e ele não assumiria esse risco se não tivesse a intenção de tirar o máximo proveito dele. Ele colocará cada porto e torre de vigilância na costa em alerta total, com ordens para questionar qualquer um que tentar sair de Ketterdam. Ele simplesmente dirá que sabe que os sequestradores de Wylan podem estar planejando tirá-lo de Kerch.

— Tentar tirar todos os Grishas daqui será extremamente perigoso — disse Matthias. — A última coisa que precisamos é que um grupo deles caia nas mãos de Van Eck enquanto talvez ele ainda tenha um estoque de *parem*.

Jesper tocou no punho de seus revólveres.

— Precisamos de um milagre. E possivelmente de uma garrafa de uísque. Ajuda a lubrificar o cérebro.

— Não — disse Kaz bem devagar. — Precisamos de um barco. Um barco que jamais levantaria suspeitas, que Van Eck e a *stadwatch* nunca pensariam em parar. Precisamos de um dos barcos *dele*.

Nina se contorceu até a borda da cadeira.

— A empresa comercial de Van Eck deve ter muitos navios seguindo para Ravka.

Matthias cruzou os braços enormes enquanto ponderava.

— Tirar os refugiados Grishas da cidade em um dos próprios navios de Van Eck?

— Precisaremos de um manifesto de carga forjado e papéis de trânsito — disse Inej.

— Por que acha que eles expulsaram Specht da marinha? — Kaz perguntou. — Ele estava forjando documentos e pedidos de suprimento.

Wylan deu um sorrisinho.

— Mas não é apenas uma questão de alguns documentos. Vamos dizer que haja trinta refugiados Grishas. O capitão de um navio vai querer saber por que trinta pessoas…

— Trinta e uma — disse Kuwei.

— Está realmente acompanhando esta conversa toda? — disse Jesper, incrédulo.

— Um navio para Ravka — disse Kuwei. — Entendo isso muito bem.

Kaz deu de ombros.

— Se vamos roubar um barco, podemos muito bem colocá-lo dentro dele.

— Então serão trinta e um — disse Nina com um sorriso, embora os músculos contraídos da mandíbula de Matthias indicassem que ele não estava nem perto de ficar entusiasmado.

— Certo — disse Wylan, ajeitando um amassado no mapa. — Mas o capitão de um navio vai se perguntar por que trinta e uma pessoas foram adicionadas ao seu manifesto de carga.

— Não se o capitão pensar que está participando de algo secreto — disse Kaz. — Van Eck redigirá com paixão uma carta apelando ao capitão para que use da máxima discrição no transporte desses valiosos refugiados políticos e pedindo a ele que, a todo custo, os mantenha escondidos de qualquer pessoa suscetível a subornos dos Shu – inclusive a *stadwatch*. Van Eck prometerá ao capitão uma recompensa polpuda quando voltar, só para evitar que *ele* tenha qualquer ideia de vender os Grishas. Nós já temos uma amostra da letra de Van Eck. Só precisamos do seu selo.

— Onde ele o guarda? — Jesper perguntou a Wylan.

— No seu escritório. Pelo menos era onde costumava guardá-lo.

— Teremos de entrar e sair de lá sem sermos notados — disse Inej. — E teremos de ser rápidos depois disso. Assim que perceber que seu selo sumiu, Van Eck será capaz de adivinhar o que estamos planejando.

— Nós invadimos a Corte do Gelo — disse Kaz. — Acho que conseguimos lidar com o escritório de um mercador.

— Bem, nós quase morremos invadindo a Corte do Gelo — disse Inej.

— Várias vezes, se me lembro bem — observou Jesper.

— Inej e eu já roubamos um DeKappel de Van Eck. Já conhecemos a planta da casa. Ficaremos bem.

Wylan mais uma vez passou o dedo pela Geldstraat.

— Vocês não tiveram que entrar no cofre do meu pai.

— Van Eck mantém o selo em um cofre? — disse Jesper com uma risada. — É quase como se *quisesse* que nós o roubássemos. Kaz é melhor em fazer amizade com fechaduras de cofre do que com pessoas.

— Vocês nunca viram um cofre como aquele — disse Wylan. — Ele o instalou depois que o DeKappel foi roubado. O cofre tem uma combinação de sete números, os quais ele muda todo dia, e as trancas foram construídas com ferrolhos falsos para confundir os arrombadores de cofres.

Kaz deu de ombros.

— Então, vamos contorná-lo. Vou trocar a sutileza pela praticidade.

Wylan sacudiu a cabeça.

— As paredes do cofre são feitas de uma liga única reforçada com aço Grisha.

— Uma explosão? — Jesper sugeriu.

Kaz ergueu uma sobrancelha.

— Acho que Van Eck notaria isso.

— Uma explosão bem pequena?

Nina fungou.

— Você quer é explodir alguma coisa.

— Na verdade... — disse Wylan, inclinando a cabeça de lado como se ouvisse uma música distante. — Ao amanhecer, não haveria como esconder que estivemos lá, mas se pudermos tirar os refugiados do porto antes de o meu pai descobrir o roubo... Não sei exatamente onde posso conseguir os materiais, mas talvez isso possa funcionar...

— *Inej* — Jesper sussurrou.

Ela se inclinou para a frente, espiando Wylan.

— Isso é cara de quem está tramando algo?

— Possivelmente.

Wylan pareceu voltar à realidade.

— *Não* é. Mas... mas acho que realmente tenho uma ideia.

— Estamos esperando, mercantezinho — disse Kaz.

— O caruncho basicamente é só uma versão mais estável do ácido áurico.

— Sim — disse Jesper. — É claro. E o que isso quer dizer?

— Um corrosivo. Ele gera uma pequena quantidade de calor assim que começa a reagir, mas é incrivelmente potente e volátil. Pode cortar o aço Grisha e praticamente tudo o que não seja vidro de balsa.

— Vidro?

— O vidro e a seiva da balsa neutralizam a corrosão.

— E onde vamos encontrar uma coisa dessas?

— Podemos encontrar um dos ingredientes de que preciso em uma serralheria. Eles usam o material corrosivo para limpar a oxidação dos metais. O outro pode ser mais difícil de encontrar. Precisamos de uma pedreira com um veio de auris ou um composto de haleto semelhante.

— A pedreira mais próxima fica em Olendaal — disse Kaz.

— Isso poderia funcionar. Assim que conseguirmos os dois compostos, devemos ter muito cuidado com o transporte — continuou Wylan. — Na verdade, teremos de ser mais do que cuidadosos. Depois que a reação termina, o ácido áurico é praticamente inofensivo, mas enquanto estiver ativo... Bem, é uma boa maneira de perder as mãos.

— Então — disse Jesper —, *se* obtivermos esses *ingredientes* e conseguirmos transportá-los separadamente, e ativarmos esse ácido áurico, e não perdermos um braço no processo?

Wylan puxou uma mecha de seu cabelo.

— Nós poderíamos atravessar a porta do cofre em questão de minutos.

— Sem danificar o conteúdo dentro dele? — perguntou Nina.

— Com alguma sorte.

— Com alguma sorte — repetiu Kaz. — Já lidei com situações piores. Precisamos descobrir quais navios partem para Ravka amanhã à noite e colocar Specht para trabalhar no manifesto de carga e nos documentos de trânsito. Nina, uma vez que tenhamos escolhido um navio, seu pequeno bando de refugiados chegará às docas sozinho ou precisará da sua ajuda para isso também?

— Não sei o quão bem eles conhecem a cidade — admitiu Nina.

Kaz tamborilou sobre a cabeça da bengala.

— Wylan e eu cuidaremos do cofre. Podemos enviar Jesper para escoltar os Grishas e podemos mapear uma rota para que Matthias possa levar Kuwei para as docas. Mas isso deixa apenas Nina para distrair os guardas e trabalhar na rede para Inej nos silos. A rede precisa de pelo menos três pessoas nela para servir de alguma coisa.

Inej se alongou, girou os ombros gentilmente. Era bom estar entre aquelas pessoas novamente. Ela ficou longe apenas alguns dias, e eles estavam sentados em um mausoléu úmido, mas ainda assim parecia como estar de volta ao lar.

— Eu te disse — Inej concluiu. — Não trabalho com uma rede.

12. Kaz

O planejamento prosseguiu até bem depois da meia-noite. Kaz estava preocupado com as mudanças no plano, e também com a perspectiva de gerenciar o bando de Grishas de Nina. Mas, apesar de não ter demonstrado aos outros, havia elementos desse novo plano que despertavam seu interesse. Era possível que Van Eck concatenasse o que os Shu estavam fazendo e fosse ele mesmo atrás dos Grishas remanescentes na cidade. Eles eram uma arma que Kaz não queria ver no arsenal do mercador.

Mas eles não podiam deixar esse pequeno resgate atrasá-los. Com tantos oponentes e a *stadwatch* envolvida, não podiam se dar a esse luxo. Depois de algum tempo, os Shu parariam de se preocupar com esses navios de guerra em doca seca e com o Conselho das Marés, e os encontrariam no Véu Negro. Kaz queria Kuwei fora da cidade e fora do jogo assim que possível.

Por fim, eles colocaram suas listas e esboços de lado. Os restos da refeição improvisada foram retirados da mesa para evitar atrair os ratos do Véu Negro, e as lamparinas foram apagadas.

Os outros dormiriam. Kaz não podia fazer isso. Ele tinha dito aquilo com convicção. Van Eck tinha mais dinheiro, mais aliados e o apoio do poderio da cidade. Eles não podiam simplesmente ser mais espertos que Van Eck, tinham de ser implacáveis. E Kaz podia ver o que os outros não podiam. Eles haviam vencido a batalha hoje. Planejavam tirar Inej das mãos de Van Eck e fizeram isso. Mas o mercador ainda estava vencendo a guerra.

O fato de Van Eck estar disposto a se arriscar a envolver a *stadwatch* e, por extensão, o Conselho Mercante significava que ele realmente acreditava que era invulnerável. Kaz ainda tinha o bilhete que Van Eck havia mandado marcando o encontro em Vellgeluk, mas ele era uma prova fraca dos esquemas do sujeito. Lembrou-se do que Pekka Rollins havia dito no Palácio Esmeralda, quando Kaz alegou que o Conselho Mercante jamais apoiaria as atividades ilegais de Van Eck. *E quem dirá a eles? Um rato de canal da pior escória do Barril? Não se engane, Brekker.*

Na época, Kaz mal conseguira pensar devido à raiva que sentia cada vez que estava na presença de Rollins. Ela tirava a razão que o guiava, a paciência na qual confiava. Perto de Pekka, ele perdia os contornos de quem era. Não, ele perdia os contornos de quem havia lutado para se tornar. Ele não era o Mãos Sujas ou Kaz Brekker, nem mesmo o tenente casca grossa dos Dregs. Ele era só um garoto motivado por uma chama branca de raiva, uma que ameaçava queimar até as cinzas a pretensão da civilidade que ele mantinha e que havia conquistado a duras penas.

Mas agora, apoiado em sua bengala entre os túmulos do Véu Negro, ele reconhecia a verdade das palavras de Pekka. Não era possível ir à guerra contra um mercador proeminente como Van Eck, a não ser que você fosse um bandido com a reputação mais suja do que a sola da bota de um criado de estábulos. Para vencer, Kaz precisaria nivelar o jogo. Ele mostraria ao mundo o que já sabia: apesar de suas mãos suaves e ternos finos, Van Eck era um criminoso, tão ruim quanto qualquer malandro do Barril. Na verdade pior, porque sua palavra não valia nada.

Kaz não ouviu Inej se aproximar, ele soube apenas quando ela já estava lá, de pé ao lado das colunas destruídas de um mausoléu de mármore branco. Ela havia encontrado sabão para se lavar em algum lugar, e o cheiro úmido do Eil Komedie – aquele toque sutil de forragem e maquiagem de cera – havia sumido. Seu cabelo escuro brilhava na luz da lua, já arrumado em caracóis no pescoço, e seu silêncio era tão completo que ela podia ser confundida com um dos guardiões de pedra do cemitério.

— Por que a rede, Kaz?

Sim, por que a rede? Por que algo que complicaria o ataque aos silos que havia planejado e os deixaria duas vezes mais expostos? *Eu não suportaria ver você cair.*

— É que acabei de passar por um bocado de problemas para recuperar minha aranha. Não fiz isso para que no dia seguinte você pudesse rachar a cabeça.

— Você protege seus investimentos. — Sua voz soou quase resignada.

— Isso mesmo.

— E está saindo da ilha.

Ele devia estar mais preocupado de que ela pudesse adivinhar seu próximo movimento.

— Rotty diz que o velho está ficando inquieto. Preciso ir lá amaciar seu ego.

Per Haskell ainda era o líder dos Dregs, e Kaz sabia que ele gostava das vantagens daquela posição, mas não do trabalho que vinha no pacote. Com Kaz sumido por tanto tempo, as coisas poderiam começar a desandar. Além disso, quando Haskell se irritava, ele gostava de fazer algo estúpido só para lembrar às pessoas quem estava no comando.

— Devíamos ficar de olho na casa de Van Eck também — disse Inej.

— Cuidarei disso.

— Ele terá reforçado a segurança. — O restante permaneceu não dito. Não havia ninguém mais bem equipado para driblar as defesas de Van Eck do que a Espectro.

Ele devia dizer a ela para descansar, dizer que ele mesmo estaria vigiando. Em vez disso, ele assentiu e foi para um dos gondels escondidos nos salgueiros, ignorando o alívio que sentiu quando ela o seguiu.

Depois do ruído estridente da tarde, os canais pareciam mais silenciosos do que de costume, a água calma de um jeito que não parecia natural.

— Você acha que a Aduela Oeste vai voltar ao ritmo normal esta noite? — Inej perguntou, a voz baixa. Ela havia aprendido a cautela de um rato de canal quando se tratava de viajar pelas vias fluviais de Ketterdam.

— Duvido. A *stadwatch* estará investigando, e os turistas não vêm para Ketterdam pela emoção de serem explodidos em pedacinhos. — Várias casas perderão dinheiro. Na manhã do dia seguinte, Kaz suspeitava que os degraus na frente do Stadhall ficariam lotados com os proprietários das casas de prazeres e dos hotéis exigindo respostas. Seria uma cena e tanto. *Ótimo. Deixe os membros do Conselho Mercante se preocuparem com problemas além de Jan Van Eck e seu filho desaparecido.* — Van Eck terá feito algumas mudanças desde que roubamos o DeKappel.

— E agora ele sabe que Wylan está conosco — concordou Inej. — Onde iremos encontrar o velho?

— Na Junta.

Eles não poderiam interceptar Haskell na Ripa. Van Eck vinha mantendo a sede dos Dregs sob vigilância, e agora a *stadwatch* também devia estar rondando o lugar. Pensar nos dos soldados da *stadwatch* revirando seus quartos, remexendo seus poucos pertences, fez a fúria arrepiar a pele de Kaz. A Ripa não era grande coisa, mas Kaz a havia convertido de um prédio ocupado cheio de vazamentos em um lugar onde era possível dormir depois da bebedeira ou ficar fora do alcance dos guardas sem congelar o traseiro com o frio do inverno ou ter o sangue sugado por pulgas no verão. A Ripa era dele, não importa o que Per Haskell pensasse.

Kaz conduziu o gondel para o Zovercanal, na borda oeste do Barril. Per Haskell gostava de receber as pessoas na Pousada Clima Justo na mesma noite, todas as semanas, encontrando-se com seus amigos para jogar cartas e fofocar. De jeito algum ele faltaria naquela noite, não quando seu tenente favorito – seu tenente favorito *desaparecido* – havia brigado com um membro do Conselho Mercante e trazido tantos problemas para os Dregs, não quando ele seria o centro das atenções.

Nenhuma janela dava para a Junta, uma passagem torta que se dobrava entre um cortiço e uma fábrica de souvenirs baratos. Era quieta, fracamente iluminada, e tão estreita que mal dava para chamar de ruela: o lugar perfeito para uma emboscada. Embora não fosse o caminho mais seguro da Ripa para a Pousada Clima Justo, era o mais direto, e Per Haskell jamais resistia a um atalho.

Kaz ancorou o barco próximo a uma pequena passarela, e ele e Inej ocuparam seus lugares nas sombras para aguardar, a necessidade de silêncio compreendida entre eles. Menos de vinte minutos depois, a silhueta de um homem apareceu na luz da lâmpada na boca do beco, uma pena absurda se destacando da coroa de seu chapéu.

Kaz esperou até aquela figura estar quase à sua frente antes de avançar.

— Haskell.

Per Haskell rodopiou, sacando uma pistola do casaco. Moveu-se rapidamente, apesar de sua idade, mas Kaz sabia que ele estaria armado e estava pronto. Ele deu um cutucão rápido no ombro de Haskell com a ponta da bengala, com força suficiente apenas para enviar uma onda de dormência para a sua mão.

Haskell grunhiu e a arma escapou de sua mão. Inej a segurou antes que pudesse atingir o chão e jogou-a para Kaz.

— Brekker — Haskell disse irritado, tentando mexer o braço dormente. — Onde diabos você esteve? E que tipo de vagabundo rouba seu próprio chefe em um beco?

— Não estou te roubando. Só não quero que atire em ninguém antes de termos a chance de conversar. — Kaz devolveu a arma a Haskell pelo punho. O velho a pegou da mão dele, o queixo grisalho empinado de um jeito teimoso.

— Sempre passando dos limites — ele resmungou, enfiando a arma em um bolso da jaqueta xadrez de tecido grosseiro, incapaz de alcançar o coldre com o braço incapacitado. — Tem noção do problema que me trouxe hoje, garoto?

— Tenho. É por isso que estou aqui.

— A Ripa e o Clube do Corvo estão entupidos de *stadwatch*. Tivemos de fechar o lugar todo, e quem sabe quando poderemos começar de novo a trabalhar? O que estava pensando ao sequestrar o filho de um mercador? Foi esse o grande trabalho pelo qual partiu da cidade? Aquele com o qual você supostamente me deixaria rico além dos meus sonhos mais delirantes?

— Não sequestrei ninguém. — Não era estritamente verdade, mas Kaz imaginou que as sutilezas passariam batidas por Per Haskell.

— Então, em nome de Ghezen, o que está acontecendo? — sussurrou furiosamente, saliva voando. — Você levou minha melhor aranha —, disse ele, apontando para Inej. — Meu melhor atirador, minha Sangradora, meu melhor valentão…

— Muzzen morreu.

— Filho da puta — Haskell xingou. — Primeiro Big Bolliger, agora Muzzen. Está tentando estripar minha gangue inteira?

— Não, senhor.

— *Senhor.* No que você se meteu, garoto?

— Van Eck está jogando um jogo rápido, mas ainda estou um passo na frente dele.

— Não é o que parece visto daqui.

— Ótimo — disse Kaz. — É melhor que ninguém nos veja chegando. Muzzen foi uma perda que eu não previ, mas me dê mais alguns dias e não só a polícia largará do seu pé, como seus cofres estarão tão pesados que você poderá encher sua banheira de ouro e nadar nele.

Haskell estreitou os olhos.

— De quanto dinheiro estamos falando?

Aí está, Kaz pensou, observando a ganância no olhar de Haskell, a alavanca funcionando.

— Quatro milhões de kruges.

Haskell arregalou os olhos. A bebedeira e uma vida difícil no Barril tinham amarelado as partes brancas.

— Está tentando me agradar?

— Eu disse que era um grande roubo.

— Não importa a altura da pilha de dinheiro se eu estiver na prisão. Não gosto da polícia se metendo nos meus negócios.

— Nem eu, senhor. — Haskell podia zombar dos modos de Kaz, mas Kaz sabia que o velho apreciava cada gesto de respeito, e o orgulho de Kaz podia aguentar isso. Uma vez que tivesse sua própria parte do dinheiro de Van Eck, não teria mais de obedecer a outra ordem ou acalmar a vaidade de Per Haskell. — Não teria nos metido nisso se não soubesse que sairíamos dessa situação mais imaculados que garotos de coral e mais ricos que os Santos. Tudo o que preciso é de um pouco mais de tempo.

Kaz não pôde deixar de pensar em Jesper negociando com seu pai, e o pensamento não lhe caiu bem. Per Haskell nunca havia se importado com ninguém além de si mesmo e com o próximo copo de cerveja, mas ele gostava de pensar em si mesmo como o patriarca de uma grande família criminosa. Kaz tinha de admitir que nutria certo carinho pelo velho. Ele havia dado a Kaz um lugar para começar e um teto, mesmo que coubesse a Kaz garantir que ele não vazasse.

O velho enganchou os dedões nos bolsos de seu colete, fazendo um grande teatro sobre considerar a oferta de Kaz, mas a ganância de Haskell era mais confiável do que um relógio bem cuidado. Kaz sabia que ele já estava começando a pensar em maneiras de gastar os kruges.

— Tudo bem, garoto — disse Haskell. — Posso te dar um pouco mais de corda para se enforcar. Mas, se eu descobrir que está me passando a perna, você vai se arrepender.

Kaz assumiu uma feição séria. As ameaças de Haskell eram quase tão vazias quanto suas ostentações.

— É claro, senhor.

Haskell bufou.

— Negócio fechado — disse ele. — E a Espectro fica comigo.

Kaz sentiu Inej ficar tensa ao seu lado.

— Preciso dela para o trabalho.

— Use Roeder. Ele é ágil o bastante.

— Não para isso.

Agora Haskell se eriçou, inflando o peito, a safira falsa de seu pino de gravata cintilando na penumbra.

— Viu o que Pekka Rollins está fazendo? Ele acabou de abrir um novo salão de jogos em frente ao Clube do Corvo.

Kaz tinha visto. O Príncipe Kaelish. Outra joia no império de Rollins, um palácio de apostas substanciais enfeitado em verde e dourado como uma ridícula homenagem à pátria de Pekka Rollins.

— Ele está invadindo nosso território — disse Haskell. — Preciso de uma aranha, e ela é a melhor.

— Isso pode esperar.

— Pois eu digo que não pode. Vá até o Gemensbank. Verá meu nome no topo do contrato dela, o que significa que *eu* digo aonde ela vai.

— Entendido, senhor — disse Kaz. — Assim que a encontrar, transmitirei o recado.

— Ela está bem... — Haskell se calou, boquiaberto em descrença. — Ela estava bem aqui!

Kaz se controlou para não rir. Enquanto Per Haskell exibia sua arrogância, Inej tinha simplesmente se ocultado nas sombras e escalado a parede silenciosamente. Haskell procurou por toda a extensão do beco e olhou para os telhados, mas Inej já estava longe.

— Traga-a aqui — Haskell disse furioso. — *Agora mesmo.*

Kaz deu de ombros.

— Acha que eu consigo escalar essas paredes?

— Essa é minha gangue, Brekker. Ela não pertence a você.

— Ela não pertence a ninguém — disse Kaz, sentindo o calor daquela chama branca raivosa. — Mas voltaremos à Ripa muito em breve.

Na verdade, Jesper seria levado para fora da cidade por seu pai, Nina iria para Ravka, Inej estaria em um navio sob seu próprio comando, e Kaz estaria se preparando para se separar de Haskell para sempre. Mas o velho teria seus kruges para o confortar.

— Seu pequeno infeliz arrogante — resmungou Haskell.

— Um infeliz arrogante que está prestes a torná-lo um dos chefes mais ricos do Barril.

— Saia da minha frente, garoto. Estou atrasado para o meu jogo.

— Espero que as cartas estejam quentes. — Kaz se moveu para o lado. — Mas talvez você precise disso. — Ele esticou a mão. Seis balas repousavam em sua palma enluvada. — Em caso de briga.

Haskell tirou a pistola do bolso e abriu o tambor. Estava vazio.

— Seu pequeno... — Então Haskell deu uma risada estridente e arrancou as balas da mão de Kaz, balançando a cabeça. — Você tem o sangue do próprio diabo, garoto. Vá pegar o meu dinheiro.

— E algo mais — murmurou Kaz enquanto inclinava seu chapéu e voltava pela ruela em direção ao gondel.

Kaz continuou atento, relaxando ligeiramente somente quando o barco deslizou para além das fronteiras do Barril e para as águas mais calmas que margeavam o distrito financeiro. Aqui, as ruas estavam quase vazias e a presença da *stadwatch* era mais esparsa. Quando o gondel passou por baixo da Ledbridge, ele vislumbrou uma sombra se separar da balaustrada. Um momento depois, Inej se juntou a ele no barco estreito.

Ele se sentia tentado a voltar com ela para o Véu Negro. Ele mal dormia fazia dias, e sua perna nunca tinha se recuperado completamente do que havia passado na Corte do Gelo. Cedo ou tarde, seu corpo pararia de aceitar ordens.

Como se pudesse ler sua mente, Inej disse:

— Posso dar conta da vigilância. Encontro-o mais tarde na ilha.

Nem pensar. Ela não se livraria dele tão facilmente.

— Quer se aproximar da casa de Van Eck por qual direção?

— Vamos começar na Igreja da Permuta. Podemos ir para o telhado e ficar de olho na casa de Van Eck.

Kaz não ficou entusiasmado ao ouvir isso, mas os levou pelo Beurscanal, passou pelo Mercado e pela fachada ampla do Hotel Geldrenner, onde o pai de Jesper provavelmente roncava alto em sua suíte.

Eles atracaram o gondel perto da igreja. O brilho da luz de uma vela transbordava das portas da catedral principal, sempre aberta e destrancada, dando boas-vindas àqueles que desejassem oferecer orações a Ghezen.

Inej poderia ter escalado as paredes externas sem muito esforço, e Kaz talvez também tivesse conseguido, mas ele não iria se testar numa noite em que sua perna estava gritando a cada passo. Ele precisava de um acesso a uma das capelas.

— Você não precisa subir — disse Inej enquanto eles engatinhavam pelo perímetro e localizavam uma das portas da capela.

Kaz a ignorou e deu conta da fechadura rapidamente. Entraram discretos na câmara escurecida, depois subiram dois lances de escada, as capelas amontoadas umas sobre as outras como um bolo em camadas, cada uma encomendada por uma família mercante de Kerch diferente. Mais uma fechadura e eles escalaram outra escadaria maldita. Essa se retorcia numa espiral estreita até uma escotilha no telhado.

A Igreja da Permuta foi construída sobre o desenho da mão de Ghezen, a vasta catedral localizada na palma da mão, com cinco naves baixas irradiando ao longo dos cinco dedos, cada ponta do dedo terminando em uma pilha de capelas.

Eles subiram as capelas na ponta do mindinho e depois viravam para o telhado da catedral principal. Em seguida, foram até o fim do dedo anelar de Ghezen, seguindo seu caminho ao longo de uma montanha denteada de espigões escorregadios e estreitas espinhas de pedra.

— Por que os deuses sempre gostam de ser idolatrados em lugares altos? — Kaz murmurou.

— Quem busca a grandiosidade é o homem — disse Inej, saltando agilmente como se seus pés conhecessem alguma topografia secreta. — Os Santos ouvem nossas orações onde quer que sejam ditas.

— E as respondem de acordo com o humor do dia?

— O que você quer e o que o mundo precisa são duas coisas que nem sempre estão de acordo, Kaz. Orar e desejar são coisas diferentes.

Mas são igualmente inúteis. Kaz engoliu a resposta. Estava concentrado demais em não despencar para a morte para entrar adequadamente em uma discussão.

Na ponta do dedo anelar, eles pararam e observaram a vista. Na parte sul, podiam ver as espirais mais altas da catedral, o Mercado, a torre brilhante do relógio do Hotel Geldrenner, e a longa faixa do Beurscanal fluindo por baixo da Zentsbridge. Mas se olhassem para o leste, esse telhado em específico lhes dava uma visão direta do Geldstraat, do Geldcanal depois dele, e da casa majestosa de Van Eck.

Era um bom ponto para observar a segurança que Van Eck havia instalado em torno da casa e do canal, mas não daria a eles todas as informações necessárias.

— Teremos que chegar mais perto — disse Kaz.

— Eu sei — disse Inej, retirando uma corda comprida de sua túnica e amarrando-a ao redor dos pináculos do telhado. — Será mais rápido e mais seguro para mim ir sozinha até a casa de Van Eck. Me dê meia hora.

— Você…

— Quando você tiver voltado para o gondel, terei todas as informações que precisamos.

Ele iria matá-la.

— Você me arrastou até aqui para nada.

— Seu orgulho te arrastou até aqui. Se Van Eck notar qualquer coisa errada esta noite, o plano já era. Esse não é um trabalho para duas pessoas e você sabe disso.

— Inej…

— Meu futuro também depende disso, Kaz. Não digo a você como arrombar fechaduras ou bolar um plano. Esta aqui é a minha especialidade, então deixe-me fazer meu trabalho. — Ela puxou a corda com força. — E pense só em todo o tempo que terá para orações e contemplação silenciosa enquanto estiver descendo.

Ela desapareceu por sobre a lateral da capela.

Kaz continuou lá, olhando para o lugar onde ela havia estado segundos antes. Ela o havia enganado. A decente, honesta, devota Espectro tinha sido mais esperta do que ele. Ele se virou para olhar a longa extensão de telhados que teria de atravessar para voltar ao barco.

— Que você e todos os seus Santos sejam amaldiçoados — ele disse para ninguém, depois percebeu que estava sorrindo.

Kaz estava em um estado de espírito decididamente menos descontraído quando desabou cansado no gondel. Ele não se importava com o fato de ter sido descartado, somente odiava o fato de ela estar certa. Ele sabia perfeitamente bem que não estava em condições de tentar se esgueirar pela casa de Van Eck às cegas aquela noite. *Não* era um trabalho para duas pessoas e não era dessa forma que eles agiam. Ela era a Espectro, a melhor ladra de segredos do Barril. Coletar informações sem ser notada era a especialidade dela, não dele. Ele também poderia admitir que se sentia grato por apenas ficar sentado por um momento, esticar a perna enquanto a água batia suavemente nas laterais do canal. Então por que havia insistido em acompanhá-la? Aquele era um pensamento perigoso – o tipo de pensamento que, para começo de conversa, tinha feito Inej ser capturada.

Posso superar isso, Kaz disse a si mesmo. Amanhã à meia-noite, Kuwei estaria saindo de Ketterdam. Em questão de dias, todos receberiam suas recompensas. Inej estaria livre para seguir seu sonho de caçar traficantes de escravos, e ele estaria livre dessa distração constante. Começaria uma nova gangue, uma criada com os membros mais jovens e mortais dos Dregs. Voltaria a se dedicar à promessa que havia feito à memória de Jordie, a tarefa árdua de acabar com a vida de Pekka Rollins aos poucos.

E, mesmo assim, seus olhos continuavam se voltando para o caminho ao lado do canal, sua impaciência crescendo. Ele era melhor do que isso. Esperar era a parte da vida criminosa em que muitas pessoas erravam. Elas queriam agir em vez de aguentar quietas e coletar informações. Queriam saber instantaneamente sem precisar aprender. Às vezes o truque para tirar o melhor proveito de uma situação é simplesmente esperar. Se não gosta do clima, você não corre para o meio da tempestade, você espera até o tempo mudar. Encontra um modo de evitar se molhar.

Brilhante, pensou Kaz. *Então onde diabos ela está?*

Alguns poucos e longos minutos depois, ela saltou silenciosamente para dentro do gondel.

— Conte-me — disse ele enquanto os colocava em movimento pelo canal.

— Alys continua no mesmo quarto no segundo andar. Tem um guarda de vigia do lado de fora da porta dela.

— E o escritório?

— Mesmo local, bem no final no corredor. Ele instalou fechaduras Schuyler em todas as janelas externas da casa.

Kaz deixou escapar um suspiro irritado.

— Isso é um problema? — ela perguntou.

— Não. Uma fechadura Schuyler não impede nenhuma chave-mestra que valha o quanto custa, mas elas consomem tempo.

— Não consegui entendê-las, então tive de esperar um empregado da cozinha abrir a porta dos fundos. — Ele tinha feito um trabalho capenga ensinando-a a abrir fechaduras. Ela poderia dominar uma Schuyler se se dedicasse a isso.

— Eles estavam fazendo entregas — Inej prosseguiu. — Pelo pouco que consegui escutar, eles estão se preparando para uma reunião com o Conselho Mercante amanhã à noite.

— Faz sentido — disse Kaz. — Ele vai interpretar o papel de pai preocupado e irá convencê-los a colocar mais membros da *stadwatch* na busca.

— Eles atenderão o pedido?

— Não têm motivos para negar isso. E todos eles estão recebendo avisos em tempo de varrer para baixo do tapete suas amantes ou qualquer outra coisa que não queiram que seja descoberta numa batida.

— A situação no Barril não será boa.

— Não — disse Kaz enquanto o gondel corria sobre o banco de areia raso que cercava o Véu Negro e entrava na névoa da ilha. — Ninguém quer os mercadores se metendo nos nossos negócios. Alguma ideia de que horas será esse pequeno encontro do Conselho?

— Os cozinheiros estavam cochichando sobre ter que preparar uma mesa completa para o jantar. Pode ser uma boa distração.

— Exatamente. — Aí estavam eles em sua melhor forma, com nada além de trabalho entre eles, trabalhando juntos sem complicações. Ele devia deixar as coisas assim, mas precisava saber. — Você disse que Van Eck não a machucou. Conte-me a verdade.

Eles alcançaram o abrigo sob os salgueiros. Inej manteve os olhos nos galhos brancos pendentes.

— Ele não me machucou.

Eles saíram do gondel, garantindo que ficasse completamente camuflado, e seguiram para a costa. Kaz seguiu Inej, esperando, deixando seu clima mudar. A lua estava começando a se pôr, pintando os túmulos do Véu Negro, um horizonte em miniatura gravado em prata. Sua trança havia se desenrolado em suas costas. Ele se imaginou envolvendo-a em sua mão, esfregando o polegar sobre o padrão do seu trançado. E depois o quê? Ele afastou o pensamento.

Quando estavam apenas a poucos metros do casco de pedra, Inej parou e observou a névoa que envolvia os galhos.

— Ele ia quebrar as minhas pernas — disse ela. — Esmigalhá-las com uma marreta para que nunca se curassem.

Os pensamentos sobre o luar e cabelos sedosos evaporaram em um raio negro de fúria. Kaz viu Inej puxar a manga do antebraço esquerdo, onde um dia houve a tatuagem do Menagerie. Ele fazia muito pouca ideia do que ela havia suportado lá, mas sabia o que era se sentir impotente, e Van Eck tinha conseguido fazê-la se sentir assim novamente. Kaz teria de encontrar uma nova linguagem de sofrimento para ensinar àquele mercador presunçoso e filho da puta.

Jesper e Nina tinham razão. Inej precisava descansar e de uma chance de se recuperar após os últimos dias. Ele sabia como ela era forte, mas também sabia o que ser mantida em cativeiro significava para ela.

— Se não estiver se sentindo bem para o trabalho...

— Estou pronta para o trabalho — disse ela, ainda de costas para ele.

O silêncio entre os dois foi abismal. Ele não podia atravessá-lo. Não podia atravessar a linha entre a decência que ela merecia e a violência que seu caminho demandava. Se tentasse, poderia acabar matando os dois. Podia apenas ser quem ele era de verdade, um garoto sem nenhum conforto para oferecer. Então daria a ela o que podia.

— Vou abrir Van Eck ao meio — disse ele calmamente. — Darei a ele uma ferida que não possa ser costurada, uma da qual ele nunca consiga se recuperar. Do tipo que não pode ser curada.

— Como a que você sofreu?

— Exato. — Era uma promessa. Uma confissão.

Ela respirou fundo. As palavras vieram como uma série de tiros, de fogo rápido, como se ela se ressentisse do próprio ato de falá-las.

— Eu não sabia se você viria.

Kaz não podia culpar Van Eck por isso. Kaz havia construído a dúvida nela com cada palavra fria e cada pequena crueldade.

— Somos sua equipe, Inej. Não deixamos os nossos para trás à mercê da escória mercante. — Não era a resposta que ele queria dar. Não era a resposta que ela queria ouvir.

Quando ela se virou para ele, seus olhos brilhavam de raiva.

— Ele ia *quebrar as minhas pernas* — disse ela, queixo para o alto, o tremor sem disfarces em sua voz. — Você teria ido me buscar mesmo assim, Kaz? Se eu não pudesse escalar uma parede ou andar por uma corda bamba? Se eu não fosse mais a Espectro?

Mãos Sujas não iria. O garoto capaz de realizar esse plano com eles, receber o dinheiro, mantê-los vivos, faria a cortesia de sacrificá-la, acabar com o sofrimento dela e, em seguida, aceitaria suas perdas e seguiria em frente.

— Eu teria ido atrás de você — disse ele, e quando viu o olhar desconfiado que ela lhe lançou, disse de novo. — Eu teria ido atrás de você. E se eu não pudesse andar, rastejaria até você, e não importa o quanto estivéssemos machucados, nós lutaríamos juntos para escapar, facas em punho, pistolas ardendo. Porque é isso que fazemos. Nunca paramos de lutar.

O vento soprou. Os ramos dos salgueiros sussurraram, um som malicioso e fofoqueiro. Kaz manteve os olhos fixos nos dela, viu a lua refletida neles, foices gêmeas de luz. Ela estava certa ao desconfiar. Mesmo dele. Especialmente dele. Desconfiar era o jeito de sobreviver.

Por fim, ela assentiu, abaixando um pouco o queixo. Eles voltaram para a tumba em silêncio. Os salgueiros seguiram murmurando.

13. Nina

Nina acordou bem depois do alvorecer. Como de costume, seu primeiro pensamento consciente foi a *parem*, ela não tinha apetite. O desejo de consumir a droga quase a enlouquecera na noite anterior. A tentativa de usar seu poder durante o ataque dos soldados Kherguud a tinha deixado desesperada por *parem*, e ela havia passado várias horas agitada e inquieta, cavando meias-luas sangrentas nas palmas das mãos.

Ela se sentia podre aquela manhã; mesmo assim, um propósito a fez se levantar mais facilmente da cama. A vontade de usar *parem* tinha ofuscado algo nela, e às vezes Nina temia que a faísca que havia sumido nunca mais fosse voltar. Mas hoje, embora seus ossos doessem, sua pele estivesse seca e sua boca tivesse gosto de cabo de guarda-chuva, ela se sentia *esperançosa*. Inej estava de volta. Eles tinham um trabalho. E ela faria algo bom pelo seu povo. Mesmo que tivesse de chantagear Kaz Brekker a agir como uma pessoa decente para conseguir isso.

Matthias já estava de pé, cuidando de suas armas. Nina se espreguiçou e bocejou, arqueando as costas um pouco mais, satisfeita com o modo como ele observou sua silhueta antes de voltar a prestar atenção com cara de culpado no rifle que estava carregando. *Gratificante*. Ela praticamente tinha se jogado em cima dele no outro dia.

Se Matthias não queria se aproveitar da oferta, ela podia dar um jeito de garantir que ele se arrependeria disso.

Os demais também estavam acordados e ocupados com seus afazeres pela tumba. Todo mundo menos Jesper, que continuava dormindo contente, suas pernas compridas saindo de debaixo do cobertor. Inej preparava chá. Kaz estava sentado à mesa trocando esquemas para lá e para cá com Wylan, enquanto Kuwei observava, dando uma sugestão de vez em quando. Nina tirou uns instantes para estudar aqueles dois rostos Shu um do lado do outro. Os modos e a postura de Wylan eram completamente diferentes, mas era praticamente impossível diferenciar os dois meninos quando estavam parados. *Eu fiz isso*, Nina pensou. Ela pensou no sacolejar das lamparinas do navio na cabine diminuta, nos cachos avermelhados de Wylan desaparecendo sob a ponta de seus dedos para serem substituídos por um punhado de cabelos pretos grossos; seus grandes olhos azuis, assustados, porém teimosamente corajosos, tornando-se cor de mel e mudando de forma. Tinha sido como fazer magia, magia de verdade, o tipo de história que os professores do Pequeno Palácio contavam para tentar fazê-los dormir. E tudo isso era obra dela.

Inej veio se sentar ao lado dela com duas xícaras de chá quente nas mãos.

— Como está se sentindo esta manhã? — ela perguntou. — Consegue comer?

— Acho que não. — Nina se forçou a tomar um gole de chá e depois disse: — Obrigada pelo que fez ontem à noite. Por ficar do meu lado.

— Era a coisa certa a se fazer. Não quero ver mais ninguém sendo forçado a ser escravo.

— Mesmo assim.

— O prazer foi todo meu, Nina Zenik. Pode retribuir do jeito costumeiro.

— Waffles?

— Um monte deles.

— Está precisando deles. Van Eck não a alimentou, não é?

— Não fui particularmente receptiva, mas ele tentou por um tempo.

— E depois?

— Depois decidiu me torturar.

Nina cerrou os punhos.

— Pendurarei as entranhas dele como se fossem bandeirolas de festa.

Inej riu e repousou a cabeça no ombro de Nina.

— Agradeço o pensamento. Sério. Mas essa dívida é minha. — Ela parou. — O medo foi a pior parte. Depois da Corte do Gelo, quase pensei que estava além do medo.

Nina apoiou o queixo sobre o cabelo sedoso de Inej.

— Zoya costumava dizer que o medo é uma fênix. Você pode vê-lo queimar milhares de vezes e mesmo assim ele voltará. — A necessidade de *parem* ressurgia da mesma maneira.

Matthias apareceu na frente delas.

— É melhor irmos logo. Temos pouco mais de uma hora antes de o sol nascer.

— O que você está vestindo exatamente? — perguntou Nina, olhando para a touca de penacho e para o colete vermelho de lã que Matthias usava sobre suas roupas.

— Kaz conseguiu papéis para nós caso sejamos parados no quartel ravkano. Somos Sven e Catrine Alfsson, desertores fjerdanos procurando asilo na embaixada ravkana.

Fazia sentido. Se fossem parados, Matthias jamais conseguiria se passar por ravkano, mas Nina poderia facilmente se fingir de fjerdana.

— E nós somos casados, Matthias? — disse ela, piscando os olhos.

Ele consultou o papel e franziu a testa.

— Acho que somos irmãos.

Jesper se aproximou esfregando os olhos para despertar.

— Nem um pouco esquisito.

Nina franziu o cenho.

— Por que nos transformar em irmãos, Brekker?

Kaz não desviou os olhos do documento que estava examinando.

— Porque foi mais fácil para Specht forjar os papéis dessa maneira, Zenik. Mesmos nomes para os pais, mesmo local de nascimento, e ele estava trabalhando para acomodar seus impulsos nobres no curto prazo.

— Nós não somos nem um pouco parecidos.

— Os dois são altos — Inej palpitou.

— E nenhum de nós tem guelras — disse Nina. — Isso não significa que parecemos parentes.

— Então mude a aparência dele — Kaz disse com frieza.

O desafio nos olhos de Kaz era evidente. Então ele sabia a luta que ela vinha enfrentando. Claro que sabia. Mãos Sujas nunca deixava uma artimanha passar despercebida.

— Não quero ser modificado — disse Matthias. Ela não tinha dúvidas de que ele estava falando a verdade, mas também suspeitava que estivesse tentando salvar o orgulho dela.

— Vocês ficarão bem — disse Jesper, dissipando a tensão. — Basta reduzir os olhares sentimentais a um mínimo e tentar não alisar um ao outro em público.

Ela bem que gostaria.

— Aqui — disse Matthias, entregando a peruca loira que ela havia usado no trabalho com Smeet e mais uma pilha de roupas.

— É melhor que sejam do meu número — Nina disse mal-humorada. Ela ficou tentada a tirar a roupa no meio da tumba, mas pensou que Matthias talvez tivesse uma morte fulminante diante da total indecência daquilo. Ela pegou uma lamparina e marchou para uma das catacumbas laterais para se trocar. Ela não tinha um espelho, mas dava para ver que o vestido era espetacularmente deselegante, que não tinha palavras para descrever o pequeno colete de tricô. Quando ela saiu da passagem, Jesper caiu na risada, Kaz ergueu as sobrancelhas, e até Inej deu um sorriso.

— Pelos Santos — Nina disse amarga. — Qual a dimensão do desastre?

Inej pigarreou.

— Você parece um pouco…

— Encantadora — disse Matthias.

Nina estava a um passo de dizer que não apreciava o sarcasmo quando viu a expressão no rosto dele. Ele parecia alguém que tinha acabado de ganhar uma caixa cheia de filhotinhos.

— Você poderia ser uma donzela no primeiro dia de Roennigsdjel.

— O que é Roennigsdjel? — perguntou Kuwei.

— Algum festival — respondeu Nina. — Não me lembro. Mas tenho certeza de que envolve comer um monte de carne de alce. Vamos, seu grandalhão – é para eu ser sua irmã, então pare de me olhar desse jeito.

— De que jeito?

— Como se eu fosse feita de sorvete.

— Eu não gosto de sorvete.

— Matthias — disse Nina —, não tenho mais tanta certeza se devemos passar tempo juntos.

Mas ela mal conseguiu esconder a satisfação na sua voz.

Pelo visto ela teria de se encher de roupas feias de tricô.

Assim que acabaram seus afazeres no Véu Negro, seguiram pelos canais sentido noroeste, seguindo com os barcos na direção dos mercados matinais perto do Stadhall. A embaixada ravkana ficava na borda do setor governamental, enfiado em uma curva larga no canal que dava para uma grande via. A via já tinha sido um pântano, mas tinha sido aterrada e cercada de tijolos por um construtor com a intenção de usar o local para um grande hotel e local de desfiles. Ele ficou sem fundos antes mesmo de a construção começar. Agora ela abrigava um mercado apinhado de barracas de madeira e carrinhos rolantes que apareciam todas as manhãs e desapareciam todas as noites quando a *stadwatch* vinha fazer a patrulha. Era ali que refugiados e visitantes, novos imigrantes e velhos expatriados vinham para encontrar clientes e rostos familiares. Os poucos cafés por perto serviam pelmeni e arenque salgado, e homens mais velhos se sentavam às mesas do lado de fora, bebendo kvas e lendo suas folhas de notícias ravkanas de semanas atrás.

Quando Nina se viu abandonada em Ketterdam, pensou em procurar proteção na embaixada, mas ficou com medo de que fosse mandada de volta para casa, onde deveria servir no Segundo Exército. Como ela conseguiria explicar que não poderia voltar para Ravka até libertar um drüskelle fjerdano que ajudara a encarcerar sob falsas acusações? Depois daquilo, ela raramente havia visitado Pequena Ravka. Era simplesmente muito doloroso caminhar por essas ruas que se pareciam tanto com sua casa e ao mesmo tempo eram tão diferentes.

Ainda assim, quando vislumbrou a águia dupla dourada dos Lantsov voando sobre o campo azul-claro, seu coração disparou como um cavalo se preparando para um salto. O mercado a lembrava Os Kervo, a agitada cidade que tinha servido como capital de Ravka Oeste antes da unificação – os xales bordados e samovars reluzentes, o cheiro de cordeiro fresco sendo cozido no espeto, os chapéus trançados em lã e placas de estanho desgastadas brilhando sob o sol do amanhecer. Se ela ignorasse as construções estreitas de Kerch com seus telhados inclinados, poderia praticamente fingir que estava em casa. Uma ilusão perigosa. Não havia segurança para ela naquelas ruas.

Saudosa de casa como estava, enquanto Nina e Matthias passeavam entre os mercadores e vendedores ambulantes, algo pequeno e envergonhado dentro dela se retraía diante da aparência antiga daquilo tudo. Até mesmo as pessoas, apegadas ao traje ravkano tradicional, pareciam relíquias de outra época, objetos recuperados das páginas de um conto popular. O ano que havia passado em Ketterdam havia feito isso com ela? Algo mudou o modo como ela via seu próprio povo e os próprios costumes? Não queria acreditar nisso.

Quando Nina deixou aqueles pensamentos de lado, percebeu que ela e Matthias estavam atraindo alguns olhares nada amistosos. Sem dúvida havia algum preconceito contra fjerdanos entre os ravkanos, mas isso era algo diferente. Então ela olhou para Matthias e suspirou. Ele estava com uma expressão preocupada, e, quando parecia preocupado, ele ficava aterrorizante. O fato de ele ter a mesma constituição física do tanque com o qual haviam escapado da Corte do Gelo também não ajudava.

— Matthias — ela murmurou em fjerdano, cutucando seu braço de um jeito que ela torceu para ser amigável e fraternal —, precisa ficar de cara feia para tudo?

— Não estou de cara feia.

— Somos fjerdanos no setor ravkano. Já nos destacamos por isso. Não vamos dar às pessoas outro motivo para pensarem que você está prestes a sitiar o mercado. Precisamos concluir essa tarefa sem atrair nenhuma atenção indesejada. Pense em si mesmo como um espião.

Ele franziu ainda mais o cenho.

— Esse trabalho está abaixo de um soldado honesto.

— Então finja ser um ator. — Ele fez um som de desgosto. — Já foi ao teatro algum vez?

— Existem peças para cada estação em Djerholm.

— Deixe-me adivinhar, eventos sóbrios que duram várias horas e que contam histórias épicas sobre os heróis de outrora.

— Fique sabendo que são muito divertidos. Mas nunca vi um ator que soubesse como segurar sua espada adequadamente.

Nina engasgou com uma risada.

— O que foi? — disse Matthias, perplexo.

— Nada. Sério. Nada. — Outra hora ela explicaria a Matthias o que era uma piada de duplo sentido. Ou talvez não. Ele era tão mais divertido quando estava completamente perdido.

— O que é aquilo? — ele perguntou, apontando para o cobertor de um dos vendedores. Estava cheio de fileiras arrumadas do que pareciam ser paus e lascas de rocha.

— Ossos — disse ela. — Dedos, juntas, vértebras, pedaços quebrados de pulsos. Ossos de Santos. Para proteção.

Matthias recuou.

— Ravkanos carregam ossos humanos consigo?

— Vocês falam com árvores. É uma superstição.

— E as pessoas realmente acreditam que eles vêm de Santos?

Ela deu de ombros.

— São ossos removidos de cemitérios e campos de batalhas. Existem vários assim em Ravka. Se as pessoas querem acreditar que estão carregando o cotovelo de Santo Egmond ou o dedinho de Santa Alina...

— Quem decidiu que Alina Starkov era uma Santa, aliás? — Matthias disse mal-humorado. — Ela era uma Grisha poderosa. Não é a mesma coisa.

— Tem certeza? — disse Nina, começando a ficar exaltada. Uma coisa era ela pensar que os costumes ravkanos pareciam atrasados, outra coisa era Matthias questioná-los. — Estive pessoalmente na Corte do Gelo agora, Matthias. É mais fácil acreditar que aquele lugar foi criado pela mão de um deus ou por um Grisha com dons que seu povo não entendia?

— Isso é completamente diferente.

— Alina Starkov tinha nossa idade quando se tornou uma mártir. Era apenas uma menina e se sacrificou para salvar Ravka e destruir a Dobra das Sombras. Há pessoas no seu país que também a cultuam como uma Santa.

Matthias franziu a testa.

— Não é...

— Se disser "natural", farei você ficar dentuço e com a boca torta.

— Pode realmente fazer isso?

— Garanto que posso tentar. — Ela não estava sendo justa. Ravka era um lar para ela, e ainda era território inimigo para Matthias. Ele pode ter encontrado um meio de aceitá-la, mas pedir a ele que aceitasse uma nação inteira e sua cultura custaria muito mais empenho. — Talvez eu devesse ter vindo sozinha. Pode me esperar no barco.

Ele ficou tenso.

— De jeito nenhum. Não faz ideia do que pode estar esperando por você. Os Shu podem ter capturado seus amigos a esta altura.

Nina não queria pensar nisso.

— Então precisa tentar se acalmar e parecer amistoso.

Matthias sacudiu os braços e relaxou a feição.

— Amistoso, não sonolento. Basta... basta fingir que todo mundo que você cumprimentar é um filhote de gato que você está tentando não assustar.

Matthias se sentiu nitidamente afrontado.

— Animais me amam.

— Ótimo. Finja que são crianças novinhas. Crianças tímidas que irão se mijar de medo se você não for legal.

— Muito bem, vou tentar.

Conforme se aproximavam da tenda seguinte, a mulher idosa que cuidava dela olhou para Matthias com um olhar de suspeita. Nina assentiu encorajando-o.

Matthias abriu um sorriso largo e, de forma melódica, falou em voz alta:

— Olá, pequena amiga!

A mulher passou de desconfiada para desconcertada. Nina decidiu que aquela era uma melhora e tanto.

— Como está se sentindo hoje? — Matthias perguntou.

— Mas hein? — disse a mulher.

— Nada não — Nina disse em ravkano. — Ele estava comentando como as mulheres ravkanas envelhecem com graciosidade.

A mulher deu um sorriso desdentado e olhou Matthias de cima a baixo com apreciação.

— Sempre tive uma queda por fjerdanos. Pergunte a ele se quer brincar de "A Princesa e o Bárbaro" comigo — ela disse, rindo.

— O que ela disse? — Matthias perguntou.

Nina tossiu e segurou seu braço, levando-o para longe dali.

— Disse que você é um rapaz muito simpático, um belo espécime da raça fjerdana. Oh, olha só, são blinis! Faz uma eternidade que não como um blini decente.

— Aquela palavra que ela usou: *babink* — disse ele. — Você já me chamou assim antes. O que significa?

Nina direcionou sua atenção para a pilha de panquecas finíssimas com manteiga.

— Significa docinho.

— Nina...

— Bárbaro.

— Só estava perguntando, não precisa me chamar assim.

— Não, *babink* significa bárbaro. — Matthias olhou de volta para a velha, aquele olhar furioso voltando com força total. Nina agarrou seu braço. Foi como tentar se segurar a um pedregulho. — Ela não estava te insultando! Juro!

— Bárbaro não é um insulto? — ele perguntou, a voz se elevando.

— Não. Bem, sim. Mas não nesse contexto. Ela queria saber se você não aceitaria brincar de "A Princesa e o Bárbaro" com ela.

— É um jogo?

— Não exatamente.

— Então o que é?

Nina não podia acreditar que realmente tentaria explicar aquilo. Enquanto eles continuavam a subir a rua, ela disse:

— Em Ravka, existe uma série popular de histórias sobre, ãhn, um bravo guerreiro fjerdano…

— Mesmo? — Matthias perguntou. — Ele é o herói?

— De certa forma. Ele sequestra uma princesa ravkana…

— Isso jamais aconteceria.

— Na história acontece, e… — ela pigarreou — eles passam um tempo longo se conhecendo. Na caverna dele.

— Ele mora em uma caverna?

— É uma caverna muito legal. Tem peles. Taças com joias. Hidromel.

— Ah — ele disse em aprovação. — Um tesouro escondido, como o de Ansgar, o Poderoso. Eles se tornam aliados depois?

Nina pegou um par de luvas bordadas de outra tenda.

— Gosta destas? Talvez pudéssemos convencer Kaz a vestir algo com flores. Dar uma animada no visual.

— Como a história termina? Eles lutam em alguma batalha?

Nina devolveu as luvas para a pilha, desistindo.

— Eles se conhecem *intimamente*, entendeu?

Matthias ficou boquiaberto.

— Na caverna?

— É que, veja, ele é muito ameaçador, muito viril — Nina prosseguiu. — Mas se apaixona pela princesa ravkana e isso permite que ela o torne alguém civilizado…

— Que ela o torne *civilizado*?

— Sim, mas isso é só no terceiro livro.

— São três livros?

— Matthias, você precisa se sentar?

— Sua cultura é nojenta. A ideia de que um ravkano poderia civilizar um fjerdano…

— Acalme-se, Matthias.

— Talvez eu escreva uma história sobre ravkanas insaciáveis que gostam de ficar bêbadas e tirar suas roupas para avançar de maneira indecorosa sobre fjerdanos desafortunados.

— Isso sim parece uma bela de uma história.

Matthias sacudiu a cabeça, mas ela podia ver um sorriso brotando em seus lábios.

Ela decidiu forçar mais um pouco.

— *Nós* poderíamos brincar — ela murmurou baixo o suficiente para que ninguém em volta deles a escutasse.

— Não poderíamos não.

— Em certo ponto ele dá banho nela.

Matthias quase tropeçou.

— Por que ele...

— Ela está amarrada, então ele precisa.

— Quieta.

— Já está dando ordens. Isso é bem bárbaro da sua parte. Nós poderíamos misturar os papéis. Eu serei o bárbaro e você pode ser a princesa. Mas vai ter que dar muitos suspiros, tremidinhas e mordidas no lábio.

— O que acha de eu morder o *seu* lábio?

— Agora está pegando o espírito, Helvar.

— Você está tentando me distrair.

— Estou sim. E está funcionando. Há dois quarteirões que você não encara alguém com seu jeito ameaçador. E veja só, aqui estamos.

— E agora? — perguntou Matthias, examinando a multidão.

Tinham chegado a uma taverna um tanto quanto decrépita. Um homem se destacava na frente com um carrinho, vendendo os ícones costumeiros e pequenas estátuas de Santa Alina feitas no novo estilo – Alina com o punho erguido, rifle na mão, os corpos dos volcras alados esmagados debaixo de suas botas. Uma inscrição na base da estátua dizia *Rebe dva Volkshiya*, Filha do Povo.

— Posso ajudar? — o homem perguntou em ravkano.

— Saúde ao jovem Rei Nikolai — Nina respondeu em ravkano. — Que seu reinado seja longo.

— Com um coração leve — o homem respondeu.

— E um punho firme — disse Nina, completando o código.

O mascate olhou por sobre o ombro.

— Pegue a segunda mesa à sua esquerda quando entrar. Peça algo se quiser. Alguém virá falar com vocês em breve.

A taverna estava fresca e escura após a claridade da praça, e Nina teve de piscar para enxergar seu interior. O chão estava polvilhado com serragem e, em algumas das pequenas mesas, pessoas estavam reunidas conversando em torno de copos de kvas e pratos de arenque.

Nina e Matthias pegaram seus lugares na mesa vazia.

A porta da taverna se fechou de repente atrás deles. Imediatamente, os outros clientes abandonaram suas mesas, cadeiras batendo no chão, armas apontadas para Nina e Matthias. *Uma armadilha.*

Sem parar para pensar, Nina e Matthias se levantaram e se posicionaram de costas um para o outro, prontos para lutar – Matthias com a pistola em punho e Nina de mãos erguidas.

Do fundo da taverna surgiu uma moça encapuzada, a gola esticada para cobrir a maior parte do seu rosto.

— Rendam-se — disse ela, os olhos castanhos brilhando na luz tênue. — Não há motivo para briga.

— Então por que todas as armas? — Nina perguntou, ganhando tempo.

A garota ergueu a mão e Nina sentiu sua pulsação começar a cair.

— Ela é uma Sangradora! — Nina gritou.

Matthias pegou algo em seu bolso. Nina ouviu um estalo e um som de gás, e no instante seguinte o ar foi tomado por uma névoa vermelha-escura. Wylan havia feito uma bomba-crepúsculo para Matthias? Era uma técnica dos drüskelle para obscurecer o campo de visão de Grishas Sangradores. Na cobertura proporcionada pela névoa, Nina flexionou os dedos, na esperança de que seu poder respondesse. Ela não sentiu nada dos corpos ao seu redor, nenhuma vida, nenhum movimento.

Mas nos limites de sua consciência, ela sentiu algo mais, um tipo de consciência diferente, um bolsão de frio em um lago profundo, um choque estimulante que pareceu acordar suas células. Aquilo soava familiar. Ela havia sentido algo semelhante quando derrubou o guarda na noite em que sequestraram Alys, mas dessa vez era muito mais forte. Tinha forma e textura. Ela se permitiu mergulhar no frio, buscando aquela sensação de vigília cegamente, com avidez, arqueando os braços para a frente em um movimento que era tanto instinto quanto habilidade.

As janelas da taverna explodiram para dentro em uma chuva de vidro. Fragmentos de ossos dispararam pelo ar, crivando de estilhaços os homens armados. *As relíquias dos carrinhos dos vendedores*, Nina compreendeu de repente. De algum modo ela havia controlado os ossos.

— Eles têm reforços! — um dos homens gritou.

— Abram fogo!

Nina se preparou para o impacto das balas, mas, no instante seguinte, sentiu-se ser arrancada do chão. Num momento, estava de pé no chão da taverna, e no outro, suas costas batiam contra as vigas do teto enquanto ela olhava para a serragem lá embaixo. Ao seu redor, os homens que os haviam atacado também estavam pendurados, presos no teto.

Uma jovem parou na porta da cozinha, cabelo negro brilhando num tom quase azul na luz tênue.

— Zoya? — Nina disse engasgada enquanto olhava para baixo, tentando recuperar o fôlego.

Zoya veio para a luz, uma visão em seda safira, suas mangas e bainhas bordadas em densas espirais de prata. Seus olhos de cílios pesadamente pintados se arregalaram.

— Nina? — Zoya perdeu a concentração, e todos eles despencaram um metro no ar antes de ela esticar as mãos para o alto e arremessá-los de volta contra as vigas.

Zoya olhou para Nina admirada.

— Você está viva — disse ela. Seu olhar se voltou para Matthias, que se debatia como a maior e mais raivosa borboleta já alfinetada num painel. — E você fez um novo amigo.

14. Wylan

Wylan não punha os pés num barco daquele tamanho desde que havia tentado deixar a cidade seis meses atrás, e era difícil não se lembrar daquele desastre agora, especialmente quando os pensamentos sobre seu pai seguiam tão frescos na memória.

Mas aquele barco era consideravelmente diferente do que o que ele havia tentado pegar naquela noite. Esse barco estreito fazia o percurso do mercado duas vezes por dia. Ao se dirigir ao porto, estaria lotado com vegetais, gado, o que quer que os fazendeiros estivessem levando para os mercados de rua espalhados pela cidade. Quando criança, ele pensava que tudo vinha de Ketterdam, mas logo aprendeu que, apesar de ser possível achar quase tudo na cidade, muito pouco disso era produzido ali. A cidade recebia seus produtos exóticos – mangas, pitaias, abacaxis pequenos e aromáticos – das Colônias do Sul. Para alimentos mais comuns, eles contavam com as fazendas que cercavam a cidade.

Jesper e Wylan pegaram um barco no sentido oposto, repleto de imigrantes recém-chegados ao porto de Ketterdam e de pessoas à procura de trabalho agrícola em vez dos trabalhos de manufatura oferecidos na cidade. Infelizmente eles embarcaram tão ao sul que todos os lugares já estavam ocupados, e Jesper parecia nitidamente irritado por conta disso.

— Por que não podemos pegar a linha Belendt? — Jesper havia reclamado poucas horas antes. — Ela vai para Olendaal. Os barcos da linha do mercado são imundos e nunca há lugar para se sentar.

— Porque vocês dois chamariam atenção na linha Belendt. Aqui em Ketterdam, ninguém vai reparar em vocês. Isso se Jesper não usar uma daquelas roupas quadriculadas resplandecentes. Mas me dê um bom motivo a não ser a lavoura para um Shu e um zemeni estarem caminhando pelo campo.

Wylan não tinha pensado em quão suspeito ele pareceria andando pela cidade com seu novo rosto. Mas secretamente ele ficou aliviado por Kaz não querer que eles pegassem a linha Belendt. Poderia ter sido mais confortável, mas as memórias teriam sido pesadas demais, justo no dia em que finalmente veria onde sua mãe havia sido enterrada.

— Jesper — Kaz dissera —, mantenha suas armas escondidas e os olhos abertos. Van Eck certamente tem gente de olho em todos os eixos principais de transporte, e não teremos tempo de falsificar uma identificação para Wylan. Pegarei o agente corrosivo em um dos estaleiros do Imperjum. Sua primeira prioridade é encontrar a pedreira e conseguir o outro mineral de que precisamos para fazer o ácido áurico. Vocês só vão até Santa Hilde se houver tempo.

Wylan sentiu o queixo se erguer, o sentimento de teimosia que o dominava.

— Preciso fazer isso. Nunca estive no túmulo da minha mãe. Não vou deixar Kerch sem me despedir.

— Confie em mim, você se importa mais do que ela.

— Como pode dizer isso? Não pensa na sua mãe e no seu pai?

— Minha mãe é Ketterdam. Ela me deu à luz no porto. E meu pai é o lucro. Eu o honro diariamente. Estejam de volta perto do anoitecer ou nem precisam voltar. Nenhum dos dois. Preciso de uma equipe, não de novatos sentimentais. — Kaz entregou a Wylan o dinheiro da viagem. — Certifique-se de que *você* compre as passagens. Não quero Jesper perambulando por aí para tentar a sorte girando a Roda do Makker.

— Estou enjoando dessa música — murmurou Jesper.

— Então aprenda um novo refrão.

Jesper havia simplesmente concordado com a cabeça, mas Wylan notou que as farpas de Kaz ainda doíam. Agora Wylan olhava para Jesper se apoiando na balaustrada, olhos fechados, perfil contornado pelo sol fraco da primavera.

— Não acha que devíamos ser mais cautelosos? — Wylan perguntou, seu próprio rosto afundado na gola do casaco. Eles mal tinham conseguido evitar dois guardas da *stadwatch* quando embarcaram.

— Já saímos da cidade. Relaxe.

Wylan olhou por sobre o ombro.

— Pensei que talvez eles fizessem uma busca no barco.

Jesper abriu um dos olhos e disse:

— E segurar o tráfego? Van Eck já está armando confusão nos portos. Se ele engarrafar os barcos estreitos, aí haverá revolta.

— Por quê?

— Olhe em volta. As fazendas precisam de trabalhadores. As usinas precisam de trabalhadores. Os kerches só irão tolerar inconveniência até certo ponto pelo filho de um homem rico, especialmente quando há dinheiro a ser ganho.

Wylan tentou relaxar e desabotoou o casaco de lã áspera que Kaz havia conseguido para ele.

— A propósito, onde ele consegue todas essas roupas e uniformes? Ele simplesmente tem um guarda-roupa gigante em algum lugar?

— Vem cá.

Wylan se aproximou com cautela. Jesper enfiou a mão em sua gola e a virou, dando um puxão nela para que Wylan pudesse girar ao redor e perceber uma fita azul presa lá.

— É assim que atores marcam suas fantasias — disse Jesper. — Essa aqui pertencia a... Josep Kikkert. Ah, ele nem é ruim, não. Eu o vi na peça "O Louco Fica Com a Noiva".

— Fantasias?

Jesper virou a gola para trás e, ao fazer isso, seus dedos roçaram a nuca de Wylan.

— Uhum. Kaz abriu uma passagem secreta para os aposentos com os guarda-roupas da casa de ópera de Stadlied anos atrás. É onde ele consegue boa parte do que precisa e onde esconde o resto. Isso significa que ele nunca será pego com um uniforme falso da *stadwatch* ou um uniforme doméstico em caso de uma batida.

Wylan achou que a ideia fazia sentido. Ele observou por um tempo o reflexo da luz do sol na água, depois se concentrou na balaustrada e disse:

— Obrigado por ter vindo comigo hoje.

— Kaz não te deixaria ir sozinho. Além disso, te devo uma. Você me acompanhou no encontro com meu pai na universidade, e me ajudou quando ele começou a fazer um monte de pergunta.

— Não gosto de mentir.

Jesper se virou, balançando os cotovelos na balaustrada e olhando para os bancos gramados que se inclinavam sobre o canal.

— Então por que fez isso?

Wylan realmente não sabia por que havia inventado aquela história louca sobre levar Jesper a se meter em um mau investimento. Ele não estava totalmente certo do que dizer quando abriu a boca. Simplesmente não podia aguentar ver Jesper – o Jesper sorridente e confiante – com aquele olhar perdido no rosto, ou a mistura terrível de esperança e medo no olhar de Colm Fahey enquanto aguardava uma resposta do filho. Aquilo lembrava muito a Wylan o jeito que seu próprio pai olhava para ele, na época em que ainda acreditava que Wylan poderia ser curado ou emendado. Ele não queria ver aquela expressão nos olhos do pai de Jesper mudando de preocupação para angústia ou raiva.

Wylan deu de ombros.

— Te salvar está se tornando um hábito. É como um exercício.

Jesper soltou uma gargalhada que fez Wylan olhar desesperadamente por cima do ombro, com medo de chamar atenção.

Mas a alegria de Jesper não durou muito. Ele mudou de posição na balaustrada, esfregou a mão sobre a nuca, brincou com a aba do chapéu. Estava sempre se mexendo, como a peça frouxa de um relógio que funcionava movida por uma energia invisível. Exceto pelo fato de relógios serem simples. Wylan não tinha noção de como Jesper funcionava.

Por fim, Jesper disse:

— Eu devia ter ido vê-lo hoje.

Wylan sabia que ele estava falando de Colm.

— Por que não foi?

— Não faço ideia do que dizer a ele.

— A verdade está fora de cogitação?

— Vamos dizer apenas que preferiria evitá-la.

Wylan voltou a olhar para a água. Havia começado a pensar em Jesper como destemido, mas talvez o fato de ele ser corajoso não significasse que não sentia medo.

— Não pode fugir disso para sempre.

— Quer ver só?

Outra casa de fazenda ficou para trás, pouco mais do que uma forma branca na névoa do início da manhã, lírios e tulipas pontilhando o campo diante dela em constelações fragmentadas. Talvez Jesper conseguisse continuar correndo. Se Kaz continuasse bolando trabalhos milagrosos, talvez Jesper pudesse estar sempre um passo à frente.

— Queria ter trazido flores para ela — disse Wylan —, qualquer coisa.

— Podemos pegar algumas no caminho — disse Jesper, e Wylan sabia que ele estava aproveitando para mudar de assunto. — Você é muito parecido com ela?

Wylan sacudiu a cabeça.

— Eu me lembro dos cachos dela. Eles tinham o tom mais bonito de loiro avermelhado.

— O mesmo tom dos seus — disse Jesper. — De antes.

Wylan sentiu a bochecha corar sem motivo. Afinal, Jesper estava só relatando um fato.

Ele pigarreou.

— Ela gostava de arte e música. Acho que me lembro de sentar no banco do piano com ela. Mas pode ter sido uma babá. — Wylan ergueu os ombros. — Um dia ela ficou doente e foi para o interior para que seus pulmões pudessem se recuperar, e no instante seguinte ela havia partido.

— Não teve funeral?

— Meu pai me disse que ela havia sido enterrada no hospital. Isso foi tudo. Nós simplesmente paramos de falar sobre ela. Ele disse que não valia a pena pensar no passado. Não sei. Acho que ele realmente a amava. Eles brigavam o tempo todo, às vezes a meu respeito, mas também me lembro deles rindo juntos um bocado.

— Tenho dificuldade de imaginar seu pai rindo, ou mesmo sorrindo. A menos que ele esteja esfregando as mãos e gargalhando maniacamente sobre uma pilha de ouro.

— Ele não é mau.

— Ele tentou te matar.

— Não, ele destruiu nosso navio. Me matar teria sido um benefício colateral. — Isso não era inteiramente verdade, é claro. Jesper não era o único tentando se manter um passo à frente de seus demônios.

— Ah, então você está absolutamente certo — disse Jesper. — Nem um pouco mau. Tenho certeza de que ele também teve bons motivos para não te deixar ficar de luto pela sua mãe.

Wylan puxou um fio que se soltava da manga do casaco.

— Não foi cem por cento culpa dele. Meu pai parecia triste a maior parte do tempo. E distante. Foi mais ou menos na mesma época em que percebi que eu… Que eu não era o que ele esperava de mim.

— Quantos anos você tinha?

— Oito, talvez? Eu tinha ficado bom em esconder isso.

— Como?

Wylan deu um sorriso discreto.

— Ele lia para mim ou eu pedia a uma das babás, daí eu memorizava tudo o que eles diziam. Sabia até quando fazer uma pausa e virar as páginas.

— O quanto você conseguia se lembrar?

— Muita coisa. Meio que organizava as palavras como música na minha cabeça. Ainda faço isso às vezes. Digo que não consigo entender a letra de alguém e peço para que a pessoa leia as palavras em voz alta, combino isso com uma melodia. Consigo guardar tudo na cabeça até precisar da informação.

— Imagino que você poderia usar esse talento em contagem de cartas.

— Provavelmente. Mas não farei isso.

— Talentos desperdiçados.

— Olha só quem fala.

Jesper franziu a testa.

— Vamos aproveitar a vista.

Ainda não havia muito para se olhar. Wylan percebeu o quanto se sentia cansado. Não estava acostumado a essa vida de medo, seguindo de um momento de preocupação para o próximo.

Pensou em contar a Jesper como isso tudo havia começado. Seria um alívio abrir o jogo sobre toda essa história vergonhosa? Talvez. Mas uma parte dele queria que Jesper e os outros continuassem acreditando que ele havia deixado a casa do pai com a intenção de se instalar no Barril, que ele havia escolhido aquela vida.

Conforme Wylan ficava mais velho, Jan Van Eck deixava cada vez mais claro que não havia espaço para o filho em sua casa, principalmente depois de seu casamento com Alys. Mas ele não parecia saber o que fazer com Wylan. Ele começou a fazer declarações sobre seu filho, cada uma mais terrível do que a anterior.

Não pode ser enviado para um seminário porque não sabe ler.

Não posso colocá-lo de aprendiz em algum lugar porque podem descobrir que você é defeituoso.

Você é como uma comida que estraga muito fácil. Nem sequer posso guardá-lo em uma prateleira em algum lugar sem você começar a feder.

Então, seis meses atrás, o pai de Wylan o convocou em seu escritório.

— Garanti sua vaga na escola de música de Belendt. Um secretário pessoal foi contratado e o encontrará na escola. Ele cuidará das correspondências e dos negócios além de suas capacidades. É um desperdício ridículo tanto do meu tempo quanto do meu dinheiro, mas preciso aceitar o que é possível na sua área de interesse.

— Por quanto tempo? — Wylan perguntou.

Seu pai deu de ombros.

— Pelo tempo que for necessário para que as pessoas esqueçam que tenho um filho. Ei, não olhe para mim com essa expressão magoada, Wylan. Sou honesto, não cruel. É o melhor para nós dois. Você será poupado da tarefa impossível de tentar assumir o papel de filho de um mercante, e eu serei poupado do embaraço de vê-lo tentar fazer isso.

A maneira que o estou tratando não é mais dura do que a maneira que o mundo irá tratá-lo. Esse era o refrão de seu pai. Quem mais seria tão franco com ele? Quem mais o amava o suficiente para dizer a verdade? Wylan tinha lembranças felizes de seu pai lendo histórias para ele, contos sombrios sobre florestas cheias de bruxas e rios que falavam. Jan Van Eck tinha feito seu melhor para cuidar do filho, e, se ele havia falhado, o defeito era de Wylan, não dele. Seu pai podia soar cruel, mas ele não estava apenas se protegendo ou protegendo o império Van Eck, estava protegendo Wylan também.

E tudo o que ele havia dito fazia perfeito sentido. Não dava para confiar uma fortuna a Wylan porque ele poderia ser facilmente roubado. Wylan não podia ir para uma universidade porque seria alvo de chacota. *É o melhor para nós dois.* A ira de seu pai podia ser desagradável, mas era sua lógica que assombrava Wylan – aquela voz prática e irrefutável que se repetia na cabeça de Wylan sempre que ele pensava em fazer algo novo ou tentava aprender a ler de novo.

Havia doído ser mandado para longe, mas Wylan ainda se mantinha esperançoso. Uma vida em Belendt soava mágica para ele. Ele não sabia muito sobre o lugar, tirando o fato de ser a segunda cidade mais antiga de Kerch e que ficava às margens do rio Droombeld. Mas ele estaria longe dos amigos e dos parceiros de negócios de seu pai. Van Eck era um nome razoavelmente comum e, tão longe de Ketterdam, ser um Van Eck não significaria ser um *daqueles* Van Ecks especificamente.

Seu pai lhe entregou um envelope selado e um pequeno punhado de kruges para gastar na viagem.

— Aqui estão seus documentos de matrícula, e mais dinheiro suficiente para chegar até Belendt. Assim que estiver lá, peça ao seu secretário para ver o tesoureiro. Uma conta foi aberta no seu nome. Também arrumei acompanhantes para viajarem com você no barco.

O sentimento de humilhação corou as bochechas de Wylan.

— Consigo chegar a Belendt.

— Você nunca viajou sozinho para fora de Ketterdam, e essa não é a hora de começar. Miggson e Prior vão a Belendt resolver alguns negócios para mim. Eles irão acompanhá-lo e vão garantir que você se instale com sucesso. Entendeu?

Wylan havia entendido. Ele não tinha capacidade nem de viajar sozinho em um barco para fora da cidade.

Mas as coisas seriam diferentes em Belendt. Ele arrumou uma pequena mala com uma troca de roupa e as poucas coisas de que precisaria antes que suas caixas de pertences chegassem à escola, junto com suas partituras favoritas. Se ele pudesse ler cartas tão bem quanto lia partituras, ele não teria qualquer problema. Quando seu pai parou de ler para ele, a música passou a lhe dar novas histórias, histórias que se revelavam em seus dedos, que ele podia escrever sozinho com cada nota tocada. Ele enfiou a flauta na bolsa, caso quisesse praticar na viagem.

A despedida de Alys tinha sido breve e estranha. Ela era uma garota legal, e era justamente esse o problema. Ela era apenas alguns anos mais velha que Wylan. Ele não sabia ao certo como seu pai poderia caminhar ao lado dela na rua sem sentir vergonha. Mas Alys não parecia se importar, talvez porque perto dela seu pai se tornasse o homem de quem Wylan se lembrava na sua infância: gentil, generoso, paciente.

Mesmo agora Wylan não sabia citar o momento específico em que seu pai havia desistido dele. A mudança tinha sido lenta. A paciência de Jan Van Eck havia sido lentamente corroída como uma placa de ouro sobre um metal mais rudimentar, e, quando ela se foi, era como se o seu pai tivesse se tornado alguém completamente diferente, alguém com muito menos brilho.

— Queria me despedir e desejar-lhe boa sorte — Wylan disse para Alys.

Ela estava sentada no salão, com o terrier cochilando a seus pés.

— Você vai embora? — ela perguntou, tirando os olhos de sua costura e percebendo a mala dele. Ela estava fazendo as bainhas das cortinas. As mulheres de Kerch, inclusive as ricas, não se ocupavam com algo tão frívolo quanto bordado ou tricô. Ghezen era mais bem servido por tarefas que beneficiavam o lar.

— Vou viajar para a escola de música em Belendt.

— Ah, isso é maravilhoso! — Alys havia gritado. — Sinto tanta falta do campo. Você agradecerá tanto pelo ar fresco, e tenho certeza de que fará amigos excelentes. — Ela havia largado a agulha e o beijado em ambas as bochechas. — Acha que volta na época das festas?

— Talvez — disse Wylan, apesar de saber que não voltaria. Seu pai queria que ele desaparecesse, então ele desapareceria.

— Faremos biscoitos de gengibre então — disse Alys. — Você me contará todas as suas aventuras, e logo teremos um novo amigo para brincar.

Ela passou a mão na barriga com um sorriso feliz.

Wylan levou um momento para entender o que ela queria dizer, e então ficou parado ali, segurando a mala, balançando a cabeça, sorrindo mecanicamente enquanto Alys falava sobre seus planos para as férias. Alys estava grávida. Era por isso que seu pai o estava mandando embora. Jan Van Eck teria outro herdeiro, um herdeiro adequado. Wylan se tornara descartável. Ele desapareceria da cidade, encontraria uma ocupação em outro lugar. O tempo passaria e ninguém levantaria uma sobrancelha quando o filho de Alys fosse preparado para ser o líder do império dos Van Ecks. *Pelo tempo que for necessário para que as pessoas esqueçam que tenho um filho.* Aquilo não tinha sido um insulto indolente.

Miggson e Prior chegaram às oito badaladas para levar Wylan ao barco. Ninguém apareceu para uma última despedida, e, quando passou pelo escritório de seu pai, a porta estava fechada. Wylan se recusou a bater e implorar por migalhas de afeto como o terrier de Alys pedindo por comida.

Os homens de seu pai usavam os ternos escuros preferidos por mercadores e pouco conversaram com Wylan na caminhada até o cais. Eles compraram as passagens para a linha que seguia para Belendt, e, assim que embarcaram, Miggson enterrou a cabeça em um jornal enquanto Prior se recostou em seu assento, chapéu inclinado para baixo, olhos semicerrados.

Wylan não sabia se o homem estava dormindo ou o encarando como algum tipo de lagarto sonolento.

O barco estava praticamente vazio àquela hora. As pessoas cochilavam na cabine abafada ou comiam o que haviam trazido para jantar, pães com presunto e garrafas térmicas de café equilibradas no colo.

Sem conseguir dormir, Wylan abandonou o calor da cabine e caminhou até a proa do barco. O ar do inverno estava frio e tinha o cheiro dos matadouros que ficavam nos arredores da cidade. Aquilo revirou o estômago de Wylan, mas logo as luzes diminuiriam e eles estariam em campo aberto. Ele lamentou o fato de não viajarem de dia. Ele gostaria de ter visto os moinhos de vento vigiando seus campos, as ovelhas pastando em suas pastagens. Ele suspirou, tremendo em seu casaco, e ajustou a alça de sua bolsa de couro. Ele devia tentar descansar. Talvez pudesse acordar cedo e ver o sol nascer.

Quando se virou, Prior e Miggson estavam de pé atrás dele.

— Desculpe — disse Wylan. — Eu...

E então as mãos de Prior apertaram sua garganta.

Wylan respirou com dificuldade, ou tentou respirar; o som que veio dele mal lembrava um resmungo. Ele agarrou os pulsos de Prior, mas a pegada do homem era como ferro, a pressão incansável. Ele era tão grande que Wylan podia sentir que estava sendo levemente erguido enquanto Prior o empurrava contra a balaustrada.

Prior tinha uma expressão fria, quase entediada, e Wylan entendeu, enfim, que nunca chegaria à escola em Belendt. Esse nunca fora o plano. Não havia secretário algum. Nenhuma conta em seu nome. Ninguém esperando sua chegada. Os supostos papéis de matrícula em seu bolso provavelmente não diziam nada. Wylan nem tinha se dado ao trabalho de tentar lê-los. Ele iria desaparecer, assim como seu pai sempre havia desejado, e para isso havia contratado aqueles homens. Seu pai, que havia lido para ele dormir à noite, que lhe trouxera chá de lava doce e favo de mel quando estava doente com febre do pulmão. *Pelo tempo que for necessário para que as pessoas esqueçam que tenho um filho.* Seu pai iria apagá-lo do livro-razão, um cálculo errado, um custo que poderia ser expurgado. O cálculo seria corrigido.

A visão de Wylan se encheu de pontos escuros. Ele pensou que podia ouvir música.

— Vocês aí! O que está acontecendo?

A voz parecia vir de longe. Prior afrouxou as mãos muito ligeiramente. Os dedos dos pés de Wylan tocaram o convés do barco.

— Nada demais — disse Miggson, virando o rosto para o estranho. — Só pegamos este moleque aqui bisbilhotando os pertences dos outros passageiros.

Wylan soltou um som sufocado.

— Será que devo procurar a *stadwatch* então? Há dois guardas na cabine.

— Já alertamos o capitão — disse Miggson. — Vamos deixá-lo no posto da *stadwatch* na próxima parada.

— Bem, fico feliz que vocês tenham sido tão atentos. — O homem se virou.

O barco balançou ligeiramente. Wylan não ficaria esperando para ver o que aconteceria em seguida. Deu um encontrão em Prior com toda sua força. Então, antes que acabasse perdendo a coragem, mergulhou por cima da lateral do barco para dentro do canal obscuro.

Ele nadou com toda a velocidade que pôde. Ainda estava tonto e sua garganta doía para valer. Para sua surpresa, ouviu outro som de mergulho e soube na hora que um dos homens tinha vindo atrás dele. Se Wylan aparecesse em algum lugar ainda respirando, Miggson e Prior provavelmente não seriam pagos.

Ele mudou seu curso, fazendo o menor barulho possível, e se forçou a pensar. Em vez de rumar direto para a margem do canal como desejava seu corpo congelado, ele mergulhou por baixo de uma barcaça próxima ao mercado e subiu do outro lado, nadando junto com ela, usando-a como cobertura.

O peso morto de sua bolsa de couro puxava o ombro para trás com força, mas ele não conseguia abandoná-la. *Minhas coisas*, ele pensou sem sentido, *minha flauta*. Ele não parou, nem mesmo quando sua respiração começou a ficar irregular e seus pulmões, dormentes. Ele se forçou a continuar nadando, aumentando o máximo possível a distância entre ele e os capangas de seu pai.

Em determinado momento, entretanto, sua força começou a sumir e ele percebeu que se debatia mais do que nadava. Se não chegasse à margem, iria se afogar. Ele nadou em direção às sombras de uma ponte e arrastou-se para fora do canal, depois se encolheu num canto, ensopado e tremendo de frio. Sua garganta machucada arranhava cada vez que engolia, e, a cada borrifo de água que ouvia, se apavorava pensando que fosse Prior vindo para terminar o trabalho.

Precisava bolar algum tipo de plano, mas era difícil formar pensamentos completos. Ele verificou os bolsos da calça. Ainda tinha os kruges que seu pai havia lhe dado guardados em segurança. Embora o dinheiro estivesse todo molhado, ainda se encontrava perfeitamente bom para ser gasto. Mas para onde Wylan deveria ir agora? Ele não tinha dinheiro suficiente para sair da cidade, e seria facilmente encontrado se o pai enviasse homens atrás dele. Precisava ir para algum lugar seguro, para algum lugar que seu pai não pensaria em procurá-lo. Seus braços e pernas pareciam pesados como chumbo, o frio dando lugar ao cansaço. Estava com medo de que, se fechasse os olhos, não teria vontade de abri-los novamente.

No fim das contas, começou simplesmente a caminhar. Perambulou pela cidade em direção ao norte, para longe dos matadouros, passou por uma área residencial tranquila onde moravam pequenos comerciantes; mais adiante, as ruas se tornaram mais tortuosas e estreitas, até que as casas parecessem se aglomerar sobre ele. Apesar do avançado da hora, havia luzes em cada janela e frente de loja. A música fluía de cafés decrépitos, e ele vislumbrou corpos se apertando uns contra os outros nos becos.

— Alguém te afogou, rapaz? — falou um velho banguela de uma varanda.

— Vou dar uma bela afogada nele! — gritou uma mulher apoiada na escada.

Ele estava no Barril. Wylan tinha passado a vida inteira em Ketterdam, mas nunca tinha visitado aquele lugar. Nunca teve permissão para tal. Nunca teve *vontade*. Seu pai dizia que era um "antro imundo de vício e blasfêmia" e "a vergonha da cidade". Wylan sabia que o lugar era uma rede de ruas escuras e passagens ocultas. Um lugar onde os moradores locais vestiam fantasias e atuavam em encenações indecorosas, onde os estrangeiros se aglomeravam nas ruas buscando entretenimento vil, onde as pessoas iam e vinham como marés. O lugar perfeito para desaparecer.

E assim ele fez, até o dia em que a primeira carta de seu pai chegou.

Num sobressalto, Wylan percebeu que Jesper puxava sua manga.

— Nossa parada é aqui, mercantezinho. É hora de acordar.

Wylan se apressou atrás dele. Eles desembarcaram na doca vazia do Olendaal e caminharam pelo talude até uma pacata vila costeira.

Jesper olhou em volta.

— Este lugar lembra minha casa. Campos que vão até onde os olhos alcançam, silêncio rompido apenas pelo barulho das abelhas, ar fresco. — Ele estremeceu. — É horrível.

Enquanto caminhavam, Jesper o ajudou a colher flores selvagens na lateral da estrada. Quando alcançaram a rua principal, tinham reunido um pequeno e respeitável buquê.

— Imagino que tenhamos de encontrar um caminho para a pedreira — disse Jesper.

Wylan tossiu.

— Não precisamos não, basta uma loja comum.

— Mas você disse a Kaz que o mineral…

— Está presente em vários tipos de tintas e esmaltes. Queria garantir uma razão para vir a Olendaal.

— Wylan Van Eck, você mentiu para *Kaz Brekker*. — Jesper pôs a mão no peito. — E se safou com isso! Você pode me dar aulas?

Wylan se sentiu ridiculamente lisonjeado, até pensar no que aconteceria se Kaz descobrisse. Aí ele se sentiu um pouco como da primeira vez que provou conhaque e acabou vomitando seu jantar em cima dos próprios sapatos.

Eles encontraram um armazém geral no meio do caminho da rua principal e levaram apenas alguns instantes para comprar o que precisavam. Na saída, um homem carregando uma carroça trocou um aceno com eles.

— Estão procurando trabalho, garotos? — perguntou cético. — Nenhum dos dois parece que aguentaria um dia inteiro no campo.

— Você ficaria surpreso — disse Jesper. — Nós combinamos alguns trabalhos perto de Santa Hilde.

Wylan aguardou, nervoso, mas o homem apenas assentiu.

— Vão fazer reparos no hospital?

— Isso — afirmou Jesper.

— Seu amigo aí não é de falar muito.

— Shu — disse Jesper, dando de ombros.

O senhor deu algum tipo de grunhido de concordância e disse:

— Podem subir. Estou indo para a pedreira. Posso levá-los até os portões. Para que as flores?

— Ele tem um amor perto de Santa Hilde.

— Que belo amor, hein?

— Nem me fale. Ele tem um péssimo gosto para mulheres.

Wylan pensou em empurrar Jesper para fora da carroça. De cada lado da rua de terra batida havia o que pareciam ser campos de cevada e trigo, as extensões planas de terra pontuadas ocasionalmente por celeiros e moinhos de vento. A carroça continuou num ritmo rápido. *Rápido demais*, pensou Wylan enquanto sacudiam sobre um barranco profundo. Ele soltou o ar num assovio.

— Chuvas — disse o fazendeiro. — Ninguém teve tempo de colocar areia no chão ainda.

— Tudo bem — disse Jesper com uma careta quando a carroça acertou outro buraco com uma sacolejada de tremer os ossos. — Não preciso mesmo do meu baço inteiro.

O fazendeiro riu.

— Faz bem para você! Desopila o fígado!

Wylan se agarrou na lateral, desejando ter empurrado Jesper para fora da carroça e saltado com ele em seguida. Felizmente, apenas um quilômetro e meio depois, a carroça desacelerou ao se aproximar de dois postes de pedra que marcavam um longo caminho de cascalho.

— Venho até aqui — disse o fazendeiro. — Não é um lugar por onde eu queira passar. Sofrimento demais. Às vezes quando os ventos sopram, você pode ouvi-los, rindo e gritando.

Jesper e Wylan se entreolharam.

— Está dizendo que é mal-assombrado? — perguntou Jesper.

— Imagino que sim.

Agradeceram e desceram aliviados da carroça.

— Quando terminarem por aqui, sigam pela estrada alguns quilômetros — disse o condutor. — Tenho dois acres que ainda precisam ser trabalhados. Cinco kruges por dia e podem dormir no celeiro em vez de ao relento no campo.

— Parece promissor — disse Jesper com um aceno, mas, assim que se viraram para seguir pela rua em direção à igreja, ele resmungou: — Vamos voltar a pé, acho que trinquei uma costela.

Quando o condutor sumiu de seu campo de visão, eles tiraram os casacos e capuzes, revelando os trajes escuros que Kaz havia sugerido que usassem por baixo, e os colocaram atrás de um toco de árvore.

— Diga a eles que foi enviado por Cornelis Smeet — Kaz explicara. — Que quer garantir que o túmulo está sendo bem cuidado para o Senhor Van Eck.

— Por quê? — Wylan havia perguntado.

— Porque se disser que é o filho de Jan Van Eck, ninguém vai acreditar em você.

A estrada estava ladeada por álamos, e, conforme subiam a colina, era possível ver uma construção: três andares de pedra branca, fronteados por escadas baixas e graciosas que levavam a uma porta de entrada arqueada. A estrada era sulcada ordenadamente com cascalho e bordeada por cercas-vivas baixas de teixo de ambos os lados.

— Não parece uma igreja — disse Jesper.

— Talvez seja usada como um monastério ou uma escola? — sugeriu Wylan. Ele ouviu o ruído do cascalho sob seus sapatos. — Jesper, você se lembra bastante de sua mãe?

Wylan tinha visto vários tipos diferentes de sorriso em Jesper, mas o que se espalhou em seu rosto agora era algo novo, lento e tão discreto quanto uma boa jogada. Tudo o que ele disse foi:

— Sim. Ela me ensinou a atirar.

Wylan queria fazer uma centena de perguntas, mas, quanto mais se aproximavam da igreja, menos ele parecia capaz de capturar e sustentar um pensamento. À esquerda do prédio, podia ver uma treliça coberta de glicínias florescentes, o cheiro doce das flores roxas pesadas no ar da primavera. Um pouco além do gramado da igreja e mais à direita, viu um portão forjado em ferro e uma cerca em torno de um cemitério; no centro dele, havia uma figura de pedra – uma mulher, provavelmente Santa Hilde, Wylan supôs.

— Deve ser o cemitério — disse Wylan, apertando as flores com mais força nas mãos. *O que estou fazendo aqui?* Aquela pergunta lhe veio novamente, e de repente ele não sabia a resposta. Kaz estava certo. Aquilo era estúpido, sentimental. Que bem faria ver uma lápide com o nome de sua mãe? Ele nem seria capaz de ler o que estava escrito. Mas eles haviam feito toda a viagem até ali.

— Jesper… — ele começou, mas naquele momento uma mulher vestindo um uniforme cinza virou a esquina empurrando um carrinho de mão cheio de terra.

— *Goed morgen* — ela lhes disse. — Posso ajudar?

— E é de fato uma bela manhã — disse Jesper com suavidade. — Viemos até você dos escritórios de Cornelis Smeet.

Ela franziu a testa e Wylan acrescentou:

— Em nome do estimado Conselheiro Jan Van Eck.

Aparentemente, ela não notou o tremor em sua voz, porque sua sobrancelha relaxou e ela sorriu. Suas bochechas eram redondas e rosadas.

— É claro. Mas confesso que estou surpresa. Senhor Van Eck tem sido tão generoso conosco, mas temos notícias dele muito raramente. Não tem nada de errado, tem?

— De jeito algum! — disse Wylan.

— Apenas uma nova política — disse Jesper. — Mais trabalho para todos.

— E não é sempre assim? — A mulher sorriu de novo. — E vejo que trouxeram flores?

Wylan olhou para o buquê. Ele parecia menor e mais desarrumado do que pensara.

— Nós… Sim.

Ela enxugou as mãos no avental disforme e disse:

— Vou levá-los até ela.

Mas, em vez de virar na direção do cemitério, ela se virou de volta para a entrada. Jesper deu de ombros e eles a seguiram. Enquanto subiam os degraus de pedra, um arrepio frio rastejou pela coluna de Wylan.

— Jesper — ele sussurrou. — As janelas têm barras de ferro.

— Monges agitados? — Jesper sugeriu, mas ele não estava sorrindo.

O salão frontal tinha dois andares de altura; o chão era decorado com azulejos brancos limpos pintados com delicadas tulipas azuis. Não parecia com nenhuma igreja que Wylan já tivesse visto. O silêncio no local era profundo, quase sufocante. Uma grande escrivaninha fora colocada num canto, e sobre ela havia um vaso com a glicínia que Wylan tinha visto do lado de fora. Ele inalou profundamente. O cheiro era reconfortante.

A mulher destrancou um armário grande e procurou algo por um momento, depois removeu um arquivo grosso.

— Aqui está: Marya Hendriks. Como pode ver, está tudo em ordem. Pode dar uma olhada enquanto a limpamos. Da próxima vez, para evitar atrasos, é só nos notificar com antecedência antes de sua visita.

Wylan sentiu um suor gelado brotar de seu corpo. Conseguiu acenar com a cabeça.

A mulher tirou um pesado molho de chaves do armário e destrancou uma das portas azuis-claras que levavam para fora do salão. Wylan a ouviu virar a chave na fechadura do outro lado. Ele colocou as flores silvestres sobre a escrivaninha. Os ramos estavam quebrados. Ele os havia segurado com muita força.

— Que lugar é este? — perguntou Wylan. — O que queriam dizer com *enquanto a limpamos*?

Seu coração batia freneticamente, um metrônomo ajustado para o ritmo errado.

Jesper estava folheando a pasta, seus olhos varrendo as páginas.

Wylan se inclinou sobre ombro dele e sentiu um pânico desesperado e sufocante dominá-lo. As palavras na página eram um rabisco sem sentido, pernas de inseto numa confusão negra. Teve dificuldade para respirar.

— Jesper, por favor — ele implorou, sua voz fraca e débil. — *Leia para mim.*

— Desculpa — Jesper se apressou em dizer. — Esqueci. Eu…

Wylan não conseguia interpretar o olhar de Jesper, se era tristeza, confusão.

— Wylan, acho que sua mãe está viva.

— Isso é impossível.

— Seu pai a internou.

Wylan sacudiu a cabeça. Não podia ser.

— Ela ficou doente. Uma infecção no pulmão…

— Ele diz que ela é vítima de histeria, paranoia e mania de perseguição.

— Ela não pode estar viva. Ele… Ele se casou de novo. E quanto a Alys?

— Acho que ele declarou sua mãe insana e usou isso para abrir caminho para o divórcio. Isso não é uma igreja, Wylan. É um hospício.

Santa Hilde. Seu pai vinha lhes enviando dinheiro todos esses anos, mas não como uma doação de caridade. *Para a manutenção dela. Pelo silêncio deles.* De repente, o lugar começou a girar.

Jesper puxou-o para a cadeira atrás da escrivaninha e apertou as omoplatas de Wylan, impelindo-o a se inclinar para frente.

— Coloque a cabeça entre os joelhos, concentre-se no chão. Respire.

Wylan se forçou a inspirar e expirar, a olhar aquelas tulipas azuis encantadoras em suas caixas de azulejos brancos.

— Conte-me o resto.

— Você precisa se acalmar ou eles vão perceber que há algo errado.

— *Conte-me o resto.*

Jesper suspirou e continuou a folhear os arquivos.

— Filho da puta — disse depois de um minuto. — Existe uma Transferência de Autoridade no arquivo. É uma cópia.

Wylan manteve os olhos no chão azulejado.

— O quê? O que é isso?

Jesper leu:

— *Este documento, testemunhado na visão plena de Ghezen e de acordo com os acordos honestos dos homens, tornado obrigatório pelos tribunais de Kerch e seu Conselho Mercante, impõe a transferência de todos os bens, patrimônios e propriedades legais de Marya Hendriks para Jan Van Eck, para serem administrados por ele até Marya Hendriks estar mais uma vez apta a conduzir seus próprios assuntos.*

— A transferência de todas as propriedades — Wylan repetiu. *O que estou fazendo aqui?*

O que estou fazendo aqui? O que ela está fazendo aqui?

A chave virou na fechadura da porta azul-clara e a mulher – uma enfermeira, Wylan enfim entendeu – voltou por ela, alisando o avental de seu uniforme.

— Estamos prontas para vocês — disse ela. — Ela está tão dócil hoje. Vocês estão bem?

— Meu amigo está se sentindo um pouco fraco. Sol demais depois de todas aquelas horas no escritório do Senhor Smeet. Seria muito trabalho nos trazer um copo de água?

— É pra já! — disse a enfermeira. — Você realmente parece estar meio mal.

Ela desapareceu novamente atrás da porta, seguindo a mesma rotina de destrancar e trancar. *Ela está garantindo que os pacientes não fujam.* Jesper se agachou na frente de Wylan e colocou as mãos em seus ombros.

— Wyl, preste atenção. Você precisa se recompor. Consegue fazer isso? Podemos ir embora. Posso dizer a ela que você não está bem, ou posso ir sozinho. Podemos tentar voltar depois…

Wylan respirou profundamente pelo nariz, estremecendo. Não conseguia entender o que estava acontecendo, não conseguia entender a extensão daquilo. *Então, faça uma coisa de cada vez.* Era uma técnica que um de seus tutores havia lhe ensinado para tentar evitar que ele ficasse sobrecarregado com a leitura de uma página. Não havia funcionado, especialmente quando seu pai ficava em cima dele, mas Wylan tinha conseguido aplicar a técnica em todos os lugares. *Uma coisa de cada vez. Levante-se.* Ele se levantou. *Você está bem.*

— Estou bem — disse ele. — Não vamos embora.

Era a única coisa da qual tinha certeza.

Quando a enfermeira voltou, ele aceitou o copo de água, agradeceu-a e bebeu. Então ele e Jesper a seguiram pela porta azul-clara. Não conseguiu reunir forças para pegar as flores silvestres murchas espalhadas sobre a mesa. *Uma coisa de cada vez.*

Eles passaram por portas trancadas, algum tipo de sala de exercício. De algum lugar, ouviu gemidos. Numa sala ampla, duas mulheres estavam jogando o que parecia ser um jogo de *ridderspel.*

Minha mãe está morta. Ela está morta. Mas nada dentro dele acreditava nisso. Não mais.

Por fim, a enfermeira os conduziu até uma varanda envidraçada localizada no lado oeste do prédio para que ela pudesse aproveitar todo o calor dos raios do sol. Havia toda uma parede composta de janelas e através dela dava para ver o entorno verde do gramado do hospital, o cemitério ao longe. Era um aposento lindo, com piso azulejado impecável. Uma tela com o começo de uma paisagem emergindo dela se apoiava num cavalete junto à janela. Uma lembrança voltou à memória de Wylan: sua mãe de pé diante de um cavalete no jardim dos fundos da casa em Geldstraat, o cheiro de óleo de linhaça, escovas limpas em um copo vazio, seu olhar pensativo avaliando as linhas da casa de barco e do canal além dela.

— Ela pinta — Wylan disse monotônico.

— O tempo todo — a enfermeira disse animada. — Uma artista e tanto a nossa Marya.

Havia uma mulher sentada numa cadeira de rodas, com a cabeça inclinada como se lutasse para não adormecer, cobertores amontoados sobre os ombros estreitos. Seu rosto era enrugado, seu cabelo tinha um tom de âmbar desbotado, rajado de cinza. *A cor do meu cabelo*, Wylan percebeu, *quando eu ficava no sol e ele acabava desbotando.* Ele sentiu uma onda de alívio. Essa mulher era velha demais para ser sua mãe. Mas então ela ergueu o queixo e seus olhos se abriram. Tinham um tom de avelã, claros, puros, inalterados, não enfraquecidos.

— Você tem visitas, Senhora Hendriks.

Os lábios de sua mãe se moveram, mas Wylan não conseguiu ouvir o que ela disse.

Ela os olhou com um olhar penetrante. Então sua expressão vacilou, tornou-se vaga e questionadora enquanto a certeza abandonava seu rosto.

— Eu… Eu o conheço?

A garganta de Wylan doeu. *Você me reconheceria*, ele se perguntou, *se eu ainda parecesse com seu filho?* Ele conseguiu sacudir a cabeça.

— Nós nos conhecemos… muito tempo atrás — disse ele. — Quando eu era só uma criança.

Ela murmurou algo e olhou para o gramado.

Wylan se virou para Jesper sem saber o que fazer. Não estava pronto para aquilo. Sua mãe era um corpo há muito enterrado, pó debaixo da terra.

Gentilmente, Jesper o conduziu até a cadeira em frente a Marya.

— Temos uma hora antes de precisarmos ir embora — ele disse calmamente. — Fale com ela.

— Sobre o quê?

— Lembra-se do que disse a Kaz? Não sabemos o que pode acontecer a seguir. Isso é tudo que temos. — Então ele se levantou e cruzou o aposento até onde a enfermeira arrumava as tintas. — Diga-me uma coisa, senhorita… sinto-me envergonhado de dizer que não guardei seu nome.

A enfermeira sorriu, suas bochechas redondas e vermelhas como maçãs do amor.

— Betje.

— Um nome encantador para uma garota encantadora. Senhor Smeet me pediu para dar uma olhada em todas as instalações enquanto estivermos aqui. Se importaria de me levar para um rápido passeio?

Ela hesitou olhando para Wylan.

— Ficaremos bem aqui — Wylan disse com uma voz que soou muito alta e muito emotiva aos seus ouvidos. — Só vou repassar algumas perguntas rotineiras. Tudo parte da nova política.

A enfermeira piscou para Jesper.

— Bem, então acho que podemos dar uma olhada rápida por aí.

Wylan estudou sua mãe, seus pensamentos um ruído discordante de acordes mal tocados. Eles haviam cortado seu cabelo curto. Ele tentou imaginá-la mais nova, com o belo vestido de lã preto digno da esposa de um mercador, o laço branco amarrado junto ao colarinho, os cachos grossos e vibrantes, arrumados por uma criada em um caracol de tranças.

— Oi — ele se esforçou para dizer.

— Veio aqui por causa do meu dinheiro? Não tenho nenhum dinheiro.

— Eu tampouco — Wylan disse com a voz fraca.

Ela não era exatamente familiar, mas havia algo no modo como inclinava a cabeça, a maneira como se sentava, sua coluna ainda ereta. Como se estivesse no piano.

— Gosta de música? — ele perguntou.

Ela assentiu.

— Sim, mas não tem muita música por aqui.

Ele tirou a flauta de sua camisa. Havia viajado o dia todo com ela enfiada junto ao peito como algum tipo de segredo, e ela ainda estava quente do contato com seu corpo. Havia planejado tocá-la ao lado do túmulo como algum tipo de idiota. Como Kaz teria rido dele.

As primeiras notas saíram trêmulas, mas depois ele conseguiu controlar a respiração. Encontrou a melodia, uma canção simples, uma das primeiras que havia aprendido. Por um momento, parecia que ela tentava se lembrar onde a havia escutado. Em seguida, simplesmente fechou os olhos para apreciá-la.

Quando terminou, ela disse:

— Toque algo alegre.

Então ele tocou uma canção folclórica kaelish, depois uma canção kerch de marujos que ficava melhor com uma flauta de metal. Ele tocou cada música que veio à sua cabeça, mas nada pesaroso, nada triste. Ela não falou, embora ocasionalmente ele a visse bater os dedos no ritmo da música e mover os lábios como se soubesse a letra.

Quando terminou, colocou a flauta no colo.

— Há quanto tempo está aqui?

Ela ficou em silêncio.

Ele se inclinou para frente, procurando alguma resposta naqueles olhos castanhos vagos.

— O que eles fizeram com você?

Ela pousou uma mão gentil na bochecha dele. Sua palma estava fria e seca.

— O que eles fizeram com você? — Ele não soube dizer se era realmente uma pergunta ou se ela estava apenas repetindo as palavras dele.

Wylan sentiu a pressão dolorosa do choro em sua garganta e lutou para engoli-lo.

A porta foi aberta.

— Bem, e aí, tiveram uma boa visita? — disse a enfermeira quando entrou.

Wylan enfiou a flauta na camisa rapidamente.

— Sem dúvida — disse ele. — Tudo parece estar na mais perfeita ordem.

— Vocês dois parecem jovens demais para esse tipo de trabalho — disse ela, se engraçando com Jesper.

— Poderia dizer o mesmo sobre você — ele respondeu. — Mas você sabe como funciona o esquema, os novos empregados ficam presos às tarefas mais servis.

— Voltarão em breve?

Jesper piscou.

— Nunca se sabe. — Ele acenou para Wylan. — Temos um barco para pegar.

— Diga adeus, Senhora Hendriks! — pediu a enfermeira.

Os lábios de Marya se moveram, mas dessa vez Wylan estava perto o bastante para ouvir o que ela murmurou. *Van Eck.*

Na saída do hospital, a enfermeira não parava de conversar com Jesper. Wylan caminhou atrás deles. Seu coração doía. O que seu pai havia feito a ela? Ela realmente estava louca? Ou simplesmente haviam subornado as pessoas certas para que elas dissessem que sim? Ele a havia drogado?

Jesper olhou para Wylan uma vez enquanto a enfermeira tagarelava, seus olhos cinza preocupados.

Estavam quase na porta azul-claro quando a enfermeira disse:

— Gostaria de ver as pinturas dela?

Wylan parou bruscamente. Ele assentiu.

— Acho que seria muito interessante — disse Jesper.

A mulher os conduziu de volta pelo caminho por onde tinham vindo e abriu a porta do que parecia ser um armário.

Wylan sentiu os joelhos se dobrarem e teve de se agarrar à parede para manter o equilíbrio. A enfermeira sequer notou, continuava falando sem parar.

— As tintas são caras, obviamente, mas parecem dar tanto prazer a ela. Este é só o último lote. A cada seis meses, mais ou menos, temos de colocá-las no lixo. Não há espaço para elas.

Wylan teve vontade de gritar. O armário estava lotado de pinturas – paisagens, diferentes vistas do jardim do hospital, um lago no sol e na sombra, e lá, repetido diversas vezes, estava o rosto de um garotinho com cachos avermelhados e olhos azuis brilhantes.

Ele deve ter feito algum tipo de barulho, porque a enfermeira se virou para ele.

— Oh, querido — ela disse para Jesper —, seu amigo ficou pálido outra vez. Que tal tomar um estimulante?

— Não, não — disse Jesper, passando o braço em volta de Wylan. — Mas realmente temos de ir. Foi uma visita muito esclarecedora.

Wylan não registrou a caminhada pela via ladeada por cercas-vivas de teixo, nem prestou atenção quando recuperaram seus casacos e capuzes atrás do toco de árvore perto da estrada principal.

Só conseguiu voltar a falar quando estavam na metade do caminho de volta para a doca.

— Ela sabe o que ele fez com ela. Sabe que ele não tem direito de roubar o dinheiro dela, a vida dela. — *Van Eck*, ela havia dito. Ela não era Marya Hendriks, ela era Marya Van Eck, uma esposa e mãe que teve seu nome e sua fortuna arrancados. — Lembra quando eu disse que ele não era uma pessoa má?

As pernas de Wylan falharam e ele caiu sentado, bem ali no meio da estrada, e não conseguiu se importar com isso porque as lágrimas estavam vindo com tudo e não havia mais como impedi-las. Os soluços irrompiam de seu peito em surtos feios e irregulares. Ele odiava o fato de Jesper vê-lo chorar, mas não havia nada que pudesse fazer, não quanto às lagrimas ou nada daquilo. Escondeu o rosto nos braços, cobrindo a cabeça como se pudesse desaparecer, caso desejasse com força o bastante.

Ele sentiu Jesper apertar seu braço.

— Está tudo bem — disse Jesper.

— Não, não está.

— Tem razão, não está. É horrível, e eu gostaria de amarrar seu pai em um campo estéril e deixar os abutres comê-lo.

Wylan sacudiu a cabeça.

— Você não entende. Fui eu. Eu causei isso. Ele queria uma nova esposa. Queria um herdeiro. Um herdeiro de verdade, não um idiota que mal sabe soletrar o próprio nome. — Ele tinha oito anos quando sua mãe foi mandada para longe. Ele não precisava mais imaginar quando foi que seu pai havia desistido dele.

— Ei — disse Jesper, sacudindo-o. — *Ei.* Seu pai poderia ter feito muitas escolhas diferentes quando descobriu que você não sabia ler. Diabos, ele poderia ter dito que você era cego ou que tinha problemas de visão. Melhor ainda, ele podia ter simplesmente ficado feliz por ter um filho gênio.

— Não sou um gênio.

— Você é tapado para um monte de coisas, Wylan, mas não é burro. E se ouvir você se chamando de idiota outra vez, vou dizer a Matthias que você tentou beijar Nina. De língua.

Wylan limpou o nariz com a manga da camisa.

— Ele nunca vai acreditar nisso.

— Então direi a Nina que tentou beijar Matthias. De língua. — Ele suspirou. — Ouça, Wylan. Pessoas normais não aprisionam suas esposas em hospícios. Eles não deserdam seus filhos só porque não tiveram o filho que queriam. Acha que meu pai queria um filho desordeiro como eu? Você não causou isso. Isso aconteceu porque seu pai é um lunático vestindo um terno chique.

Wylan pressionou a base das mãos sobre os olhos inchados.

— Tudo isso é verdade, eu sei, mas nada disso faz eu me sentir melhor.

Jesper deu outra sacudida em seu ombro.

— Bem, e que tal isso? Kaz vai destruir a maldita vida do seu pai.

Wylan estava a ponto de dizer que isso também não ajudava quando pensou duas vezes. Kaz Brekker era a criatura mais brutal e vingativa que Wylan já havia encontrado, e ele havia jurado que acabaria com Jan Van Eck. O pensamento pareceu água fria cascateando sobre o sentimento quente e vergonhoso de desamparo que vinha carregando havia tanto tempo. Nada poderia consertar isso, jamais. Mas Kaz poderia prejudicar para valer a vida de seu pai. E Wylan seria rico. Poderia tirar a mãe daquele lugar. Eles poderiam ir para um lugar caloroso. Poderia colocá-la em frente a um piano, colocá-la para tocar, levá-la para algum lugar cheio de cores brilhantes e belas melodias. Poderiam ir para Novyi Zem. Poderiam ir para qualquer lugar. Wylan ergueu a cabeça e limpou as lágrimas.

— Na verdade, ajuda muito.

Jesper sorriu.

— Imaginei que sim. Mas se não entrarmos naquele barco de volta para Ketterdam, nada de vingança justa.

Wylan se levantou, de repente cheio de vontade de voltar para a cidade e ajudar Kaz a realizar seu plano. Ele havia ido relutante para a Corte do Gelo. Havia ajudado Kaz de má vontade. Porque, durante tudo isso, ele acreditava que merecia o desprezo de seu pai, e agora podia admitir que em algum lugar, em algum lugar lá no fundo, esperava que ainda pudesse haver um caminho de volta para as boas graças de seu pai. Bem, seu pai podia ficar com as boas graças e ver o que ele havia conseguido com elas quando Kaz Brekker tivesse terminado com seu plano.

— Vamos — disse ele. — É hora de roubar todo o dinheiro do meu pai.

— O dinheiro não é seu?

— Verdade, então é hora de roubá-lo de volta.

Eles partiram em ritmo acelerado.

— Adoro uma vingancinha justa — disse Jesper. — Desopila o fígado!

15. Matthias

Uma multidão havia se reunido do lado de fora da taverna, atraída pelos sons de vidro quebrando e confusão. Zoya baixou Nina e Matthias de um modo não muito gentil até o chão, e eles foram conduzidos rapidamente para os fundos da taverna, cercados por um pequeno grupo de homens armados. O restante permaneceu na taverna para oferecer as devidas explicações para o fato de um monte de ossos terem simplesmente voado pelo mercado e estilhaçado as janelas da casa. Matthias não sabia se tinha entendido o que havia acontecido. Nina havia controlado aquelas relíquias falsas de Santos? Tinha sido algo completamente diferente? E por que eles foram atacados?

Matthias pensou que sairiam em uma ruela, mas, em vez disso, desceram uma série de escadas de aparência antiga e entraram em um túnel úmido. *O velho canal*, Matthias percebeu enquanto subiam em um barco que passava silencioso pela escuridão. Ele havia sido pavimentado, mas não totalmente preenchido. Estavam viajando por baixo da avenida ampla que ficava na frente da embaixada.

Alguns minutos depois, Zoya os levou por uma escada estreita de metal para dentro de uma sala vazia com um teto tão baixo que Matthias teve de se abaixar.

Nina disse algo para Zoya em ravkano e depois traduziu a resposta de Zoya para Matthias.

— É uma semissala. Quando a embaixada foi construída, eles criaram um piso falso um metro e meio acima do piso original. Devido à forma como é construído dentro da fundação, é quase impossível saber que há outro ambiente abaixo de você.

— É pouco mais do que um espaço para rastejarmos.

— Sim, mas as construções de Ketterdam não possuem porões, então ninguém jamais pensaria em procurar aqui embaixo.

Parecia uma precaução extrema no que supostamente era uma cidade neutra, mas talvez os ravkanos tivessem sido forçados a tomar medidas extremas para proteger seus cidadãos. *Por causa de pessoas como eu*. Matthias tinha sido um caçador, um assassino, e orgulhoso de desempenhar com esmero sua função.

Um momento depois, eles chegaram a um grupo de pessoas reunidas contra o que Matthias imaginou ser a parede leste, caso tivessem dado uma volta completa.

— Estamos embaixo dos jardins da embaixada — disse Nina.

Ele assentiu. Seria o lugar mais seguro para manter um grupo de pessoas se você não quisesse arriscar que vozes fossem ouvidas no chão da embaixada. Havia cerca de quinze pessoas, de todas as idades e todas as cores. Pareciam ter pouco em comum além de suas expressões desconfiadas, mas Matthias sabia que todos ali deviam ser Grishas. Não haviam precisado de Nina para dizer a eles que procurassem um lugar seguro.

— Tão poucos? — perguntou Matthias. Nina havia estimado que houvesse cerca de trinta Grishas na cidade.

— Talvez os outros tenham dado seu próprio jeito de fugir ou estejam se mantendo na encolha.

Ou talvez já tenham sido capturados. Se Nina não queria expressar a possibilidade, não era ele que faria isso.

Zoya os conduziu por um arco até uma área onde Matthias ficou aliviado de poder ficar de pé. Considerando o formato arredondado da sala, suspeitava que estivessem embaixo de alguma falsa cisterna ou talvez uma praça circular do jardim. Seu alívio se desfez quando um dos homens armados de Zoya apareceu com um par de algemas, e Zoya apontou para Matthias.

Imediatamente, Nina parou na frente dele, e ela e Zoya começaram a discutir com sussurros furiosos.

Matthias sabia exatamente com quem estava lidando. Zoya Nazyalensky era uma das bruxas mais poderosas de Ravka. Era uma Aero lendária, uma combatente que havia trabalhado primeiro para o Darkling, depois para a Conjuradora do Sol, e que havia ascendido ao poder como membro do Triunvirato Grisha do Rei Nikolai. Agora que ele havia sentido um gostinho dos poderes dela, não estava surpreso com a velocidade com a qual havia subido na hierarquia.

A discussão foi toda em ravkano, e Matthias não entendeu nem uma palavra, mas o escárnio na voz de Zoya era óbvio, assim como os gestos agressivos na direção de Matthias e das correntes. Ele estava pronto para rosnar que, se a bruxa da tempestade quisesse vê-lo preso, ela poderia tentar fazer isso sozinha e ver o que aconteceria, quando Nina levantou as mãos.

— Chega — ela disse em kerch. — Matthias continua livre e nós prosseguimos com esta conversa em um idioma que todos entendam. Ele tem o direito de saber o que está acontecendo.

Zoya estreitou os olhos. Ela olhou para Matthias e depois para Nina, e com um sotaque carregado em kerch disse:

— Nina Zenik, você ainda é uma soldada do Segundo Exército, e eu ainda sou sua superior. Você está desobedecendo ordens diretas.

— Então terá de me algemar também.

— Garanto que estou considerando a possibilidade.

— Nina! — O grito veio de uma menina ruiva que apareceu na sala acústica.

— Genya! — Nina gritou. Matthias reconheceria aquela mulher mesmo sem apresentações. Seu rosto era coberto de cicatrizes, e ela usava um tapa-olho de seda vermelho bordado com um sol dourado. Genya Safin, a renomada Artesã, antiga professora de Nina e outro membro do Triunvirato. Quando Matthias viu as duas se abraçarem, sentiu-se doente. Esperava encontrar um grupo de Grishas anônimos, pessoas que haviam se refugiado em Ketterdam e que acabaram ficando sozinhas e em perigo. Pessoas como Nina, não os Grishas de mais alta patente de Ravka. Todos os seus instintos lhe diziam para lutar ou sair daquele lugar o mais rápido possível, para não ficar lá como um pretendente que encontra os pais de sua amada. Ainda assim, essas eram as amigas de Nina, suas professoras. *Eles são o inimigo*, disse uma voz em sua cabeça, e ele não soube dizer se era a voz do Comandante Brum ou a sua própria.

Genya recuou, tirando mechas loiras da peruca de Nina do seu rosto para poder olhar melhor para ela.

— Nina, como isso é possível? Da última vez que Zoya te viu...

— Você estava tendo um ataque de raiva — disse Zoya —, marchando para fora do acampamento com toda a discrição de um alce rebelde.

Para surpresa de Matthias, Nina estremeceu como uma criança tomando uma bronca.

Ele não se lembrava de tê-la visto sem graça antes.

— Pensamos que estivesse morta — disse Genya.

— Ela parece meio morta.

— Ela parece ótima.

— Você desapareceu — Zoya falou áspera. — Quando ouvimos que havia fjerdanos por perto, tememos pelo pior.

— E o pior aconteceu — disse Nina. — E depois disso, aconteceram coisas ainda piores.

Ela pegou a mão de Matthias.

— Mas estamos aqui agora.

Zoya olhou para suas mãos dadas e cruzou os braços.

— Entendo.

Genya ergueu uma sobrancelha ruiva.

— Bem, *se esse cara* é o pior que pode acontecer…

— O que estão fazendo aqui? — Zoya exigiu. — Você e o seu… acessório fjerdano estavam tentando sair de Ketterdam?

— E se estivéssemos? Por que nos emboscaram?

— Tem havido ataques a Grishas na cidade inteira. Não sabíamos quem vocês eram ou se poderiam estar em conluio com os Shu, somente que usou o código com o mascate. Sempre deixamos soldados na taverna agora. Qualquer um procurando Grishas é uma ameaça potencial.

Pelo que Matthias tinha visto dos novos soldados Shu, eles tinham razão em se preocupar.

— Viemos oferecer nossa ajuda — disse Nina.

— Que tipo de ajuda? Não faz ideia das forças operando aqui, Nina. Os Shu desenvolveram uma droga…

— *Jurda parem*.

— O que sabe sobre a *parem*?

Nina apertou a mão de Matthias. Respirou fundo.

— Já a vi sendo usada. E… eu mesma já a usei.

O olho castanho remanescente de Genya se arregalou.

— Oh, Nina, não. Você não fez isso.

— É claro que fez — disse Zoya. — Você sempre foi assim! Não pode ver problema que mergulha como se fosse uma banheira de água quente. É por isso que está com essa cara de acabada? Como pôde se arriscar desse jeito, Nina?

— Não estou acabada — Nina protestou, mas ela tinha aquele mesmo olhar meio envergonhado. Matthias não podia suportar aquilo.

— Ela fez isso para salvar nossas vidas — disse ele. — Sabia que poderia estar se condenando ao sofrimento ou mesmo à morte.

— Irresponsável — Zoya declarou.

— Zoya — disse Genya. — Nós não conhecemos as circunstâncias...

— Sabemos que ela desapareceu por quase um ano. — Apontou um dedo acusador para Nina. — E agora ela aparece com um fjerdano a reboque, um com o físico de um soldado e que usa técnicas de luta drüskelle.

Zoya enfiou a mão no bolso e tirou um punhado de ossos.

— Ela atacou nossos soldados com isso, *com estilhaços de ossos*, Genya. Já ouviu falar que algo assim fosse possível?

Genya olhou para os ossos e depois para Nina.

— Isso é verdade?

Nina apertou os lábios.

— Possivelmente.

— *Possivelmente* — disse Zoya. — E está me dizendo que devemos simplesmente confiar nela?

Genya pareceu menos certa sobre isso, mas disse:

— Estou dizendo que devemos escutar o que ela tem a dizer.

— Muito bem — disse Zoya. — Estou de peito aberto e ouvidos atentos. Entretenha-me, Nina Zenik.

Matthias sabia o que era ter de enfrentar os mentores que você idolatrava, sentir-se novamente um aluno nervoso, cheio de vontade de agradar. Ele se virou para Nina e disse em fjerdano:

— Não deixe que elas a acuem. Você não é mais aquela garota. Você não é só um soldado recebendo ordens.

— Então por que sinto vontade de me enfiar em um canto e chorar?

— Estamos numa sala redonda. Não há cantos.

— Matthias...

— Lembre-se de tudo pelo que passamos. Lembre-se do motivo de termos vindo aqui.

— Pensei que falaríamos só em kerch — disse Zoya.

Nina apertou a mão de Matthias novamente, jogou a cabeça para trás e disse:

— Fui mantida prisioneira pelos drüskelle. Matthias me ajudou a escapar. Matthias foi feito prisioneiro pelos kerches. Eu o ajudei a escapar. Depois disso, fui presa por Jarl Brum. Matthias me ajudou a escapar.

— Matthias não ficou lá muito confortável em perceber como os dois eram bons em serem presos.

— *Jarl Brum*? — Zoya disse horrorizada.

Nina suspirou.

— Tem sido um ano difícil. Juro que explicarei tudo para vocês, e se decidirem me colocar em um saco e me jogar no Rio Sokol, farei isso com um mínimo de gemidos. Mas viemos aqui esta noite porque vimos os soldados Kherguud atacarem a Aduela Oeste. Quero ajudar esses Grishas a saírem da cidade antes que os Shu os encontrem.

Zoya podia ser vários centímetros mais baixa do que Nina, mas ainda conseguiu olhá-la de cima a baixo quando disse:

— E como você pode ajudar?

— Temos um navio. — Isso não era tecnicamente verdade, mas Matthias não iria discutir.

Zoya gesticulou no ar em desprezo.

— Também temos um navio. Está preso a quilômetros da costa. O porto foi bloqueado pelos kerches e pelo Conselho das Marés. Nenhuma embarcação estrangeira pode entrar ou sair sem permissão expressa de um membro do Conselho Mercante.

Então Kaz estava certo. Van Eck estava usando toda a sua influência no governo para garantir que Kaz não tirasse Kuwei de Ketterdam.

— Claro — disse Nina. — Mas o nosso navio pertence a um membro do Conselho Mercante de Kerch.

Zoya e Genya se entreolharam.

— Muito bem, Zenik — disse Zoya. — Agora estou escutando.

Nina passou alguns detalhes para Zoya e Genya, embora Matthias notasse que ela não havia mencionado Kuwei e que havia evitado qualquer conversa sobre a Corte do Gelo.

Quando subiram a escada para debater a proposta, elas deixaram Nina e Matthias para trás, dois guardas armados a postos na entrada da sala da cisterna.

Em fjerdano, Matthias sussurrou:

— Se os espiões de Ravka valem o que ganham, seus amigos vão concluir que fomos nós que resgatamos Kuwei.

— Não sussurre — Nina respondeu em fjerdano, mas em um tom normal de voz. — Só vai deixar os guardas desconfiados. Contarei tudo a Zoya e a Genya quando chegar a hora. Você se lembra do quanto ficamos tentados a matar Kuwei? Não sei se Zoya faria a mesma escolha de poupá-lo. Não falarei nada por enquanto, pelo menos não até que ele esteja em segurança em solo ravkano. Ela não precisa saber quem está naquele barco até ele aportar em Os Kervo.

Em segurança em solo ravkano. As palavras eram como um soco no estômago de Matthias. Ele estava louco para tirar Nina da cidade, mas nada na perspectiva de ir para Ravka parecia seguro para ele.

Nina deve ter sentido sua inquietação, porque disse:

— Ravka é o lugar mais seguro para Kuwei. Ele precisa da nossa proteção.

— E como seria a proteção de Zoya Nazyalensky?

— Ela não é assim tão ruim. — Matthias lançou-lhe um olhar cético. — Na verdade, ela é terrível, mas ela e Genya testemunharam muitas mortes na guerra civil. Não acredito que queiram mais sangue derramado.

Matthias esperava que aquilo fosse verdade, mas, mesmo se fosse, ele não tinha certeza se aquilo importaria.

— Lembra-se do que me disse, Nina? Que desejava que o Rei Nikolai marchasse para o norte e arrasasse com tudo em seu caminho?

— Eu estava com raiva...

— E tinha razão de estar assim. Todos nós temos. Este é o problema. Brum não vai parar. Os drüskelle não vão parar. Para eles, destruir pessoas como você é uma missão sagrada.

Aquilo também tinha sido a sua missão, e ele ainda podia sentir a desconfiança, a atração pelo ódio. E se amaldiçoava por isso.

— Então encontraremos um modo de mudar o jeito de eles pensarem. De todos eles. — Ela o estudou por um momento. — Você usou uma bomba-crepúsculo hoje. Foi você que pediu para Wylan fabricá-la?

— Sim — ele admitiu.

— Por quê?

Ele sabia que ela não ia gostar daquilo.

— Não sabia como a *parem* afetaria o seu poder. Se tivesse de impedi-la de usar a droga, precisava ser capaz de lutar com você sem machucá-la.

— E a trouxe hoje caso tivéssemos problemas?

— Sim.

— Com os Grishas.

Ele assentiu, esperando sua advertência, mas tudo o que ela fez foi observá-lo, seu rosto pensativo. Ela se aproximou. Matthias deu uma olhada desconfortável para as costas dos guardas, visíveis pela porta.

— Ignore-os — disse ela. — Por que ainda não me beijou, Matthias?

— Este não é o momento…

— É por causa do que eu sou? Porque ainda sente medo de mim?

— *Não*.

Ela parou, e ele notou que ela lutava com as palavras que pretendia dizer.

— É por causa do modo como me comportei no navio? O modo como agi na outra noite, quando tentei convencê-lo a me dar o resto da *parem*?

— Como pode pensar isso?

— Está sempre dizendo que eu sou sem-vergonha. Pois bem, acho que… estou envergonhada. — Ela estremeceu. — É como vestir um casaco que não cabe em mim.

— Nina, eu lhe fiz um juramento.

— Mas…

— Seus inimigos são meus inimigos, e lutarei com você contra qualquer ameaça, incluindo essa droga maldita.

Ela sacudiu a cabeça como se ele falasse coisas sem sentido.

— Não quero que fique comigo por causa de um juramento, ou porque pensa que precisa me proteger, ou por pensar que tem comigo alguma dívida de sangue estúpida.

— Nina… — ele começou, depois parou. — Nina, estou com você porque você me deixa estar com você. Não existe honra maior do que ficar ao seu lado.

— Honra, dever. Entendo.

Ele podia aguentar seu temperamento, mas seu desapontamento era inaceitável. Matthias só conhecia a linguagem da guerra. Não possuía as palavras para expressar isso.

— Tê-la conhecido foi um desastre.

Ela ergueu uma sobrancelha.

— Obrigada.

Por Djel, ele era péssimo nisso. Ele prosseguiu tropegamente, tentando fazê-la entender.

— Mas sou grato todos os dias por esse desastre. Precisava de um cataclismo para me sacudir da vida que eu conhecia. Você foi um terremoto, um deslizamento.

— Eu — disse ela, pousando uma mão no quadril — sou uma flor delicada.

— Você não é uma flor, você é cada uma das flores do bosque florescendo ao mesmo tempo. Você é um maremoto. Você é uma debandada. Você é extasiante.

— E o que você preferiria? — disse ela, os olhos brilhando, um tremor sutil em sua voz. — Uma menina fjerdana respeitável que usa golas altas e se afunda em água fria sempre que deseja fazer algo excitante?

— Não foi o que eu quis dizer!

Ela se aproximou ainda mais dele. Mais uma vez, os olhos dele se voltaram para os guardas. Eles estavam de costas, mas Matthias sabia que deviam estar escutando, não importa que idioma ele e Nina falassem.

— Do que tem tanto medo? — ela o desafiou. — Não olhe para eles, Matthias. Olhe para mim.

Ele olhou. Era difícil *não* olhar. Ele amaria vê-la em roupas fjerdanas, a pequena túnica de lã, o inteiro comprimento de suas saias. Seus olhos verdes eram brilhantes, suas bochechas cor-de-rosa, seus lábios ligeiramente abertos. Era muito fácil se imaginar ajoelhado como um penitente diante dela, deixando suas mãos deslizarem pelas curvas brancas de suas panturrilhas, empurrando aquelas saias mais para cima, passando por seus joelhos até chegar à pele quente de suas coxas. E a pior parte é que ele sabia o quanto aquilo seria bom. Cada célula de seu corpo se lembrava do contato do corpo nu dela naquela primeira noite no acampamento baleeiro.

— Eu... não tem ninguém que eu queria mais neste mundo, não tem nada que eu queria mais do que ser tomado por você.

— Mas não quer me beijar?

Ele inspirou devagar, tentando ordenar seus pensamentos. Aquilo tudo estava errado.

— Em Fjerda... — ele começou.

— Não estamos em Fjerda.

Ele precisava fazê-la entender.

— Em Fjerda — insistiu —, eu teria pedido aos seus pais permissão para sair com você.

— Não vejo meus pais desde que era uma criança.

— Nós teríamos sido acompanhados. Eu teria jantado com a sua família pelo menos três vezes antes de sermos deixados sozinhos.

— Estamos sozinhos *agora*, Matthias.

— Eu teria lhe trazido presentes.

Nina inclinou a cabeça para o lado.

— Tá, prossiga.

— Rosas de inverno, se eu tivesse condições de comprá-las, uma presilha de prata para o seu cabelo.

— Não preciso dessas coisas.

— Bolos de maçã com creme doce.

— Pensei que drüskelle não comessem doces.

— Seria tudo para você — disse ele.

— Estou prestando atenção.

— Daríamos o nosso primeiro beijo em um bosque iluminado pelo sol, ou sob um céu estrelado depois de uma dança na aldeia, não dentro de um túmulo ou em algum porão úmido com guardas na porta.

— Deixe-me ver se entendi direito — Nina disse. — Você ainda não me beijou porque acha que não tivemos as condições românticas adequadas?

— Não se trata de *romance*. Um beijo apropriado, um cortejo respeitável. Essas coisas deveriam acontecer do jeito certo.

— Para ladrões respeitáveis? — Os cantos de sua linda boca se curvaram e, por um momento, ele receou que ela fosse rir dele, mas ela simplesmente balançou a cabeça e se aproximou ainda mais. Seu corpo estava a um sopro de distância do dele agora. A vontade de acabar com aquele fiapo de distância era enlouquecedora. — No primeiro dia em que aparecesse na minha casa para esse cortejo respeitável, eu teria te encurralado na despensa — ela disse. — Mas, por favor, fale-me mais sobre garotas fjerdanas.

— Elas falam com calma. Não flertam com cada homem que conhecem.

— Eu flerto com mulheres também.

— Se quer saber, acho que flertaria até com uma tamareira, se ela lhe desse qualquer atenção.

— Se eu flertasse com uma planta, pode ter certeza de que ela se levantaria e prestaria atenção. Está com ciúmes?

— O tempo inteiro.

— Fico feliz. Está olhando o quê, Matthias? — O som baixo de sua voz vibrou diretamente através dele.

Ele manteve os olhos no teto, sussurrando suavemente.

— Nada.

— Matthias, está rezando?

— Talvez.

— Por autocontrole? — disse ela docemente.

— Você é mesmo uma bruxa.

— Não sou respeitável, Matthias.

— Tenho consciência disso. — De forma intensa, faminta, terrível.

— Sinto muito informá-lo, mas você também não é um menino de respeito.

Ele olhou direto para ela agora.

— Eu...

— Quantas regras você quebrou desde que me conheceu? Quantas leis? Não será a última vez. Nada sobre nós jamais será respeitável, apropriado — disse ela. Ela inclinou o rosto na direção do dele. Tão perto agora que era quase como se estivessem se tocando. — Não o jeito que nos conhecemos. Não a vida que levamos. E não o jeito que nos beijamos.

Ela ficou na ponta dos pés, e, fácil assim, sua boca encontrou a dele. Mal deu para chamar aquilo de beijo, só uma pressionada rápida e surpreendente de seus lábios.

Antes que pudesse pensar em se afastar, ele a tomou nos braços. Ele sabia que provavelmente estava fazendo tudo errado, mas não conseguia se preocupar com isso, porque ela estava em seus braços, os lábios dela se abrindo, as mãos se entrelaçando em volta do seu pescoço, e, por Djel, a língua dela estava em sua boca. Não era à toa que fjerdanos eram tão cautelosos com namoro. Se Matthias pudesse beijar Nina, senti-la mordiscando seus lábios com dentes espertos, sentir o corpo dela encaixado no seu, ouvi-la soltar aquele pequeno gemido vindo do fundo de sua garganta, por que se incomodaria em fazer qualquer outra coisa? Por que qualquer um se importaria?

— Matthias — disse Nina sem fôlego, e então eles estavam se beijando novamente.

Ela era doce como a primeira chuva, exuberante como novas pradarias. As mãos ao longo de suas costas, traçando seus contornos, a linha de sua espinha, o enfático toque de seus quadris.

— *Matthias* — ela disse de modo mais insistente, afastando-se.

Ele abriu os olhos, certo de que havia cometido algum erro terrível. Nina mordia o lábio inferior, ele estava rosa e inchado. Mas ela estava sorrindo, e seus olhos brilhavam.

— Fiz algo errado?

— Nem um pouco, seu babink glorioso, mas…

Zoya pigarreou.

— Fico feliz que os dois tenham encontrado um modo de passar o tempo enquanto esperavam.

Sua expressão era de puro desgosto, mas, ao lado dela, Genya parecia prestes a explodir de divertimento.

— Talvez fosse melhor me colocar no chão — sugeriu Nina.

Matthias foi trazido de volta à realidade graças ao olhar sagaz dos guardas, a Zoya e Genya na porta, e ao fato de que, enquanto beijava Nina com um ano de desejo acumulado, ele a havia erguido do chão.

Foi tomado por uma onda de vergonha. Que fjerdano faria uma coisa dessas? Gentilmente, ele soltou suas coxas magníficas e deixou que ela deslizasse de volta ao chão.

— *Seu sem-vergonha* — Nina sussurrou, e ele sentiu as bochechas corarem.

Zoya revirou os olhos.

— Estamos fazendo um acordo com uma dupla de adolescentes apaixonados.

Matthias sentiu outra onda de rubor no rosto, mas Nina somente ajeitou a peruca e disse:

— Então vão aceitar nossa ajuda?

Eles levaram um curto período de tempo para definir a logística de como a noite se sucederia. Como talvez não fosse seguro para Nina voltar à taverna, como ela sabia onde e quando o barco de Van Eck estaria no porto, ela levaria uma mensagem para a embaixada – provavelmente por meio de Inej, já que a Espectro podia ir e vir sem ser notada. Os refugiados continuariam escondidos pelo máximo de tempo possível, depois Genya e Zoya os levariam para o porto.

— Preparem-se para lutar — disse Matthias. — Os Shu estarão vigiando esse setor da cidade. Ainda não tiveram a temeridade de atacar a embaixada ou o mercado, mas é só uma questão de tempo.

— Estaremos prontos, fjerdano — disse Zoya, e em seu olhar ele viu a segurança de alguém nascida para comandar.

No caminho para a embaixada, Nina encontrou a sangradora de olhos castanhos que fizera parte da emboscada na taverna. Ela era Shu, com cabelo escuro bem curto, e usava um par de machados de prata afiados nos quadris. Nina tinha lhe dito que ela era a única Corporalki entre os diplomatas e refugiados Grishas.

— Tamar? — Nina arriscou. — Se os Kherguud vierem, você não pode deixar que eles a capturem. Uma Sangradora em posse dos Shu e sob influência da *parem* poderia virar o jogo a favor deles de forma definitiva. Não pode imaginar o poder dessa droga.

— Ninguém vai me capturar viva — disse a garota. Ela tirou um pequeno comprimido amarelo-claro do bolso, exibindo-o entre os dedos.

— Veneno?

— Criação da própria Genya. Mata na hora. Todos nós carregamos conosco. — Ela o passou a Nina. — Pegue um. Por via das dúvidas. Eu tenho outro.

— Nina… — disse Matthias.

Mas Nina não hesitou. Ela guardou o comprimido no bolso da saia antes que Matthias pudesse dizer outra palavra de protesto.

Eles saíram do setor governamental, afastando-se das tendas do mercado, mantendo-se bem distantes da taverna, onde a *stadwatch* havia se reunido.

Matthias disse a si mesmo para ficar alerta e se concentrar em conduzi-los de volta ao Véu Negro em segurança, mas não conseguia parar de pensar naquele comprimido amarelo. Vê-lo fez o sonho retornar, vívido como sempre, o gelo do norte, Nina perdida e Matthias impotente sem poder salvá-la. Aquilo havia consumido a alegria trazida pelo beijo que ganhou.

Começou a ter o sonho no navio, quando Nina estava na pior fase de sua agonia lutando contra a *parem*. Estava tendo uma crise aquela noite, corpo tremendo, roupas ensopadas de suor.

Você não é um homem bom, ela havia gritado. *Você é um bom soldado, e o mais triste é que nem sequer sabe a diferença*. Ela tinha se sentido extremamente mal depois, chorando, doente de fome, doente de arrependimento. *Desculpe-me*, ela dissera. *Não foi minha intenção. Sabe que não quis dizer aquilo*. E um momento depois, *se você pelo menos me ajudasse*.

Seus lindos olhos estavam cheios de lágrimas, e na luz fraca das lamparinas, sua pele pálida parecia coberta com uma fina camada de gelo. *Por favor, Matthias, estou com tanta dor. Ajude-me*. Ele teria feito qualquer coisa, negociado qualquer coisa para aliviar seu sofrimento, mas havia jurado que não lhe daria mais *parem*. Fez uma promessa de que não a deixaria se tornar uma escrava da droga e tinha de honrá-la, não importa o quanto isso lhe custasse.

Não posso, meu amor, ele sussurrou, pressionando uma toalha fria na testa dela. *Não posso lhe dar mais* parem. *Pedi para eles trancarem a porta pelo lado de fora*.

De repente o rosto dela mudou, os olhos se estreitaram. *Então quebre a maldita porta, seu vagabundo inútil*.

Não.

Ela cuspiu em seu rosto.

Horas depois, ela havia se acalmado, a energia gasta, triste, porém coerente. Ela estava deitada de lado, com as pálpebras roxas como hematomas, a respiração vindo em arquejos rasos, e disse:

— Converse comigo.

— Sobre o quê?

— Qualquer coisa. Conte-me sobre os isenulf.

Ele não devia ter ficado surpreso por ela saber sobre os isenulf, os lobos brancos criados para entrar no campo de batalha com os drüskelle. Eles eram maiores do que os lobos comuns e, apesar de serem treinados para obedecer aos seus mestres, nunca perdiam seu lado selvagem e indomável que os separava de seus primos distantes domesticados.

Tinha sido difícil pensar sobre Fjerda, a vida que haviam deixado para trás de vez, mas ele se forçou a falar, ansioso por qualquer coisa que a distraísse.

— Às vezes há mais lobos do que drüskelle, às vezes mais drüskelle que lobos. São os lobos que decidem quando acasalar, com pouca influência do criador. São muito teimosos para isso.

Nina sorriu, depois gemeu de dor.

— Continue — ela sussurrou.

— A mesma família vem criando os isenulf há várias gerações. Eles vivem mais ao norte, perto de Stenrink, o Anel de Pedras. Quando chega uma nova ninhada, viajamos até lá a pé e de trenó, e cada drüskelle escolhe um filhote. A partir daí, vocês são responsáveis um pelo outro. Lutam um ao lado do outro, dormem nas mesmas peles, sua ração é a ração do seu lobo. Ele não é seu animal de estimação. É um guerreiro como você, um irmão.

Nina estremeceu, e Matthias sentiu uma onda ultrajante de vergonha. Na batalha com os Grishas, os isenulf podiam até mesmo aumentar as chances de um drüskelle, treinados para ajudá-los e para rasgar a garganta do oponente. O poder dos Sangradores não parecia ter efeito em animais. Uma Grisha como Nina estaria praticamente indefesa sob o ataque de um isenulf.

— E se acontecer alguma coisa com o lobo? — perguntou Nina.

— Um drüskelle pode treinar um novo lobo, mas é uma perda terrível.

— O que acontece com o lobo se o drüskelle dele for morto?

Matthias ficou em silêncio por um tempo. Não queria pensar nisso. Trass tinha sido a criatura a ocupar um lugar no seu coração.

— Eles são devolvidos para a natureza, mas nunca serão aceitos por qualquer matilha outra vez. — E o que é um lobo sem uma matilha? Os isenulf não foram feitos para viver sozinhos.

Quando será que os outros drüskelle haviam decidido que Matthias estava morto? Será que foi Brum quem levou Trass para o gelo ao norte? Pensar em seu lobo deixado sozinho, uivando para que Matthias voltasse e o levasse para casa, abriu um buraco dolorido em seu peito. Parecia que algo havia se partido ali e deixado um eco, o estalo solitário de um galho muito pesado de neve.

Como se tivesse percebido sua tristeza, Nina abriu os olhos, o verde-claro de um botão prestes a desabrochar, uma cor que o trouxe de volta do gelo.

— Qual era o nome dele?

— Trassel.

Ela ergueu o canto dos lábios.

— Causador de problemas.

— Ninguém mais o queria.

— Ele era o menor da matilha?

— Não — disse Matthias. — O contrário.

Foi preciso uma viagem árdua de mais de uma semana para chegar ao Anel de Pedras. Matthias não tinha gostado da jornada. Tinha doze anos de idade, tinha acabado de se tornar um drüskelle, e todo dia pensava em fugir. Ele não se importava com o treinamento. As horas passadas correndo e lutando ajudaram a manter afastada a saudade que sentia de sua família. Ele queria ser um oficial. Queria lutar contra os Grishas. Queria uma chance honrar a memória de seus pais e de sua irmã. Os drüskelle tinham lhe dado um propósito. Mas o resto? As piadas no refeitório? O falatório interminável e a conversa superficial? Aquilo não tinha utilidade para ele. Ele tinha uma família. Eles estavam enterrados sob a terra negra, suas almas haviam partido para Djel. Os drüskelle eram apenas um meio para atingir um fim.

Brum havia lhe advertido de que ele nunca se tornaria um drüskelle de verdade se não aprendesse a ver os outros meninos como seus irmãos, mas Matthias não acreditava naquilo. Ele era o maior, o mais forte, o mais rápido. Ele não precisava ser popular para sobreviver.

Esteve na parte de trás do trenó durante toda a jornada, aconchegado em suas peles, sem falar com ninguém. Quando finalmente alcançaram o Anel de Pedras, ele havia ficado para trás, inseguro em relação a si mesmo, enquanto os outros drüskelle entravam no grande celeiro, gritando e empurrando uns aos outros, cada um mergulhando na pilha de filhotes de lobo brancos com seus olhos de gelo.

A verdade é que ele queria desesperadamente um filhote de lobo, mas sabia que não haveria o suficiente para todos. Cabia à criadora decidir que garoto receberia qual filhote e quem voltaria para casa de mãos vazias.

Muitos dos garotos já estavam falando com a velha, tentando cativá-la.

— Viu só? Este aqui gosta de mim.

— Veja! Veja! Consegui fazê-lo sentar!

Matthias sabia que deveria tentar ser gentil, fazer algum tipo de esforço, mas, em vez disso, ele se viu atraído para os canis que ficavam na parte de trás do celeiro. No canto, em uma jaula de arame, captou um brilho amarelo refletindo em um par de olhos cautelosos. Aproximou-se e viu um lobo que não era mais um filhote, mas não era completamente adulto. Ele rosnou enquanto Matthias se aproximava da jaula, pelos eriçados, cabeça baixa, dentes arreganhados. O jovem lobo tinha uma cicatriz comprida no focinho. Ela havia cruzado seu olho direito e mudado parte de sua íris do azul para um castanho furta-cor.

— Você não quer se meter com esse aí — disse a criadora.

Matthias não sabia quando ela havia se esgueirado atrás dele.

— Ele enxerga?

— Sim, mas não gosta de pessoas.

— Por que não?

— Ele saiu quando ainda era um filhote. Atravessou mais de três quilômetros pelos campos de gelo. Um garoto o encontrou e o cortou com uma garrafa quebrada. Ele não deixa ninguém se aproximar desde então, e está ficando muito velho para ser treinado. Provavelmente será abatido em breve.

— Deixe-me levá-lo então.

— É tão provável ele tentar te reduzir a pedaços quanto deixar que você o alimente, garoto. Nós teremos um filhote para você da próxima vez.

Assim que a mulher se afastou, Matthias abriu a jaula. E rápido assim, o lobo avançou sobre ele e o mordeu.

Matthias queria gritar enquanto os dentes do lobo afundavam no seu braço. Ele caiu no chão com o lobo em cima dele, a dor mais forte do que qualquer coisa que já havia experimentado. Mas não fez nenhum som. Sustentou o olhar do lobo enquanto os dentes penetravam mais fundo no músculo de seu braço, um rosnado ressoando pelo peito do animal.

Matthias suspeitava que as mandíbulas do lobo eram fortes o bastante para quebrar um osso, mas ele não lutou, não gritou, não desviou o olhar. *Não vou machucá-lo*, ele jurou, *mesmo que você me machuque.*

Um longo momento se passou, e depois outro. Matthias podia sentir o sangue ensopando sua manga. Pensou que poderia perder a consciência.

Então, bem devagar, o lobo afrouxou as mandíbulas. O animal se sentou, o pelo branco de seu focinho coberto com o sangue de Matthias, cabeça inclinada para um lado. O lobo soltou um suspiro.

— Também é um prazer conhecê-lo — disse Matthias.

Sentou-se com cuidado, enfaixou o braço usando a parte de baixo da camisa e, em seguida, ele e seu lobo, ambos cobertos de sangue, voltaram para onde os outros estavam brincando com um monte de filhotes de lobo e uniformes cinzentos.

— Este aqui é meu — ele disse enquanto todos se viravam para olhar, e a velha balançava a cabeça. E aí Matthias desmaiou.

Naquela noite, no navio, Matthias tinha contado a Nina sobre Trassel, sua natureza feroz, sua cicatriz irregular. Depois de um tempo, ela cochilou, e Matthias se permitiu fechar os olhos. O gelo estava esperando. O vento mortal veio com dentes brancos, os lobos uivaram a distância, e Nina gritou, mas Matthias não conseguia alcançá-la.

O sonho se repetia todas as noites desde então. Era difícil não encará-lo como uma espécie de presságio, e quando Nina deixou o comprimido amarelo cair casualmente no bolso, foi como assistir à tempestade chegar: o rugido do vento enchendo seus ouvidos, o frio escavando seus ossos, a certeza de que iria perdê-la.

— Talvez a *parem* não tenha mais efeito sobre você — disse ele agora. Eles finalmente haviam chegado ao canal deserto onde haviam atracado o gondel.

— Como assim?

— Seu poder mudou, não foi?

Os passos de Nina vacilaram.

— Sim.

— Por causa da *parem*?

Agora Nina parou.

— Por que está me perguntando isso?

Ele não queria perguntar a ela. Queria beijá-la novamente. Mas ele disse:

— Se for capturada, os Shu talvez não sejam capazes de usar a droga para te escravizar.

— Ou talvez seja tão ruim quanto antes.

— Aquele comprimido, o veneno que Tamar te deu…

Nina colocou a mão em seu braço.

— Não serei capturada, Matthias.

— Mas se você for…

— Não sei o que a *parem* fez comigo. Tenho que acreditar que os efeitos passarão com o tempo.

— E se não passarem?

— Eles têm que passar — disse ela, testa franzida. — Não posso viver assim. É como… me sentir pela metade. Apesar de que…

— Apesar de que…? — ele a instigou.

— O desejo nem está tão ruim agora — disse ela, como se percebesse a mudança por si mesma. — Para falar a verdade, mal pensei na *parem* desde a luta na taverna.

— Usar seu novo poder ajudou?

— Talvez — ela disse cautelosa. — E...

Ela franziu o cenho. Matthias ouviu um grunhido baixo e loquaz.

— Isso foi o seu *estômago*?

— Foi sim. — Nina abriu um sorriso deslumbrante. — Matthias, estou faminta.

Será que ela finalmente estava se curando para valer? Ou o que ela havia feito na taverna lhe havia devolvido o apetite? Ele não se importava. Só estava feliz por ela estar sorrindo daquele jeito. Ele a pegou e a girou no ar.

— Vai acabar distendendo alguma coisa se continuar fazendo isso — ela disse com outro sorriso radiante.

— Você está leve como uma pena.

— Não quero conhecer esse pássaro. Agora vamos pegar uma pilha de waffles com duas vezes o seu tamanho. Eu...

Ela parou, a cor sumindo do seu rosto.

— Pelos Santos.

Matthias seguiu a direção do olhar de Nina sobre seu ombro e se encontrou olhando para os seus próprios olhos. Alguém havia colocado um cartaz na parede com um desenho assustadoramente preciso de seu rosto. Acima e ao lado da ilustração, escrito em vários idiomas diferentes, havia uma única palavra: PROCURADO.

Nina arrancou o pôster da parede.

— Era para eles acharem que você está morto.

— Alguém deve ter pedido para ver o corpo de Muzzen antes de ele ser queimado.

Talvez os fjerdanos. Talvez alguém na prisão. Havia mais palavras impressas na parte de baixo em kerch que Matthias não sabia ler, mas entender seu próprio nome e o número ao lado foi suficiente.

— Cinquenta mil kruges. Eles estão oferecendo uma recompensa pela minha captura.

— Não — disse Nina. Ela apontou o texto embaixo do número grande e traduziu: — *Procurado. Matthias Helvar. Vivo ou morto.* Colocaram sua cabeça a prêmio.

16. Jesper

Quando Nina e Matthias entraram correndo no túmulo, Jesper quis pular da mesa e dançar valsa com os dois. Ele havia passado a última hora tentando explicar a Kuwei como iriam chegar à embaixada, e estava começando a ter a impressão de que o garoto estava se fazendo de tonto, possivelmente porque estava gostando dos gestos ridículos de Jesper.

— Poderia repetir a última parte? — Kuwei disse agora, inclinando-se um pouco mais para perto.

— Nina — disse Jesper. — Será que pode facilitar essa conversa?

— Graças aos Santos — disse Inej, abandonando seu trabalho na mesa com Wylan e Kaz. Estavam montando uma maçaroca de arames e equipamentos que Kaz havia roubado do Cirkus Zirkoa. Wylan havia passado as últimas duas horas fazendo modificações para garantir a segurança de Inej nos silos, anexando grampos magnetizados que prenderiam suas laterais de metal.

— Por que continua olhando para ele? — disse Kuwei. — Eu tenho a mesma aparência dele. Você poderia olhar para mim.

— Não estou olhando para ele — protestou Jesper. — Estou supervisionando seu trabalho.

Quanto antes Kuwei entrasse naquele navio, melhor. A tumba estava começando a parecer cheia demais.

— Conseguiu fazer contato com os refugiados? — Inej perguntou, acenando para Nina se aproximar da mesa e limpando um lugar para ela se sentar.

— Tudo saiu tranquilamente — disse Nina. — Tirando o fato de ter quebrado algumas janelas e quase sermos baleados.

Kaz olhou da mesa para ela, sua atenção atraída.

— Uma aventureira na Ravka proibida? — perguntou Jesper.

— Nada que eu não conseguisse dar um jeito — disse Nina. — Por favor, me diga que tem algo para comer.

— Está com fome? — disse Inej.

Todos arregalaram os olhos para ela. Ela fez uma reverência.

— Sim, sim, Nina Zenik está com fome. Agora, será que alguém pode me alimentar antes que eu seja forçada a cozinhar um de vocês?

— Não seja ridícula — disse Jesper. — Você não sabe cozinhar.

Inej já estava revirando o que restava do estoque de comida, colocando as ofertas escassas de bacalhau salgado, carne seca e biscoitos antigos na frente de Nina.

— O que aconteceu na taverna? — Kaz perguntou.

— Os refugiados estavam escondidos na embaixada — disse Matthias. — Encontramos…

— O líder deles — disse Nina. — Ficarão esperando notícias nossas. — Ela enfiou dois biscoitos na boca. — Estes estão horríveis.

— Vá com calma — disse Matthias. — Você vai engasgar.

— Vale a pena — disse Nina, tentando engolir.

— Por biscoitos?

— Estou fingindo que são uma torta. Quando o barco parte?

— Descobrimos um carregamento de melaço indo para Os Kervo que partirá às onze badaladas — disse Inej. — Specht está trabalhando na documentação agora.

— Ótimo — disse Nina, tirando um pedaço de papel do bolso e desamarrotando-o em cima da mesa. Um desenho de Matthias olhou para eles. — Precisamos sair da cidade o mais rápido possível.

— Droga — disse Jesper. — Kaz e Wylan ainda estão na frente.

Ele apontou para o lugar onde haviam colado o restante dos cartazes de "procurado": Jesper, Kaz e Inej estavam todos lá. Van Eck ainda não havia se atrevido a colar o rosto de Kuwei Yul-Bo sobre todas as superfícies de Ketterdam, mas tinha que manter a farsa de que procurava seu filho, então também havia um cartaz oferecendo uma recompensa pelo retorno seguro de Wylan Van Eck. Ele mostrava suas feições antigas, mas Jesper não pensou que fossem muito parecidos. Só faltava o de Nina. Ela nunca havia encontrado Van Eck, e, apesar de ter conexões com os Dregs, era possível que ele não soubesse de seu envolvimento.

Matthias examinou os cartazes.

— Cem mil kruges! — Ele olhou incrédulo para Kaz. — Você não vale esse montante.

A ponta de um sorriso se insinuou nos lábios de Kaz.

— Como o mercado desejar.

— Nem me fale — disse Jesper. — Só estão oferecendo trinta mil por mim.

— A vida de vocês está em jogo — disse Wylan. — Como podem agir como se fosse uma competição?

— Estamos presos em uma tumba, mercantezinho. Temos que aproveitar a ação seja lá de onde ela vier.

— Talvez devêssemos *todos* ir para Ravka — disse Nina, batendo no cartaz de procurado de Inej. — Não é seguro para vocês permanecer aqui.

— Não é má ideia — disse Kaz.

Inej virou para ele de repente.

— Você iria para Ravka?

— Sem chance. Ficarei na encolha por aqui. Quero ver a vida de Van Eck se despedaçar quando o martelo cair.

— Mas você poderia vir — disse Nina para Inej. — Jesper? Nós poderíamos levar Colm também.

Jesper pensou em seu pai, enfiado em alguma suíte luxuosa em Geldrenner, provavelmente fazendo um buraco no tapete de tanto andar de um lado para o outro. Apenas dois dias haviam se passado desde que vira as costas largas de seu pai desaparecendo por entre as lápides quando Rotty o levou do Véu Negro, mas parecia ter se passado muito mais tempo. Desde então, Jesper quase tinha sido morto por caçadores de Grishas e agora estava com a cabeça a prêmio. Mas se eles conseguissem realizar o trabalho aquela noite, seu pai não teria de saber de nada daquilo.

— Nem pensar — disse Jesper. — Quero que o pap receba o dinheiro dele o mais rápido possível e volte para Novyi Zem. Não dormirei tranquilo enquanto ele não estiver seguro na fazenda. Vamos nos esconder em seu hotel até Van Eck ter sido desacreditado e o mercado de açúcar enlouquecer.

— Inej? — disse Nina.

Todos olharam para a Espectro, exceto Jesper. Ele preferiu olhar para Kaz, curioso para ver como reagiria à possibilidade de Inej sair da cidade. Mas a expressão de Kaz permaneceu impassível, como se estivesse esperando para ouvir que horas o jantar seria servido.

Inej sacudiu a cabeça.

— Quando eu for para Ravka, será a bordo do meu próprio navio, pilotado pela minha própria tripulação.

Jesper ergueu as sobrancelhas.

— Desde quando você é uma mulher do mar? E que pessoa em sã consciência iria querer passar mais tempo em um barco?

Inej sorriu.

— Ouvi dizer que esta cidade enlouquece as pessoas.

Kaz tirou o relógio do colete.

— Está quase dando oito badaladas. Van Eck está se reunindo com o Conselho Mercante em sua casa hoje à noite.

— Acha que eles vão designar mais recursos para procurar Wylan? — perguntou Nina.

— Provavelmente. Isso não é mais problema nosso. O barulho e as pessoas chegando e partindo oferecerão uma boa cobertura para Wylan e eu conseguirmos tirar o selo do cofre. Nina e Inej chegarão ao Recife Doce na mesma hora. Os guardas patrulham o perímetro dos silos constantemente, e eles levam cerca de doze minutos para contornar a cerca. Eles sempre deixam alguém para vigiar o portão, então sejam espertos em sua abordagem. — Ele colocou uma garrafa arrolhada sobre a mesa. — Isso aqui é extrato de café. Kuwei, Nina, Jesper, quero que todos vocês usem um monte disso. Se aqueles soldados Shu realmente podem farejar Grishas, talvez isso os afaste.

— Café? — perguntou Kuwei, estourando a rolha e dando uma cheirada.

— Esperto — disse Jesper. — Costumávamos cercar carregamentos ilegais de *jurda* e especiarias com café moído para afastar os cães da *stadwatch*. Confunde o olfato deles.

Nina pegou a garrafa e passou uma quantidade generosa do extrato atrás de suas orelhas e em seus punhos.

— Vamos torcer para que funcione do mesmo jeito com os Kherguud.

— É melhor seus refugiados estarem preparados — disse Kaz. — São quantos, afinal?

— Menos do que pensei. Quinze e, hum, também algumas pessoas da embaixada. Um total de dezessete.

— Mais você, Matthias, Wylan e Kuwei. Vinte e um. Specht falsificará a carta de acordo.

— Eu não vou — disse Wylan.

Jesper cruzou os dedos para fazê-los ficarem parados.

— Não?

— Não vou deixar meu pai me expulsar da cidade novamente.

— Por que todo mundo está tão determinado em permanecer nesta cidade miserável? — Nina resmungou.

Jesper inclinou a cadeira para trás, estudando Kaz. Ele não se mostrou surpreso com o fato de Wylan querer permanecer em Ketterdam.

— Você sabia — disse ele, encaixando as peças. — Você sabia que a mãe de Wylan estava viva.

— A mãe de Wylan está viva? — perguntou Nina.

— Por que acha que deixei vocês dois irem para Olendaal? — perguntou Kaz.

Wylan piscou.

— E você sabia que eu estava mentindo a respeito da pedreira.

Jesper sentiu uma faísca de raiva. Uma coisa era Kaz aprontar com ele, mas Wylan não era como o restante do grupo. Apesar das crueldades de seu pai, Wylan não havia deixado as circunstâncias ou aquela cidade acabarem com a bondade que havia dentro de si. Ainda acreditava que as pessoas podiam fazer a coisa certa. Jesper apontou o dedo para Kaz.

— Não devia tê-lo enviado para Santa Hilde desavisado daquele jeito. Foi cruel.

— Foi necessário.

Wylan havia cerrado os punhos.

— Por quê?

— Porque você ainda não entendia quem seu pai realmente é.

— Poderia ter me falado.

— Você estava com raiva. A raiva desvanece. Eu precisava de você indignado, com vontade de dar o troco.

Wylan cruzou os braços.

— Bem, você conseguiu.

Kaz cruzou as mãos sobre a bengala.

— Está ficando tarde, então tratem de parar de ficar com dó do *pobre Wylan* e concentrem-se nas tarefas a cumprir. Matthias, Jesper e Kuwei partirão para a embaixada às nove badaladas e meia. Cheguem pelo canal. Jesper, você é alto, moreno e se destaca fácil…

— Tudo sinônimo para encantador.

— E isso significa que terá que tomar o dobro do cuidado.

— Sempre existe um preço a ser pago pela grandeza.

— Tente levar isso a sério — disse Kaz, sua voz soando como uma lâmina enferrujada. Aquilo era preocupação de verdade? Jesper tentou não se perguntar se a preocupação era com ele ou com o trabalho. — Sejam rápidos e levem todo mundo para as docas às dez. Não quero todos vocês perambulando por aí chamando atenção. Vamos nos encontrar no Terceiro Porto, ancoradouro quinze. O navio se chama *Verrhader*. Ele faz a rota entre Kerch e Ravka várias vezes durante o ano.

Ele se levantou.

— Sejam espertos e discretos. Nada disso vai funcionar se Van Eck perceber o que está acontecendo.

— E se cuidem — adicionou Inej. — Quero comemorar com todos vocês quando aquele navio deixar o porto.

Jesper também queria. Queria ver todos eles em segurança quando aquela noite acabasse. Ele levantou a mão.

— Vai ter champanhe?

Nina terminou o último biscoito, lambendo os dedos.

— *Eu* vou estar lá, e eu sou efervescente.

Depois disso, não havia nada para fazer além de terminar de empacotar o equipamento. Não haveria um grande adeus.

Jesper se aproximou da mesa onde Wylan arrumava sua bolsa de couro e fingiu procurar algo na pilha de mapas e documentos.

Ele hesitou, mas acabou falando:

— Pode ficar comigo e com meu pap. Se quiser. No hotel. Se precisar de um lugar para esperar tudo esfriar.

— Sério?

— Claro — disse Jesper com um sacolejo de ombros que não pareceu certo. — Inej e Kaz também. Não podemos nos dispersar antes de a vingança ser concluída.

— E depois disso? Quando o empréstimo do seu pai for pago, você voltará para Novyi Zem?

— Deveria.

Wylan esperou. Jesper não tinha uma resposta para ele. Se ele voltasse para a fazenda, estaria longe das tentações de Ketterdam e do Barril. Mas provavelmente encontraria algum tipo novo de confusão para se meter. E ele teria tanto dinheiro. Mesmo depois que o empréstimo fosse pago, ainda restaria mais de três milhões de kruges. Ele deu de ombros novamente.

— Kaz é o planejador.

— Claro — disse Wylan, mas Jesper notou o desapontamento em seu rosto.

— Imagino que já tenha planejado todo o seu futuro?

— Não. Só sei que vou tirar minha mãe daquele lugar e tentar construir algum tipo de vida para nós. — Wylan apontou para os cartazes na parede. — É realmente isso que você quer? Ser um criminoso? Continuar pulando do próximo serviço para a próxima briga para o próximo desastre iminente?

— Sinceramente? — Jesper sabia que Wylan provavelmente não iria gostar do que ele diria em seguida.

— Está na hora — disse Kaz da porta.

— Sim, é isso que eu quero — disse Jesper. Wylan colocou a bolsa sobre o ombro e, sem pensar, Jesper estendeu a mão e ajeitou a alça. Ele não a largou. — Mas não é tudo o que eu quero.

— *Agora* — disse Kaz.

Vou bater na cabeça dele com aquela bengala. Jesper soltou a alça.

— Sem luto.

— Sem funerais — Wylan disse calmamente. Ele e Kaz desapareceram pela porta.

Nina e Inej eram as próximas. Nina desapareceu por uma das passagens para trocar a ridícula roupa fjerdana e vestir calças, casaco e túnica práticas – tudo de traço e corte ravkano. Ela havia levado Matthias com ela e emergido amarrotada e ruborizada vários minutos depois.

— Concentrando-se na tarefa? — Jesper não conseguiu evitar a pergunta.

— Estou ensinando a Matthias tudo sobre diversão. Ele é um aluno excelente. Muito aplicado nas aulas.

— Nina… — Matthias interveio.

— Tem problemas com atitude. Mas demonstra ter margem para melhora.

Inej deu um cutucão na garrafa de extrato de café na direção de Jesper.

— Tente ser prudente esta noite, Jes.

— Sou tão bom em ser prudente quanto Matthias é em se divertir.

— Sou perfeitamente bom em me divertir — Matthias resmungou.

— Perfeitamente — Jesper concordou.

Ele queria dizer mais coisas para todos eles, principalmente para Inej, mas não na frente dos demais. *Talvez nunca*, admitiu. Ele devia a Inej um pedido de desculpas. Foi o seu descuido que os meteu na emboscada no Quinto Porto antes de partirem para o trabalho na Corte do Gelo, e o erro quase custou a vida da Espectro. Mas como diabos você se desculpa por algo assim? *Desculpe-me se por minha causa você quase morreu esfaqueada. Quem quer waffles?*

Antes que pudesse pensar mais no assunto, Inej o beijou na bochecha, Nina levantou o dedo do meio para a parede com os cartazes de procurados, e Jesper se viu preso esperando dar as nove badaladas e meia, sozinho no túmulo com um Kuwei carrancudo e um Matthias que não parava de andar para lá e para cá.

Kuwei começou a reorganizar as anotações em sua mochila.

Jesper sentou-se à mesa.

— Precisa de tudo isso?

— Preciso — disse Kuwei. — Já esteve em Ravka?

Pobre garoto, está assustado, pensou Jesper.

— Não, mas você terá Nina e Matthias para te fazer companhia.

Kuwei olhou de relance para Matthias e sussurrou:

— Ele é muito sério.

Jesper teve de rir.

— Eu não o chamaria de alegre, mas tem suas boas qualidades.

— Estou te ouvindo, Fahey — Matthias resmungou.

— Ótimo. Odiaria ter que gritar.

— Não está nem um pouco preocupado com os outros? — perguntou Matthias.

— Claro que estou. Mas todos nós já saímos das fraldas. A época de se preocupar acabou. Agora vem a parte divertida — disse ele, tocando nas suas armas. — A ação.

— Ou a morte — Matthias murmurou. — Sabe tanto quanto eu que Nina não está em sua melhor forma.

— Ela não precisa estar hoje à noite. A ideia toda é *não* se meter em briga, infelizmente.

Matthias parou de zanzar e sentou-se à mesa na frente de Jesper.

— O que aconteceu na casa do lago?

Jesper ajeitou o canto de um dos mapas.

— Não tenho certeza, mas acho que ela sufocou um sujeito até a morte com uma nuvem de poeira.

— Não entendo — disse Matthias. — Uma nuvem de poeira? Ela controlou estilhaços de ossos hoje, ela nunca havia feito isso antes da *parem*. Acho que ela pensa que a mudança é temporária, um efeito residual da droga, mas... — Ele se virou para Kuwei. — Será que a *parem* seria capaz de alterar o poder de um Grisha? Mudá-lo? Destruí-lo?

Kuwei brincou com o fecho de sua mochila de viagem.

— Acho que é possível. Ela sobreviveu à abstinência. Isso é raro, e sabemos tão pouco sobre a *parem*, sobre o poder Grisha.

— Não dissecaram gente o suficiente para resolver a charada? — As palavras escaparam da boca de Jesper antes que pudesse pensar melhor sobre elas. Ele sabia que não eram justas. Kuwei e seu pai também eram Grishas, e nenhum dos dois esteve em posição de impedir os Shu de conduzir seus experimentos em outros Grishas.

— Está com raiva de mim? — disse Kuwei.

Jesper sorriu.

— Não sou o tipo de sujeito raivoso.

— Sim, você é — disse Matthias. — Raivoso e assustado.

Jesper olhou o fjerdano grandalhão de cima a baixo.

— Como é que é?

— Jesper é muito corajoso — protestou Kuwei.

— Obrigado por reparar. — Jesper esticou as pernas e cruzou um tornozelo sobre o outro. — Tem alguma coisa para dizer, Matthias?

— Por que não quer ir para Ravka?

— Meu pai...

— Seu pai poderia ir conosco hoje à noite. E se está tão preocupado com ele, por que não está lá no hotel com ele?

— Não vejo como isso seria da sua conta.

— Sei como é sentir vergonha de quem você é, do que você fez.

— Realmente quer começar essa conversa, caçador de bruxas? Não tenho vergonha. Tenho cuidado. Graças a pessoas como você e seus amigos drüskelle, o mundo é um lugar perigoso para pessoas como eu. Sempre foi, e pelo visto não parece que vai melhorar tão cedo.

Kuwei se esticou e tocou na mão de Jesper, seu rosto implorando.

— Entenda. Por favor. O que fizemos, o que meu pai fez, estávamos tentando tornar as coisas melhores, encontrar um jeito de os Grishas... — Ele fez um gesto como se pressionasse algo para baixo.

— Suprimirem seus poderes? — sugeriu Matthias.

— Sim. Exatamente. Para se esconderem mais facilmente. Se os Grishas não usam seus poderes, eles ficam doentes. Eles envelhecem, cansam-se com facilidade, perdem o apetite. É uma das formas de os Shu identificarem Grishas tentando viver em segredo.

— Eu não uso meu poder — disse Jesper. — E ainda assim... — Ele ergueu os dedos, enumerando seus pontos enquanto os falava. — Um: em resposta a um desafio, literalmente comi uma bandeja inteira cheia de waffles encharcados de calda de maçã e quase voltei para pegar mais. Dois: falta de energia nunca foi um problema para mim. Três: não fiquei doente nem um dia da minha vida.

— Será que não? — disse Matthias. — Existem muitos tipos de doença.

Jesper tocou seus revólveres. Pelo visto, havia muita coisa passando pela cabeça do fjerdano aquela noite.

Kuwei abriu sua mochila e pegou uma lata de *jurda* comum, o tipo vendido em cada lojinha de Ketterdam.

— *Jurda* é um estimulante, bom para lutar contra a *fatiga*. Meu pai acha... achava que era a resposta para ajudar gente como nós. Se ele pudesse encontrar a fórmula correta, ela permitiria que os Grishas permanecessem saudáveis enquanto escondiam seus poderes.

— Não saiu exatamente como o esperado, não foi? — disse Jesper. Talvez ele estivesse um *pouco* bravo.

— Os testes não saíram conforme o esperado. Alguém no laboratório deu com a língua nos dentes. Nossos chefes descobriram e pensaram em um destino diferente para a *parem*. — Ele sacudiu a cabeça e gesticulou na direção da mochila. — Agora tento me lembrar dos experimentos do meu pai.

— É isso que anda rabiscando nos seus cadernos?

— Também mantenho um diário.

— Deve ser fascinante. Dia um: sentei na tumba. Dia dois: sentei na tumba mais um pouco.

Matthias ignorou Jesper e disse:

— E já conseguiu alguma coisa?

Kuwei franziu a testa.

— Alguma coisa. Acho. Em um laboratório com cientistas de verdade, talvez tenha mais. Não sou meu pai. Ele era um Fabricador. Sou um Infernal. Não é nisso que eu sou bom.

— E você é bom em quê? — perguntou Jesper.

Kuwei lançou-lhe um olhar reflexivo, depois franziu o cenho.

— Nunca tive a chance de descobrir. Levávamos uma vida cheia de medo em Shu Han. Nunca foi nossa casa.

Aquele era um sentimento que Jesper certamente podia entender. Ele pegou a lata de *jurda* e abriu a tampa. Era material de qualidade, aroma adocicado, as florações secas quase inteiras e de uma cor laranja vibrante.

— Acha que se tivesse um laboratório e alguns Grishas Fabricadores por perto, você seria capaz de recriar as experiências de seu pai e, de algum modo, tentar descobrir um antídoto?

— Assim espero — disse Kuwei.

— Como ele funcionaria?

— Ele expurgaria a *parem* do corpo? — perguntou Matthias.

— Sim. Tiraria a *parem* — disse Kuwei. — Mas, mesmo que tenhamos sucesso, como administrar o antídoto?

— Teria de chegar perto o bastante para injetá-lo ou fazer alguém o engolir — disse Matthias.

— E quando entrar no alcance da pessoa, você já era — concluiu Jesper.

Jesper pinçou com os dedos uma das florações de *jurda*. Cedo ou tarde alguém descobriria como criar sua própria versão da *jurda parem*, e, quando fizesse isso, uma dessas florações poderia valer uma pequena fortuna. Se ele se concentrasse em suas pétalas, mesmo que um pouco, poderia senti-las se quebrando em seus componentes menores. Não era exatamente como ver, estava mais para sentir todas as minúsculas partes diferentes de matéria que formavam o todo.

Ele devolveu a flor para a lata. Quando era um garotinho, deitado nos campos de seu pai, descobriu que podia vazar a cor da floração de uma *jurda*, pétala por pétala. Em uma tarde tediosa, ele havia branqueado letras maiúsculas formando um palavrão no pasto a oeste. Seu pai ficou furioso, mas também ficou assustado. Gritou com Jesper até ficar rouco, e então Colm simplesmente se sentou lá, olhando para ele, mãos enormes entrelaçadas em torno de uma caneca de chá para impedi-las de tremer. No início, Jesper pensou que seu pai estava bravo com o palavrão, mas não era por isso.

— Jes — disse ele, por fim. — Você tem de me prometer que nunca mais vai fazer isso. Sua mãe tinha o mesmo dom. E ele só vai lhe trazer sofrimento.

— Prometo — disse Jesper rapidamente, querendo consertar as coisas, ainda abalado por ver seu paciente e gentil pai com tanta raiva. Mas tudo o que ele pensou foi: *Minha mãe não parecia estar sofrendo.*

Na verdade, sua mãe parecia estar feliz com tudo. Ela era zemeni, sua pele tinha um tom profundo de ameixa, e ela era tão alta que seu pai tinha de inclinar a cabeça para trás para olhá-la nos olhos. Antes de Jesper ter idade para trabalhar nos campos com seu pai, ele tinha permissão de ficar em casa com ela. Havia sempre roupa para lavar, comida para cozinhar, madeira para ser cortada, e Jesper amava ajudá-la.

— Como vai a minha terra? — ela perguntava todos os dias quando seu pai voltava do campo. Mais tarde Jesper soube que a fazenda tinha estado no nome dela, um presente de casamento de seu pai, que tinha cortejado Aditi Hilli por quase um ano antes que ela se dignasse a lhe dar atenção.

— Florescendo — ele diria, beijando-a na bochecha. — Assim como você, meu amor.

O pai de Jesper sempre prometia brincar com ele e ensiná-lo a esculpir à noite, mas, invariavelmente, depois do jantar Colm caía no sono perto da lareira, botas ainda nos pés, suas solas manchadas do laranja da *jurda*. Jesper e sua mãe retiravam-lhe os sapatos, sufocando as risadas, depois o cobriam com um cobertor e cuidavam do restante das tarefas da noite. Eles limpavam a mesa e traziam a roupa do varal, e ela colocava Jesper na cama. Não importava o quanto estivesse atarefada, não importava quantos animais precisassem ser esfolados, ou quantas cestas precisassem ser consertadas, ela parecia ter a mesma energia infinita de Jesper, e sempre tinha tempo para cantar uma canção ou contar uma história para ele antes de dormir.

Foi a mãe de Jesper quem o ensinou a cavalgar, colocar a isca, limpar um peixe, depenar uma codorna, acender uma fogueira com apenas dois gravetos e preparar uma xícara adequada de chá. E ela o ensinou a atirar. Primeiro com uma arma infantil de chumbinho que era pouco mais do que um brinquedo, depois com pistolas e um rifle.

— Qualquer um pode aprender a atirar — ela lhe falou. — Mas nem todo mundo consegue acertar.

Ela lhe ensinou observação a distância, como rastrear um animal através das moitas, as peças que a luz podia pregar em seus olhos, como determinar a velocidade do vento, como atirar correndo e, mais tarde, sentado em um cavalo. Não havia nada que ela não pudesse fazer.

Também havia as lições secretas. Às vezes, quando chegavam em casa tarde e ela precisava fazer o jantar, ela fervia a água sem sequer aquecer o fogão, fazia o pão crescer apenas olhando para ele. Ele a tinha visto limpar as manchas das roupas apenas roçando os dedos sobre elas, e fabricava sua própria pólvora, extraindo o salitre de um lago havia muito tempo seco, perto de onde moravam.

— Por que pagar por algo que eu sei fazer melhor? — ela perguntava. — Mas nada de comentar isso com seu pap, hum?

Quando Jesper perguntava o motivo, ela apenas dizia:

— Porque ele já tem muita coisa com que se preocupar, e não gosto quando ele se preocupa comigo.

Mas seu pap se preocupava, especialmente quando um dos amigos zemenis de sua mãe entrava pela porta precisando de ajuda ou de cura.

— Acha que os traficantes de escravos não podem te encontrar aqui? — ele perguntou uma noite, andando de um lado para o outro na cabana enquanto Jesper se encolhia em seus cobertores, fingindo dormir para poder escutar. — Se alguém espalhar por aí que existe uma Grisha morando nestas bandas…

— Isso é algo — Aditi disse dando um aceno com uma de suas mãos graciosas — que não depende de nós. Não posso ser nada além do que sou, e se meus dons podem ajudar as pessoas, então é meu dever usá-los para isso.

— E quanto ao nosso filho? Você não deve nada a ele? Sua primeira obrigação é manter-se em segurança para que nós não a percamos.

Mas a mãe de Jesper havia segurado o rosto de Colm entre as mãos de forma tão gentil, tão graciosa, com todo o amor brilhando em seus olhos.

— Que tipo de mãe eu seria para o meu filho se escondesse meus talentos? Se eu deixasse o medo me guiar nesta vida? Você sabia o que eu era quando pediu que eu ficasse com você, Colm. Pois não sugira agora que eu seja menos do que isso.

E, simples assim, a frustração de seu pai se foi.

— Eu sei. Só não consigo aguentar o pensamento de te perder.

Ela riu e o beijou.

— Então é melhor me manter perto de você — ela disse com uma piscadela. E assim a discussão acabava. Até que houvesse a próxima.

Acabou que, no fim das contas, o pai de Jesper estava errado. Eles não perderam Aditi para os traficantes de escravos.

Jesper acordou uma noite para prestar atenção em vozes. Quando se arrastou para fora das cobertas, viu sua mãe vestindo o casaco sobre a longa camisola, pegando um chapéu e as botas. Ele tinha sete anos na época, pequeno para a idade, mas velho o bastante para saber que as conversas mais interessantes aconteciam depois que ele ia para a cama. Um homem zemeni estava de pé na porta com roupas empoeiradas de cavalgar, e seu pai dizia:

— Estamos no meio da noite. Tenho certeza de que isso pode esperar até amanhecer.

— Se fosse Jes que estivesse deitado sofrendo, você diria isso? — sua mãe perguntou.

— Aditi...

Ela beijou Colm na bochecha, depois pegou Jesper nos braços.

— Meu coelhinho está acordado?

— Não — disse ele.

— Bem, então você deve estar sonhando. — Ela o colocou de volta no chão, beijou suas bochechas e sua testa. — Vá dormir, coelhinho, amanhã estarei de volta.

Mas ela não voltou no dia seguinte, e quando bateram à porta na manhã seguinte, não era a sua mãe, era apenas o mesmo homem zemeni empoeirado.

Colm pegou o filho e saiu pela porta em questão de segundos. Enfiou um chapéu na cabeça, acomodou Jesper na sela na frente dele e cutucou o cavalo para começar o galope. O homem empoeirado montava um cavalo ainda mais sujo, e eles o seguiram por quilômetros de terra cultivada até uma casa de fazenda branca que ficava próxima a um campo de *jurda*. Ela era muito mais legal do que a sua pequena cabana, tinha dois andares e vidro nas janelas.

A mulher esperando na porta era mais corpulenta do que sua mãe, mas quase tão alta quanto, seu cabelo amontoado em rolos grossos de tranças. Ela acenou para que entrassem e disse:

— Ela está lá em cima.

Nos anos que se seguiram, quando Jesper juntou as peças do que acontecera naqueles dias terríveis, ele se lembrou de poucas coisas: os pisos de madeira polida da casa da fazenda e como eles pareciam quase sedosos sob seus dedos, os olhos da mulher corpulenta, vermelhos de tanto chorar, e a menina – uma criança anos mais velha que Jesper, com tranças arrumadas como as de sua mãe. A garota havia bebido de um poço que tinha sido cavado perto demais de uma das minas. Ele devia estar selado, mas alguém simplesmente havia levado o balde embora. O molinete ainda estava lá, junto da velha corda. Sendo assim, a menina e seus amigos tinham usado uma de suas lancheiras para trazer a água para cima, fria como a manhã e duas vezes mais clara. Todos os três adoeceram naquela noite. Dois deles morreram. Mas a mãe de Jesper havia salvado a garota, a filha da mulher corpulenta.

Aditi tinha parado ao lado da cabeceira da garota, cheirado a lancheira de metal e, depois, pousado as mãos na pele febril da garota. Ao meio-dia do dia seguinte, a febre tinha diminuído e o tom amarelado desaparecido dos olhos da menina. No fim do dia, ela se sentou e disse à mãe que estava com fome. Aditi sorriu para ela e desmaiou.

— Ela não tomou o cuidado suficiente ao extrair o veneno — disse o sujeito empoeirado. — Ela acabou absorvendo muito dele. Já vi isso acontecer antes com zowa.

Zowa. A palavra significa "abençoado". Era a palavra que a mãe de Jesper usava em vez de Grisha. *Somos zowa*, ela dizia para Jesper enquanto fazia uma flor desabrochar com um movimento de seus dedos. *Você e eu*.

Agora não havia ninguém que pudesse salvá-la. Jesper não sabia como. Se ela estivesse consciente, se estivesse mais forte, poderia ter sido capaz de se curar. Em vez disso, ela deslizou para dentro de algum sonho profundo, sua respiração se tornando cada vez mais pesada.

Jesper dormiu, sua bochecha pressionada contra a palma da mão de sua mãe, certo de que a qualquer instante ela acordaria, acariciaria sua bochecha e ele ouviria sua voz dizendo: "O que está fazendo aqui, coelhinho?". Em vez disso, ele acordou com o som de seu pai soluçando.

Eles a levaram de volta para a fazenda e a enterraram sob uma cerejeira que já estava começando a florir. Para Jesper, aquele dia tinha sido bonito demais para tamanha tristeza, e, mesmo agora, a visão daquelas flores rosa claro em uma vitrine ou bordadas nas sedas de uma dama sempre o deixava melancólico. Elas o faziam se lembrar do cheiro de terra recém-mexida, o vento sussurrando pelos campos, a voz de barítono de seu pai cantando algum tipo de música solitária, um ar kaelish em palavras que Jesper não entendia.

Quando Colm terminou, as últimas notas subindo em direção aos ramos da cerejeira, Jesper perguntou:

— Mamãe era uma bruxa?

Colm colocou a mão sardenta no ombro do filho e o puxou para perto.

— Ela era uma rainha, Jes — disse ele. — A nossa rainha.

Jesper preparou o jantar para eles naquela noite, biscoitos queimados e sopa aguada, mas seu pai comeu cada pedacinho e leu para ele seu livro kaelish sobre Santos, até que as luzes baixaram e a dor no coração de Jesper se aliviou o suficiente para ele dormir. E foi desse modo que a vida seguiu desde então, apenas eles dois, um cuidando do outro, trabalhando nos campos, empacotando e secando *jurda* nos verões, tentando fazer a fazenda valer o investimento. Por que não tinha sido suficiente?

Mas mesmo enquanto pensava nisso, Jesper sabia que nunca teria sido suficiente. Ele nunca poderia voltar para aquela vida. Ele não havia sido criado para ela. Talvez se sua mãe estivesse viva, ela poderia ter lhe ensinado a como canalizar sua inquietação. Talvez ela tivesse lhe mostrado como usar seu poder em vez de escondê-lo. Talvez ele tivesse ido para Ravka para ser um soldado da coroa. Ou talvez tivesse acabado onde estava de qualquer maneira.

Ele limpou a mancha de *jurda* de seus dedos e colocou a tampa de volta na lata.

— Os zemenis não usam apenas as florações — disse ele. — Eu me lembro da minha mãe encharcando os talos de *jurda* com leite de cabra. Ela me dava a mistura quando eu estava no campo.

— Por quê? — perguntou Matthias.

— Para neutralizar os efeitos de um dia inteiro inalando o pólen da *jurda*. Era demais para o sistema de uma criança, e ninguém me queria mais agitado do que eu já era.

— Os talos? — repetiu Kuwei. — A maioria das pessoas simplesmente os descarta.

— Os talos possuem um bálsamo. Os zemenis o drenam para fazer pomadas. Eles os esfregam nas gengivas e narinas dos bebês quando estão queimando *jurda*. — Jesper batucou os dedos na lata, um pensamento se formando em sua mente. Será que o segredo para o antídoto da *jurda parem* estava na própria *jurda*? Ele não era um químico, não pensava como Wylan, e não fora treinado como um Fabricador. Mas ele havia puxado à sua mãe. — E se houver uma versão do bálsamo capaz de neutralizar os efeitos da *jurda parem*? Ainda precisariam descobrir um modo de administrar...

Foi quando as janelas se estilhaçaram. Jesper sacou suas armas num piscar de olhos, enquanto Matthias empurrava Kuwei para o chão e apoiava o rifle no ombro. Eles se deslocaram para a parede, e Jesper espiou o lado de fora através do vitral destruído. Nas sombras do cemitério ele viu lamparinas erguidas, silhuetas oscilantes que deviam ser pessoas, muitas pessoas.

— A menos que os fantasmas estejam muito mais vivos do que de costume — disse Jesper —, parece que temos companhia.

PARTE IV

O Visitante Inesperado

17. Inej

À NOITE, PARECIA QUE O BAIRRO DO ARMAZÉM HAVIA TROCADO de pele e assumido uma nova forma. As favelas nas margens orientais fervilhavam de vida, enquanto as ruas do bairro se tornavam uma terra de ninguém, ocupada apenas por guardas em seus postos e soldados da *stadwatch* fazendo suas rondas.

Inej e Nina atracaram o barco no largo canal central que subia pelo centro do distrito e se dirigiram para o cais silencioso, mantendo-se perto dos armazéns e longe dos postes de iluminação que se alinhavam na beira da água. Passaram por barcaças carregadas de madeira serrada e tinas imensas empilhadas com carvão. Vislumbravam por vezes homens trabalhando à luz de uma lamparina, carregando barris de rum ou fardos de algodão. Uma carga tão valiosa não podia ser deixada sem vigilância durante a noite. Quando haviam quase chegado ao Recife Doce, viram dois homens descarregando algo de uma grande carroça estacionada ao lado do canal, iluminados por uma única lâmpada azul.

— Luz dos mortos — sussurrou Inej, e Nina estremeceu. Luminossos feitos de ossos esmagados de peixes das profundezas tinham um brilho verde. Mas a luz dos mortos queimava outro combustível, um aviso azul que permitia às pessoas identificar as barcaças de coveiros, cuja carga eram os mortos.

— O que os coveiros estão fazendo no distrito dos armazéns?

— As pessoas não gostam de ver cadáveres nas ruas ou canais. O distrito dos armazéns fica praticamente deserto à noite, então é para cá que eles trazem os corpos. Depois que o sol se põe, os coveiros coletam os mortos e os trazem para cá. Eles trabalham em turnos, vizinhança por vizinhança. Ao amanhecer eles já terão partido, e junto com eles sua carga. — Enviada para a Barcaça da Ceifadora para ser cremada.

— Por que não constroem um cemitério de verdade de uma vez? — disse Nina.

— Não há espaço. Sei que houve conversas sobre reabrir o Véu Negro muito tempo atrás, mas isso tudo foi deixado de lado quando veio a Praga da Dama da Rainha. As pessoas temem demais o contágio. Se a sua família puder bancar, eles te enviam para um cemitério fora de Ketterdam. E se não puder…

— Sem luto — Nina disse sombriamente.

Sem luto, sem funerais. Outra maneira de dizer boa sorte. Mas havia algo além. Uma piscadela mórbida para o fato de que pessoas como eles não ganhavam enterros caros, lápides de mármore para lembrar seus nomes, coroas de murta e rosas.

Inej seguiu na frente quando se aproximaram do Recife Doce. Os próprios silos eram assustadores, imensos como deuses-sentinelas, monumentos da indústria brasonados com o louro vermelho de Van Eck. Logo todo mundo saberia o que aquele emblema representava: covardia e fraude. O conjunto circular dos silos de Van Eck estava limitado por uma cerca de metal.

— Arame farpado — Nina observou.

— Não será um problema. — Tinha sido inventado para manter o gado em seus currais. Não representaria desafio algum para a Espectro.

Elas assumiram suas posições ao lado da parede robusta de tijolos vermelhos de um armazém e se mantiveram vigilantes, confirmando que a rotina dos guardas não havia mudado. Exatamente como Kaz havia dito, os guardas levavam quase exatos doze minutos para dar a volta na cerca que protegia os silos. Quando as patrulhas estivessem do lado leste do perímetro, Inej teria cerca de seis minutos para cruzar a corda. Uma vez que passassem para o lado oeste, ela facilmente poderia ser avistada na corda entre os silos, mas no telhado ela estaria praticamente invisível. Durante aqueles seis minutos, Inej teria de depositar o caruncho na escotilha do silo e depois soltar a corda. Se ela levasse mais de seis minutos para tal, ela simplesmente teria de esperar os guardas darem a volta. Ela não seria capaz de vê-los, mas Nina tinha um luminosso poderoso em mãos. Ela sinalizaria para Inej com um lampejo rápido de luz verde quando o caminho estivesse livre para ela fazer a travessia.

— Dez silos — disse Inej. — Nove travessias.

— Eles são bem mais altos de perto — disse Nina. — Está pronta para isso?

Inej não podia negar que eles eram intimidadores.

— Não importa a altura da montanha, a escalada é a mesma.

— Isso não é tecnicamente verdade. Você precisa de cordas, picaretas...

— Não banque o Matthias.

Nina cobriu a boca horrorizada.

— Vou comer o dobro de bolo para compensar isso.

Inej assentiu circunspecta.

— Uma boa política.

A patrulha estava saindo da casa de guarda novamente.

— Inej — disse Nina hesitante —, você precisa saber de uma coisa. Meu poder não é o mesmo desde que usei a *parem*. Se nos metermos em confusão...

— Sem confusão esta noite. Passaremos por eles como fantasmas. — Ela apertou os ombros de Nina. — E não conheço guerreira mais valente, com ou sem poderes...

— Mas...

— Nina, os guardas.

A patrulha havia desaparecido de vista. Se não agissem agora, teriam de esperar pelo próximo ciclo, e isso as deixaria atrasadas no planejamento.

— É pra já — disse Nina, e andou a passos largos em direção à casa de guarda.

Nos poucos passos que deu para cruzar o espaço do ponto de observação do armazém até a luz do poste que banhava a casa de guarda, o comportamento de Nina mudou como um todo. Inej não conseguia explicar a mudança, mas seus passos se tornaram mais hesitantes, seus ombros caíram ligeiramente. Parecia quase que havia encolhido. Ela não era mais uma Grisha treinada, mas sim uma jovem imigrante nervosa na esperança de receber um pouco de bondade.

— Por favor, podem me ajudar? — Nina disse com um sotaque ravkano ridiculamente carregado.

O guarda manteve sua arma à mão, mas não pareceu particularmente preocupado.

— Você não deveria estar aqui à noite.

Nina murmurou algo, olhando para ele com grandes olhos verdes. Inej não fazia ideia de que ela poderia parecer tão respeitável.

— O que foi? — disse o guarda aproximando-se.

Inej entrou em ação. Ela acendeu o pavio comprido da bomba de luz de baixa potência que Wylan lhes dera, então correu para a cerca, mantendo-se bem longe daquela piscina de luz, subindo silenciosamente. Estava quase exatamente atrás do guarda e de Nina, depois ficou acima deles. Podia ouvir suas vozes enquanto deslizava com facilidade entre as bobinas de arame farpado.

— Vim procurar emprego, sim? — disse Nina. — Fazer açúcar.

— Não fazemos açúcar aqui, só armazenamos. Você está procurando as plantas de processamento.

— Mas preciso de emprego. Eu… Eu…

— Ei, pare com isso, não chore. Venha aqui.

Inej conteve um grunhido e caiu silenciosamente no chão do outro lado da cerca. Através dela, pôde ver os sacos de areia que Kaz havia mencionado, todos empilhados contra a parede dos fundos da casa de guarda, e o canto do que devia ser a rede que ele planejara para ela usar.

— Seu… Ãhn… Seu companheiro está procurando trabalho também? — o guarda estava perguntando.

— Eu não tenho… qual é a palavra? Com… Companheiro?

O portão ao lado da casa de guarda não fechava por dentro, então Inej o abriu, deixando-o entreaberto apenas para Nina, e correu para as sombras na base do silo mais próximo.

Ela ouviu Nina se despedir e caminhar na direção oposta do ponto de observação. Inej esperou. Os minutos se passaram, e, quando se convenceu de que a bomba havia falhado, um estalo alto soou e um clarão de luz brilhou no armazém que haviam usado para espiar os guardas. O guarda apareceu novamente, rifle em punho, e deu alguns passos na direção do armazém.

— Alguém aí? — ele gritou.

Nina saiu das sombras atrás dele e entrou pelo portão em questão de instantes. Ela o fechou com segurança e se dirigiu para o segundo silo, desaparecendo na escuridão. A partir de lá, ela seria capaz de sinalizar para Inej enquanto os guardas faziam as rondas.

O guarda voltou ao posto, caminhando de costas caso alguma ameaça ainda o esperasse nos armazéns que ficavam além. Finalmente, ele se virou e sacudiu o portão para garantir que estava trancado, depois seguiu para dentro da casa de guarda.

Inej esperou o sinal de Nina, depois correu para os degraus soldados na lateral do silo. Um andar, dois andares, dez. No carnaval, seu tio teria mantido o público entretido durante sua ascensão. *Um truque como este jamais foi tentado antes, e certamente nunca por alguém tão jovem! Acima de vocês, observem a corda aterrorizante.* Alguém acenderia um farolete, iluminando a corda de modo que parecesse o mais frágil fio de teia de aranha esticado. *Cavalheiros, peguem a mão de suas damas. Veem como os dedos delas são finos? Agora imaginem, digamos, tentar andar sobre algo tão fino, tão frágil quanto eles! Quem se arriscaria a tal feito? Quem se arriscaria a desafiar a própria morte?*

Então Inej apareceria no alto do poste e, com as mãos nos quadris, gritaria: "*Eu desafiarei!*" E a multidão arfaria espantada.

Mas espere aí, não, isso não pode estar certo, seu tio diria, *uma garotinha?* Nesse ponto, a multidão sempre ia à loucura. As mulheres desmaiavam. Às vezes, um dos homens tentava parar o show.

Não havia plateia aquela noite, somente o vento, o metal frio sob seus dedos, a face brilhante da lua.

Inej alcançou o topo do silo e olhou para a cidade lá embaixo. Ketterdam brilhava em luz dourada, lamparinas se movendo lentamente pelos canais, velas deixadas para queimar nas janelas, lojas e tavernas ainda brilhando com os negócios noturnos. Ela podia distinguir as lantejoulas cintilantes da Tampa, as lamparinas coloridas e as lâmpadas vistosas em cascata das Aduelas.

Em poucos dias, a fortuna de Van Eck estaria arruinada e ela estaria livre de seu contrato com Per Haskell. *Livre.* Para viver como quisesse. Para ir atrás do perdão por seus pecados. Para perseguir seu propósito. Ela sentiria falta daquele lugar? Essa cidade confusa e abarrotada que aprendera a conhecer tão bem, que de algum modo tinha se tornado o seu lar? Certamente sentiria. Então aquela noite ela se apresentaria para a sua cidade, para os cidadãos de Ketterdam, mesmo que eles não pudessem aplaudir.

Apesar de ter exigido um pouco de força, ela conseguiu afrouxar a roda da escotilha do silo e abri-la. Ela enfiou a mão no bolso e tirou o frasco com tampa contendo o caruncho químico. Seguindo as instruções de Wylan, ela o sacudiu com firmeza, depois derramou o conteúdo no silo. Um assovio baixo preencheu o ar, e, enquanto ela observava, o açúcar se moveu como se houvesse algo vivo sob sua superfície. Ela estremeceu. Tinha ouvido falar de trabalhadores morrendo em silos, presos em seu interior quando o grão, milho ou açúcar cedia sob seus pés, sendo sufocados lentamente até a morte. Fechou a escotilha e a selou com força. Em seguida, alcançou o primeiro degrau da escada metálica e anexou o grampo magnetizado que Wylan lhe dera. Sem dúvida pareceu que estava firmemente preso. Bastou apertar um botão e dois fios-guia magnetizados saltaram livres e se afixaram ao silo com um estalido suave. Ela tirou uma besta e uma bobina de corda pesada de sua mochila, depois enlaçou uma extremidade do fio no gancho, segurou-a firmemente e prendeu os fios-guia. A outra extremidade foi presa a um grampo magnético carregado na besta. Ela soltou o gatilho. O primeiro tiro errou o alvo, e ela precisou enrolar o fio de volta.

O segundo tiro enganchou no degrau errado, mas o terceiro travou corretamente no silo seguinte. Ela torceu o grampo até a tensão na corda parecer adequada. Eles já haviam usado equipamentos semelhantes antes, mas nunca em uma distância tão grande ou em uma escalada tão alta. Não importava. A distância, o perigo se transformaria sobre o fio, e ela também se transformaria. No alto da corda bamba, ela não devia nada a ninguém, era uma criatura sem passado ou presente, suspensa entre a terra e o céu.

Havia chegado a hora. Você podia aprender a usar o trapézio, mas precisava ter nascido para a corda. A mãe de Inej uma vez lhe disse que equilibristas de corda bamba talentosos descendiam do Povo do Ar, que tiveram asas um dia, e que, sob a luz certa, aquelas asas ainda podiam ser vislumbradas nos seres humanos que contavam com o seu favor. Depois de ouvir isso, Inej estava sempre se contorcendo de um jeito ou de outro na frente de espelhos e verificando sua sombra, ignorando a risada de seus primos, para ver se talvez suas próprias asas não estivessem aparecendo. Quando seu pai se cansou de tê-la o incomodando todos os dias, permitiu que ela começasse seu treinamento nas cordas baixas, descalça, para que pudesse aprender a sensação de caminhar para frente e para trás, mantendo seu centro equilibrado. Ela achara tudo um tédio absoluto, mas cumpriu os exercícios todos os dias de forma obediente, testando sua força, experimentando a sensação de sapatos de couro que a permitiam ter aderência ao fio mais rígido e menos amigável. Se o seu pai se distraía, ela girava de pernas para o ar, de modo que, quando ele virava de volta, ela estava atravessando a corda sobre as mãos. Ele concordou em elevar a corda alguns centímetros, deixá-la experimentar uma corda bamba de verdade, e a cada nível Inej dominava uma habilidade após a outra, estrelas, giros, manter um jarro de água apoiado na cabeça. Ela se familiarizou com a vara fina e flexível que lhe permitiria manter o equilíbrio em alturas maiores. Uma tarde, seu tio e seus primos estavam preparando um novo ato. Hanzi iria empurrar Asha ao longo do fio em um carrinho de mão. O dia estava quente e eles decidiram fazer uma pausa para o almoço e ir dar um mergulho no rio. Sozinha na tenda silenciosa, Inej escalou um dos anéis da plataforma que eles haviam erguido, ficando de costas para o sol de modo a ter uma visão clara da corda.

Àquela altura, o mundo se tornou um reflexo de si mesmo, suas silhuetas reduzidas, suas sombras alongadas, familiares em suas formas, mas de alguma forma não confiáveis. Quando Inej tocou a corda com a sapatilha, sentiu imediatamente um instante de dúvida. Embora a corda tivesse a mesma largura daquela pela qual andara sem medo por semanas, agora ela parecia muito mais fina, como se naquele mundo espelhado a corda obedecesse a regras diferentes. *Quando o medo chega, algo está para acontecer.*

Inej respirou fundo, encaixou os quadris sob o umbigo e deu os primeiros passos no ar. Sob seus pés, a grama parecia um mar ondulante. Ela sentiu seu peso mudar, inclinou para a esquerda, sentiu a atração da terra, a gravidade pronta para uni-la com sua sombra lá embaixo. Seus músculos se flexionaram, ela dobrou os joelhos, o instante de dúvida passou, e então eram apenas ela e a corda bamba. Foi quando, na metade da travessia, percebeu que estava sendo observada. Deixou sua visão se expandir, mas manteve o foco. Inej jamais se esqueceria da expressão no rosto de seu pai ao voltar do rio com seu tio e os primos, a cabeça inclinada em sua direção, a boca aberta, sua mãe saindo da carroça com a mão no peito. Eles permaneceram em silêncio, com medo de quebrar sua concentração, seu primeiro público na corda bamba, mudo com um medo que ela sentiu como se fosse adulação.

Durante a primeira hora que se seguiu depois que havia descido da corda, sua mãe ora a abraçava, ora a repreendia. Apesar de o pai ter sido severo, ela não deixou de notar o orgulho em seu olhar e a admiração rancorosa nos olhos de seus primos.

Quando um deles parou ao seu lado mais tarde e perguntou "Como não sentiu medo ao andar naquela corda?", ela simplesmente deu de ombros e disse: "É só andar".

Mas aquilo não era verdade. Aquilo era melhor que andar. Quando outros andavam na corda bamba, eles lutavam... contra o vento, a altura, a distância. Quando Inej estava na corda bamba, ela se tornava o seu mundo. Ela podia sentir sua inclinação e sua atração. A corda era um planeta, e era ela sua lua. Havia uma simplicidade na corda que nunca tinha sentido nos trapézios, onde era levada pelo impulso. Ela amava a quietude que podia encontrar no fio, e isso era algo que ninguém mais entendia. Ela havia caído apenas uma vez, e ainda colocava a culpa na rede. Eles a tinham amarrado porque Hanzi iria adicionar a seu ato um monociclo. Num momento Inej estava andando, e no outro estava caindo. Mal teve tempo de perceber o que estava acontecendo antes de acertar a rede e quicar direto para fora dela no chão. Inej ficou um tanto assustada ao descobrir o quanto a terra era dura, e que não se amaciaria nem se dobraria para ela. Quebrou duas costelas e ficou com um galo na cabeça do tamanho de um ovo de gansa.

— É bom que ele seja tão grande — seu pai murmurou examinando-a. — Significa que o sangue não está dentro do cérebro.

Assim que tirou os curativos, Inej voltou para a corda bamba. Nunca mais trabalhou com uma rede. Sabia que ela a havia deixado descuidada. Mas, ao olhar agora para baixo, tinha de admitir que um pouco de segurança não seria nada mau. Lá embaixo, a luz da lua refletia nas curvas dos paralelepípedos, fazendo-os parecer as sementes negras de algum fruto exótico. Mas a rede escondida atrás da casa de guarda era inútil tendo apenas Nina lá para segurá-la. Além disso, independentemente do plano original de Kaz, o novo plano não tinha sido arquitetado em torno de alguém que segurasse uma rede sem ter uma vista plena da situação. Então Inej caminharia como sempre havia feito, sem nenhum aparato para segurá-la, carregada lá em cima por suas asas invisíveis.

Inej puxou a vara de equilíbrio de dentro do cinto de seu colete e, com um movimento, estendeu-o até seu comprimento total. Testou seu peso nas mãos, flexionou os dedos nas sapatilhas. Elas eram de couro, roubadas do Cirkus Zirkoa a seu pedido. Suas solas macias não tinham a pegada firme e tátil de seus amados sapatos de borracha, mas as sapatilhas a permitiam se soltar mais facilmente.

Finalmente, Nina deu o sinal, um brilho rápido de luz verde.

Inej pisou no fio. No mesmo instante, uma rajada de vento a acertou e ela soltou um longo suspiro, sentindo o puxão persistente do vento, usando a vara flexível para ajustar seu centro de gravidade mais para baixo. Ela deixou os joelhos se dobrarem uma vez. Por sorte, o fio quase não cedeu. Ela caminhou e, sob o arco de seus pés, podia sentir a pressão firme dele. A cada passo, o fio se inclinava ligeiramente, ansioso para se afastar dos dedos que o seguravam. O ar parecia morno contra sua pele. Cheirava a açúcar e melaço. Seu capuz estava abaixado, e ela pôde sentir fios de cabelo soltando-se de sua trança para fazer cócegas em seu rosto. Ela se concentrou no fio, sentindo a mesma afinidade familiar que havia sentido quando criança, como se o fio estivesse se agarrando a ela tão intimamente quanto ela se agarrava a ele, dando-lhe as boas-vindas àquele mundo espelhado, um lugar secreto ocupado somente por ela. Em questão de instantes, ela alcançou o topo do segundo silo.

Ao pisar nele, recolheu a vara de equilíbrio e recolocou-a no cinto. Tomou um gole de água do frasco que carregava no bolso, permitindo-se um breve momento para se alongar. Em seguida, abriu a escotilha e jogou o caruncho. Mais uma vez, ouviu aquele assovio crepitante, e seu nariz foi tomado pelo cheiro de açúcar queimado. Ele subiu mais forte dessa vez, uma nuvem doce e densa de perfume.

De repente, ela estava de volta ao Menagerie, uma mão grossa segurando seu punho, exigente. Inej tinha aprendido a antecipar o momento em que seria tomada por uma lembrança e, assim, poder se preparar para ela. Contudo, dessa vez ela foi pega de surpresa. A memória chegou-lhe mais insistente do que o vento no fio, fazendo sua mente se dispersar. Sob o cheiro de baunilha que o homem exalava, ela ainda podia sentir o cheiro de alho. Sentiu-se envolver pelo deslizar da seda, como se a cama fosse um ser vivo.

Inej não se lembrava de todos eles. Conforme as noites no Menagerie foram se seguindo, ela tinha aprendido a se entorpecer, desaparecendo tão completamente que quase não se importava com o que era feito com o corpo que deixava para trás. Havia aprendido que os homens que vinham à casa nunca olhavam muito de perto, nunca faziam muitas perguntas. Queriam uma ilusão e, para preservá-la, estavam dispostos a ignorar qualquer coisa. Lágrimas, é claro, eram proibidas. Ela havia chorado na primeira noite. Tante Heleen havia usado a chibata nela, depois a vara, depois a sufocado até que ela desmaiasse. Na vez seguinte, o medo de Inej foi maior que sua tristeza.

Ela aprendeu a sorrir, a sussurrar, a arquear as costas e fazer os sons que os clientes de Tante Heleen pediam. Ela ainda chorava, mas sem derramar as lágrimas. Elas preenchiam o espaço vazio dentro dela, um poço de tristeza onde, a cada noite, ela afundava como uma pedra. O Menagerie era uma das casas de prazeres mais caras do Barril, mas seus clientes não eram mais gentis do que aqueles que frequentavam os pulgueiros e as meninas dos becos. De algumas formas, Inej acabou entendendo, eles eram piores. *Quando um homem gasta tanto dinheiro assim*, disse-lhe uma menina kaelish chamada Caera, *ele pensa que tem o direito de fazer o que quer.*

Passaram homens jovens, velhos, bonitos e feios. Houve um homem que chorava e batia nela quando não conseguia ficar excitado. Outro que queria que ela fingisse ser sua noite de núpcias e dissesse a ele que o amava. O homem com dentes afiados como um gato que havia mordido seus seios até eles sangrarem. Tante Heleen somava o preço dos lençóis manchados de sangue e os dias em que Inej faltava ao trabalho ao seu contrato de servidão. Mas ele não tinha sido o pior. O pior tinha sido um ravkano que a havia escolhido no salão, o homem com cheiro de baunilha. Somente quando estavam em seu quarto, entre as sedas púrpuras e o cheiro de incenso, ele disse:

— Já vi você antes, sabe?

Inej riu, achando que aquilo fazia parte do jogo que ele queria jogar, e serviu-lhe vinho de uma jarra dourada.

— Claro que não.

— Foi anos atrás, em um dos carnavais fora de Caryeva.

O vinho escorreu pela borda do vidro.

— Deve estar me confundindo com outra pessoa.

— Não — disse ele, impaciente como um garoto. — Tenho certeza. Vi sua família se apresentar lá. Estava em licença militar. Você não devia ter mais de dez anos, uma garota ainda desabrochando, andando sem medo nas alturas pela corda bamba. Você usava uma coroa de flores na cabeça. Em determinado momento, você errou o passo. Perdeu o equilíbrio, e as pétalas da sua coroa se soltaram em uma nuvem que flutuou até o chão.

Ele balançou os dedos pelo ar como se imitasse flocos de neve caindo.

— A plateia soltou um suspiro, e eu fiz o mesmo. Voltei na noite seguinte e aconteceu novamente, e, mesmo sabendo que era tudo parte do ato, ainda sentia meu coração apertar quando você fingia recuperar o equilíbrio.

Inej tentou firmar as mãos trêmulas. A coroa de rosas tinha sido ideia da sua mãe.

— Você faz parecer fácil demais, *meja*, correr por aí como um esquilo em um galho. Eles precisam acreditar que está em perigo mesmo quando não está.

Aquela tinha sido a pior noite de Inej no Menagerie porque, quando o homem com cheiro de baunilha começou a beijar seu pescoço e a remover suas sedas, ela não tinha conseguido deixar seu corpo para trás. De algum jeito, aquela memória havia unido seu passado e seu presente, havia a prendido ali, embaixo dele. Ela chorou, mas ele não pareceu se importar.

Inej podia ouvir o assovio do açúcar enquanto o caruncho fazia seu trabalho. Ela se obrigou a se concentrar no som, fazer o ar passar por sua garganta fechada.

Terei você sem armadura. Essas eram as palavras que havia dito a Kaz a bordo do Ferolind, desesperada por algum sinal de que ele pudesse se abrir com ela, um sinal de que poderiam ser mais do que duas criaturas cautelosas unidas por sua desconfiança do mundo. Mas o que teria acontecido se ele houvesse falado aquela noite? Se ele tivesse oferecido por vontade própria alguma parte de seu coração? E se ele tivesse se aproximado, deixado suas luvas de lado e a puxado para junto dele, se tivesse beijado sua boca? Ela o teria puxado para mais perto? Retribuído o beijo? Teria conseguido ser ela mesma por um momento, ou teria se quebrado e desaparecido, uma boneca em seus braços, uma garota que jamais conseguiria ser inteira? Isso não importava. Kaz não havia falado, e talvez isso tivesse sido o melhor para ambos. Eles poderiam prosseguir com suas armaduras intactas. Ela teria seu navio, e ele teria sua cidade.

Inej se esticou para fechar a escotilha e respirou fundo o ar coalhado, tossindo a doçura do açúcar arruinado para fora dos seus pulmões. Depois, tropeçou ao sentir uma mão agarrar a parte de trás do seu pescoço, empurrá-la para a frente. Sentiu seu centro de gravidade mudar enquanto era sugada para dentro da boca escancarada do silo.

18. Kaz

Entrar na casa não passou nem perto de ser difícil como deveria, e isso deixou Kaz encucado. Será que estava dando crédito demais a Van Eck? *O homem pensa como um mercador*, Kaz lembrou a si mesmo enquanto enfiava sua bengala embaixo do braço e descia por um tubo de drenagem. *Ele ainda acredita que seu dinheiro o protege.*

Os pontos fáceis de entrada eram as janelas do andar mais alto da casa, acessíveis somente pelo telhado. Wylan não estava preparado para a subida ou a descida, então Kaz iria primeiro e o colocaria para dentro pelos andares inferiores.

— Duas pernas boas e ainda precisa de uma escada — Kaz murmurou, ignorando a pontada em sua perna concordando com ele.

Não estava muito animado por estar participando de outro trabalho com Wylan, mas o conhecimento de Wylan sobre a casa e os hábitos de seu pai seriam úteis se surgissem imprevistos, e ele estava mais bem preparado para lidar com o ácido áurico.

Kaz pensou em Inej, acomodada no telhado da Igreja da Permuta, as luzes da cidade brilhando lá embaixo. *Essa aqui é a minha especialidade, então me deixe fazer meu trabalho.* Muito bem.

Ele deixaria que todos fizessem seus trabalhos. Nina cuidaria da sua parte na missão, e Inej parecia confiante em sua capacidade de andar pelo fio, mesmo com pouco descanso e sem a segurança de uma rede. *Ela teria lhe contado se estivesse com medo? É algo pelo qual você já demonstrou alguma compaixão?*

Kaz tratou de se livrar daquele pensamento. Se Inej não duvidava das próprias habilidades, não seria ele a duvidar. Além disso, se eles queriam aquele selo para os queridos refugiados de Nina, ele tinha seus próprios problemas para lidar.

Por sorte, o sistema de segurança de Van Eck não era um deles. A vigilância de Inej havia indicado que as fechaduras eram do tipo Schuyler. Elas eram uma desgraça de pequenas e complicadas, mas, uma vez desvendada uma, era possível desvendar as outras. Kaz tinha estabelecido um bom contato com um serralheiro em Klokstraat que acreditava piamente que Kaz era o filho de um mercador rico que dava um valor enorme à sua coleção de caixas de rapé inestimáveis. Como consequência, Kaz era sempre o primeiro a saber exatamente como os ricos de Ketterdam estavam mantendo suas propriedades seguras. Uma vez Kaz tinha ouvido Hubrecht Mohren, Ladrão Mestre de Pijl, explanando sobre a beleza de uma fechadura de qualidade quando estava bêbado de cerveja preta no Clube do Corvo.

— Uma fechadura é como uma mulher — tinha dito meio grogue. — Você precisa seduzi-la para ela contar seus segredos.

Ele era um dos velhos amigos de Per Haskell, e ficava feliz em falar sobre dias melhores e sobre suas grandes trapaças, especialmente se isso significasse que não precisaria trabalhar muito. E isso era exatamente o tipo de sabedoria confusa que esses velhos vagabundos adoravam cuspir. Claro, uma fechadura era como uma mulher.

Era também como um homem e qualquer um ou qualquer outra coisa: se você quisesse entendê-la, precisava desmontá-la e ver como funcionava. Se quisesse dominá-la, tinha de conhecê-la bem o suficiente a ponto de ser capaz de remontar cada parte.

A fechadura na janela cedeu em suas mãos com um estalo satisfatório. Ele deslizou a vidraça e escalou para dentro. Os aposentos minúsculos do último andar da casa de Van Eck eram usados como quartos pelos criados, mas todos os funcionários estavam ocupados com os convidados. Alguns dos membros mais ricos do Conselho Mercante de Kerch estavam enchendo as barrigas na sala de jantar do primeiro andar, provavelmente ouvindo a balela de Van Eck sobre o rapto de seu filho e falando mal das gangues que controlavam o Barril. Pelo cheiro no ar, Kaz suspeitou que houvesse presunto no menu.

Ele abriu a porta e seguiu silenciosamente para a escada, depois desceu cautelosamente para o segundo andar. Conhecia a casa de Van Eck da época em que ele e Inej roubaram a tela DeKappel, e ele sempre gostava de voltar a um lar ou a um negócio que tivera motivo para visitar antes. Não era apenas pela sensação de familiaridade. Era como se, ao voltar, ele reivindicasse aquele lugar. *Nós conhecemos os segredos um do outro*, a casa parecia dizer. *Bem-vindo de volta.*

Um guarda permanecia vigilante no fim do corredor acarpetado na frente do que Kaz sabia ser a porta do aposento de Alys. Kaz verificou o relógio. Houve um estalo breve e um lampejo de luz vindo da janela no final do corredor. Pelo menos Wylan era pontual. O guarda saiu para investigar, e Kaz passou pelo corredor, na outra direção.

Enfiou-se no antigo quarto de Wylan, que agora claramente estava preparado para ser o quarto do bebê. Graças à luz da rua lá embaixo, ele podia ver que suas paredes tinham sido decoradas com um mural elaborado de cenários marinhos. O berço tinha a forma de um barco à vela diminuto, com bandeiras e um timão. Van Eck realmente estava entrando na onda de ter um novo herdeiro.

Kaz trabalhou na fechadura da janela do quarto do bebê e a abriu, depois prendeu a escada de corda e aguardou. Ouviu um impacto alto e fez uma careta.

Ao que tudo indicava, Wylan havia conseguido passar pelo muro do jardim. Com alguma sorte, ele não tinha quebrado os frascos de ácido áurico e feito um buraco em si mesmo e nos arbustos de rosas. Um momento depois, Kaz ouviu alguém ofegando e Wylan dobrou a esquina, movimentando-se como um ganso torturado. Quando estava embaixo da janela, prendeu sua bolsa de couro cuidadosamente contra o corpo e subiu pela escada de corda, fazendo-a balançar sem controle para a esquerda e para a direita. Kaz o ajudou a passar pela janela, depois puxou a escada e fechou a vidraça. Eles sairiam pelo mesmo caminho.

Wylan examinou o quarto com olhos arregalados, em seguida simplesmente sacudiu a cabeça. Kaz verificou o corredor. O guarda estava de volta ao seu posto na frente da porta de Alys.

— E aí? — Kaz sussurrou para Wylan.

— É um estopim de queima lenta — disse Wylan. — Não dá pra precisar o momento.

Os segundos se passaram. Finalmente, outro estouro soou. O guarda voltou à janela, e Kaz gesticulou para Wylan segui-lo pelo corredor. Kaz arrombou rapidamente a fechadura da porta do escritório de Van Eck, e os dois entraram em questão de segundos.

Quando Kaz havia invadido a casa para roubar o DeKappel, tinha ficado surpreso com a decoração luxuosa do escritório. Esperava a contenção severa de um mercador, mas a madeira estava pesadamente ornamentada com arranjos de folhas de louro, e havia uma cadeira do tamanho de um trono, estofada em veludo carmesim, junto à escrivaninha ampla e brilhante.

— Atrás da pintura — Wylan sussurrou, apontando para o retrato de um dos ancestrais de Van Eck.

— Esse aí era para ser qual membro da sua linha santificada?

— Martin Van Eck, meu tataravô. Era capitão de um navio, o primeiro a aportar no Cabo de Eames e navegar o rio para o interior. Ele trouxe de volta um carregamento de especiarias e usou o lucro para comprar um segundo navio. Bom, pelo menos foi o que meu pai me disse. Esse foi o início da fortuna dos Van Ecks.

— E será o fim dela também. — Kaz balançou um luminosso, e a luz verde encheu o quarto. — É bem parecido — disse ele, olhando para o rosto magro, a sobrancelha alta e os olhos azuis sisudos.

Wylan deu de ombros.

— Tirando o cabelo vermelho, sempre pareci com o meu pai. E com o pai dele e todos os Van Ecks. Bem, pelo menos até agora.

Eles ficaram um de cada lado da pintura e a ergueram da parede.

— Olhe só para você — Kaz cantarolou quando o cofre de Van Eck apareceu. *Cofre* nem parecia ser a palavra correta. Estava mais para caixa-forte, uma porta de aço instalada em uma parede que tinha sido reforçada com mais aço. A fechadura dela tinha sido feita em Kerch, mas não se parecia com nada que Kaz tivesse visto antes, uma série de ganchetas que podiam ser reiniciadas com uma combinação aleatória de números a cada dia. Impossível de arrombar em menos de uma hora. Entretanto, se você não podia abrir uma porta, só precisava criar uma nova.

O som de vozes altas atravessou o chão vindo do andar inferior. Os mercadores estavam tentando encontrar algo para discordar. Kaz não se importaria de ter uma chance de espionar aquela conversa.

— Vamos — disse ele. — O tempo está passando.

Wylan removeu duas botijas de sua bolsa de couro. Isoladas, elas não tinham nada de especial, mas, se Wylan estivesse certo, assim que fossem combinadas, o composto resultante seria capaz de queimar e atravessar qualquer coisa, menos um contêiner feito de vidro de balsa.

Wylan respirou fundo e segurou as jarras longe do corpo.

— Fique para trás — disse ele, e derramou o conteúdo de uma jarra dentro da outra. Nada aconteceu.

— E então? — disse Kaz.

— Saia da frente, por favor.

Wylan pegou uma pipeta de vidro de balsa e puxou uma pequena quantidade de líquido, deixando-o escorrer sobre a frente da porta de aço do cofre. No mesmo instante o metal começou a dissolver, produzindo uma crepitação barulhenta que parecia desconfortavelmente alta no pequeno aposento. Um cheiro metálico tomou conta do ar, e tanto Kaz quanto Wylan cobriram o rosto com as mangas.

— Problema engarrafado — Kaz ficou maravilhado.

Wylan trabalhou firmemente, transferindo com cuidado o ácido áurico do frasco para o aço, o buraco na porta do cofre crescendo cada vez mais.

— Acelere o ritmo — disse Kaz, de olho no relógio.

— Se eu derramar uma única gota disso, ela queimará direto pelo chão e cairá em cima dos convidados do jantar do meu pai.

— Vá com calma.

O ácido consumiu o metal em erupções rápidas, queimando velozmente e só afunilando gradualmente. Com sorte, ela não iria muito além da parede depois que eles saíssem. A ideia de o escritório desabar em cima de Van Eck e seus convidados não o desagradava, mas isso não poderia acontecer antes da conclusão de seu negócio noturno.

Depois do que pareceu uma vida, o buraco ficou grande o suficiente para esticar uma mão por ele. Kaz iluminou o interior com o luminosso e viu um livro-razão, pilhas de kruges e uma pequena bolsa de veludo. Kaz tirou a bolsa do cofre, contraindo-se quando encostou o braço na borda do buraco. O aço ainda estava quente o suficiente para deixar marcas.

Ele derramou o conteúdo da bolsa em sua palma revestida de couro: um anel grande de ouro com a gravura de um louro vermelho e as iniciais de Van Eck.

Enfiou o anel no bolso, depois pegou duas pilhas de kruges e passou uma para Wylan.

Kaz quase riu com a reação de Wylan.

— Isso o incomoda, mercantezinho?

— Não gosto de me sentir um ladrão.

— Mesmo depois de tudo o que ele fez?

— Sim.

— E aquela indignação? Percebe que estamos roubando o seu dinheiro?

— Jesper disse a mesma coisa, mas tenho certeza de que meu pai me tirou do testamento assim que Alys engravidou.

— Isso não significa que tem menos direito a ele.

— Eu não o quero. Só não quero que *meu pai* fique com ele.

— Nada como poder se dar ao luxo de virar as costas para o luxo. — Kaz guardou os kruges no bolso.

— Como eu comandaria um império? — perguntou Wylan, jogando a pipeta no cofre para que ela fumegasse. — Não consigo ler um livro-razão ou um conhecimento de embarque. Não sei escrever uma ordem de compra. Meu pai está errado sobre muitas coisas, mas tem razão sobre isso. Eu seria motivo de risada.

— Então pague alguém para fazer o trabalho para você.

— Você faria isso? — perguntou Wylan, com o queixo para a frente. — Confiaria a alguém esse conhecimento, um segredo que poderia destruí-lo?

Sim, Kaz pensou sem hesitar. *Existe uma pessoa em quem eu confiaria. Uma pessoa que eu sei que nunca usaria minha fraqueza contra mim.*

Ele folheou rapidamente o livro-razão e disse:

— Quando as pessoas veem um aleijado andando pela rua, apoiado em sua bengala, o que elas sentem? — Wylan desviou os olhos. As pessoas sempre faziam isso quando Kaz falava de sua perna deficiente, como se ele não soubesse o que era ou como o mundo o via. — Sentem pena. Agora me diga, o que eles pensam quando me veem me aproximando?

Wylan deu um sorriso sutil de canto de boca.

— Eles pensam que é melhor atravessar para o outro lado da rua.

Kaz devolveu o livro-razão ao cofre.

— Você não é fraco porque não sabe ler. É fraco porque tem medo de que as pessoas vejam sua fraqueza. Está deixando a vergonha decidir quem você é. Agora ajude-me com o quadro.

Eles ergueram o retrato e o colocaram de volta no lugar cobrindo o buraco escancarado no cofre. Martin Van Eck os encarava da parede.

— Pense sobre isso, Wylan — disse Kaz enquanto alinhava a moldura. — É a vergonha que enche meus bolsos, é a vergonha que mantém o Barril repleto de tolos prontos para vestir uma máscara simplesmente para que possam ter o que querem sem ninguém tomar conhecimento disso. Podemos enfrentar todo tipo de dor. Mas é a vergonha que devora o homem.

— Palavras sábias — disse uma voz vinda do canto.

Kaz e Wylan se viraram. As lâmpadas brilharam intensamente, inundando a sala de luz, e uma figura surgiu de um nicho na parede oposta que não estava lá um momento antes: Pekka Rollins, ostentando um sorriso presunçoso em seu rosto rosado, acompanhado por um grupo de Leoneiros, todos carregando pistolas, cassetetes e cabos de machado.

— Kaz Brekker — Rollins zombou. — Seu bandido filósofo.

19. Matthias

— Abaixe-se! — Matthias gritou para Kuwei. O garoto Shu se espremeu contra o chão. Uma segunda rajada de tiros sacudiu o ar, estilhaçando outro vitral.

— Ou eles estão interessados em gastar um monte de balas ou esses foram tiros de aviso — disse Jesper.

Agachado o mais baixo possível, Matthias se moveu para o outro lado da tumba e espiou através de uma rachadura fina na pedra.

— Estamos cercados — ele disse.

As pessoas que estavam entre as sepulturas do Véu Negro eram muito diferentes dos oficiais da *stadwatch* que esperava ver. Na luz cintilante de lamparinas e tochas, Matthias vislumbrou coletes xadrez, estampados e listrados, e casacos quadriculados. O uniforme do Barril. Eles carregavam armas igualmente variadas: pistolas, facas com o comprimento do antebraço de um homem, bastões de madeira.

— Não consigo identificar as tatuagens — disse Jesper. — Mas tenho quase certeza de que aquele na frente é o Doughty.

Doughty. Matthias procurou em sua memória, então se lembrou do homem que o havia escoltado até Pekka Rollins quando Kaz fora pedir um empréstimo.

— Leoneiros.

— Um monte deles.

— O que eles querem? — disse Kuwei, trêmulo.

Matthias podia ouvir pessoas rindo, gritando e, por baixo daquilo tudo, o burburinho febril que nasce quando soldados sabem que estão com a vantagem, quando sentem o cheiro da promessa de um massacre no ar.

Um viva veio da multidão quando um Leoneiro correu para a frente e arremessou algo em direção ao túmulo. O objeto voou por uma das janelas quebradas e atingiu o chão com um baque metálico. Gás verde irrompeu de suas laterais.

Matthias puxou com força uma manta para cavalo do chão e a jogou por cima da lata. Empurrou-a de volta pelo buraco de vigia enquanto outra saraivada de balas cortava o ar. Seus olhos ardiam, lágrimas escorrendo pelas bochechas.

O burburinho de adrenalina estava crescendo. Os Leoneiros avançaram. Jesper aproveitou para meter bala, e um dos que corriam à frente caiu, sua tocha se apagando no chão úmido. Jesper atirava, de novo e de novo, sua mira infalível, derrubando um Leoneiro depois do outro. Suas fileiras se romperam e eles se dispersaram procurando cobertura.

— Continuem a fazer fila, rapazes — disse Jesper com uma voz macabra.

— Saiam logo daí! — Doughty gritou de trás de um túmulo. — Você não vai conseguir atirar em todos nós.

— Não estou conseguindo ouvir você direito — Jesper gritou. — Chegue mais perto.

— Nós destruímos seus barcos. Vocês não têm como sair desta ilha sem nós. Então rendam-se pacificamente ou levaremos apenas a cabeça de vocês de volta ao Barril.

— Cuidado! — disse Matthias. Doughty os estava distraindo. Outra lata entrou quebrando uma janela, e então mais uma. — A catacumba!

Matthias rugiu, e eles correram para o lado oposto da tumba, apertando-se no corredor e fechando a porta de pedra atrás deles. Jesper arrancou a camisa e a enfiou na fresta entre a porta e o chão.

A escuridão estava quase completa. Por um momento, só se ouvia o som deles três tossindo e arfando, tentando expulsar o gás de seus pulmões. Então Jesper pegou um luminosso e o chacoalhou; seus rostos foram iluminados por um brilho verde inquietante.

— Como diabos eles nos encontraram? — ele perguntou.

— Não importa — Matthias retrucou. Não havia tempo para pensar em como haviam descoberto o esconderijo no Véu Negro. Tudo o que ele sabia é que, se Pekka Rollins havia mandado sua gangue atrás deles, Nina poderia estar em perigo também. — Quais são os nossos recursos?

— Wylan nos deixou um monte daquelas bombas violeta caso nos metêssemos em apuros com os soldados Shu, e eu tenho umas bombas de luz. Kuwei?

— Eu não tenho nada — ele respondeu.

— Você tem aquela maldita mochila de viagem — disse Jesper. — Não tem nada de útil lá dentro?

Kuwei apertou a bolsa contra o peito.

— Meus cadernos — ele disse com uma fungada.

— E quanto aos restos do trabalho do Wylan? — Matthias perguntou. Ninguém tinha se dado ao trabalho de limpar a área.

— São só algumas das coisas que ele usou para fabricar a pólvora que usamos na Goedmedbridge — Jesper disse.

Uma enxurrada de gritos veio de fora.

— Eles vão explodir a porta da tumba — Matthias disse. É o que ele teria feito se quisesse prisioneiros em vez de cadáveres, embora tivesse quase certeza de que Kuwei era o único deles que os Leoneiros realmente queriam capturar vivo.

— Deve ter pelo menos uns trinta capangas lá fora esperando para nos esfolar vivos — disse Jesper. — Só tem uma saída desta tumba, e estamos em uma porcaria de uma ilha. Estamos perdidos.

— Talvez não — Matthias disse, estudando o brilho verde fantasmagórico do luminosso. Embora não tivesse o dom de Kaz para planos, ele tinha sido criado no exército. Talvez houvesse um jeito de escapar daquela situação.

— Você está maluco? Os Leoneiros devem saber a incrível superioridade numérica que têm sobre nós.

— Verdade — Matthias disse. — Mas eles não sabem que dois de nós são Grishas.

Eles achavam que estavam caçando um cientista, não um Infernal, e Jesper havia mantido seus poderes de Fabricador em segredo por muito tempo.

— Sim, dois Grishas praticamente sem qualquer treinamento — Jesper disse.

Uma grande explosão ecoou, sacudindo as paredes da tumba e fazendo Matthias cambalear em direção aos outros.

— Eles estão vindo! — bradou Kuwei.

Mas não ouviram o som de passos, e outra série de gritos começou lá fora.

— Eles não usaram uma carga grande o suficiente — Matthias disse. — Como querem você vivo, estão sendo cautelosos. Temos mais uma chance. Kuwei, quanto calor você consegue produzir a partir de uma chama?

— Posso fazer o fogo queimar com mais intensidade, mas é difícil de mantê-lo.

Matthias lembrou-se das chamas violeta lambendo o corpo do soldado Shu voador, inextinguíveis. Wylan disse que elas queimavam com mais intensidade do que fogo comum.

— Dê-me uma das bombas — ele pediu para Jesper. — Vou explodir os fundos da catacumba.

— Por quê?

— Para fazê-los acreditar que estamos abrindo o caminho pelo outro lado — Matthias disse, posicionando a bomba na ponta mais distante do corredor de pedra.

— Você tem certeza de que não vai nos explodir junto?

— Não — Matthias admitiu. — A menos que você tenha alguma ideia brilhante...

— Eu...

— Atirar no maior número de pessoas possível antes de morrermos não é uma opção.

Jesper deu de ombros.

— Nesse caso, vá em frente.

— Kuwei, assim que a bomba explodir, vá para a porta da frente o mais rápido possível. O gás já deve ter se dispersado até lá, mas quero que você corra. Estarei logo atrás de você, dando cobertura. Sabe a tumba com o grande mastro quebrado?

— Aquela à direita?

— Sim. Siga direto até lá. Jesper, pegue todos os pós que Wylan deixou e faça o mesmo.

— Por quê?

Matthias acendeu o pavio.

— Você pode seguir minhas ordens ou fazer perguntas aos Leoneiros. Agora, abaixe-se.

Ele empurrou os dois contra a parede, protegendo-os enquanto um estrondo ecoava do fim do túnel.

— Corram!

Saíram em disparada pela porta da catacumba.

Matthias manteve uma mão no ombro de Kuwei, empurrando-o para a frente enquanto aceleravam pelos restos do gás verde.

— Lembre-se, siga direto para o mastro quebrado. — Ele chutou a porta da tumba para abri-la e arremessou uma bomba de luz pelo ar. Ela explodiu em estilhaços de fulgor branco-diamante, e Matthias correu para a cobertura nas árvores, alvejando os Leoneiros com seu rifle enquanto se esquivava pelas sepulturas.

Os Leoneiros atiraram de volta, e Matthias mergulhou sob uma pilha de pedras cobertas de musgo. Ele viu Jesper irromper pela porta da tumba, revólveres atirando incansavelmente, abrindo caminho em direção ao mastro de pedra quebrado. Matthias arremessou a última bomba de luz pelo ar enquanto Jesper rolava para a direita, e o estampido de balas ecoou como o início de uma tempestade quando os Leoneiros esqueceram qualquer promessa de disciplina ou oferta de recompensa e atacaram com tudo o que tinham. Podiam ter recebido ordens de manter Kuwei vivo, mas eram ratos do Barril, não soldados treinados.

De bruços, Matthias se arrastou pela sujeira do cemitério.

— Todo mundo intacto? — ele perguntou quando chegou ao mastro quebrado do mausoléu.

— Sem fôlego, mas ainda respirando — Jesper respondeu. Kuwei assentiu com a cabeça, embora estivesse tremendo bastante. — Plano fantástico, aliás. Por que estar cercado aqui é melhor do que estar cercado na tumba?

— Você pegou os pós de Wylan?

— O que sobrou deles — Jesper disse. Ele esvaziou seus bolsos, revelando três pacotes.

Matthias escolheu um aleatoriamente.

— Você consegue manipular esses pós?

Jesper se remexeu desconfortável.

— Sim. Acho que sim. Fiz algo similar na Corte do Gelo. Por quê?

Por quê? Por quê? Se servisse como drüskelle, ele teria sido preso por insubordinação.

— O Véu Negro é supostamente mal-assombrado, não? Vamos criar uns fantasmas. — Matthias olhou em volta pela beirada do mausoléu. — Eles estão se aproximando. Preciso que vocês sigam minhas ordens e parem de fazer perguntas. Vocês dois.

— Não é de se espantar que você e Kaz não se deem bem — Jesper resmungou.

Matthias explicou o mais sucintamente possível o que planejava para aquele momento e para quando chegassem à costa da ilha – considerando que seu plano funcionasse.

— Nunca fiz algo assim antes — Kuwei disse.

Jesper piscou para ele.

— É isso que torna a coisa interessante.

— Prontos? — Matthias perguntou.

Ele abriu o pacote. Jesper levantou as mãos, e com um som suave o pó se levantou em uma nuvem. Pairou suspenso no ar como se o tempo tivesse desacelerado. Jesper se concentrou, suor acumulando na testa, e então empurrou as mãos para a frente. A nuvem ficou mais fina e rolou por cima da cabeça dos Leoneiros, e então passou perto de uma de suas tochas em uma explosão verde.

Os homens em torno do portador da tocha se espantaram.

— *Kuwei* — Matthias ordenou.

O garoto Shu levantou as mãos e a chama da tocha verde se espalhou para a base, enroscando-se no braço de seu portador em uma espiral sinuosa de fogo. O homem gritou, lançando a tocha para longe, jogando-se no chão e rolando na tentativa de apagar as chamas.

— Continue — Matthias disse, e Kuwei flexionou os dedos, mas as chamas verdes se apagaram.

— Desculpe! — Kuwei disse.

— Faça outra — Matthias exigiu. Não havia tempo de paparicar ninguém.

Uma vez mais, Kuwei gesticulou para a frente, e uma das lamparinas dos Leoneiros explodiu, dessa vez em um turbilhão de chama amarela. Kuwei se encolheu, como se não tivesse planejado usar tanta força.

— Não perca seu foco — Matthias insistiu.

Kuwei girou os punhos e as chamas da lamparina subiram em um arco serpenteante.

— Ei — Jesper disse. — Nada mau.

Ele abriu outro pacote de pó e arremessou seu conteúdo no ar. Em seguida, fez um movimento de corte com os braços, enviando o pó para se encontrar com a chama de Kuwei. O filamento rodopiante de fogo adquiriu um tom rubro e vibrante.

— Cloreto de estrôncio — o atirador de elite murmurou. — Meu preferido.

Kuwei flexionou um de seus punhos, e outro jato de fogo se juntou às chamas da lamparina, e então mais outro, formando uma grossa cobra que ondulou sobre o Véu Negro, pronta para dar o bote.

— Fantasmas! — um dos Leoneiros gritou.

— Não seja estúpido — outro retrucou.

Matthias observou aquela serpente vermelha se enrolar e se desenrolar em rastros de chama, sentindo o antigo medo crescer dentro dele. Havia se acostumado com Kuwei, mas foi o fogo Infernal que consumiu o vilarejo de sua família em um conflito na fronteira. De algum modo, ele tinha se esquecido do poder que aquele garoto guardava dentro de si. *Era uma guerra*, ele lembrou a si mesmo. *E essa também é.*

Os Leoneiros estavam distraídos, mas isso não duraria muito.

— Espalhe o fogo para as árvores — Matthias disse, e, com um pequeno grunhido, Kuwei abriu os braços. As folhas verdes lutaram contra a investida das chamas devoradoras, e então começaram a pegar fogo.

— Eles têm um Grisha — Doughty gritou. — Cerquem-nos!

— Para o litoral! — disse Matthias. — Agora!

Eles correram por entre lápides e Santos de pedra quebrados.

— Kuwei, prepare-se. Precisaremos do seu melhor.

Eles dispararam ribanceira abaixo, saltando para as águas rasas. Matthias pegou as bombas violeta e as rachou no casco dos barcos arruinados. Chamas violeta serpenteantes os engoliram. Tinham uma natureza sinistra, quase onírica. Matthias já tinha saído do Véu Negro e voltado vezes suficientes para saber que aquela era a parte mais rasa do canal, um longo trecho de restinga onde era mais provável que barcos encalhassem, mas a outra margem parecia impossivelmente distante.

— Kuwei — disse ele, rezando para que o garoto Shu fosse forte o suficiente, torcendo para que ele conseguisse executar o plano que Matthias tinha esboçado poucos instantes atrás —, abra um caminho.

Kuwei empurrou as mãos para a frente e as chamas se derramaram sobre a água, produzindo uma pluma maciça de vapor. Inicialmente, tudo o que Matthias conseguia enxergar era uma parede de nuvem branca. Então o vapor se abriu ligeiramente e ele enxergou peixes se debatendo na lama e caranguejos rastejando pelo fundo exposto do canal, enquanto chamas violeta lambiam a água de cada lado.

— Por todos os Santos e os burros em que vieram montados — Jesper disse em tom de espanto. — Kuwei, você conseguiu.

Matthias voltou para a ilha e abriu fogo contra as árvores.

— Rápido! — ele gritou, e eles correram por uma estrada que não existia ali alguns minutos atrás, disparando para o outro lado do canal, para as ruas e becos que poderiam lhes dar cobertura. *Anormal*, uma voz clamava em sua cabeça. *Não*, Matthias pensou, *milagroso*.

— Você se deu conta de que acaba de liderar seu próprio pequeno exército Grisha? — Jesper disse enquanto eles se levantavam da lama e aceleravam pelas ruas sombrias em direção ao Recife Doce.

Foi isso o que havia feito. Um pensamento desconfortável. Por meio de Jesper e Kuwei, ele tinha usado poder Grisha. Ainda assim, Matthias não se sentia maculado ou de alguma forma marcado por isso. Ele se lembrou do que Nina tinha dito sobre a construção da Corte do Gelo, que devia ter sido trabalho de Grisha e não de Djel. E se ambas as coisas fossem verdade? E se Djel atuasse por meio dessas pessoas? *Anormal*. A palavra tinha vindo tão fácil para ele, uma forma de desprezar o que não entendia, de tornar Nina e seus semelhantes menos do que humanos. Mas e se por trás da superioridade moral que impulsionava os drüskelle houvesse algo menos puro ou justificado? E se não fosse nem mesmo medo ou raiva, mas simplesmente inveja? O que significava aspirar a servir Djel apenas para ver seu poder nos dons de outros, saber que nunca poderia ter esses dons você mesmo?

Os drüskelle prestavam seu juramento a Fjerda, mas também a seu deus. Se eles pudessem ser convencidos a ver milagres onde antes viam abominações, o que mais poderia mudar? *Eu fui feito para protegê-lo*. Seu dever para com seu deus, seu dever para com Nina. Talvez eles fossem a mesma coisa. E se fosse a mão de Djel que tivesse levantado as águas na noite da tempestade furiosa que destruiu o navio drüskelle, juntando Matthias e Nina?

Matthias estava correndo pelas ruas de uma cidade estrangeira, em direção a perigos desconhecidos, mas, pela primeira vez desde que olhou dentro dos olhos de Nina e viu sua própria humanidade refletida, a guerra dentro dele se aquietou.

Acharemos um jeito de mudar a cabeça deles, ela tinha dito. *De todos eles*. Ele acharia Nina. Eles sobreviveriam àquela noite. Eles escapariam daquela cidade úmida e infame, e então... Bem, então eles mudariam o mundo.

20. Inej

Inej se contorceu, soltando-se das garras que haviam segurado sua nuca. Ela se debateu tentando parar a queda, até que suas pernas encontraram apoio no telhado do silo, e, com muito esforço, conseguiu se soltar dando um impulso para longe da portinhola. Recuou, facas já soltas de suas bainhas, o peso mortal em suas mãos.

Sua mente não conseguia entender muito bem o que via. Uma garota estava de pé diante dela no telhado do silo, reluzindo como uma escultura de marfim e âmbar. Sua túnica e calças eram cor de creme, listradas de couro marfim e decoradas com ouro. Seu cabelo castanho-avermelhado caía em uma grossa trança entrelaçada com o brilho de joias. Ela era alta e esguia, talvez um ou dois anos mais velha que Inej.

A primeira coisa que passou pela cabeça de Inej foram os soldados Kherguud que Nina e os outros tinham visto na Aduela Leste, mas aquela garota não parecia Shu.

— Olá, Espectro — a garota disse.

— Eu a conheço?

— Meu nome é Dunyasha, a Lâmina Branca, treinada pelos Sábios de Ahmrat Jen, a maior assassina desta era.

— Nunca ouvi falar.

— Sou nova na cidade — a garota admitiu —, mas me disseram que você é uma lenda nestas ruas imundas. Confesso que a imaginava... mais alta.

— De que negócios veio tratar? — Inej perguntou, o cumprimento Kerch tradicional no início de qualquer reunião, embora soasse absurdo dizer isso a vinte andares de altura.

Dunyasha sorriu. Parecia ensaiado, como os sorrisos que Inej observava as garotas oferecerem aos clientes na recepção dourada do Menagerie.

— Um cumprimento rude para uma cidade rude. — Ela apontou com os dedos casualmente em direção ao horizonte, reconhecendo e desprezando Ketterdam com um único gesto. — O destino me trouxe aqui.

— E o destino paga as suas contas? — Inej perguntou analisando-a de cima a baixo. Não acreditava que aquela garota de marfim e âmbar tinha escalado um silo só para conhecê-la. Em uma luta, a altura de Dunyasha daria a ela maior alcance, mas poderia afetar seu equilíbrio. Será que Van Eck a havia enviado? Em caso positivo, será que mandara alguém atrás de Nina também? Olhou rapidamente para baixo, mas não enxergou nada nas sombras profundas dos silos. — Para quem você trabalha?

Facas apareceram nas mãos de Dunyasha, seus fios reluzindo luminosamente.

— Nosso trabalho é a morte — ela disse —, e ele é sagrado.

Uma luz exultante preencheu seu olhar, a primeira faísca verdadeira de vida que Inej viu nele, e então ela atacou.

Inej foi surpreendida pela velocidade da garota. Dunyasha movia-se como a luz, como se ela mesma fosse uma lâmina, cortando pela escuridão, suas facas rasgando em sincronia, esquerda, direita. Inej deixou seu corpo responder, esquivando mais por instinto do que por qualquer outra coisa, recuando de sua oponente, mas evitando a beirada do silo. Ela fez uma finta para a esquerda e deslizou por Dunyasha, conseguindo dar seu primeiro golpe.

Dunyasha girou e evitou o ataque facilmente, leve como o sol refletido na superfície de um lago. Inej nunca tinha visto alguém lutar daquela forma, como se ela estivesse dançando no ritmo de uma música que só ela podia ouvir.

— Está com medo, Espectro? — Inej sentiu a faca de Dunyasha perfurar sua manga. A picada da lâmina foi como um chicote ardente. *Não foi muito profundo*, disse para si mesma. A menos, é claro, que a lâmina estivesse envenenada. — Eu acho que você está. Você não pode ter medo da morte e ser sua emissária verdadeira.

Aquela garota estava maluca? Ou era só falastrona? Inej balançou para trás, movendo-se em um círculo em torno do telhado do silo.

— Eu nasci sem medo — Dunyasha continuou com um riso alegre. — Meus pais acharam que eu iria me afogar porque engatinhei para o mar quando era bebê, rindo.

— Talvez eles estivessem preocupados que fosse se matar de tanto falar.

Sua oponente avançou com intensidade renovada, e Inej se perguntou se a garota estava apenas brincando com ela naquela primeira investida, analisando seus pontos fortes e fracos antes de aproveitar a vantagem. Elas trocaram golpes, mas Dunyasha estava nova em folha. Inej podia sentir cada machucado, dor e provação do último mês no seu corpo – o ferimento de faca que quase a matou, a escalada pelo incinerador, os dias que passou presa.

— Confesso estar desapontada — Dunyasha disse enquanto seus pés dançavam agilmente sobre o telhado do silo. — Tinha esperanças de que você fosse um desafio para mim. Mas o que eu encontro? Uma aprendiz de acrobata suli que luta como uma capanga de rua comum.

Era verdade. Inej tinha aprendido sua técnica com garotos como Kaz e Jesper nos becos e ruas tortas de Ketterdam. Dunyasha não tinha apenas um jeito de atacar. Ela se curvava como um junco quando precisava, avançava cautelosamente como um gato à espreita, e recuava como fumaça. Ela não tinha um estilo específico que Inej pudesse entender ou prever.

Ela é melhor do que eu. Reconhecer o fato deixou um gosto ruim na boca, como se Inej tivesse mordido uma fruta tentadora e descoberto que estava podre por dentro. Não era apenas uma diferença de treinamento. Inej teve de aprender a lutar porque precisava fazer isso se quisesse sobreviver. Ela tinha chorado na noite em que matou pela primeira vez. Aquela garota estava se divertindo.

Mas Ketterdam tinha sido uma boa professora para Inej. Se não podia ganhar o jogo, era só mudar as suas regras. Inej esperou sua oponente dar um golpe, e então saltou para além dela até o fio esticado entre os silos, movendo-se imprudentemente por cima dele. O vento esticou-se para alcançá-la, ansioso agora, sentindo uma oportunidade. Ela pensou em usar a vara de equilíbrio, mas queria manter as mãos livres.

Sentiu o fio oscilar. *Impossível.* Mas, quando olhou para trás por cima do ombro, viu que Dunyasha a tinha seguido até a corda alta. Ela estava sorrindo, sua pele branca brilhando como se tivesse engolido a lua.

Dunyasha fez um movimento com a mão e Inej arfou quando alguma coisa afiada cravou em sua panturrilha. Inej inclinou-se para trás, segurou a corda e mudou de posição, de modo a encarar sua oponente. A garota fez outro movimento brusco com o pulso. Inej sentiu mais uma pontada aguda de dor e, quando olhou para baixo, viu uma estrela pontiaguda de metal cravada em sua coxa.

De algum lugar lá de baixo, ouviu gritos, o som de uma luta.

Nina. Quem ou o que Jan Van Eck teria enviado atrás dela? Mas ela não podia se dar ao luxo de se distrair, não no fio, não cara a cara com aquela criatura.

— Ouvi dizer que se prostituía para a Pavão — Dunyasha disse, arremessando outra estrela dentada em Inej, e depois mais uma. Inej esquivou-se de ambas, mas a próxima acertou a carne do seu ombro direito. Ela estava sangrando bastante. — Eu teria me matado e matado todos debaixo daquele teto antes de me deixar ser usada desse modo.

— Você está sendo usada agora — Inej replicou. — Van Eck não está à altura da sua habilidade.

— Se realmente insiste em saber, é Pekka Rollins quem paga meu salário — disse a garota, e os passos de Inej hesitaram. *Rollins.* — Ele paga pelo meu transporte, pela minha estadia. Mas eu não peço dinheiro pelas vidas que tomo. Elas são as joias que uso. São minha glória neste mundo e me trarão honra no próximo.

Pekka Rollins. Será que de alguma forma ele tinha encontrado Kaz? Os outros? E se Nina estivesse caída morta lá embaixo? Inej tinha de escapar daquela garota. Ela tinha de ajudá-los. Outra estrela prateada veio zunindo em sua direção e ela se curvou para a esquerda para desviar, quase perdeu o equilíbrio. Dançou para trás no fio, notou outro brilho de prata. Dor irradiou por seu braço e ela inspirou por entre os dentes.

Nosso trabalho é a morte, e ele é sagrado. A que divindade maligna aquela mercenária servia? Inej imaginou um vasto deus assombrando a cidade, sem rosto e sem feições, pele esticada sobre carne inchada, gordo com o sangue das vítimas de seus acólitos. Ela podia sentir sua presença, o calafrio de sua sombra.

Uma estrela se alojou na canela de Inej, outra, em seu antebraço. Ela olhou de relance por sobre o ombro. Só mais três metros e ela estaria no primeiro silo. Dunyasha podia saber mais sobre luta do que Inej jamais saberia, mas ela não conhecia Ketterdam. Inej correria para o chão do silo e encontraria Nina. Elas despistariam aquele monstro nas ruas e canais que Inej conhecia tão bem.

Mais uma vez ela mediu a distância atrás de si. Só mais alguns passos. Mas, quando olhou para trás, Dunyasha não estava mais no fio. Inej a viu se curvar, viu sua mão se esticar na direção do ímã. *Não.*

— Protejam-me — ela sussurrou para seus Santos.

A linha perdeu a tensão. Inej caiu, contorcendo-se no ar como tinha feito quando criança, procurando suas asas.

21. Kaz

Kaz ouviu um rugido em seus ouvidos. Como sempre, veio-lhe a estranha sensação de visão dupla de quando olhava para Rollins, como se tivesse ficado acordado até tarde e tivesse bebido demais. O homem diante dele era Pekka Rollins, rei do Barril, líder de gangue e empreendedor. Mas também era Jakob Hertzoon, o suposto mercador de boa reputação que alimentou Kaz e Jordie com conforto e confiança, para então tirar-lhes todo o dinheiro, deixando-os desamparados em uma cidade que não valorizava a piedade.

Qualquer sinal do respeitável Jakob Hertzoon tinha desaparecido aquela noite. Rollins vestia um colete verde listrado justo por cima do início de uma pança e calças com um brilho esmeralda. Aparentemente, tinha substituído o relógio que Kaz roubara dele, porque tirou um novo do bolso e olhou para ele.

— Este treco nunca marca a hora direito — Rollins disse, sacudindo o relógio, suas costeletas vibrando levemente enquanto soltava a respiração, exasperado —, mas não consegui resistir a algo tão fino e reluzente. Imagino que não tenha mais aquele que tirou de mim?".

Kaz não disse nada.

— Bem — Rollins continuou, dando de ombros, fechando o relógio com um clique e devolvendo-o ao bolso de seu colete. — Neste exato momento, meus tenentes devem estar dando um trato no seu bando e em certo prisioneiro inestimável na Ilha do Véu Negro.

Wylan soltou um som de agonia.

— Também preparei algo especial para a Espectro — Rollins disse. — Uma arma incrível, aquela garota. Não gosto da ideia de você ter essa flecha específica na sua aljava, então encontrei alguém ainda mais extraordinária para cuidar dela.

Uma sensação terrível se apoderou das entranhas de Kaz. Ele pensou em Inej girando os ombros, a perfeita estrutura de seu corpo esbanjando confiança. *Eu não trabalho com uma rede de segurança.*

— Será que realmente achou que seria tão difícil assim de se encontrar, Brekker? Estou nesse jogo há muito tempo. Tudo que precisei fazer foi pensar no que teria feito quando era mais novo e mais tolo.

O rugido nos ouvidos de Kaz aumentou.

— Você está trabalhando para Van Eck. — Ele sabia que era uma possibilidade, mas a havia ignorado. Achou que, se agisse o mais rápido possível, eles não teriam tempo de formar uma aliança.

— Estou trabalhando *com* Van Eck. Depois que você me procurou para pedir dinheiro, tive um pressentimento de que ele iria precisar dos meus serviços. Ele hesitou inicialmente, não teve boas experiências fazendo acordos com garotos do Barril. Mas aquele truque com a esposa dele jogou-o direto nos meus braços. Eu disse a Van Eck que você sempre estaria à frente dele porque ele não consegue evitar pensar como um homem de negócios.

Kaz quase vacilou. Ele não tinha tido exatamente aquele mesmo pensamento?

— Ele é esperto, sem dúvida — Rollins prosseguiu —, mas é um homem de imaginação limitada. Já você, Brekker, você pensa como um bandidinho perverso. É uma versão minha com muito mais cabelo e muito menos estilo. Van Eck achou que o tinha pegado de jeito na Aduela Leste, sentiu-se bem satisfeito em chamar a *stadwatch* também. Mas eu sabia que você era mais sorrateiro do que isso.

— E sabia que eu viria aqui?

Rollins deu uma risada.

— Eu sabia que não conseguiria *resistir*. Ah, eu não sabia qual plano você inventaria, mas sabia que qualquer esquema que concebesse o traria até aqui. Você não iria deixar passar a chance de humilhar Van Eck, de tomar de volta o que acha que ele lhe deve.

— Apenas negócios.

Rollins balançou a cabeça em reprovação.

— Você leva as coisas muito para o lado pessoal, Brekker. Deveria estar se concentrando no trabalho, mas está ocupado demais agarrando-se ao seu rancor.

— É aí que você se engana — Kaz disse. — Eu não me agarro ao rancor. Eu o embalo. Eu o mimo. Alimento-o com cortes finos de carne e o envio para as melhores escolas. Eu cultivo meus rancores, Rollins.

— Fico feliz de ver que manteve seu senso de humor, rapaz. Assim que tiver cumprido seu tempo na prisão – considerando que Van Eck o deixe viver –, talvez eu até deixe você vir trabalhar para mim. Seria uma pena desperdiçar um talento como o seu.

— Prefiro ser assado lentamente no espeto com Van Eck virando a manivela.

O sorriso de Rollins era magnânimo.

— Imagino que isso também possa ser arranjado. Sou muito flexível.

Apenas continue falando, Kaz pediu silenciosamente, sua mão deslizando para dentro da bolsa de Wylan.

— O que o faz pensar que Van Eck cumprirá os termos de um acordo com você melhor do que fez conosco?

— Porque tive o bom senso de exigir pagamento adiantado. E minhas exigências são certamente mais modestas. Alguns milhões de kruges para eliminar um aborrecimento do Barril do qual já queria me livrar de qualquer modo? Muito razoável. — Rollins apoiou seus dedões dentro do colete. — O fato é que Van Eck e eu nos entendemos. Estou ampliando, expandindo meu território, pensando grande. O Príncipe Kaelish é o estabelecimento mais refinado que a Aduela Leste já viu, e é apenas o começo. Van Eck e eu somos empreendedores. Queremos criar um legado, algo que perdure além de nós. Você se acostumará com isso, garoto. Agora passe para cá aquele selo e renda-se calmamente, por favor.

Kaz tirou o selo do bolso e o levantou, deixando-o refletir a luz da lâmpada, atraindo o olhar de Pekka. Ele hesitou.

— Vamos lá, Brekker. Você é resistente, admito, mas está cercado e em menor número. Não consegue descer por aquela janela, e Van Eck tem a *stadwatch* espalhada na rua lá embaixo. Você está acabado, perdido, balançando no vento, então não faça nenhuma tolice.

Mas se você não consegue abrir uma porta, você precisa criar uma nova. Era fácil fazer Rollins falar; na verdade, Kaz duvidava que pudesse pará-lo mesmo que quisesse. Então era só uma questão de manter a atenção de Rollins no selo dourado reluzente na mão direita de Kaz enquanto ele abria o pote de ácido áurico com a esquerda.

— Prepare-se — ele sussurrou.

— Kaz… — Wylan protestou.

Kaz jogou o selo para Rollins e com o mesmo movimento derramou o ácido remanescente no chão. O quarto começou a esquentar e o tapete silvou enquanto uma pluma de fumaça acre subia dele.

— Parem-nos! — Rollins gritou.

— Vejo você do outro lado — disse Kaz. Ele pegou sua bengala e bateu com ela com toda força nas tábuas sob seus pés. O chão cedeu com um chiado.

Eles desabaram até o primeiro andar em meio a uma nuvem de reboco e pó, caindo bem em cima da mesa de jantar, que cedeu sob o peso deles. Candelabros e pratos saíram rolando. Kaz levantou-se rápido, bengala na mão, molho de carne escorrendo do casaco, e então ajudou Wylan a se levantar.

Teve um breve momento para admirar as expressões de espanto dos mercadores sentados em torno da mesa, boquiabertos, guardanapos ainda no colo. E então Van Eck gritou:

— Peguem-nos!

Kaz e Wylan saltaram sobre um presunto caído no chão e aceleraram pelo corredor de azulejos brancos e pretos.

Dois guardas de uniforme entraram em posição na frente das portas com painéis de vidro que davam para o jardim de trás, levantando seus rifles.

Kaz deu impulso e se sentou para deslizar pelo chão. Apoiou sua bengala horizontalmente sobre o peito e lançou-se entre os guardas, deixando a bengala esmagar suas canelas, derrubando-os no chão.

Wylan correu atrás dele, cambaleando escada abaixo até o jardim. E então eles estavam na garagem de barco, passando sobre a balaustrada, e dentro do gondel que Rotty mantivera à espera no canal.

Uma bala acertou a lateral do barco enquanto uma saraivada de tiros pipocava na água em torno deles. Kaz e Rotty agarraram seus remos.

— Solte tudo o que tiver — Kaz gritou, e Wylan usou todos os foguetes, bombas de luz e outros efeitos especiais que tinha conseguido enfiar no barco. O céu acima da casa de Van Eck explodiu em um leque de luz, fumaça e som enquanto os guardas buscavam abrigo.

Kaz pôs os braços para trabalhar, sentindo o barco deslizar pela corrente conforme passavam pelo tráfego cintilante do Geldcanal.

— Entrar e sair sem ele perceber? — Rotty provocou.

— Acertei metade — grunhiu Kaz.

— Precisamos avisar os outros — Wylan disse, arfando. — Rollins disse…

— Pekka Rollins estava lá? — Rotty perguntou, e Kaz sentiu o medo em sua voz. Um rato do canal enfrentaria mil capangas e ladrões, mercadores e mercenários, mas não Pekka Rollins.

Kaz inclinou um dos seus remos, virando o barco a estibordo e por pouco não acertando um barco estreito cheio de turistas.

— Precisamos voltar ao Véu Negro. Os outros…

— Cale a boca, Wylan, preciso pensar.

Jesper e Matthias eram ambos bons de briga. Se alguém tinha uma chance de conseguir tirar Kuwei do Véu Negro, eram eles. Mas como Pekka os havia encontrado? Alguém deve ter sido seguido até a ilha. Todos eles tinham se arriscado aquele dia, se aventurado para fora do Véu Negro. Qualquer um deles poderia ter sido visto e rastreado. Nina e Matthias? Wylan e Jesper? O próprio Kaz? Uma vez que Pekka tivesse localizado o esconderijo deles, ele os manteria sob vigilância em tempo integral, só esperando que se separassem e ficassem vulneráveis.

Kaz flexionou os ombros, e Rotty acompanhou seu ritmo, os golpes dos remos impulsionando o barco mais rápido pela corrente. Precisava levá-los para dentro do tráfego e se afastar o máximo possível da casa de Van Eck. Precisava chegar ao Recife Doce. Os homens de Rollins provavelmente haviam seguido Inej e Nina a partir do Véu Negro. Por que ele as enviara sozinhas para os silos?

Nina e seus preciosos refugiados. Não haveria nenhum grande salvamento para os Grishas aquela noite. Todas as suas chances entraram pelo cano. *Eu também preparei algo especial para a Espectro.* Para o inferno com vingança, para o inferno com seus esquemas. Se Rollins tinha feito algo com Inej, Kaz pintaria a Aduela Leste com as entranhas dele.

Pense. Quando um plano era arruinado, você criava um novo. Quando o colocavam contra a parede, você abria um buraco no teto. Mas ele não conseguia consertar algo que não conseguia segurar. O plano havia se tornado escorregadio. Ele tinha falhado com eles. Tinha falhado com ela. Tudo porque parecia ter algum tipo de ponto cego em relação a Pekka Rollins. Jesper poderia estar morto àquela altura. Inej poderia estar sangrando nas ruas do Recife Doce.

Ele girou seus remos.

— Vamos para o distrito dos armazéns.

— E quanto aos outros?

— Jesper e Matthias são guerreiros, e Pekka não arriscaria ferir Kuwei. Nós vamos para o Recife Doce.

— Você disse que estaríamos seguros no Véu Negro — Wylan protestou. — Você disse...

— Não existe *seguro* — Kaz rosnou. — Não no Barril. Não em lugar nenhum.

Ele aplicou sua força nos remos. Sem selo. Sem navio. Sem dinheiro.

— O que faremos agora? — Wylan disse em voz baixa, sua voz quase inaudível sobre o som da água e dos outros barcos no canal.

— Pegue um par de remos e seja útil — Kaz disse. — Ou jogarei sua bunda mimada na água e deixarei seu pai pescá-lo para fora.

22. Nina

Nina os ouviu antes que pudesse vê-los. Estava posicionada entre o segundo e o terceiro silo, onde poderia observar o progresso de Inej e manter um olho na casa de guarda.

Inej tinha escalado o silo como uma minúscula aranha ágil, movendo-se a um ritmo que deixava Nina cansada só de olhar. O ângulo era tão íngreme que mal conseguia enxergar Inej quando ela chegou ao topo, então Nina não tinha como saber o progresso dela em relação à portinhola. Mas Inej não começou a travessia quando Nina deu o primeiro sinal, então imaginou que Inej havia tido alguma dificuldade com as cordas ou com o caruncho. Ao segundo sinal, Nina a viu caminhando no ar.

De onde Nina esperava, o fio alto era invisível no escuro, e parecia que Inej estava levitando, cada passo preciso e estudado. Ali, um estremecimento quase imperceptível. Agora, uma pequena correção. O coração de Nina batia acelerado e descompassado enquanto observava. Tinha a sensação absurda de que, se deixasse sua concentração fraquejar por um mero instante, Inej poderia cair, como se fosse o foco e a fé de Nina que a ajudassem a se manter no ar.

Quando Inej finalmente alcançou o segundo silo, Nina quis comemorar, mas se contentou com uma breve dancinha silenciosa. Então ela esperou os guardas voltarem a entrar no seu campo de visão, no lado ocidental do perímetro. Eles pararam na casa de guarda por alguns minutos e então partiram novamente. Nina estava prestes a sinalizar para Inej quando ouviu o som de risos de arruaceiros. Os guardas perceberam também e ficaram subitamente de prontidão. Nina viu um deles acender a lanterna de sinalização no topo da casa de guarda para chamar reforços – uma medida cautelosa em caso de problemas. Revoltas aconteciam às vezes, e com o caos na Aduela Leste do dia interior, Nina não se surpreendeu com a velocidade com que os guardas chamaram por reforços.

Parecia que eles precisariam disso. Nina sabia reconhecer um bando de bandidos do Barril quando via um, e esse parecia bem sórdido, todos grandes, musculosos e bem armados. A maioria deles tinha armas de fogo, um sinal claro de que estavam atrás de mais do que apenas uma pancadaria leve. O que estava à frente usava um colete xadrez em cima de seu peito largo e balançava uma corrente nas mãos. No seu antebraço, Nina podia enxergar uma tatuagem circular. Ela não conseguia enxergar os detalhes daquela distância, mas teria apostado um bom dinheiro que era um leão enrolado em uma coroa. Os Leoneiros. Os rapazes de Pekka Rollins. O que diabos eles estavam fazendo ali?

Nina deu uma olhada para cima. Inej devia estar colocando o caruncho no segundo silo. Com alguma sorte ela estava fora do campo de visão deles. Mas o que exatamente a gangue de Pekka queria?

A resposta veio alguns instantes depois.

— Ouvi falar que tinha uma Sangradora se escondendo no Recife Doce — o garoto no colete xadrez disse em voz alta, ainda balançando aquela corrente.

Oh, Santos, isso não é nada bom. Será que os Leoneiros as tinham seguido desde o Véu Negro? Será que os outros estavam em perigo? E o que Pekka Rollins e sua gangue sabiam sobre os Grishas na embaixada? Alguns deles estavam violando seus contratos de servidão ao tentar deixar a cidade. Eles poderiam ser chantageados, ou algo pior ainda. Pekka poderia vendê-los para os Shu. *Você tem seus próprios problemas neste instante, Zenik*, disse uma voz em sua cabeça. *Pare de se preocupar em salvar o mundo e salve sua própria bunda.* Às vezes sua voz interior era muito sábia.

Um dos guardas do silo deu um passo à frente. *Corajoso*, Nina pensou, considerando a exibição de força dos Leoneiros. Ela não conseguiu ouvir a conversa entre eles. Um papel com um selo vermelho vibrante trocou de mãos. O guarda passou-o para seu companheiro ler. Depois de um instante, ele deu de ombros. E então, para o horror de Nina, o guarda avançou e destrancou o portão. A lamparina no teto da casa de guarda deu outro sinal luminoso. Eles estavam cancelando o pedido de reforços.

O selo vermelho. A cor de Van Eck. Aqueles eram seus silos, e os guardas jamais arriscariam abrir aquele portão para alguém que seu empregador não houvesse sancionado. As implicações disso a deixaram tonta. Será que Jan Van Eck e Pekka Rollins estavam trabalhando juntos? Se sim, as chances de os Dregs escaparem vivos da cidade tinham acabado de virar pó.

— Apareça, doce Nina. Pekka tem trabalho para você.

Nina viu que a corrente que o garoto balançava tinha uma algema pesada na ponta. Quando chegou a Ketterdam pela primeira vez, Pekka Rollins ofereceu a ela um emprego e sua proteção duvidosa. Em vez disso, ela havia escolhido juntar-se aos Dregs. Parece que Pekka não respeitava mais os contratos ou as leis das gangues. Ele iria acorrentá-la, e talvez vendê-la para os Shu ou oferecê-la para Van Eck para que ele pudesse enchê-la de *parem*.

Nina estava protegida pelas sombras do segundo silo, mas não havia qualquer possibilidade de ela se mover mais do que alguns passos sem se expor. Ela pensou na pílula de veneno no seu bolso.

— Não nos obrigue a caçá-la, garota. — O garoto estava gesticulando para os outros Leoneiros se espalharem.

Nina pensou que tinha duas vantagens. Uma é que as algemas na ponta da corrente significavam que Pekka provavelmente a queria viva. Não iria querer sacrificar uma valiosa Grisha Sangradora, então eles não atirariam. Segundo, essa assembleia de gênios não sabia que a *parem* tinha perturbado seus poderes. Talvez pudesse ganhar um pouco de tempo para si mesma e para Inej.

Nina soltou seus cabelos, conjurou toda a coragem que podia, e andou confiante para o espaço aberto. Instantaneamente, ouviu o som de armas sendo preparadas para atirar.

— Calma — ela disse, apoiando uma mão na cintura. — Não vou ser de muita serventia para Pekka se me encherem de buracos que nem a tampa de um saleiro.

— Bem, olá, garota Grisha. Vai nos dar alguma diversão?

Depende da sua definição de diversão.

— Qual seu nome, bonitão?

O garoto sorriu, revelando um dente de ouro e uma covinha surpreendentemente charmosa.

— Eamon.

— Esse é um bonito nome Kaelish. *Ken ye hom*?

— Mamãe era Kaelish. Eu não falo essa porcaria.

— Bem, que tal você mandar seus amigos aqui relaxarem e abaixarem essas armas para que eu possa ensiná-lo algumas palavras novas?

— Nem pensar. Sei como esses poderes Sangradores funcionam. Não vou deixar você controlar minhas entranhas.

— Que pena — Nina disse. — Escuta, Eamon, não precisamos de confusão esta noite. Eu só quero saber os termos de Pekka. Se vou trair Kaz, preciso saber se a dor valerá o preço…

— Kaz Brekker está praticamente morto e enterrado, querida. E Pekka não está oferecendo termos. Você vem conosco, acorrentada ou não.

Nina levantou as mãos e viu os homens em torno dela ficarem tensos, prontos para atirar, independentemente das ordens de Pekka. Ela transformou o movimento em uma lenta espreguiçada.

— Eamon, você sabe que, antes mesmo de me prender nessas correntes, eu poderia transformar metade dos órgãos internos desse pessoal em gosma.

— Você não é rápida o suficiente.

— Sou rápida o suficiente para garantir que você — e ela olhou de modo significativo para a região um pouco abaixo da fivela do cinto do garoto — nunca mais conseguirá levantar sua bandeira na Aduela Leste.

Agora Eamon empalideceu.

— Você não pode fazer isso.

Nina estalou as juntas dos dedos.

— Não posso?

Um baque metálico suave soou de algum lugar acima deles, e todos apontaram as armas para cima. *Droga, Inej, fique quieta.* Mas quando Nina levantou a cabeça, seus pensamentos congelaram em pânico. Inej estava de volta ao fio. E ela não estava sozinha.

Por um momento, Nina pensou que poderia estar alucinando quando viu a figura de branco seguindo Inej para o fio. Ela parecia um fantasma flutuando no ar acima deles. Então jogou algo pelo ar. Nina vislumbrou um brilho metálico. Não viu o impacto, mas viu os passos de Inej falharem. Inej se endireitou, sua postura inexorável, braços estendidos para se equilibrar.

Tinha de haver um jeito de ajudá-la. Nina tentou alcançar a garota de branco com seu poder, buscando seu pulso, a fibra dos seus músculos, alguma coisa que pudesse controlar, mas, uma vez mais, havia aquela terrível cegueira, e então nada.

— Não vai ajudar sua amiga? — Eamon provocou.

— Ela se vira bem sozinha — Nina retrucou.

Eamon sorriu de canto de boca.

— Você não é nem de perto tão durona quanto ouvimos falar. Muito papo, pouca ação. — Ele se virou para seu bando. — Pagarei bebidas a noite toda para o primeiro que conseguir agarrá-la.

Eles não correram para cima dela. Não eram tolos para isso. Avançaram devagar, armas levantadas. Nina jogou as mãos para o alto. Eles pararam, cautelosos. Mas, quando nada aconteceu, ela os notou trocando olhares, alguns sorrisos, e agora estavam vindo mais rápido, perdendo o medo, ansiosos pela recompensa.

Nina arriscou uma olhada para o alto. Inej ainda mantinha o equilíbrio de alguma forma. Parecia estar tentando voltar para o primeiro silo, mas tinha sido claramente ferida e seus passos eram incertos.

A rede. Mas ela não adiantaria nada com Nina sozinha. Se tivesse um pouco de *parem*, só um gostinho, poderia forçar esses grandes idiotas a ajudá-la. Eles a obedeceriam sem hesitar.

Sua mente tentou se expandir, procurando por alguma coisa, qualquer coisa. Ela não podia só ficar ali inútil para ser capturada e assistir a Inej morrer. Mas tudo o que ela sentia era um grande buraco negro. Não havia nenhum estilhaço de osso conveniente, nenhum pó para segurar. O mundo que uma vez parecia repleto de vida, de batimentos cardíacos, respiração, sangue correndo pelas veias, tinha sido esvaziado. Agora era tudo um deserto negro, céu sem estrelas, terra devoluta.

Um dos Leoneiros correu à frente e então estavam todos caindo em cima dela, segurando seus braços, arrastando-a em direção a Eamon, que abriu um sorriso, sua covinha curvando-se em uma meia-lua.

Nina soltou um uivo de pura fúria, debatendo-se como um animal selvagem.

Ela não era uma pessoa impotente. Ela se recusava a ser. *Eu não conheço nenhuma guerreira mais feroz, com ou sem poderes.*

Então ela sentiu – ali, no deserto negro, um bolsão de frio tão intenso que chegava a queimar. Lá, depois dos silos, na fenda do canal, a caminho do porto – o barco funerário, com uma pilha alta de cadáveres. Uma sensação de reconhecimento pulsou por ela. Não sentia batimentos cardíacos ou fluxo de sangue, mas podia sentir outra coisa, algo diferente. Pensou nos fragmentos de ossos, lembrou-se do conforto que sentiu no Véu Negro, cercada de túmulos.

Eamon tentou prender uma das algemas no seu pulso.

— Vamos colocar a coleira nela também! — outro Leoneiro gritou.

Ela sentiu uma mão no seu cabelo, sua cabeça puxada para trás para expor seu pescoço. Nina sabia que estava pensando em algo insano, mas as escolhas sãs já haviam se esgotado. Com toda a força remanescente, chutou Eamon com tudo, livrando-se de suas mãos. Jogou os braços para cima em um arco amplo, concentrando-se nessa nova consciência, e sentiu os corpos na barcaça se levantarem. Cerrou os punhos. *Venham até mim.*

Os Leoneiros seguraram seus pulsos. Eamon golpeou-a na boca, mas ela manteve os punhos cerrados, a mente concentrada. Essa não era a euforia que tinha sentido com a *parem*. Aquilo tinha sido calor, fogo, luz. Essa era uma chama gelada, ardendo contida e azul. Sentiu os cadáveres se levantarem, um depois do outro, respondendo ao seu chamado. Nina estava consciente das mãos que a seguravam, correntes sendo enroladas em seus pulsos, mas o frio estava mais profundo agora, um rio de inverno de fluxo forte, corredeiras negras pontilhadas de blocos de gelo.

Nina ouviu gritos, o pipocar de tiros, e então metal sendo torcido. As mãos sobre ela se soltaram, e as correntes bateram na calçada de pedra com um tilintar quase musical. Nina puxou os braços para si, mergulhando ainda mais fundo no frio do rio.

— O que diabos — disse Eamon, girando em direção à casa de guarda. — *O que diabos é isso?*

Os Leoneiros estavam recuando agora, a missão esquecida, o terror em seus rostos, e Nina sabia exatamente por quê. Uma fileira de pessoas empurrava a cerca, chacoalhando-a de seus postes. Algumas eram velhas, outras novas, mas todas eram lindas – bochechas coradas, lábios rosados, cabelos reluzindo e movendo-se em ondas em torno do rosto com o balanço gentil de algo que crescia embaixo d'água. Elas eram adoráveis e horríveis, porque, embora algumas não exibissem sinais de ferimento, uma delas tinha sangue marrom e vômito espalhado pelo vestido, outro tinha um buraco preto de putrefação. Dois estavam nus e uma tinha um rasgo profundo e amplo na altura do estômago, a pele rosada carnuda caindo para a frente como uma aba. Seus olhos brilhavam negros, a lousa vitrificada da água invernal.

Nina foi tomada por uma onda de náusea. Sentia-se estranha e um pouco envergonhada, como se estivesse espiando por uma janela totalmente proibida. Mas não tinha outro jeito. E a verdade é que ela não queria parar. Ela flexionou os dedos.

A cerca desabou para a frente em um grito nefasto de metal rasgando. Os Leoneiros abriram fogo, mas os corpos continuaram a avançar, sem interesse ou medo.

— É ela! — Eamon gritou, cambaleando para trás, caindo, arrastando-se de joelhos enquanto seus homens fugiam noite adentro. — Eles estão vindo por causa da vaca Grisha!

— Aposto que preferia ter tido aquela conversa agora — Nina grunhiu. Mas ela não se importava com os Leoneiros.

Ela olhou para o alto. Inej ainda estava no fio, mas a garota de branco estava no teto do segundo silo e esticando a mão para o fecho.

A rede, ela comandou. *Agora*. Os cadáveres se moveram confusa e rapidamente, correndo à frente e então subitamente congelando, como se aguardassem instruções. Ela se concentrou e mentalizou uma ordem, empurrando toda sua força e vida para dentro dos corpos. Em instantes eles estavam com a rede nas mãos e correndo, tão rápido que Nina não conseguia acompanhar.

O fio alto perdeu força. Inej caiu. Nina gritou.

O corpo de Inej despencou na rede, quicou para o alto, bateu na rede novamente.

Nina correu até ela.

— Inej!

Seu corpo estava caído no centro da rede, cravado de cruéis estrelas prateadas, sangue escorrendo das feridas.

Coloquem-na no chão, Nina comandou, e os cadáveres obedeceram, abaixando a rede para as pedras do calçamento. Nina cambaleou até Inej e se ajoelhou.

— Inej?

Inej jogou seus braços em torno de Nina.

— Nunca, *nunca* faça isso de novo — Nina disse, soluçando.

— Uma rede? — disse uma voz alegre. — Não parece justo.

Inej enrijeceu. A garota de branco tinha chegado à base do segundo silo e andava confiante em direção a elas.

Nina abriu os braços e os cadáveres se posicionaram na frente dela e de Inej.

— Você tem certeza de que quer esta luta, floco de neve?

A garota estreitou os lindos olhos.

— Ganhei de você — ela disse para Inej. — Você sabe disso.

— Você teve uma noite de sorte — Inej respondeu, mas sua voz soava fraca como fio desgastado.

A garota analisou o exército de corpos em decomposição enfileirados diante dela, pareceu refletir sobre suas chances. Ela fez uma reverência.

— Nos encontraremos novamente, Espectro. — Virou-se na direção por onde Eamon e o restante dos Leoneiros tinham fugido, saltou por sobre o que havia sobrado da cerca e desapareceu.

— Alguém gosta de um drama — Nina disse. — Quer dizer, realmente, quem é que veste branco para uma luta de facas?

— Dunyasha, a Lâmina Branca do sei lá o quê. Ela realmente quer me matar. Talvez queira matar todo mundo.

— Você consegue andar?

Inej assentiu com a cabeça, embora seu rosto tivesse uma aparência pálida.

— Nina, essas pessoas… elas estão mortas?

— Dito dessa forma, soa meio sinistro.

— Mas você não usou…

— Não. Sem *parem*. Eu não sei o que é isso.

— Grishas podem…

— Eu não sei. — Agora que o medo da emboscada e da queda de Inej estava se dissipando, ela sentiu uma espécie de nojo. O que tinha acabado de fazer? Com que forças havia mexido?

Nina lembrou-se de quando perguntou a um de seus professores no Pequeno Palácio de onde vinham os poderes Grishas. Ela era pouco mais do que uma criança, deslumbrada pelos Grishas mais velhos que iam e vinham do palácio em missões importantes.

Nosso poder nos conecta à vida de formas que as pessoas comuns jamais conseguirão entender, seu professor tinha dito. *É por isso que usar nosso dom, em vez de nos exaurir, nos torna mais fortes. Estamos ligados ao próprio poder da criação no coração do mundo. Para os Corporalki, esse laço é ainda mais estreito, porque lidamos com a vida e a sua destruição.*

O professor tinha levantado as mãos, e Nina sentiu seu pulso desacelerar ligeiramente. Os outros alunos tinham suspirado surpresos e se entreolhado, todos sentindo a mesma coisa. *Vocês sentem isso?*, o professor perguntou. *O coração de todos vocês batendo ao mesmo tempo, conectado ao ritmo do mundo?*

Tinha sido uma sensação tão estranha, o sentimento do seu corpo se dissolvendo, como se não fossem vários alunos se remexendo em suas cadeiras em sala de aula, mas sim uma única criatura, com um único coração, um único propósito. Havia durado apenas alguns instantes, mas ela nunca mais esqueceu aquela sensação de conexão, o súbito entendimento de que seu poder significava que nunca estaria sozinha.

Mas e o poder que ela tinha usado aquela noite? Ele não era nada parecido com isso. Era produto da *parem*, não da criação no coração do mundo. Era um erro.

Haveria tempo para se preocupar mais tarde.

— Precisamos dar o fora daqui — disse Nina.

Ela ajudou Inej a se levantar, e então olhou para os corpos que as cercavam.

— Pelos Santos, eles têm um fedor terrível.

— Nina, e se puderem ouvir você?

— Vocês conseguem me ouvir? — ela perguntou, mas os corpos não responderam. Quando tentou se conectar com eles através de seu poder, não sentiu vida neles. Havia *algo* ali, contudo, algo que se ligava a ela de uma forma que os vivos não conseguiam mais. Pensou novamente no rio gelado. Ainda podia senti-lo em torno de si, em torno de tudo, mas agora ele se movia em redemoinhos vagarosos.

— O que vai fazer com eles? — Inej perguntou.

Nina deu de ombros.

— Colocá-los de volta onde estavam, imagino? — Ela levantou as mãos. *Vão*, disse-lhes o mais claro que pôde, *descansem*.

Eles se moveram novamente, um súbito alvoroço que fez Inej murmurar uma prece.

Nina observou-os sumir lentamente, silhuetas borradas na escuridão.

Inej estremeceu levemente, e então arrancou uma estrela prateada perfurante de seu ombro e deixou-a cair no chão com um baque metálico alto. O sangramento parecia ter diminuído, mas ela certamente precisava de curativos.

— Vamos embora antes que a *stadwatch* apareça — ela disse.

— Para onde? — Nina perguntou enquanto começavam a se dirigir ao canal. — Se Pekka Rollins nos encontrou…

Os passos de Inej desaceleraram conforme a realidade se assentava.

— Se o plano do Véu Negro está em risco, Kaz… Kaz me disse para onde ir se as coisas dessem errado. Mas…

As palavras pairavam no ar entre elas. Pekka Rollins entrando em campo significava muito mais do que um plano arruinado.

E se a missão no Véu Negro foi descoberta? E se alguma coisa tivesse acontecido com Matthias? Pekka Rollins pouparia sua vida ou simplesmente atiraria primeiro e reivindicaria sua recompensa?

Os Grishas. E se Pekka tivesse seguido Jesper e Matthias até a embaixada? E se eles tivessem partido para as docas com os refugiados e tivessem sido capturados? Mais uma vez ela se lembrou da pílula amarela em seu bolso. Ela pensou nos olhos dourados e ferozes de Tamar, no olhar imperioso de Zoya, na risada provocadora de Genya. Elas haviam confiado nela. Se alguma coisa tivesse acontecido com eles, ela jamais se perdoaria.

Conforme Nina e Inej refaziam seus passos de volta ao cais onde seu barco estava atracado, ela deu uma olhada de relance para a barcaça onde os últimos cadáveres estavam se deitando, colocando-se em posição. Pareciam diferentes agora, sua cor voltando ao cinza e branco manchado que ela associava à morte. Mas talvez a morte não fosse só uma coisa.

— Para onde vamos? — Nina perguntou.

Naquele momento, elas viram duas figuras correndo na direção delas. Inej esticou a mão para pegar suas facas e Nina levantou seus braços, preparada para invocar novamente seus estranhos soldados. Ela sabia que seria mais fácil dessa vez.

Kaz e Wylan apareceram sob a luz do poste, suas roupas amassadas, seus cabelos cobertos com pedacinhos de reboco – e algo que parecia caldo de carne. Kaz estava se apoiando pesadamente em sua bengala, seu ritmo incansável, as feições agudas em uma expressão de determinação.

— Lutaremos juntos para escapar — Inej sussurrou.

Nina olhou de Inej para Kaz e viu que ambos mantinham a mesma expressão. Nina conhecia aquele olhar. Ele surgiu depois do naufrágio, depois que a maré investiu contra você e o céu escureceu. Significava o primeiro vislumbre de terra, a esperança de abrigo e até de salvação que poderia estar esperando por você em uma costa distante.

23. WYLAN

VOU MORRER AQUI E NÃO HAVERÁ NINGUÉM PARA AJUDÁ-LA. Ninguém irá sequer se lembrar de Marya Hendriks.

Wylan queria ser corajoso, mas estava com frio e machucado, e o que era pior: estava cercado pelas pessoas mais corajosas que conhecia, e todas elas pareciam estar bastante abaladas.

Eles avançaram lentamente pelos canais, parando embaixo de pontes e nas sombras profundas para esperar, enquanto pelotões da *stadwatch* marchavam sobre os canais ou ao longo deles. Eles andavam pela noite em grande quantidade, seus barcos navegando lentamente, lamparinas fortes na proa. Algo tinha mudado no curto tempo desde a confusão na Goedmedbridge. A cidade tinha despertado, e estava furiosa.

— Os Grishas… — Nina tentou dizer.

Mas Kaz a interrompeu rapidamente.

— Eles estão seguros na embaixada ou além do alcance da nossa ajuda. Eles podem se virar. Nós precisamos nos esconder.

E então Wylan entendeu o tamanho da encrenca em que haviam se metido, porque Nina nem discutiu. Simplesmente apoiou a cabeça nas mãos e ficou em silêncio.

— Eles vão ficar bem — disse Inej, passando o braço em torno de seus ombros. — *Ele* vai ficar bem.

Mas seus movimentos eram hesitantes, e Wylan podia ver o sangue em suas roupas.

Depois disso, ninguém mais deu um pio. Kaz e Rotty remavam apenas esporadicamente, conduzindo-os para os canais mais quietos e estreitos, deixando-os flutuar silenciosamente sempre que possível, até virarem uma curva perto de Schoonstraat e Kaz dizer:

— Pare.

Ele e Rotty afundaram seus remos, emparelhando-os com a lateral do canal, aninhados atrás do volume do barco de um vendedor. O que quer que a loja flutuante vendesse, suas barracas tinham sido trancadas para proteger seu estoque.

Mais à frente, podiam ver a *stadwatch* amontoada em uma ponte, dois de seus barcos ocultando a passagem embaixo.

— Estão montando bloqueios — disse Kaz.

Eles abandonaram o barco ali e continuaram a pé.

Wylan sabiam que estavam seguindo para outro esconderijo, mas o próprio Kaz tinha dito: *Não existe lugar seguro.* Onde poderiam se esconder? Pekka Rollins estava trabalhando com o pai de Wylan. Os dois juntos eram donos de metade da cidade. Wylan seria capturado. E então o quê? Ninguém iria acreditar que ele era o filho de Jan Van Eck. Wylan Van Eck podia ser desprezado pelo pai, mas ele tinha direitos que nenhum criminoso Shu poderia sonhar em ter. Será que terminaria em Hellgate? Será que seu pai acharia um jeito de fazer com que fosse executado?

Conforme se afastavam do distrito industrial e do Barril, as patrulhas ficaram menos frequentes e Wylan percebeu que a *stadwatch* devia estar concentrando seus esforços nas partes menos respeitáveis da cidade. Ainda assim, eles se moviam de modo improvisado, passando por becos que Wylan nem sabia que existiam, ocasionalmente passando por fachadas de loja vazias ou por andares baixos de apartamentos desocupados para poderem cortar para a próxima rua. Era como se Kaz tivesse um mapa secreto de Ketterdam mostrando os espaços esquecidos da cidade.

Será que Jesper estaria esperando quando finalmente chegassem aonde quer que fosse seu destino? Ou será que estaria caído, ferido e sangrando no chão da tumba, sem ninguém para ajudá-lo? Wylan se recusava a acreditar nisso. Quanto mais difícil a luta, melhor Jesper se saía. Ele se lembrou de Jesper implorando para Colm. *Sei que te desapontei. Só peço que me dê mais uma chance.* Quantas vezes Wylan tinha dito praticamente as mesmas palavras para seu pai, esperando a cada vez que ele pudesse cumpri-las? Jesper tinha que sobreviver. Todos eles tinham.

Wylan lembrou-se da primeira vez que tinha visto o atirador. Ele parecia uma criatura de outro mundo, vestido de verde limão e amarelo esverdeado, seus passos longos e largos, como se cada passo fosse derramado de uma garrafa com gargalo estreito.

Na primeira noite de Wylan no Barril, ele tinha perambulado de rua em rua, certo de que estava prestes a ser assaltado, batendo os dentes de frio. Finalmente, quando sua pele estava ficando azul de frio e ele não conseguia mais sentir seus dedos, tomou coragem e perguntou a um homem que fumava cachimbo nos degraus na frente de uma casa:

— Sabe onde teria quartos para alugar?

— Aquela placa ali diz que tem vagas — ele disse, gesticulando para o outro lado da rua com seu cachimbo. — Você é cego ou o quê?

— Nem percebi — Wylan disse.

A pensão era suja, mas abençoadamente barata. Ele alugou um quarto por dez kruges e também pagou por um banho quente. Sabia que precisava economizar seu dinheiro, mas, se pegasse febre pulmonar na primeira noite, teria problemas ainda maiores do que falta de dinheiro. Levou a pequena toalha para o banheiro no final do corredor e se lavou rapidamente. Embora a água estivesse quente o suficiente, ele se sentiu vulnerável agachando-se pelado em uma banheira sem tranca na porta. Secou as roupas o máximo que pôde, mas elas ainda estavam úmidas quando as vestiu novamente.

Wylan passou aquela noite deitado em um colchão fino como papel, fitando o teto e escutando os sons que chegavam do interior da pensão. No Geldcanal, as noites eram tão silenciosas que era possível ouvir a água batendo contra as laterais da garagem de barco. Mas ali era como se fosse meio-dia. Música fluía pela janela imunda. As pessoas falavam, riam, batiam portas. No quarto acima dele, um casal discutia. No quarto de baixo, um casal fazia algo completamente diferente.

Wylan encostou os dedos nos machucados na sua garganta e pensou: *Seria tão bom se pudesse tocar o sino para alguém me trazer chá*. Esse foi o momento em que realmente começou a entrar em pânico. Como ele era patético. Seu pai tinha tentado acabar com sua vida. Ele quase não tinha dinheiro e estava deitado em uma cama que fedia a produtos químicos usados para matar piolhos. Deveria estar traçando um plano, talvez até arquitetando vingança, tentando organizar suas ideias e seus recursos. E o que estava fazendo? Desejando poder pedir um chá. Talvez não fosse feliz na casa de seu pai, mas nunca tivera que trabalhar para conseguir as coisas. Ele tinha serviçais, refeições quentes, roupas limpas. O que quer que fosse necessário para sobreviver no Barril, Wylan sabia que não tinha.

Enquanto estava deitado ali, buscou alguma explicação para o que tinha acontecido. Certamente Miggson e Prior eram os culpados; seu pai não sabia de nada. Ou talvez Miggson e Prior tivessem entendido errado as ordens de seu pai. Tudo não havia passado de um terrível engano. Wylan se levantou e enfiou a mão no bolso úmido do casaco. Seus papéis de matrícula na escola de música em Belendt ainda estavam ali.

Assim que puxou o envelope grosso, soube que seu pai era culpado. Ele estava todo ensopado e fedia à água do canal, mas a coloração permanecia intacta. Nenhuma tinta tinha sangrado dos supostos documentos lá dentro. Mesmo assim, Wylan abriu o envelope. O chumaço de papéis dobrados estava colado em uma massa molhada, mas ele separou cada um deles. Estavam todos em branco. Seu pai não tinha nem se dado ao trabalho de criar um ardil convincente. Sabia que Wylan não tentaria ler os papéis e que seu filho ingênuo jamais suspeitaria de que seu pai estivesse mentindo. *Patético.*

Wylan se escondeu lá dentro por dois dias, apavorado. Na terceira manhã, contudo, sentia tanta fome que o cheiro de batatas fritas que vinha da rua o havia expulsado da segurança de seu quarto. Ele comprou um cone de papel cheio delas e as devorou com tanta voracidade que queimou a língua. Então se forçou a caminhar.

Ele só tinha dinheiro para o quarto por mais uma semana, alguns dias a menos se planejava comer. Precisava achar trabalho, mas não tinha ideia de por onde começar. Não era grande ou forte o bastante para um trabalho nos armazéns ou nas docas. Os trabalhos mais leves exigiriam que soubesse ler. Seria possível que uma das casas de jogos ou até um dos bordéis precisasse de um músico para tocar em seus salões? Ele ainda tinha sua flauta. Perambulou para cima a para baixo da Aduela Leste e seguiu as ruas laterais mais iluminadas. Quando começou a escurecer, voltou para a pensão, totalmente derrotado. O cara com o cachimbo ainda estava nos degraus da entrada, fumando. Até onde Wylan sabia, ele nunca saía daquele lugar.

— Estou procurando emprego — Wylan lhe disse. — Conhece alguém que esteja contratando?

O homem o estudou através de uma nuvem de fumaça.

— Um branquelo novinho como você deve conseguir um bom dinheiro na Aduela Leste.

— Trabalho *honesto*.

O homem tinha gargalhado até começar a tossir, mas acabou orientando Wylan a ir para os curtumes ao sul.

Wylan recebia um salário de miséria para misturar tintas e limpar os tonéis. Os outros trabalhadores eram principalmente mulheres e crianças, alguns garotos magricelas que nem ele. Falavam muito pouco, cansados demais e doentes demais dos produtos químicos para fazer mais do que terminar o trabalho e coletar o pagamento. Não recebiam luvas ou máscaras, e Wylan tinha quase certeza de que estaria morto por envenenamento antes de ter que se preocupar com um lugar para ir com a minúscula quantia de dinheiro que estava ganhando.

Uma tarde, Wylan ouviu o chefe das tintas reclamando que estavam perdendo galões de tinta para a evaporação porque as caldeiras estavam esquentando demais. Estava praguejando por causa do preço que tinha pagado para consertar duas delas e o pouco que isso tinha ajudado.

Wylan hesitou, e então sugeriu adicionar água do mar aos tanques.

— Por que diabos eu faria isso? — o chefe de tinta perguntou.

— Porque elevará o ponto de ebulição — Wylan disse, perguntando-se por que tinha achado que era uma boa ideia abrir a boca. — As tintas precisarão de mais calor para ferver, e assim você perderá menos com a evaporação. Será preciso ajustar a fórmula porque o salino acumulará rápido, e você terá de limpar os tanques mais regularmente porque o sal pode ser corrosivo.

O chefe de tinta só tinha cuspido um filete de *jurda* no chão e o ignorado. Mas na semana seguinte eles experimentaram adicionar água salgada em um dos tanques. Alguns dias depois, estavam usando uma mistura de água do mar em todos eles, e o chefe de tinta começou a procurar Wylan com mais perguntas. Como eles poderiam evitar que a tinta vermelha enrijecesse as peles? Como poderiam encurtar o tempo de processamento e secagem? Será que Wylan conseguiria criar uma resina para evitar que as tintas sangrassem?

Uma semana depois, Wylan estava de pé nos tonéis com sua pá de madeira, tonto por causa das tintas, olhos lacrimejando, perguntando-se se ajudar o chefe das tintas significava que podia pedir um aumento, quando um garoto se aproximou dele. Ele era alto, esguio, sua pele um marrom zemeni profundo, e ele parecia ridiculamente deslocado na área de secagem. Não só por causa do seu colete xadrez limão e das calças amarelas, mas porque parecia irradiar prazer, como se não tivesse outro lugar no mundo que preferisse estar além daquele curtume miserável e fedido, como se tivesse acabado de chegar a uma festa pela qual aguardava ansiosamente. Embora fosse magro, seu corpo se encaixava com uma espécie de facilidade despojada. O chefe de tinta não costumava gostar de desconhecidos na área de secagem, mas não disse uma palavra para esse garoto com os revólveres pendurados na cintura, só inclinou seu chapéu respeitosamente e saiu apressado.

O primeiro pensamento de Wylan foi que aquele garoto tinha os lábios mais perfeitos que ele já tinha visto. O segundo foi que seu pai tinha enviado alguém novo para matá-lo. Ele segurou a pá com força. Será que o garoto atiraria nele em plena luz do dia? As pessoas faziam isso?

Mas o garoto disse:

— Ouvi falar que entende de química.

— O quê? Eu... sim. Um pouco — Wylan tinha conseguido dizer.

— Só um pouco?

Wylan tinha a sensação de que sua próxima resposta seria muito importante.

— Tive aulas. — Ele tinha se entusiasmado com ciência e matemática e se dedicado intensamente a esses estudos, torcendo para que, de alguma forma, eles compensassem suas outras limitações.

O garoto passou a Wylan um pedaço dobrado de papel.

— Então venha para esse endereço quando sair do trabalho hoje à noite. Talvez tenhamos um serviço para você. — Ele olhou ao redor, como se só naquele momento notasse os tonéis e os trabalhadores pálidos inclinados sobre eles. — Um trabalho de verdade.

Wylan tinha olhado fixamente para o papel, as letras um borrão diante de seus olhos.

— Eu... eu não sei onde isso fica.

O garoto deu um suspiro exasperado.

— Você não é daqui, é? — Wylan balançou a cabeça. — Está bem. Eu virei pegá-lo, porque claramente não tenho nada melhor para fazer com meu tempo além de escoltar lírios delicados pela cidade. Wylan, certo? — Wylan assentiu com a cabeça. — Wylan o quê?

— Wylan... Hendriks.

— Você entende de demo, Wylan Hendriks?

— Demo?

— O bum, o estrondo, a pederneira e o rebuliço.

Wylan não fazia ideia do que ele estava falando, mas sentiu que admitir isso seria um grande erro.

— Claro — falou, com o máximo de confiança que conseguiu reunir.

O garoto o olhou de soslaio, cético.

— Veremos. Esteja lá fora às seis badaladas. E sem armas, a menos que esteja procurando encrenca.

— É claro que não.

O garoto revirou os olhos cinza e resmungou:

— Kaz deve ter pirado completamente.

Às seis badaladas, Jesper chegou para conduzir Wylan até uma loja de iscas no Barril. Wylan estava envergonhado por causa das roupas amarrotadas, mas eram as únicas que possuía; além disso, o medo paralisante de que aquilo fosse apenas alguma complicada armadilha concebida por seu pai desviou seu pensamento dessa preocupação. No quarto dos fundos da loja de iscas, Wylan conheceu Kaz e Inej. Eles lhe contaram que precisavam de bombas de luz e talvez de alguma coisa que causasse um pouco mais de impacto. Wylan se recusou.

Naquela noite, ele voltou para a pensão e encontrou sua primeira carta. As únicas palavras que reconhecia eram o nome do remetente: Jan Van Eck.

Tinha passado a noite acordado, certo de que a qualquer momento Prior arrombaria a porta e esmagaria seu pescoço com suas mãos pesadas. Tinha pensado em fugir, mas mal tinha dinheiro para pagar o aluguel, quanto mais para comprar uma passagem para fora da cidade. E que esperança ele teria no campo? Ninguém o contrataria como mão de obra na fazenda. No dia seguinte, foi falar com Kaz e, naquela noite, montou seu primeiro explosivo para os Dregs. Ele sabia que o que estava fazendo era ilegal, mas tinha ganhado mais dinheiro em algumas horas de trabalho do que em uma semana no curtume.

As cartas de seu pai continuaram a chegar, uma, às vezes duas vezes por semana. Wylan não sabia o que elas significavam. Eram ameaças? Provocações? Ele as guardava em uma pilha embaixo do colchão, e às vezes à noite ele achava que conseguia sentir a tinta sangrando pelas páginas, subindo pelo colchão e contaminando seu coração como um veneno sombrio.

Mas quanto mais tempo passava e mais ele trabalhava para Kaz, menos medo ele sentia. Ganharia seu dinheiro, daria o fora da cidade, e nunca mais pronunciaria o nome Van Eck. E se seu pai decidisse se livrar dele antes disso, não havia nada que Wylan pudesse fazer a respeito. Suas roupas estavam maltrapilhas e puídas. Estava ficando tão magro que teve de abrir novos buracos no cinto. Mas ele venderia o próprio corpo nos bordéis da Aduela Leste antes de implorar pela clemência de seu pai.

Wylan não tinha se dado conta disso na época, mas Kaz sempre soube sua verdadeira identidade. Mãos Sujas mantinha-se a par de todos que chegavam ao Barril, e ele tinha colocado Wylan sob proteção dos Dregs, certo de que um dia o filho de um mercador rico seria útil.

Ele não tinha ilusões sobre as motivações de Kaz para protegê-lo, mas também sabia que nunca teria sobrevivido tanto tempo sem sua ajuda. E Kaz não se importava se ele conseguia ler ou não. Kaz e os outros tinham caçoado dele, mas tinham oferecido uma oportunidade de provar seu valor. Valorizavam as coisas que ele conseguia fazer em vez de puni-lo pelo que não conseguia.

Wylan tinha acreditado que Kaz conseguiria se vingar pelo que tinham feito com sua mãe. Tinha acreditado que, apesar da riqueza e influência de seu pai, aquela equipe – a *sua equipe* – era páreo para Jan Van Eck. Mas agora seu pai mais uma vez conseguia alcançá-lo e provocá-lo.

Já era bem mais de meia-noite quando chegaram ao distrito financeiro. Chegaram a uma das áreas mais ricas da cidade, perto do Mercado e do Stadhall. A presença de seu pai era sentida mais intensamente ali, e Wylan se perguntou por que Kaz os tinha trazido para aquela parte da cidade. Kaz os havia conduzido por um beco até a parte de trás de um prédio alto, onde uma porta estava aberta; eles chegaram a uma escadaria construída em torno de um enorme elevador de ferro, no qual entraram com cautela. Rotty ficou para trás, provavelmente para guardar a entrada. A porta do elevador fechou com um estrondo metálico e eles subiram quinze andares, até a cobertura do prédio, saindo em um corredor decorado com madeira nobre envernizada, seu teto alto pintado de lavanda pálida e espumada.

Estamos em um hotel, Wylan se deu conta. *Aquilo era a entrada e o elevador de serviço.*

Eles bateram em um par de amplas portas brancas duplas. Colm Fahey atendeu, vestindo ceroulas com um casaco por cima. Eles estavam no Geldrenner.

— Os outros estão lá dentro — ele disse com uma voz cansada.

Colm não lhes fez perguntas, só apontou para o banheiro e se serviu com uma xícara de chá enquanto deixavam um rastro de lama e sofrimento pelos carpetes roxos. Ao ver Nina, Matthias saltou do enorme sofá cor de berinjela onde estava sentado e a segurou em seus braços.

— Nós não conseguimos passar pelos bloqueios até o Recife Doce — ele disse. — Eu temi pelo pior.

Então estavam todos se abraçando, e Wylan ficou horrorizado ao perceber que tinha os olhos cheios de lágrimas. Ele piscou para contê-las. A última coisa de que precisava agora era que Jesper o visse chorar mais uma vez. O atirador estava coberto de cinzas e cheirava a incêndio florestal, mas portava aquele olhar incrível com a centelha que sempre acendia quando tinha estado em uma briga. Tudo o que Wylan queria fazer era ficar o mais perto possível dele e saber que ele estava seguro.

Até aquele momento, Wylan não tinha entendido exatamente o quanto eles significavam para ele. Seu pai teria visto com escárnio e desprezo aqueles bandidos e delinquentes, um soldado desertor, um apostador que não conseguia sair do vermelho. Mas eles eram seus primeiros amigos, seus únicos amigos, e Wylan sabia que, mesmo se pudesse escolher entre mil companheiros, aquelas seriam as pessoas que escolheria.

Apenas Kaz permanecia à parte, olhando fixamente pela janela para as ruas escuras embaixo.

— Kaz — Nina disse. — Você pode não estar feliz de saber que estamos vivos, mas nós estamos felizes que você esteja vivo. Venha aqui!

— Deixe-o — murmurou Inej suavemente.

— Pelos Santos, Espectro — Jesper falou. — Você está sangrando.

— Devo chamar um médico? — o pai de Jesper perguntou.

— Não! — todos responderam em coro.

— É claro que não — Colm disse. — Deveria mandar vir café?

— Sim, por favor — Nina respondeu.

Colm pediu café, waffles e uma garrafa de conhaque. Enquanto esperavam, Nina pediu a ajuda deles para tentar encontrar uma tesoura para cortar algumas toalhas do hotel e fazer curativos. Assim que encontraram, ela levou Inej para o banheiro para cuidar de seus ferimentos.

Quando bateram à porta, todos ficaram tensos, mas era apenas a refeição. Colm foi falar com a camareira e insistiu que ele podia se virar com o carrinho, para que ela não visse a companhia estranha que tinha se juntado no quarto. Assim que a porta fechou, Jesper correu para ajudá-lo a empurrar uma bandeja de prata cheia de comida e pilhas de pratos de porcelana tão fina que era quase transparente. Wylan não comia em pratos como aqueles desde que deixara a casa de seu pai. Ele percebeu que Jesper devia estar usando uma das camisas de Colm; era grande demais nos ombros e curta demais nas mangas.

— O que é este lugar, afinal? — Wylan perguntou, olhando em volta para o vasto aposento decorado quase completamente em roxo.

— A Suíte Ketterdam, acredito — disse Colm coçando a nuca. — É consideravelmente mais refinada do que meu quarto na pousada do distrito universitário.

Nina e Inej surgiram do banheiro. Nina empilhou comida em um prato e afundou do lado de Matthias no sofá. Dobrou um dos waffles ao meio e deu uma bela mordida, balançando os dedinhos de felicidade.

— Desculpe, Matthias — disse ela de boca cheia. — Decidi que vou abandonar tudo para viver com o pai de Jesper. Ele me mantém na delícia à qual me acostumei.

Inej tinha removido a túnica e vestia apenas seu colete acolchoado, deixando seus braços marrons expostos. Tiras de toalha estavam amarradas no seu ombro, nos antebraços, na coxa direita e na canela esquerda.

— O que exatamente aconteceu com você? — Jesper perguntou a ela, passando a seu pai uma xícara de café em um pires delicado.

Inej se empoleirou em uma poltrona próxima de onde Kuwei tinha se aninhado no chão.

— Fiz uma nova amiga.

Jesper se esparramou em um sofá e Wylan pegou a outra cadeira, um prato de waffles equilibrado nos joelhos. Havia uma mesa e cadeiras perfeitamente utilizáveis na sala de jantar da suíte, mas aparentemente nenhum deles tinha interesse nela. Apenas Colm tinha se sentado lá, com uma xícara de café e uma garrafa de conhaque. Kaz permaneceu na janela, e Wylan se perguntou o que ele via através do vidro que era tão hipnotizante.

— Então — disse Jesper adicionando açúcar ao seu café. — Além de Inej ampliar seu círculo de amizades, o que diabos aconteceu lá fora?

— Vejamos — Nina disse. — Inej caiu de vinte andares de altura.

— Nós abrimos um buraco e tanto no teto da sala de jantar de meu pai — Wylan adicionou.

— Nina pode levantar os mortos — Inej disse.

A xícara de Matthias chocou-se contra seu pires. Ela parecia ridícula em sua mão enorme.

— Eu não posso *levantá-los*. Quer dizer, eles ficam de pé, mas não é como se eles voltassem à vida. Eu acho que não, pelo menos. Não tenho totalmente certeza.

— Você está falando sério? — disse Jesper.

Inej assentiu com a cabeça.

— Não posso explicar, mas vi isso.

Matthias cerrou as sobrancelhas.

— Quando estávamos no bairro ravkano, você conseguiu conjurar aqueles pedaços de ossos.

Jesper tomou um bom gole de café.

— Mas e quanto à casa no lago? Você estava controlando aquele pó?

— Que pó? — Inej perguntou.

— Ela não só tirou um guarda do caminho. Ela o estrangulou com uma nuvem de pó.

— Há o cemitério de uma família próximo à casa de lago dos Hendriks — Wylan disse, lembrando-se do terreno cercado que fica encostado à parede ocidental. — E se o pó fosse... ossos? Os restos das pessoas?

Nina baixou o seu prato.

— Isso é quase o suficiente para me fazer perder o apetite. — Ela pegou o prato novamente. — Quase.

— Foi por isso que me perguntou sobre a *parem* modificando o poder de um Grisha — Kuwei disse a Matthias.

Nina olhou para ele.

— E pode?

— Eu não sei. Você só tomou a droga uma vez. Sobreviveu à abstinência. Você é uma raridade.

— Como sou sortuda.

— Será que isso é tão ruim assim? — Matthias indagou.

Nina catou algumas migalhas de seu colo, devolvendo-as ao prato.

— Para citar um grande amontoado de músculos loiro que conheço, isso não é natural. — Sua voz tinha perdido o calor alegre. Ela só parecia triste.

— Talvez seja — disse Matthias. — Os Corporalki não são conhecidos como a Ordem dos Vivos e dos Mortos?

— Não é assim que o poder Grisha deveria funcionar.

— Nina — Inej disse gentilmente. — A *parem* te levou à beira da morte. Talvez você tenha trazido alguma coisa de volta com você.

— Bem, é uma lembrancinha bem podre.

— Ou talvez Djel tenha apagado uma luz e acendido outra — disse Matthias.

Nina o observou de canto de olho.

— Você bateu com a cabeça?

Ele esticou a mão e pegou a mão de Nina. Wylan subitamente sentiu como se estivesse bisbilhotando alguma coisa privada.

— Estou grato que esteja viva — disse ele. — Estou grato que esteja do meu lado. Estou grato que esteja *comendo*.

Ela descansou a cabeça em seu ombro.

— Você é melhor do que waffles, Matthias Helvar.

Um pequeno sorriso curvou os lábios do fjerdano.

— Não vamos dizer coisas que não queremos dizer de verdade, meu amor.

Alguém bateu de leve à porta. Imediatamente, todos pegaram suas armas. Colm congelou na cadeira.

Kaz gesticulou para ele ficar onde estava e se moveu silenciosamente em direção à porta. Espiou pelo buraco de vigia.

— É Specht — ele disse. Todos relaxaram, e Kaz abriu a porta.

Eles observaram em silêncio enquanto Kaz e Specht trocaram sussurros apressados; então Specht assentiu com a cabeça e desapareceu em direção ao elevador.

— Existe um acesso à torre do relógio neste andar? — Kaz perguntou a Colm.

— No final do corredor — respondeu Colm. — Eu nunca subi. A escadaria é íngreme.

Sem uma palavra, Kaz partiu. Todos se entreolharam por um instante e então o seguiram, passando em fileira por Colm, que os observou partir com um olhar preocupado.

Conforme percorriam o corredor, Wylan percebeu que o andar inteiro era dedicado ao luxo da Suíte Ketterdam. Se fosse morrer, esse não era um lugar ruim para passar sua última noite, considerou.

Um a um, subiram uma escadaria de ferro em espiral até a torre do relógio, passando por um alçapão. A sala no topo era grande e fria, ocupada principalmente pelas engrenagens de um enorme relógio. Suas quatro faces fitavam Ketterdam e o céu cinza da manhã.

Para o sul, uma nuvem de fumaça subia da Ilha do Véu Negro. Para o nordeste, Wylan podia enxergar o Geldcanal, barcos da brigada de incêndio e da *stadwatch* cercando a área em torno da casa de seu pai. Ele se lembrou da expressão de choque no rosto de seu pai quando aterrissaram no meio da sua mesa de jantar. Se Wylan não estivesse tão aterrorizado, talvez tivesse caído na gargalhada. *É a vergonha que engole os homens inteiros.* É uma pena que não tivessem colocado fogo no resto da casa.

Lá ao longe, as docas estavam cheias de barcos e carroças da *stadwatch*. A cidade estava manchada do roxo da *stadwatch*, como se tivesse pegado uma doença.

— Specht disse que eles fecharam as docas e pararam os barcos estreitos — disse Kaz. — Estão fechando a cidade. Ninguém conseguirá entrar ou sair.

— Ketterdam não aceitará isso de cabeça baixa — disse Inej. — As pessoas vão se revoltar.

— Elas não culparão Van Eck.

Wylan se sentia um pouco enjoado.

— Vão culpar a gente.

Jesper balançou a cabeça.

— Mesmo se colocarem todos os soldados da *stadwatch* nas ruas, eles não têm quantidade suficiente de gente para trancar a cidade e nos procurar.

— Será que não? — Kaz disse. — Olhe de novo.

Jesper andou até a janela que dava para o oeste, onde Kaz estava de pé.

— Por todos os Santos e sua Tia Eva — disse ele em uma respiração rápida.

— O que foi? — Wylan perguntou enquanto observavam pelo vidro.

Uma multidão estava se movendo para o leste do Barril, passando pelo distrito de Zelver.

— Aquilo é uma turba? — Inej perguntou.

— Está mais para um desfile — disse Kaz.

— Por que a *stadwatch* não os está parando? — Wylan perguntou conforme o fluxo de pessoas passava livremente de ponte a ponte, atravessando cada barricada. — Por que os estão deixando passar?

— Provavelmente porque seu pai mandou — Kaz retrucou.

Conforme a multidão se aproximava, Wylan ouviu cantorias, cânticos, tambores. Realmente soava como um desfile. As pessoas haviam se espalhado por sobre Zelverbridge, fluindo pelo hotel a caminho da praça que ficava de frente para o Mercado. Wylan reconheceu a gangue de Pekka Rollins liderando a marcha. Quem quer que estivesse na frente vestia uma pele de leão com uma coroa dourada falsa costurada na cabeça.

— Gaivotas Navalha — Inej disse, apontando atrás dos Leoneiros. — E ali estão os Liddies.

— Os Pointers do Harley — Jesper disse. — Os Pontas Negras.

— Todos eles — Kaz disse.

— O que isso significa? — Kuwei perguntou. — As faixas roxas?

Cada membro da multidão lá embaixo vestia uma tira de pano roxo em torno do antebraço esquerdo.

— Eles foram recrutados — disse Kaz. — Specht disse que todos estão falando disso no Barril. A boa notícia é que nos querem vivos agora – até o Matthias. A má notícia é que adicionaram recompensas pelos gêmeos Shu com quem estamos viajando, então o rosto de Kuwei – e de Wylan – está decorando os muros da cidade também.

— E seu Conselho Mercante está simplesmente sancionando isso? — disse Matthias. — E se eles começarem a saquear ou se houver um tumulto?

— Eles não farão isso. Rollins sabe o que está fazendo. Se a *stadwatch* tentasse trancar o Barril, as gangues teriam se voltado contra eles. Agora eles estão do lado certo da lei, e Van Eck tem dois exércitos. Ele está nos cercando.

Inej puxou o ar com força.

— O que foi? — Wylan perguntou, mas, quando olhou para a praça, entendeu. O último grupo na parada estava agora visível. Um velho vestindo um chapéu com plumas os liderava, e eles estavam gritando como corvos. Os Dregs, a gangue de Kaz. Eles o tinham traído.

Jesper socou a parede.

— Aqueles safados ingratos.

Kaz não disse nada, só observou a multidão fluir pela frente do hotel lá embaixo, as gangues agrupadas em enxames coloridos, insultando uns aos outros, comemorando como se fosse algum tipo de festa. Mesmo depois de terem passado, seus cânticos ainda ecoavam. Talvez fossem marchar até o Stadhall.

— O que acontecerá agora? — Kuwei indagou.

— Seremos caçados por todo capanga da *stadwatch* e bandido do Barril na cidade, até sermos encontrados — disse Kaz. — Não tem como escapar de Ketterdam agora. Certamente não com você a tiracolo.

— Será que podemos simplesmente esperar? — perguntou Kuwei. — Aqui? Com o Senhor Fahey?

— Esperar pelo quê? — Kaz disse. — Alguém vir nos salvar?

Jesper apoiou a cabeça contra o vidro.

— Meu pai. Eles o levarão também. Ele será acusado de abrigar fugitivos.

— Não — Kuwei disse, abruptamente. — *Não.* Entreguem-me para Van Eck.

— De jeito nenhum — Nina disse.

O garoto fez um movimento rápido com a mão, como se cortasse o ar.

— Vocês me salvaram dos fjerdanos. Se não agirmos, serei capturado mesmo assim.

— Então tudo isso não terá servido de nada? — Wylan perguntou, surpreso com sua própria fúria. — Os riscos que assumimos? O que conseguimos na Corte do Gelo? Tudo o que Inej e Nina sofreram para nos tirar de lá?

— Mas se eu me entregar para Van Eck, então o restante de vocês pode ficar livre — Kuwei insistiu.

— Não funciona desse jeito, garoto — Jesper disse. — Pekka tem sua chance de eliminar Kaz com o restante do Barril o apoiando, e Van Eck com toda certeza do mundo não nos quer andando livres por aí, sem saber o que fazemos. Isso não é mais apenas sobre você.

Kuwei gemeu e desabou contra a parede. Ele lançou um olhar angustiado para Nina.

— Você deveria ter me matado na Corte do Gelo.

Nina deu de ombros.

— Mas aí Kaz teria me matado, e Matthias teria matado Kaz, e teria sido uma confusão terrível.

— Eu não acredito que conseguimos escapar da Corte do Gelo, mas estamos presos na nossa própria cidade — Wylan disse. Não parecia certo.

— É — Jesper disse. — Estamos ferrados para valer.

Kaz desenhou um círculo na janela com o dedo enluvado.

— Não exatamente — ele disse. — Posso conseguir que a *stadwatch* pare as buscas.

— Não — Inej disse.

— Eu vou me entregar.

— Mas Kuwei… — Nina falou.

— A *stadwatch* não sabe sobre Kuwei. Eles acham que estão procurando por Wylan. Então eu direi a eles que Wylan está morto. Contarei a eles que eu o matei.

— Você perdeu o juízo? — Jesper disse.

— Kaz — Inej disse. — Eles te mandarão para a forca.

— Eles precisarão me julgar primeiro.

— Você apodrecerá na prisão antes que isso aconteça — Matthias disse. — Van Eck jamais te daria a chance de falar em um tribunal.

— Você acha mesmo que eles já construíram uma cela capaz de me prender?

— Van Eck sabe como você é bom com fechaduras — Inej disse com raiva. — Você morrerá antes de chegar à prisão.

— Isso é ridículo — Jesper falou. — Você não vai se sacrificar por nós. Ninguém fará isso. Vamos nos dividir. Iremos em pares, encontraremos uma forma de passar pelos bloqueios, nos esconder no campo em algum lugar.

— Esta é a minha cidade — Kaz disse. — Não vou embora com o rabo entre as pernas.

Jesper deixou escapar um grunhido de frustração.

— Se esta é a sua cidade, o que sobrou dela? Você abriu mão de suas participações no Clube do Corvo e no Quinto Porto. Você não tem mais uma gangue. Mesmo que escapasse, Van Eck e Rollins jogariam a *stadwatch* e metade do Barril para cima de você mais uma vez. Não pode lutar contra todos eles.

— Mesmo? Me observe, então.

— Droga, Kaz. O que é que sempre diz para mim? Desista de uma mão perdedora.

— Estou oferecendo uma saída. Aproveite.

— Por que está nos tratando como um bando de covardes?

Kaz se voltou para ele.

— Você é que está se preparando para fugir, Jesper. Você só quer que eu fuja com você para você não se sentir tão mal por isso. Apesar de todo o seu amor por uma briga, você é sempre o primeiro a falar de procurar abrigo.

— Por que quero ficar *vivo.*

— Para quê? — Kaz disse, seus olhos brilhando. — Para jogar outra mão nas mesas? Para encontrar mais uma forma de desapontar seu pai e decepcionar seus amigos? Você já contou para seu pai que você é o motivo pelo qual ele irá perder sua fazenda? Você já contou para Inej que você é o motivo pelo qual ela quase morreu na ponta da faca de Oomen? O motivo pelo qual nós todos quase morremos?

Jesper encolheu os ombros, mas não desistiu.

— Eu cometi um erro. Deixei meu lado ruim sobrepujar o bom, mas, pelos Santos, Kaz, por quanto tempo vai me fazer pagar por um pouco de perdão?

— Como acha que é a aparência do meu perdão, Jordie?

— Quem diabos é Jordie?

Por um breve instante, o rosto de Kaz se desmanchou, um olhar confuso e quase assustado apareceu em seus olhos negros e sumiu, tão rápido que Wylan se perguntou se era só sua imaginação.

— O que quer de mim? — rosnou Kaz, a mesma expressão fechada e cruel de sempre. — Minha confiança? Você teve isso uma vez e a jogou pelo ralo porque não conseguiu manter sua boca fechada.

— *Uma vez.* Quantas vezes eu te apoiei em uma briga? Quantas vezes eu fiz a coisa certa? Isso não conta? — Jesper jogou as mãos para o alto. — Não tem como ganhar com você. Ninguém consegue.

— É isso aí. Você não tem como ganhar. Você acha que é um apostador, mas é apenas um perdedor nato. Lutas. Cartas. Garotos. Garotas. Você vai continuar jogando até perder, então, pelo menos uma vez na vida, simplesmente vá embora.

Jesper foi o primeiro a atacar. Kaz se esquivou para a direita e então estavam se atracando. Eles se chocaram contra a parede, bateram cabeça, separaram-se em uma enxurrada de socos e agarrões.

Wylan se virou para Inej, esperando que ela protestasse, que Matthias os separasse, que alguém *fizesse alguma coisa*, mas os outros só recuaram, abrindo espaço. Apenas Kuwei demonstrou certa agonia.

Jesper e Kaz giraram, bateram no mecanismo do relógio, se endireitaram. Não era uma luta, era uma briga de rua – sem elegância, uma confusão de cotovelos e punhos.

— Por Ghezen e seus trabalhos, alguém os faça parar! — disse Wylan desesperadamente.

— Jesper não atirou nele — Nina disse.

— Kaz não está usando sua bengala — disse Inej.

— Vocês acham que eles não conseguem se matar com as mãos nuas?

Ambos sangravam – Jesper por causa de um corte no lábio, e Kaz de algum lugar perto da sobrancelha. Metade da camisa de Jesper estava sobre sua cabeça, e a manga de Kaz estava rasgando na costura.

O alçapão foi aberto e a cabeça de Colm Fahey emergiu. Suas bochechas coradas estavam ainda mais vermelhas.

— Jesper Llewellyn Fahey, já *chega*! — ele rugiu.

Jesper e Kaz levaram um susto, e então, para total surpresa de Wylan, eles se afastaram um do outro, com olhares culpados.

— O que exatamente está acontecendo aqui? — Colm perguntou. — Achei que fossem amigos.

Jesper passou uma mão pela nuca, parecendo querer desaparecer pelas tábuas no chão.

— Bem… Ãhn… estávamos tendo uma desavença.

— Deu para perceber. Tenho sido muito paciente com tudo isso, Jesper, mas estou no meu limite. Quero você aqui embaixo antes de terminar de contar até dez ou vou curtir seu couro de um jeito que não vai conseguir se sentar por duas semanas.

A cabeça de Colm desapareceu escada abaixo. O silêncio se prolongou. Então Nina deu uma risadinha.

— Você está em apuros.

Jesper fez uma careta.

— Matthias, Nina deixou Cornelis Smeet passar a mão na bunda dela.

Nina parou de rir.

— Vou virar seus dentes do avesso.

— Isso é fisicamente impossível.

— Acabei de levantar os mortos. Você realmente quer discutir comigo?

Inej inclinou a cabeça para o lado.

— Jesper *Llewellyn* Fahey?

— Cala a boca — Jesper disse. — É um nome de família.

Inej fez uma mesura solene.

— Sim, Senhor Llewellyn.

— Kaz? — Jesper disse, hesitante.

Mas Kaz estava com o olhar fixo em um ponto distante. Wylan achava que reconhecia aquele olhar.

— Aquilo é...? — Wylan perguntou.

— Cara de quem está maquinando alguma coisa? — disse Jesper.

Matthias assentiu.

— Com certeza.

— Eu sei como fazer — Kaz disse lentamente. — Como tirar Kuwei, tirar os Grishas, pegar nosso dinheiro, derrotar Van Eck, e dar para aquele filho da puta do Pekka Rollins tudo o que ele merece.

Nina levantou uma sobrancelha.

— Só isso?

— Como? — Inej perguntou.

— Esse tempo todo estivemos jogando pelas regras de Van Eck. Estivemos nos escondendo. Chega disso. Vamos organizar um pequeno leilão. Bem à vista de todos. — Ele se virou para encará-los, seus olhos reluzindo sem emoção, negros como os de um tubarão. — E como Kuwei está tão ansioso por se sacrificar, ele será o prêmio.

PARTE V

Reis e Rainhas

24. Jesper

Na base da escadaria de ferro, Jesper tentou ajeitar sua camisa e limpar o sangue dos lábios, embora, a essa altura, imaginasse que não faria diferença se aparecesse só com a roupa de baixo. Seu pai não era nenhum tolo, e aquela história ridícula que Wylan tinha inventado para esconder os erros de Jesper tinha se desgastado mais rápido que um terno de quinta categoria. Seu pai tinha visto os ferimentos deles, tinha ouvido seus planos que deram errado. Sabia que não eram alunos ou vítimas de um golpe. Então o que fazer agora?

Fechar os olhos e torcer para que o pelotão de fuzilamento tenha uma boa mira, ele pensou desoladamente.

— Jesper.

Ele se virou rapidamente. Inej estava logo atrás dele. Ele não a tinha ouvido se aproximar, mas isso não era uma surpresa. *Você já contou para Inej que você é o motivo pelo qual ela quase morreu na ponta da faca de Oomen?* Bem, Jesper imaginou que ele deveria pedir várias desculpas naquela manhã. Melhor já ir começando.

— Inej, desculpe...

— Eu não vim em busca de um pedido de desculpas, Jesper. Você tem um ponto fraco. Todos temos pontos fracos.

— Qual é o seu?

— As pessoas com quem ando — ela disse com um sorriso discreto.

— Você nem sabe o que eu fiz.

— Então me diga.

Jesper baixou os olhos para os próprios sapatos. Estavam terrivelmente desgastados.

— Eu devia um monte de *kruges* para Pekka Rollins. Seus capangas estavam colocando pressão, então eu... contei a eles que estava deixando a cidade, mas que estava prestes a ganhar uma bela grana. Não disse nada sobre a Corte do Gelo, juro.

— Mas foi suficiente para Rollins encaixar as peças do quebra-cabeça e preparar uma emboscada. — Ela suspirou. — E Kaz tem punido você por isso desde então.

Jesper deu de ombros.

— Talvez eu mereça isso.

— Você sabia que em suli não existem palavras para dizer "me desculpe"?

— O que vocês dizem quando pisam no pé de alguém?

— Eu não piso no pé das pessoas.

— Você entendeu o que eu quis dizer.

— Nós não dizemos nada. Sabemos que não foi proposital. Vivemos em espaços apertados, viajando juntos. Não há tempo para ficar constantemente se desculpando por existir. Mas, quando alguém faz algo errado, quando cometemos um erro, não dizemos que lamentamos. Prometemos reparações.

— Farei isso.

— *Mati en sheva yelu.* Essa ação não terá um eco. Significa que não cometeremos os mesmos erros, que não continuaremos a causar mal.

— Não vou ser culpado por você ser esfaqueada de novo.

— Fui esfaqueada porque baixei minha guarda. Você traiu seu grupo.

— Eu não tive a intenção...

— Teria sido melhor se você *tivesse* a intenção de nos trair. Jesper, não quero desculpas, não até que você possa prometer que não continuará a cometer os mesmos erros.

Jesper balançou um pouco nos pés.

— Não sei como fazer isso.

— Existe uma ferida em você, e as mesas, os dados, as cartas... elas parecem ser remédios. Elas te aliviam, te botam nos eixos por um tempo. Mas são veneno, Jesper. E cada vez que você joga, você toma outro gole dele. Você tem de encontrar alguma outra forma de curar essa parte de si mesmo. — Ela colocou a mão no peito dele. — Pare de tratar sua dor como se fosse algo que você imaginou. Se perceber que a ferida é real, então conseguirá repará-la de verdade.

Uma ferida? Ele abriu a boca para negar, mas alguma coisa o impedia. Apesar de todas as suas dificuldades nas mesas de jogo e fora delas, Jesper sempre tinha se considerado sortudo. Feliz, descontraído.

O tipo de cara que as pessoas gostavam de ter por perto. Mas e se ele estivesse blefando esse tempo todo? *Raivoso e medroso*, foi disso que o fjerdano o chamou. O que Matthias e Inej tinham visto em Jesper que ele não entendia?

— Eu... Eu vou tentar. — Era o máximo que ele podia oferecer naquele momento. Ele pegou a mão dela, deu um beijo em seus dedos. — Pode demorar um pouco até que eu consiga dizer essas palavras. — Seus lábios se curvaram em um sorriso. — E não só porque não sei falar suli.

— Eu sei — ela disse. — Mas pense sobre o assunto. — Ela deu uma olhada para a sala de estar. — Simplesmente diga a verdade para ele, Jesper. Ambos ficarão aliviados de saber em que pé estão.

— Toda vez que penso em fazer isso, sinto vontade de me jogar por uma janela. — Ele hesitou. — Você contaria a verdade para seus pais? Você contaria para eles tudo o que fez... tudo o que aconteceu?

— Eu não sei — Inej admitiu. — Mas daria qualquer coisa para ter essa chance.

Jesper encontrou seu pai na sala de estar roxa, um copo de café nas mãos grandes. Ele tinha empilhado os pratos de volta na bandeja de prata.

— Você não precisa arrumar nossa bagunça, pap.

— Alguém precisa. — Ele tomou um gole de seu café. — Sente-se, Jes.

Jesper não queria se sentar. Aquela coceira desesperada estava se espalhando pelo seu corpo. Tudo o que ele queria era correr direto para o Barril o mais rápido possível e se atirar na primeira casa de jogos que encontrasse. Se ele não achasse que seria preso ou morto antes de chegar à metade do caminho, talvez até tivesse feito isso. Ele se sentou. Inej tinha deixado os frascos não utilizados do caruncho químico na mesa. Ele levantou um deles, mexendo com a tampa.

Seu pai se inclinou para trás, observando-o com aqueles olhos cinza severos.

Jesper podia ver cada linha e cada sarda no seu rosto sob a luz clara da manhã.

— Não teve nenhum golpe, não é mesmo? Aquele garoto Shu mentiu por você. Todos eles mentiram.

Jesper uniu as mãos para impedir que elas ficassem se mexendo. *Ambos ficarão aliviados de saber em que pé estão.* Jesper não tinha certeza se isso era verdade, mas não tinha outra escolha.

— Houve vários golpes, mas eu estava normalmente do lado que aplicava o golpe. Muitas brigas, e eu geralmente estava do lado vencedor. Muitos jogos de cartas. — Ele baixou os olhos para o semicírculo branco de suas unhas. — E eu estava quase sempre do lado perdedor.

— O empréstimo que dei a você para seus estudos?

— Eu devia demais para as pessoas erradas. Perdi nas mesas e continuei perdendo, então continuei a pedir emprestado. Achei que conseguiria encontrar uma forma de me tirar do buraco em que me enfiei.

— Por que simplesmente não parou?

Jesper queria rir. Ele tinha implorado para si mesmo, gritado para si mesmo para parar.

— Não funciona assim. — *Existe uma ferida em você.* — Não para mim. Eu não sei por quê.

Colm apertou o dorso do seu nariz. Ele parecia tão cansado, esse homem que era capaz de trabalhar do nascer ao pôr do sol sem nunca reclamar.

— Eu nunca deveria ter deixado você sair de casa.

— Pap...

— Eu sabia que a fazenda não era seu lugar. Eu queria que você tivesse algo melhor.

— Então por que não me mandou para Ravka? — Jesper disse antes que pudesse se arrepender.

O café balançou no copo de Colm.

— Fora de cogitação.

— Por quê?

— Por que eu deveria enviar meu filho para uma terra estrangeira para lutar e morrer em suas guerras?

Uma lembrança veio à mente de Jesper, afiada como uma navalha. O homem empoeirado estava de pé na porta novamente. Ele tinha a garota com ele, a garota que tinha sobrevivido porque sua mãe tinha morrido. Ele queria que Jesper viesse com eles.

— Leoni é zowa. Ela também tem o dom — ele tinha dito. — Há professores no ocidente, depois da fronteira. Eles poderiam treiná-los.

— Jesper não tem isso — disse Colm.

— Mas a mãe dele...

— Ele não tem. Você não tem o direito de vir aqui.

— Você tem certeza? Ele já foi testado?

— Se você voltar a estas terras, considerarei isso um convite para botar uma bala entre seus olhos. Vá e leve essa garota com você. Ninguém aqui tem o dom e ninguém quer isso.

Ele bateu a porta na cara do homem empoeirado.

Jesper lembrou-se de seu pai de pé ali, arfando pesadamente.

— O que eles queriam, pap?

— Nada.

— Eu sou zowa? — Jesper tinha perguntado. — Eu sou Grisha?

— Não fale essas palavras nesta casa. Nunca.

— Mas...

— Foi isso que matou sua mãe, entende? Foi isso que a tirou de nós. — A voz de seu pai era feroz, seus olhos cinza duros como quartzo. — Não deixarei que levem você também.

Então seus ombros desabaram. Como se as palavras estivessem sendo arrancadas dele, ele disse:

— Você quer ir com eles? Você pode ir. Se é isso o que você quer. Não ficarei bravo.

Jesper tinha dez anos de idade. Ele pensou em seu pai sozinho na fazenda, voltando para uma casa vazia todo dia, sentado sozinho à mesa todas as noites, ninguém para fazer biscoitos queimados para ele.

— Não — ele tinha dito. — Eu não quero ir com eles. Quero ficar com você.

Agora ele se levantou de sua cadeira, incapaz de permanecer sentado, e perambulou pela sala. Jesper sentia-se como se não pudesse respirar. Ele não conseguia mais ficar ali. Seu coração doía. Sua cabeça doía. Culpa, amor e ressentimento estavam todos misturados dentro dele, e, toda vez que tentava desenrolar o nó no estômago, só piorava. Ele estava envergonhado da confusão que tinha feito, dos problemas que levou para a porta de seu pai. Mas ele estava com raiva também. E como poderia estar com raiva de seu pai? A pessoa que mais o amava, que havia trabalhado para dar tudo o que ele tinha, a pessoa que sempre se jogaria na frente de uma bala por ele?

Essa ação não terá um eco.

— Eu vou... Eu vou encontrar uma forma de reparar as coisas, pap. Quero ser uma pessoa melhor, um filho melhor.

— Eu não criei você para ser um apostador, Jesper. Certamente não criei você para ser um criminoso.

Jesper soltou uma risada amarga.

— Eu te amo, pap. Eu te amo com todo o meu coração mentiroso, ladrão e imprestável, mas, sim, você fez isso.

— O quê? — disse Colm, engasgando.

— Você me ensinou a mentir.

— Para mantê-lo em segurança.

Jesper balançou a cabeça.

— Eu tinha um dom. Você deveria ter me deixado usá-lo.

Colm bateu com o punho na mesa.

— Não é um dom. É uma maldição. Teria matado você da mesma forma que matou sua mãe.

Lá se vai aquela ideia da verdade ajudando. Jesper andou a passos largos até a porta. Se não conseguisse escapar daquele lugar, seria capaz de saltar da própria pele.

— Eu estou morrendo de qualquer modo, pap. Só estou fazendo isso aos poucos.

Jesper desceu o corredor. Ele não sabia aonde ir ou o que fazer. *Vá para o Barril. Mantenha-se longe da Aduela. Deve haver um jogo disponível em algum lugar, basta ser discreto.* Claro, um zemeni tão alto quanto uma árvore razoavelmente ambiciosa, com uma recompensa por sua cabeça, não seria nem um pouco notado. Ele se lembrou do que Kuwei tinha dito sobre Grishas que não usavam seu poder ficando cansados e doentes. Ele não estava fisicamente doente, isso era verdade. Mas e se Matthias estava certo e Jesper tinha um tipo diferente de doença? E se todo aquele poder dentro dele só gostava de ficar quicando em busca de algum lugar para ir?

Ele passou por uma porta aberta e então recuou alguns passos. Wylan estava sentado em um piano de laca branca no canto, apaticamente tocando uma única nota solitária.

— Eu gosto disso — ele disse. — Tem uma ótima batida... Dá para dançar com isso.

Wylan olhou para cima e Jesper caminhou para dentro do quarto, mãos balançando inquietas. Ele circulou o perímetro, absorvendo toda a ambientação – papel de parede de seda roxa com peixes prateados, lustres prateados e um armário cheio de navios de vidro soprado.

— Pelos Santos, este lugar é medonho.

Wylan deu de ombros e tocou outra nota. Jesper se reclinou no piano.

— Quer sair daqui?

Wylan olhou para ele, um olhar questionador. Ele assentiu com a cabeça.

Jesper se endireitou um pouco.

— Mesmo?

Wylan sustentou o olhar. O ar no quarto pareceu mudar, como se tivesse se tornado subitamente combustível.

Wylan levantou-se e deu um passo na direção de Jesper. Seus olhos tinham um dourado claro, luminoso, como sol através do mel. Jesper sentia falta do azul, dos cílios longos, do emaranhado de cachos. Mas, se o mercantezinho teve de ser embalado em um pacote diferente, Jesper admitia que gostava bastante deste também. E será que isso realmente importava quando Wylan estava olhando para ele assim – cabeça inclinada para o lado, um sorriso sutil nos lábios? Ele parecia quase… *ousado*. O que havia mudado? Será que tinha ficado com medo de que Jesper não sobrevivesse à escaramuça no Véu Negro? Será que estava apenas se sentindo sortudo por estar vivo? Jesper não tinha certeza se ele se importava. Queria uma distração, e aqui estava ela.

O sorriso de Wylan se alargou. Sua sobrancelha se levantou. Se isso não era um convite…

— Bem, que diabos — Jesper sussurrou. Aproximou-se e segurou o rosto de Wylan. Ele se aproximou de forma lenta, deliberada, manteve o beijo silencioso, o mais leve roçar de lábios, dando a Wylan a chance de se afastar se quisesse. Mas ele não recuou. Ele chegou mais perto.

Jesper podia sentir o calor do corpo de Wylan contra o seu. Deslizou a mão até a nuca de Wylan, inclinando sua cabeça para trás, pedindo por mais.

Sentia-se ganancioso. Quis beijar Wylan desde que o vira pela primeira vez misturando produtos químicos naquele curtume tenebroso – cachos rubros molhados pelo calor, pele tão delicada que parecia ser capaz de manchar se alguém respirasse com força demais perto dela. Ele parecia ter caído na história errada, um príncipe que virou plebeu. Dali em diante, Jesper ficou preso em algum lugar entre o desejo de provocar o mercantezinho mimado e fazê-lo enrubescer novamente e a vontade de flertar com ele em um canto isolado só para ver o que acontecia. Em algum ponto do tempo que passaram na Corte do Gelo, entretanto, aquela curiosidade tinha mudado. Ele sentiu que algo mais o impulsionava, algo que surgiu diante da coragem inesperada de Wylan, do seu jeito generoso e curioso de ver o mundo. Ele fez Jesper se sentir como a pipa na ponta de uma linha, subindo e sendo repentinamente puxado para baixo, e gostou disso.

Então onde estava essa sensação agora? Sentiu uma onda de decepção. *Será que sou eu?*, Jesper pensou. *Estou enferrujado?* Ele o puxou para mais perto, deixando o beijo se aprofundar, buscando aquela sensação imprudente de ascensão e queda, movendo Wylan de volta ao piano. Ele ouviu as teclas baterem umas contra as outras – música suave e dissonante. *Apropriado*, ele pensou. E então: *Se eu consigo pensar em metáforas em um momento como este, alguma coisa está definitivamente errada.*

Ele se afastou, soltou as mãos, sentindo-se incrivelmente desconfortável. O que você diz depois de um beijo horrível? Ele nunca teve de se fazer essa pergunta antes.

Foi então que viu Kuwei de pé na porta, boca aberta, olhos arregalados e chocados.

— O que foi? — Jesper perguntou. — Os Shu não beijam antes do meio-dia?

— Eu não saberia dizer — Kuwei disse, amargo.

Não era Kuwei.

— Oh, pelos Santos — Jesper disse com um gemido. Não era Kuwei na porta. Era Wylan Van Eck, aprendiz de especialista em demolições e garoto rico perdido. E isso significava que ele tinha acabado de beijar...

O Kuwei verdadeiro apertou aquela mesma tecla apática no piano, sorrindo descaradamente para ele com seus espessos cílios negros.

Jesper se voltou para a porta.

— Wylan... — ele começou a dizer.

— Kaz pediu nossa presença na sala de estar.

— Eu...

Mas Wylan já tinha ido embora. Jesper olhou fixamente para a porta vazia. Como ele pôde cometer um erro desses? Wylan era mais alto que Kuwei; seu rosto, mais estreito também. Se Jesper não estivesse tão perturbado e nervoso depois da luta com Kaz e da discussão com seu pai, nunca os teria confundido. E agora ele tinha arruinado tudo.

Jesper apontou um dedo acusador para Kuwei.

— Você deveria ter dito alguma coisa!

Kuwei deu de ombros.

— Você foi muito corajoso no Véu Negro. Como vamos provavelmente todos morrer...

— Maldição — Jesper praguejou, acelerando em direção à porta.

— Você beija muito bem — Kuwei disse atrás dele.

Jesper se virou.

— Quão fluente você realmente é em Kerch?

— Razoavelmente bom.

— Tá certo, então espero que entenda exatamente o que quero dizer quando falo que você não vale o tanto de problema que causa.

Kuwei abriu um sorriso de orgulho, parecendo extremamente satisfeito consigo mesmo.

— Kaz parece achar que valho bastante neste momento.

Jesper revirou os olhos em direção aos céus.

— Você se encaixa muito bem aqui.

25. Matthias

Eles se reuniram mais uma vez na sala de estar da suíte. A pedido de Nina, Colm tinha mandado vir outra pilha de waffles e uma tigela de morangos e creme. Um espelho cobria a parede do outro lado da suíte, e Matthias não conseguia deixar de olhar para ele. Era como um vislumbre de outra realidade.

Jesper tinha tirado as botas e estava sentado no carpete, joelhos encolhidos no peito, olhando de soslaio para Wylan, que tinha se aninhado no sofá e parecia estar ignorando-o de propósito. Inej estava empoleirada na janela, seu equilíbrio tão perfeito parecia não ter peso, um pássaro pronto para alçar voo. Kuwei tinha se alojado no canto do sofá ao lado de um de seus cadernos abertos, e Kaz estava sentado em uma cadeira roxa de encosto alto, sua perna ruim sobre a mesa baixa, bengala apoiada contra a coxa. De algum modo ele tinha arrumado a manga rasgada de sua camisa.

Nina estava encolhida perto de Matthias no sofá, sua cabeça descansando no ombro dele, os pés aninhados sob o seu corpo, dedos das mãos manchados de morango. Ele se sentia estranho sentado daquele jeito. Em Fjerda, mesmo um marido e sua esposa demonstravam pouco afeto em público. Eles davam as mãos e podiam dançar em um baile público. Mas ele gostava daquilo e, embora não conseguisse exatamente relaxar, não conseguia nem pensar na ideia de Nina se afastar dele.

Foi a presença sólida de Colm que transformou a imagem no espelho. Ele tornava as pessoas no reflexo menos perigosas, como se não fossem a equipe que tinha invadido a Corte do Gelo e superado o exército fjerdano com pouco mais do que sua perspicácia e coragem, mas sim apenas um bando de crianças cansadas depois de uma festa de aniversário particularmente brutal.

— Então tá — disse Nina lambendo o suco do morango de seus dedos de um jeito que destruía completamente a capacidade de Matthias pensar racionalmente. — Quando você diz um leilão, você não está realmente falando de...

— Kuwei vai se vender.

— Você está louco?

— Eu provavelmente seria mais feliz se estivesse — disse Kaz. Ele descansou a mão enluvada na bengala. — Qualquer cidadão de Kerch e cidadão livre que viaje para Kerch tem o direito de vender seu próprio contrato de servidão. Não é apenas a lei, é a regra do comércio, e não existe nada mais sagrado em Kerch. Kuwei Yul-Bo tem o direito sagrado – sancionado por Ghezen, divindade da indústria e do comércio – de submeter sua vida aos desejos do mercado. Ele pode oferecer seus serviços em leilão.

— Você quer que ele se venda para a pessoa que der o maior lance? — Inej perguntou, incrédula.

— Para o *nosso* maior lance. Nós vamos armar o resultado para que Kuwei consiga realizar seu desejo mais intenso – uma vida bebericando chá de um samovar em Ravka.

— Meu pai nunca permitiria isso — Wylan disse.

— Van Eck não poderá interromper o processo. O leilão de um contrato de servidão é protegido pelas mais altas leis da cidade – seculares e religiosas. Uma vez que Kuwei tenha declarado seu contrato aberto, ninguém pode parar o leilão até que os lances tenham terminado.

Nina estava balançando a cabeça.

— Se anunciarmos um leilão, os Shu saberão exatamente onde e quando encontrá-lo.

— Isso não é Ravka — disse Kaz. — Isso é Kerch. O comércio é sagrado, protegido por lei. O Conselho Mercante tem o dever de garantir que um leilão prossiga sem interferência. A *stadwatch* estará presente com toda sua força, e os estatutos dos leilões exigem que o Conselho das Marés ofereça sua assistência também. O Conselho Mercante, a *stadwatch*, as Marés – todos com o compromisso de proteger Kuwei.

Kuwei baixou seu caderno.

— Os Shu ainda podem ter *parem* e Fabricadores.

— É mesmo — disse Jesper. — Se isso for verdade, eles podem fazer todo o ouro que quiserem. Não haveria como fazer um lance mais alto.

— Isso seria considerar que eles tenham Fabricadores aqui na cidade já. Van Eck nos fez a cortesia de bloquear o porto.

— Mesmo assim...

— Deixem que eu me preocupo com os Shu — disse Kaz. — Eu posso controlar os lances.

— Mas precisaremos entrar em contato com os ravkanos novamente. Eles precisarão saber o que estamos planejando. Pelo menos parte do plano.

— Eu consigo chegar até a embaixada — Inej disse —, se Nina escrever a mensagem.

— As ruas vão estar fechadas por barricadas — protestou Wylan.

— Mas não os telhados — Inej respondeu.

— Inej — Nina disse. — Você não acha que deve contar um pouco mais para eles sobre sua nova amiga?

— É — Jesper falou. — Quem é essa nova conhecida que te encheu de buracos?

Inej olhou de relance por uma janela.

— Tem uma nova jogadora em campo, uma mercenária contratada por Pekka Rollins.

— Você foi derrotada em combate um contra um? — Matthias perguntou surpreso. Ele tinha visto a Espectro lutar. Derrotá-la não era pouca coisa.

— Mercenária é um pouco de eufemismo — Nina disse. — Ela seguiu Inej até o fio alto e então arremessou facas nela.

— Não eram facas, exatamente — Inej falou.

— Estrelinhas afiadas da morte?

Inej se levantou do parapeito. Ela pegou algo de dentro do bolso e despejou sobre a mesa uma pilha do que pareciam pequenos sóis de prata. Kaz se inclinou para a frente e levantou um deles.

— Quem é ela?

— Seu nome é Dunyasha — Inej disse. — Ela se autodenominou Lâmina Branca e um monte de outras coisas. Ela é muito boa.

— Quão boa? — Kaz perguntou.

— Melhor do que eu.

— Eu já ouvi falar dela — Matthias disse. — Seu nome apareceu em um relatório de inteligência que *os* drüskelle coletaram sobre Ravka.

— Ravka? — Inej perguntou. — Ela disse que foi treinada em Ahmrat Jen.

— Ela reivindica ter sangue Lantsov e ser uma candidata ao trono de Ravka.

Nina soltou uma gargalhada.

— Você não pode estar falando sério.

— Nós chegamos a considerar apoiar sua reivindicação para minar o regime de Nikolai Lantsov.

— Inteligente — disse Kaz.

— Maligno — disse Nina.

Matthias limpou a garganta.

— Ele é um rei novo, vulnerável. Existe algum questionamento sobre sua própria linhagem. Mas o relatório sugeria que Dunyasha era errática, possivelmente delirante. Determinamos que ela era imprevisível demais para tal iniciativa.

— Ela pode ter nos seguido do Véu Negro ontem à noite a mando de Pekka — Inej disse.

— Nós sabemos como Pekka encontrou o esconderijo? — Nina perguntou.

— Um dos seus capangas deve ter nos visto — Kaz retrucou. — Isso é tudo que basta.

Matthias se perguntou se talvez não fosse melhor que eles não pudessem ter certeza sobre quem era responsável. Assim, ninguém tinha de arcar com a culpa.

— Dunyasha tinha a vantagem da surpresa — Inej disse. — Se o hotel não tiver sido comprometido, posso chegar à embaixada e voltar sem ser vista.

— Bom — disse Kaz, mas a resposta não veio tão rapidamente quanto Matthias esperava. *Ele teme por ela*, Matthias pensou, *e não gosta disso.* Pela primeira vez, ele podia sentir alguma empatia pelo *demjin*.

— Existe outro problema — disse Nina. — Matthias, cubra seus ouvidos.

— Não.

— Paciência. Eu simplesmente terei que garantir sua lealdade mais tarde. — Ela sussurrou em seu ouvido: — Tem uma banheira bem grande do lado da suíte principal.

— *Nina*.

— Foi só uma observação. — Nina catou os restos do waffle da bandeja e disse: — Ravka não conseguiria ganhar o leilão. Estamos falidos.

— Ah — Matthias disse. — Eu sabia disso.

— Não sabia, não.

— Você acha que Fjerda não sabe que os cofres Ravkanos estão vazios?

Nina fez uma careta.

— Você podia pelo menos ter fingido surpresa.

— Os infortúnios financeiros de Ravka não são segredo. Seu tesouro foi esgotado por anos de má administração pelos reis Lantsov e por conflitos em ambas as fronteiras. A guerra civil certamente não ajudou, e o novo rei pegou muito dinheiro emprestado dos bancos de Kerch. Se prosseguirmos com o leilão, Ravka não poderá fazer lances competitivos.

Kaz mudou sua perna ruim de posição.

— É por isso que o Conselho Mercante de Kerch irá patrociná-los.

Jesper caiu na risada.

— Fantástico. Alguma chance de eles comprarem um chapéu de ouro maciço para mim, aproveitando o embalo?

— Isso é contra a lei — disse Wylan. — O Conselho é responsável por administrar o leilão. Eles não podem interferir no seu resultado.

— É claro que não — disse Kaz. — E eles sabem disso. Kuwei e seu pai contataram o Conselho Mercante buscando ajuda, mas eles tiveram tanto medo de comprometer sua neutralidade que se recusaram a agir. Van Eck enxergou uma oportunidade e tem operado por baixo dos panos desde então.

Kaz afundou um pouco mais na cadeira.

— O que Van Eck tem planejado esse tempo todo? Ele tem adquirido fazendas de *jurda* para que, quando o segredo da *jurda parem* se espalhar, ele controlar o seu suprimento. Ele ganha, não importa quem fique com Kuwei. Então pensem como ele, pensem como um mercador. Quando Kuwei Yul-Bo, filho de Bo Yul-Bayur, anunciar o leilão, o Conselho saberá que o segredo da *parem* pode vir a público a qualquer momento. Eles finalmente estarão livres para agir e estarão em busca de oportunidades de garantir suas fortunas e a posição de Kerch na economia mundial. Eles não podem se envolver no leilão, mas podem garantir que ganhem muito dinheiro, não importa o que aconteça.

— Comprando *jurda* — Wylan disse.

— Exatamente. Nós estabelecemos um consórcio de *jurda*, uma chance para todos os investidores dispostos a ganhar uma boa grana com o mundo indo pro inferno. Nós levamos uma oportunidade ao Conselho e deixamos sua cobiça fazer o resto.

Wylan assentiu, seu rosto ganhando uma expressão de ansiedade.

— O dinheiro nunca irá para o consórcio. Nós o canalizaremos para Ravka para que eles possam fazer um lance por Kuwei.

— Algo assim — Kaz disse. — E nós pegamos uma pequena percentagem. Assim com os bancos costumam fazer.

— Mas quem é que vai desembolsar os fundos? — Jesper indagou. — Van Eck já viu a nossa cara, exceto a de Nina e a de Specht. Mesmo que um de nós de alguma forma fosse modificado ou se trouxéssemos outra pessoa, o Conselho Mercante não iria simplesmente entregar seu dinheiro para um recém-chegado sem credenciais de verdade.

— Que tal um fazendeiro de *jurda* que tem se escondido na suíte mais cara de Ketterdam?

Colm Fahey levantou a cabeça do seu café.

— Eu?

— Nem pensar, Kaz — Jesper falou. — De jeito nenhum.

— Ele conhece *jurda*, ele fala Kerch e Zemeni, e tem a aparência certa para o papel.

— Ele tem uma cara honesta — Jesper disse amargamente. — Você não o estava mantendo em segurança enfiado neste hotel, você o estava preparando.

— Estava garantindo um recurso.

— Uma salvaguarda nossa?

— Sim.

— Você não vai envolver meu pai nisso.

— Ele já está envolvido, Jes. Você o envolveu quando o fez hipotecar sua fazenda para pagar por seu diploma em desperdício de dinheiro.

— *Não* — Jesper repetiu. — Van Eck fará a conexão entre Colm Fahey e Jesper Fahey. Ele não é idiota.

— Mas não tem nenhum Colm Fahey hospedado no Geldrenner. Colm Fahey alugou quartos na pequena pousada do distrito universitário e, de acordo com os manifestos do capitão do porto, ele deixou a cidade várias noites atrás. O homem hospedado aqui está registrado sob o nome Johannus Rietveld.

— Quem diabos é esse? — Nina perguntou.

— É um fazendeiro de uma cidade próxima a Lij. Sua família ocupa aquelas terras há anos. Ele tem bens em Kerch e Novyi Zem.

— Mas quem ele é de verdade? — disse Jesper.

— Isso não importa. Pense nele como o fruto da imaginação do Conselho Mercante, um incrível sonho que se tornou realidade para ajudá-los a conseguir extrair algum lucro do desastre com a *parem*.

Colm largou seu copo.

— Eu topo.

— Pap, você não sabe com o que está concordando.

— Já estou abrigando fugitivos. Ferrado, ferrado e meio.

— Se isso der errado…

— O que tenho a perder, Jes? Minha vida é você e a fazenda. Esse é o único jeito de eu proteger ambos.

Jesper deu um impulso para se levantar, perambulando ansioso na frente das janelas.

— Isso é insano — ele disse esfregando a nuca. — Eles nunca vão cair nessa.

— Não vamos pedir demais de qualquer um deles — Kaz disse. — Este é o truque. Nós colocamos um mínimo baixo para entrar no fundo, digamos, dois milhões de kruges, e então os deixamos esperando. Os Shu estão aqui. Os Fjerdanos. Os Ravkanos. O Conselho começará a entrar em pânico. Se tivesse de apostar, diria que teremos cinco milhões de cada membro do Conselho no final das contas.

— São treze membros do Conselho — Jesper disse. — Isso dá sessenta e cinco milhões de kruges.

— Talvez mais.

Matthias franziu as sobrancelhas.

— Mesmo com toda a *stadwatch* no leilão e a presença do Conselho das Marés podemos realmente garantir a segurança de Kuwei?

— A menos que você tenha um unicórnio para ele cavalgar para longe daqui, não existe um cenário capaz de *garantir* a segurança de Kuwei.

— Também não contaria com a proteção do Conselho das Marés — Nina falou. — Alguma vez eles já apareceram em público?

— Vinte e cinco anos atrás — Kaz disse.

— E você acha que vão aparecer agora para proteger Kuwei? Não podemos enviá-lo sozinho para um leilão público.

— Kuwei não estará sozinho. Matthias e eu estaremos com ele.

— Todo mundo lá conhece vocês. Mesmo se tiverem algum tipo de disfarce…

— Sem disfarce. O Conselho Mercante é considerado seu representante. Mas Kuwei tem o direito de escolher sua própria proteção para o leilão. Estaremos lá no palco com ele.

— No palco?

— Os leilões são conduzidos na Igreja das Permutas, bem na frente do altar. O que poderia ser mais sagrado? É perfeito – um lugar fechado com múltiplos pontos de entrada e acesso fácil a um canal.

Nina balançou a cabeça.

— Kaz, assim que Matthias subir naquele palco, metade da delegação fjerdana o reconhecerá, e você é o homem mais procurado de Ketterdam. Se aparecerem naquele leilão, os dois vão acabar presos.

— Eles não podem encostar em nós até o leilão terminar.

— E então? — Inej perguntou.

— Haverá uma distração e tanto.

— Tem que haver outra maneira — disse Jesper. — E se tentarmos fazer um acordo com Rollins?

Wylan dobrou a ponta do seu guardanapo.

— Não temos nada a oferecer.

— Chega de acordos — disse Kaz. — Eu nunca deveria ter procurado Rollins para começo de conversa.

Jesper levantou as sobrancelhas.

— Está realmente admitindo que cometeu um erro?

— Precisávamos do capital — Kaz disse. Seu olhar deslizou brevemente para Inej. — E eu não lamento por isso, mas não era a coisa certa a fazer. O truque para vencer Rollins é nunca se sentar à mesa com ele. Ele representa a casa. Ele tem os recursos para jogar até que sua sorte se esgote.

— Mesmo assim — Jesper falou. — Se vamos enfrentar o governo Kerch, as gangues do Barril e os Shu…

— E os fjerdanos também — Matthias acrescentou. — E os zemenis, e os kaelishes, e quem mais resolver aparecer quando o leilão for anunciado. As embaixadas estão cheias e não sabemos até onde chegaram os rumores sobre a *parem*.

— Vamos precisar de ajuda — Nina disse.

— Eu sei — Kaz falou, ajeitando suas mangas. — É por isso que estou indo para a Ripa.

Jesper congelou. Inej balançou a cabeça. Todos o encararam.

— Do que está falando? — disse Nina. — Existe um prêmio pela sua cabeça. Todo mundo no Barril sabe disso.

— Você viu Per Haskell e os Dregs lá embaixo — Jesper falou. — Você acha que pode convencer o velhote a te apoiar quando a cidade inteira está prestes a cair sobre você como um saco de tijolos? Você sabe que ele não tem a coragem necessária para isso.

— Eu sei — Kaz disse. — Mas precisamos de um grupo maior para esse serviço.

— *Demjin*, esse não é um risco que vale a pena assumir — Matthias disse, surpreso em descobrir que ele realmente estava sendo sincero.

— Quando tudo isso tiver terminado, quando Van Eck tiver sido colocado no seu devido lugar, quando Rollins sair com o rabo entre as pernas e o dinheiro for pago, essas ainda serão minhas ruas. Não posso morar em uma cidade onde não possa andar de cabeça erguida.

— Isso se ainda tiver uma cabeça para erguer — Jesper falou.

— Eu já levei facadas, tiros e tantos socos que nem dá para contar, tudo por um pequeno pedaço desta cidade — Kaz disse. — Esta é a cidade pela qual sangrei. E se Ketterdam me ensinou alguma coisa, é que você sempre pode sangrar um pouco mais.

Nina pegou a mão de Matthias.

— Os Grishas ainda estão presos na embaixada, Kaz. Eu sei que você não dá a mínima, mas precisamos tirá-los da cidade. E o pai de Jesper também. Todos nós. Não importa quem vença o leilão, Van Eck e Pekka Rollins não vão simplesmente fazer as malas e ir embora para casa. Os Shu também não.

Kaz se levantou, apoiando-se na bengala de cabeça de corvo.

— Mas eu sei de uma coisa que esta cidade teme mais do que os Shu, os fjerdanos e todas as gangues do Barril juntas. E Nina, você vai providenciar justamente isso para eles.

26. Kaz

Kaz sentou-se naquela cadeira pelo que pareceram horas, respondendo às perguntas, deixando os pedaços do plano se encaixarem. Ele enxergou a forma final do esquema em sua cabeça, os passos que seriam necessários para levá-los até lá, as infinitas formas de falhar ou serem descobertos. Era um plano insano, um monstro espinhoso, e era o que eles precisavam para serem bem-sucedidos.

Johannus Rietveld. Ele tinha contado uma espécie de verdade. Johannus Rietveld nunca tinha existido. Kaz tinha usado o nome do meio de Jordie e o sobrenome de sua família para criar a identidade do fazendeiro, anos atrás.

Ele não sabia exatamente por que havia comprado a fazenda onde tinha crescido ou por que continuou a fazer negócios e a adquirir propriedades sob o nome de Rietveld. Será que Johannus Rietveld era para ser o seu Jakob Hertzoon? Uma identidade respeitável como a que Pekka Rollins havia criado para iludir melhor os pombos ingênuos? Ou será que tinha sido um jeito de trazer de volta à vida a família que tinha perdido? Fazia alguma diferença? Johannus Rietveld existia no papel e nos registros bancários, e Colm Fahey era perfeito para interpretá-lo.

Quando a reunião finalmente terminou, o café tinha esfriado e era quase meio-dia. Apesar da luz forte que fluía pelas janelas, todos tentariam conseguir algumas horas de descanso. Ele não poderia. *Não paramos*. O corpo inteiro de Kaz doía de exaustão. Sua perna tinha parado de latejar e agora só irradiava dor.

Ele sabia que estava sendo incrivelmente estúpido, sabia que era improvável que retornasse da Ripa. Kaz tinha passado a vida em uma série de truques e simulações. Por que encarar um problema de frente se é possível encontrar outro jeito de abordá-lo? Sempre existia um jeitinho, e ele era um especialista em encontrá-lo. Agora estava prestes a sair pisoteando como um boi amarrado num arado. As chances de terminar espancado, sangrando e arrastado pelo Barril diretamente até a porta de Pekka Rollins eram grandes. Mas eles haviam pisado numa armadilha, e se tivesse que arrancar a própria pata com os dentes para soltá-los, então era isso que faria.

Primeiro tinha de encontrar Inej. Ela estava no luxuoso banheiro branco e dourado da suíte, sentada em uma penteadeira, cortando curativos a partir das toalhas.

Ele passou por ela a passos largos e retirou o casaco, jogando-o sobre a pia.

— Preciso da sua ajuda para planejar uma rota até a Ripa.

— Eu vou com você.

— Sabe que preciso enfrentá-los sozinho — disse ele. — Eles estarão de olho em qualquer sinal de fraqueza, Espectro. — Ele abriu as torneiras, e, depois de alguns gemidos e chiados, a água quente começou a fluir. Talvez quando estivesse nadando em kruges, mandasse instalar água quente na Ripa. — Mas não posso me aproximar pela rua.

— Você não devia se aproximar de jeito nenhum.

Ele tirou as luvas e mergulhou as mãos na água, e então a salpicou em seu rosto, passando os dedos pelo cabelo.

— Me diga qual é a melhor rota ou encontrarei meu próprio caminho para chegar lá.

Ele teria preferido caminhar em vez de escalar. Diabos, ele teria preferido ser conduzido até lá em uma carruagem. Mas, se tentasse abrir caminho pelo Barril nas ruas, seria capturado muito antes de chegar à Ripa. Além disso, para ter qualquer chance de o plano funcionar, precisava de um posicionamento vantajoso.

Enfiou as mãos nos bolsos de seu casaco e tirou um mapa de Ketterdam para turistas que tinha encontrado na suíte. Não tinha tantos detalhes quanto gostaria, mas seus verdadeiros mapas da cidade tinham sido deixados no Véu Negro.

Eles abriram o mapa ao lado da pia e se dedicaram à tarefa de traçar uma rota, com Inej desenhando uma linha pelos telhados, descrevendo os melhores pontos para cruzar os canais.

Em um determinado ponto ela bateu com o dedo no mapa.

— Este caminho é mais rápido, mas é mais íngreme.

— Eu pego o caminho mais longo — disse Kaz. Queria se concentrar apenas na luta que teria pela frente e em passar despercebido, e não na possibilidade de sofrer uma queda e morrer.

Quando ficou satisfeito por ter decorado a rota, guardou o mapa e tirou outro papel do bolso. Ele tinha o selo verde pálido do Gemensbank. Passou o documento para ela.

— O que é isto? — ela perguntou, seus olhos varrendo a página. — Isto não é... — Ela passou as pontas dos dedos sobre as palavras como se achasse que pudessem desaparecer. — Meu contrato — ela sussurrou.

— Não quero você presa a Per Haskell. Ou a mim. — Outra meia verdade. Ele tinha bolado uma centena de planos para prendê-la a ele, para mantê-la na cidade. Mas ela já havia passado tempo demais presa a dívidas e obrigações, e seria melhor para ambos se ela partisse.

— Como? — ela perguntou. — O dinheiro...

— Está feito. — Ele tinha liquidado todos os seus ativos, usado as últimas economias acumuladas, cada centavo obtido por meios escusos.

Ela apertou o envelope contra o peito, na altura do coração.

— Não tenho palavras suficientes para agradecê-lo por isso.

— Certamente os sulis têm mil provérbios para uma ocasião como esta, não têm?

— Não inventaram palavras para uma ocasião como esta.

— Se eu acabar na forca, pode dizer alguma coisa legal para o meu cadáver — disse ele. — Espere até as seis badaladas. Se eu não estiver de volta, tente tirar todo mundo da cidade.

— Kaz...

— Há um tijolo descolorido na parede atrás do Clube do Corvo. Atrás dele você encontrará vinte mil kruges. Não é muito, mas deve ser o suficiente para subornar alguns soldados da *stadwatch*. — Ele sabia que as chances deles eram pequenas, e que isso era culpa dele. — Você teria uma chance melhor sozinha – melhor ainda se partir agora.

Inej estreitou os olhos.

— Vou fingir que você não disse isso. Esses são meus amigos. Não vou a lugar algum.

— Fale-me sobre Dunyasha — ele disse.

— Ela portava lâminas de qualidade. — Inej pegou as tesouras da penteadeira e começou a cortar tiras novas de tecido de uma das toalhas. — Acho que ela pode ser minha sombra.

— Uma sombra bem sólida para ser capaz de arremessar facas.

— Os sulis acreditam que, quando fazemos algo de errado, damos vida às nossas sombras. Cada pecado deixa a sombra mais forte, até que finalmente ela se torna mais forte que você.

— Se isso fosse verdade, minha sombra teria deixado Ketterdam sob noite permanente.

— Talvez — disse Inej voltando seu olhar sombrio para ele. — Ou talvez você seja a sombra de outra pessoa.

— Você quer dizer de Pekka.

— O que acontece se conseguir voltar da Ripa? Se o leilão correr como planejado e conseguirmos realizar esse feito?

— Então você ganha seu navio e seu futuro.

— E você?

— Eu causo o máximo de estrago possível até que a minha sorte acabe. Usarei nosso espólio para construir um império.

— E depois disso?

— Quem sabe? Talvez eu queime tudo.

— É isso que o torna diferente de Rollins? O fato de não deixar nada para trás?

— Eu não sou Pekka Rollins ou sua sombra. Não vendo garotas para bordéis. Não engano garotinhos indefesos para tirar o dinheiro deles.

— Olhe para o Clube do Corvo, Kaz. — Sua voz era paciente, gentil – por que o estava deixando com vontade de incendiar alguma coisa? — Pense em toda extorsão, jogos de cartas ou roubos que já planejou. Será que todas aquelas pessoas mereciam o que aconteceu com elas ou o que você tirou delas?

— A vida nunca é o que merecemos, Inej. Se fosse...

— O seu irmão recebeu o que merecia?

— *Não.* — Mas a negação parecia vazia.

Por que ele tinha chamado Jesper pelo nome de Jordie? Quando olhava para o passado, via seu irmão pelos olhos do garoto que ele fora um dia: corajoso, brilhante, infalível, um cavaleiro que perdeu para um dragão vestido de mercador. Mas como veria Jordie hoje? Como um alvo? Outro pombo burro procurando por um atalho? Ele apoiou as mãos na beirada da pia. Não estava mais com raiva. Só exausto.

— Éramos tolos.

— Vocês eram crianças. Não havia ninguém para protegê-los?

— Havia alguém para proteger *você*?

— Meu pai. Minha mãe. Eles teriam feito qualquer coisa para evitar que eu fosse roubada.

— E teriam sido dilacerados pelos traficantes de escravos.

— Então acho que tive sorte por não ter visto isso.

Como ela ainda podia enxergar o mundo daquele modo?

— Vendida para um bordel aos quatorze e ainda se considera sortuda.

— Eles me amaram. Eles me amam. Eu acredito nisso. — Ele a viu se aproximar no espelho. Seu cabelo negro era uma mancha de tinta contrastando com as paredes de azulejos brancos. Ela parou atrás dele. — Você me protegeu, Kaz.

— O fato de estar sangrando pelos seus curativos parece indicar o contrário.

Ela olhou rapidamente para baixo. Uma mancha vermelha de sangue tinha se espalhado no curativo amarrado no ombro. Ela puxou desajeitadamente a tira de toalha.

— Precisarei da Nina para ajeitar este aqui.

Ele não tinha planejado dizer nada. Tinha planejado deixá-la partir.

— Eu posso ajudá-la.

Seu olhar cruzou com o dele no espelho, cautelosa como se estivesse avaliando um oponente. *Eu posso ajudá-lo.* Estas foram as primeiras palavras que dissera a ele, de pé na recepção do Menagerie, coberta de seda roxa, olhos marcados com delineador.

Ela o havia ajudado. E quase o havia destruído. Talvez ele devesse deixá-la terminar o serviço.

Kaz podia ouvir a torneira pingando, água batendo na pia em um ritmo irregular. Não tinha certeza do que queria que ela dissesse. *Diga para ela ir embora*, uma voz dentro dele exigia. *Implore para ela ficar.*

Mas Inej não disse nada. Em vez disso, pegou os curativos e a tesoura na mesa e colocou-os ao lado da pia. Então apoiou a palma das mãos no balcão e, sem esforço, deu um impulso, sentando-se sobre ele.

Eles se olhavam olho no olho agora. Kaz deu um passo à frente e então simplesmente parou ali, incapaz de se mexer. Não conseguia fazer isso. A distância entre eles parecia ser minúscula. Parecia ser de quilômetros.

Ela pegou a tesoura, graciosa como sempre, uma garota embaixo d'água, e a ofereceu a ele com a ponta virada para si. Estava fria em sua mão; o metal rígido e reconfortante. Ele entrou no espaço delimitado pelos joelhos dela.

— Por onde começamos? — ela perguntou. O vapor da pia tinha encaracolado as mechas de cabelo que contornavam o seu rosto.

Ele realmente iria fazer isso?

Ele indicou o antebraço direito dela, não se sentindo confiante o suficiente para falar. Suas luvas estavam do outro lado da pia, pretas em contraste com o mármore com veios dourados. Pareciam animais mortos.

Ele se concentrou na tesoura, no metal gelado em suas mãos, totalmente diferente de pele. Ele não conseguiria fazer isso com as mãos tremendo.

Eu sou melhor do que isso, ele disse para si mesmo. Era a mesma coisa que sacar uma arma contra alguém. Violência era fácil.

Ele deslizou a lâmina cuidadosamente sob o curativo no braço dela. A toalha era mais grossa do que uma gaze seria, mas a tesoura era afiada. Um corte e o curativo caiu, revelando um ferimento de perfuração profundo. Ele jogou o tecido para o lado.

Pegou uma tira de toalha nova e ficou parado lá, se preparando.

Ela levantou o braço. Cuidadosamente, ele amarrou um pedaço limpo de tecido em torno do antebraço dela. Suas articulações roçaram contra a pele dela e a eletricidade o percorreu, deixou-o paralisado, enraizado na terra.

Seu coração não deveria estar fazendo aquele som. Talvez nunca chegasse à Ripa. Talvez isso o matasse. Ele obrigou suas mãos a se moverem, amarrou o curativo uma, duas vezes. Estava pronto.

Kaz respirou fundo. Sabia que deveria substituir o curativo no ombro dela agora, mas não estava pronto para isso, então indicou o braço esquerdo dela com a cabeça. O curativo estava perfeitamente limpo e preso, mas ela não o questionou, só ofereceu o antebraço.

Dessa vez foi um pouco mais fácil. Ele se moveu de forma lenta e metódica, a tesoura, o curativo, uma meditação. E então a tarefa tinha sido concluída.

Eles não falaram nada, pegos em uma maré de silêncio, sem se tocar, ele no meio dos joelhos dela. Os olhos de Inej eram grandes e escuros, planetas perdidos, luas negras.

O curativo no ombro tinha sido enrolado duas vezes sob seu braço e amarrado próximo da articulação. Ele se inclinou ligeiramente para a frente, mas o ângulo era estranho. Não poderia simplesmente enfiar a tesoura embaixo da toalha. Teria que levantar a beirada do tecido.

Não. O banheiro estava claro demais. Ele sentia seu peito como um punho cerrado. *Pare com isso.*

Pressionou dois dedos juntos. Deslizou-os sob o curativo.

Tudo nele sentia repulsa. A água estava fria contra suas pernas. Seu corpo tinha ficado dormente e ele ainda podia sentir a maciez pútrida da carne em decomposição do seu irmão sob suas mãos. *É a vergonha que engole as pessoas inteiras.* Ele estava se afogando nela. Estava se afogando no porto de Ketterdam. Sua visão turvou.

— Também não é fácil para mim. — Sua voz, baixa e estável, a voz que uma vez o tinha trazido de volta do inferno. — Mesmo agora, um garoto sorri para mim na rua, ou Jesper passa o braço em torno da minha cintura, e parece que vou desaparecer.

Seu mundo girou. Ele se prendeu à corda de segurança que era a voz dela.

— Vivo com medo de ver um dos clientes dela – um dos *meus clientes* – na rua. Por muito tempo, achei que os reconhecia em todos os lugares. Mas algumas vezes acho que o que eles fizeram comigo nem foi o pior de tudo.

A visão de Kaz recuperou o foco. As águas recuaram. Ele estava de pé em um banheiro de hotel. Seus dedos estavam pressionados contra o ombro de Inej. Ele podia sentir os músculos finos sob a sua pele. Um pulso batia furiosamente no pescoço dela, na cavidade suave logo abaixo de sua mandíbula. Ele se deu conta de que ela tinha fechado os olhos. Seus cílios eram negros em contraste com as bochechas. Como se, em resposta à tremedeira dele, ela tivesse congelado ainda mais. Ele deveria dizer algo, mas sua boca parecia incapaz de criar palavras.

— Tante Heleen não foi sempre cruel — Inej continuou. — Ela abraçava você, apertava junto ao corpo, e então beliscava com tanta força que chegava a sangrar. Nunca era possível saber se o que estava por vir era um beijo ou um tapa. Um dia você era a sua melhor garota, e no outro ela te levava ao escritório para contar que estava te vendendo para um grupo de homens que tinha conhecido na rua. Fazia você implorar para que ela te mantivesse por lá.

Inej soltou um som suave que era quase uma risada.

— A primeira vez que Nina me abraçou, eu me *retraí*.

Ela abriu os olhos e o encarou, olho no olho. Ele podia ouvir o pinga-pinga da torneira, ver o caracol de sua trança por cima do ombro, onde tinha se libertado de seu rolo.

— Prossiga — disse ela em voz baixa, como se estivesse pedindo que ele continuasse uma história.

Ele não tinha certeza de que conseguiria. Mas se ela podia falar aquelas palavras no eco daquele lugar, ele poderia pelo menos tentar.

Cuidadosamente, ele ergueu a tesoura. Levantou o curativo, criando uma lacuna, sentindo arrependimento e libertação ao romper o contato com a pele dela. Cortou o curativo. Podia sentir o calor dela em seus dedos, como uma febre.

O curativo velho caiu no chão.

Ele pegou outra tira longa de toalha com a mão direita. Teve de se inclinar para perto para amarrá-la em suas costas. Estava tão próximo agora. Sua mente se concentrou na concha da orelha dela, o cabelo arrumado atrás dela, a pulsação rápida estremecendo em sua garganta. Viva, viva, viva.

Também não é fácil para mim.

Ele amarrou novamente o curativo. Os toques mais sutis. Inevitáveis. Ombro, clavícula, uma vez no seu joelho. As águas subiam em torno dele.

Ele apertou o nó. *Dê um passo para trás.* Ele não recuou. Ele ficou ali, ouvindo sua própria respiração, a dela, o ritmo dos dois sozinhos naquele lugar.

A doença estava lá, a necessidade de sair correndo, a necessidade de algo mais também. Kaz achava que conhecia a linguagem da dor intimamente, mas aquela sensação era nova. Doía ficar de pé ali daquele jeito, tão perto do círculo dos braços dela. *Também não é fácil para mim.* Depois de tudo o que ela havia passado, ele é que era o fraco. Mas ela nunca saberia como era para ele ver Nina puxá-la para perto, ver Jesper entrelaçar o seu braço no dela, como era ficar de pé no batente das portas e encostado em paredes e saber que nunca poderia se aproximar. *Mas eu estou aqui agora*, ele pensou loucamente. Ele a tinha carregado, tinha lutado ao seu lado, tinha passado noites inteiras próximo dela, ambos de bruços olhando através de lunetas, estudando algum armazém ou mansão de mercador. Isso era completamente diferente. Ele estava doente e com medo, seu corpo escorregadio de suor, mas estava ali. Observou aquela pulsação, a evidência do seu coração acompanhando seu próprio batimento ansioso. Observou a curva úmida de seu pescoço, o reluzir de sua pele marrom. Ele queria… Ele queria.

Antes de descobrir o que pretendia, ele abaixou a cabeça. Ela inspirou subitamente. Os lábios dele flutuaram logo acima da junção quente entre o seu ombro e o pescoço. Ele esperou. *Diga-me para parar. Empurre-me para longe.*

Ela soltou o ar.

— Prossiga — ela repetiu. — Termine a história.

Um minúsculo movimento e seus lábios roçaram a pele dela – quente, suave, com gotículas de umidade. O desejo percorreu o corpo dele, mil imagens que tinha guardado, mal tinha se permitido imaginar – os fios de cabelo negro que haviam se soltado de sua trança, a mão encaixada na curva esguia de sua cintura, os lábios abertos, sussurrando seu nome.

Tudo isso apareceu e então sumiu. Ele estava se afogando no porto. Os braços dela eram agora os braços de um cadáver. Os olhos dela estavam mortos e fixos. Nojo e desejo se reviraram em seu estômago.

Ele cambaleou para trás, e uma dor irradiou por sua perna ruim. Sua boca estava em chamas. O mundo parecia girar. Ele se apoiou contra a parede, tentando respirar. Inej estava de pé, movendo-se na direção dele, uma expressão de preocupação no rosto. Ele levantou uma mão para interrompê-la.

— Não.

Ela permaneceu no centro do chão de azulejos, emoldurada por branco e dourado, como um ícone reluzente.

— O que aconteceu com você, Kaz? O que aconteceu com o seu irmão?

— Não importa.

— Conte para mim. Por favor.

Conte para ela, uma voz dentro dele dizia. *Conte tudo para ela.* Mas ele não sabia como ou por onde começar. E por que deveria? Para que ela encontrasse um jeito de absolvê-lo de seus crimes? Ele não queria a sua piedade. Ele não precisava se explicar, ele só precisava achar uma forma de deixá-la partir.

— Você quer saber o que Pekka fez comigo? — Sua voz era um rosnado, reverberando nos azulejos. — Que tal se eu lhe contar o que fiz quando encontrei a mulher que fingia ser sua esposa, a garota que fingia ser sua filha? Ou que tal se eu lhe contar o que aconteceu com o garoto que nos atraiu naquela primeira noite com seus cachorros de brinquedo? Esta é uma boa história. Seu nome era Filip. Eu o encontrei aplicando golpes com jogos de cartas no Kelstraat. Eu o torturei por dois dias e deixei-o sangrando em um beco, a chave de um cachorro movido à corda enfiada goela abaixo.

Kaz viu Inej recuar instintivamente. Ele ignorou a fisgada em seu coração.

— É isso mesmo — ele continuou. — Os bancários que entregaram nossas informações. O falso advogado. O cara que me ofereceu chocolate quente grátis no escritório falso de Hertzoon. Eu destruí todos eles, um por um, tijolo por tijolo. E Rollins será o último. Essas coisas não são lavadas com preces, Espectro. Não existe paz esperando por mim, não existe perdão, nem nesta vida nem na próxima.

Inej balançou a cabeça. Como ainda conseguia olhar para ele com gentileza?

— Você não pede por perdão, Kaz. Você o conquista.

— É isso o que você pretende fazer? Caçando traficantes de escravos?

— Caçando traficantes de escravos. Descobrindo e acabando com os mercadores e chefões do Barril que lucram com eles. Sendo algo mais do que apenas a próxima Pekka Rollins.

Isso era impossível. Não havia nada além. Ele podia enxergar a verdade mesmo que ela não conseguisse. Inej era mais forte do que ele jamais seria. Ela tinha mantido sua fé, sua bondade, mesmo quando o mundo havia tentado arrancar isso dela com mãos gananciosas.

Seus olhos estudaram o rosto dela como sempre tinham feito, de perto, com fome, roubando cada detalhe seu como o ladrão que era – suas sobrancelhas escuras e uniformes, o castanho rico de seus olhos, a curva de seus lábios. Ele não merecia paz nem perdão, mas, se fosse morrer hoje, talvez a única coisa que tivesse conquistado fosse a memória dela – mais brilhante do que qualquer coisa à qual teria direito – para levar com ele para o outro lado.

Kaz passou por Inej, pegou suas luvas jogadas na pia e as vestiu. Ajeitou-se dentro de seu casaco, endireitou a gravata no espelho, aninhou a bengala sob o braço. Pelo menos ele enfrentaria a morte com estilo.

Quando se virou novamente para ela, estava pronto.

— O que quer que aconteça comigo, sobreviva a esta cidade. Pegue seu navio, conquiste sua vingança, entalhe seu nome nos ossos deles. Mas sobreviva a esta confusão em que nos meti.

— Não faça isso — disse Inej.

— Se não fizer, está tudo terminado. Não existe outra saída. Não existe uma recompensa. Não sobrou mais nada.

— Nada — ela repetiu.

— Procure pelos sinais de Dunyasha.

— O quê?

— Um lutador sempre tem um sinal, uma indicação de uma ferida antiga, um ombro mais baixo quando está prestes a dar um soco.

— Eu tenho um sinal?

— Você aperta os ombros antes de começar a se mover, como se estivesse prestes a fazer uma performance, esperando pela atenção do público.

Ela pareceu um pouco ofendida de ouvir isso.

— E qual é o seu?

Kaz pensou no momento no Vellgeluk que quase custou tudo para ele.

— Eu sou um aleijado. Este é o meu sinal. Ninguém é inteligente o suficiente para procurar um sinal além deste.

— Não vá para a Ripa, Kaz. Vamos encontrar outra maneira.

— Saia do caminho, Espectro.

— Kaz…

— Se você algum dia já se importou comigo, não me siga.

Ele passou por ela e saiu rapidamente do banheiro. Não conseguia pensar no que poderia acontecer, no que havia para perder. E Inej estava errada sobre uma coisa. Ele sabia exatamente o que planejava deixar para trás quando não estivesse mais lá.

Estrago.

27. INEJ

ELA O SEGUIU MESMO ASSIM.

Se algum dia já se importou comigo.

Inej realmente bufou enquanto saltava sobre uma chaminé. Era ofensivo. Ela tinha tido diversas chances de se livrar de Kaz, e nunca tinha aproveitado.

Então ele não estava apto a ter uma vida normal. Será que o destino dela era encontrar um marido gentil, ter seus filhos e então afiar suas facas depois que eles forem dormir? Como ela explicaria os pesadelos que ainda tinha com o Menagerie? Ou o sangue em suas mãos?

Podia sentir a pressão dos dedos de Kaz na sua pele, o leve contato da boca dele em sua nuca, podia ver seus olhos dilatados. Duas das pessoas mais letais que o Barril já tinha produzido e eles mal conseguiam tocar um no outro sem ambos desmaiarem. Mas eles tinham tentado. Ele tinha tentado. Talvez pudessem tentar novamente. Um desejo tolo, a esperança sentimental de uma garota que não tinha tido os primeiros momentos de sua vida roubados, que não tinha sentido o chicote de Tante Heleen, que não estava coberta de feridas e era procurada pela justiça. Kaz teria rido de seu otimismo.

Ela pensou em Dunyasha, sua sombra. Que sonhos ela teria? Um trono, como Matthias tinha sugerido? Outro assassinato oferecido ao seu deus?

Inej não tinha dúvidas de que encontraria a garota de marfim e âmbar novamente. Queria acreditar que sairia vitoriosa quando chegasse esse momento, mas era difícil argumentar com os dons de Dunyasha. Talvez ela realmente fosse uma princesa, uma garota de ascendência nobre treinada nas artes da matança, destinada a grandes feitos como a heroína em uma história. Então o que isso fazia de Inej? Um obstáculo em seu caminho? Um tributo no altar da morte? *Uma aprendiz de acrobata suli que luta como uma capanga de rua comum.* Ou talvez seus Santos tivessem trazido Dunyasha àquelas ruas. *Quem se lembrará de uma garota como você, Senhorita Ghafa?* Talvez essa fosse a forma de cobrar de Inej o preço pelas vidas que tinha tirado. Talvez. Mas não ainda. Ela ainda tinha dívidas para pagar.

Inej expirou conforme descia por um cano de escoamento, sentindo o curativo em sua coxa se soltar. Deixaria um rastro de sangue pelo horizonte da cidade.

Eles estavam se aproximando da Ripa, mas ela se manteve nas sombras e garantiu uma boa distância entre ela e Kaz. Ele tinha um talento para sentir sua presença quando ninguém mais conseguia. Parava frequentemente, sem saber que estava sendo observado. Sua perna o estava incomodando mais do que ele tinha deixado parecer. Mas ela não iria interferir na Ripa. Ela agiria conforme os desejos dele nisso, pelo menos, porque ele estava certo: no Barril, força era a única moeda que importava. Se Kaz não enfrentasse esse desafio sozinho, perderia tudo – não só a chance de obter suporte dos Dregs, mas qualquer chance que teria de andar livremente pelo Barril. Muitas vezes ela desejou arrancar um pouco de sua arrogância, mas não queria pensar na ideia de ver Kaz despido de seu orgulho.

Ele saltou sobre os telhados de Groenstraat, seguindo a rota que tinham planejado juntos, e logo a parte de trás da Ripa apareceu – estreita, inclinada de modo irregular contra seus vizinhos, suas arestas de telhas enegrecidas de fuligem.

Quantas vezes ela tinha se aproximado da Ripa desse mesmo ângulo? Para ela, era o caminho para casa. Viu a janela de Kaz no andar mais alto.

Tinha passado incontáveis horas empoleirada naquele parapeito, alimentando os corvos que se juntavam ali, ouvindo-o maquinar. Logo abaixo, ligeiramente à esquerda, viu a abertura estreita da janela do seu minúsculo quarto. Deu-se conta de que, quer o leilão fosse bem-sucedido ou não, essa poderia ser a última vez que ela voltava à Ripa. Talvez nunca mais visse Kaz sentado àquela mesa novamente, nem ouviria o baque de sua bengala subindo os degraus velhos da Ripa, informando-a, pelo ritmo, se tinha sido uma noite boa ou ruim.

Ela o observou se arrastar desajeitado para fora da beirada de um telhado e arrombar a tranca de sua própria janela. Quando ele saiu do seu campo de visão, ela prosseguiu sobre a inclinação íngreme da aresta até o outro lado da Ripa. Não tinha como seguir o mesmo caminho que ele havia feito sem se revelar.

Na frente da casa, logo embaixo do telhado, encontrou o gancho velho de metal usado para levantar cargas pesadas. Ela o agarrou, ignorando o murmúrio de reclamação dos pombos assustados, e empurrou a janela aberta com o pé, torcendo o nariz com o fedor do cocô dos pássaros. Deslizou para dentro, movendo-se pelas vigas do teto, e encontrou um lugar nas sombras. Então esperou, incerta sobre o que deveria fazer em seguida. Se alguém olhasse para cima, talvez a visse lá, aninhada no canto como a aranha que ela era, mas por que alguém faria isso?

Lá embaixo, a entrada estava bem movimentada. Aparentemente o clima festivo do desfile daquela manhã tinha contaminado o dia. As pessoas entravam e saíam pela porta da frente, gritando umas com as outras, rindo e cantando. Alguns Dregs estavam sentados na escada de madeira barulhenta, passando uma garrava de uísque de mãos em mãos. Seeger – um dos brutamontes preferidos de Per Haskell – soprava continuamente as mesmas três notas em um apito de latão com todas as suas forças. Um grupo de baderneiros cambaleou porta adentro, grasnando e gritando como tolos, batendo os pés no chão, esbarrando uns nos outros como um cardume de tubarões famintos. Eles carregavam cabos de machados crivados de pregos enferrujados, porretes, facas e armas, e alguns tinham pintado asas negras de corvo entre seus olhos selvagens.

Atrás deles, Inej vislumbrou alguns Dregs que não pareciam compartilhar a animação – Anika com seu cabelo louro curto, o magricela do Roeder, que Per Haskell tinha sugerido a Kaz que usasse como sua aranha, os brutamontes maiores Keeg e Pim. Eles ficaram para trás encostados na parede, trocando olhares infelizes enquanto os outros comemoravam e se exibiam. *Eles são a melhor esperança de Kaz em termos de apoio*, ela pensou. Os membros mais novos dos Dregs, os garotos que Kaz tinha trazido e organizado, aqueles que trabalhavam mais duro e pegavam os piores serviços porque eram os mais novos. Mas o que exatamente Kaz tinha em mente? Será que tinha entrado no seu escritório por algum motivo ou simplesmente porque era o ponto mais fácil de acesso a partir do telhado? Será que a intenção dele era falar com Per Haskell sozinho? A escada inteira estava exposta para quem estava na entrada. Kaz não poderia nem começar a descê-la sem atrair a atenção de todos, a menos que planejasse fazer isso disfarçado. E ela não imaginava como ele iria conseguir descer as escadas com sua perna ruim sem que as pessoas reconhecessem seu jeito de andar.

Uma comemoração ecoou pelas pessoas reunidas lá embaixo. Per Haskell tinha surgido de seu escritório, a cabeça grisalha movendo-se pela multidão. Ele estava vestido de forma luxuosa para as festividades daquele dia – colete rubro e prata, calças pé de galinha –, passeando como o lorde dos Dregs, a gangue que Kaz tinha construído praticamente do nada. Ele acenava com o chapéu de plumas de que tanto gostava, enquanto portava uma bengala na outra mão. No topo da bengala, alguém havia colocado um corvo caricato feito de papel machê. Isso a deixava com nojo. Kaz tinha sido mais do que um filho para Haskell. Um filho assassino, impiedoso e insidioso, mas mesmo assim.

— Acha que conseguiremos pegá-lo esta noite, velho? — perguntou Bastian, batendo com um porrete de aparência cruel contra a perna.

Haskell levantou a bengala como um cetro.

— Se alguém vai conseguir aquela recompensa, será um dos meus garotos! Não é verdade?

Eles comemoraram.

— Velho.

Inej levantou subitamente a cabeça quando a voz rouca e áspera de Kaz cortou pelo barulho da multidão, silenciando o burburinho. Todos os olhos voltaram-se para o alto.

Ele estava de pé no topo da escada, olhando para baixo para quatro lances de madeira frágil. Inej percebeu que ele havia parado para mudar de casaco, que se ajustava a ele em linhas perfeitamente costuradas. Estava apoiado em sua bengala, o cabelo arrumado e puxado para trás de sua fronte pálida, um garoto de vidro negro com bordas letais.

O olhar de surpresa no rosto de Haskell era quase cômico. Então ele começou a rir.

— Bem, macacos me mordam, Brekker. Você deve ser o pilantra mais maluco que já conheci.

— Levarei isso como um elogio.

— Não deveria ter vindo – a menos que seja para se entregar como o rapaz inteligente que sei que você é.

— Chega de fazer dinheiro para você.

Per Haskell contorceu o rosto de raiva.

— Seu pequeno vagabundo ignorante! — ele rugiu. — Entrando altivo aqui como um mercador em sua mansão.

— Você sempre agiu como se fosse melhor do que nós, Brekker — Seeger gritou, ainda segurando o apito de latão, e alguns dos outros Dregs assentiram com a cabeça. Per Haskell bateu as mãos em incentivo.

E era verdade. Kaz sempre se mantinha à parte de todos. Eles queriam camaradagem, amizade, mas ele nunca concordou em jogar o jogo deles, só o seu próprio. Talvez esse ajuste de contas fosse inevitável. Inej sabia que Kaz não pretendia continuar como tenente de Per Haskell para sempre. O triunfo deles na Corte do Gelo deveria ter feito dele rei do Barril, mas Van Eck tinha roubado isso dele. Os Dregs não sabiam dos feitos extraordinários que tinha realizado nas últimas semanas, do prêmio que tinha arrancado dos fjerdanos, ou da recompensa que talvez ainda estivesse ao seu alcance. Ele os enfrentava sozinho, um garoto com poucos aliados, um estranho para a maioria deles, apesar de sua reputação brutal.

— Você não tem amigos aqui! — Bastian gritou.

Na parede, Anika e os outros pareciam ofendidos. Pim sacudiu sua cabeça desgrenhada e cruzou os braços.

Kaz levantou um ombro em um gesto minimalista.

— Não vim aqui procurando amigos. Não vim buscar os covardes e mendigos fracassados, ou os perdedores que acham que o Barril deve algo a eles por conseguirem sobreviver. Eu vim pelos matadores. Os durões. Os que têm fome. As pessoas como eu. Essa é a minha gangue — disse Kaz, começando a descer as escadas, bengala batendo nas tábuas —, e cansei de receber ordens.

— Vão buscar sua recompensa, rapazes! — Haskell gritou. Houve uma breve pausa, e por um momento Inej torceu para que ninguém escutasse, que eles simplesmente se revoltassem contra Haskell. E então os diques se abriram. Bastian e Seeger foram os primeiros a correr escada acima, ansiosos pela oportunidade de enfrentar o Mãos Sujas.

Mas Seeger estava lento por causa do uísque, e, quando finalmente alcançaram Kaz no terceiro lance de escadas, estavam sem fôlego. Kaz golpeou rapidamente com a bengala em dois arcos cortantes, esmigalhando os ossos dos braços de Seeger. Em vez de encarar Bastian, deslizou por ele, incrivelmente ágil apesar de sua perna ruim. Antes que Bastian pudesse se virar, Kaz espetou a bengala no espaço macio entre a coxa de Bastian e seu joelho. Ele caiu no chão com um grito estrangulado.

Outro dos capangas de Haskell já estava correndo para pegá-lo – um brutamontes chamado Bule pelo jeito que assoviava pelo nariz quando respirava. Um golpe com o bastão de Bule atingiu de raspão o ombro de Kaz enquanto ele esquivava para a esquerda. Ele girou a bengala e acertou o brutamontes direto na mandíbula com toda a força da cabeça de corvo. Inej viu o que pareciam dentes voarem da boca de Bule.

Kaz ainda tinha a vantagem do posicionamento, mas estava cercado, e agora vinham em ondas. Varian e Swann invadiram o chão do terceiro andar, Felix Vermelho em seu encalço, Milo e Gorka pairando logo atrás.

Inej apertou os lábios quando Kaz levou um golpe na perna ruim, cambaleou e mal conseguiu se endireitar em tempo de se esquivar de um ataque da corrente de Varian. Ela bateu com toda a força no corrimão a centímetros da cabeça de Kaz, fazendo farpas de madeira voarem. Kaz agarrou a corrente e usou o impulso de Varian para empurrá-lo por sobre o corrimão quebrado. A multidão recuou quando ele acertou o chão da entrada.

Swann e Felix Vermelho avançaram em direção a Kaz por ambos os lados. Felix Vermelho agarrou o casaco de Kaz, puxando-o para trás. Kaz se libertou como um mágico escapando de uma camisa de força em um show na Aduela Leste.

Swann girou selvagemente o cabo de seu machado perfurante, e Kaz bateu com a cabeça de sua bengala na lateral do rosto de Swann. Mesmo a certa distância, Inej conseguiu ver sua maçã do rosto ser esmagada em uma cratera sangrenta.

Felix Vermelho puxou um porrete de seu bolso e bateu com força na mão direita de Kaz. O golpe foi desleixado, mas a bengala de Kaz caiu no chão, rolando escada abaixo. Besouro, esguio como um furão e com um rosto similar, subiu correndo e pegou-a, arremessando-a para Per Haskell enquanto seus comparsas comemoravam. Kaz firmou as mãos de cada lado do corrimão e chutou com força o peito de Felix Vermelho, derrubando-o escada abaixo.

Kaz tinha perdido a sua bengala. Abriu suas mãos enluvadas, exibindo-as. Mais uma vez, Inej pensou em um mágico. *Não há nada nas minhas mangas.*

Três outros Dregs saltaram sobre Felix Vermelho e cercaram Kaz – Milo, Gorka e o magricela Besouro com seu pequeno rosto estranho e cabelo oleoso. Inej ousou piscar e Milo colocou Kaz contra a parede, enchendo-o de pancadas nas costelas e no rosto. Kaz jogou a cabeça para trás para ganhar força e deu uma cabeçada em Milo, produzindo um som repugnante. Milo deu um passo zonzo, e Kaz aproveitou a vantagem.

Mas havia muitos deles e Kaz estava lutando apenas com seus punhos agora, sangue escorrendo de um lado de seu rosto, lábios partidos, olho esquerdo fechando de tanto inchaço. Seus movimentos estavam ficando mais lentos.

Gorka passou um braço em torno do pescoço de Kaz, que deu-lhe uma cotovelada no estômago e se soltou. Ele avançou trôpego e Besouro agarrou seu ombro, batendo com o porrete no estômago de Kaz. Kaz se curvou, cuspindo sangue. Gorka acertou a lateral da cabeça de Kaz com um pedaço pesado de corrente. Inej viu Kaz revirar os olhos. Ele balançou. E então estava no chão. A multidão na entrada rugiu.

Inej entrou em movimento sem nem pensar no que estava fazendo. Não podia ficar parada assistindo-o morrer. Eles o haviam derrubado no chão, botas pesadas chutando e pisoteando seu corpo. Ela tinha as suas facas em mãos e ela mataria todos eles. Ela empilharia corpos até o teto para a *stadwatch* encontrar.

Mas naquele instante, pelas ripas largas do chão, ela viu os olhos dele se abrirem. Seu olhar encontrou o dela. Ele sabia o tempo todo que ela estava lá. É claro que sabia. Sempre soube como encontrá-la. Ele balançou levemente a cabeça coberta de sangue.

Ela queria gritar. *Para o inferno com seu orgulho, os Dregs, toda esta maldita cidade.*

Kaz tentou se levantar. Besouro chutou-o novamente. Eles estavam rindo agora. Gorka levantou a perna, balançando sua bota grande sobre a cabeça de Kaz, exibindo-se para o público. Inej viu Pim se virando; Anika e Keeg estavam gritando para alguém pará-los. Gorka desceu o pé – e gritou, um guincho agudo e sacolejante.

Kaz estava segurando a bota de Gorka, cujo pé foi torcido para o lado em um ângulo doloroso. Ele pulou com uma perna só, tentando manter o equilíbrio, aquele lamento estranho e histérico irradiando de sua boca no ritmo dos seus saltos.

Milo e Besouro chutaram com força as costelas de Kaz, mas ele pareceu nem notar. Com uma força que Inej não podia imaginar, Kaz puxou a perna de Gorka para cima. O grandalhão gritou quando seu joelho estalou, saindo do lugar. Ele caiu de lado, balbuciando:

— Minha perna! Minha perna!

— Recomendo uma bengala — Kaz disse.

Mas a atenção de Inej estava toda na faca nas mãos de Milo, longa e reluzente. Parecia ser a única coisa limpa que ele tinha.

— Não o mate, seu imbecil! — Haskell gritou, sem dúvida ainda pensando na recompensa.

Mas Milo aparentemente não conseguia escutar mais nada. Ele levantou a faca e mergulhou-a diretamente na direção do peito de Kaz. No último instante, Kaz rolou para o lado. A faca foi cravada nas tábuas do chão com um barulho forte. Milo pegou na faca para tentar arrancá-la, mas Kaz já estava em movimento, e Inej viu que ele tinha dois pregos enferrujados presos entre os dedos, como garras – de alguma forma ele os havia puxado de um dos cabos de machado. Levantou-se rapidamente e cravou os pregos na garganta de Milo, enfiando-os em sua traqueia. Milo soltou um leve assobio engasgado antes de desabar.

Kaz usou o corrimão para ficar de pé. Besouro levantou as mãos, como se tivesse esquecido que ainda tinha um porrete e que Kaz estava desarmado. Kaz segurou um punhado do cabelo de Besouro, puxou sua cabeça para trás e bateu com ela no corrimão, o som como um tiro, o impacto tão forte que a cabeça de Besouro quicou na madeira como uma bola de borracha. Ele colapsou em uma pequena pilha de furão.

Kaz passou a manga sobre o rosto, sujando de sangue seu nariz e testa, e cuspiu. Ajustou as luvas, olhou para baixo para Per Haskell do segundo andar, e sorriu. Seus dentes estavam vermelhos e molhados.

A multidão era bem maior do que tinha sido quando a luta começou. Ele girou os ombros.

— Quem é o próximo? — perguntou, como se talvez tivesse um compromisso em outro lugar. — Quem vai me encarar?

Inej não sabia como ele conseguia manter a voz tão calma.

— É isso o que faço o dia todo. Eu luto. Quando foi a última vez que viram Per Haskell levar um soco? Liderar um serviço? Diabos, quando foi a última vez que viram ele fora da cama antes do meio-dia?

— Você acha que vamos aplaudir porque você aguenta uma surra? — Per Haskell desdenhou. — Ela não vai compensar os problemas que você causou. Trazendo a guarda para o Barril, sequestrando o filho de um mercador…

— Eu falei a você que não tive parte nisso — disse Kaz.

— Pekka Rollins diz que teve.

— Bom saber que acredita mais na palavra de um Leoneiro do que na palavra de alguém do seu próprio bando.

Um murmúrio desconfortável passou pela multidão como o vento balançando as folhas de uma árvore. Sua gangue era sua família, o laço tão forte quanto o de sangue.

— Você é maluco o suficiente para sacanear um mercador, Brekker.

— Maluco o suficiente — admitiu Kaz. — Mas não estúpido o suficiente.

Agora alguns dos Dregs estavam sussurrando um para o outro, como se nunca tivessem pensado que talvez Van Eck tivesse inventado as acusações. É claro que eles não tinham. Van Eck fazia parte da nobreza. Por que um mercador respeitável faria tal acusação contra algum rato de canal se não fosse verdade? E, afinal de contas, Kaz tinha se esforçado bastante para provar que era capaz de qualquer coisa.

— Você foi visto na Goedmedbridge com a esposa do mercador — Per Haskell insistiu.

— A esposa dele, não o filho. A esposa dele que está em casa, segura ao lado do seu marido salafrário, tricotando sapatinhos de lã e conversando com seus pássaros. Pense por um minuto, Haskell… Que uso possível eu teria para o pirralho de um mercador?

— Suborno, resgate…

— Eu agi contra Van Eck porque ele agiu contra mim, e agora ele está usando os capangas da cidade e Pekka Rollins e todos vocês para acertar as contas. É simples assim.

— Não pedi por esses problemas, garoto. Não pedi por eles e não os quero.

— Você quis todo o resto que eu trouxe até a sua porta, Haskell. Ainda estaria armando os mesmos esquemas pobres e bebendo uísque aguado se não fosse por mim. Essas paredes estariam caindo na sua cabeça. Você recebeu de bom grado todo o dinheiro e sorte que trouxe para você. Engoliu os lucros do Quinto Porto e do Clube do Corvo como se fossem seus por direito, enquanto eu lutava e fazia o trabalho sujo.

Seu olhar passou lentamente pelos Dregs lá embaixo.

— Vocês todos ganharam com isso. Todos aproveitaram as recompensas. Mas, na primeira oportunidade, estão prontos para se aproximar de Pekka Rollins pelo prazer de me mandar para a forca. — Outro murmúrio desconfortável na multidão. — Mas eu não estou com raiva.

Devia ter uns vinte Dregs olhando para Kaz, todos armados, e ainda assim Inej podia jurar que conseguia sentir o alívio deles. E então ela entendeu: a luta era apenas o primeiro ato. Eles sabiam que Kaz era durão. Eles não precisavam que ele provasse isso. Isso era sobre o que Kaz precisava. Para tentar um golpe contra Per Haskell, ele teria de ter procurado os Dregs individualmente, gastando tempo e arriscando ser capturado nas ruas do Barril.

Agora ele tinha um público, e Per Haskell tinha recebido todos de braços abertos – um pouco de entretenimento, um final dramático para Kaz Brekker, a Humilhação do Mãos Sujas. Mas aquela não era uma comédia barata. Era um rito sangrento, e Per Haskell tinha deixado a congregação se reunir, sem perceber que a performance de verdade ainda estava para começar. Kaz ficou de pé sobre seu púlpito, ferido, machucado, pronto para pregar.

— Eu não estou com raiva — Kaz repetiu. — Não quanto a isso. Mas sabem o que me deixa realmente furioso? O que mexe comigo? Ver um corvo receber ordens de um Leoneiro. Ver vocês desfilarem atrás de Pekka Rollins como se fosse motivo de orgulho. Uma das gangues mais letais do Barril se curvando como um bando de lírios delicados.

— Rollins tem poder, garoto — Per Haskell disse. — Recursos. Você pode ficar nos passando sermão quando tiver mais alguns anos nas costas. É meu trabalho proteger esta gangue, e foi isso que fiz. Eu os mantenho a salvo de sua imprudência.

— Acha que está *seguro* porque rolou no chão e mostrou a barriga para Pekka Rollins? Acha que ele se contentará em honrar esse acordo? Que ele não ficará com fome e tentará tomar o que é seu? Isso soa como algo que o Pekka Rollins faria?

— Nem um pouco — Anika disse.

— Quem vocês querem de pé naquela porta quando o leão ficar com fome? Um corvo? Ou um galo velho que cacareja e faz pose, e então trai um dos seus para servir a um Leoneiro e a um mercador sujo?

Lá de cima, Inej podia ver as pessoas mais próximas de Per Haskell se inclinando um pouco para longe dele agora. Alguns o olhavam cuidadosamente, observando a pena em seu chapéu, as bengalas em suas mãos – a bengala de Kaz, que viram ser manuseada com tamanha precisão sangrenta, e a bengala com um corvo falso que Haskell tinha bolado para zombar dele.

— No Barril, segurança não é uma moeda de troca — Kaz disse, o calor de sua voz se espalhando pela multidão. — Existe apenas força e fraqueza. Você não pede por respeito. Você o conquista.

Você não pede por perdão. Você o conquista. Ele tinha roubado a frase dela. Ela quase sorriu.

— Eu não sou amigo de vocês — ele disse. — Não sou seu pai. Não vou lhes oferecer uísque ou dar um tapinha nas suas costas e chamá-los de filhos. Mas manterei os cofres cheios de dinheiro. Vou manter nossos inimigos assustados o suficiente para fugirem quando virem aquela tatuagem no braço de vocês. Então quem vocês querem naquela porta quando Pekka Rollins vier nos visitar?

O silêncio aumentou, um carrapato se alimentando do potencial de violência.

— Então? — Per Haskell disse, fanfarrão, estufando o peito. — Respondam. Vocês querem seu líder por direito ou algum aleijado arrogante que não consegue nem andar direito?

— Posso não andar direito — Kaz disse. — Mas não fujo de uma briga.

Ele começou a descer os degraus.

Varian tinha se levantado do chão depois de sua queda. Embora não parecesse estar exatamente firme de pé, ele se moveu em direção às escadas, e Inej teve de respeitar sua lealdade a Haskell.

Pim desencostou da parede e bloqueou o caminho de Varian.

— Você já acabou aqui — disse ele.

— Traga os homens de Rollins — Per Haskell ordenou a Varian. — Toque o alarme!

Mas Anika puxou uma faca longa e posicionou-se na frente da porta de entrada.

— Você é um Leoneiro? — ela perguntou. — Ou é um Dreg?

Lentamente, visivelmente mancando, mas com as costas eretas, Kaz desceu o último lance de escadas, apoiando-se com força no corrimão. Quando chegou ao chão, a multidão remanescente se abriu.

O rosto cinzento de Haskell estava rubro de medo e indignação.

— Você não vai durar nada, garoto. É preciso mais do que você tem para superar Pekka Rollins.

Kaz tomou sua bengala da mão de Per Haskell.

— Tem dois minutos para dar o fora da minha casa, velho. O preço desta cidade é sangue — disse Kaz —, e ficarei feliz em pagar com o seu.

28. Jesper

Jesper nunca tinha visto Kaz tão ensanguentado e arrebentado – nariz quebrado, lábios cortados, um dos olhos fechado de tão inchado. Estava segurando o flanco de um jeito que fazia Jesper pensar que pelo menos uma de suas costelas estava quebrada, e, quando ele tossiu em um lenço, Jesper viu sangue no tecido branco antes de Kaz enfiá-lo de volta no bolso. Ele estava mancando mais do que nunca, mas ainda estava de pé, e Anika e Pim estavam com ele. Aparentemente, eles tinham deixado uma equipe mínima na Ripa caso Pekka descobrisse o golpe de Kaz e decidisse tentar uma aquisição de território.

— Por todos os Santos — disse Jesper. — Então pelo visto as coisas foram bem?

— Tão bem quanto podia se esperar.

Matthias balançou a cabeça, com uma expressão entre admiração e descrença.

— Quantas vidas você tem, *demjin*?

— Pelo menos mais uma, eu espero.

Kaz tinha conseguido se desfazer do seu casaco e arrancado a camisa, inclinando-se na pia do banheiro.

— Pelos Santos, deixe-nos ajudá-lo — disse Nina.

Kaz prendeu a ponta de um curativo com os dentes e arrancou um pedaço.

— Não preciso da sua ajuda. Continue a trabalhar com Colm.

— Qual é o problema dele? — Nina resmungou, enquanto voltavam à sala de estar para treinar Colm no seu papel.

— O mesmo problema de sempre — Jesper falou. — Ele é Kaz Brekker.

Pouco mais de uma hora depois, Inej tinha entrado discretamente no quarto e passado um bilhete para Kaz. Era fim de tarde e as janelas da suíte reluziam com a luz dourada.

— Eles estão vindo? — Nina perguntou.

Inej assentiu com a cabeça.

— Dei sua carta para o guarda na porta e funcionou. Eles me levaram diretamente a dois membros do Triunvirato.

— Com quem você falou? — Kaz perguntou.

— Genya Safin e Zoya Nazyalensky.

Wylan se endireitou na cadeira.

— A Artesã? Ela está na embaixada?

Kaz levantou uma sobrancelha.

— Que fato interessante você se esqueceu de mencionar, Nina.

— Não era relevante naquele momento.

— É claro que é relevante! — disse Wylan, com raiva. Jesper estava um pouco surpreso. Wylan inicialmente não pareceu se importar de vestir as feições de Kuwei. Ele quase parecia ter apreciado a distância que isso dava em relação ao seu pai. Mas isso tinha sido antes de eles irem para Santa Hilde. E antes de Jesper beijar Kuwei.

Nina fez uma leve careta.

— Wylan, achei que estava indo para Ravka. Você poderia encontrar Genya assim que estivéssemos no barco.

— Todos nós sabemos onde as lealdades de Nina estão — disse Kaz.

— Eu não contei sobre Kuwei ao Triunvirato.

Um sorriso discreto surgiu nos lábios de Kaz.

— Como eu dizia. — Ele se virou para Inej. — Você especificou as nossas exigências?

— Sim, eles estarão nos banhos do hotel em uma hora. Falei para garantirem que ninguém os veja entrando.

— Vamos torcer para que sejam capazes de lidar com isso — disse Kaz.

— Eles conseguem administrar um país — Nina disse. — Tenho certeza de que conseguem seguir algumas instruções simples.

— É seguro para eles nas ruas? — Wylan perguntou.

— Provavelmente são os únicos Grishas seguros em Ketterdam — disse Kaz. — Mesmo se os Shu estiverem se preparando para ir à caça novamente, não vão começar justo por dois dignitários de alto escalão de Ravka. Nina, Genya tem a capacidade de recuperar o rosto de Wylan?

— Eu não sei — Nina disse. — Ela é chamada de Primeira Artesã e certamente é a mais talentosa, mas sem a *parem*...

Ela não precisava explicar. *Parem* era o único motivo pelo qual Nina conseguira a transformação milagrosa de Wylan em Kuwei. Ainda assim, Genya Safin era uma lenda. Talvez alguma coisa ainda fosse possível.

— Kaz — Wylan disse torcendo a ponta de sua camisa. — Se ela estiver disposta a tentar...

Kaz assentiu.

— Mas você terá de ter o dobro de cuidado até o leilão. Seu pai não quer você aparecendo para estragar o golpe que ele está dando no Conselho Mercante e na *stadwatch*. Seria mais inteligente esperar...

— Não — Wylan disse. — Já estou farto de ser outra pessoa.

Kaz deu de ombros, mas Jesper tinha a sensação de que ele estava conseguindo exatamente o que queria. Pelo menos nesse caso era o que Wylan queria também.

— Não haverá hóspedes do hotel nos banhos? — Jesper indagou.

— Fiz com que reservassem o lugar inteiro para o Sr. Rietveld — disse Nina. — Ele tem vergonha de se despir na frente de outras pessoas.

Jesper deu um gemido de insatisfação.

— Por favor, não fale sobre meu pai tirando as roupas.

— São seus pés palmados — Nina disse. — Tão embaraçoso.

— Nina e Matthias ficarão aqui — disse Kaz.

— Eu deveria estar lá — Nina protestou.

— Você é ravkana ou parte deste grupo?

— Sou as duas coisas.

— Exatamente. Essa conversa já vai ser difícil o suficiente sem você e o Matthias lá para complicar tudo.

Eles discutiram por mais um tempo, até que Nina concordou em ficar de fora se Inej fosse em seu lugar.

Mas Inej só balançou a cabeça.

— Eu prefiro não ir.

— Por quê? — Nina perguntou. — Alguém precisa ficar de olho em Kaz.

— E você acha que eu consigo fazer isso?

— Deveríamos pelo menos tentar.

— Eu amo você, Nina, mas o governo ravkano não tem tratado os sulis muito bem. Não tenho interesse em trocar cordialidades com seus líderes.

Jesper nunca tinha realmente parado para pensar nisso, e pela expressão de consternação no rosto de Nina, nem ela. Inej deu um abraço apertado nela.

— Vamos lá — ela disse. — Vamos lá fazer Colm pedir algo bem decadente para nós.

— Essa é a sua resposta para qualquer coisa.

— E isso é algo ruim? — Inej perguntou.

— Estou dizendo que esse é um dos motivos para adorá-la.

Elas foram procurar Colm, de braços dados, mas Nina estava mordendo seu lábio inferior. Devia estar acostumada a Matthias criticando seu país, mas Jesper imaginou que doía mais vindo de Inej. Ele queria dizer a Nina que era possível amar algo e ainda assim enxergar suas falhas. Pelo menos, ele esperava que isso fosse verdade, ou estava realmente ferrado.

Quando se separaram para se preparar para a reunião com os ravkanos, Jesper seguiu Wylan pelo corredor.

— Ei.

Wylan continuou.

Jesper deu uma corrida para ultrapassá-lo e ficar no seu caminho, andando de costas.

— Escuta, essa coisa que aconteceu com Kuwei não significa nada. — Ele tentou novamente. — Não tenho nada com Kuwei.

— Você não me deve explicações. Fui eu que interrompi.

— Não, não interrompeu! Kuwei estava sentado ao piano. Foi um erro compreensível.

Wylan parou.

— Você achou que era eu?

— Sim! — Jesper disse. — Viu? Foi tudo um grande equí...

Os olhos dourados de Wylan brilharam.

— Você realmente não consegue nos distinguir?

— Eu... quero dizer, normalmente eu consigo, mas...

— Não somos nem um pouco parecidos — Wylan disse, indignado. — Ele nem é tão bom assim em ciência! Metade dos seus cadernos é cheia de desenhos. Principalmente de você. E não são nem tão bons assim.

— Jura? Desenhos de mim?

Wylan revirou os olhos.

— Esqueça. Você pode beijar quem quiser, Jesper.

— Já faço isso. Tão regularmente quanto possível.

— Então qual é o problema?

— Nenhum problema, só queria dar isso para você.

Ele colocou uma pequena tela oval nas mãos de Wylan.

— Peguei quando estávamos em Santa Hilde. Achei que poderia ser útil caso Genya tente devolver o seu antigo rosto de mercantezinho.

Wylan observou a tela.

— Minha mãe pintou isso?

— Estava naquele quarto cheio de quadros dela.

Era pequeno, sem moldura, apropriado apenas para uma miniatura: um retrato de Wylan como uma criança de cerca de oito anos de idade. Wylan enrolou os dedos em torno das bordas da pintura.

— É como ela se lembra de mim. Ela nunca teve a chance de me ver crescer. — Ele franziu a testa. — É tão antiga. Não sei se ainda será útil.

— Ainda é você — Jesper falou. — Mesmos cachos. Mesma dobrinha de preocupação entre as sobrancelhas.

— E você pegou isso só porque achou que talvez viesse a calhar?

— Eu já falei, eu gosto do seu rosto bobo.

Wylan abaixou a cabeça e colocou o retrato no bolso.

— Obrigado.

— Claro. — Jesper hesitou. — Se está indo para os banhos, posso ir com você. Se quiser.

Wylan assentiu ansioso.

— Sim, eu gostaria.

O humor recém-animado de Jesper durou até o elevador, mas, quando se juntaram a Kaz e desceram para o terceiro andar do hotel, seus nervos começaram a fraquejar. Eles poderiam estar se dirigindo para uma armadilha, e Kaz não estava exatamente em forma para lutar.

Alguma parte de Jesper torcia para que os ravkanos recusassem aquele plano insano. Aí Kaz não conseguiria prosseguir, e, mesmo se todos terminassem no Hellgate ou pendurados na forca, seu pai pelo menos teria uma chance de escapar ileso. Colm tinha passado horas com Nina e Kaz tentando aprender seu papel, passando por diversos cenários, aguentando suas perguntas e provocações intermináveis sem reclamações. Colm não era exatamente um bom ator, e ele mentia praticamente tão bem quanto Jesper dançava balé. Mas Nina estaria com ele. Isso tinha de contar para alguma coisa.

O elevador se abriu e eles adentraram outro corredor imenso em roxo e branco, e então seguiram o som de água corrente até uma sala com uma grande piscina circular no centro, cercada de uma colunata de arcos. Através deles, Jesper podia ver mais piscinas e quedas d'água, enseadas e alcovas, toda superfície sólida decorada com azulejos índigos reluzentes.

Agora *isso sim* era algo com o qual Jesper gostaria de se acostumar: piscinas de água quente, fontes dançando e borbulhando como convidados em uma festa, pilhas de toalhas macias e sabões de cheiro adocicado. Um lugar como esse pertencia ao Barril, onde poderia ser apropriadamente apreciado, não no meio do distrito financeiro.

Tinham-lhes dito que se reuniriam com apenas dois membros do Triunvirato, mas havia três pessoas de pé do lado da piscina. Jesper sabia que a garota de um olho só no *kefta* azul e vermelho devia ser Genya Safin, e isso significava que a garota estonteantemente linda com a cascata de cabelos grossos cor de ébano era Zoya Nazyalensky. Elas estavam acompanhadas por um homem com feições de raposa, nos seus vinte e poucos anos, vestindo uma sobrecasaca verde azulada, luvas de couro marrons e um conjunto impressionante de revólveres zemenis pendurados na cintura. Se essas pessoas eram o que Ravka tinha a oferecer, talvez Jesper *realmente devesse* considerar uma visita.

— Dissemos às Grishas para virem sozinhas — disse Kaz.

— Lamento dizer que isso não foi possível — disse o homem. — Embora Zoya seja, é claro, uma oponente considerável, os talentos extraordinários de Genya não são muito úteis em um embate físico. Eu, por outro lado, sou bem treinado em todas as formas de conflito, embora aprecie particularmente o físico.

Kaz apertou os olhos.

— Sturmhond.

— Ele me conhece! — disse Sturmhond, deliciado. Ele cutucou Genya com o cotovelo. — Falei para você que eu era famoso.

Zoya soltou um suspiro exasperado.

— Obrigada. Ele vai ser duas vezes mais insuportável agora.

— Sturmhond foi autorizado a negociar em nome do trono ravkano — disse Genya.

— Um pirata? — Jesper perguntou.

— Corsário — Sturmhond corrigiu. — Você não pode esperar que o rei participe de um leilão como esse pessoalmente.

— Por que não?

— Porque ele pode perder. E pega muito mal quando um rei perde.

Jesper quase não conseguia acreditar que estava tendo uma conversa com *o* Sturmhond. O corsário era uma lenda. Ele tinha rompido incontáveis bloqueios navais em nome dos ravkanos, e havia rumores de que…

— Você realmente tem um navio voador? — perguntou Jesper, sem se conter.

— Não.

— Ah.

— Eu tenho vários.

— Leve-me com você.

Kaz não parecia nem remotamente entretido.

— O rei ravkano deixa você negociar em nome dele em assuntos de estado? — ele perguntou cético.

— De vez em quando — Sturmhond retrucou. — Especialmente se personagens de reputação duvidosa estão envolvidos. Você tem certa fama, Senhor Brekker.

— Você também.

— Justo. Então digamos que ambos conquistamos o direito de ter nossos nomes denegridos nos piores círculos. O rei não vai arrastar Ravka para um dos seus esquemas cegamente. O bilhete de Nina dizia que vocês estão com o Kuwei Yul-Bo. Quero confirmação desse fato e quero detalhes sobre seu plano.

— Tudo bem — Kaz disse. — Vamos conversar no solário. Prefiro não suar no meu terno.

Quando o restante começou a segui-los, Kaz parou e olhou de relance por cima do ombro.

— Só eu e o corsário.

Zoya sacudiu sua juba negra gloriosa e disse:

— Somos o Triunvirato. Não recebemos ordens de ratos de rua de Kerch com cortes de cabelo esquisitos.

— Posso colocar isso como uma pergunta, se preferir — disse Kaz.

— Seu insolente...

— Zoya — disse Sturmhond calmamente. — Não vamos brigar com nossos novos amigos antes mesmo que tenham a oportunidade de nos passar a perna. Lidere o caminho, Senhor Brekker.

— Kaz — Wylan disse. — Você não pode...

— Negocie sozinho, mercantezinho. É hora de aprender. — Ele desapareceu com Sturmhond nos corredores.

Conforme seus passos pararam de ecoar, o silêncio predominou. Wylan pigarreou, e o som ecoou pela sala de azulejos azuis como um filhote de jumento solto num curral. Genya tinha uma expressão confusa no rosto.

Zoya cruzou os braços.

— Então?

— Senhora... — Wylan tentou dizer. — Senhorita Genya...

Genya sorriu, suas cicatrizes repuxando o canto da boca.

— Ah, ele é amável.

— Você sempre gostou dos vira-latas — disse Zoya amarga.

— Você é o garoto que Nina modificou para parecer com Kuwei — Genya disse. — E você quer que eu tente desfazer o trabalho?

— Sim — Wylan disse, uma única palavra imbuída de um mundo inteiro de esperança. — Mas não tenho nada com que barganhar.

Genya revirou seu único olho cor de âmbar.

— Por que os Kerch são tão focados em dinheiro?

— Disse a mulher com um país falido — murmurou Jesper.

— O que foi que você disse? — Zoya disse rispidamente.

— Nada — Jesper respondeu. — Só estou dizendo que Kerch é um país moralmente falido.

Zoya olhou-o de cima a baixo, como se estivesse pensando em jogá-lo em uma piscina e cozinhá-lo vivo.

— Se quer desperdiçar seu tempo e talento nesses miseráveis, fique à vontade. Os Santos sabem que há espaço para melhoria.

— Zoya...

— Vou encontrar alguma sala escura com uma piscina profunda e tentar lavar um pouco deste país de mim.

— Não se afogue — disse Genya enquanto Zoya saía imperiosa, e então falou, em tons conspiratórios: — Talvez ela faça isso só para ser do contra.

Ela observou Wylan, estudando-o cautelosamente.

— Vai ser difícil. Se eu tivesse conhecido você antes das mudanças...

— Aqui — Wylan disse ansioso. — Tenho um retrato. É antigo, mas...

Ela pegou a miniatura de suas mãos.

— E tem isso também — Wylan acrescentou, oferecendo a ela o pôster que seu pai tinha criado prometendo uma recompensa por seu retorno em segurança.

— Hmmm — ela murmurou. — Vamos achar uma luz melhor.

Eles perambularam pelas instalações, espiando salas cheias de banhos de lama e de leite, e uma câmara aquecida feita inteiramente de jade. Finalmente escolheram uma sala branca fria com uma banheira de argila de cheiro estranho contra uma parede e janelas ao longo da outra.

— Encontrem uma cadeira — disse Genya — e peguem meu kit na área da piscina principal. É pesado. Vocês o encontrarão perto das toalhas.

— Você trouxe seu kit? — Wylan perguntou.

— A garota suli que sugeriu — Genya respondeu, expulsando-os para seguir suas ordens.

— Tão mandona quanto Zoya — Jesper resmungou enquanto ele e Wylan obedeciam.

— Mas com um ouvido melhor! — ela gritou atrás deles.

Jesper foi procurar a caixa perto da piscina principal. Era construída como um pequeno armário, suas portas duplas fechadas com um gancho dourado elaborado. Quando voltaram à sala com argila, Genya gesticulou para Wylan sentar-se próximo da janela, onde tinha a melhor iluminação. Ela descansou seus dedos sob o queixo dele e inclinou seu rosto de um lado para o outro.

Jesper colocou o kit no chão.

— O que está procurando? — ele perguntou.

— As costuras.

— Costuras?

— Não importa quão preciso seja o trabalho de um Artesão, se procurar bem de perto, você enxerga as costuras, os lugares onde uma coisa termina e a outra começa. Estou procurando por sinais da estrutura original. O retrato ajuda, de fato.

— Não sei por que estou tão nervoso — Wylan disse.

— Talvez porque ela possa se atrapalhar e fazer você parecer uma doninha com cabelo encaracolado?

Genya levantou uma sobrancelha da cor das chamas.

— Talvez um rato-do-mato.

— Isso não é engraçado — Wylan disse. Ele tinha apertado as mãos com tanta força em seu colo que suas articulações tinham se transformado em estrelas brancas.

— Tudo bem — disse Genya. — Posso tentar, mas não vou prometer. O trabalho de Nina é quase perfeito. Por sorte, eu também sou.

Jesper sorriu.

— Você lembra Nina.

— Acho que você quis dizer que ela lembra a *mim*.

Genya começou a abrir seu kit. Era mais elaborado do que aquele que Jesper tinha visto Nina usar. Tinha cápsulas de tinta, potes de pó colorido e fileiras de caixas de vidro cheias do que parecia ser um gel claro.

— São células — Genya disse. — Para um serviço como este, preciso trabalhar com tecido humano.

— Não é nem um pouco nojento, imagine — Jesper falou.

— Podia ser pior — ela disse. — Uma vez conheci uma mulher que esfregava placenta de baleia no rosto na esperança de parecer mais nova. Isso para não falar do que ela fazia com saliva de macaco.

— Tecido humano parece ótimo — corrigiu Jesper.

— Foi o que pensei.

Ela arregaçou as mangas, e Jesper viu que as cicatrizes em seu rosto também marcavam suas mãos e braços. Ele não conseguia imaginar que tipo de arma teria distorcido a pele daquele jeito.

— Você está me encarando — disse ela, sem olhar para ele.

Jesper levou um susto, bochechas esquentando.

— Desculpe.

— Está tudo bem. As pessoas gostam de olhar. Bem, nem sempre. Quando fui atacada, inicialmente ninguém queria olhar para mim.

Jesper tinha ouvido falar que ela havia sido torturada durante a Guerra Civil Ravkana, mas esse não é o tipo de assunto que se aborda em conversas civilizadas.

— Agora não sei para onde olhar — ele admitiu.

— Olhe para onde quiser. Só fique quieto para que eu não faça este pobre garoto virar um monstro horrível. — Ela riu diante da expressão de terror de Wylan. — Estou brincando. Mas fique parado. Este trabalho é lento e você precisará ser paciente.

Ela estava certa. O trabalho era tão lento que Jesper não tinha certeza se alguma coisa estava realmente acontecendo. Genya colocava a ponta dos dedos sob os olhos de Wylan ou sobre suas pálpebras e então dava um passo para trás e examinava o que tinha feito – e até onde Jesper podia notar, não tinha feito nada. Ela então esticava a mão para uma de suas garrafas ou caixas de vidro, molhava o dedo em algo, encostava no rosto de Wylan novamente e dava outro passo para trás. A atenção de Jesper dispersou. Ele deu uma volta na sala, mergulhou o dedo na argila, arrependeu-se e foi buscar uma toalha. Mas quando observou Wylan de um pouco mais de distância, pôde ver que alguma coisa tinha mudado.

— Está funcionando! — exclamou.

Genya olhou-o friamente.

— É claro que está funcionando.

Periodicamente, a Artesã parava para se esticar e dava a Wylan um espelho para que ele pudesse opinar no que parecia certo ou errado. Uma hora depois, as íris de Wylan tinham ido de dourado para azul, e o formato de seus olhos tinha mudado também.

— A testa devia ser mais estreita — disse Jesper, espiando por cima do ombro de Genya. — Só um pouquinho. E os cílios dele eram mais longos.

— Eu não sabia que você estava prestando atenção — Wylan murmurou.

Jesper sorriu de canto de boca.

— Eu estava prestando atenção.

— Ah, que bom, ele está corando — Genya disse. — Ótimo para a circulação.

— Vocês treinam Fabricadores no Pequeno Palácio? — Wylan perguntou.

Jesper fez uma careta. Por que teve que puxar esse assunto?

— É claro. Tem uma escola nos terrenos do palácio.

— E se um aluno fosse mais velho? — disse Wylan, ainda insistindo.

— Um Grisha pode ser ensinado em qualquer idade — Genya falou. — Alina Starkov não descobriu seu poder até os dezessete anos, e ela... ela foi um dos Grishas mais poderosos que já existiram.

Genya empurrou a narina esquerda de Wylan.

— É mais fácil quando você é mais novo, mas isso vale para tudo. Crianças aprendem idiomas mais facilmente. Elas aprendem matemática mais facilmente.

— E elas não têm medo — Wylan disse em voz baixa. — São as outras pessoas que ensinam a elas seus limites.

Os olhos de Wylan encontraram os de Jesper por sobre o ombro de Genya, como se estivesse desafiando tanto Jesper quanto a si mesmo, e então disse:

— Eu não sei ler.

Sua pele perdeu a cor no mesmo instante, mas sua voz se manteve firme.

Genya deu de ombros e disse:

— Isso é porque ninguém parou para ensiná-lo. Muitos dos camponeses em Ravka não sabem ler.

— Muitas pessoas tentaram me ensinar. Elas tentaram muitas estratégias diferentes também. Eu tive todas as oportunidades. Mas é simplesmente algo que não consigo fazer.

Jesper podia ver a ansiedade em seu rosto, o quanto custou para ele dizer aquelas palavras. Aquilo fez com que se sentisse um covarde.

— Você parece estar se virando bem — disse Genya. — Apesar da sua associação com bandidos de rua e atiradores de elite.

Wylan ergueu as sobrancelhas, e Jesper sabia que ele o estava desafiando a se pronunciar, mas ele permaneceu em silêncio. *Não é um presente. É uma maldição.* Ele caminhou de volta para a janela, subitamente muito interessado nas ruas lá embaixo. *Foi isso que matou sua mãe, entende?*

Genya alternava entre trabalhar e pedir para Wylan segurar o espelho e guiá-la pelos ajustes e modificações. Jesper assistiu por um tempo, e então subiu para dar uma olhada em seu pai, pegar chá para Genya e um copo de café para Wylan. Quando voltou à sala da argila, quase derrubou as canecas no chão.

Wylan estava sentado, iluminado pela luz do fim da tarde, o Wylan de verdade, o garoto que ele tinha visto pela primeira vez naquele curtume, o príncipe perdido que tinha acordado na história errada.

— Então? — Genya perguntou.

Wylan mexia nervosamente nos botões de sua camisa.

— É ele — Jesper falou. — Esse é o nosso mercantezinho fujão de cara lavada.

Genya se esticou e disse:

— Ótimo, porque se tiver de passar outro minuto sentindo o cheiro daquela argila talvez eu enlouqueça. — Estava claro que ela estava cansada, mas seu rosto estava brilhando, seu olho âmbar reluzia. Era assim que os Grishas ficavam quando usavam seu poder. — Seria melhor rever o trabalho mais uma vez amanhã de manhã, mas preciso voltar para a embaixada. E amanhã, bem... — Ela deu de ombros.

No dia seguinte o leilão já teria sido anunciado, e tudo seria diferente.

Wylan agradeceu a ela e continuou agradecendo até que ela fisicamente os empurrou porta afora para que pudesse encontrar Zoya.

Jesper e Wylan pegaram o elevador de volta para a suíte em silêncio. Jesper deu uma rápida olhada no quarto principal e viu seu pai dormindo em cima das cobertas, seu peito reverberando em roncos profundos. Tinha um monte de papéis espalhados na cama perto dele. Jesper os arrumou em uma pilha – preços de *jurda*, anúncios de compra e venda de acres de fazenda perto de cidades em Novyi Zem.

Você não precisa arrumar nossa bagunça, pap.

Alguém precisa.

De volta à sala de estar, Wylan estava acendendo as luminárias.

— Está com fome?

— Faminto — Jesper respondeu. — Mas pap está dormindo. Não sei se estamos autorizados a pedir comida. — Ele inclinou a cabeça para o lado, observando Wylan. — Você pediu a ela para fazer algumas melhorias?

Wylan corou.

— Talvez você tenha esquecido o quanto eu sou bonito. — Jesper levantou uma sobrancelha. — Tá, talvez um pouco. — Ele se juntou a Jesper na janela que dava para a cidade. Estava anoitecendo e as lâmpadas da rua tinham sido acesas ordenadamente ao longo das margens dos canais. Era possível ver as patrulhas da *stadwatch* se movendo pelas ruas, e as Aduelas estavam acesas de cor e som novamente. Por quanto tempo estariam seguros ali? Jesper se perguntou se os Kherguud estavam rastreando Grishas pela cidade, procurando as casas de seus contratos. Talvez os soldados Shu estivessem cercando a embaixada agora mesmo. Ou talvez aquele hotel. Será que podiam farejar um Grisha a quinze andares de altura?

De tempos em tempos, podiam ver explosões de fogos de artifício sobre as Aduelas. Jesper não estava surpreso. Ele entendia o Barril. O Barril estava sempre esfomeado por mais: dinheiro, caos, violência, luxúria. Era um glutão, e Pekka Rollins tinha oferecido Kaz e o resto de sua equipe como um banquete.

— Sei o que estava fazendo lá — disse Jesper. — Não precisava ter contado a ela que não sabe ler.

Wylan pegou o pequeno retrato de seu bolso e o apoiou na mesa de canto. Os sérios olhos azuis do Wylan mais novo os observavam.

— Você sabia que Kaz foi a primeira pessoa para quem contei... sobre minha condição?

— De todas as pessoas.

— Eu sei. Parecia que eu ia engasgar com as palavras. Tinha tanto medo de que ele fosse desdenhar de mim. Ou simplesmente rir. Mas ele não fez nada disso. Contar para Kaz, enfrentar meu pai, libertou algo em mim. E toda vez que conto para mais uma pessoa, me sinto mais livre.

Jesper observou um barco estreito desaparecer sob Zentsbridge. Estava quase vazio.

— Eu não tenho vergonha de ser Grisha.

Wylan passou o dedão pela borda do retrato. Ele não estava falando nada, mas Jesper podia sentir que ele queria.

— Vá em frente — Jesper disse. — O que quer que esteja pensando, diga.

Wylan levantou o rosto para ele. Seus olhos eram o azul claro e límpido de que Jesper se lembrava – um lago alto de montanha, um céu zemeni interminável. Genya tinha feito um bom trabalho.

— Eu simplesmente não entendo. Passei minha vida inteira escondendo as coisas que não consigo fazer. Por que fugir das coisas incríveis que você *pode* fazer?

Jesper deu de ombros, irritado. Ele tinha ficado furioso com seu pai por praticamente o mesmo que Wylan estava descrevendo, mas agora ele só se sentia na defensiva.

Aquelas tinham sido suas escolhas, certas ou erradas, e tinham sido feitas muito tempo atrás.

— Sei quem eu sou, no que sou bom, o que posso e não posso fazer. Sou simplesmente… o que sou. Um grande atirador, um mau apostador. Por que isso não pode ser suficiente?

— Para mim? Ou para você?

— Não comece a filosofar comigo, mercantezinho.

— Jes, eu pensei sobre isso…

— Pensou em mim? No meio da noite? O que eu estava vestindo?

— Pensei sobre seus *poderes* — disse Wylan, suas bochechas ficando ainda mais vermelhas. — Já lhe ocorreu que sua habilidade Grisha pode ser parte do motivo pelo qual você atira tão bem?

— Wylan, você é bonitinho, mas é muita loucura para uma cabeça tão pequena.

— Talvez. Mas já vi você manipular metal. Já vi você comandá-lo. E se o motivo de não errar é por estar comandando suas balas também?

Jesper balançou a cabeça. Isso era ridículo. Ele era bom de tiro porque tinha sido criado na fronteira, porque entendia de armas, porque sua mãe o tinha ensinado a empunhar com firmeza, limpar a mente e sentir o alvo assim como o via. Sua mãe. Uma Fabricadora. Uma Grisha, apesar de ela nunca ter usado aquela palavra. *Não. Não é assim que funciona.* Mas e se fosse?

Ele sacudiu o pensamento, sentindo acender em sua pele a necessidade de se movimentar.

— Por que precisa dizer coisas como essa? Por que não pode só deixar as coisas serem mais fáceis?

— Porque elas *não são* fáceis — Wylan disse do seu jeito simples e cândido. Ninguém no Barril falava daquele jeito. — Você continua a fingir que está tudo bem. Passa para a próxima luta ou para a próxima festa. Tem medo que aconteça o quê se você parar?

Jesper deu de ombros novamente. Ajustou os botões na sua camisa, encostou os dedões nos revólveres. Quando se sentia assim, irritado e disperso, era como se suas mãos tivessem vida própria. Seu corpo inteiro estremecia. Ele precisava escapar daquela sala.

Wylan colocou a mão no ombro de Jesper.

— Pare.

Jesper não sabia se ele queria recuar ou puxá-lo para mais perto.

— Só pare — Wylan disse. — Respire.

O olhar de Wylan era calmo. Jesper não conseguia desviar o olhar daquele azul límpido. Ele se forçou a ficar parado, inspirou, expirou.

— De novo — Wylan disse, e quando Jesper abriu a boca para inspirar, Wylan se inclinou para a frente e o beijou.

A mente de Jesper esvaziou. Ele não estava pensando no que tinha acontecido antes ou no que poderia acontecer depois. Havia apenas a realidade da boca de Wylan, a pressão dos seus lábios, e então os ossos finos de seu pescoço, a sensação sedosa dos caracóis de seu cabelo quando Jesper segurou gentilmente sua nuca e o puxou para mais perto. Esse era o beijo pelo qual vinha esperando. Era um tiro. Era um incêndio na pradaria. Era uma virada da Roda de Makker. Jesper sentia o batimento forte de seu coração – ou era o de Wylan? – como uma debandada em seu peito, e o seu único pensamento foi um *Oh* feliz e surpreso.

De forma lenta e inevitável, eles se separaram.

— Wylan — disse Jesper, olhando dentro do amplo céu azul dos seus olhos —, eu realmente espero que a gente não morra.

29. Nina

Nina ficou furiosa ao saber que Genya tinha ajustado não apenas Wylan como Kaz também, e ela não tinha tido a chance de assistir a isso.

Ele tinha permitido que a Artesã consertasse seu nariz, reduzisse o inchaço no seu olho para conseguir enxergar melhor e cuidasse de alguns dos piores danos que seu corpo havia sofrido. Mas isso foi tudo o que tinha permitido.

— Por quê? — Nina perguntou. — Ela poderia ter...

— Ela não sabia quando parar — disse Kaz.

Nina teve uma súbita suspeita de que Genya tinha se oferecido para curar a perna ruim de Kaz.

— Bem, você parece com o pior tipo de bandido do Barril — Nina reclamou. — Deveria pelo menos tê-la deixado limpar o restante dos seus machucados.

— Sou o pior tipo de bandido do Barril. E se não parecer que acabei de despachar dez dos melhores capangas que Per Haskell tinha para oferecer, ninguém vai acreditar que fiz isso. Agora vamos começar a trabalhar. Não posso dar uma festa se ninguém receber o convite.

Nina não estava ansiosa por essa festa em particular, contudo, na manhã seguinte, o anúncio saiu em todos os cartazes diários, presos nas colunas das entradas leste e oeste do Mercado, e pregados na porta da frente do Stadhall.

A mensagem era curta e direta:

> *Kuwei Yul-Bo, filho de Bo Yul-Bayur, Químico-Chefe de Bhez Ju, disponibiliza seus serviços e oferecerá seu contrato de servidão como ordena o mercado e a mão de Ghezen. Os interessados em fazer lances são convidados a participar em um leilão livre e justo em conformidade com as leis de Kerch, os regulamentos do Conselho Mercante e a supervisão do Conselho das Marés na Igreja da Permuta daqui a*

quatro dias. As partes se reunirão ao meio-dia. Sagrado é Ghezen e no comércio vemos Sua mão.

A cidade já estava em polvorosa por causa dos toques de recolher, barricadas e bloqueios. Agora fofocas corriam pelos cafés e tavernas, sendo alteradas e ganhando impulso dos salões do Geldstraat até as favelas do Barril. De acordo com as novas tropas Dregs de Kaz, as pessoas estavam sedentas por qualquer tipo de informação sobre o misterioso Kuwei Yul-Bo, e seu leilão já estava sendo conectado ao ataque bizarro na Aduela Leste que tinha quase destruído dois bordéis e deixado histórias de homens voadores em seu rastro. Inej foi vigiar pessoalmente a embaixada Shu e voltou com a informação de que, durante toda a manhã, mensageiros iam e vinham, e que ela tinha visto o próprio embaixador descer furioso até as docas e exigir que o Conselho das Marés soltasse um dos seus navios mantidos em doca seca.

— Ele quer mandar vir um Fabricador para que possam fabricar ouro — disse Jesper.

— É uma pena que os portos estejam fechados — disse Kaz.

As portas do Stadhall estavam fechadas para o público, e diziam que o Conselho Mercante estava em uma reunião de emergência para determinar se sancionariam o leilão. Este era o teste: eles apoiariam as leis da cidade ou – dado o que pelo menos suspeitavam sobre Kuwei – hesitariam e achariam algum jeito de negar seus direitos?

No topo da torre do relógio, Nina esperava com os outros, observando a entrada oriental do Mercado. Ao meio-dia, um homem vestindo o preto dos mercadores se aproximou do arco com uma pilha de documentos. Uma horda saltou sobre ele, arrancando os folhetos de suas mãos.

— Pobre pequeno Karl Dryden — disse Kaz. Aparentemente, ele era o membro mais novo do Conselho, então o trabalho acabou sendo jogado para cima dele.

Momentos depois, Inej irrompeu pela porta da suíte segurando um folheto. Incrível. Nina estava olhando fixamente para a multidão em torno de Dryden e não a tinha visto.

— Eles validaram o leilão — ela disse, e passou o papel para Kaz, que então o repassou pelo grupo.

Tudo o que o folheto dizia era:

De acordo com as leis de Kerch, o Conselho Mercante de Ketterdam concorda em agir como representante de Kuwei Yul-Bo no leilão lícito de seu contrato de servidão. Sagrado é Ghezen e no comércio vemos Sua mão.

Jesper expirou longamente e olhou para seu pai, que estudava diligentemente relatórios de *commodities* e o roteiro que Nina e Kaz tinham preparado para ele.

— Que sorte a minha que eles disseram sim.

Inej colocou uma mão em seu braço.

— Não é tarde demais para mudar de ideia.

— É sim — Jesper disse. — Já era tarde demais muito tempo atrás.

Nina não disse nada. Ela gostava de Colm. Ela se importava com Jesper. Mas aquele leilão era a maior chance que tinham de conseguir levar Kuwei até Ravka e salvar a vida dos Grishas.

— Os mercadores são alvos perfeitos — disse Kaz. — São ricos e espertos. Isso os torna presas fáceis de enganar.

— Por quê? — Wylan perguntou.

— Homens ricos querem acreditar que merecem cada centavo que possuem, então se esquecem do que devem à sorte. Homens espertos estão sempre procurando por atalhos. Eles desejam uma oportunidade de burlar o sistema.

— Então quem é o alvo mais difícil de enganar? — perguntou Nina.

— O alvo mais difícil são as pessoas honestas — Kaz disse. — Felizmente, são sempre raras de encontrar. — Ele deu uma batida no vidro do relógio, gesticulando em direção a Karl Dryden, que ainda estava de pé perto do Mercado, abanando-se com seu chapéu agora que a multidão tinha se dispersado. — Dryden herdou a fortuna de seu pai. Desde então, tem sido um investidor tímido demais para ampliar substancialmente sua riqueza. Anseia por uma chance de se provar para os outros membros do Conselho Mercante. Vamos oferecer uma a ele.

— O que mais sabemos sobre ele? — Nina perguntou.

Kaz quase sorriu.

— Sabemos que ele é representado por nosso bom amigo e amante de cães, Cornelis Smeet.

Pela observação prévia do escritório de Cornelis Smeet, eles sabiam que o advogado tinha mensageiros que levavam e traziam documentos de clientes o dia todo, coletando as assinaturas necessárias e transmitindo informações relevantes.

Os mensageiros eram muito bem pagos para serem subornados – especialmente se um deles se revelasse como um daqueles temidos honestos.

E, de certo modo, deviam agradecimentos a Van Eck pela facilidade com que Kaz criou a isca da armadilha. Vestidos com uniformes da *stadwatch*, Anika e Pim pararam os mensageiros de Smeet com autoridade, exigindo suas identificações enquanto vistoriavam suas sacolas. Os documentos que carregavam eram confidenciais e selados, mas eles não estavam atrás dos documentos. Só precisavam plantar algumas migalhas para atiçar o interesse do jovem Karl Dryden.

— Algumas vezes — disse Kaz —, um bom ladrão faz mais do que tirar. Ele deixa algo para trás.

Trabalhando com Specht, Wylan tinha criado um carimbo que poderia ser pressionado contra o verso de um envelope selado. Ele dava a impressão de que o envelope tinha absorvido a tinta de outro documento, como se algum escrivão distraído tivesse deixado os papéis em um lugar úmido. Quando os mensageiros entregassem os arquivos de Dryden, se ele tivesse alguma curiosidade, pelo menos daria uma olhada rápida nas palavras que pareciam ter vazado em seu pacote de documentos. E encontraria algo realmente muito interessante – uma carta de outro cliente de Smeet. O nome do cliente estava ilegível, mas a carta era claramente uma consulta: Será que Smeet conhecia um fazendeiro chamado Johannus Rietveld, líder de um consórcio de produtores de *jurda* Kerch e Zemeni? Ele estava agendando reuniões no Hotel Geldrenner apenas com investidores seletos. Seria possível uma apresentação?

Antes do anúncio do leilão de Kuwei, a informação teria gerado pouco interesse. Depois, era o tipo de dica que poderia fazer fortunas.

Mesmo antes de eles colocarem a isca da armadilha com a carta falsa, Kaz fez com que Colm almoçasse ou jantasse no luxuoso restaurante roxo do Geldrenner com diversos membros da comunidade de comércio e bancos de Kerch. Colm sempre se sentava a uma boa distância de quaisquer outros clientes, pedia comidas extravagantes e conversava com seus convidados em tons sussurrados. O conteúdo das discussões era completamente inócuo – conversas sobre relatórios de cultivo e taxas de juros –, mas ninguém no restaurante sabia disso. Tudo isso acontecia em plena vista dos funcionários do hotel, então quando os membros do Conselho Mercante vinham perguntar como o Sr. Rietveld passava seu tempo, eles obtinham as respostas que Kaz queria que eles recebessem.

Nina estava presente em todas essas reuniões, fazendo o papel de assistente multilíngue do Sr. Rietveld, uma Grisha Sangradora procurando trabalho depois da destruição da Casa da Rosa Branca. Apesar de ter se banhado em extrato de café para confundir os sentidos dos Kherguud, ela se sentia exposta simplesmente por estar sentada no restaurante. Kaz tinha membros dos Dregs constantemente vigiando as ruas em torno do hotel em busca de sinais dos soldados Shu. Ninguém tinha se esquecido de que eles estavam caçando Grishas, e que Nina poderia parecer um alvo muito atraente se descobrissem sobre as reuniões. Adquirir uma Sangradora que pudessem dosar com *parem* significaria a capacidade de alterar radicalmente o rumo do leilão e, por isso, poderia valer a pena antagonizar o Conselho das Marés. Ainda assim, Nina se sentia bem confiante de que os mercadores que descobrissem sobre a presença de Rietveld no hotel ficariam quietos. Kaz a havia educado bem quanto ao poder da ganância, e esses homens queriam todo o lucro para si.

Nina também apreciava a atenção que Kaz tinha dado à aparência de Colm. Ele ainda estava vestido como um fazendeiro, mas Kaz tinha feito algumas melhorias sutis – um casaco mais fino, botas polidas, um pino prateado de gravata com um pequeno pedaço de ametista bruta. Estes eram os sinais de prosperidade que os mercadores notariam e apreciariam – nada excessivamente chamativo ou espalhafatoso, nada que pudesse provocar suspeitas. Mercadores eram como a maioria dos homens; eles queriam acreditar que eram eles que estavam fazendo a corte.

Quanto a Nina, Genya tinha oferecido um glorioso *kefta* vermelho de sua coleção, e eles tinham mudado o bordado, alterando-o de azul para preto. Ela e Genya não eram muito parecidas de tamanho, mas tinham conseguido abrir as costuras e inserir algumas estruturas adicionais. Tinha sido estranho vestir um *kefta* de verdade depois de tanto tempo. Aquele que Nina tinha vestido na Casa da Rosa Branca tinha sido um figurino, um adorno barato com a intenção de impressionar sua clientela. Essa era a coisa de verdade, vestida por soldados do Segundo Exército, feita de seda bruta tingida com um vermelho que apenas um Fabricador podia criar. Será que ela tinha o direito de vestir algo assim agora?

Quando Matthias a viu, ele congelou na entrada da suíte, seus olhos azuis arregalados. Eles tinham permanecido em silêncio, até que ele finalmente disse:

— Você está muito linda.

— Você quer dizer que pareço com o inimigo.

— Ambas as coisas sempre foram verdade. — E então ele simplesmente ofereceu-lhe o braço.

Nina esteve nervosa sobre Colm assumir o papel de líder naquela charada. Ele era definitivamente um amador, e durante suas primeiras reuniões com banqueiros e consultores, ele parecia quase tão verde quanto sua sopa de ervilhas. Mas a cada hora que passava, sua confiança crescia, e Nina tinha começado a sentir uns fiapos de esperança.

Ainda assim, nenhum membro do Conselho Mercante tinha vindo falar com Johannus Rietveld. Talvez Dryden nunca tivesse visto os traços do documento falso ou houvesse decidido não fazer nada a respeito. Ou talvez Kaz tivesse simplesmente superestimado sua ganância.

E então, faltando apenas quarenta e oito horas para o leilão, Johannus Rietveld recebeu uma mensagem de Karl Dryden anunciando que ele visitaria o Senhor Rietveld naquele dia e que gostaria de discutir assuntos de negócios que poderiam ser mutuamente lucrativos. Jesper tentou acalmar os nervos de seu pai enquanto Kaz mandava instruções para Anika e Pim. Se queriam fisgar Dryden, teriam de garantir que outros peixes ainda maiores estivessem interessados na isca. Nina e Colm tinham passado por suas reuniões matinais no restaurante como sempre, e ela tinha se esforçado ao máximo para tranquilizá-lo.

Às onze badaladas, ela notou dois homens vestindo o preto austero dos mercadores entrarem no restaurante. Eles não pararam para perguntar ao anfitrião onde encontrar Johannus Rietveld, mas caminharam diretamente para a sua mesa – um sinal certeiro de que já o tinham observado e coletado informações.

— Eles chegaram — ela sussurrou para Colm, e então instantaneamente se arrependeu quando ele se endireitou e começou a se remexer na cadeira.

Ela agarrou sua mão.

— Olhe para mim — disse ela. — Pergunte-me algo sobre o clima.

— Por que o clima? — disse ele, suor acumulando em sua sobrancelha.

— Bem, você poderia me perguntar sobre a última moda em sapatos, se preferir. Estou apenas tentando fazer você agir naturalmente. — Ela estava tentando desacelerar seu próprio batimento – algo que costumava conseguir sem tentativas ridículas de respiração profunda – porque tinha reconhecido o homem com Dryden. Era Jan Van Eck.

Os homens se aproximaram da mesa e então removeram seus chapéus.

— Senhor Rietveld?

— Sim? — disse Colm timidamente. Não era um começo muito auspicioso. Nina deu o chute mais leve que conseguia embaixo da mesa. Ele pigarreou.

— Quais são seus negócios aqui, cavalheiros?

Durante seus preparativos, Kaz tinha insistido que Nina aprendesse todas as cores e símbolos das casas do Conselho Mercante, e Nina reconhecia seus pinos de gravata – um feixe de trigo dourado preso com uma fita de esmalte azul para a família Dryden, e o louro vermelho para Van Eck. Mesmo sem o pino, ela teria reconhecido Jan Van Eck por sua semelhança com Wylan. Ela observou o início de calvície. Pobre Wylan, pode ser que tenha de investir em um bom tônico.

Dryden pigarreou com importância.

— Meu nome é Karl Dryden, e este é o estimado Jan Van Eck.

— Senhor Dryden! — disse Colm, sua surpresa um pouco exagerada. — Recebi sua mensagem. Infelizmente, meu dia está completamente cheio.

— Eu gostaria de saber se poderíamos reservar apenas alguns minutos para conversar.

— Não temos nenhum desejo de desperdiçar seu tempo, Senhor Rietveld — disse Van Eck com um sorriso surpreendentemente charmoso. — Ou o nosso.

— Está bem — disse o pai de Jesper, projetando relutância de uma forma bem convincente.

— Por favor, juntem-se a nós.

— Obrigado — Van Eck disse com outro sorriso. — Entendemos que representa um consórcio de fazendeiros de *jurda*.

Colm olhou em volta como se estivesse preocupado que alguém pudesse ouvir.

— É possível que isso seja verdade. De onde receberam essa informação?

— Temo que não esteja sob meu poder divulgar.

— Ele está escondendo alguma coisa — disse Nina.

Dryden e Van Eck franziram a testa ao mesmo tempo.

— Descobri isso pelo capitão do navio em que você viajou — disse Van Eck.

— Ele está mentindo — disse Nina.

— Como poderia saber algo sobre isso? — Dryden perguntou irritado.

— Eu sou Grisha — disse Nina com um gesto dramático. — Nenhum segredo está além do meu alcance.

Ela poderia pelo menos se divertir um pouco.

O lábio inferior de Dryden desapareceu enquanto ele o mordia nervosamente, e Van Eck disse, com certa relutância:

— É possível que algumas informações sensíveis tenham chegado a nossas mãos através do escritório de Cornelis Smeet.

— Entendo — disse Colm, parecendo muito sério de fato.

Nina queria aplaudir. Agora os mercadores estavam na defensiva.

— Estamos interessados na possibilidade de ampliar sua lista de investidores — Van Eck falou.

— Não preciso de mais investidores.

— Como isso é possível? — Dryden perguntou. — Esteve na cidade por menos de uma semana.

— O clima mudou de alguma forma. Não entendo completamente o motivo, mas houve uma corrida por *jurda*.

Agora Van Eck inclinou-se para a frente, apertando um pouco os olhos.

— Isso de fato é *interessante*, Senhor Rietveld. Como é que você apareceu em Ketterdam em um momento tão oportuno? Por que escolher este momento para começar um consórcio de *jurda*?

Lá se vai a defensiva. Mas Kaz tinha preparado Colm para isso.

— Bem, se insiste em saber, alguns meses atrás, alguém começou a comprar fazendas de *jurda* em torno de Cofton, mas ninguém conseguiu descobrir sua identidade. Alguns de nós perceberam que alguma coisa estranha estava acontecendo, então escolhemos não vender para ele, e, em vez disso, começamos nosso próprio empreendimento.

— Um comprador desconhecido? — Dryden perguntou, curioso. Van Eck parecia meio enjoado.

— Sim — Nina disse. — O Senhor Rietveld e seus parceiros não obtiveram sucesso em descobrir quem ele poderia ser. Mas talvez vocês, cavalheiros, possam ter mais sorte. Dizem que ele é de Kerch.

Van Eck afundou de volta em sua cadeira. Sua pele pálida tinha adquirido um brilho pegajoso. A balança de poder na mesa tinha mudado mais uma vez. A última coisa que Van Eck queria era alguém investigando quem seria o comprador daqueles campos de *jurda*. Nina deu outra cutucada discreta em Colm. Quanto menos interessados parecessem no dinheiro do Conselho, mais ansiosos os membros do Conselho estariam em oferecê-lo.

— Na verdade — continuou Colm —, se conseguirem fazê-lo se revelar, talvez possam participar do esquema dele. Talvez ele ainda esteja buscando investidores.

— Não — disse Van Eck, um pouco abrupto demais. — Afinal, você está aqui agora e é capaz de representar nossos interesses. Para que gastar tempo e esforços em investigações desnecessárias? Todo homem tem o direito de buscar lucro onde o encontra.

— Mesmo assim — disse Dryden. — É possível que esse investidor saiba algo sobre a situação com os Shu...

Van Eck lançou um olhar de alerta para Dryden. Claramente não gostava de ter assuntos do Conselho discutidos tão às claras. O mercador mais jovem calou-se rapidamente.

Mas aí Van Eck pressionou os dedos e disse:

— Certamente vale a pena coletar todas as informações possíveis. Assumirei pessoalmente a tarefa de investigar esse outro comprador.

— Então talvez não seja necessário agirmos tão rapidamente — Dryden falou.

Tímido de fato, pensou Nina. Ela notou o sinal de Anika do outro lado do lobby.

— Senhor Rietveld, sua próxima reunião? — Ela fez questão de mostrar que estava olhando para a recepção, onde Rotty – maravilhosamente elegante em preto de mercador – conduzia um grupo de homens pela entrada e através do restaurante.

Van Eck e Dryden trocaram olhares quando notaram Jellen Radmakker, um dos investidores mais ricos de toda Kerch, andando pela recepção. De fato, assim que a mensagem de Dryden tinha chegado solicitando uma reunião, diversos investidores tinham sido convidados a uma apresentação sobre o futuro do petróleo zemeni que não tinha nada a ver com o Johannus Rietveld ficcional. É claro que Van Eck e Dryden não sabiam disso. O importante é que acreditavam que poderiam perder sua oportunidade de investir. Nina quase lamentava não ter a chance de ouvir Jesper explicar sobre o mercado de recursos por uma hora.

Nina deu outro chute em Colm por baixo da mesa.

— Bem — disse ele apressadamente. — Preciso ir agora, cavalheiros. Foi um prazer...

— Qual é o preço para participação? — Dryden perguntou.

— Temo que a essa altura do processo, realmente não possa aceitar mais...

— E se entrássemos juntos? — disse Van Eck.

— Juntos?

— O Conselho Mercante acredita que os preços da *jurda* devem mudar em breve. Até recentemente, nossas mãos estavam presas por nossas funções como funcionários públicos. Mas o leilão que se aproxima nos liberou para perseguir novos investimentos.

— E isso é lícito? — Colm perguntou, suas sobrancelhas se apertando com a aparência de uma profunda preocupação.

— Certamente. Estamos proibidos de influenciar o resultado do leilão, mas um investimento em seu fundo está bem dentro da lei e pode ser mutuamente benéfico.

— Vejo como o fundo pode beneficiá-lo, mas...

— Você tem negociado com investidores isolados. E se o Conselho Mercante se tornasse seu investidor principal? E se esse fosse nosso fundo exclusivamente? O Conselho representa treze das famílias mais antigas e estabelecidas de Kerch, com negócios prósperos e muito capital. Os fazendeiros no seu consórcio não conseguiriam achar melhores parceiros do que esses.

— Eu... eu não sei — disse Colm. — Essa é, de fato, uma proposta atraente, mas eu precisaria de uma garantia realmente impressionante para nos expor ao risco dessa forma. Se o Conselho desistisse, perderíamos todos os nossos investidores de uma vez só.

Dryden parecia ofendido.

— Nenhum membro do Conselho Mercante violaria um contrato. Assinaremos com nossos próprios selos, com o testemunho de um juiz da sua escolha.

Nina quase podia ver as engrenagens girando na mente de Van Eck. Sem dúvida *havia fazendeiros* que se recusavam a vender em Novyi Zem. Agora ele tinha a chance de controlar não apenas os campos de *jurda* que havia adquirido, como também uma boa parte daqueles que tinha falhado em comprar. Nina também se perguntou se, considerando o montante que a busca pelo seu filho estava custando à cidade, ele estaria se sentindo pressionado a levar uma boa oportunidade para o Conselho.

— Dê-nos quarenta e oito horas para... — Van Eck começou a dizer.

A expressão de Colm era apologética.

— Temo que precise terminar meus negócios aqui até amanhã à noite. Já reservei a passagem.

— Os portos estão fechados — disse Van Eck. — Você não vai a lugar algum.

O pai de Jesper lançou um olhar cinza e frio para Van Eck que arrepiou os pelos dos braços de Nina.

— Sinto-me claramente pressionado, Senhor Van Eck, e não gosto disso.

Por um momento Van Eck apenas o encarou. Então sua cobiça ganhou.

— Vinte e quatro horas, então — disse Van Eck.

Colm fingiu hesitar.

— Vinte e quatro horas. Mas não posso prometer nada. Preciso fazer o que for melhor para o consórcio.

— É claro — disse Van Eck enquanto se levantavam e apertavam as mãos. — Apenas pedimos que não tome qualquer decisão final até termos a chance de apresentar nossa proposta para assumir o fundo. Acredito que considerará a oferta muito generosa.

Colm olhou de relance na direção em que Radmakker tinha ido.

— Acredito que eu possa fazer isso. Bom dia, cavalheiros.

Enquanto Nina se virava para segui-lo para fora do restaurante, Van Eck disse:

— Senhorita Zenik.

— Sim?

— Ouvi dizer que trabalhava na Casa da Rosa Branca. — Seus lábios se curvaram levemente, como se o simples ato de pronunciar o nome de um bordel já constituísse libertinagem.

— Trabalhei.

— Ouvi falar que a Sangradora de lá às vezes trabalha com Kaz Brekker.

— Já fiz serviços para Brekker — Nina admitiu facilmente. Melhor partir para a ofensiva. Ela pegou a mão de Van Eck, deliciada com a forma com que o corpo inteiro dele parecia sentir repulsa. — Mas, por favor, acredite, se eu tivesse *qualquer* ideia de para onde ele levou seu filho, eu teria informado as autoridades.

Van Eck enrijeceu. Claramente ele não havia pretendido levar a conversa para essa direção.

— Eu… Obrigado.

— Não consigo imaginar a agonia pela qual deve estar passando. Como Brekker conseguiu chegar ao garoto? — Nina continuou. — Eu imagino que sua segurança…

— Wylan não estava em casa.

— Não?

— Estava estudando música em Belendt.

— E o que seus professores têm a dizer sobre o sequestro?

— Eu… — Van Eck olhou incerto para Dryden. — Eles estão perplexos também.

— Talvez ele tenha se metido com más companhias?

— Talvez.

— Espero que ele não tenha contrariado Kaz Brekker — Nina disse com um arrepio.

— Wylan nunca…

— É claro que não — Nina disse enquanto sacudia as mangas de seu *kefta* e se preparava para sair do restaurante. — Apenas um tolo faria isso.

30. Kaz

Kaz podia notar que Nina estava cansada. Todos estavam. Mesmo ele tinha precisado descansar depois da luta. Seu corpo havia parado de obedecer. Tinha ultrapassado algum limite invisível e simplesmente entrado em colapso. Ele não se lembrava de ter adormecido. Não sonhou. Em um momento estava descansando no menor quarto da suíte, de costas, repassando os detalhes do plano, e no instante seguinte estava acordando na escuridão, em pânico, sem saber onde se encontrava ou como tinha chegado ali.

Quando se esticou para alcançar a luminária, sentiu uma pontada aguda de dor. Tinha sido excruciante aguentar os leves toques de Genya enquanto ela cuidava dos seus ferimentos, mas talvez ele devesse ter deixado a Artesã curá-lo só um pouco mais. Ele ainda tinha uma longa noite pela frente, e o esquema do leilão era mais complicado do que tudo que havia feito até então.

Em seu tempo com os Dregs, Kaz tinha visto e ouvido muitas coisas, mas sua conversa com Sturmhond no solário ganhava o troféu. Eles tinham conversado sobre as minúcias do leilão, o que precisariam de Genya, como Kaz previa que os lances ocorreriam e em que incrementos. Kaz queria que Sturmhond começasse a participar em cinquenta milhões e suspeitava que os Shu competiriam levantando o lance para dez milhões ou mais. Kaz precisava saber que os ravkanos estavam comprometidos. Uma vez que o leilão fosse anunciado, ele teria de prosseguir. Não havia como recuar.

O corsário foi cauteloso, pressionando para saber como eles tinham sido contratados para o serviço da Corte do Gelo, tentando saber também como tinham conseguido encontrar e libertar Kuwei. Kaz deu-lhe informações suficientes para convencer o corsário de que Kuwei era de fato filho de Bo Yul-Bayur. Mas não tinha interesse em revelar a mecânica de seus esquemas ou os talentos verdadeiros de sua equipe. Até onde Kaz sabia, Sturmhond talvez tivesse algo que ele quisesse roubar um dia.

Finalmente, Sturmhond ajeitou as lapelas de sua sobrecasaca verde azulada e disse:

— Bem, Brekker, está claro que você só usa meias-verdades e mentiras descaradas, então é claramente a pessoa certa para o serviço.

— Tem só uma coisa — disse Kaz, estudando o nariz quebrado do corsário e seu cabelo rubro. — Antes de darmos as mãos e pularmos juntos de um desfiladeiro, quero saber exatamente com quem estou negociando.

Sturmhond levantou uma sobrancelha.

— Não estivemos em um passeio pela estrada ou trocamos roupas, mas acredito que nossas apresentações foram civilizadas o suficiente.

— Quem é você de verdade, corsário?

— Essa é uma pergunta existencial?

— Nenhum ladrão de verdade fala do jeito que você fala.

— Que mente fechada a sua.

— Sei reconhecer o filho de um homem rico, e não acredito que um rei enviaria um corsário ordinário para lidar com negócios tão sensíveis.

— Ordinário — zombou Sturmhond. — Você conhece tanto assim de política?

— Sei negociar um acordo. Quem é você? Ou diz a verdade ou minha equipe para por aqui mesmo.

— E você tem tanta certeza de que isso seria possível, Brekker? Conheço seus planos agora. Estou acompanhado de duas das Grishas mais lendárias do mundo, e não sou tão ruim assim numa luta também.

— E eu sou o rato de canal que tirou Kuwei Yul-Bo vivo da Corte do Gelo. Você me conta o que acha de suas chances. — Sua equipe não tinha roupas ou títulos para rivalizar com os ravkanos, mas Kaz sabia onde apostaria seu dinheiro se ainda tivesse algum.

Sturmhond segurou as mãos atrás das costas, e Kaz observou a mais minúscula mudança em sua atitude. Seus olhos perderam aquele brilho de divertimento e ganharam um peso surpreendente. Nenhum corsário ordinário, afinal de contas.

— Digamos — disse Sturmhond, seu olhar fixo nas ruas de Ketterdam embaixo —, hipoteticamente, é claro, que o rei ravkano tenha redes de inteligência espalhadas profundamente em Kerch, Fjerda e Shu Han, e que ele sabe exatamente quão importante Kuwei Yul-Bo poderia ser para o futuro de seu país. Digamos que o rei não possa confiar em ninguém para negociar tais assuntos além de si mesmo, mas também sabe como seria perigoso viajar sob seu próprio nome quando seu país está em rebuliço, quando não tem um herdeiro e a sucessão Lantsov não está de modo algum garantida.

— Então hipoteticamente — disse Kaz —, você seria tratado como Sua Alteza.

— E uma diversidade de nomes mais interessantes. Hipoteticamente. — O corsário olhou para ele de uma forma avaliadora. — Como exatamente sabia que eu não era quem dizia ser, Senhor Brekker?

Kaz deu de ombros.

— Você fala kerch como um nativo – um nativo rico. Você não fala como alguém que cresceu com marinheiros e bandidos de rua.

O corsário se virou ligeiramente, dando a Kaz total atenção. Seu jeito fácil tinha desaparecido, e agora ele parecia um homem capaz de comandar exércitos.

— Senhor Brekker — ele disse. — Kaz, se puder? Eu estou em uma posição vulnerável. Sou um rei governando um país com um tesouro vazio, enfrentando inimigos de todos os lados. Existem forças também dentro de meu país que aproveitariam minha ausência como uma oportunidade para reclamar o poder para si.

— Então o que está dizendo é que você daria um excelente refém.

— Suspeito que a recompensa por mim seria consideravelmente menor do que a que Kuwei tem sobre sua cabeça. E isso, realmente, é um golpe para a minha autoestima.

— Você não parece estar sofrendo — disse Kaz.

— Sturmhond foi uma criação da minha juventude, e sua reputação ainda é bastante útil para mim. Não posso fazer lances por Kuwei Yul-Bo como rei de Ravka. Espero que seu plano funcione do modo como o imagina. Mas, se não funcionar, perder esse prêmio poderia ser visto como um fracasso humilhante, tanto em termos diplomáticos quanto estratégicos. Eu entro naquele leilão como Sturmhond ou não entro. Se isso for um problema...

Kaz apoiou as mãos na bengala.

— Contanto que não tente me enganar, pode entrar como Fada Rainha de Istamere.

— É certamente bom ter mais de uma opção. — Ele olhou de novo para a cidade. — Será que isso pode mesmo funcionar, Senhor Brekker?

Ou estou arriscando o destino de Ravka e dos Grishas do mundo apostando na honra e nas habilidades de um órfão falastrão?

— Mais do que um pouco de ambos — disse Kaz. — Você está arriscando um país. Nós estamos arriscando nossas vidas. Parece uma troca justa.

O rei de Ravka estendeu a mão.

— Negócio fechado?

— Negócio fechado. — Eles apertaram as mãos.

— Ah se tratados pudessem ser assinados tão rapidamente — disse ele, sua atitude complacente de corsário retomando seu lugar como uma máscara adquirida na Aduela Leste. — Vou arranjar uma bebida e um banho. Não aguento mais tanta lama e miséria. Como o rebelde disse para o príncipe, é ruim para a constituição.

Ele deu um peteleco em uma sujeira invisível em sua lapela e saiu a passos largos do solário.

Agora Kaz alisou o cabelo e vestiu sua jaqueta. Era difícil acreditar que um rato de canal qualquer tinha negociado um acordo com um rei. Ele pensou naquele nariz quebrado que dava ao corsário o visual de alguém que tinha passado por várias pancadarias. Até onde Kaz sabia, ele tinha, mas deve ter sido ajustado para disfarçar suas feições. É difícil ser discreto quando seu rosto está na moeda. No final das contas, realeza ou não, Sturmhond era apenas um grande enganador, e tudo o que importava era que ele e seu pessoal fizessem sua parte.

Kaz verificou seu relógio – já tinha passado da meia-noite, era mais tarde do que ele gostaria – e foi procurar Nina. Surpreendeu-se ao ver Jesper esperando no corredor.

— O que foi? — Kaz perguntou, sua mente instantaneamente tentando calcular todas as coisas que podiam ter dado errado enquanto ele dormia.

— Nada — Jesper respondeu. — Ou pelo menos não mais do que o normal.

— Então o que você quer?

Jesper engoliu em seco e disse:

— Matthias deu a você a *parem* que sobrou, não?

— E daí?

— Se alguma coisa acontecer… os Shu estarão no leilão, talvez os Kherguud. Existem coisas demais dependendo desse trabalho. Eu não posso desapontar meu pai novamente. Preciso da *parem* como medida de segurança.

Kaz o estudou por um longo tempo.

— Não.

— Por que diabos não?

Uma pergunta razoável. Dar a Jesper a *parem* seria a coisa inteligente a fazer, a coisa prática a fazer.

— Seu pai se importa mais com você do que com qualquer pedaço de terra.

— Mas...

— Não vou deixar você se fazer de mártir, Jes. Se um de nós cair, todos caímos.

— Quem tem que tomar essa decisão sou eu.

— Ainda assim, parece que sou eu que estou tomando a decisão. — Kaz se virou para sair da sala de estar. Ele não pretendia discutir com Jesper, principalmente por não saber ao certo, para começo de conversa, por que estava dizendo não.

— Quem é Jordie?

Kaz parou. Ele sabia que a pergunta viria mais cedo ou mais tarde, mas ainda assim era difícil ouvir o nome de seu irmão dito em voz alta.

— Alguém em quem eu confiava. — Ele olhou por sobre o ombro e encontrou os olhos cinza de Jesper. — Alguém que eu não queria perder.

Kaz encontrou Nina e Matthias dormindo no sofá na sala de estar roxa. Por que as duas maiores pessoas da sua equipe tinham escolhido o menor espaço para dormir, ele não fazia ideia. Ele cutucou Nina gentilmente com sua bengala. Sem abrir os olhos, ela tentou afastá-lo.

— É hora de levantar.

— Vai embora — disse ela, enterrando a cabeça no peito de Matthias.

— Vamos lá, Zenik. Os mortos podem esperar, mas eu não posso.

Finalmente ela conseguiu despertar e calçou suas botas. Tinha trocado seu *kefta* vermelho pelo casaco e pela calça que tinha vestido durante o fiasco desastroso que fora o serviço no Recife Doce. Matthias observava cada movimento seu, mas não pediu para acompanhá-los. Ele sabia que sua presença só aumentaria o risco de serem descobertos.

Inej apareceu na porta, e eles seguiram para o elevador em silêncio. O toque de recolher estava em vigor nas ruas de Ketterdam, mas não tinha como evitar isso. Teriam de confiar na sorte e na capacidade de Inej de batedora para avisá-los quanto a patrulhas de *stadwatch* à frente.

Saíram pelos fundos do hotel e seguiram para o distrito industrial. Avançavam lentamente, uma rota sinuosa evitando os bloqueios, cheia de paradas e recomeços conforme Inej desaparecia e retornava, sinalizando para que esperassem ou alterando seu caminho com um rápido gesto antes de sumir mais uma vez. Finalmente alcançaram o necrotério, uma estrutura de pedra cinza sem identificações na fronteira do distrito industrial, atrás de um jardim do qual ninguém cuidava havia algum tempo. Apenas os corpos dos ricos eram levados até lá para serem preparados para o transporte e para o enterro fora da cidade. Não era a pilha humana horrível da Barcaça da Ceifadora, mas ainda assim Kaz sentia como se estivesse mergulhando em um pesadelo. Ele se lembrou da voz de Inej ecoando pelos azulejos brancos. *Prossiga.*

O necrotério estava deserto, sua porta pesada de ferro bem trancada. Ele a destrancou com suas ferramentas e olhou uma vez por sobre o ombro para as sombras inconstantes do jardim cheio de ervas daninhas. Ele não podia enxergar Inej, mas sabia que ela estava lá. Ela ficaria de guarda na entrada enquanto eles cumpriam sua mórbida tarefa. Estava frio lá dentro, e o lugar era iluminado apenas por uma lamparina com a chama azul assustadora da luz dos mortos. Tinha uma sala de processamento e, depois dela, uma grande câmara de pedra gelada cheia de gavetas grandes o suficiente para conter os corpos. O lugar inteiro fedia a morte.

Ele pensou na pulsação um pouco abaixo da mandíbula de Inej, o calor de sua pele em seus lábios. Tentou sacudir o pensamento para longe. Não queria se perder naquela memória justo naquela sala cheia de podridão. Kaz nunca tinha conseguido se livrar do horror daquela noite no porto de Ketterdam, a lembrança do corpo de seu irmão preso com força em seus braços enquanto ele repetia para si mesmo para bater as pernas um pouco mais forte, respirar mais uma vez, continuar a flutuar, continuar vivo. Tinha conseguido chegar à margem, tinha se dedicado à vingança que ele e seu irmão mereciam. Mas o pesadelo se recusava a se dissipar. Kaz tivera certeza de que ficaria mais fácil com o tempo, de que já não precisaria pensar duas vezes antes de apertar uma mão ou ser forçado a ficar muito próximo de alguém. Em vez disso, as coisas ficaram tão ruins que ele mal conseguia encostar em alguém na rua sem que sua memória o levasse mais uma vez ao porto. Estava na Barcaça da Ceifadora e a morte o cercava. Estava batendo as pernas na água, segurando-se na carne inchada e escorregadia de Jordie, com medo demais de se afogar para largá-lo.

A situação tinha ficado perigosa. Quando Gorka uma vez ficou bêbado demais para se aguentar em pé no Paraíso Azul, Kaz e Bule tiveram de carregá-lo até em casa. Eles o arrastaram por seis blocos, o peso de Gorka indo de um lado para o outro, caindo sobre Kaz em uma pressão enojante de pele e fedor, e então desabando em Bule, libertando Kaz brevemente – embora ele ainda pudesse sentir o roçar do braço peludo do homem contra a sua nuca. Mais tarde, Bule tinha encontrado Kaz encolhido em um banheiro, tremendo e coberto de suor. Ele tinha alegado intoxicação alimentar, dentes batendo enquanto empurrava a porta com o pé para manter Bule do lado de fora. Não podia ser tocado mais uma vez ou perderia completamente a sanidade.

No dia seguinte, comprou seu primeiro par de luvas – um par barato de luvas pretas que sangrava tinta preta quando molhado. Fraqueza era letal no Barril. As pessoas podiam farejá-la em você como sangue, e se Kaz queria colocar Pekka Rollins de joelhos, não podia se dar ao luxo de ter mais noites tremendo no chão de um banheiro. Kaz nunca respondia às perguntas sobre as luvas, nunca respondia às provocações. Ele só as vestia, um dia depois do outro, arrancando-as apenas quando estava sozinho. Dizia a si mesmo que era apenas uma medida temporária. Mas isso não o impediu de reaprender cada truque de prestidigitação com as luvas, aprendendo a manusear um baralho mais agilmente do que com as mãos nuas. As luvas mantinham as águas sob controle, impedindo que se afogasse quando as memórias daquela noite ameaçavam puxá-lo para o fundo. Quando ele as vestia, era como se estivesse se armando, e elas eram melhores do que uma faca ou uma arma. Até ele conhecer Imogen.

Ele tinha quatorze anos, não era ainda um tenente de Per Haskell, mas estava ganhando reputação com cada luta e golpe. Imogen era nova no Barril, um ano mais velha que ele. Tinha andado com uma equipe em Zierfoort, golpes pequenos que, segundo ela, deixaram-na entediada. Desde sua chegada a Ketterdam, tinha pairado pelas Aduelas, pegando pequenos serviços, tentando achar um jeito de entrar para uma das gangues do Barril. Quando Kaz a viu pela primeira vez, ela estava quebrando uma garrafa na cabeça de um Gaivota Navalha que ficou de mão boba.

Então ela apareceu de novo quando Per Haskell o tinha mandado cuidar das apostas nas lutas do prêmio da primavera. Ela tinha sardas e um vão entre os dois dentes da frente, e sabia se virar em uma briga de rua.

Uma noite, quando estavam de pé no ringue vazio contando os ganhos do dia, ela encostou a mão na manga de seu casaco; quando ele levantou a cabeça, ela sorriu de forma lenta, apertando os lábios para que ele não pudesse ver o vão entre seus dentes.

Mais tarde, deitado no colchão irregular no quarto que dividia na Ripa, Kaz olhou fixamente para o teto cheio de vazamentos e pensou no jeito que Imogen tinha sorrido para ele, o jeito como suas calças ficavam caídas revelando os quadris. Ela gingava ao andar, como se estivesse se aproximando de tudo de determinado ângulo. Ele gostava disso. Ele gostava dela.

Não havia mistério para os corpos no Barril. O espaço era apertado e as pessoas aproveitavam seus prazeres onde os encontravam. Os outros garotos dos Dregs falavam constantemente sobre suas conquistas. Kaz não dizia nada. Felizmente, ele não dizia nada sobre quase tudo, então tinha a consistência a seu favor. Mas ele sabia o que esperavam que dissesse, as coisas que esperavam que ele quisesse. Ele de fato desejava essas coisas, em momentos, em flashes – uma garota cruzando a rua em um vestido cobalto que deslizava de seu ombro, uma dançarina movendo-se como chamas em um show na Aduela Leste, Imogen rindo como se ele tivesse contado a piada mais engraçada do mundo quando não tinha dito praticamente nada.

Ele tinha flexionado as mãos nas luvas, ouvindo seus colegas de quarto roncarem. *Sou melhor que isso*, disse para si mesmo. Ele era mais forte do que sua doença, mais forte do que a força da água. Quando precisou aprender como o cassino funcionava, foi o que fez. Quando tinha decidido se informar sobre finanças, dominou o assunto também. Kaz pensou no sorriso lento e de lábios cerrados de Imogen e tomou uma decisão. Venceria aquela fraqueza do mesmo jeito que tinha vencido todos os desafios no seu caminho.

Tinha começado discretamente, com gestos que ninguém notaria. Um jogo de Espinheiro dos Três Homens manuseado sem as luvas. Uma noite passada com elas enfiadas debaixo do travesseiro. Então, quando Per Haskell o enviou com Bule para colocar uma pressão em um arruaceiro de meia-tigela chamado Beni que lhe devia dinheiro, Kaz esperou até o cercarem no beco e, quando Bule disse-lhe para segurar os braços de Beni, tirou as luvas, apenas como teste, algo fácil.

Assim que fez contato com os pulsos de Beni, ele foi tomado por uma onda de repulsa. Mas ele estava preparado e aguentou firme, ignorando o suor frio enquanto prendia os cotovelos de Beni atrás das costas. Kaz se forçou a prender o corpo de Beni contra o seu enquanto Bule listava os termos do empréstimo de Per Haskell, pontuando cada sentença com um soco no rosto ou no estômago de Beni.

Estou bem, Kaz disse para si mesmo. *Estou lidando com isso.* E então as águas subiram.

Dessa vez a onda veio tão alta quanto os pináculos na Igreja da Permuta; ela o pegou e o arrastou para baixo, um peso do qual não podia escapar. Ele tinha Jordie em seus braços, o corpo de barriga podre de peixe do seu irmão preso contra o seu. Kaz o empurrou para longe, arfando sem fôlego.

E então ele se viu apoiado contra uma parede de tijolos. Bule estava gritando com ele enquanto Beni fugia. O céu estava cinza, o fedor do beco preenchia suas narinas, o cheiro de cinzas e vegetais do lixo, o odor acre de urina velha.

— O que diabos foi isso, Brekker? — Bule gritou, rosto distorcido de fúria, nariz apitando de um jeito que deveria ter sido engraçado. — Você simplesmente o soltou! E se ele tivesse uma faca?

Kaz registrou tudo aquilo apenas vagamente. Beni mal o havia tocado, mas, de algum modo, sem as luvas, tudo acontecia de maneira muito pior. O toque da pele, a maciez de outro corpo humano tão próximo do dele.

— Você está me escutando, seu pequeno vagabundo magricela? — Bule o tinha pego pela camisa, suas articulações roçando no pescoço de Kaz, produzindo outra onda de nojo para cima dele. Ele balançou Kaz até que seus dentes chacoalhassem.

Bule deu em Kaz a surra que tinha planejado para Beni e deixou-o sangrando no beco. Você não fraquejava ou se deixava distrair, não em um serviço, não quando alguém do seu bando contava com você. Kaz cerrou os punhos dentro das mangas, mas não deu um soco.

Levou quase uma hora para ele se arrastar para fora daquele beco, e semanas para compensar o dano à sua reputação. Qualquer deslize no Barril poderia levar a uma queda feia. Ele encontrou Beni e o fez desejar que Bule estivesse lá para dar a surra em seu lugar. Vestiu suas luvas novamente e não as tirou mais. Tornou-se duas vezes mais impiedoso, lutou com duas vezes mais ferocidade. Parou de se preocupar em parecer normal, deixou as pessoas enxergarem a faísca de insanidade dentro dele e adivinharem o restante. Se alguém chegasse perto demais, ele dava um soco. Se alguém ousava colocar as mãos nele, ele quebrava um pulso, dois pulsos, uma mandíbula. *Mãos Sujas*, eles o chamavam. O cão raivoso de Haskell. A fúria dentro dele ardia, e ele aprendeu a desprezar as pessoas que reclamavam, que imploravam, que diziam que tinham sofrido. *Deixe-me ensinar a você sobre a dor*, ele diria, e então pintaria uma imagem com seus punhos.

No ringue, na vez seguinte que Imogen colocou seus dedos na manga dele, Kaz a encarou até aquele sorriso de boca fechada desaparecer. Ela tirou a mão. Desviou o olhar. Kaz voltou a contar o dinheiro.

Agora, Kaz batia com sua bengala no chão do necrotério.

— Vamos resolver logo isso — disse para Nina, ouvindo sua voz ecoar com força excessiva na pedra fria. Queria escapar daquele lugar o mais rápido possível.

Eles começaram de lados opostos, estudando as datas nas gavetas, procurando um cadáver que estivesse no estado apropriado de decomposição. Só o pensamento já fazia a tensão no seu peito apertar bem mais forte. Era como um grito que se acumulava. Mas sua mente tinha concebido aquele plano, sabendo que ele o traria para aquele lugar.

— Aqui — disse Nina.

Kaz cruzou a sala até ela. Eles estavam em pé diante da gaveta, nenhum deles se movendo para abri-la. Kaz sabia que ambos tinham visto muitos corpos de pessoas mortas. Você não podia ganhar a vida nas ruas do Barril ou como soldado no Segundo Exército sem encontrar a morte. Mas aquilo era diferente. Aquilo era podridão.

Finalmente, Kaz enganchou a cabeça de corvo de sua bengala sob a alça e puxou. A gaveta era mais pesada do que ele previa, mas ela deslizou suavemente e se abriu. Ele deu um passo para trás.

— Nós temos certeza de que isso é uma boa ideia? — Nina perguntou.

— Estou aberto a ideias melhores — disse Kaz.

Ela expirou demoradamente e então puxou o lençol que cobria o cadáver. Kaz pensou em uma serpente trocando de pele. Aquele era um homem de meia-idade, seus lábios já enegrecidos pela decomposição. Quando era um garotinho, Kaz sempre prendia a respiração toda vez que passava por um cemitério, certo de que, se abrisse a boca, alguma coisa terrível rastejaria para dentro dela. O mundo começou a girar. Kaz tentou respirar mais rapidamente, forçando-se de volta ao presente. Ele esticou os dedos dentro das luvas, sentindo a pressão do couro, sentindo o peso de sua bengala na palma da mão.

— Pergunto-me como ele morreu — Nina murmurou, examinando as dobras cinza do rosto do homem morto.

— Sozinho — disse Kaz, observando as pontas dos dedos do homem. Alguma coisa os havia mordiscado. Os ratos chegaram até ele antes de o corpo ser encontrado. Ou um de seus animais de estimação. Kaz puxou de seu bolso o vidro fechado que tinha roubado do kit de Genya. — Pegue o que precisar.

De pé na torre do relógio acima da suíte de Colm, Kaz estudou sua equipe. A cidade ainda estava coberta pela escuridão, mas a alvorada logo chegaria e eles teriam de se separar: Wylan e Colm iriam para uma padaria vazia a fim de esperar o início do leilão, Nina, com suas tarefas em mãos, iria para o Barril, enquanto Inej assumiria sua posição no telhado da Igreja da Permuta. Kaz desceria para a praça na frente do Mercado com Matthias e Kuwei e encontraria a tropa armada da *stadwatch* que os escoltaria até a igreja. Kaz se perguntava como Van Eck se sentia vendo seus próprios oficiais protegendo o pilantra do Barril. Ele se sentia mais ele mesmo do que tinha se sentido em dias. A emboscada na casa de Van Eck o havia deixado abalado. Não estava pronto para Pekka Rollins entrar novamente em campo naqueles termos. Não tinha se preparado para a vergonha, as memórias de Jordie que haviam retornado com tanta força.

Você falhou comigo. A voz de seu irmão, mais alta do que nunca em sua cabeça. *Você o deixou te enganar de novo.* Kaz tinha chamado Jesper pelo nome de seu irmão. Uma falha grave. Mas talvez ele quisesse punir ambos. Kaz era mais velho agora do que Jordie tinha sido quando sucumbiu à Praga da Dama da Rainha. Agora podia olhar para trás e ver o orgulho de seu irmão, sua ânsia pelo sucesso rápido. *Foi você que falhou comigo, Jordie. Você era mais velho. Você devia ser o mais esperto.*

Ele se lembrou de Inej perguntando: *Não tinha ninguém para protegê--los?* Ele se lembrou de Jordie sentado ao seu lado sobre uma ponte, sorrindo e vivo; debaixo deles, o reflexo de seus pés na água, o calor de um copo de chocolate quente aninhado em suas mãos enluvadas. *Nós devíamos ter cuidado um do outro.*

Eles eram dois garotos da fazenda que sentiam saudades do pai e que estavam perdidos naquela cidade. Foi assim que Pekka os fisgou. Não foi só a sedução do dinheiro. Ele tinha lhes oferecido um novo lar. Uma esposa falsa que fez *hutspot* para eles, uma filha falsa com quem Kaz podia brincar. Pekka Rollins os havia aliciado com uma lareira quente e a promessa da vida que tinham perdido. E era isso que te destruía no fim das contas: a vontade de ter algo que jamais poderia ter.

Ele estudou o rosto das pessoas com quem tinha lutado, com quem tinha sangrado. Havia mentido para eles e eles tinham mentido para ele. Levou-os para o inferno e os arrastou de novo para fora.

Kaz descansou suas mãos sobre a bengala, de costas para a cidade.

— Todos nós queremos coisas diferentes no dia de hoje. Liberdade, redenção…

— Uma bolada de dinheiro? — Jesper sugeriu.

— Muito dinheiro. Há muitas pessoas que querem se colocar no nosso caminho. Van Eck. O Conselho Mercante. Pekka Rollins e seus capangas, alguns países e a maior parte desta cidade abandonada pelos Santos.

— Era para esse papo ser encorajador? — Nina perguntou.

— Eles não sabem quem somos. Não de verdade. Eles não sabem o que fizemos, o que conseguimos juntos. — Kaz bateu com a bengala no chão. — Então vamos mostrar a eles que compraram a briga errada.

31. Wylan

O QUE ESTOU FAZENDO AQUI?

Wylan se aproximou da pia e jogou água fria no rosto. Em apenas algumas horas, o leilão iria começar. Eles deixariam a suíte do hotel antes do nascer do sol. Era essencial que, se viessem procurar por Johannus Rietveld depois do leilão, descobrissem que ele havia muito já tinha partido.

Ele deu uma última olhada no espelho dourado do banheiro. O rosto que olhava de volta para ele era familiar mais uma vez, mas quem era ele realmente? Um criminoso? Um fugitivo? Um garoto que era razoavelmente competente – talvez mais do que razoavelmente – em demolições?

Eu sou o filho de Marya Hendriks.

Ele pensou na mãe sozinha, abandonada junto com sua criança defeituosa. Será que ela não tinha sido jovem o suficiente para produzir um herdeiro apropriado? Será que seu pai sabia mesmo então que ele iria querer se livrar para sempre das várias evidências de que Wylan tinha existido?

O que estou fazendo aqui?

Mas ele sabia a resposta. Apenas ele poderia fazer com que seu pai fosse punido pelos seus atos. Apenas ele poderia libertar sua mãe.

Wylan se examinou no espelho. Os olhos de seu pai. Os cachos de sua mãe. Tinha sido boa a sensação de ser outra pessoa por um tempo, esquecer que era um Van Eck. Mas ele não queria mais se esconder. Desde que os dedos de Prior tinham se fechado sobre sua garganta, ele esteve fugindo. Ou talvez isso tudo tivesse começado bem antes, nas tardes que passou sentado na despensa ou encolhido em uma cadeira perto da janela atrás da cortina, torcendo para que todos se esquecessem dele, que sua babá simplesmente fosse para casa, que seu tutor nunca chegasse.

Seu pai tinha desejado que Wylan desaparecesse. Queria que ele desaparecesse do mesmo modo que tinha feito a mãe de Wylan desaparecer, e por um longo tempo Wylan tinha desejado exatamente a mesma coisa. Tudo isso tinha começado a mudar quando veio para o Barril, quando conseguiu seu primeiro emprego, quando conheceu Jesper, Kaz e Inej, quando começou a perceber que valia alguma coisa.

Jan Van Eck não teria seu desejo realizado. Wylan não iria a lugar algum.

— Estou aqui por ela — disse para o espelho.

O garoto de bochechas rosadas no espelho não pareceu impressionado.

O sol estava começando a nascer quando Pim levou Wylan e Colm pelos fundos do hotel e por uma série de voltas confusas até a praça que ficava em frente ao Mercado. Normalmente, a padaria em Beurstraat estaria aberta àquela hora, preparando-se para atender os comerciantes e mercadores a caminho do Mercado. Mas o leilão tinha bagunçado a ordem usual dos negócios, e o padeiro tinha fechado sua loja, talvez esperando conseguir um assento para assistir ao processo ao vivo.

Eles ficaram de pé na praça deserta por um tempo excruciantemente longo enquanto Pim se atrapalhava com a fechadura. Wylan percebeu que tinha se acostumado com a destreza com que Kaz conseguia arrombar e invadir lugares. A porta se abriu com um tilintar alto demais, e então eles entraram.

— Sem luto — disse Pim, desaparecendo porta adentro novamente antes que Wylan pudesse responder.

As cestas da padaria estavam vazias, mas o cheiro de pão e açúcar estava no ar. Wylan e Colm tinham se ajeitado no chão com as costas para as prateleiras, tentando ficar confortáveis. Kaz havia deixado instruções bem precisas para eles, e Wylan não tinha a intenção de ignorá-las. Johannus Rietveld não poderia mais ser visto na cidade, e Wylan sabia exatamente o que seu pai faria com ele se encontrasse seu filho perambulando pelas ruas de Ketterdam.

Eles se sentaram em silêncio por horas. Colm cochilou. Wylan cantarolou para si mesmo uma melodia que habitava sua cabeça havia algum tempo. Precisaria de percussão, alguma coisa com estalos como tiros.

Deu uma olhada cautelosa pela janela e viu algumas pessoas se encaminhando para a Igreja da Permuta, estorninhos voando na praça, e ali, a apenas algumas centenas de metros, a entrada para o Mercado. Ele não precisava ser capaz de ler as palavras gravadas sobre o arco. Tinha ouvido seu pai repeti-las incontáveis vezes. *Enjent, Voorhent, Almhent.* Indústria, Integridade, Prosperidade. Jan Van Eck tinha conquistado razoavelmente duas dessas três coisas.

Wylan só percebeu que Colm estava acordado quando ele disse:

— O que fez você mentir pelo meu filho naquele dia na tumba?

Wylan se sentou novamente no chão. Escolheu suas palavras cuidadosamente.

— Acho que sei como é fazer as coisas errado.

Colm suspirou.

— Jesper erra muito. Ele é imprudente e tolo, e tende a fazer piadas no momento errado, mas... — Wylan esperou. — O que estou tentando dizer é que ele dá muito trabalho, muito mesmo. Mas ele vale o risco.

— Eu...

— E ele é assim por minha culpa. Eu estava tentando protegê-lo, mas talvez o tenha feito carregar um fardo muito pior do que todos os perigos que vi à espreita lá fora. — Mesmo na luz fraca da manhã filtrada pela janela da padaria, Wylan podia ver como Colm parecia cansado. — Cometi alguns equívocos consideráveis.

Wylan desenhou uma linha no chão com o dedo.

— Você deu a ele alguém para quem correr. Independentemente do que ele fizesse ou do que desse errado. Acho que isso vale mais do que os grandes equívocos.

— Viu? É por isso que ele gosta de você. Eu sei, eu sei... não é da minha conta, e não sei se ele faria bem para você. Provavelmente ele lhe traria dez tipos diferentes de dor de cabeça. Mas acho que você seria bom para ele.

O rosto de Wylan enrubesceu. Ele sabia o quanto Colm amava Jesper, tinha visto isso em cada gesto seu. Era significativo o fato de ele pensar que Wylan era suficientemente bom para seu filho.

Um som veio de perto da entrada de serviço, e ambos congelaram.

Wylan se levantou, coração acelerado.

— Lembre-se — ele sussurrou para Colm. — Fique escondido.

Ele abriu caminho pelos fornos até os fundos da padaria. O cheiro era ainda mais forte ali, a escuridão mais completa, mas o lugar estava vazio. Um alarme falso.

— Não é...

A porta de entregas se abriu subitamente. Wylan foi agarrado, sua cabeça puxada para trás; mãos abriram forçadamente sua boca e enfiaram nela um pedaço de pano. Um saco foi jogado sobre sua cabeça.

— Ei, mercantezinho — disse uma voz profunda que ele não reconhecia. — Pronto para retornar ao seu papai?

Seus braços foram forçados para trás, e ele foi arrastado pela porta de entregas da padaria. Wylan tropeçou, incapaz de se manter em pé, sem conseguir enxergar ou entender onde estava. Ele caiu, seus joelhos bateram dolorosamente contra as pedras do pavimento, e ele foi puxado com violência para cima novamente.

— Não me faça ter de carregá-lo, mercantezinho. Não estou sendo pago o suficiente para isso.

— Por aqui — disse um dos outros, uma garota. — Pekka está na parte sul da catedral.

— Parem — disse uma nova voz. — Quem é esse aí?

Seu tom era oficial. *Stadwatch*, Wylan pensou.

— Alguém que o Conselheiro Van Eck ficará muito feliz em ver.

— É alguém da equipe de Kaz Brekker?

— Vá andando até lá como um bom soldadinho e conte a ele que os Leoneiros têm um presente esperando por ele na capela de armamentos.

Wylan ouviu multidões a certa distância. Estavam perto da igreja? Um instante depois ele foi empurrado violentamente para a frente e os sons mudaram. Estavam dentro de algum lugar. O ar era mais fresco, a luz mais fraca. Foi arrastado por outro lance de escadas, suas canelas batendo contra as beiradas, e então foi arremessado em uma cadeira, suas mãos amarradas atrás das costas.

Ele ouviu passos subindo as escadas, o som de uma porta se abrindo.

— Nós o pegamos — disse a mesma voz profunda.

— Onde? — O coração de Wylan titubeou. *Leia em voz alta, Wylan. Uma criança com metade da sua idade consegue ler isso sem nenhum esforço.* Ele tinha achado que estava pronto para aquilo.

— Brekker o escondeu em uma padaria a apenas alguns blocos de distância.

— Como o encontrou?

— Pekka mandou a gente vasculhar a área. Ele achou que Brekker poderia tentar algum truque no leilão.

— Sem dúvida com a intenção de me humilhar — disse Jan Van Eck.

O saco foi arrancado da cabeça de Wylan, e ele estava cara a cara com seu pai.

Van Eck balançou a cabeça.

— Toda vez que acho que não conseguiria me decepcionar ainda mais, você acha um jeito de provar que estou errado.

Eles estavam em uma pequena capela encimada por um domo. As pinturas a óleo mostravam cenas de batalhas e pilhas de armamentos. A capela devia ter sido doada por uma família de fabricantes de armas.

Ao longo dos últimos dias, Wylan tinha estudado o traçado da Igreja da Permuta, mapeando os nichos e recessos do telhado com Inej, traçando a catedral e as longas naves dos dedos da mão de Ghezen. Ele sabia exatamente onde estava – uma das capelas na ponta do dedo mindinho de Ghezen. O chão tinha tapetes, a única porta levava à escadaria, e as únicas janelas davam para o telhado. Mesmo se não estivesse amordaçado, duvidava que alguém, além dos personagens nas pinturas, pudesse ouvi-lo gritar por ajuda. Duas pessoas estavam de pé atrás de Van Eck: uma garota de calça listrada, o cabelo louro raspado na metade da cabeça, e um garoto corpulento usando xadrez e suspensórios. Ambos vestiam as braçadeiras roxas indicando terem sido recrutados pela *stadwatch*. Ambos tinham a tatuagem dos Leoneiros.

O garoto deu um sorriso de canto de boca.

— Você quer que eu vá buscar o Pekka? — ele perguntou para Van Eck.

— Não precisa. Quero que ele fique de olho nos preparativos para o leilão. E isso é algo que prefiro resolver sozinho. — Van Eck se abaixou. — Escute aqui, garoto. A Espectro foi vista com um membro do Triunvirato Grisha. Sei que Brekker está trabalhando com os ravkanos. Apesar de todas as suas limitações, você ainda carrega meu sangue. Conte-me o que ele planejou e farei com que cuidem de você. Você terá uma mesada. Poderá viver em algum lugar com conforto. Vou remover sua mordaça. Se gritar, deixarei os amigos de Pekka fazerem o que quiserem com você, entendeu?

Wylan assentiu com a cabeça. Seu pai puxou o trapo de sua boca.

Wylan passou a língua sobre os lábios e cuspiu no rosto de seu pai.

Van Eck puxou um lenço branco com um monograma de seu bolso. Estava bordado com o louro vermelho.

— Uma resposta apropriada para um garoto que mal consegue formar palavras. — Ele limpou a saliva do rosto. — Vamos tentar novamente. Conte o que Brekker está planejando com os ravkanos e talvez eu o deixe viver.

— Do jeito que você deixou minha mãe viver?

A reação de seu pai foi quase imperceptível, uma marionete puxada uma vez pelas cordas, e então abandonada inerte.

Van Eck dobrou o lenço sujo duas vezes e o guardou. Assentiu para o garoto e para a garota.

— Façam o que quer que tiverem de fazer. O leilão começa em menos de uma hora, e quero respostas antes disso.

— Segure-o para cima — o garoto corpulento disse para a garota. Ela levantou Wylan para deixá-lo de pé, e o garoto pegou um par de socos ingleses de seu bolso. — Ele não vai ficar tão bonito depois disso.

— Quem se importa? — disse Van Eck, dando de ombros. — Só garanta que ele permaneça consciente. Eu quero informações.

O garoto olhou cético para Wylan.

— Você tem certeza de que quer fazer as coisas desse jeito, mercantezinho?

Wylan reuniu cada migalha de bravata que tinha aprendido com Nina, a força de vontade aprendida com Matthias, o foco que havia observado em Kaz, a coragem que havia aprendido com Inej, e a esperança selvagem e imprudente que tinha aprendido com Jesper, a crença de que, não importa quão pequenas eram as chances, de alguma forma eles venceriam.

— Eu não vou falar nada — disse ele.

O primeiro soco quebrou duas de suas costelas. O segundo o fez cuspir sangue.

— Talvez devêssemos quebrar seus dedos para que não possa mais tocar aquela flauta infernal — Van Eck sugeriu.

Estou aqui por ela, Wylan repetiu para si mesmo. *Estou aqui por ela.*

No fim das contas, ele não era Nina, nem Matthias, Kaz, Inej ou Jesper. Ele era apenas Wylan Van Eck. E ele contou tudo o que sabia.

32. Inej

Entrar na Igreja da Permuta não foi tarefa fácil naquela manhã. Devido à sua posição próxima ao Mercado e ao Beurscanal, seu telhado não se juntava com os demais, e suas entradas já estavam cercadas por guardas quando Inej chegou. Mas ela era a Espectro; ela fora feita para encontrar lugares escondidos, os cantos e rachaduras onde ninguém pensaria em procurar. Não eram permitidas armas dentro da Igreja da Permuta durante o leilão, então ela carregava o rifle de Jesper preso às costas. Esperou fora do campo de visão até identificar um grupo de soldados da *stadwatch* conduzindo uma carroça cheia de lenha em direção às enormes portas duplas da igreja. Inej imaginou que fariam algum tipo de barricada para o palco ou para as naves-dedo.

Ela esperou até que a carroça parasse, e então guardou o capuz dentro da túnica para que não se arrastasse no chão e deslizou para debaixo da carroça. Prendeu-se no eixo, seu corpo poucos centímetros acima dos paralelepípedos, e deixou que a conduzissem diretamente pelo corredor central. Antes de chegarem ao altar, ela se soltou e rolou por entre as fileiras de bancos, errando por pouco as rodas da carroça. Sentiu o chão de pedra fria sob a barriga enquanto rastejava pela transversal da igreja, e então esperou no final do corredor e se escondeu rapidamente atrás de uma das colunas da arcada ocidental. Moveu-se de coluna para coluna, e então entrou sorrateiramente na nave que a levaria para as capelas do dedão. Mais uma vez ela se agachou para rastejar, de modo a usar os bancos na nave como cobertura. Não sabia onde os guardas poderiam estar patrulhando, e não tinha qualquer desejo de ser pega simplesmente perambulando pela igreja.

Chegou à primeira capela, então subiu as escadas até a capela laranja acima. Seu altar estava decorado com ouro, mas construído para parecer com caixas de laranjas e outras frutas exóticas. O altar emoldurava uma pintura a óleo de DeKappel mostrando uma família de mercadores vestidos de preto, aninhados na mão de Ghezen, flutuando acima de um bosque de limoeiros. Ela escalou o altar e se lançou para o alto em direção ao domo da capela, prendendo-se nele para ficar pendurada quase de cabeça para baixo. Quando chegou ao centro da cúpula, apoiou as costas contra o pequeno domo que coroava o domo maior como um chapéu. Embora duvidasse que pudesse ser ouvida dali, esperou que começassem os sons de serras e martelos na catedral, e então posicionou seu pé na frente de uma das janelas esguias de vidro que dava luz à capela e a chutou. Na segunda tentativa, o vidro rachou, e seus estilhaços caíram para o lado de fora. Inej cobriu a mão com a manga para limpar os cacos excessivos e se esgueirou para fora subindo no topo do domo. Prendeu uma linha de escalada na janela e desceu pela lateral do domo até o telhado da nave, onde deixou o rifle de Jesper. Não queria que a arma atrapalhasse seu senso de equilíbrio.

Estava em cima do dedão de Ghezen. A névoa da manhã tinha começado a se dissipar, e ela podia sentir que o dia seria quente. Ela seguiu o dedão de volta até os pináculos com os íngremes telhados duplos da catedral principal e recomeçou a escalar. Aquela era a parte mais alta da igreja, mas o terreno era familiar, e isso tornava as coisas mais fáceis. De todos os telhados de Ketterdam, o da catedral era o favorito de Inej. Nunca teve um bom motivo para conhecer suas curvas. Havia muitos outros lugares de onde poderia ter observado o Mercado ou Beurscanal quando um serviço exigia, mas sempre escolheu a Igreja da Permuta. Seus pináculos eram visíveis de quase qualquer lugar em Ketterdam, o cobre de seu teto já havia muito transformado em verde, entrecruzado por espinhas de arabescos metálicos, cheia de apoios perfeitos para as mãos e oferecendo bastante cobertura. Era como um estranho reino das fadas verde e cinza que ninguém mais na cidade conhecia. Seu lado acrobata tinha imaginado esticar uma corda bamba entre os pináculos mais altos. *Quem ousaria desafiar a própria morte? Eu.* Os kerches provavelmente considerariam uma blasfêmia colocar acrobatas acima de sua catedral. A menos, é claro, que ela cobrasse entradas.

Ela plantou os explosivos que Kaz havia descrito como um "seguro" nos locais em que ela e Wylan tinham acertado quando mapeavam a catedral. Apenas na mente de Kaz o caos contaria como uma segurança. As bombas tinham sido criadas para serem barulhentas, mas não causariam muito dano. Ainda assim, se algo desse errado e fosse necessária uma distração, elas ainda estariam lá. Quando terminou, assumiu sua posição em um dos compartimentos cercados por metal trabalhado que permitiam observar de cima a abside e a vasta nave da catedral. Aqui, seu campo de visão dos trâmites do leilão estaria livre, bloqueado apenas por uma série de ripas largas e a tela de arame entre elas no caminho. Houve vezes em que parou ali só para escutar a música do órgão ou ouvir vozes cantando. Lá no alto acima da cidade, com os acordes do órgão de tubos ecoando pela pedra, sentia-se mais próxima de seus Santos.

A acústica era boa o suficiente para ouvir cada palavra dos sermões se quisesse, mas ela escolhia ignorar essa parte da missa. Ghezen não era seu deus, e ela não tinha qualquer desejo de ser ensinada a melhor servi-lo. Também não era fã do altar de Ghezen – um calombo achatado e sem graça de pedra em torno do qual a igreja tinha sido construída. Alguns o chamavam de Primeira Forja, outros, de Morteiro, mas hoje ele seria usado como uma plataforma de leilão. A coisa toda fazia o estômago de Inej revirar. Estava supostamente sob um contrato de servidão, trazida para Kerch por sua livre e espontânea vontade. Era isso o que os documentos diziam. Eles não contavam a história de seu sequestro, seu terror na barriga do navio de tráfico de escravos, a humilhação sofrida nas mãos de Tante Heleen, ou a desgraça de sua existência no Menagerie. Kerch tinha sido construída tendo o comércio como base, mas quanto desse comércio era de gente? Um pastor de Ghezen podia ficar de pé naquele altar e vociferar contra a escravidão, mas o quanto daquela cidade fora construído com os impostos dos bordéis? Quantos membros daquela congregação empregavam garotos que mal falavam kerch, que varriam chãos e dobravam roupas por centavos enquanto trabalhavam para pagar uma dívida que nunca parecia diminuir?

Se Inej conseguisse seu dinheiro, se conseguisse seu navio, poderia fazer sua parte para mudar tudo aquilo. Se sobrevivesse àquele dia. Ela imaginou todos eles – Kaz, Nina, Matthias, Jesper, Wylan, Kuwei, que tinha tido tão pouco controle sobre os rumos da própria vida – empoleirados lado a lado sobre um fio, seu equilíbrio precário, suas vidas conectadas pela esperança e pela fé um no outro. Pekka estaria espreitando a igreja lá embaixo, e ela suspeitava que Dunyasha estaria por perto. Tinha chamado a garota de marfim e âmbar de sua sombra, mas talvez ela fosse um sinal também, um lembrete de que Inej não tinha sido feita para aquela vida. Ainda assim, era difícil não sentir que aquela cidade era seu lar, e que Dunyasha era a intrusa.

Agora Inej observava os guardas fazendo sua última vistoria do térreo da igreja, procurando nos cantos e capelas. Sabia que talvez enviassem alguns oficiais corajosos para o telhado para fazer buscas, mas havia muitos lugares para se esconder, e, se precisasse, ela podia simplesmente se esgueirar de volta para o domo da capela do dedão enquanto esperava que fossem embora. Os guardas tomaram suas posições, e Inej ouviu o capitão dando ordens para que conduzissem os membros do Conselho Mercante aos seus devidos lugares no palco. Ela identificou o médico da universidade que foi trazido para verificar a saúde de Kuwei e viu um guarda trazer um pódio com rodas até o lugar onde o leiloeiro ficaria. Sentiu-se irritada quando percebeu alguns Leoneiros andando pelos corredores com os guardas. Eles estufavam o peito, curtindo sua nova autoridade, exibindo as braçadeiras roxas uns para os outros e rindo. A *stadwatch* de verdade não parecia feliz com isso, e Inej podia ver pelo menos dois membros do Conselho Mercante observando os acontecimentos com olhos atentos. Será que estavam se perguntando se tinham cometido um equívoco ao permitir que um bando de bandidos do Barril fosse recrutado? Van Eck tinha convidado Rollins para aquela dança, mas Inej duvidava que o rei do Barril o deixasse ditar o ritmo por muito tempo.

Inej estudou a linha do horizonte, até o porto e as torres pretas do obelisco. Nina estava certa sobre o Conselho das Marés. Parecia que eles preferiam ficar isolados em suas torres de vigia. Apesar de que, como suas identidades eram desconhecidas, Inej imaginava que talvez estivessem sentados na catedral naquele exato momento. Ela olhou em direção ao Barril, torcendo para que Nina estivesse segura e não tivesse sido descoberta, e que a presença pesada da *stadwatch* na igreja significasse uma passagem mais fácil nas ruas.

À tarde, os bancos começaram a se encher de espectadores curiosos – comerciantes em vestes rústicas, bandidos endinheirados e brutamontes recém-chegados das Aduelas, exibindo-se com as roupas mais vistosas do Barril, bandos de mercadores de preto, alguns acompanhados de suas esposas, seus rostos pálidos flutuando acima dos colarinhos de renda branca, cabeças coroadas por tranças. Em seguida vinham os diplomatas de Fjerda. Vestiam prata e branco e eram flanqueados por drüskelle em uniformes pretos, pele e cabelos dourados. Só o tamanho deles já era intimidador. Inej imaginou que Matthias devia conhecer alguns daqueles homens e garotos. Devia ter servido com eles. Como seria para ele reencontrá-los, agora que tinha sido marcado como traidor?

Depois vinha a delegação zemeni, coldres vazios na cintura, forçados a entregar suas armas nas portas. Eram tão altos quanto os drüskelle, porém mais esguios; alguns com pele cor de bronze como a dela, outros com o mesmo marrom profundo de Jesper, alguns com a cabeça raspada, outros com o cabelo em tranças grossas e coques enrolados. Ali, enfiado entre as últimas duas fileiras de zemeni, Inej viu Jesper. Pela primeira vez ele não era a pessoa mais alta da multidão, e, com a gola de seu sobretudo de algodão encerado virada para cima contornando sua mandíbula e um chapéu abaixado cobrindo as orelhas, estava quase irreconhecível. Pelo menos Inej torcia para que estivesse.

Quando os ravkanos chegaram, o burburinho na câmara tornou-se um rugido. O que uma multidão de comerciantes, mercadores e arruaceiros do Barril achava daquele grande desfile internacional?

Um homem em uma sobrecasaca verde azulada liderava a delegação ravkana, cercado por um enxame de soldados ravkanos em uniforme militar azul-claro. Esse só podia ser o lendário Sturmhond. Ele era pura confiança, flanqueado por Zoya Nazyalensky de um lado e por Genya Safin do outro, seus passos largos e relaxados, como se estivesse dando uma volta em uma de suas embarcações. Talvez ela devesse ter falado com os ravkanos quando teve oportunidade. O que poderia aprender em um mês com a tripulação de Sturmhond?

Os fjerdanos se levantaram, e Inej achou que uma luta poderia eclodir quando os drüskelle *encararam* os soldados ravkanos, mas dois membros do Conselho Mercante correram à frente, apoiados por uma tropa da *stadwatch*.

— Kerch é território neutro — um dos mercadores os avisou, seu tom de voz estridente e nervoso. — Estamos aqui tratando de negócios, não em guerra.

— Quem violar a santidade da Igreja da Permuta não poderá fazer lances — insistiu o outro, mangas pretas agitando-se no ar.

— Por que seu rei fraco manda um pirata imundo para representá-lo no leilão? — desdenhou o embaixador fjerdano, suas palavras ecoando pela catedral.

— Corsário — Sturmhond corrigiu. — Imagino que ele tenha pensado que minha boa aparência me daria uma vantagem. Não é uma preocupação de onde você veio, pelo visto.

— Seu pavão vaidoso e ridículo. Você fede a pestilência Grisha.

Sturmhond cheirou o ar.

— Estou impressionado que consiga sentir qualquer coisa com esse ranço de gelo e consanguinidade.

O embaixador ficou roxo, e um de seus companheiros apressadamente o tirou de lá.

Inej revirou os olhos. Eles eram piores que um par de chefões do Barril duelando nas Aduelas.

Ofendidos e resmungando, fjerdanos e ravkanos sentaram-se em lados opostos do corredor, e a delegação kaelish entrou com pouca pompa. Mas, instantes depois, estavam todos de pé novamente quando alguém gritou:

— Os Shu!

Todos os olhos se voltaram para as portas enormes da catedral com os Shu fluindo para dentro, um mar de estandartes vermelhos marcados com cavalos e chaves, seus uniformes cor de oliva decorados com ouro. Suas expressões se mantinham pétreas enquanto marchavam pelo corredor, e então pararam quando o embaixador Shu argumentou com raiva que sua delegação deveria estar sentada na frente da câmara e que estavam dando preferência aos ravkanos e fjerdanos colocando-os mais próximos do palco. Será que os Kherguud estavam entre eles? Inej olhou de relance para o alto, estudando o céu pálido de primavera. Ela não gostava da ideia de ser arrancada de seu ninho por um soldado alado.

Finalmente, Van Eck desceu até o corredor de seu esconderijo perto do palco e disse, abrupto:

— Se vocês quisessem se sentar na frente, deveriam ter deixado de lado todo o teatro de uma entrada grandiosa e chegado na hora certa.

Os Shu e os kerches discutiram um pouco mais até que finalmente os Shu se acomodaram em seus assentos. O resto da multidão estava acesa com murmúrios e olhares questionadores. A maioria deles não sabia o quanto Kuwei valia e só tinha ouvido rumores de uma droga chamada *jurda* parem, então ficavam imaginando por que um garoto Shu tinha trazido participantes tão ilustres ao leilão. Os poucos mercadores que se sentaram nos bancos da frente com a intenção de fazer um lance estavam dando de ombros uns para os outros e balançando a cabeça em perplexidade. Claramente, esse não era um jogo para iniciantes.

Os sinos da igreja começaram a badalar três vezes, logo depois dos da torre do relógio de Geldrenner. O silêncio se instaurou. O Conselho Mercante se reuniu no palco. E então Inej viu todas as cabeças no aposento se virarem. As grandes portas duplas da igreja se abriram e Kuwei Yul-Bo entrou, flanqueado por Kaz e Matthias e uma escolta armada da *stadwatch*. Matthias vestia roupas simples de comerciante, mas ainda assim conseguia parecer um soldado em um desfile militar. Com seu olho preto e lábio cortado, Kaz parecia ainda menos respeitável do que de costume, apesar do corte alinhado do seu terno negro.

A gritaria começou imediatamente. Era difícil saber quem estava causando mais confusão. Os criminosos mais procurados da cidade estavam marchando pelo corredor central da Igreja da Permuta. Assim que Kaz apareceu, os Leoneiros posicionados pela catedral começaram a vaiar. Matthias foi instantaneamente reconhecido por seus companheiros drüskelle, que estavam gritando o que Inej imaginava serem insultos para ele em fjerdano.

A santidade do leilão protegeria Kaz e Matthias, mas só até a última batida do martelo. Mesmo assim, nenhum deles parecia remotamente preocupado. Eles andavam com as costas eretas e olhos voltados para a frente, Kuwei aninhado seguramente entre eles. Kuwei já não estava se saindo tão bem. Os Shu estavam gritando a mesma palavra repetidas vezes, *sheyao*, *sheyao*, e seja lá o que ela significasse, a cada grito Kuwei parecia encolher um pouco mais.

O leiloeiro da cidade se aproximou da plataforma levantada e assumiu sua posição no pódio próximo do altar. Era Jellen Radmakker, um dos investidores que eles tinham convidado para a apresentação absurda de Jesper sobre o futuro do petróleo. Graças à investigação que tinha feito para Kaz, Inej sabia que ele era escrupulosamente honesto, um homem devoto sem qualquer família exceto uma irmã igualmente religiosa que passava seus dias limpando o chão de prédios públicos a serviço de Ghezen. Ele era pálido, com sobrancelhas em tufos laranja e uma postura curvada que dava a ele a aparência de um camarão gigante.

Inej estudou os pináculos ondulantes da catedral, os telhados das naves-dedo radiando a partir da palma de Ghezen. Ainda nenhuma patrulha no telhado. Era quase um insulto. Mas talvez Pekka Rollins e Jan Van Eck tivessem algo diferente planejado para ela. Radmakker desceu o martelo em três golpes furiosos.

— Ordem, ordem! — ele gritou. O clamor na câmara se reduziu a um murmúrio descontente.

Kuwei, Kaz e Matthias subiram no palco e assumiram suas posições perto do pódio, Kaz e Matthias parcialmente bloqueando a vista de Kuwei, ainda nervoso e tremendo.

Radmakker esperou pelo silêncio absoluto. Só então começou a recitar as regras do leilão, seguidas dos termos do contrato de servidão ofertado por Kuwei. Inej olhou de relance para Van Eck. Qual seria a sensação de estar tão perto do prêmio que havia procurado por tanto tempo? Sua expressão era arrogante, ansiosa. *Ele já está calculando seu próximo passo*, Inej percebeu. Contanto que Ravka não conseguisse dar o lance vencedor – e como poderiam, com seu orçamento militar esgotado? –, Van Eck realizaria seu desejo: o segredo da *jurda parem* solto pelo mundo. O preço da *jurda* subiria a alturas incalculáveis, e, entre seus ativos privados secretos e seus investimentos no consórcio de *jurda* liderado por Johannus Rietveld, ele seria mais rico do que jamais havia sonhado.

Radmakker acenou para que um medik da universidade se aproximasse, um homem com uma cabeça careca reluzente. Ele pegou o pulso de Kuwei, mediu sua altura, escutou seus pulmões, examinou sua língua e seus dentes. Era um espetáculo bizarro, desconfortavelmente parecido com a memória de Inej de ser cutucada e examinada por Tante Heleen no convés de um navio de traficantes de escravos. O medik terminou e fechou a sacola.

— Por favor, pronuncie seu diagnóstico — disse Radmakker.

— A saúde do garoto está boa.

Radmakker virou-se para Kuwei.

— Você concorda livremente em cumprir as regras deste leilão e seu resultado?

Se Kuwei respondeu, Inej não conseguiu ouvir.

— *Fale mais alto, garoto.*

Kuwei tentou novamente.

— Sim.

— Então vamos prosseguir.

O medik desceu do palco e Radmakker levantou seu martelo mais uma vez.

— Kuwei Yul-Bo livremente se diz de acordo com estes procedimentos e, portanto, oferece seus serviços por um preço justo guiado pela mão de Ghezen. Todos os lances serão feitos em kruges. Os participantes são instruídos a manter o silêncio quando não estiverem fazendo ofertas. Qualquer interferência neste leilão, qualquer lance feito sem boa-fé, será punido da forma máxima permitida pela lei de Kerch. Os lances começarão em um milhão de kruges. — Ele parou. — Em nome de Ghezen, que o leilão comece.

E então as coisas estavam em movimento, um clamor de números que Inej mal conseguia acompanhar, os lances subindo enquanto Radmakker apontava seu martelo para cada participante, repetindo as ofertas em rompantes abruptos.

— Cinco milhões de kruges — o embaixador Shu gritou.

— Cinco milhões — Radmakker repetiu. — Alguém dá seis?

— Seis — os fjerdanos rebateram.

Os latidos de Radmakker ecoavam pelas paredes da catedral como tiros. Sturmhond esperou, deixando os fjerdanos e os Shu rebaterem números de um lado para o outro, o representante zemeni às vezes aumentando o preço em acréscimos mais cautelosos, tentando desacelerar o impulso dos lances. Os kaelishes estavam quietos em seus bancos, observando o processo. Inej se perguntava o quanto eles sabiam, e se não queriam ou simplesmente não podiam fazer lances. As pessoas estavam de pé agora, incapazes de se manter sentadas. Era um dia quente, mas a atividade na catedral parecia ter elevado a temperatura ainda mais. Inej podia ver pessoas se abanando, e mesmo os membros do Conselho Mercante, reunidos como um bando de aves, tinham começado a limpar suor da testa. Quando os lances chegaram a quarenta milhões de kruges, Sturmhond finalmente levantou a mão.

— Cinquenta milhões de kruges — disse ele. O silêncio caiu sobre a Igreja da Permuta.

Até Radmakker parou, seu semblante calmo abalado, antes de repetir:

— Cinquenta milhões de kruges da delegação ravkana.

Os membros do Conselho Mercante estavam sussurrando uns para os outros atrás da palma das mãos, sem dúvida animados com a comissão que estavam prestes a ganhar sobre o preço de Kuwei.

— Alguém dá mais? — Radmakker perguntou.

Os Shu estavam conversando. Os fjerdanos também, embora parecessem estar mais discutindo do que conversando. Os zemenis pareciam estar esperando para ver o que aconteceria.

— Sessenta milhões de kruges — os Shu declararam.

Uma contraoferta de dez milhões a mais. Como Kaz tinha previsto. Os fjerdanos fizeram um lance em seguida, em sessenta milhões e duzentos mil. Dava para ver que custava algo ao seu orgulho a oferta de acréscimos tão baixos, mas os zemenis também pareciam ansiosos para desacelerar os lances. Eles fizeram um lance de sessenta milhões e quinhentos mil. O ritmo do leilão mudou, subindo mais devagar, flutuando abaixo de sessenta e dois milhões, até que finalmente aquele marco chegou, e os Shu pareciam impacientes.

— Setenta milhões de kruges — o embaixador Shu disse.

— Oitenta milhões — Sturmhond falou.

— Noventa milhões. — Os Shu não estavam nem se preocupando em esperar por Radmakker agora.

Mesmo do alto do seu poleiro, Inej podia ver o rosto pálido e a expressão de pânico de Kuwei. Os números tinham subido alto demais, rápido demais.

— Noventa e um milhões — Sturmhond disse em uma tentativa um pouco atrasada de reduzir o ritmo.

Como se estivesse cansado do jogo, o embaixador Shu deu um passo à frente e rugiu:

— Cento e dez milhões de kruges.

— Cento e dez milhões de kruges da delegação Shu — Radmakker gritou, sua calma obliterada pelo montante. — Alguém dá mais?

A Igreja da Permuta estava calada, como se todos lá reunidos tivessem inclinado a cabeça para rezar.

Sturmhond deu uma risada afiada e deu de ombro.

— Cento e vinte milhões de kruges.

Inej mordeu o lábio com tanta força que fez sangrar. *Bum.* As enormes portas duplas foram abertas violentamente. Uma onda de água do mar invadiu a nave, quebrando-se entre os bancos, e então desaparecendo em uma nuvem de névoa. O falatório animado da multidão transformou-se em gritos de perplexidade. Quinze indivíduos cobertos de azul adentraram, seus mantos flutuando como se capturados por um vento invisível, os rostos ocultos pela névoa. As pessoas pediam suas armas; alguns se agarravam e gritavam. Inej viu um mercador abaixado, abanando freneticamente a esposa inconsciente. Eles deslizaram pelo corredor, suas roupas movendo-se em lentas ondas.

— Somos o Conselho das Marés — disse a figura de manto azul que encabeçava a procissão, uma voz feminina, baixa e autoritária. A névoa cobria completamente seu rosto, deslocando-se sob o capuz em uma máscara em constante mudança. — Este leilão é uma farsa.

Murmúrios de choque se levantaram da multidão.

Inej ouviu Radmakker pedir ordem, e então se esquivou para a esquerda, movendo-se por instinto ao ouvir o som suave de uma lâmina cortando o ar. Uma lâmina minúscula e circular passou cortando por ela, dilacerando a manga de sua túnica e tilintando contra o telhado de cobre.

— Este foi só um aviso — disse Dunyasha. Ela se apoiou no arabesco de um dos pináculos a nove metros de Inej, seu capuz de marfim levantado em torno de seu rosto, reluzente como a neve sob o sol da tarde. — Quero olhar nos seus olhos quando a enviar para a morte.

Inej pegou suas facas. Sua sombra exigia uma resposta.

PARTE VI

Ação e Eco

33. Matthias

Matthias manteve-se calmo, absorvendo o caos que tinha eclodido na Igreja da Permuta. Estava completamente ciente dos membros do Conselho sentados atrás dele, um bando de corvos em ternos negros grasnando uns para os outros, cada um falando mais alto do que o seguinte – todos, exceto Van Eck, que tinha se afundado na cadeira, seus dedos cruzados diante de si, uma expressão de suprema satisfação no rosto. Matthias podia ver o homem chamado Pekka Rollins encostado em uma coluna na galeria oriental. Ele suspeitava que o chefão de gangue tinha se posicionado deliberadamente no campo de visão de Kaz.

Radmakker exigiu ordem, sua voz se elevando, os tufos de cabelo laranja claro tremendo a cada pancada do seu martelo. Era difícil dizer o que mais havia perturbado as pessoas na igreja – a possibilidade de que o leilão fosse uma armação ou a aparição do Conselho das Marés. Kaz dizia que ninguém conhecia a identidade dos membros do Conselho das Marés – e se o Mãos Sujas e a Espectro não tinham conseguido desvendar um segredo, então ninguém mais conseguiria. Aparentemente, sua última aparição pública tinha sido vinte e cinco anos antes, para protestar contra a proposta de demolição de uma das torres de obelisco com o objetivo de construir um novo estaleiro. Quando a votação tinha contrariado sua vontade, eles enviaram uma onda enorme para esmagar o Stadhall. O Conselho recuou e um novo Stadhall foi construído no local do antigo, um com menos janelas e uma fundação mais sólida. Matthias se perguntava se algum dia se acostumaria com tais histórias sobre o poder dos Grishas.

É só mais uma arma. Sua natureza depende de quem a usa. Ele teria que continuar se lembrando disso. Os pensamentos de ódio eram tão antigos que tinham se tornado instintivos. Isso não era algo que ele conseguiria curar de um dia para o outro.

Assim como Nina com a *parem*, talvez fosse uma luta para a vida inteira. A essa altura, ela estaria em meio à sua tarefa lá no Barril. Ou talvez tenha sido descoberta e presa. Ele fez uma prece a Djel. *Mantenha-a segura enquanto eu não posso.*

Seus olhos voltaram-se para a delegação fjerdana reunida nos bancos da frente e os drüskelle *ali*. Ele conhecia muitos deles de nome, e eles certamente o conheciam. Podia sentir as pontas afiadas de seu desprezo. Um garoto o encarou da primeira fila, estremecendo de raiva, olhos como geleiras, cabelo de um louro quase branco. Que feridas seus comandantes tinham explorado para colocar aquele olhar em seu rosto? Matthias encarou-o calmamente, absorvendo o grosso de sua fúria. Ele não conseguia odiar aquele garoto. Ele tinha sido um garoto assim. Finalmente, o garoto com cabelo de gelo desviou o olhar.

— O leilão é sancionado pela lei! — gritou o embaixador Shu. — Vocês não têm o direito de interrompê-lo.

Os Hidros levantaram os braços. Outra onda entrou violenta pelas portas abertas e acelerou pelo corredor, formando um arco sobre a cabeça dos Shu e pairando ali.

— Silêncio — a Hidro líder exigiu. Ela aguardou outro protesto; como não houve nenhuma reclamação, a onda curvou-se para trás e se desfez inofensiva no chão. Ela deslizou corredor acima como uma serpente prateada. — Fomos informados de que estes procedimentos foram adulterados.

Os olhos de Matthias passaram rapidamente para Sturmhond. O corsário tinha no rosto uma expressão de leve surpresa, mas, mesmo lá do palco, Matthias podia sentir seu medo e preocupação. Kuwei estava tremendo, olhos fechados, sussurrando para si mesmo em Shu. Matthias não sabia dizer o que estava se passando na cabeça de Kaz. Nunca sabia.

— As regras do leilão são claras — a Hidro disse. — Nem aquele sob contrato de servidão nem seus representantes podem interferir nos resultados do leilão. O mercado deve decidir.

Os membros do Conselho Mercante estavam de pé agora, exigindo respostas, amontoando-se em torno de Radmakker na frente do palco.

Van Eck fez questão de mostrar que estava gritando junto com os outros, mas parou do lado de Kaz, e Matthias o ouviu murmurar:

— E eu que pensava que teria o prazer de revelar seu esquema com os ravkanos, mas parece que os Hidros terão essa honra.

Sua boca se curvou em um sorriso satisfeito.

— Wylan levou uma surra e tanto antes de entregar você e seus amigos — disse ele, movendo-se em direção ao pódio. — Não sabia que o garoto tinha tanta coragem.

— Foi criado um fundo falso para enganar mercadores honestos e roubar seu dinheiro — a Hidro prosseguiu. — Esse dinheiro foi canalizado para um dos participantes no leilão.

— É claro! — disse Van Eck, fingindo surpresa. — Os ravkanos. Todos nós sabíamos que eles não tinham os fundos para competir em um leilão como este!

Matthias podia ouvir no tom de sua voz o quanto ele estava se divertindo.

— Estamos cientes de quanto dinheiro a coroa ravkana pegou emprestado de nós ao longo dos últimos dois anos. Eles mal conseguem pagar os juros. Não têm cento e vinte milhões de kruges prontos para gastar em um leilão aberto. Brekker deve estar trabalhando com eles.

Todos os participantes estavam de pé agora. Os fjerdanos estavam gritando, exigindo justiça. Os Shu começaram a bater os pés no chão e as mãos nos encostos dos bancos. Os ravkanos estavam de pé no meio da tempestade, cercados de inimigos por todos os lados. Sturmhond, Genya e Zoya estavam no centro disso tudo, queixos erguidos.

— Faça alguma coisa — disse Matthias, grunhindo para Kaz. — A situação está prestes a ficar feia.

O rosto de Kaz estava impassível como sempre.

— Você acha mesmo?

— Droga, Brekker. Você…

Os Hidros levantaram os braços e a igreja sacudiu com outra explosão ressonante. Água entrou pelas janelas da sacada superior.

A multidão se aquietou, mas o silêncio não era exatamente completo. Ele estava repleto de murmúrios raivosos.

Radmakker bateu com o martelo, tentando reaver alguma autoridade.

— Se vocês têm alguma evidência contra os ravkanos…

A Hidro falou por trás de sua máscara de névoa.

— Os ravkanos não têm nada a ver com isso. O dinheiro foi transferido para os Shu.

Van Eck piscou, e então mudou seu discurso.

— Então, bem, Brekker fez algum tipo de acordo com os Shu.

Na mesma hora os Shu estavam gritando, negando a acusação, mas a voz da Hidro era mais alta.

— O fundo falso foi criado por Johannus Rietveld e Jan Van Eck.

O rosto de Van Eck ficou branco.

— Não, isso não é verdade.

— Rietveld é um fazendeiro — gaguejou Karl Dryden. — Falei com ele pessoalmente.

A Hidro virou-se para Dryden.

— Tanto você quanto Jan Van Eck foram vistos reunindo-se com Rietveld na recepção do Hotel Geldrenner.

— Sim, mas era para um fundo, um consórcio de *jurda*, um empreendimento honesto de negócios.

— Radmakker — Van Eck falou. — Você estava lá. Você se encontrou com Rietveld.

As narinas de Radmakker se abriram com raiva.

— Eu não sabia nada sobre esse tal Senhor Rietveld.

— Mas eu vi você. Ambos vimos você no Geldrenner...

— Eu estive lá para uma apresentação sobre o futuro do petróleo zemeni. Foi bem estranha, mas o que tem isso?

— Não — disse Van Eck, sacudindo a cabeça. — Se Rietveld estava envolvido, Brekker está por trás disso. Ele deve ter contratado Rietveld para enganar o Conselho.

— Cada um de nós colocou dinheiro naquele fundo por incentivo seu — um dos outros conselheiros falou. — Você está dizendo que ele foi todo perdido?

— Não sabíamos de nada disso! — o embaixador Shu argumentou.

— Isso é obra de Brekker — Van Eck insistiu. Sua atitude presunçosa tinha sumido, mas sua serenidade permanecia intacta.

— O garoto fará tudo para me humilhar e humilhar os homens honestos desta cidade. Ele sequestrou minha esposa, meu filho. — Ele gesticulou em direção a Kaz — Por acaso eu imaginei você de pé na Goedmedbridge na Aduela Oeste com Alys?

— É claro que não. Eu a peguei na praça do mercado como você ordenou — Kaz mentiu com uma tranquilidade que até Matthias achou convincente. — Ela disse que estava vendada e nunca viu as pessoas que a levaram.

— Isso é uma bobagem! — disse Van Eck, com desprezo.

— Alys! — ele gritou para o balcão ocidental onde Alys estava sentada, mãos cruzadas sobre sua enorme barriga de grávida. — Conte a eles!

Alys balançou a cabeça, olhos arregalados e atônitos. Ela sussurrou algo para sua criada, que gritou para baixo:

— Seus captores usavam máscaras e ela foi vendada até chegar à praça.

Van Eck soltou uma bufada de frustração.

— Bem, meus guardas certamente o viram com Alys.

— Pessoas na sua folha de pagamentos? — disse Radmakker, cético.

— Foi Brekker que organizou a reunião na ponte! — disse Van Eck. — Ele deixou um bilhete na casa do lago.

— Ah — disse Radmakker, aliviado. — Ainda tem esse bilhete em sua posse?

— Sim! Mas... ele não estava assinado.

— Então como sabe que foi Kaz Brekker que enviou o bilhete?

— Ele deixou um prendedor de gravata...

— O prendedor de gravata dele?

— Não, o *meu* prendedor de gravata, mas...

— Então não tem qualquer prova de que Kaz Brekker sequestrou sua esposa. — A paciência de Radmakker já estava se esgotando. — E a história com o seu filho perdido é frágil assim também? A cidade inteira tem procurado por ele, recompensas foram oferecidas. Espero que sua evidência sobre isso seja mais sólida.

— Meu filho...

— Estou aqui, pai.

Todos os olhos na sala voltaram-se para o arco perto do palco. Wylan estava apoiado contra a parede. Seu rosto estava cheio de sangue, e ele mal conseguia se manter em pé.

— Pelas mãos de Ghezen — Van Eck reclamou em voz baixa. — Ninguém consegue fazer seu trabalho direito?

— Você estava confiando nos homens de Pekka Rollins? — Kaz indagou em um sussurro rouco.

— Eu...

— E tem certeza de que *eram* homens de Pekka? Se você não é do Barril, pode ser difícil distinguir leões de corvos. Você confunde um animal com outro.

Matthias não conseguiu conter a satisfação que sentiu quando Van Eck se deu conta do que tinha acontecido. Kaz sabia que não tinha como levar Wylan para a igreja sem que Van Eck ou os Leoneiros descobrissem. Então tinha forjado um sequestro. Dois dos Dregs, Anika e Keeg, com suas braçadeiras e tatuagens falsas, tinham simplesmente chegado na *stadwatch* com seu prisioneiro e ordenado que os homens fossem buscar Van Eck. Quando Van Eck chegou à capela, o que viu? Seu filho prisioneiro de dois membros de gangue com as insígnias dos Leoneiros de Pekka. Matthias só não tinha imaginado que causariam tanto estrago em Wylan. Talvez ele devesse ter fingido confessar mais rápido.

— Ajude-o! — Radmakker gritou para um oficial da *stadwatch*. — Não vê que o garoto está machucado?

O oficial aproximou-se de Wylan e ajudou-o a se arrastar até uma cadeira, enquanto o médico corria para atendê-lo.

— Você é Wylan Van Eck? — Radmakker perguntou. Wylan assentiu com a cabeça. — O garoto atrás de quem estamos revirando a cidade inteira de cabeça para baixo?

— Libertei-me assim que pude.

— De Brekker?

— De Rollins.

— Pekka Rollins o sequestrou?

— Sim — disse Wylan. — Semanas atrás.

— Pare com suas mentiras — Van Eck disse, sibilando. — Conte a eles o que disse para mim. Conte sobre os ravkanos.

Wylan levantou a cabeça, parecendo exausto e desanimado.

— Direi o que você quiser, pai. Só não deixe que eles me machuquem mais.

Um sussurro de surpresa percorreu a multidão. Os membros do Conselho Mercante estavam olhando para Van Eck abertamente com nojo.

Matthias teve de segurar uma risada.

— A Nina andou dando lições para ele? — ele sussurrou.

— Talvez seja um talento natural — disse Kaz.

— Brekker é um criminoso — disse Van Eck. — Brekker está por trás disso! Todos vocês o viram na minha casa na outra noite. Ele invadiu meu escritório.

— Isso é verdade! — Karl Dryden disse ansiosamente.

— É claro que estávamos lá — disse Kaz. — Van Eck nos convidou para negociar um acordo referente ao contrato de servidão de Kuwei Yul-Bo. Ele nos disse que nos reuniríamos com o Conselho Mercante. Em vez disso, Pekka Rollins estava aguardando para nos emboscar.

— Está dizendo que ele violou uma negociação de boa-fé? — disse um dos conselheiros. — Isso parece improvável.

— Mas todos nós vimos Kuwei Yul-Bo lá também — disse outro —, embora na época não soubéssemos quem ele era.

— Eu vi o cartaz oferecendo uma recompensa por um garoto Shu com a aparência de Kuwei — disse Kaz. — Quem forneceu sua descrição?

— Bem... — o mercador hesitou, e Matthias podia ver a suspeita lutando contra sua relutância em acreditar nas acusações. Ele voltou-se para Van Eck, e sua voz era quase esperançosa quando disse: — É claro que você não sabia que o garoto Shu que tinha descrito era Kuwei Yul-Bo, certo?

Agora Karl Dryden estava balançando a cabeça, menos em negação e mais em lamentação.

— Também foi Van Eck quem nos incentivou a participar do fundo de Rietveld.

— Você estava tão ansioso quanto eu — Van Eck protestou.

— Eu queria investigar o comprador secreto que estava adquirindo fazendas de *jurda* em Novyi Zem. Você disse... — Dryden parou de falar, olhos arregalados, boquiaberto. — Era você! Você era o comprador secreto!

— Finalmente — resmungou Kaz.

— Não é possível que acreditem que eu tentaria enganar meus próprios amigos e vizinhos — Van Eck implorou. — Investi meu próprio dinheiro naquele fundo! Tinha tanto a perder quanto o restante de vocês.

— Não se você fez um acordo com os Shu — disse Dryden.

Radmakker bateu seu martelo mais uma vez.

— Jan Van Eck, no mínimo você desperdiçou os recursos desta cidade em acusações infundadas. Na pior das hipóteses, abusou de sua posição como conselheiro, tentou enganar seus amigos com uma fraude e violou a integridade deste leilão. — Ele balançou a cabeça. — O leilão foi comprometido. Ele não pode prosseguir até que tenhamos determinado se algum membro do Conselho canalizou propositalmente fundos para um dos participantes.

O embaixador Shu começou a gritar. Radmakker bateu com seu martelo.

Então tudo pareceu acontecer ao mesmo tempo. Três drüskelle fjerdanos avançaram em direção ao palco e a *stadwatch* correu para bloqueá-los. Os soldados Shu avançaram. Os Hidros levantaram as mãos, e então, por sobre isso tudo, como o lamento terrível de uma mulher de luto, a sirene de praga começou a tocar.

A igreja se calou. As pessoas pararam, cabeças levantadas, ouvidos sintonizados naquele som, um som que não ouviam havia mais de sete anos. Mesmo no Hellgate, os prisioneiros contavam histórias da Praga da Dama da Rainha, a última grande onda de doença a atingir Ketterdam, as quarentenas, os barcos funerários, os corpos dos mortos sendo empilhados nas ruas mais rapidamente do que os coveiros conseguiam coletá-los e queimá-los.

— O que é isso? — Kuwei perguntou.

Os cantos da boca de Kaz se curvaram.

— Isso, Kuwei, é o som da morte quando ela vem nos visitar.

Um instante depois, a sirene foi abafada por toda a gritaria das pessoas que se empurravam e corriam em direção às portas duplas da igreja. Ninguém nem percebeu quando o primeiro tiro foi dado.

34. Nina

A RODA GIROU, PAINÉIS DOURADOS E VERDES RODANDO TÃO rápido que se fundiram em uma única cor. Ela desacelerou e parou, e seja lá qual foi o número que apareceu, deve ter sido um bom, porque as pessoas comemoraram. A área comum do cassino estava desconfortavelmente quente, e a cabeça de Nina coçava sob a peruca. O adereço tinha um formato em sino nem um pouco atraente, e ela tinha combinado a peruca com um vestido desleixado. Dessa vez, não queria chamar atenção.

Havia passado despercebida por sua primeira parada na Aduela Oeste, e então pela segunda, e aí cruzado para a Aduela Leste, fazendo o melhor para mover-se discretamente pelas multidões. Não havia tanta gente devido aos bloqueios, mas as pessoas se recusavam a serem privadas de seus prazeres. Tinha acabado de fazer uma visita ao cassino alguns quarteirões ao sul desse, e agora seu trabalho estava quase terminado. Kaz tinha escolhido os estabelecimentos cuidadosamente. Esse seria seu quarto e último endereço.

Enquanto sorria e comemorava com os outros jogadores, ela abriu a caixa de vidro em seu bolso e concentrou-se nas células negras lá dentro. Podia sentir aquele frio profundo irradiando dela, aquela sensação de algo mais, algo diferente que se conectava com o poder dentro dela. Hesitou apenas brevemente, lembrando-se com excessiva clareza do calafrio do necrotério, do fedor da morte. Ela se lembrava de estar de pé sobre o corpo do homem morto e concentrar sua atenção na pele descolorida em torno de sua boca.

Assim como uma vez usou seu poder para curar ou rasgar pele, ou até fazer alguém corar, ela se concentrou naquelas células em decomposição e canalizou uma fatia fina de carne necrosada para dentro da caixa hermética de vidro. Havia guardado a caixa em uma bolsa de veludo preto e agora, no meio da multidão barulhenta, observando as cores alegres da roda girando, sentia seu peso, pendurada em seu pulso por um cordão prateado.

Inclinou-se para a frente para fazer uma aposta. Com uma mão, colocou as fichas na mesa. Com a outra, abriu a caixa de vidro.

— Deseje-me sorte! — disse ela para o crupiê da roleta, deixando sua bolsa aberta roçar sua mão, enviando aquelas células moribundas pelos dedos do rapaz, deixando-as se multiplicar sobre sua pele saudável.

Quando esticou a mão para a roda, seus dedos estavam pretos.

— Sua mão! — uma mulher disse, surpresa. — Tem alguma coisa nela.

Ele esfregou os dedos no casaco verde bordado como se fosse simplesmente tinta ou pó de carvão. Nina flexionou os dedos, e as células subiram pela manga do crupiê até o colarinho de sua camisa, explodindo em uma mancha preta ao longo de uma lateral do seu pescoço, curvando-se sob sua mandíbula até o lábio inferior.

Alguém gritou, e os jogadores se afastaram enquanto o crupiê olhava em volta, confuso. Apostadores em outras mesas se afastaram irritados das suas cartas e dados. O supervisor e seus lacaios já estavam se aproximando, prontos para resolver qualquer problema ou conflito que estivesse atrapalhando a jogatina.

Oculta pela multidão, Nina girou o braço pelo ar e um grupo de células pulou para a mulher ao lado do crupiê da roleta, vestindo pérolas que pareciam caras. Uma estrela negra apareceu em sua bochecha, uma pequena aranha feia que ondulava queixo abaixo passando por cima da coluna do seu pescoço.

— Olena! — seu companheiro corpulento gritou. — Seu rosto!

Agora os gritos estavam se espalhando enquanto Olena passava os dedos desesperada pelo pescoço, cambaleando para a frente, buscando um espelho enquanto os outros clientes se dispersavam diante dela.

— Ela encostou no crupiê! Ela foi contaminada também!

— Contaminada pelo quê?

— Saia do meu caminho!

— O que está acontecendo aqui? — o supervisor perguntou, colocando uma mão no ombro do crupiê atônito.

— Ajude-me! — o crupiê implorou, levantando as mãos. — Tem alguma coisa errada.

O supervisor estudou as manchas pretas no rosto e nas mãos do crupiê, recuando rapidamente, mas era tarde demais. A mão que tinha tocado no ombro do rapaz tinha assumido uma tonalidade preta arroxeada feia, e agora o supervisor também estava gritando.

Nina observou o terror adquirir seu próprio impulso, cambaleando pela área de apostas do cassino como um bêbado furioso. Apostadores viraram cadeiras, tropeçaram em direção às portas e pegaram suas fichas mesmo enquanto corriam para salvar suas vidas. Mesas foram viradas, derrubando cartas, e dados quicaram no chão. As pessoas correram em direção às portas, empurrando umas às outras para abrir caminho. Nina foi com elas, deixando a turba carregá-la em sua fuga do cassino, e chegou trôpega à rua. A mesma coisa tinha acontecido em cada uma de suas paradas, um lento sangramento de medo que tinha subitamente explodido em pânico total. E agora, finalmente, ela ouviu: a sirene. Seu lamento ondulante tomou a Aduela, aumentando e diminuindo, ecoando sobre os telhados e calçadas de Ketterdam.

Turistas viravam uns para os outros com olhares questionadores, mas os locais – os artistas, vendedores, lojistas e apostadores da cidade – se transformaram instantaneamente. Kaz tinha dito a Nina que eles reconheceriam o som, que o obedeceriam como crianças obedecem ao chamado de pais severos para voltarem para casa.

Kerch era uma ilha, isolada de seus inimigos, protegida pelos mares e por sua marinha imensa. Mas havia duas coisas às quais sua capital era mais vulnerável: fogo e doença. E, assim como um incêndio se espalhava facilmente pelos telhados colados da cidade, a praga passava sem esforço de corpo para corpo, pelas multidões aglomeradas e espaços apertados de habitação. Assim como uma fofoca, ninguém sabia exatamente onde tinha começado ou como se movia tão rapidamente, sabia-se apenas que era transmitida por respiração ou toque, carregada pelo ar ou pelos canais. Os ricos sofriam menos, pois podiam se manter isolados em suas grandes mansões ou jardins, ou escapar da cidade. Os pobres infectados eram mantidos em quarentenas em hospitais improvisados em barcas fora do porto. A praga não podia ser erradicada com armas ou dinheiro. Não se podia argumentar com ela ou rezar para que fosse embora.

Apenas os muito jovens em Ketterdam não tinham uma memória clara da Praga da Dama da Rainha, dos barcos funerários movendo-se pelos canais, conduzidos por coveiros com seus remos longos. Aqueles que haviam sobrevivido tinham perdido um filho, um pai, um irmão ou irmã, um amigo ou um vizinho. Eles se lembravam das quarentenas, do terror que vinha do contato humano mais básico.

As leis em relação à praga eram simples e pétreas: quando a sirene tocava, todos os cidadãos privados deviam voltar aos seus lares. Os oficiais da *stadwatch* deveriam se reunir em estações separadas ao longo da cidade: era um modo, em caso de infecção, de tentar evitar que se espalhasse com toda força. Eles eram despachados apenas para impedir saqueadores, e esses homens recebiam pagamento triplo pelo risco de policiar as ruas. O comércio parava e apenas barcaças funerárias, coveiros e médicos tinham liberdade de se movimentar pela cidade.

Sei de uma coisa que esta cidade teme mais do que os Shu, os fjerdanos e todas as gangues do Barril juntas. Kaz tinha acertado. As barricadas, os bloqueios, as verificações dos papéis das pessoas, tudo isso seria abandonado diante da praga. *É claro que nenhuma daquelas pessoas estava realmente doente*, pensou Nina enquanto voltava correndo pelo porto. A carne necrótica não se espalharia além do que Nina tinha fixado em seus corpos. Eles teriam de achar um jeito de removê-la, mas ninguém ficaria doente ou morreria. Na pior das hipóteses, teriam de aguentar algumas semanas de quarentena.

Nina manteve a cabeça abaixada, o capuz levantado. Embora tivesse sido a causa daquilo tudo e soubesse que a praga era pura ficção, seu coração ainda estava acelerado, carregado a galope pela histeria que borbulhava em torno dela. As pessoas estavam chorando, empurrando e gritando, discutindo sobre espaço nos barcos estreitos. Era o caos. Um caos que ela havia criado.

Eu fiz isso, ela pensou admirada. *Comandei aqueles cadáveres, aqueles pedaços de ossos, aquelas células moribundas.* O que isso fazia dela? Se algum Grisha já tinha tido um poder assim, ela nunca tinha ouvido falar dele. O que os outros Grishas pensariam dela? Seus companheiros Corporalki, os Sangradores e Curandeiros? *Estamos ligados ao próprio poder da criação no coração do mundo.* Talvez devesse se sentir envergonhada, talvez até assustada. Mas vergonha não fazia parte do seu ser.

Talvez Djel tenha apagado uma luz e acendido outra. Nina não se importava se era por causa de Djel, dos Santos ou uma tropa de gatinhos cuspidores de fogo; conforme se apressava para o leste, percebeu que, pela primeira vez em muito tempo, se sentia forte. Sua respiração vinha mais fácil, a dor em seus músculos tinha diminuído. Estava faminta. A ânsia pela *parem* parecia distante, como uma memória de uma vontade real.

Nina tinha sofrido com a perda de seu poder, com a falta da conexão que tinha sentido com o mundo vivo. Havia se ressentido daquele dom sombrio. Parecia uma fraude, uma punição. Mas, assim como a vida conectava tudo, a morte também o fazia. Era aquele rio interminável e de águas rápidas. Tinha mergulhado seus dedos na corrente, contido o redemoinho do seu poder nas mãos. Ela era a Rainha da Lamentação, e nas suas profundezas nunca se afogaria.

35. Inej

Inej viu Dunyasha girar o pulso e ouviu um som como o bater de asas, e então sentiu algo quicar em seu ombro. Inej pegou a estrela prateada antes que ela pudesse cair do telhado. Ela tinha vindo preparada dessa vez. Jesper a havia ajudado a costurar parte do enchimento de um dos colchões da suíte do hotel na sua túnica e em seu colete. Anos na fazenda remendando camisas e meias o deixaram bastante hábil no manejo de uma agulha, e ela não estava disposta a servir de almofada de alfinetes para a Lâmina Branca novamente.

Inej saltou à frente, acelerando em direção à sua oponente, com pleno equilíbrio naquele telhado sobre o qual já tinha passado tantas horas. Atirou a estrela de volta em direção a Dunyasha. A garota se esquivou facilmente.

— Minhas próprias lâminas nunca me trairiam assim — ralhou, como se estivesse dando uma bronca em uma criança pequena.

Mas Inej não precisou acertá-la, apenas distraí-la. Ela gesticulou como se estivesse arremessando outra lâmina, e, conforme Dunyasha acompanhava o movimento, Inej pegou impulso na coluna metálica à direita, deixando o ricochete carregá-la para além de sua oponente. Ela se encolheu bastante, facas nas mãos, e cortou a panturrilha da mercenária.

Em instantes Inej estava de pé novamente, recuando por sobre uma das colunas de arabesco da igreja, mantendo os olhos em Dunyasha. Mas a garota simplesmente riu.

— Seu espírito me traz prazer, Espectro. Não consigo me lembrar da última vez em que alguém conseguiu que o primeiro sangue derramado na luta fosse o meu.

Dunyasha saltou para a coluna de arabesco, e agora elas estavam frente a frente, ambas com lâminas em mãos. A mercenária investiu com força, golpeando-a, mas dessa vez Inej não se permitiu seguir os instintos que com tanto esforço havia aprendido nas ruas de Ketterdam. Em vez disso, respondeu como uma acrobata. *Quando o balançar da corda vem em sua direção, não tente evitá-lo: vá ao encontro dele.*

Inej agachou-se para mais perto do alcance de Dunyasha, como se fossem parceiras em uma dança, usando o impulso do ataque de sua oponente para desequilibrá-la. Mais uma vez Inej atacou com sua lâmina, cortando e abrindo a outra panturrilha da garota.

Dessa vez Dunyasha sibilou.

Melhor que um riso, pensou Inej.

A mercenária girou, um movimento compacto, rodopiando sobre os dedos dos pés como uma adaga em sua ponta. Se ela sentia alguma dor, não demonstrava. Suas mãos seguravam duas lâminas curvas agora, movendo-se em ritmo sinuoso enquanto perseguia Inej ao longo da viga metálica.

Inej sabia que não poderia se lançar para aquelas lâminas. *Então quebre o ritmo*, disse para si mesma. Deixou Dunyasha persegui-la, abandonando sua posição, recuando cautelosa pela coluna até ver a sombra de um florão alto atrás dela. Fez uma finta para a direita, incentivando sua oponente a dar um bote para a frente. Em vez de compensar a finta e manter seu equilíbrio, Inej continuou a se deixar cair para a direita. No mesmo movimento, guardou as lâminas e agarrou o florão com uma mão, voltando seu corpo para o outro lado. Agora o florão estava entre elas. Dunyasha grunhiu em frustração quando suas lâminas bateram contra o metal.

Inej saltou de arabesco em arabesco, correndo pelo telhado para a mais grossa das vigas metálicas, subindo por ela para escalar as costas curvas da catedral. Era como andar sobre as barbatanas de alguma grande criatura do mar.

Dunyasha a seguiu, e Inej foi obrigada a admitir que, mesmo com as duas panturrilhas sangrando, os seus movimentos eram tão suaves e graciosos quanto antes.

— Vai correr até voltar para a caravana, Espectro? Sabe que é apenas uma questão de tempo até que isso termine e que a justiça seja feita.

— Justiça?

— Você é uma assassina e uma ladra. Eu fui escolhida para livrar este mundo de pessoas como você. Um criminoso pode estar me pagando, mas nunca tirei uma vida inocente.

Essa palavra fez soar uma nota dissonante dentro de Inej. Ela era inocente? Arrependia-se das vidas que havia tirado, mas as tiraria novamente para salvar a própria vida, ou a vida de seus amigos. Ela tinha roubado.

Tinha ajudado Kaz a chantagear homens bons e maus. Será que podia dizer que as escolhas que tinha feito eram as únicas que tivera diante de si?

Dunyasha se aproximou, as chamas de seu cabelo reluzentes contra o céu azul, sua pele quase do mesmo tom de marfim que suas finas roupas. Em algum lugar muito abaixo de seus pés, o leilão continuava na catedral, seus participantes alheios à batalha que era travada acima deles. Ali, o sol reluzia forte como uma moeda recém-fabricada, e o vento fluía pelas espinhas e pináculos do telhado em um gemido sussurrante. *Inocência.* Inocência era um luxo, e Inej não acreditava que os Santos a exigiam.

Ela sacou suas facas mais uma vez. *Sankt Vladimir, Sankta Alina, protejam-me.*

— São adoráveis — disse Dunyasha, e puxou duas lâminas longas e retas das bainhas na sua cintura. — Darei para a minha nova faca um cabo usando o osso de sua tíbia. Será uma honra para você me servir na morte.

— Jamais servirei a você — disse Inej.

Dunyasha atacou.

Inej permaneceu próxima, usando cada oportunidade para manter-se dentro da guarda da mercenária e negar a ela a vantagem do seu alcance mais longo. Ela estava mais forte do que quando se enfrentaram no fio, descansada, bem alimentada. Mas ainda era uma garota treinada nas ruas, não nas torres de algum monastério Shu.

O primeiro erro de Inej foi um recuo lento. Ela pagou por isso com um corte profundo no bíceps esquerdo. Ele atravessou o acolchoado de seu colete e tornou difícil manter uma boa pegada na lâmina com a mão esquerda. Seu segundo erro foi colocar força demais em um golpe para o alto. Inclinou-se demais e sentiu a faca de Dunyasha raspando em suas costelas. Foi um corte superficial dessa vez, mas foi por pouco.

Ela ignorou a dor e concentrou-se em sua oponente, lembrando-se do que Kaz lhe tinha dito. *Procure pelos sinais. Todo mundo tem um.* Mas os movimentos de Dunyasha pareciam imprevisíveis. Saía-se igualmente bem com a mão esquerda ou direita, não se apoiava mais em apenas um pé e esperava pelo último momento para atacar, sem dar qualquer indicação prévia de suas intenções. Ela era extraordinária.

— Ficando cansada, Espectro?

Inej não disse nada, conservando energia. Embora a respiração de Dunyasha parecesse clara e regular, Inej podia sentir a sua própria se arrastando um pouco. Não era muito, mas era o suficiente para dar a vantagem à mercenária. Então ela percebeu: um minúsculo soluço no peito de Dunyasha, seguido de um golpe. Um soluço, e então mais um golpe. O sinal estava na sua respiração. Ela inspirava profundamente antes de um ataque.

Ali. Inej esquivou-se para a esquerda, atacou rapidamente, uma investida veloz no flanco de Dunyasha. *Ali.* Inej atacou novamente, e sangue surgiu no braço de Dunyasha.

Inej recuou, esperou enquanto a garota avançava. A mercenária gostava de esconder seus ataques diretos com outros movimentos, o giro de suas lâminas, um floreio desnecessário. Isso tornava-a difícil de ler, mas *ali*. A inspiração rápida. Inej agachou e varreu sua perna esquerda em um arco amplo, tirando o equilíbrio da mercenária. Essa era a sua chance. Inej levantou-se rapidamente, usando seu impulso para o alto e a queda de Dunyasha para empurrar sua lâmina sob a proteção de couro no esterno da garota.

Inej sentiu sangue em sua mão quando arrancou a faca e Dunyasha soltou um grunhido de choque. A garota a encarava agora, segurando o peito com uma mão. Seus olhos se estreitaram. Ainda assim não havia medo ali, apenas um ressentimento duro e intenso, como se Inej tivesse arruinado uma festa importante.

— O sangue que você derrama é o sangue de reis — disse Dunyasha, fervendo de raiva. — Você não é digna de tal presente.

Inej quase sentiu pena dela. Dunyasha realmente acreditava ser a herdeira Lantsov, e talvez ela fosse. Mas não era esse o sonho de toda garota? Acordar e descobrir que era uma princesa? Ou abençoada com poderes mágicos e um destino grandioso? Talvez houvesse pessoas que quisessem essa vida. Talvez essa garota fosse uma delas. *Mas e quanto ao restante de nós? E as fulanas e sicranas, as garotas invisíveis? Aprendemos a erguer a cabeça como se vestíssemos coroas. Aprendemos a extrair mágica do ordinário.* Era assim que você sobrevivia quando não tinha sido escolhida, quando não havia sangue real em suas veias. Quando o mundo não lhe dava nada, e mesmo assim você exigia alguma coisa dele.

Inej levantou uma sobrancelha e lentamente limpou o sangue de reis nas suas calças.

Dunyasha rosnou e avançou na direção de Inej, cortando e golpeando com um braço, o outro pressionando a ferida, tentando estancar o sangramento. Ela obviamente tinha sido treinada para lutar apenas com uma mão. *Mas nunca teve de lutar com um ferimento*, Inej percebeu. *Talvez os monges tenham pulado essa lição.* E agora que estava ferida, seu sinal era ainda mais evidente.

Elas haviam se aproximado da ponta da viga principal da igreja. O arabesco estava solto em alguns lugares ali, e Inej ajustou seu equilíbrio apropriadamente, agora esquivando-se facilmente das investidas de Dunyasha, balançando para a direita e para a esquerda, aproveitando pequenas vitórias, um corte aqui, um golpe ali. Era uma guerra de desgaste, e a mercenária estava perdendo sangue rapidamente.

— Você é melhor do que tinha imaginado — disse Dunyasha, arfando, surpreendendo Inej com a confissão. Seus olhos estavam opacos de dor, a mão no esterno estava molhada e vermelha. Ainda assim, mantinha-se ereta, seu equilíbrio firme enquanto se encaravam a mero metro uma da outra, apoiadas na viga alta de metal.

— Obrigada — disse Inej. As palavras soavam falsas na sua boca.

— Não há vergonha em encontrar uma oponente valorosa. Significa que existe mais a aprender, um bem-vindo lembrete para buscar humildade. — A garota abaixou a cabeça, embainhou sua faca. Colocou um punho sobre o coração em uma saudação.

Inej esperou, alerta. Será que essa garota estava falando sério? Essa não era a forma como as lutas no Barril terminavam, mas a mercenária claramente seguia seu próprio código de conduta. Inej não queria ser forçada a matá-la, não importa o quão desalmada ela parecesse.

— Eu aprendi humildade — disse Dunyasha, a cabeça abaixada. — E agora você vai aprender que alguns foram feitos para servir. E outros foram feitos para mandar.

Ela levantou o rosto abruptamente. Abriu a palma da mão e assoprou com força.

Inej viu a nuvem de pó vermelho e tentou desviar o rosto, mas era tarde demais. Seus olhos estavam ardendo. O que era aquilo? Não importava. Estava cega.

Ela ouviu o som de uma lâmina sendo empunhada e sentiu o corte da faca. Cambaleou para trás ao longo da viga, lutando para manter o equilíbrio.

Lágrimas escorriam pelo seu rosto enquanto tentava limpar o pó dos olhos. Dunyasha era apenas um borrão na sua frente. Inej manteve a lâmina esticada à frente, tentando criar distância entre elas, e sentiu a faca da mercenária cortar seu antebraço. A lâmina caiu dos dedos de Inej e quicou no telhado. *Sankta Alina, proteja-me.*

Mas talvez os Santos tivessem escolhido Dunyasha como porta-voz. Apesar das preces e penitência de Inej, talvez o julgamento finalmente tivesse chegado.

Eu não me arrependo, ela se deu conta. Tinha escolhido viver livremente como uma assassina em vez de morrer silenciosamente como escrava, e não se arrependia disso. Iria ao encontro de seus Santos com o espírito pronto, e torcia para que eles a recebessem.

O próximo corte foi nas articulações dos seus dedos. Inej deu outro passo para trás, mas sabia que o espaço estava acabando. Dunyasha iria empurrá-la para além da borda.

— Eu te disse, Espectro. Eu sou destemida. Meu sangue flui com a força de cada rainha e conquistadora que veio antes de mim.

O pé de Inej pegou na ponta de um dos arabescos de metal, e então ela entendeu. Não possuía o treinamento ou a educação de sua oponente, ou suas roupas brancas e finas. Ela nunca seria tão impiedosa e nem queria ser. Mas conhecia aquela cidade pelo avesso. Era a fonte de seu sofrimento e o campo de testes para a sua força. Gostasse ou não, Ketterdam – brutal, suja, sem esperanças – tinha se tornado seu lar. E ela o defenderia. Ela conhecia os seus telhados do mesmo modo que conhecia as escadas da Ripa que rangiam, da forma que conhecia os paralelepípedos e becos da Aduela. Conhecia cada centímetro daquela cidade como um mapa do seu coração.

— A garota que não conhece o medo — disse Inej ofegante enquanto a forma da mercenária balançava na sua frente.

Dunyasha se curvou.

— Adeus, Espectro.

— Então conheça o medo agora antes de morrer. — Inej deu um passo para o lado, equilibrando-se em um pé enquanto a bota de Dunyasha descia em um pedaço solto de arabesco.

Se a mercenária não estivesse sangrando, talvez tivesse prestado mais atenção no terreno. Se não estivesse tão ansiosa, poderia ter se endireitado.

Mas, em vez disso, ela escorregou, caiu para a frente. Inej enxergou Dunyasha através do borrão de suas lágrimas. Ela ficou suspensa por um instante, uma silhueta contra o céu, dedos do pé procurando apoio, braços esticados sem nada para agarrar, uma dançarina pronta para saltar, olhos arregalados e boca aberta de surpresa. Mesmo agora, naquele seu último momento, ela parecia a garota de uma história, com um destino grandioso. Era a rainha sem piedade, uma figura esculpida em marfim e âmbar.

Dunyasha caiu silenciosamente, disciplinada até o fim.

Inej espiou cautelosamente por sobre a lateral do telhado. Lá embaixo, as pessoas gritavam. O corpo da mercenária estava caído como uma flor branca em um campo vermelho cada vez maior.

— Que traga mais do que sofrimento na sua próxima vida — Inej murmurou.

Ela precisava sair dali. A sirene ainda não tinha soado, mas Inej sabia que estava atrasada. Jesper estaria esperando. Correu pelo telhado da catedral, voltando pelo dedão de Ghezen até a capela. Agarrou a corda de escalada e o rifle de Jesper onde os havia enfiado, entre duas peças de arabesco. Enquanto escalava o domo e abaixava a cabeça para olhar a capela laranja, só podia rezar para que não estivesse atrasada demais. Mas Jesper não estava lá.

Inej esticou o pescoço, vasculhando a capela vazia.

Ela precisava localizar Jesper. Kuwei Yul-Bo tinha de morrer aquela noite.

36. Jesper

O Conselho das Marés havia chegado em todo seu esplendor, e Jesper não conseguia deixar de lembrar da Komedie Brute. Afinal, aquela história toda parecia mesmo uma peça que Kaz tinha organizado com aquele pobre otário do Kuwei como protagonista, não é mesmo?

Jesper pensou em Wylan, que talvez finalmente conseguisse justiça por sua mãe, e pensou em seu próprio pai esperando na padaria. Ele lamentava a briga que tiveram. Embora Inej tivesse dito que ambos ficariam mais contentes em saber em que pé estavam, Jesper não tinha tanta certeza. Ele adorava uma pancadaria generalizada, mas a discussão com seu pai havia deixado um nó na sua garganta. Haviam passado tanto tempo *sem* falar sobre coisas que realmente falar a verdade parecia ter quebrado algum tipo de feitiço – não uma maldição, mas magia boa, do tipo que mantinha todo mundo seguro, que poderia preservar um reino sob vidro. Até que um idiota como ele chegasse e botasse tudo a perder.

Assim que os Hidros começaram a se movimentar pelo corredor, Jesper se afastou da delegação zemeni e se encaminhou para o dedão da igreja. Movimentava-se lentamente, mantendo as costas voltadas para os guardas alinhados nas paredes e fingindo buscar uma vista melhor de todo o rebuliço.

Quando chegou ao arco que marcava a entrada da nave do dedão, direcionou seus passos para as portas principais da catedral, como se fosse sair.

— Dê um passo para trás, por favor — disse um dos soldados da *stadwatch*, mantendo a educação para com um visitante estrangeiro enquanto esticava o pescoço para ver o que estava acontecendo com o Conselho das Marés. — As portas precisam ficar livres.

— Não estou me sentindo bem — disse Jesper com a mão na barriga, forçando um pouco de sotaque zemeni. — Peço que me deixe passar.

— Infelizmente não podemos, senhor. — *Senhor!* Tanta civilidade para alguém que não era um rato do Barril.

— Você não entende — disse Jesper. — Preciso ir ao banheiro *urgentemente*. Jantei ontem à noite em um restaurante... A Caçarola do Sten?

O soldado fez uma careta.

— Por que você comeria lá?

— Estava em um dos guias. — Na verdade, era um dos piores restaurantes de Ketterdam, mas também um dos mais baratos. Como ficava aberto o dia inteiro e era tão acessível, o Sten era uma das poucas coisas que bandidos do Barril e oficiais da *stadwatch* tinham em comum. Semana sim, semana não, alguém dizia ter tido algum problema horrível de estômago graças ao Sten e sua caçarola amaldiçoada pelos Santos.

O soldado balançou a cabeça e sinalizou para os guardas da *stadwatch* no arco. Um deles aproximou-se rapidamente.

— Esse pobre coitado foi ao Sten. Se eu deixá-lo sair pela frente, o capitão com certeza vai vê-lo. Leve-o pelos fundos da capela.

— Por que diabos você comeria no Sten? — o outro guarda perguntou.

— Meu chefe não me paga bem — Jesper respondeu.

— Soa familiar — o guarda retrucou e acenou para ele em direção ao arco.

Simpatia, camaradagem. *Vou fingir ser um turista mais frequentemente*, Jesper pensou. *Acho que posso abrir mão de alguns coletes mais elegantes se isso significar ser tratado tão bem pelos soldados.*

Enquanto passavam sob o arco, Jesper notou a escada em espiral construída nele. Ela levava à galeria superior, e de lá ele teria uma visão clara do palco. Eles tinham prometido não deixar Kuwei caminhar para o desastre sozinho, e, apesar de o garoto ser um ímã de problemas, Jesper não iria abandoná-lo.

Discretamente, Jesper consultou seu relógio enquanto abriam caminho em direção às capelas no final do dedão. Às quatro badaladas, Inej estaria esperando no topo do domo da capela laranja para descer seu rifle.

— Ah — Jesper grunhiu, torcendo para que o guarda desse uma acelerada. — Não sei se vou conseguir aguentar.

O guarda fez um pequeno som de nojo e começou a andar mais rápido.

— O que pediu, amigo?

— O especial.

— *Nunca* peça o especial. Eles só requentam as sobras do dia anterior. — Eles chegaram à capela e o guarda disse: — Deixarei que passe por essa porta. Tem um café do outro lado da rua.

— Obrigado — disse Jesper, e passou seu braço em torno do pescoço do guarda, apertando-o até ele apagar. Jesper tirou as faixas de couro dos seus pulsos, prendeu as mãos do guarda atrás das costas, e enfiou o lenço do seu pescoço na boca do guarda. Então rolou o corpo para trás do altar.

— Bons sonhos — disse Jesper. Sentia-se mal pelo rapaz. Não mal o suficiente para acordá-lo e desamarrá-lo, mas ainda assim...

Ouviu um som de impacto na catedral e olhou na direção da nave. Como o dedão da igreja fora construído em um nível um pouco acima do que o da catedral, tudo o que ele podia ver era o topo das cabeças das últimas fileiras do público, mas parecia que os Hidros estavam fazendo uma confusão e tanto. Jesper verificou seu relógio mais uma vez e começou a subir as escadas.

Uma mão segurou seu colarinho e arremessou-o para trás.

Ele bateu com força no chão da capela, totalmente sem ar. Seu atacante estava de pé na base das escadas, observando-o com olhos dourados.

Suas roupas eram diferentes de quando Jesper o tinha visto saindo da Casa da Rosa Branca na Aduela Oeste. Agora, o soldado Kherguud vestia um uniforme oliva pardo sobre os ombros largos. Seus botões reluziam e seu cabelo preto tinha sido puxado para trás em um rabo de cavalo bem preso, revelando um pescoço grosso como um tronco de árvore. Ele parecia o que realmente era: uma arma.

— Que bom que se vestiu para a ocasião — disse Jesper, arfando, ainda tentando recuperar o fôlego.

O soldado Shu respirou profundamente, narinas se abrindo, e sorriu.

Jesper recuou desajeitadamente. O soldado o seguiu. Jesper se xingou por não ter pego a arma do soldado da *stadwatch*. A pequena pistola não era boa para atirar a distância, mas teria sido melhor do que nada com um gigante atrás dele.

Levantou-se rapidamente e correu de volta pela nave. Se conseguisse chegar até a catedral... Teria que dar algumas explicações. Mas o soldado Shu não o atacaria no meio do leilão. Atacaria?

Jesper não teve a chance de descobrir. O soldado o atingiu por trás, arrastando-o para o chão. A catedral parecia impossivelmente longe, o clamor do leilão e do Conselho das Marés era um eco distante quicando nas altas paredes de pedra. *Ação e reação*, ele pensou absurdamente, enquanto o soldado o virava.

Jesper se debateu como um peixe, esquivando-se da pegada do homenzarrão, grato por ter o corpo de uma garça em dieta radical. Estava de pé novamente, mas o soldado era rápido, apesar de seu tamanho. Ele arremessou Jesper contra a parede, e Jesper soltou um pequeno grito de dor, perguntando-se se tinha quebrado uma costela. *É bom para você. Desopila o fígado.*

Não conseguia pensar direito com aquele brutamontes o amassando.

Jesper viu o punho do gigante recuar, o brilho de metal nos seus dedos. *Eles deram a ele soqueiras de verdade*, ele percebeu, horrorizado. *Eles as construíram dentro de suas mãos.*

Ele se esquivou para baixo e para a esquerda no último instante. O punho do soldado acertou a parede acima da sua cabeça com um estrondo de trovão.

— Escorregadio — o soldado disse em Kerch com sotaque carregado. Mais uma vez ele inspirou profundamente.

Ele sentiu meu cheiro, pensou Jesper. *Naquele dia na Aduela. Ele não se importa de ser encontrado pela* stadwatch, *ele vem caçando e agora encontrou sua presa.*

O soldado recuou o punho novamente. Ele ia apagar Jesper e então o quê? Arrombar a porta da capela e carregá-lo pela rua como um saco de batatas? Passá-lo para um dos seus companheiros alados?

Pelo menos nunca poderei desapontar alguém novamente. Eles o encheriam de *parem*. Talvez vivesse tempo suficiente para fazer um novo lote de Kherguud para os Shu.

Esquivou-se para a direita. O punho do soldado abriu outra cratera na parede da igreja.

O rosto do gigante se contorceu de fúria. Ele prendeu Jesper pela garganta contra a parede e se preparou para dar um último golpe.

Mil pensamentos passaram pela cabeça de Jesper em um único instante: o chapéu amassado de seu pai. O brilho dos seus revólveres com punho perolado. Inej de pé, ereta como uma flecha. *Eu não quero um pedido de desculpas.* Wylan sentado à mesa na tumba, roendo a ponta do dedão. *Qualquer tipo de açúcar*, ele disse, e então... *mantenha isso longe de suor, sangue, saliva.*

O caruncho químico. Inej tinha deixado os frascos não usados na mesa da suíte de Ketterdam. Ele tinha brincado com um deles quando estava discutindo com seu pai. Agora, os dedos de Jesper vasculharam os bolsos de suas calças, mãos se fechando sobre o frasco de vidro.

— *Parem*! — Jesper gritou de repente. Era uma das únicas palavras Shu que conhecia.

O soldado parou, punho no ar. Ele inclinou a cabeça para o lado.

Sempre acerte onde o alvo não está prestando atenção.

Jesper abriu a boca exageradamente e fingiu estar tentando jogar alguma coisa dentro dela.

Os olhos do soldado se arregalaram e sua pegada afrouxou enquanto tentava puxar a mão de Jesper para longe. O Kherguud fez um som, talvez um grunhido ou o início de um protesto. Não fazia muita diferença. Com sua outra mão, Jesper esmagou o frasco de vidro dentro da boca aberta do soldado.

O gigante recuou instintivamente quando os cacos de vidro perfuraram seus lábios e caíram sobre seu queixo, sangue escorrendo em torno deles. Jesper esfregou as mãos furiosamente na camisa, torcendo para que não tivesse cortado seus próprios dedos e deixado o caruncho entrar. Mas nada aconteceu. O soldado só parecia irritado. Ele rosnou e segurou os ombros de Jesper, erguendo-o do chão.

Oh, pelos Santos, pensou Jesper, *talvez ele nem se dê ao trabalho de me levar para seus amigos.*

Ele agarrou os braços grossos do gigante, tentando escapar de sua pegada.

O Kherguud sacudiu Jesper. Ele tossiu, seu grande peitoral chacoalhando, e então sacudiu Jesper novamente – uma sacudida leve e hesitante.

E então Jesper percebeu que o soldado não o estava sacudindo, estava apenas tremendo.

Um sibilo baixo emergiu da boca do gigante, o som de ovos caindo em uma frigideira quente. Espuma rosa borbulhou em seus lábios, uma espuma com sangue e saliva que escorria por seu queixo. Jesper se encolheu.

O soldado gemeu. Suas mãos maciças soltaram os ombros de Jesper, que recuou lentamente, incapaz de tirar os olhos do Kherguud enquanto seu corpo começava a ter convulsões, peito sacudindo. O soldado se curvou, despejando de seus lábios uma bile rosa que salpicou a parede.

— Errou de novo — disse Jesper, tentando não vomitar.

O gigante caiu para o lado e desabou no chão, rígido como um tronco caído.

Por um momento, Jesper só observou seu corpo enorme. Então retomou o bom senso. Quanto tempo havia perdido? Disparou de volta em direção às capelas no final da nave do dedão.

Antes de chegar à porta, Inej apareceu, correndo em sua direção. Ele tinha perdido o encontro no local marcado. Ela não teria vindo atrás dele se não achasse que estava em apuros.

— Jesper, onde…

— Arma — ele pediu.

Sem mais uma palavra, ela tirou o rifle do ombro. Ele pegou a arma, correndo de volta em direção à catedral. Se pelo menos conseguisse subir na galeria.

A sirene soou. Tarde demais. Ele nunca conseguiria chegar a tempo. Iria falhar com eles. *De que adianta um atirador sem suas armas?* De que servia Jesper se não conseguisse dar o tiro? Eles estariam presos naquela cidade.

Seriam trancafiados, provavelmente executados. Kuwei seria vendido para quem desse o preço mais alto. A *parem* cortaria um caminho sangrento pelo mundo e Grishas seriam caçados com ainda mais fervor. Em Fjerda, na Ilha Errante, em Novyi Zem. Os zowa desapareceriam, alistados em serviço militar, devorados por aquela maldita droga.

O alarme da sirene aumentava e diminuía. Havia gritos dentro da catedral. As pessoas estavam correndo para as portas principais; em breve invadiriam o dedão, procurando outra saída.

Qualquer um pode atirar, mas nem todo mundo consegue acertar. A voz de sua mãe. *Somos zowa. Você e eu.*

Impossível. Ele sabia que não tinha linha de visão para Kuwei dali – e *ninguém* conseguia atirar fazendo a curva em uma esquina.

Mas Jesper conhecia bem o suficiente a estrutura da catedral. Ele sabia que era um tiro reto subindo pelo corredor até onde estava a plataforma do leilão. Podia enxergar o segundo botão da camisa de Kuwei dentro da sua cabeça.

Impossível.

Uma bala só tinha uma trajetória.

Mas e se aquela bala pudesse ser guiada?

Nem todo mundo consegue acertar.

— Jesper? — disse Inej atrás dele. Ele levantou o rifle. Era uma arma de fogo comum, mas ele mesmo tinha feito algumas modificações nela. Havia apenas uma bala dentro dela – não letal, uma mistura de cera e borracha. Se errasse, alguém poderia acabar gravemente ferido. Mas se não atirasse, várias pessoas ficariam machucadas. *Diabos*, Jesper pensou, *mesmo se eu errar Kuwei, ainda vou acertar um olho de Van Eck.*

Havia trabalhado com armeiros, feito sua própria munição. Conhecia suas armas melhor do que as regras da Roda do Makker. Jesper concentrou-se na bala, sentindo as suas partes menores. Talvez ele fosse assim também. Uma bala no tambor, esperando a vida toda pelo momento de ter uma direção.

Qualquer um pode atirar.

— Inej — disse ele —, se ainda tem alguma prece a fazer, este é o momento certo para ela.

Ele atirou.

Foi como se o tempo desacelerasse – sentiu o recuo do rifle, o impulso incontrolável da bala. Com toda a sua força, concentrou-se no revestimento de cera e *puxou* para a esquerda, o som do tiro ainda reverberando em seus ouvidos. Sentiu a bala virar e concentrou sua mente naquele botão, no segundo botão, o pequeno pedaço de madeira, os fios mantendo-o preso no lugar.

Não é um dom. É uma maldição. Mas no fim das contas, a vida de Jesper tinha sido cheia de bênçãos. Seu pai. Sua mãe. Inej. Nina. Matthias conduzindo-os pelo canal lamacento. Kaz – até mesmo Kaz, com todas as suas crueldades e falhas, tinha dado a ele uma casa e uma família nos Dregs quando Ketterdam podia tê-lo engolido inteiro. E Wylan. Wylan que tinha entendido antes de Jesper que o poder dentro dele podia ser uma benção também.

— O que acabou de fazer? — Inej perguntou.

Talvez nada. Talvez o impossível. Jesper nunca conseguia resistir a uma aposta arriscada.

Ele deu de ombros.

— A mesma coisa que sempre faço. Dei um tiro no escuro.

37. Kaz

Kaz estava de pé ao lado de Kuwei quando a bala o acertou, e foi o primeiro a correr até ele. Ele ouviu uma saraivada de tiros na catedral, provavelmente oficiais da *stadwatch* em pânico com dedos ansiosos no gatilho. Kaz ajoelhou sobre o corpo de Kuwei, escondendo sua mão esquerda da vista, e enfiou uma seringa no braço do garoto Shu. Tinha sangue por todo lado. Jellen Radmakker tinha caído no palco e estava gritando:

— Atiraram em mim! — Ele não tinha levado um tiro.

Kaz gritou pelo medik. O pequeno homem careca estava paralisado do lado do palco onde esteve tratando de Wylan, seu rosto horrorizado. Matthias pegou o medik pelo cotovelo e o arrastou até lá.

As pessoas ainda estavam se empurrando para sair da igreja. Uma pancadaria tinha começado entre os soldados ravkanos e os fjerdanos, enquanto Sturmhond, Zoya e Genya aceleravam em direção a uma saída. Os membros do Conselho Mercante tinham cercado Van Eck com um grupo de homens da *stadwatch*. Ele não iria a lugar algum.

Um instante depois, Kaz viu Inej e Jesper empurrando a maré de pessoas na tentativa de escapar pelo corredor central. Kaz observou Inej. Ela estava suja de sangue, e seus olhos estavam vermelhos e inchados, mas ela parecia estar bem.

— Kuwei... — disse Inej.

— Não podemos ajudá-lo agora — falou Kaz.

— Wylan! — disse Jesper, ao se dar conta dos cortes e das marcas roxas que se formavam rapidamente. — Pelos Santos, isso tudo é de verdade?

— Anika e Keeg realmente fizeram um estrago nele.

— Eu queria que fosse crível — disse Wylan.

— Admiro sua dedicação à arte — disse Kaz. — Jesper, fique com Wylan. Eles vão querer interrogá-lo.

— Eu estou bem — disse Wylan, embora seu lábio estivesse tão inchado que soava mais como "Eu ô êm".

Kaz fez um sinal com a cabeça para Matthias quando dois guardas da *stadwatch* colocavam o corpo de Kuwei em uma maca. Em vez de lutar com as multidões na catedral, eles se encaminharam para o arco que levava ao mindinho de Ghezen e à saída dele. Matthias seguiu-os, empurrando o medik junto. Não podia haver perguntas em torno da sobrevivência de Kuwei.

Kaz e Inej seguiram-nos para dentro da nave, mas Inej parou na passagem do arco.

Kaz a viu olhar uma vez por sobre o ombro, e, quando acompanhou seu olhar, viu que Van Eck, cercado por conselheiros furiosos, estava encarando-a de volta. Ele se lembrou das palavras que ela tinha dito a Van Eck na Goedmedbridge: *Você me verá mais uma vez, mas apenas uma vez.* A julgar pelo sobe e desce nervoso na garganta de Van Eck, ele também se lembrava. Inej fez uma minúscula mesura.

Eles correram nave rosa acima e foram para dentro da capela. Mas a porta que dava para a rua e para o canal estava trancada. Atrás deles, a porta da capela fechou com força. Pekka Rollins estava encostado nela, cercado de quatro de seus Leoneiros.

— Na hora certa — disse Kaz.

— Suponho que tenha previsto isso também, seu malandro maldito?

— Sabia que não iria me deixar simplesmente ir embora desta vez.

— Não — Rollins admitiu. — Quando veio até mim querendo dinheiro, eu deveria ter estripado você e seus amigos e me poupado dessa trabalheira toda. Isso foi tolice minha.

Rollins começou a tirar a jaqueta.

— Posso admitir que não demonstrei o respeito que lhe devia, rapaz, mas agora você o tem. Parabéns. Você vale o tempo que vai me levar para surrá-lo até a morte com aquela vareta que você carrega.

Inej sacou suas facas.

— Não, não, garotinha — Rollins disse em tom de aviso —, isso é entre mim e esse merdinha ambicioso.

Kaz assentiu para Inej.

— Ele está certo. Já passou muito da hora de termos uma conversa.

Rollins riu, desabotoando suas mangas e enrolando-as para cima.

— Não tem mais conversa, rapaz. Você pode ser jovem, mas eu comecei a lutar muito antes de você nascer.

Kaz não se moveu; manteve as mãos descansando na bengala.

— Não preciso lutar com você, Rollins. Eu vou oferecer uma troca justa.

— Ah, uma barganha justa na Igreja da Permuta. Você me custou muito dinheiro e me trouxe muitos problemas com suas maquinações. Não imagino o que poderia ter para oferecer que me traria tanta satisfação quanto matá-lo com minhas próprias mãos.

— É sobre o Príncipe Kaelish.

— Três andares de paraíso, o mais fino cassino da Aduela Leste. Você plantou uma bomba ali ou algo parecido?

— Não, estou falando do pequeno príncipe kaelish. — Rollins congelou. — Gosta de doces, cabelos vermelhos como os do pai. Não cuida muito bem dos seus brinquedos.

Kaz enfiou a mão no casaco e puxou um pequeno leão de crochê. Estava amarelado, sua juba de lã emaranhada, manchado de terra escura. Kaz o deixou cair no chão.

Rollins olhou fixamente para o objeto.

— O que é isso? — disse ele, sua voz pouco mais do que um sussurro. Então, como se estivesse voltando a si, ele gritou: — *O que é isso?*

— Sabe muito bem o que é, Rollins. E não foi você que me disse como você e Van Eck são parecidos? Homens da indústria, construindo algo duradouro. Ambos tão preocupados com seu legado. E de que adianta isso tudo se não tiver nenhum herdeiro? Então eu me perguntei, para quem ele está construindo isso tudo?

Rollins cerrou os punhos, os músculos densos de seus antebraços flexionando, suas papadas estremecendo.

— Vou matá-lo, Brekker. Eu vou matar tudo o que você ama.

Dessa vez foi Kaz quem riu.

— O truque é não amar nada, Rollins. Pode me ameaçar o quanto quiser. Pode me estripar onde estou. Mas não existe qualquer possibilidade de encontrar seu filho a tempo de salvá-lo. Devo enviá-lo para a sua porta com a garganta cortada, usando o seu melhor terno?

— Seu pedaço insignificante de lixo do Barril — rosnou Rollins. — O que diabos quer de mim?

Kaz sentiu seu humor se esvanecer, sentiu aquela porta escura se abrindo dentro dele.

— Eu quero que você se lembre.

— Me lembre do quê?

— Sete anos atrás você armou um golpe contra dois garotos do sul. Garotos ingênuos do campo. Você nos recebeu, ganhou nossa confiança, nos alimentou com *hutspot* com sua falsa esposa e sua falsa filha. Você ganhou nossa confiança, então pegou nosso dinheiro e nos tomou tudo. — Ele podia ver Rollins se esforçando para lembrar. — Não consegue se lembrar direito? Havia tantos, não? Quantos golpes naquele ano? Quantos pombos azarados enganou desde então?

— Você não tem o direito... — Pekka disse com raiva, seu peito subindo e descendo em surtos irregulares, seus olhos sempre voltando para o leão de brinquedo.

— Não se preocupe. Seu garoto não está morto. Ainda. — Kaz observou o rosto de Pekka com cuidado. — Tudo bem, vou ajudar. Você usou o nome Jakob Hertzoon. Fez meu irmão trabalhar como mensageiro seu. Fazia negócios a partir de um café.

— Do outro lado do parque — Pekka disse rapidamente. — Aquele com cerejeiras.

— É isso aí.

— Isso foi há muito tempo, garoto.

— Você nos tirou tudo. Acabamos indo parar nas ruas e então morremos. Cada um do seu jeito. Mas apenas um de nós renasceu.

— Então é por isso, esse tempo todo? É por isso que olha para mim com assassinato nesses olhos de tubarão? — Pekka balançou a cabeça. — Vocês eram dois pombos, e aconteceu de ser eu a depená-los. Se não fosse eu, teria sido outra pessoa.

Aquela porta escura se abriu ainda mais. Kaz queria atravessá-la. Ele nunca seria inteiro. Jordie nunca poderia ser trazido de volta. Mas Pekka Rollins poderia conhecer a impotência que ele tinha sentido.

— Bem, azar o seu que tenha sido você — disse ele, mordendo as palavras. — Seu e de seu filho.

— Acho que está blefando.

Kaz sorriu.

— Eu enterrei seu filho — disse ele, quase cantando, saboreando as palavras. — Enterrei-o vivo, seis palmos embaixo da terra em um campo de solo rochoso. Eu podia ouvi-lo chorando o tempo todo, implorando por seu pai. *Papa, papa*. Eu nunca ouvi um som mais doce.

— Kaz... — disse Inej, seu rosto pálido. Isso ela não podia perdoar.

Rollins avançou como um touro, agarrou-o pelas lapelas e afundou-o contra a parede. Kaz deixou. Rollins estava suando em bicas, seu rosto furioso com desespero e terror. Kaz se esbaldou. Ele queria se lembrar de cada instante.

— Diga-me onde ele está, Brekker. — Ele esmagou a cabeça de Kaz contra a parede novamente. — *Diga-me.*

— É uma troca justa, Rollins. Simplesmente diga o nome do meu irmão e seu filho sobrevive.

— Brekker...

— Diga o nome do meu irmão — Kaz repetiu. — Que tal outra dica? Você nos convidou para uma casa na Zelverstraat. Sua *esposa* tocou piano. Seu nome era Margit. Havia um cachorro prateado e você chamava sua filha de Saskia. Ela usava uma faixa vermelha na trança. Viu? Eu me lembro. Eu me lembro de tudo. É fácil.

Rollins o soltou, perambulou pela capela, passou os dedos pela cabeça que começava a ficar calva.

— Dois garotos — disse ele desesperado, vasculhando sua memória. Ele virou-se para Kaz, apontando. — Eu me lembro. Dois garotos de Lij. Vocês tinham uma pequena fortuna insignificante. Seu irmão achava que podia posar de negociante, queria ser um mercador e ficar rico que nem os outros otários que saltam de um barco no Barril.

— É isso aí. Mais dois tolos para você enganar. Agora me diga o nome dele.

— Kaz e... — Rollins cruzou os dedos sobre a cabeça. Ele ia e voltava pela capela, de um lado a outro, respirando pesadamente, como se tivesse atravessado a cidade inteira. — Kaz e... — Ele se virou novamente para Kaz. — Eu posso te deixar rico, Brekker.

— Posso enriquecer sozinho.

— Posso te dar o Barril, influência que nunca sonhou em ter. O que você quiser.

— Traga meu irmão de volta dos mortos.

— Ele era um tolo e você sabe disso! Ele era como qualquer outro alvo, pensando ser mais esperto do que o sistema, querendo ganhar dinheiro rápido. Você não pode depenar um homem honesto, Brekker. Sabe disso!

Ganância é a minha alavanca. Pekka Rollins tinha lhe ensinado essa lição, e ele estava certo. Eles tinham sido tolos. Talvez um dia Kaz pudesse perdoar Jordie por não ser o irmão perfeito que ele imaginava em seu coração. Talvez até poderia perdoar a si mesmo por ter sido o tipo de garoto ingênuo que acreditou que alguém pudesse simplesmente querer ser gentil. Mas para Rollins não haveria perdão.

— Diga-me onde ele está, Brekker — Rollins rugiu na sua cara. — Diga agora onde meu filho está!

— Diga o nome do meu irmão. Fale como fazem nos shows de mágica na Aduela Leste – como um encantamento. Você quer o seu garoto? Que direito seu filho tem a uma vida de mimos e proteção? Como ele é diferente de mim ou do meu irmão?

— Eu não sei o nome do seu irmão. Eu não sei! Não lembro! Estava criando minha reputação. Estava fazendo uma grana. Achei que vocês dois teriam uma semana difícil e voltariam para o campo.

— Não, não achou, não. Nunca pensou em nós novamente.

— Por favor, Kaz — Inej sussurrou. — Não faça isso. Não seja assim.

Rollins gemeu.

— Estou implorando…

— Está?

— Seu filho da puta.

Kaz consultou seu relógio.

— Todo esse tempo conversando enquanto seu garoto está perdido no escuro.

Pekka olhou rapidamente para seus homens. Esfregou o rosto com as mãos. Então, lentamente, seus movimentos pesados, como se tivesse de lutar com cada músculo do seu corpo para fazer aquilo, Rollins se ajoelhou.

Kaz viu os Leoneiros balançando a cabeça. Fraqueza nunca conquistava respeito no Barril, não importa quão boa fosse a causa.

— Estou implorando, Brekker. Ele é tudo o que tenho. Deixe-me ir até ele. Deixe-me salvá-lo.

Kaz olhou para Pekka Rollins, Jakob Hertzoon, finalmente ajoelhado diante dele, olhos molhados de lágrimas, dor esculpida nas linhas de seu rosto vermelho.

Tijolo por tijolo.

Era um bom começo.

— Seu filho está no canto mais ao sul do Campo do Tarmakker, três quilômetros a oeste de Appelbroek. Marquei o ponto com uma bandeira preta. Se partir agora, deve chegar até ele com tempo de sobra.

Pekka levantou-se tropegamente e começou a dar ordens.

— Peça antecipadamente para os garotos prepararem os cavalos. E arranje um medik para mim.

— A praga…

— O que fica de plantão no Palácio Esmeralda. Arranque-o da enfermaria você mesmo se precisar. — Ele cutucou o peito de Kaz com um dedo. — Você pagará por isso, Brekker. Pagará e continuará a pagar. Seu sofrimento será eterno.

Kaz encarou Pekka.

— Sofrimento é como qualquer outra coisa. Basta viver com ele por um tempo e acabará aprendendo a gostar do sabor.

— Vamos — disse Rollins. Ele se atrapalhou com a porta trancada. — Onde está a maldita chave?

Um dos seus homens deu um passo à frente com ela, mas Kaz notou a distância que manteve de seu chefe. Eles contariam a história de Pekka Rollins de joelhos por todo o Barril aquela noite, e Rollins devia saber disso também. Ele amava seu filho o bastante para arriscar todo seu orgulho e reputação. Kaz supunha que isso deveria valer alguma coisa. Talvez para outra pessoa.

A porta para a rua foi aberta violentamente, e um instante depois eles já haviam desaparecido por ela.

Inej se agachou, pressionando as palmas nos olhos.

— Ele vai chegar lá em tempo?

— Para quê?

— Para… — Ela levantou os olhos para ele. Iria sentir falta daquele olhar de surpresa. — Você não fez isso. Você não o enterrou.

— Eu nunca nem vi o garoto.

— Mas o leão…

— Era um chute. O orgulho de Pekka em relação aos Leoneiros é bem previsível. O garoto provavelmente tem mil leões para brincar e um leão gigante de madeira para montar.

— Como sabia que ele tinha um filho?

— Me dei conta disso naquela noite na casa de Van Eck. Rollins não parava de tagarelar sobre o legado que estava construindo. Eu sabia que ele tinha uma casa de campo, que gostava de deixar a cidade. E já tinha percebido que ele tinha uma amante escondida em algum lugar. Mas o que ele disse aquela noite me fez pensar.

— E como sabia que era um filho, não uma filha? Isso foi um chute também?

— Um chute fundamentado. Ele deu o nome de Príncipe Kaelish ao seu novo cassino. Tinha de ser um garotinho ruivo. E que garoto não gosta de doces?

Ela balançou a cabeça.

— O que ele encontrará no campo?

— Absolutamente nada. Sem dúvida seu pessoal reportará que seu filho está são e salvo, fazendo o que qualquer criança mimada faria quando os pais não estão por perto. Mas com alguma esperança Pekka passará algumas horas angustiantes cavando e andando em círculos antes disso. O mais importante é que ele não estará por perto para confirmar qualquer das declarações de Van Eck e que as pessoas ouvirão dizer que ele fugiu às pressas da cidade – e levando um medik.

Inej levantou a cabeça para olhá-lo, e Kaz percebeu que ela estava completando o quebra-cabeças.

— Os locais de infecção.

— O Príncipe Kaelish. O Palácio Esmeralda. A Loja de Doces. Todos negócios de Pekka Rollins. Eles serão fechados e isolados por semanas. Eu não ficaria surpreso se a cidade fechasse alguns de seus outros estabelecimentos como precaução se acharem que sua equipe está espalhando doenças. Ele pode levar pelo menos um ano para se recuperar financeiramente, talvez mais se o pânico durar tempo suficiente. É claro, se o Conselho achar que ele ajudou a montar o consórcio fajuto, talvez nunca mais concedam a ele uma licença de negócios.

— O destino tem planos para todos nós — Inej disse em voz baixa.

— E às vezes o destino precisa de uma ajudinha.

Inej franziu a testa.

— Pensei que você e Nina tinham escolhido quatro locais de contaminação nas Aduelas.

Kaz ajeitou as mangas.

— Também falei para ela dar uma passada no Menagerie.

Ela sorriu, seus olhos vermelhos, suas bochechas salpicadas com algum tipo de pó. Era um sorriso que ele achou que morreria para voltar a merecer.

Kaz olhou as horas.

— Temos de ir. Isso ainda não terminou.

Ele ofereceu a ela uma mão enluvada. Inej respirou profundamente, estremecendo, e então aceitou-a, levantando-se como a fumaça de uma chama. Mas ela não largou a mão dele.

— Você demonstrou piedade, Kaz. Foi melhor que ele.

E lá ia ela mais uma vez, buscando decência onde não existia nenhuma.

— Inej, eu só poderia matar o filho de Pekka uma vez. — Ele empurrou a porta aberta com a bengala. — Ele pode imaginar a morte dele mil vezes.

38. Matthias

Matthias corria ao lado do corpo inerte de Kuwei. Dois oficiais da *stadwatch* tinham erguido o garoto e o colocado em uma maca, e estavam correndo com ele em direção ao Beurscanal enquanto as sirenes de praga soavam. O medik estava tendo dificuldades para acompanhar o ritmo, sua túnica da universidade flutuando no vento.

Quando chegaram à doca, o medik pegou o pulso de Kuwei.

— Isso é inútil. Ele não tem pulsação. A bala deve ter atravessado o coração.

Só não olhe embaixo da camisa dele, Matthias torceu mentalmente. Jesper tinha usado uma bala de cera e borracha que havia se fragmentado quando acertou a bolsa presa atrás do botão da camisa de Kuwei, rompendo o invólucro da bolsa e espalhando sangue e pedaços de ossos para todos os lados. O sangue tinha sido coletado em um açougue, mas não tinha como o medik saber disso. Para todos na igreja, pareceu que Kuwei Yul-Bo havia levado um tiro no coração e morrido imediatamente.

— Maldição — disse o médico. — Onde está o barco de emergência? E onde está o administrador do cais?

Matthias suspeitava que poderia responder facilmente a essas perguntas.

O administrador tinha abandonado seu posto assim que ouviu a sirene que alertava sobre a praga, e mesmo daquele ponto de vista estreito eles podiam ver que o canal estava entupido de embarcações, as pessoas gritando e batendo nas laterais dos outros barcos com seus remos enquanto tentavam sair da cidade antes de os canais serem fechados e eles ficarem presos em um abrigo de praga.

— Aqui, senhor! — um homem disse de um barco de pescaria. — Podemos levá-lo ao hospital.

O medik parecia desconfiado.

— Alguém a bordo mostrou sinais de infecção?

O pescador gesticulou para a mulher grávida deitada no fundo do barco, protegida por um toldo.

— Não, senhor. Somos só nós dois e estamos ambos saudáveis, mas minha esposa está prestes a ter um bebê. Seria bom ter alguém como você a bordo caso não cheguemos ao hospital em tempo.

O medik parecia um pouco verde.

— Eu não sou… eu não trato de problemas femininos. Além do que, por que não está tendo seu bebê em casa? — ele perguntou desconfiado.

Ele não se importa nem um pouco se Kuwei sobreviverá ou não, pensou Matthias sombriamente. *Ele só quer tirar o dele da reta.*

— Não tenho uma casa — o homem disse. — Só o barco.

O medik olhou por cima do ombro para a multidão em pânico transbordando das portas da catedral principal.

— Tudo bem, vamos lá. Fique aqui — ele disse para Matthias.

— Sou o protetor escolhido dele — Matthias disse. — Aonde ele for eu vou junto.

— Não há espaço para todos vocês — disse o pescador.

Os oficiais da *stadwatch* trocaram sussurros furiosos, e então um deles disse:

— Vamos colocá-lo no barco, mas então temos que nos reportar para a nossa estação de comando. É o protocolo.

Kaz disse que os oficiais não iam querer chegar nem perto de um hospital durante uma epidemia de praga, e ele estava certo. Matthias não achava que podia culpá-los por isso.

— Mas podemos precisar de proteção — o medik protestou.

— Para um cadáver? — o oficial da *stadwatch* perguntou.

— Para mim! Sou um medik viajando durante uma praga!

O oficial deu de ombros.

— É o protocolo.

Eles colocaram a maca no barco e sumiram.

— Nenhum senso de dever — bufou o medik.

— Ele não parece estar muito bem — o pescador falou, olhando para Kuwei.

— Ele já era — o medik disse. — Mas ainda precisamos fazer o gesto. Como nossos amigos uniformizados diriam: "É o protocolo".

A mulher grávida soltou um terrível gemido, e Matthias regozijou ao observar o medik recuar desajeitado contra a balaustrada do barco, quase virando um balde de lulas. Com alguma esperança o covarde reticente se manteria bem afastado de Nina e de sua barriga falsa. Era uma luta para Matthias evitar olhar fixamente para ela quando tudo o que ele queria era garantir que ela estivesse segura. Mas uma única olhada e ele sabia que ela estava mais do que segura. Seu rosto estava radiante, seus olhos luminosos como esmeraldas. Era isso o que acontecia quando ela usava seu poder – não importava que forma ele assumisse. *Não natural*, disse a velha voz determinada. *Linda*, disse a voz que tinha falado na noite em que ajudou Jesper e Kuwei a escapar do Véu Negro. Era uma voz nova, menos confiante, mas mais alta que nunca.

Matthias assentiu para o pescador e Rotty piscou de volta para ele, dando uma leve puxada na barba do seu disfarce. Ele conduziu rapidamente o barco pelo canal.

Conforme se aproximaram de Zentsbridge, Matthias percebeu um enorme barco-garrafeiro ancorado sob ela. Era largo o suficiente para os cascos roçarem quando Rotty tentou passar. O garrafeiro e Rotty começaram uma discussão fervorosa, e Nina soltou outro gemido, longo e alto o suficiente para Matthias se perguntar se ela estava tentando competir com a sirene da praga.

— Talvez algumas inspirações profundas? — o medik sugeriu da balaustrada.

Matthias deu a Nina um rápido olhar de aviso. Eles podiam fingir uma gravidez. Não conseguiriam fingir um nascimento propriamente dito. Pelo menos achava que não. Tudo era possível quando se tratava de Kaz.

O medik gritou para Matthias levar sua sacola até ele. Matthias fingiu procurá-la, tirou o estetoscópio e o escondeu debaixo de uma pilha de redes – no caso de o medik querer auscultar a barriga de Nina.

Matthias passou a sacola para ele.

— O que está procurando? — perguntou, usando seu corpo para bloquear a visão do medik do barco-garrafeiro enquanto o corpo de Kuwei era trocado pelo corpo que tinham roubado do necrotério na noite anterior. Assim que Sturmhond tirou Genya da igreja, ela tinha parado embaixo da ponte para ajustar o rosto do cadáver e aumentar sua temperatura corporal. Era essencial que parecesse não estar morto há muito tempo.

— Um sedativo — disse o medik.

— Isso é seguro para uma mulher grávida?

— *É para mim.*

O garrafeiro gritou mais algumas palavras ríspidas para Rotty – Specht estava obviamente se divertindo –, e então o barco de pescaria passou pela Zentsbridge e seguiu navegando, movendo-se mais rápido agora que tinham deixado a parte mais tumultuada do canal. Matthias não pôde resistir e olhou para trás: havia sombras movendo-se por trás dos engradados empilhados de vinho no barco-garrafeiro. Ainda havia mais trabalho a ser feito.

— Aonde estamos indo? — perguntou abruptamente o medik. — Achei que estávamos indo para a clínica da universidade.

— A hidrovia estava fechada — Rotty mentiu.

— Então nos leve para o hospital Ghezendaal, rápido.

Era essa a ideia. A clínica da universidade era mais próxima, mas Ghezendaal era menor, seus funcionários menos qualificados e provavelmente estava sobrecarregada pelo pânico da praga, um lugar perfeito para levar um corpo que você não queria que fosse examinado com muita atenção.

Eles pararam suavemente o barco na doca do hospital. Uma equipe ajudou Rotty e Nina a desembarcarem, e então ajudou a levantar a maca também. Mas, assim que chegaram às portas do hospital, a enfermeira de plantão deu uma olhada no corpo na maca e disse:

— Por que trouxeram um cadáver para cá?

— É o protocolo! — disse o medik. — Estou tentando cumprir o meu dever.

— Estamos preparando o hospital para a praga. Não temos leitos para dar aos mortos. Levem-no para trás, para a baía dos fundos. Os coveiros podem vir pegá-lo à noite.

Os funcionários desapareceram na esquina com a maca. No dia seguinte, o corpo de um total estranho estaria transformado em cinzas e o Kuwei de verdade estaria livre para viver sua vida tranquilamente.

— Bem, pelo menos ajude essa mulher, ela está prestes a... — O medik olhou em volta, mas Nina e Rotty tinham desaparecido.

— Eles já entraram — Matthias falou.

— Mas...

A enfermeira levantou a voz, ríspida:

— Vai ficar aí de pé parado o dia inteiro bloqueando minha porta ou vai entrar e ajudar?

— Eu… Precisam de mim em outro lugar — disse o medik, ignorando o olhar de descrença da enfermeira. — Algumas pessoas são tão rudes — ele resmungou, limpando sua túnica enquanto deixavam o hospital.

— Sou um acadêmico da universidade. — Matthias fez uma grande mesura. — Eu agradeço suas tentativas de salvar meu protegido.

— Ah, bem, sim. Deveras. Estava apenas cumprindo os preceitos do meu juramento. — O medik olhou nervoso para as casas e negócios que já começavam a trancar suas portas e a vedar suas janelas. — Realmente preciso ir… até a clínica.

— Tenho certeza de que todos ficarão gratos por sua ajuda — disse Matthias, certo de que o medik pretendia correr até seus aposentos e se proteger contra qualquer pessoa que ousasse aparecer por lá.

— Sim, sim — disse o medik. — Bom dia e boa saúde.

Ele acelerou pela rua estreita.

Matthias percebeu que estava sorrindo ao correr na direção oposta. Ele se encontraria com os outros na Zentsbridge, onde, com alguma sorte, Kuwei logo seria revivido. Ele estaria com Nina de novo e talvez eles pudessem começar a pensar em um futuro.

— Matthias Helvar! — disse uma voz alta e estridente.

Matthias se virou. Um garoto estava de pé no meio da rua deserta. O jovem drüskelle com cabelo cor de gelo que o havia encarado com tanta raiva durante o leilão. Ele vestia um uniforme cinza, não o preto de um oficial drüskelle completo. Será que ele tinha seguido Matthias desde a igreja? O que ele tinha visto?

O garoto não devia ter mais do que quatorze anos. A mão que segurava sua pistola estava tremendo.

— Eu o acuso de traição — disse ele, a voz falhando —, alta traição contra Fjerda e seus irmãos drüskelle.

Matthias levantou as mãos.

— Estou desarmado.

— Você é um traidor para a sua terra e seu deus.

— Nunca nos vimos antes.

— Você matou meus amigos. No ataque contra a Corte do Gelo.

— Eu não matei nenhum drüskelle.

— Seus companheiros mataram. Você é um assassino. Você humilhou o Comandante Brum.

— Qual seu nome? — Matthias perguntou gentilmente. Aquele garoto não queria machucar ninguém.

— Não importa.

— Você é novo na ordem?

— Seis meses — ele falou, levantando o queixo.

— Entrei quando era ainda mais novo do que você. Sei como é lá dentro, as ideias que colocam na sua cabeça. Mas você não precisa fazer isso.

O garoto começou a tremer ainda mais.

— Eu o acuso de traição — repetiu.

— Eu sou culpado — Matthias disse. — Fiz coisas terríveis. E, se desejar, caminharei com você de volta à igreja agora mesmo. Enfrentarei seus amigos e oficiais superiores e podemos ver que justiça será feita.

— Você está mentindo. Você até mesmo deixou que matassem aquele garoto Shu que supostamente devia proteger. Você é um traidor e um covarde. — Ótimo, ele acreditava que Kuwei estava morto.

— Eu irei com você. Tem a minha palavra. E tem a arma. Não precisa ter medo de mim.

Matthias deu um passo à frente.

— Fique onde está!

— Não fique com medo. Medo é como eles controlam você. — *Acharemos um jeito de mudar a cabeça deles*. O garoto só estava com a ordem havia seis meses. Ele ainda estava ao alcance. — Existe tanta coisa no mundo da qual não precisa ter medo, basta abrir os olhos.

— Falei para você ficar onde está.

— Você não quer me ferir. Eu sei. Já fui como você.

— Não sou nem um pouco parecido com você — disse o garoto, seus olhos azuis intensos. Matthias viu a raiva ali, a fúria. Ele conhecia aqueles sentimentos tão bem. Mas ele ainda se surpreendeu quando ouviu o tiro.

39. Nina

Nina tirou o vestido e a barriga pesada de borracha que tinha fixado sobre sua túnica enquanto Rotty se livrava da barba e do casaco. Eles amarraram tudo em um maço, e Nina arremessou-o na água enquanto subiam no barco-garrafeiro atracado na Zentsbridge.

— Já vai tarde — disse ela enquanto o pacote afundava.

— Tão pouco maternal — disse Kaz, surgindo por trás dos engradados de vinho.

— Onde está Inej?

— Estou bem — Inej disse atrás dele. — Mas Kuwei…

— Você está sangrando novamente — Nina observou ao se juntar a eles discretamente atrás das altas pilhas de caixas. Havia pouco tráfego no canal naquele momento, mas não fazia sentido assumir riscos desnecessários. — E o que aconteceu com seus olhos?

— Diria para você perguntar à Lâmina Branca, mas… — Inej deu de ombros.

— Espero que ela tenha sofrido bastante.

— *Nina.*

— O quê? Não dá para nós duas sermos piedosas e serenas.

Eles estavam em um espaço sombrio entre as caixas de vinho e o arco de pedra da ponte. A maca com o corpo de Kuwei estava sobre uma mesa improvisada com caixas. Genya estava injetando algo no braço do garoto Shu, enquanto Zoya e o homem que Nina acreditou ser Sturmhond observavam.

— Como ele está? — Nina perguntou.

— Se ele tem uma pulsação, não consigo encontrá-la — disse Genya. — O veneno fez o seu trabalho.

Talvez bem demais. Genya tinha dito que o veneno reduziria seus batimentos e a respiração a ponto de imitar a morte. Mas o ato era desconfortavelmente convincente. Alguma parte de Nina sabia que o mundo poderia estar mais seguro se Kuwei morresse, mas ela também sabia que, se alguém descobrisse o segredo da *parem*, ele era a melhor chance que Ravka tinha de conseguir um antídoto. Eles tinham lutado para libertá-lo da Corte do Gelo. Eles tinham maquinado e planejado e lutado para que ele pudesse ficar em segurança para continuar seu trabalho entre os Grishas. Kuwei era a esperança.

E ele era um garoto que merecia viver sem um alvo nas costas.

— O antídoto? — Nina perguntou, olhando para a seringa na mão de Genya.

— Essa é a segunda dose que ela injeta — disse Kaz.

Todos observavam enquanto Genya verificava sua pulsação, sua respiração. Ela balançou a cabeça.

— Zoya — Sturmhond disse. Sua voz tinha um tom de autoridade.

Zoya suspirou e arregaçou as mangas.

— Desabotoe a camisa dele.

— O que está fazendo? — Kaz perguntou enquanto Genya abria os botões remanescentes de Kuwei. Seu peito era estreito, suas costelas visíveis, tudo salpicado com o sangue de porco que tinham colocado dentro da bexiga de cera.

— Despertarei seu coração ou cozinharei suas entranhas — disse Zoya. — Afastem-se.

Eles fizeram o melhor possível para obedecer no espaço apertado.

— O que ela quer dizer com isso exatamente? — Kaz perguntou a Nina.

— Não tenho certeza — Nina admitiu.

Zoya tinha esticado as mãos e fechado os olhos. O ar subitamente parecia frio e úmido.

Inej inspirou profundamente.

— Cheira à tempestade.

Zoya abriu os olhos e juntou as mãos como se estivesse rezando, esfregando energicamente as palmas uma contra a outra.

Nina sentiu a pressão cair, o gosto de metal na língua.

— Eu acho... eu acho que ela está conjurando um relâmpago.

— Isso é seguro? — Inej perguntou.

— Nem um pouco — disse Sturmhond.

— Ela pelo menos já fez isso antes? — Kaz perguntou.

— Com esse objetivo? — Sturmhond retrucou. — Já a vi fazer isso duas vezes. Funcionou incrivelmente. Uma vez.

Sua voz era estranhamente familiar, e Nina tinha a sensação de que já tinham se conhecido antes.

— Pronta? — Zoya perguntou.

Genya enfiou um pedaço de tecido grosso dobrado entre os dentes de Kuwei e deu um passo para trás. Com um arrepio, Nina se deu conta de que era para evitar que ele mordesse a própria língua.

— Realmente espero que ela consiga fazer isso direito — murmurou Nina.

— Não tanto quanto Kuwei — disse Kaz.

— É complicado — disse Sturmhond. — Relâmpagos não gostam de ter mestres. Zoya está arriscando a própria vida também.

— Ela não parece o tipo de pessoa que faria isso — Kaz disse.

— Você não sabe de nada — Nina e Sturmhond responderam em uníssono. Mais uma vez, Nina teve a estranha sensação de que o conhecia de algum lugar.

Ela viu que Rotty tinha fechado os olhos com força, incapaz de assistir. Os lábios de Inej se moviam no que Nina sabia ser uma prece.

Um brilho azul fraco crepitou entre as palmas de Zoya. Ela respirou fundo e bateu com elas no peito de Kuwei.

As costas de Kuwei se curvaram, seu corpo todo se contorcendo tão agudamente que Nina achou que sua espinha iria quebrar. Então ele desabou novamente contra a maca.

Seus olhos não abriram. Seu peito continuou imóvel.

Genya verificou seu pulso.

— Nada.

Zoya fez uma careta e juntou suas palmas novamente, um pouco de suor surgindo sobre suas sobrancelhas perfeitas.

— Nós temos absoluta certeza de que queremos que ele sobreviva? — ela bufou. Ninguém respondeu, mas ela continuou a esfregar as mãos, aquela crepitação acumulando mais uma vez.

— O que isso deveria fazer? — Inej perguntou.

— Dar um choque no coração para fazê-lo voltar a bater no ritmo — disse Genya. — E o calor deve ajudar a desnaturalizar o veneno.

— Ou matá-lo — disse Kaz.

— Ou matá-lo — admitiu Genya.

— Agora — disse Zoya, sua voz cheia de determinação. Nina se perguntou se ela estava ansiosa por Kuwei sobreviver ou se ela simplesmente odiava falhar em alguma coisa.

Zoya empurrou suas palmas abertas contra o peito de Kuwei. O corpo dele dobrou como um galho verde pego em um vendaval, e mais uma vez desabou na maca.

Kuwei arfou, olhos abrindo em choque. Ele se esforçou para se sentar, tentando cuspir o tecido que tinha na boca.

— Graças aos Santos — Nina disse.

— Graças a *mim* — Zoya disse.

Genya moveu-se para impedi-lo, e seus olhos se arregalaram ainda mais em pânico.

— Shhh — Nina murmurou, aproximando-se. Kuwei só conhecia Genya e Zoya como parte da delegação ravkana. Eram praticamente pessoas estranhas para ele. — Está tudo bem. Você está vivo. Você está seguro.

Inej parou ao lado dele, retirou o pano de sua boca e alisou seu cabelo.

— Você está seguro — ela repetiu.

— O leilão…

— Terminou.

— E os Shu?

Seus olhos dourados expressavam puro terror, e Nina entendeu quanto medo ele tinha sentido.

— Eles viram você morrer — Nina disse para ele, reconfortando-o. — Assim como todo mundo. Representantes de todos os países viram você levar um tiro no coração. O medik e a equipe do hospital testemunharão sobre sua morte.

— O corpo…

— Hoje à noite, será recolhido pelos coveiros — disse Kaz. — Acabou.

Kuwei deixou-se cair novamente, jogou um braço sobre os olhos e explodiu em lágrimas. Nina deu tapinhas gentilmente.

— Sei como se sente, garoto.

Zoya colocou as mãos na cintura.

— Alguém vai me agradecer – ou agradecer a Genya, falando nisso – por esse pequeno milagre?

— Obrigado por quase matar e então ressuscitar o refém mais valioso do mundo para que você possa usá-lo para o seu próprio benefício — disse Kaz. — Agora vocês precisam ir. As ruas estão quase vazias, e vocês precisam chegar ao distrito industrial.

Os lindos olhos azuis de Zoya se estreitaram.

— Dê as caras em Ravka, Brekker. Nós ensinaremos alguns modos a você.

— Vou me lembrar disso. Quando me queimarem na Barcaça da Ceifadora, certamente quero ser lembrado como *educado*.

— Venha conosco agora, Nina — Genya pediu.

Nina balançou a cabeça.

— O trabalho ainda não terminou, e de todo modo Kuwei está fraco demais para andar até lá.

Zoya pressionou os lábios.

— Só não esqueça onde está sua lealdade. — Ela subiu no barco-garrafeiro, seguida de Genya e Sturmhond.

O corsário virou-se no barco e olhou para Nina. Seus olhos tinham uma tonalidade estranha, e suas feições não pareciam se encaixar direito.

— Caso esteja tentada a não retornar, quero que saiba que você e seu fjerdano são bem-vindos em Ravka. Não temos como estimar o quanto de *parem* os Shu ainda podem ter ou quantos daqueles soldados Kherguud eles criaram. O Segundo Exército precisa dos seus talentos.

Nina hesitou.

— Eu não sou... eu não sou o que já fui.

— Você é uma guerreira — disse Zoya. — Você é Grisha. E nós ganharíamos em ter você do nosso lado.

O queixo de Nina caiu. Isso quase soava como um elogio.

— Ravka está grata por sua ajuda — Sturmhond disse quando se viraram para ir embora. — E a coroa também.

Ele acenou uma vez. Sob a luz do fim da tarde, com o sol por trás dele, ele parecia menos com um corsário e mais com... Mas isso era bobagem.

— Preciso voltar para a igreja — disse Kaz. — Não sei o que o Conselho vai fazer com Wylan.

— Vá — disse Nina. — Esperaremos Matthias aqui.

— Fiquem alertas — disse Kaz. — Mantenham Kuwei escondido até o cair da noite. Aí vocês sabem aonde ir.

Kaz saiu do barco e desapareceu na direção da Igreja da Permuta.

Nina não achou que seria seguro oferecer vinho para Kuwei, então ofereceu-lhe um pouco de água e o incentivou a descansar.

— Tenho medo de fechar os olhos — disse ele.

Nina se esticou para enxergar por sobre a margem do canal e pela rua.

— Por que Matthias está demorando tanto? Acha que aquele medik deu trabalho para ele? — Mas então ela o viu andando rapidamente em sua direção, atravessando a praça vazia. Ele levantou a mão em um aceno.

Ela saltou do barco e correu até ele, jogando-se em seus braços.

— *Drüsje* — ele disse com o rosto encostado em seus cabelos. — Você está bem.

— É claro que estou bem. Você é que está atrasado.

— Achei que não conseguiria encontrá-la no meio da tempestade.

Nina recuou.

— Você parou para se embebedar no caminho para cá?

Ele segurou o rosto dela gentilmente.

— Não — ele disse, e então a beijou.

— Matthias!

— Eu fiz algo errado?

— Não, foi excelente. Mas sou *eu* que sempre beijo você primeiro.

— Deveríamos mudar isso — ele disse, e então desabou sobre ela.

— Matthias?

— Não é nada. Eu precisava vê-la novamente.

— Matthias... oh, pelos Santos. — O casaco que ele estava segurando caiu e ela viu o ferimento de bala em seu estômago. Sua camisa estava ensopada de sangue.

— Socorro! — ela gritou. — Alguém ajude!

Mas as ruas estavam vazias. As portas, barricadas. As janelas, trancadas.

— Inej! — ela gritou.

Ele era pesado demais. Eles deslizaram até os paralelepípedos e Nina aninhou gentilmente a cabeça dele em seu colo. Inej estava correndo até eles.

— O que aconteceu? — ela perguntou.

— Ele levou um tiro. Oh, pelos Santos, Matthias, quem fez isso? — Eles tinham tantos inimigos.

— Não importa — ele falou. Sua respiração soava estranha e frágil. — Tudo o que eu queria era vê-la mais uma vez. Dizer a você…

— Vá buscar Kuwei — Nina disse para Inej. — Ou Kaz. Ele tem *parem*. Você precisa conseguir um pouco para mim. Eu posso salvá-lo. Posso consertá-lo.

Mas será que isso era mesmo verdade? Se ela usasse a droga, o seu poder voltaria a ser o que tinha sido? Ela poderia tentar. Ela tinha que tentar.

Matthias agarrou sua mão com uma força surpreendente. Estava molhada do seu próprio sangue.

— Não, Nina.

— Eu posso lutar uma segunda vez. Posso curá-lo e então lutar.

— Não vale o risco.

— Vale todos os riscos — ela disse. — Matthias...

— Preciso que você salve os outros.

— Que outros? — ela perguntou, desesperada.

— Os outros drüskelle. Jure para mim que pelo menos tentará ajudá-los, tentará abrir os olhos deles.

— Faremos isso juntos, Matthias. Seremos espiões. Genya nos disfarçará e nós iremos juntos para Fjerda. Vestirei todos os coletes tricotados feios que você quiser.

— Volte para sua casa em Ravka, Nina. Seja livre como sempre foi seu destino. Seja uma guerreira, como sempre foi. Só guarde um pouco de piedade para meu povo. Precisa existir uma Fjerda que ainda valha a pena salvar. Prometa para mim.

— Eu prometo. — As palavras eram mais soluço do que som.

— Fui feito para protegê-la. Mesmo na morte, eu encontrarei uma maneira. — Ele apertou sua mão com mais força. — Enterre-me para que eu possa ir até Djel. Enterre-me para que eu possa enraizar e seguir as águas para o norte.

— Eu prometo, Matthias. Eu o levarei para casa.

— Nina — disse ele, pressionando a mão dela contra seu coração. — Eu já estou em casa.

A luz em seus olhos se apagou. Seu peito parou de se mover sob as mãos de Nina.

Ela soltou um grito, um uivo rasgado vindo do espaço negro onde o coração dela tinha batido fazia apenas alguns instantes. Procurou pela pulsação dele, pela luz e força que tinham sido Matthias. *Se eu tivesse meu poder. Se eu nunca tivesse tomado* parem. *Se eu tivesse* parem. Ela sentiu o rio em volta dela, as águas negras do sofrimento. Ela alcançou o frio.

O peito de Matthias levantou, seu corpo tremeu.

— Volte para mim — ela sussurrou. — Volte.

Ela podia fazer isso. Ela poderia dar a ele uma nova vida, uma vida nascida daquelas águas profundas. Ele não era um homem comum. Ele era Matthias, seu fjerdano corajoso.

— *Volte para mim* — ela exigiu. Ele respirou. Suas pálpebras tremeram e se abriram. Seus olhos reluziam negros.

— Matthias — ela sussurrou. — Diga meu nome.

— Nina.

Sua voz, sua linda voz. Era a mesma. Ela segurou sua mão, buscando por ele naquele olhar sombrio. Mas seus olhos tinham sido da cor do gelo do norte, o azul mais pálido, puro. Isso estava completamente errado.

Inej estava ajoelhada do lado dela.

— Deixe-o ir, Nina.

— Não consigo.

Inej colocou seu braço em torno do ombro de Nina.

— Deixe-o ir até o deus dele.

— Ele deveria estar aqui comigo.

Nina tocou sua bochecha fria. Tinha de haver um jeito de voltar atrás, de corrigir aquilo. Quantas coisas impossíveis eles tinham realizado juntos?

— Você o encontrará novamente na próxima vida — Inej falou. — Mas apenas se passar por esse sofrimento agora.

Eles eram almas gêmeas, soldados destinados a lutar por lados diferentes, se encontrarem e se perderem cedo demais. Ela não o manteria ali. Não daquele jeito.

— Na próxima vida então — ela sussurrou. — Vá.

Ela observou seus olhos se fecharem mais uma vez.

— *Farvell* — ela disse em fjerdano. — Que Djel cuide de você até que eu possa fazê-lo novamente.

40. Matthias

Matthias estava sonhando outra vez. Sonhando com ela. A tempestade se enfurecia em torno dele, abafando a voz de Nina. E ainda assim seu coração estava tranquilo. De algum modo sabia que ela estaria segura, que encontraria abrigo do frio. Ele estava no gelo mais uma vez, e em algum lugar podia ouvir os lobos uivando. Mas, dessa vez, sabia que eles estavam dando as boas-vindas de volta para casa.

41. Wylan

Wylan sentou-se entre Alys e Jesper em um banco perto da frente da igreja. Ravkanos, Shu e fjerdanos tinham se metido em uma pancadaria confusa que deixara vários soldados machucados e sangrando e o embaixador fjerdano com um ombro luxado. Havia discursos inflamados sobre sanções comerciais e retaliações de todos os lados. Mas, por ora, algo parecido com ordem havia sido restaurado. A maioria do público do leilão já tinha fugido ou sido retirada do local pela *stadwatch* fazia algum tempo. Os Shu tinham partido, declarando ameaças de ação militar pela morte de um de seus cidadãos.

Aparentemente os fjerdanos tinham marchado até as portas do Stadhall para exigir que Matthias Helvar fosse encontrado e preso, apenas para serem informados de que medidas de emergência devido à praga proibiam assembleia pública. Eles deveriam retornar imediatamente à sua embaixada ou arriscar serem removidos à força das ruas.

As pessoas estavam machucadas, e Wylan ouviu dizer que uma mulher teve a mão esmagada quando foi derrubada no chão durante a corrida em pânico para a porta da catedral. Mas poucos foram para as clínicas ou hospitais para receberem cuidados. Ninguém queria arriscar exposição à praga que estava se espalhando pelo Barril. Apenas o Conselho Mercante e alguns guardas da *stadwatch* permaneciam perto do altar, discutindo em vozes baixas que às vezes se elevavam para algo mais parecido com gritos.

Wylan, Jesper, Alys e sua criada estavam flanqueados pela *stadwatch*, e Wylan torcia para que Kaz estivesse certo em insistir que permanecesse na igreja. Ele não tinha certeza se achava que os guardas estavam lá para protegê-lo ou para vigiá-lo. Pelo jeito como Jesper tamborilava seus dedos nos joelhos, Wylan suspeitava que ele também se sentia igualmente nervoso. Não ajudava o fato de que doía cada vez que Wylan respirava, ou que sua cabeça parecesse um tambor sendo espancado por um percussionista excessivamente entusiasmado.

Ele estava um caco, quase tinha acontecido uma revolta, a reputação de Ketterdam estava em trapos, e ainda assim Wylan não podia deixar de sorrir.

— Por que está tão feliz? — Jesper perguntou.

Wylan deu uma olhada rápida para Alys e sussurrou:

— Conseguimos. E sei que Kaz tinha seus próprios motivos, mas tenho quase certeza de que acabamos de ajudar a evitar uma guerra.

Se Ravka tivesse vencido o leilão, os Shu ou os fjerdanos teriam encontrado alguma desculpa para atacar Ravka e colocar as mãos em Kuwei. Agora Kuwei estaria seguro, e, mesmo que alguém algum dia desenvolvesse a *parem*, os ravkanos poderiam logo estar a caminho de desenvolver um antídoto.

— Provavelmente — respondeu Jesper, seus dentes reluzindo brancos. — O que é um pequeno incidente internacional entre amigos?

— Acho que Keeg pode ter quebrado meu nariz.

— E isso depois da Genya ter deixado ele tão bonito e reto.

Wylan hesitou.

— Você pode ir se precisar. Sei que você deve estar preocupado com seu pai.

Jesper deu uma olhada na *stadwatch*.

— Não tenho certeza se nossos novos amigos simplesmente me deixariam ir embora assim. Além disso, não quero ninguém me seguindo até ele.

E Wylan tinha ouvido Kaz dizer a Jesper para ficar.

Alys passou a mão sobre a barriga.

— Estou com fome — ela disse, olhando para onde o Conselho Mercante ainda estava discutindo. — Quando acha que poderemos ir para casa?

Wylan e Jesper trocaram olhares. Naquele momento, um jovem veio acelerado pelo corredor da catedral e passou um maço de papéis para Jellen Radmakker. Eles portavam o selo verde pálido do Gemensbank, e Wylan suspeitava que mostrariam que todo o dinheiro do Conselho Mercante tinha sido desviado de um falso fundo de *jurda* diretamente para uma conta planejada para os Shu.

— Isso é insanidade! — gritou Van Eck. — Não é possível que estejam acreditando em tudo isso!

Wylan levantou-se para poder ver melhor, e então puxou o ar com força quando sentiu a pontada aguda de dor nas costelas. Jesper o ajudou a se equilibrar. Mas o que Wylan viu perto do pódio tirou completamente sua atenção da dor: um guarda da *stadwatch* estava colocando algemas em seu pai, que estava se debatendo como um peixe pego pelo anzol.

— Isso é obra do Brekker — disse Van Eck. — Ele que montou o fundo. Encontre o fazendeiro. Encontre Pekka Rollins. Eles contarão tudo.

— Pare de fazer show — Radmakker sussurrou furioso. — Pelo bem da sua família, demonstre algum autocontrole.

— Autocontrole? Quando você me algema?

— Acalme-se, homem. Você será levado para o Stadhall para aguardar as acusações. Uma vez que tenha pagado sua fiança…

— Fiança? Sou um membro do Conselho Mercante. Minha palavra…

— Não vale nada! — interrompeu Radmakker, enquanto Karl Dryden se ouriçava de uma forma que fazia Wylan se lembrar do terrier de Alys quando notava um esquilo. — Você deveria estar grato por não o jogarmos em Hellgate agora mesmo. Setenta milhões de kruges do dinheiro do Conselho desapareceram. Kerch foi humilhada. Você tem ideia do dano que causou hoje?

Jesper suspirou.

— Nós fazemos todo o trabalho e ele recebe todo o crédito?

— O que está acontecendo? — Alys perguntou, esticando a mão para pegar na de Wylan. — Por que Jan está em apuros?

Wylan sentia-se mal por ela. Ela era doce e tonta, e nunca tinha feito nada além de se casar com quem a sua família quis. Se dependesse de Wylan, seu pai seria preso sob acusações de fraude e traição. Assinar conscientemente um falso contrato com o propósito de subverter o mercado não era apenas ilegal, era considerado blasfêmia, um flagelo na obra de Ghezen, e as penalidades eram severas. Se seu pai fosse julgado culpado, ele seria destituído do direito de manter propriedade ou ativos. Sua fortuna inteira passaria para Alys e seu herdeiro ainda por nascer. Wylan não tinha certeza se Alys estava pronta para esse tipo de responsabilidade.

Ele apertou a mão dela gentilmente.

— Vai ficar tudo bem — ele disse. — Eu prometo.

E ele realmente pretendia cumprir essa promessa. Eles encontrariam um bom advogado ou homem de negócios para ajudar Alys com o patrimônio. Se Kaz conhecia todos os golpistas em Ketterdam, então devia saber quem eram os negociantes honestos também – pelo menos para poder evitá-los.

— Eles deixarão Jan voltar para casa esta noite? — Alys perguntou, seu lábio inferior tremendo.

— Não sei — ele admitiu.

— Mas você voltará para a casa, não?

— Eu…

— Você fique longe dela — Van Eck cuspiu enquanto a *stadwatch* o arrastava escada abaixo do palco. — Alys, não escute o que ele está dizendo. Você vai precisar pedir para Smeet arranjar os fundos para a fiança. Vá para…

— Não acho que Alys poderá ajudar com isso — disse Kaz. Ele estava de pé no corredor, apoiado em sua bengala de corvo.

— Brekker, seu bandidinho miserável. Realmente acha que está tudo terminado? — Van Eck se endireitou, tentando recuperar alguma parte de sua dignidade perdida. — A essa hora amanhã eu terei saído sob fiança e estarei restaurando minha reputação. Deve haver um jeito de conectá-lo ao fundo de Rietveld e eu o descobrirei. Eu juro.

Wylan sentiu Jesper ficar tenso perto dele. Colm Fahey era a única conexão.

— Vá em frente, jure — disse Kaz. — Faça um voto solene. Acho que todos nós sabemos o quanto sua palavra vale. Mas você pode se dar conta de que seus recursos estão um tanto quanto restritos. O custódio de seu patrimônio estará encarregado de gerenciar seus fundos. Não sei quanto dinheiro Wylan planeja dedicar à sua defesa, ou para a sua fiança, falando nisso.

Van Eck riu amargamente.

— Eu o retirei do meu testamento assim que Alys engravidou. Wylan nunca terá um centavo do meu dinheiro.

Um murmúrio de surpresa surgiu dos membros do Conselho Mercante.

— Você tem certeza? — Kaz perguntou. — Lembro-me de Wylan me contando que vocês tinham feito as pazes. É claro, isso foi antes de todos esses negócios sujos.

— Meu testamento é perfeitamente claro. Tem uma cópia dele no...

Van Eck parou no meio da frase, e Wylan observou uma expressão de horror se espalhar pelo rosto de seu pai.

— O cofre — ele sussurrou.

Wylan se deu conta do que tinha acontecido alguns segundos depois. Specht tinha forjado a carta na mão de seu pai para o capitão do navio; por que não forjar alguma outra coisa?

Algumas vezes um bom ladrão faz mais do que tirar. Ele deixa algo para trás. Na noite em que tinham invadido o escritório do seu pai, Kaz não havia só tentado roubar o selo. Ele havia substituído o testamento de Van Eck por uma falsificação. Wylan se lembrou do que Kaz havia dito: *Percebe que estamos roubando seu próprio dinheiro?* Ele estava falando sério.

— Existe outra cópia — disse Van Eck. — Meu advogado...

— Cornelis Smeet? — disse Kaz. — Sabe se ele procria aqueles cães de guarda dele? Coisa engraçada isso, quando você treina um animal para obedecer, às vezes eles ficam muito fáceis de comandar. É melhor mantê-los um pouco selvagens.

Não dá para ganhar fazendo só uma jogada. Há quanto tempo Kaz vinha planejando entregar a Wylan o império de seu pai?

— Não — disse Van Eck, sacudindo a cabeça. — Não.

Com uma força surpreendente, ele se livrou dos guardas.

— Não pode deixar esse cretino controlar meus fundos — ele gritou, apontando para Wylan com as mãos algemadas. — Mesmo se eu quisesse que ele fosse o herdeiro, ele não tem competência para isso. Ele não sabe ler, mal consegue montar uma frase na página. Ele é um idiota, é uma criança de miolo mole.

Wylan registrou o horror no rosto dos membros do Conselho. Esse era o pesadelo que tivera inúmeras vezes quando criança – ter suas deficiências expostas em público.

— Van Eck! — disse Radmakker. — Como pode dizer algo assim do seu próprio sangue?

Van Eck riu selvagemente.

— Pelo menos isso eu posso provar! Dê algo para ele ler. Vá em frente, Wylan, mostre a eles que grande homem de negócios você será.

Radmakker pousou uma mão sobre seu ombro.

— Não se sinta obrigado a se submeter aos delírios dele, filho.

Mas Wylan inclinou a cabeça para um lado, uma ideia se formando em sua mente.

— Está tudo bem, Senhor Radmakker — disse ele. — Se isso nos ajudará a encerrar esse assunto trágico, atenderei ao pedido de meu pai. Na verdade, se tiver uma Transferência de Autoridade, posso assiná-la agora e começar a angariar fundos para a defesa de meu pai.

Houve murmúrios no palco, e então alguém produziu um papel com os documentos de escritura. Wylan olhou para Jesper. Será que ele entendeu o que Wylan pretendia?

— Este documento aqui seria usado para Kuwei Yul-Bo — disse Dryden. — Mas eles não foram preenchidos. Deve haver uma Transferência de Autoridade.

Ele ofereceu o documento a Wylan, mas Jesper o pegou e o folheou.

— É *ele* que tem de ler — gritou Van Eck. — Não o outro garoto!

— Acho que seu primeiro investimento deveria ser uma focinheira — murmurou Jesper.

Ele passou o documento a Wylan. Poderia ser qualquer coisa. Wylan via as palavras, reconhecia suas formas, mas não conseguia extrair significado delas. Mas podia ouvir a música em sua cabeça, aquele truque de memória que usara frequentemente quando criança, a voz de Jesper lendo alto para ele na entrada de Santa Hilde. Ele viu a porta azul-claro, sentiu o cheiro de glicínias florindo.

Wylan pigarreou e fingiu examinar o papel.

— *Este documento, testemunhado na visão plena de Ghezen e de acordo com os acordos honestos dos homens, tornado obrigatório pelos tribunais de Kerch e seu Conselho Mercante, impõe a transferência de todos os bens, patrimônios e propriedades legais de...* — Ele parou. — Imagino que aqui entrarão nossos nomes, *Jan Van Eck para Wylan Van* Eck, *para serem administrados por ele até Jan Van Eck estar mais uma vez apto a conduzir... seus próprios assuntos*. Realmente preciso continuar a leitura?

Van Eck olhava boquiaberto para Wylan. Os membros do Conselho Mercante balançavam a cabeça.

— Certamente não, filho — disse Radmakker. — Já passou por coisas demais, acho.

O modo como olhou para Van Eck agora foi carregado de pena.

— Levem-no para o Stadhall. Talvez precisemos encontrar um medik para ele também. Algo deve ter abalado sua mente, colocado esses pensamentos loucos na sua cabeça.

— É um truque — disse Van Eck. — É outro dos truques de Brekker.

Ele se libertou dos guardas e correu na direção de Wylan, mas Jesper parou na frente dele, agarrando-o pelos ombros e mantendo-o longe com os braços esticados.

— Você destruirá tudo o que eu construí, tudo o que meu pai e o pai dele construíram. Você...

Jesper se inclinou e disse bem baixinho para que ninguém mais pudesse escutar:

— Posso ler para ele.

— Ele tem um tom muito agradável de barítono — acrescentou Wylan, e então os guardas arrastaram seu pai pelo corredor.

— Não vai se safar dessa! — Van Eck gritou. — Conheço seu jogo agora, Brekker. Minha astúcia está mais afiada...

— Você só pode afiar uma lâmina até certo ponto — disse Kaz enquanto se juntava aos outros na frente da igreja. — No fim das contas, tudo depende da qualidade do metal.

Van Eck estava uivando.

— Vocês nem mesmo sabem se este é o verdadeiro Wylan! Ele poderia estar usando o rosto de outro garoto! Vocês não entendem...

O restante do Conselho Mercante o seguiu, todos parecendo um pouco atordoados.

— Ele perdeu completamente a razão — disse Dryden.

— Devíamos ter notado que não estava raciocinando direito quando se aliou com o patife do Pekka Rollins.

Wylan devolveu o documento de Transferência de Autoridade a Radmakker.

— Talvez seja melhor não lidarmos com isso agora. Estou me sentindo um pouco abalado.

— É claro. Trataremos de pegar o testamento com Smeet e garantiremos que está tudo em ordem. Podemos enviar os devidos papéis para a sua casa.

— Minha casa?

— Não pretende ir para a sua casa no Geldstraat?

— Eu...

— Ele irá, sim — disse Jesper.

— Não entendo — disse Alys enquanto sua criada dava tapinhas de consolação em sua mão. — Jan foi preso?

— Alys — disse Kaz. — O que acha da ideia de ir para o campo e ficar longe de todos esses problemas desagradáveis? Longe da ameaça da praga. Talvez na linda casa do lago que você mencionou.

O rosto de Alys se iluminou, mas ela hesitou.

— Você acha que seria correto? Uma esposa abandonar seu marido em um momento como esse?

— Na verdade, é seu dever fazer isso — disse Kaz. — Afinal, a sua prioridade não deveria ser o bebê?

Jesper assentiu discretamente.

— Um bom ar campestre, muitos campos para... saltitar. Cresci numa fazenda. É por isso que sou tão alto.

Alys franziu a testa.

— Você é um tanto alto demais.

— Era uma fazenda realmente grande.

— E poderia continuar a ter suas aulas de música — disse Wylan.

Agora sim os olhos de Alys realmente brilhavam.

— Com o Senhor Bajan? — Suas bochechas coraram, ela mordiscou o lábio. — Talvez seja o melhor mesmo. Para o bebê.

42. JESPER

NA ESCURIDÃO DA NOITE QUE CAÍA, ELES CAMINHARAM JUNTOS para a casa de Van Eck, Kaz apoiado em sua bengala, Alys apoiada no braço de sua criada. As ruas estavam estranhamente vazias. De vez em quando, viam a *stadwatch*, e o coração de Jesper disparava, se perguntando se seus problemas iriam recomeçar. Mas agora que Van Eck e Pekka haviam sido tão meticulosamente desacreditados, a *stadwatch* tinha problemas maiores para resolver, e as revoltas no Barril tinham dado às gangues diversas maneiras de mantê-la ocupada. Parecia que os moradores da cidade, tanto legais quanto ilegais, estavam cuidando de si mesmos e dispostos a deixar Jesper e seus amigos em paz. Mas nada disso importava para Jesper. Ele só precisava saber se seu pai estava em segurança. Ficou tentado em ir para a padaria, mas não podia se arriscar a ser seguido.

Aquilo o deixou agitado, mas por enquanto resistiria. Talvez ter usado seu poder tivesse ajudado. Talvez ele estivesse apenas ainda na adrenalina da luta. Era cedo para tentar desvendar esse mistério. Mas, aquela noite pelo menos, ele se comprometeria a não fazer nada estúpido. Talvez se sentar em uma sala e usar seus poderes de Fabricador para tirar a cor de um tapete, ou praticar tiro ao alvo, ou pedir a Wylan para amarrá-lo a uma cadeira se precisasse. Jesper queria saber o que aconteceria em seguida. Queria fazer parte disso. Independentemente do escândalo que havia se abatido sobre o nome Van Eck, as lamparinas ainda foram acesas nas janelas, e os empregados abriram contentes a porta para Alys e o jovem Senhor Wylan. Enquanto passavam pelo que parecia ser a sala de jantar, mas sem uma mesa, Jesper olhou para o buraco enorme no teto. Dava para ver diretamente o piso de cima e parte de alguma carpintaria muito extravagante.

Ele balançou a cabeça.

— Realmente devia tomar mais cuidado com as suas coisas.

Wylan tentou sorrir, mas Jesper podia ver que ele estava muito nervoso. Ele foi de sala em sala cauteloso, de vez em quando tocando uma parte da mobília ou um ponto da parede brevemente. Wylan ainda estava muito baqueado. Eles mandaram um medik vir da universidade, mas ainda levaria um longo tempo até que alguém conseguisse vir.

Quando chegaram à sala de música, Wylan finalmente parou. Passou uma mão pela tampa do piano.

— Este é o único lugar desta casa onde já fui feliz.

— Com alguma esperança, isso pode mudar agora.

— Sinto-me um intruso. Como se, a qualquer minuto, meu pai fosse irromper por aquela porta e me dizer para dar o fora.

— Assinar os papéis irá ajudar. Trará uma sensação maior de permanência. — Jesper sorriu. — Aliás, você foi incrível.

— Estava apavorado. Ainda estou. — Ele olhou para as teclas e tocou uma nota gentil. Jesper se perguntou como podia ter confundido Kuwei com Wylan. Suas mãos eram completamente diferentes, o formato dos dedos, as juntas. — Jes — disse Wylan —, o que disse para o meu pai era sério? Vai ficar mesmo comigo? Me ajudar?

Jesper se inclinou sobre o piano, apoiando-se nos cotovelos.

— Deixe-me pensar. Viver em uma mansão luxuosa de mercador, ser servido por empregados, passar um tempo extra com um especialista em demolições em ascensão muito bom em tocar flauta? Acho que poderia aguentar algo assim. — Os olhos de Jesper foram e voltaram dos cachos ruivos de Wylan até os dedos de seus pés. — Mas cobro uma taxa muito exorbitante.

Wylan corou.

— Bem, é uma sorte que o medik logo estará aqui para consertar minhas costelas — ele disse enquanto voltava para o salão.

— Ah é?

— Uhum — disse Wylan, olhando rapidamente sobre o ombro, as bochechas agora vermelhas como cerejas. — Gostaria de pagar a primeira parcela.

Jesper deu uma gargalhada. Não conseguia se lembrar da última vez que havia se sentido tão bem. E nem havia alguém atirando nele.

A cozinheira preparou uma ceia fria, e Alys se retirou para seus aposentos. Os outros se sentaram juntos nos degraus que levavam ao jardim dos fundos, aproveitando a estranha visão do sol se pondo sobre o Geldcanal quase vazio, esperando. Apenas os barcos da *stadwatch*, o corpo de bombeiros e o barco ocasional dos medik eram vistos deslizando ao longo da água, deixando ondulações largas e ininterruptas por onde passavam. Ninguém comeu muito. Estavam todos no limite enquanto esperavam a noite cair. Será que os outros haviam escapado em segurança? Será que tudo havia saído conforme o planejado? Ainda havia tanto a ser feito. Kaz permaneceu perfeitamente imóvel, mas Jesper podia sentir a tensão nele, enrolada como uma cascavel.

Jesper sentiu a esperança nele diminuir, reduzida a um nada graças à preocupação com seu pai. Explorou a casa, passeou pelo jardim, encantou--se com a destruição no escritório de Van Eck. Desde quando o pôr do sol demorava tanto? Podia dizer a si mesmo o quanto quisesse que seu pai estava bem, mas não acreditaria nisso até ver, com seus próprios olhos, o rosto rochoso de Colm Fahey.

Finalmente a noite caiu, e uma longa hora depois o grande barco-garrafeiro deslizou até a doca da elegante garagem de barco de Van Eck.

— Eles conseguiram! — Wylan comemorou.

Kaz soltou o ar lentamente. Jesper pegou uma lamparina e a champanhe que deixaram resfriando. Eles atravessaram o jardim, abriram a porta com tudo e entraram na garagem de barco. Suas saudações morreram ainda em seus lábios.

Inej e Rotty ajudavam Kuwei a sair do barco-garrafeiro. Embora parecesse amarrotado e trêmulo, e sua camisa estivesse aberta revelando um peito ainda salpicado de sangue de porco, ele estava inteiro. O pai de Jesper estava sentado no barco, os ombros caídos, parecendo mais cansado do que Jesper jamais o tinha visto, seu rosto sardento enrugado de tristeza. Ele se levantou devagar e subiu na doca. Ele segurou Jesper com força e disse:

— Você está bem. Você está bem.

Nina permaneceu no barco, descansando a cabeça sobre o peito de Matthias. Ele estava deitado ao lado dela, os olhos fechados, sua cor pálida.

Jesper lançou um olhar questionador para Inej. O rosto dela estava manchado de lágrimas. Ela assentiu uma vez com a cabeça.

— Como? — Kaz perguntou com a voz tranquila.

Novas lágrimas brotaram dos olhos de Inej.

— Ainda não sabemos.

Wylan pegou um cobertor no interior da casa, e eles o esticaram no canto da garagem de barco. Em seguida, Jesper e Rotty ajudaram a levantar o corpo pesado de Matthias para fora da embarcação. O processo foi estranho, indigno. Jesper não conseguia parar de pensar que o fjerdano odiaria aquilo.

Eles o colocaram sobre a coberta. Nina se sentou ao lado dele, calada, de mão dada com ele. Inej trouxe um xale e o colocou sobre os braços de Nina, depois se abaixou silenciosamente ao lado dela, cabeça aninhada em seu ombro.

Por um momento, nenhum deles soube o que fazer, até que Kaz olhou para seu relógio e sinalizou silenciosamente para eles. Ainda havia trabalho que precisava da atenção deles.

Eles começaram a converter o barco-garrafeiro. Às dez badaladas, ele precisava parecer menos com a loja flutuante de um mercador e mais com o barco funerário de um coveiro. Eles haviam remodelado embarcações muitas vezes, usando a base de um único navio como o esqueleto de uma barcaça de flores, um navio de pesca, uma barraca flutuante de mercado. O que fosse necessário para o trabalho. Essa era uma transformação mais fácil. Não seria preciso construir nada, apenas retirar.

Eles arrastaram os blocos de garrafas para dentro da casa e arrancaram a parte superior do convés para eliminar os compartimentos de armazenamento, deixando o barco mais largo e mais plano. Colm ajudou, trabalhando lado a lado com Jesper, como costumavam fazer na fazenda. Kuwei perambulava entre o jardim e a garagem de barcos, ainda fraco depois de sua provação.

Logo Jesper estava suando, tentando se concentrar no ritmo do trabalho, mas não conseguia retirar a tristeza do coração. Havia perdido amigos antes. Havia participado de trabalhos em que as coisas deram errado. Então por que dessa vez parecia tão diferente?

Quando encerraram o trabalho, Wylan, Kaz, Rotty, Jesper e seu pai continuaram no jardim. Não havia nada mais a fazer. A barcaça estava pronta. Rotty havia se vestido de preto da cabeça aos pés, e eles criaram o capuz de um coveiro rasgando e remendando um dos ternos pretos finos de Van Eck. Era hora de partir, mas ninguém se moveu. Ao seu redor, Jesper podia sentir o cheiro da primavera, doce e ansioso, o cheiro de lírios e jacintos, flores começando a desabrochar.

— Era para todos nós termos conseguido — disse Wylan suavemente.

Talvez isso fosse ingênuo, o protesto do filho de um mercador rico que só tinha sentido um gostinho da vida no Barril. Mas Jesper percebeu que vinha pensando a mesma coisa. Depois de todas as suas fugas loucas e de tanto escaparem por um triz, havia começado a acreditar que os seis eram encantados, que suas armas, o cérebro de Kaz, a astúcia de Nina, o talento de Inej, a ingenuidade de Wylan e a força de Matthias os tornavam, de algum modo, intocáveis. Eles podiam sofrer. Podiam levar suas pancadas, mas Wylan estava certo: todos deveriam conseguir chegar ao final.

— Sem luto — disse Jesper, surpreso pela dor do choro em sua garganta.

— Sem funerais — todos responderam suavemente.

— Vamos — disse Colm. — Despeçam-se.

Eles caminharam até a garagem de barco. Mas, antes de entrar, Wylan se inclinou e arrancou uma tulipa vermelha do canteiro. Todos seguiram o exemplo e entraram em silêncio. Um a um, eles se ajoelharam ao lado de Nina e pousaram a flor sobre o peito de Matthias, depois se levantaram, permanecendo ao redor do corpo, como se agora que era tarde demais eles pudessem protegê-lo.

Kuwei foi o último. Havia lágrimas em seus olhos dourados, e Jesper ficou feliz de vê-lo se juntar ao círculo. Foi graças a Matthias que Kuwei e Jesper haviam sobrevivido à emboscada no Véu Negro. Ele era um dos motivos pelo qual Kuwei teria uma chance de ter uma vida de verdade como Grisha em Ravka.

Nina virou o rosto para a água, olhando para as casas estreitas que cercavam o Geldcanal. Jesper viu que os moradores haviam enchido as janelas com velas, como se esses pequenos gestos pudessem obrigar a escuridão a recuar.

— Estou fingindo que aquelas luzes são para ele — disse ela. Ela tirou uma pétala vermelha perdida de cima do peito de Matthias, suspirou e soltou a mão dele, levantando-se lentamente. — Sei que está na hora.

Jesper colocou o braço ao redor dela.

— Ele te amava tanto, Nina. Amá-la fez dele uma pessoa melhor.

— Fez alguma diferença no fim das contas?

— Claro que fez — disse Inej. — Matthias e eu não rezávamos para o mesmo deus, mas sabíamos que existia algo além desta vida. Ele seguiu mais fácil para o próximo mundo sabendo que fez o bem neste aqui.

— Vai ficar em Ravka? — perguntou Wylan.

— Só o suficiente para arrumar transporte para Fjerda. Existem Grishas que podem me ajudar a preservar o corpo dele durante a jornada. Mas não posso ir para casa, não posso descansar até que ele descanse. Eu o levarei para o norte. Para o gelo. Irei enterrá-lo perto da costa. — Ela se virou para eles em seguida, como se os visse pela primeira vez. — E quanto a vocês?

— Teremos que pensar num modo de gastar nosso dinheiro — disse Kaz.

— Que dinheiro? — disse Jesper. — Foi tudo parar nos cofres dos Shu. Como se eles precisassem.

— Foi mesmo?

Nina estreitou os olhos e Jesper viu uma ponta de seu ânimo retornar.

— Pare de enrolar, Brekker, ou enviarei meu exército profano dos mortos atrás de você.

Kaz deu de ombros.

— Achei que os Shu conseguiriam se virar com quarenta milhões.

— Os trinta milhões que Van Eck nos devia… — murmurou Jesper.

— Quatro milhões de kruges para cada um. Entregarei a parcela de Per Haskell para Rotty e Specht. Ele será lavado em um dos negócios dos Dregs antes de voltar para o Gemensbank, mas os fundos devem estar em contas separadas para vocês até o final do mês. — Ele parou. — A parte de Matthias irá para Nina. Sei que dinheiro não faz diferença para…

— Faz sim — disse Nina. — Encontrei um jeito de ele fazer diferença. O que farão com a parte de vocês?

— Encontrar um navio — disse Inej. — Reunir uma tripulação.

— Ajudar a comandar um império — disse Jesper.

— Tentar não afundar esse império — disse Wylan.

— E você, Kaz? — Nina perguntou.

— Construir algo novo — ele disse dando de ombros. — Vê-lo queimar.

Jesper se abraçou e disse:

— Na verdade, você devia colocar a minha parte no nome do meu pai. Não acho… não acho que eu esteja pronto para lidar com esse tanto de dinheiro.

Kaz o observou por um longo momento.

— É a decisão correta, Jes.

Aquilo foi meio como um perdão.

Jesper sentiu o peso do sofrimento em seu coração. Estava cheio de fundos pela primeira vez em anos. A fazenda de seu pai estava a salvo. Mas nada disso parecia correto.

— Achei que ser rico tornaria tudo melhor — disse ele.

Wylan olhou para a mansão de seu pai atrás deles.

— Poderia ter lhe contado que não funciona dessa forma.

Ao longe, os sinos começaram a soar. Jesper foi buscar seu pai no jardim. Colm estava próximo aos degraus da casa, chapéu amarrotado nas mãos.

— Pelo menos agora podemos comprar um novo chapéu pra você — disse Jesper.

— Este aqui é confortável.

— Voltarei para casa, pap. Quando esta cidade voltar ao normal. Depois que Wylan se estabelecer.

— Ele é um bom rapaz. — *Bom demais para mim*, pensou Jesper. — Espero que realmente apareça para me visitar.

Colm olhou para suas mãos grandes.

— Você devia ir conhecer o pessoal da sua mãe. A garota que ela salvou tantos anos atrás, ouvi dizer que ela é muito poderosa.

Jesper não sabia o que dizer.

— Eu… gostaria de fazer isso. Desculpe por tudo o que aconteceu. Por colocá-lo no meio da confusão. Por quase perder algo que você trabalhou tanto para construir. Eu… Acho que o que quero dizer é que essa ação não produzirá eco.

— O quê?

— O ditado soa melhor em Suli. Vou tentar, pap.

— Você é meu filho, Jesper. Não posso protegê-lo. Talvez não devesse ter tentado. Mas estarei lá mesmo quando você vacilar. Sempre.

Jesper deu um abraço apertado em seu pai. *Lembre-se desta sensação*, disse a si mesmo. *Lembre-se de tudo o que tem a perder.* Ele não sabia se era forte o suficiente para manter as promessas que havia feito naquela noite, mas podia tentar ser.

Voltaram para a garagem de barco e se juntaram aos demais.

Inej pousou as mãos nos ombros de Nina.

— Nos veremos de novo.

— Claro que nos veremos. Você salvou minha vida. Eu salvei a sua.

— Acho que está na frente nessa conta.

— Não, não digo dos jeitos mais grandiosos. — Nina prestava atenção em todos. — Digo os pequenos resgates. Rir das minhas piadas. Me perdoar quando fui tola. Nunca tentar me diminuir. Não importa se vai acontecer no próximo mês, no próximo ano, ou daqui a dez anos, essas são as coisas das quais vou me lembrar quando a encontrar novamente.

Kaz ofereceu a mão enluvada a Nina.

— Até lá, Zenik.

— Pode contar com isso, Brekker. — Eles se cumprimentaram.

Rotty desceu para o barco funerário.

— Pronto?

Kuwei se virou para Jesper.

— Você deveria ir me visitar em Ravka. Poderíamos aprender a usar nossos poderes *juntos*.

— O que acha de eu te empurrar no canal e descobrir se você sabe nadar? — Wylan disse com uma imitação razoável do olhar de Kaz.

Jesper deu de ombros.

— Ouvi dizer que ele é um dos homens mais ricos de Ketterdam. Eu não ficaria no caminho dele.

Kuwei fungou ofendido e deitou no chão do barco funerário. Ajeitou os braços cruzando-os sobre o peito.

— Não — disse Kaz. — Não. Os coveiros não se dão ao trabalho de ajeitar os braços dos mortos.

Kuwei deixou as mãos caírem nas laterais do corpo. Colm foi em seguida, e Jesper quis esquecer na mesma hora a imagem de seu pai deitado como um cadáver.

Usaram a coberta para carregar Matthias para o barco, depois retiraram o tecido debaixo dele. Nina pegou o punhado de tulipas em cima do peito dele e as espalhou sobre a água. Ela se deitou ao lado dele.

Rotty empurrou o longo remo de madeira contra o fundo arenoso do canal. A barca deslizou para longe da doca. No escuro, ele parecia como qualquer outro coveiro transportando sua carga sombria pelos canais. Somente barcos funerários podiam passar livremente pela cidade e sair do porto, coletando os mortos para levá-los para cremação na Barcaça da Ceifadora.

Rotty iria levá-los através do distrito industrial, para onde os refugiados Grishas tinham ido após o leilão, depois de descartarem as roupas azuis que haviam usado para fingir pertencerem ao Conselho das Marés. Kaz sabia que não havia como transportar tantos Grishas sem chamar atenção.

Então haviam pegado a passagem secreta da embaixada para a taverna, e depois desfilado pela rua em vestes azuis ondulantes, rostos envoltos em névoa, declarando seu poder em vez de tentar escondê-lo. Jesper supôs que havia uma lição ali para ser aprendida se ele quisesse. Havia apenas quatro Hidros reais entre eles, mas isso tinha sido o suficiente. É claro, havia uma chance de o Conselho das Marés verdadeiro aparecer no leilão, mas, com base em seu histórico, Kaz decidiu que valia a pena correr o risco.

Os Grishas e Sturmhond estariam esperando para embarcar não muito longe do Recife Doce. Assim que todos estivessem a bordo, Rotty os conduziria para fora do porto e ativaria um sinalizador para avisar o lugar onde o navio de Sturmhond viria encontrá-los. Era o único jeito de tirar da cidade um grupo de refugiados Grishas, um fazendeiro que havia ajudado a enganar todo o Conselho Mercante e o corpo de um menino que – até algumas horas atrás – era o refém mais procurado do mundo.

— Vocês precisam permanecer imóveis — Inej murmurou.

— Imóveis como um túmulo — Nina respondeu.

A barca deslizou pelo canal, e ela ergueu a mão para se despedir, sua palma como uma estrela branca, brilhando na escuridão. Eles ainda ficaram na margem por muito tempo depois que a barca desapareceu.

Em certo momento, Jesper percebeu que Kaz tinha ido embora.

— Esse aí não é muito de se despedir, não é? — ele murmurou.

— Ele não se despede — disse Inej. Ela manteve os olhos nas luzes do canal. Em algum lugar do jardim, um pássaro noturno começou a cantar. — Ele apenas vai embora.

43. Kaz

Kaz apoiou a perna ruim em um banquinho e ouviu enquanto Anika lhe passava o relatório sobre os ganhos no Clube do Corvo e a situação do tráfego turístico na Aduela Leste. Nas três semanas desde o leilão de Kuwei e o pânico com a praga, Kaz tinha assumido o escritório de Per Haskell no piso térreo da Ripa. Ele ainda dormia no último andar, mas era mais fácil fazer negócios a partir do covil de Haskell. Ele não sentia falta das viagens extras subindo e descendo a escada, e seu antigo escritório ficava vazio agora. Sempre que ele se sentava para tentar fazer algum trabalho, se pegava olhando para o parapeito da janela.

A cidade ainda não tinha voltado ao normal, mas aquilo havia criado algumas oportunidades interessantes. Os preços nas Aduelas haviam caído enquanto as pessoas se preparavam para um surto duradouro de praga, e Kaz foi rápido em tirar vantagem disso. Ele comprou o prédio ao lado do Clube do Corvo para que pudessem expandir, e também conseguiu comprar uma pequena propriedade na Tampa. Quando o pânico passou e o turismo recomeçou, Kaz estava ansioso para extorquir uma classe mais alta de pombos. Também havia comprado as ações de Per Haskell no Clube do Corvo a um preço razoável. Ele poderia ter conseguido a parte dele de graça, considerando o problema causado no Barril, mas não queria ninguém sentindo pena demais do velhote.

Quando Pekka Rollins voltasse para a cidade, Kaz encontraria um modo de tirá-lo de vez dos negócios. A última coisa que queria era que o dinheiro de seu trabalho árduo fosse parar nos cofres de Rollins.

Assim que Anika terminou seu relatório, Pim passou as informações reunidas no julgamento de Van Eck. O misterioso Johannus Rietveld não havia sido encontrado, mas, uma vez que as contas de Van Eck foram examinadas abertamente, rapidamente ficou claro que ele estava usando as informações que havia aprendido no Conselho Mercante para comprar fazendas de *jurda*. Além de enganar seus amigos, fraudar um leilão e sequestrar o próprio filho, havia até insinuações de que tinha contratado uma equipe para invadir um prédio governamental fjerdano e possivelmente sabotar seus próprios silos de açúcar. Van Eck não seria liberado sob fiança. Na verdade, não havia indícios de que sairia tão cedo da prisão. Embora seu filho tivesse fornecido um pequeno fundo para sua representação legal, a quantia podia, na melhor das hipóteses, ser descrita como moderada.

Wylan decidira usar uma parte de sua recém-adquirida fortuna para restaurar sua casa. Deu a Jesper uma pequena mesada para especular nos mercados, e também trouxe sua mãe para casa. As pessoas em Geldstraat ficaram chocadas ao verem Marya Hendriks sentada no parque com seu filho, ou conduzida pelo canal por um dos serviçais. Às vezes, eles podiam ser vislumbrados da água, de pé diante de seus cavaletes no jardim de Van Eck.

Alys continuou com eles por um tempo, mas ela e seu terrier acabaram decidindo fugir da cidade e das fofocas. Ela terminaria seu confinamento na casa do lago dos Hendriks, e, dizia-se, estava fazendo um progresso duvidoso nas aulas de canto. Kaz estava feliz por não serem vizinhos.

— Bom trabalho — disse Kaz quando Pim terminou. Ele não imaginara que Pim tivesse tamanho talento para coletar informações.

— Roeder montou o relatório — disse Pim. — Acho que ele está tentando uma vaga como sua nova aranha.

— Não preciso de uma nova aranha — disse Kaz.

Pim deu de ombros.

— Espectro não aparece mais. As pessoas estão comentando.

Kaz dispensou Anika e Pim, e se sentou por um longo tempo no escritório silencioso. Mal havia dormido nas últimas semanas. Passara quase metade de sua vida esperando que esse momento se tornasse realidade, e agora tinha medo de que, caso se permitisse dormir, tudo desaparecesse. Pekka Rollins tinha abandonado a cidade e não havia voltado. Dizia-se por aí que ele havia se entocado com seu filho numa casa no campo, cercada por homens armados em tempo integral. Entre as quarentenas no Palácio Esmeralda, no Príncipe Kaelish e na Doceria, e o fato de que não estava por perto para pôr as coisas em ordem, os negócios de Pekka Rollins estavam à beira do colapso. Havia inclusive conversas sobre motim entre os Leoneiros. O chefe deles havia sumido, e o acordo que ele firmara com Van Eck fez parecer que não passavam de capangas de um homem rico. Era praticamente como se fossem da *stadwatch*.

Tijolo por tijolo. Mais dia, menos dia, Rollins se arrastaria para fora dos escombros.

Kaz teria de estar preparado.

Alguém bateu à porta. O problema de estar no térreo era que a probabilidade de pessoas o incomodarem era bem maior.

— Chegou uma carta — disse Anika, jogando-a em sua mesa. — Parece que está andando com maus elementos, Brekker — ela disse com um sorriso malicioso.

Kaz deixou que seu olhar direcionado para a porta passasse o recado. Não estava interessado em ver Anika bater seus cílios loiros.

— Certo — disse ela, e desapareceu, fechando a porta atrás de si.

Kaz ergueu a carta contra a luz. O selo era de cera azul-clara, marcado com uma águia dourada dupla. Ele abriu o envelope com um corte, leu o conteúdo da carta e queimou os dois. Depois escreveu um bilhete e o selou com cera negra.

Kaz sabia que Inej estava hospedada na casa de Wylan. De vez em quando, encontrava um bilhete rabiscado em sua mesa – algumas informações sobre Pekka ou os acontecimentos no Stadhall – e sabia que ela havia passado pelo escritório. Ele vestiu o casaco, pegou o chapéu e a bengala e enfiou o papel no bolso. Poderia ter enviado um mensageiro, mas queria entregar o bilhete pessoalmente.

Kaz passou direto por Anika e Pim ao sair da Ripa.

— Volto em uma hora — disse ele —, e é melhor não encontrar vocês dois vagabundeando aqui.

— Não tem quase ninguém no clube — disse Pim. — Os turistas estão com medo demais da praga.

— Vão até os albergues onde todos os pombos assustados estão esperando o pânico passar. Mostre a eles que estão na mais perfeita saúde. Garanta que eles fiquem sabendo que vocês passaram um bom tempo jogando o Espinheiro dos Três Homens no Clube do Corvo. Se isso não funcionar, levem seus traseiros para os portos e arranjem alguns pombos entre os trabalhadores dos barcos.

— Acabei de terminar meu turno — protestou Pim.

Kaz ajeitou o chapéu na cabeça e passou o dedo pela aba.

— Não me lembro de ter perguntado.

Ele atravessou a cidade, indo para o leste. Ficou tentado a fazer um desvio, só para ver por si mesmo como as coisas estavam indo na Aduela Oeste. Graças ao ataque dos Shu e o surto da praga, as casas de prazeres estavam praticamente vazias. Foram erguidas barricadas em diversas ruas para garantir a quarentena em torno da Doceria e do Menagerie. Havia rumores de que Heleen Van Houden não teria dinheiro para pagar o aluguel daquele mês. Uma pena.

Os barcos não estavam circulando, então ele precisou fazer a pé a viagem até o distrito financeiro. Enquanto caminhava por um canal pequeno e deserto, viu uma neblina espessa sair da água. Apenas alguns passos depois, ela já estava tão densa que mal dava para enxergar. A névoa grudou em seu casaco, deixando-o molhado e pesado, totalmente inapropriada em um dia de primavera quente. Kaz parou na ponte baixa que atravessava o canal, esperando, sua bengala pronta. Um momento depois, três pessoas encapuzadas surgiram à sua esquerda. Mais três apareceram à direita, suas capas azuis se movendo sinuosamente no ar, apesar de não haver qualquer brisa. Aquela parte Kaz havia acertado, mas suas máscaras não eram feitas de névoa. Em vez disso, o verdadeiro Conselho das Marés – ou um grupo bastante convincente de imitadores – usava algo que dava a impressão de olhar para um céu estrelado. Belo efeito.

— Kaz Brekker — disse o Hidro líder. — Onde está Kuwei Yul-Bo?

— Morto e cremado. Transformado em cinzas na Barcaça da Ceifadora.

— Onde está o *verdadeiro* Kuwei Yul-Bo?

Kaz deu de ombros.

— Uma igreja cheia de gente o viu levar um tiro. Um medik atestou que ele estava morto. Mais que isso não posso ajudá-los.

— Você não quer o Conselho das Marés como inimigo, jovem. Nenhum dos seus carregamentos jamais deixará o porto outra vez. Inundaremos o Quinto Porto.

— Decerto, façam isso. Não possuo mais ações do Quinto Porto. Quer parar os meus carregamentos, então terá de parar cada barco que entra e sai do porto. Não sou um mercador. Não freto navios nem registro manifestos de carga. Sou um ladrão e contrabandista. Tente me pegar e perceberá que está tentando segurar o ar.

— Sabe o quanto é fácil se afogar? — perguntou o Hidro. Ele ergueu uma mão. — Pode acontecer em qualquer lugar.

De repente, Kaz sentiu seus pulmões se enchendo de água. Ele tossiu, cuspiu água salgada e se curvou, engasgado.

— Diga-nos o que queremos saber — disse o Hidro.

Kaz respirou com dificuldade.

— Não sei onde está Kuwei Yul-Bo. Pode me afogar bem aqui onde estou e nada mudará isso.

— Então talvez seja melhor encontrarmos seus amigos e afogá-los em suas camas.

Kaz tossiu e cuspiu novamente.

— E talvez você descubra que as torres do obelisco entraram em quarentena por causa da praga. — Os conselheiros ficaram inquietos, a névoa se movendo em volta deles. — Eu fiz aquelas sirenes tocarem. Fui eu que criei essa praga, sou eu que a controlo.

— Um blefe — disse o Hidro, sua manga planando através da névoa.

— Então arrisque. Espalharei doença em volta de cada uma das suas torres. Elas se tornarão epicentros de doença. Acha que o Conselho Mercante não confinará todos vocês? Exigirá que finalmente registrem suas identidades? Eles provavelmente ficariam felizes de ter uma desculpa.

— Eles não se atreveriam. Este país afundaria se não fosse por nós.

— Eles não terão escolha. O público clamará por ação. Eles queimarão as torres do chão até o topo.

— Garoto monstruoso.

— Ketterdam é feita de monstros. Acontece que eu tenho os dentes mais afiados.

— O segredo da *jurda parem* nunca pode ser revelado ao mundo. Nenhum Grisha estará seguro novamente. Nem aqui. Nem em lugar nenhum.

— Então que sorte a sua ele ter morrido com aquele pobre garoto Shu.

— Não nos esqueceremos disso, Kaz Brekker. Um dia se arrependerá da sua insolência.

— Vou lhes dizer uma coisa — disse Kaz. — Quando esse dia chegar, marque-o na agenda de vocês. Sei de um monte de gente que irá querer dar uma festa para comemorar.

As figuras pareceram se desmanchar; quando a névoa finalmente se dispersou, Kaz não viu sinal dos conselheiros.

Ele balançou a cabeça e continuou a descer o canal. Ketterdam tinha isso de maravilhoso. Ela nunca deixava você ficar entediado. Sem dúvida alguma os conselheiros iriam querer algo dele no futuro, e ele seria compelido a ajudá-los.

Mas por enquanto ele tinha negócios a resolver.

44. Inej

Inej não pensou que teria forças para subir as escadas até a cama. Como tinha passado tantas horas no jantar com Jesper e Wylan?

A cozinheira se desculpou toda quando a refeição foi servida aquela noite. Ela ainda não conseguia comprar produtos frescos de qualidade nos mercados, porque as pessoas continuavam com medo de entrar na cidade. Eles fizeram o possível para tranquilizá-la e se entupiram de torta de queijo com alho-poró, depois comeram bolos cobertos com mel sentados no chão da sala de música. A mãe de Wylan havia ido se deitar cedo. Ela parecia estar voltando a si aos trancos e barrancos, mas Inej suspeitava que ainda havia um longo caminho pela frente.

Wylan tocou piano e Jesper cantou a mais suja canção de marinheiro que Inej já tinha escutado. Ela sentia muito a falta de Nina. Não tinha recebido cartas, e só podia torcer para que sua amiga chegasse a Fjerda com segurança e encontrasse alguma paz no gelo. Quando Inej finalmente tivesse seu navio, talvez sua primeira viagem fosse para Ravka. Poderia viajar para o interior de Os Alta, tentar encontrar sua família em uma das velhas rotas pelas quais costumavam viajar, encontrar Nina novamente. Quem sabe um dia.

Inej tinha decidido passar as noites na casa de Wylan, retornando à Ripa somente para buscar seus poucos pertences. Com seu contrato pago e sua conta bancária recheada de fundos, não estava totalmente certa de qual era o seu lugar no mundo. Estava pesquisando navios à vela com canhões pesados e usando seu conhecimento dos segredos da cidade para começar a coletar informações que, assim esperava, pudessem levá-la aos traficantes de escravos que faziam negócios usando os portos de Kerch. As habilidades adquiridas como a Espectro lhe serviriam bem. Mas aquela noite, tudo o que queria contemplar era uma boa noite de sono.

Ela subiu as escadas e se arrastou para a sua cama deliciosamente confortável. Somente quando se aproximou para diminuir a luz é que viu a nota: uma carta lacrada com a letra confusa de Kaz. *Nascer do sol. Quinto Porto.*

Claro que ele tinha dado um jeito de entrar na casa trancada, passar pelos criados e pelos três tolos que cantavam com toda força de seus pulmões. Era justo, no final das contas. Ela vinha entrando e saindo da Ripa, se esgueirando para dentro e para fora de janelas e portas, deixando migalhas de informações para Kaz quando necessário. Poderia simplesmente ter batido à porta do escritório dele, mas era mais fácil assim.

Kaz mudara. A rede. Pagar o seu contrato. Ela ainda podia sentir o toque suave dos lábios dele em sua pele, as mãos nuas mexendo com os nós de suas ataduras. Inej tinha visto uma pista sutil de quem ele poderia se tornar caso se permitisse. Ela não aguentaria vê-lo protegido em sua armadura mais uma vez, abotoado novamente em seus trajes imaculados e comportamento frio. Não queria ouvi-lo falar como se a Corte do Gelo e tudo o que havia acontecido depois fosse só mais um trabalho, outra vitória, outra vantagem a ser conquistada.

Mas ela não ignoraria o bilhete. Havia chegado o momento de colocar um fim nesse assunto que nunca tivera uma chance de começar. Ela contaria a ele o que havia escutado sobre Pekka, ofereceria compartilhar algumas de suas rotas e esconderijos com Roeder. Estaria terminado. Ela apagou a luz e, após um longo momento, adormeceu com o bilhete amassado na mão.

Foi difícil se forçar a sair da cama na manhã seguinte. Havia desenvolvido maus hábitos nas últimas três semanas: dormir e comer quando queria. Nina se sentiria orgulhosa. Estar na casa de Wylan dava a sensação de ter entrado em algum mundo encantado. Já havia estado na casa antes, quando ela e Kaz roubaram o DeKappel, e novamente antes do trabalho do Recife Doce. Mas uma coisa era ser uma ladra em uma casa, e outra bastante diferente era ser uma convidada. Inej se viu envergonhada com o prazer de ser servida, e, ainda assim, a equipe de Van Eck parecia feliz de tê-los por lá. Talvez tivessem temido que Wylan fechasse a casa e os mandasse embora. Ou talvez pensassem que ele merecia alguma gentileza.

Uma das empregadas tinha colocado uma túnica lápis de seda e um pequeno par de chinelos de pele alinhados ao lado da cama. Havia água quente no jarro junto à bacia, uma tigela de vidro cheia de rosas frescas. Ela se banhou, penteou o cabelo, refez sua trança, depois se vestiu e saiu da casa calmamente – usando a porta da frente, para variar.

Manteve o capuz erguido e se moveu rapidamente enquanto seguia para o porto. As ruas ainda se encontravam vazias em grande parte, especialmente àquela hora da manhã, mas Inej sabia que não podia baixar a guarda. Pekka Rollins havia partido. Van Eck estava na prisão. Mas, contratada dos Dregs ou não, enquanto Kaz tivesse inimigos naquelas ruas, ela também teria.

Ele estava de pé na baía, olhando para a água. Seu casaco preto se encaixava com perfeição em seus ombros, o vento salgado do mar sacudindo as ondas escuras de seu cabelo.

Ela sabia que não precisava se anunciar, por isso simplesmente parou perto dele, aproveitando a vista dos barcos na doca. Parecia que várias embarcações haviam chegado aquela manhã. Talvez a cidade estivesse recuperando seu ritmo.

— Como estão as coisas na casa? — ele perguntou enfim.

— Confortáveis — ela admitiu. — Me deixam preguiçosa.

Pelo mais breve momento, Inej se perguntou se Kaz poderia estar com ciúme do conforto ou se era simplesmente alheio a ele. Será que ele se permitiria descansar algum dia? Dormir? Comer uma refeição sem pressa? Ela nunca saberia.

— Ouvi que Wylan está deixando Jesper apostar nos mercados.

— Com *muita* cautela e com somas extremamente limitadas. Wylan espera direcionar o amor dele pelo risco para algo mais produtivo.

— Pode funcionar brilhantemente ou pode terminar num desastre total, mas esse é o jeito que geralmente Jesper gosta de trabalhar. Pelo menos as chances são melhores do que num salão de jogos.

— Wylan só concordou depois que Jesper prometeu começar a treinar com um Fabricador. Considerando que consigam encontrar um. Talvez seja necessário viajar para Ravka.

Kaz inclinou a cabeça, observando uma gaivota fazer um arco sobre eles, asas totalmente abertas.

— Diga a Jesper que ele faz falta. Lá pela Ripa.

Ela ergueu uma sobrancelha.

Lá pela Ripa. Vindo de Kaz, aquilo era tão bom quanto ganhar um buquê de flores e um abraço sincero, e isso significaria o mundo para Jesper.

Parte dela desejava prolongar aquele momento, permanecer perto dele mais um pouco, escutar a aspereza de sua voz, ou simplesmente ficar em silêncio, como fizeram inúmeras vezes antes. Ele tinha sido uma parte substancial de seu mundo por tanto tempo. Em vez disso, ela disse:

— Qual a missão, Kaz? Duvido que esteja planejando um novo trabalho tão cedo.

— Aqui — disse ele, passando uma luneta para ela. Num susto, ela percebeu que ele não estava usando suas luvas. Hesitou em pegá-la das mãos dele.

Inej colocou a luneta sobre o olho e espiou o porto.

— Não sei o que procurar.

— Ancoradouro vinte e dois.

Inej ajustou as lentes e varreu a extensão das docas. Lá, no mesmo ancoradouro de onde haviam partido para a Corte do Gelo, havia um pequeno navio de guerra. Ele era aerodinâmico e de proporções perfeitas, com canhões para fora, uma bandeira com os três peixes de Kerch hasteada rigidamente no mastro principal. Na sua lateral, grafada numa escrita branca graciosa, havia a palavra *Espectro.*

O coração de Inej acelerou. Não podia ser.

— Não é...

— Ele é seu — disse Kaz. — Pedi a Specht para ajudá-la a contratar a tripulação correta. Se preferir pegar um imediato diferente, ele...

— Kaz...

— Wylan me fez um bom preço. A frota do pai dele é cheia de navios adequados, mas aquele ali... Foi feito para você. — Ele olhou para as botas. — Aquele cais também é seu. Sempre estará ali quando... se você quiser voltar.

Inej estava sem palavras. Seu coração se sentia tão pleno, um leito de riacho seco mal preparado para tamanha chuva.

— Não sei o que dizer.

Ele flexionou a mão nua na cabeça de corvo da sua bengala. A visão era tão estranha que Inej não conseguia deixar de olhar.

— Diga que voltará.

— Não acabei meus negócios com Ketterdam. — Ela só soube que aquilo era verdade quando disse as palavras.

Kaz lançou um olhar rápido para ela.

— Pensei que queria caçar traficantes de escravos.

— Quero. E quero sua ajuda. — Inej lambeu os lábios, sentiu o sabor do oceano. Sua vida tinha sido uma série de momentos impossíveis, então por que não pedir algo impossível agora? — O problema não é apenas os traficantes de escravos. São os compradores, os clientes, os chefes do Barril, os políticos. Todo mundo que fecha os olhos para o sofrimento alheio quando há dinheiro envolvido.

— *Eu* sou um chefe do Barril.

— Você nunca venderia alguém, Kaz. Sabe melhor do que ninguém que você não é só mais um chefe lutando para obter a melhor margem de lucro.

— Os chefes, os clientes, os políticos — ele devaneou. — Isso significaria metade das pessoas em Ketterdam, e você quer lutar contra todas elas.

— Por que não? — perguntou Inej. — Nos mares e na cidade. Um por um.

— Tijolo por tijolo — disse ele. Então deu um único aceno de cabeça, como se tivesse se desfazendo daquela ideia. — Não nasci para ser um herói, Espectro. Você já devia saber disso a essa altura. Quer que eu seja um homem melhor, um bom homem. Eu…

— Esta cidade não precisa de um bom homem. Precisa de você.

— Inej…

— Quantas vezes me disse que você era um monstro? Então seja um monstro. Seja a coisa que todos eles temem quando fecham os olhos à noite. Não vamos atrás de todas as gangues. Não vamos fechar as casas que tratam seus empregados de maneira justa. Iremos atrás de mulheres como Tante Heleen, homens como Pekka Rollins. — Ela parou. — E pense nisso dessa maneira, no fundo você estará diminuindo a concorrência.

Ele fez um som que quase poderia se passar por uma risada.

Uma de suas mãos balançou sobre a bengala. A outra repousou ao lado do corpo, perto dela. Ela só precisaria se mover um pouquinho para que os dois se tocassem. Ele estava tão próximo. A um nada de distância.

Com cuidado, ela roçou as juntas do dedo na pele dele, uma pressão leve, a pena de um pássaro. Ele enrijeceu, mas não se afastou.

— Não estou pronta para desistir desta cidade, Kaz. Acho que vale a pena salvá-la. — *Acho que vale a pena salvar você.*

Uma vez eles ficaram no convés de um navio e ela havia esperado exatamente assim. Ele não falou nada na época, e também não falou agora. Inej o sentiu se distanciando, arrastado para baixo, pego por uma ressaca que o levaria cada vez mais para longe da costa. Ela entendia o que era sofrimento, sabia que era um lugar aonde não podia segui-lo, não a menos que também quisesse se afogar.

Quando estavam no Véu Negro, ele lhe disse que lutariam e dariam um jeito de escapar. *Facas em punho, pistolas ardendo. Porque é isso o que fazemos.* Ela lutaria por ele, mas não podia curá-lo. Não desperdiçaria sua vida tentando.

Ela sentiu as juntas dele deslizarem contra as suas. Então, a mão dele segurou a sua, uma palma pressionada contra a outra. Ele estremeceu. Devagar, se permitiu entrelaçar os dedos nos dela.

Por um longo tempo, permaneceram ali, de mãos dadas, olhando para a extensão cinzenta do mar.

Um navio ravkano ostentando a águia dupla de Lantsov tinha atracado apenas alguns ancoradouros acima do *Espectro*, provavelmente descarregando turistas ou imigrantes à procura de trabalho. O mundo mudou. O mundo seguiu em frente.

— Kaz — ela perguntou de repente. — Por que corvos?

— O corvo e a taça? Provavelmente porque corvos são catadores. Eles pegam os restos.

— Não estou falando da tatuagem dos Dregs. Ela é tão antiga quanto a gangue. Por que você o adotou? Sua bengala. O Clube do Corvo. Poderia ter escolhido um símbolo novo, construído um novo mito.

Os olhos de café amargo de Kaz permaneceram fixos no horizonte, o sol que nascia pintando-o com uma luz dourada muito clara.

— Corvos se lembram do rosto dos humanos. Se lembram das pessoas que os alimentam, que são gentis com eles. E das pessoas que os tratam mal também.

— Sério?

Ele assentiu lentamente.

— Eles não se esquecem. Contam uns para os outros de quem devem tomar conta e com quem devem tomar cuidado. Inej — disse Kaz, apontando para o porto com a cabeça da bengala —, olhe lá.

Ela levantou a luneta e olhou para o porto, para os passageiros desembarcando, mas a imagem não estava nítida. De maneira relutante, ela soltou a mão dele. Foi como uma promessa, e ela não queria deixá-la para trás.

Ela ajustou as lentes, e seu olhar percebeu duas pessoas se movendo pela prancha de desembarque. Seus passos eram graciosos, sua postura ereta como facas afiadas. Eles se moviam como acrobatas sulis.

Ela soltou um suspiro profundo. Tudo nela encontrou foco como as lentes da luneta. Sua mente recusou a imagem diante dela. Aquilo não podia ser real. Era uma ilusão, um reflexo falso, uma mentira feita de vidro nas cores de um arco-íris. Ela respiraria novamente e a imagem se estilhaçaria.

Ela segurou a manga de Kaz. Ia desmaiar. Ele passou os braços ao seu redor, segurando-a. Sua mente se dividiu. Metade dela estava consciente dos dedos nus de Kaz em sua manga, de suas pupilas dilatadas, do suporte de seu corpo em torno dela. A outra metade ainda tentava entender o que via.

Ele franziu as sobrancelhas escuras.

— Eu não tinha certeza. Será que não deveria…

Ela mal podia ouvi-lo sob o clamor de seu coração.

— Como? — disse ela, sua voz arranhada e estranha embolada com as lágrimas. — Como conseguiu encontrá-los?

— Um favor, do Sturmhond. Ele enviou batedores. Como parte do nosso acordo. Se foi um erro…

— Não — disse ela, enquanto as lágrimas finalmente transbordavam de seus olhos. — Não foi um erro.

— É claro, se algo tivesse dado errado durante o trabalho, eles viriam para recuperar seu corpo.

Inej engasgou numa risada.

— Me deixe aproveitar o momento. — Ela se endireitou, o equilíbrio voltando. Ela realmente havia pensado que o mundo não mudava? Ela era uma tola. O mundo era feito de milagres, terremotos inesperados, tempestades que vinham do nada e podiam remodelar um continente. O garoto ao lado dela. O futuro além dela. Tudo era possível.

Agora Inej tremia, suas mãos pressionadas contra a boca, observando-os se movimentarem pela doca na direção da baía. Ela correu para a frente, depois voltou para Kaz.

— Venha comigo — disse ela. — Venha conhecê-los.

Kaz assentiu como se estivesse se preparando, flexionou os dedos mais uma vez.

— Espere — disse ele. A rouquidão de sua voz saiu mais áspera do que de costume. — Minha gravata está arrumada?

Inej riu, o capuz caindo para trás, mostrando seu cabelo.

— É essa a risada — ele murmurou, mas ela já havia disparado pela baía, seus pés mal tocando o chão.

— Mamãe! — ela gritou. — Papai!

Inej os viu se virando, viu sua mãe segurar o braço de seu pai. Eles estavam correndo na direção dela.

Seu coração era um rio que corria com ela na direção do mar.

45. Pekka

Pekka se sentou na sala da frente de sua casa de campo e ficou espiando por trás de uma das cortinas de renda branca. Renda kaelish. Importada de Maroch Glen. Pekka não havia economizado dinheiro para deixar o lugar elegante. Havia construído a casa do zero, especificando as dimensões de cada aposento, o verniz para os pisos, escolhendo cada lustre e mobília com cuidado. O Palácio Esmeralda era seu grande orgulho, o Príncipe Kaelish, a joia da coroa de seu império, uma ode ao luxo e ao estilo, embelezado com o maior brilho do Barril. Mas aquele lugar era sua casa, seu castelo. Cada um de seus detalhes transmitia respeito, prosperidade, permanência. Pekka se sentia seguro ali, seguro com seu filho e com os guarda-costas a quem pagava tão bem. Ainda assim, ele se afastou da janela. Melhor não arriscar. Havia muitos lugares para um bom atirador se esconder do lado de fora. Talvez devesse cortar as faias que circundavam o gramado. Tinha dificuldade de entender o que havia acontecido com sua vida. Um mês atrás ele era um homem rico, um homem a ser temido, um rei. E agora?

Ele puxou seu filho para mais perto e acariciou seu cabelo ruivo. O menino seguia incansável em seu colo.

— Quero ir brincar! — disse Alby, saltando do joelho de Pekka, polegar na boca, agarrando seu pequeno leão macio, um dos muitos que possuía. Pekka mal conseguia olhar para aquela coisa. Kaz Brekker havia passado a perna nele e ele havia caído.

Mas era pior do que isso. Brekker havia entrado em sua cabeça. Pekka não conseguia parar de pensar em seu garoto, seu garoto perfeito enterrado a sete palmos abaixo da terra, gritando por ele, implorando por seu pai, e Pekka sendo incapaz de resgatá-lo. Às vezes seu filho estava chorando em algum lugar dos campos, mas ele não sabia onde cavar. Às vezes era Pekka quem estava no túmulo, paralisado enquanto jogavam terra sobre ele – de leve no início, como o toque da chuva, depois em punhados pesados que enchiam sua boca e roubavam o ar de seu peito. Acima dele, podia ouvir as pessoas rindo – garotos, garotas, mulheres e homens. Silhuetas contra o céu azul do crepúsculo, seus rostos perdidos em sombras, mas ele sabia perfeitamente quem eles eram. Todas as pessoas que ele havia enganado, ludibriado, assassinado. Todos os soluços solitários que ele havia sacrificado durante sua ascensão. Ainda não conseguia se lembrar do nome do irmão de Brekker. Qual era mesmo o seu nome? Pekka tinha sido Jakob Hertzoon, havia vestido milhares de rostos diferentes. Mas Kaz Brekker o havia encontrado. Viera atrás dele para se vingar. Se um daqueles idiotas podia encontrá-lo, por que não outro e mais outro? Quantos entrariam na fila para jogar a próxima pá de terra?

Fazer escolhas, mesmo as escolhas mais simples, tinha se tornado difícil. Qual gravata usar. O que pedir de jantar. Ele duvidava de si mesmo. Pekka nunca havia duvidado de si mesmo. Havia começado a vida como um zé-ninguém. Um quebrador de pedra da Ilha Errante, um garoto robusto valorizado somente pelas costas fortes e por sua juventude, por sua capacidade de erguer uma picareta e carregar uma carga de pedras. Mas ele havia conquistado na base da trapaça seu lugar em um barco que vinha para Ketterdam e construído sua reputação com os punhos. Ele tinha sido um boxeador, um brutamontes, o mais temido executor das gangues. Tinha sobrevivido por ser o mais forte, o mais resistente, porque ninguém conseguia fazê-lo se curvar. Agora tudo o que queria fazer era ficar sentado do lado de dentro, beber seu uísque, observar as sombras se moverem através do teto. Tudo mais o enchia de um terrível cansaço.

E então, certa manhã, ele acordou com um céu azul esmaltado brilhante. O ar estava tomado pelo canto dos pássaros. Podia sentir o cheiro do verão que se aproximava, o calor de verdade no ar, fruta amadurecendo no pomar. Ele se vestiu. Tomou seu café da manhã. Passou a manhã nos campos, trabalhando sob o sol baixo e brincando com Alby. Quando o dia ficou quente demais, sentaram-se na varanda ampla e beberam copos de limonada refrescante. Em seguida, Pekka entrou e realmente encarou os papéis e contas que vinham se empilhando sobre sua mesa. As coisas continuavam desastrosas no Palácio Esmeralda e no Príncipe Kaelish. As casas tinham sido fechadas pela cidade como uma precaução sanitária, as portas e janelas marcadas com lúgubres Xs negros para indicar um local de surto. Notícias chegando de Ketterdam indicavam que a praga tinha sido um alarme falso, algum fungo ou vírus estranho que tinha se espalhado rapidamente, mas que vinha se mostrando inofensivo. Oficiais da cidade demonstravam um otimismo cauteloso.

Pekka estudou os balancetes patrimoniais. Os dois salões de jogo provavelmente se recuperariam com o tempo. Aquele seria um ano perdido, mas, assim que as coisas se acalmassem, passaria uma nova camada de tinta nos prédios, daria novos nomes a eles, e estaria de volta aos negócios. Provavelmente teria de fechar a Doceria. Nenhum homem abaixaria as calças se o preço fosse pegar a praga, não quando havia tantos outros estabelecimentos dispostos a atendê-lo. Isso era uma infelicidade. Mas ele já havia passado por contratempos antes. Ele tinha uma boa fonte de "empregados" sob contrato de servidão que trabalhariam em troca de nada. Ele ainda era Pekka Rollins, o rei do Barril. E se algum daqueles pequenos vagabundos perambulando pelas ruas se esquecesse disso, ele ficaria feliz em ajudá-lo a se lembrar. Quando Pekka terminou de arrumar o bolo de correspondências e de notícias, a noite havia caído. Ele se alongou, tomou o resto do seu uísque e foi olhar Alby dormindo profundamente com aquele pequeno leão amaldiçoado enfiado embaixo de seu queixo. Desejou uma boa noite aos guardas a postos do lado de fora do quarto de seu filho, e então desceu pelo corredor.

— Encerrando por hoje, chefe? — perguntou Doughty. Ele e outro capanga enorme vigiavam os quartos de Pekka à noite, homens em quem Pekka sabia que podia confiar.

— Estou sim, Doughty. E será uma boa noite.

Quando se deitou, sabia que não sonharia com seu filho chorando, com a cova ou com o coro sombrio pairando sobre ele, rindo. Aquela noite ele sonharia com a Ilha Errante, com seus campos verdes e ondulantes e com a névoa que envolvia suas montanhas. De manhã, ele se levantaria renovado, pronto para lidar com o trabalho real de reclamar seu trono. Em vez disso, ele acordou com o peso de uma pedra pesada sobre seu peito. Seu primeiro pensamento foi a cova, o peso da terra o pressionando para baixo. Depois ele voltou a si. Seu quarto estava escuro, e alguém estava em cima dele. Ele arquejou e tentou sair dos lençóis, mas sentiu um par de joelhos e cotovelos prendendo-o no lugar, a ardente pressão de uma lâmina contra seu pescoço.

— Vou te matar — Pekka arfou.

— Você já tentou. — Uma voz de mulher. Não, a voz de uma garota.

Ele abriu a boca para berrar por seus guardas.

Ela espetou seu pescoço com a faca. Pekka chiou enquanto o sangue escorria por sua gola.

— Grite e usarei esta lâmina para pregar sua garganta no travesseiro.

— O que você quer?

— Tem apreço pela vida, Rollins? — Quando ele não respondeu, ela o feriu novamente. — Fiz uma pergunta. Você tem apreço pela vida?

— Como conseguiu passar pelos meus guardas?

— Chama aquilo de guardas?

— Você os matou?

— Não me dei ao trabalho.

— A única janela tem grades. Ela é…

— Sou a Espectro, Rollins. Acha que grades podem me parar?

A garotinha suli de Brekker. Ele amaldiçoou o dinheiro que havia gastado com aquela mercenária ravkana.

— Então Brekker a mandou para me entregar uma mensagem? — ele perguntou.

— Na verdade, tenho minha própria mensagem para te passar.

— Me diga que acordo firmou com Brekker. Seja lá a quantia que ele estiver pagando, posso pagar o dobro.

— Shhhh — a garota disse, pressionando seus joelhos para baixo. Pekka sentiu algo em seu ombro estalar. — Deixei lindos pedaços do cérebro de Dunyasha espalhados pelos paralelepípedos de Ketterdam. Quero que pense no que eu poderia fazer com você.

— Por que não me mata de uma vez e me poupa de suas ameaças? — Ele não seria acuado por uma garota magricela qualquer do Menagerie.

— A morte é um presente que você ainda não merece.

— Você…

Ela enfiou algo em sua boca.

— Pode gritar agora — ela murmurou. Ela afastou o tecido de sua camisa de pijama e então começou a escavar seu peito com a faca. Ele gritou sob a mordaça, tentando se livrar dela.

— Cuidado agora — disse ela. — Não quer me fazer escorregar.

Pekka se forçou a ficar quieto. Percebeu que fazia muito tempo que não sentia dor de verdade. Ninguém ousava erguer a mão contra ele havia anos.

— Melhor assim.

Ela se afastou um pouco para avaliar seu trabalho. Ofegante, Pekka olhou para baixo, mas não conseguiu ver nada. Uma onda de náusea o dominou.

— Este foi o primeiro corte, Rollins. Se um dia pensar em voltar para Ketterdam, nós nos encontraremos novamente para que eu faça o segundo.

Ela desceu sua camisa de pijama com cuidado e se foi. Ele não a ouviu partir, somente sentiu o peso sobre seu peito desaparecer. Arrancou a mordaça da boca e se virou de lado, procurando a lamparina. O quarto se iluminou: a cômoda, o espelho, o lavatório. Não havia ninguém lá. Ele cambaleou até a janela. Ainda estava gradeada e trancada. Seu peito queimava no lugar onde ela havia usado a faca.

Ele se aproximou da penteadeira e subiu a camisa do pijama encharcada de sangue. Ela havia feito um corte preciso, diretamente acima do seu coração. O sangue brotava dele vagaroso e espesso. *Este foi o primeiro corte.* A bile alcançou sua garganta. *Por todos os Santos e suas mães*, ele pensou. *Ela vai arrancar o coração do meu peito.*

Pekka pensou em Dunyasha, uma das assassinas mais talentosas do mundo, uma criatura sem consciência ou misericórdia, e a Espectro a havia vencido. Talvez ela realmente não fosse completamente humana. *Alby.*

Ele correu pela porta e foi para o corredor, passou pelos guardas ainda a postos. Eles ficaram alertas, expressões atordoadas em seus rostos, mas ele correu por eles, seguindo pelo corredor até o quarto de seu filho. *Por favor*, ele implorou silenciosamente, *por favor, por favor, por favor.* Abriu a porta com tudo. A luz do corredor iluminou a cama. Alby estava de lado, dormindo profundamente, o dedão na boca. Pekka caiu contra o batente da porta, fraco com o alívio, segurando a camisa no peito sangrando. Então ele viu o brinquedo que seu filho segurava nos braços. O leão tinha sumido. No lugar dele havia um corvo de asas negras.

Pekka recuou como se tivesse visto seu filho dormindo com a bochecha sobre uma aranha de pernas peludas. Fechou a porta gentilmente e voltou pelo corredor.

— Tirem Shay e Gerrigan da cama — disse ele.

— O que aconteceu? — perguntou Doughty. — Quer que eu chame um medik?

— Digam para começarem a arrumar nossas malas. E pegar todo o dinheiro que temos.

— Para onde vamos?

— Para o mais longe possível.

Rollins bateu a porta do quarto atrás de si. Voltou para a janela e testou as barras novamente. Ainda sólidas. Ainda trancadas. Podia ver seu reflexo no brilho negro do vidro e não se reconheceu. Quem era aquele homem de cabelo ralo e olhos assustados? Houve um tempo em que teria enfrentado qualquer ameaça de queixo erguido e armas em punho. O que havia mudado? Havia sido simplesmente o tempo? *Não*, ele percebeu, *foi o sucesso*. Ele havia conseguido uma vida confortável e descoberto que gostava disso.

Pekka se sentou na frente do espelho e começou a limpar o sangue de seu peito. Ele se orgulhava de ter conquistado Ketterdam. Havia criado as armadilhas, incendiado, colocado sua bota no pescoço de todos aqueles que o desafiaram e colhido os frutos de sua ousadia. A maior parte de seus oponentes havia caído, presas fáceis, o desafio ocasional quase bem-vindo pelo entusiasmo que trazia. Havia moldado o Barril de acordo com seus caprichos, escrito as regras do jogo a seu gosto, reescrito à vontade. O problema era que as criaturas que haviam conseguido sobreviver à cidade que ele havia criado formavam um tipo totalmente novo de terror: Brekker, sua rainha Espectro, sua corte podre de pequenos vigaristas. Uma linhagem destemida, de olhar embrutecido e feroz, com mais fome de vingança do que de ouro.

Tem apreço pela vida, Rollins? Sim, ele tinha, tinha muito, na verdade, e pretendia continuar vivendo por um bom tempo. Pekka contaria seu dinheiro. Criaria seu filho. Encontraria para si uma boa mulher ou duas, quem sabe dez. E talvez, nas horas tranquilas, faria um brinde a homens como ele, a seus companheiros arquitetos da infelicidade que haviam ajudado a criar Brekker e sua gangue. Beberia em homenagem a todos aqueles maltrapilhos, mas, principalmente, brindaria aos tolos que não sabiam que tipo de problema se avizinhava.

Os Personagens

Adem Bajan [**ad**-em bah-**zhahn**]: Professor de música sob contrato de servidão com Jan Van Eck

Aditi Hilli [uh-**dee**-tee **hee**-lee] (morta): A mãe de Jesper Fahey

Alina Starkov [uh-**lee**-nuh **stahr**-kovf] (morta): Grisha Etherealki (Conjuradora do Sol), ex-líder do Segundo Exército

Alys Van Eck [**al**-is van ek]: Segunda esposa de Jan Van Eck

Anika [**an**-i-*kuh*]: Membro dos Dregs

Anya [**ahn**-yuh] (morta): Grisha Curandeira sob contrato de servidão com o Conselheiro Hoede

Bastian [**bas**-chuhn]: Membro dos Dregs

Besouro: Membro dos Dregs

Betje [**ber**-chyuh]: Cuidadora em Santa Hilde

Big Bolliger [big **bah**-luh-gur]: Ex-membro dos Dregs; exilado

Bo Yul-Bayur [boh *yool*-bye-**yur**] (morto): Inventor da *jurda parem* que tentou escapar de Shu Han; pai de Kuwei Yul-Bo

Colm Fahey [kohm **fay**-hee]: Pai de Jesper Fahey

Cornelis Smeet [kor-**nel**-uhs smeet]: Advogado e administrador de patrimônio de Jan Van Eck

Danil Markov [**da**-nuhl **mahr**-kawf]: Grisha Infernal sob contrato de servidão com a Bigorna

Darkling [**dahr**-kling]: Grisha Etherealki e título ostentado pelos antigos líderes do Segundo Exército; nome real desconhecido

David Kostyk [**day**-vid **kaw**-stik]: Grisha Fabricador (Duraste); membro do Triunvirato Ravkano

Dirix [**deer**-iks] (morto): Membro dos Dregs

Doughty [**dou**-tee]: Membro dos Leoneiros

Dunyasha Lazareva [duhn-**yah**-shuh *lahts*-uh-**ray**-vuh]: Uma mercenária, também conhecida como a Lâmina Branca de Ahmrat Jen

Eamon [**ay**-muhn]: Tenente dos Leoneiros

Elzinger [**el**-zing-ur]: Membro dos Pontas Negras

Emil Retvenko [eh-**meel** red-**veng**-koh]: Grisha Aero sob contrato de servidão com o Conselheiro Hoede

Eroll Aerts [**air**-uhl airts]: Membro dos Leoneiros

Filip [fi l-uhp] (morto): Membro dos Leoneiros

Geels [geelz]: Tenente dos Pontas Negras

Genya Safin [**jen**-yuh **saf**-uhn]: Grisha Artesã; membro do Triunvirato Ravkano

Gerrigan [**gair**-uh-*guhn*]: Membro dos Leoneiros

Gorka [**gor**-kuh]: Membro dos Dregs

Hanna Smeet [**ha**-nuh smeet]: Filha de Cornelis Smeet

Heleen Van Houden [huh-**leen** van **hou**-'uhn]: Proprietária e alcoviteira chefe do Menagerie (a Casa das Exóticas); também conhecida como Pavão.

Hoede [hohd] (morto): Membro do Conselho Mercante de Kerch

Inej Ghafa [in-**ezh** guh-**fah**]: Membro dos Dregs, aranha e coletora de segredos, também conhecida como a Espectro

Jan Van Eck [yahn van ek]: Magnata do comércio marítimo e importante mercador; membro do Conselho Mercante de Kerch; pai de Wylan Van Eck

Jarl Brum [yarl broom]: Comandante dos drüskelle fjerdanos

Jellen Radmakker [**yel**-uhn **rahd**-mah-kur]: Importante mercador

Jesper Fahey [**jes**-pur **fay**-hee]: Membro dos Dregs; excelente atirador

Jordan Rietveld [**jor**-duhn **reet**-veld] (morto): Irmão mais velho de Kaz Brekker

Karl Dryden [karl **drye**-duhn]: Membro mais novo do Conselho Mercante de Kerch

Kaz Brekker [kaz **brek**-ur]: Tenente dos Dregs; também conhecido como Mãos Sujas

Keeg [keeg]: Membro dos Dregs

Kuwei Yul-Bo [koo-**way** **yool**-*boh*]: Grisha Infernal e desertor Shu; filho de Bo Yul-Bayur

Marya Hendriks [**mahr**-ee-*yuh* **hen**-driks]: Primeira esposa de Jan Van Eck; mãe de Wylan Van Eck

Matthias Helvar [muh-**tye**-uhs **hel**-vahr]: Drüskelle fjerdano desonrado

Miggson [**mig**-suhn]: Funcionário de Jan Van Eck

Milo [**mye**-loh]: Membro dos Dregs

Muzzen [**muh**-zuhn]: Membro dos Dregs

Naten Boreg [**nay**-tuhn **bor**-eg]: Membro do Conselho Mercante de Kerch
Nikolai Lantsov [**ni**-koh-lye **lan**-tsawv]: Rei de Ravka
Nina Zenik [**nee**-nuh **zen**-uhk]: Membro dos Dregs; Grisha Sangradora
Onkle Felix [**uhng**-kuhl **fee**-liks]: Alcoviteira-chefe da Casa da Rosa Branca
Oomen [**oo**-muhn] (morto): Membro dos Pontas Negras
Pekka Rollins [**pek**-uh **rah**-luhnz]: General dos Leoneiros
Per Haskell [pair **has**-kuhl]: General dos Dregs
Pim [pim]: Membro dos Dregs
Prior [**prye**-ur]: Funcionário de Jan Van Eck
Raske [rask]: Especialista freelancer em demolições
Red Felix [red **fee**-liks]: Membro dos Dregs
Roeder [**roh**-dur]: Membro dos Dregs
Rotty [**rah**-tee]: Membro dos Dregs
Seeger [**see**-gur]: Membro dos Dregs
Shay [shay]: Membro dos Leoneiros
Specht [spekt]: Membro dos Dregs; falsificador e ex-oficial naval
Sturmhond [**sturm**-*hahnd*]: Pirata e emissário do governo ravkano
Swann [swahn]: Membro dos Dregs
Tamar Kir-Bataar [**tay**-mur *keer*-buh-**tahr**]: Grisha Sangradora; capitã da guarda pessoal do Rei Nikolai
Varian [**vair**-ee-yuhn]: Membro dos Dregs
Wylan Van Eck [**wye**-luhn van ek]: Filho de Jan Van Eck
Zoya Nazyalensky [**zoi**-yuh *nahz*-yuh-**len**-skee]: Grisha Aero; membro do Triunvirato Ravkano

Agradecimentos

Joanna Volpe a.k.a. a Loba a.k.a. a agente mais divertida, mais resistente, mais esperta, mais paciente do mundo – obrigada por ser minha amiga querida e defensora feroz. E a todos na Team New Leaf – especialmente Jackie, Jaida, Mike, Kathleen, Mia, Chris, Hilary, Danielle e Pouya "All Star" Shahbazian – obrigada por serem uma agência, uma família e um exército. Amo vocês.

Holly Black e Sarah Rees Brennan me ajudaram a encontrar o coração desta história quando tudo o que eu podia ver eram os seus ossos. Robin Wasserman, Sarah Mesle, Daniel José Older, e o brilhante Morgan Fahey me passaram feedback editorial inestimável. Rachael, Robyn e Flash passaram muitas horas na minha sala de estar e no meu jardim me fazendo companhia. Amie Kaufman e Marie Lu são anjos guerreiros, belas e hilárias, que tiveram de lidar com um monte de e-mails ridículos enviados por mim. Rainbow Rowell é uma Grifinória, mas acho que estamos de boa. Anne Grasser gerenciou minha agenda e minhas solicitações excêntricas com facilidade e paciência. Nina Douglas fez meus livros serem sucesso no Reino Unido e me fez rir na estrada. Noa Wheeler, obrigada por permanecer em Ketterdam um pouco mais de tempo e me conduzir (junto com a nossa equipe desajustada) por esta aventura.

Como sempre, tenho uma dívida de sangue com Kayte Ghaffar, meu braço direito, meu gênio de plantão, que emprestou tanto tempo e criatividade para mim e para estes livros.

Muito obrigada à minha família Macmillan: Jon, Laura, Jean, Lauren, Angus, Liz, Holly, Caitlin, Kallam, Kathryn, Lucy, Katie, April, Mariel, Rich (que de alguma forma conseguiu se superar nesta capa), cada uma das pessoas da área de vendas que colocou este livro nas prateleiras, cada pessoa do marketing que fez as pessoas irem comprá-los. E um agradecimento muito especial à incrível equipe de assessores de imprensa que saíram em turnê comigo, cuidaram de mim e me escutaram tagarelar nos aeroportos – Morgan, Brittany, Mary, Allison e especialmente à maravilhosa Molly Brouillette, que incutiu uma magia incrível nesta série.

Agradeço a Steven Klein por sua ajuda ao pensar em truques de prestidigitação e em grandes ilusões; Angela DePace por me ajudar a refinar o caruncho químico e o ácido áurico; e Josh Minuto, que colocou a tempestade no *brainstorm* quando chegou a hora de trazer Kuwei de volta dos mortos.

Lulu, obrigada por adiar feriados, sofrer com minha variação de humor e me manter cercada de peônias. Christine, Sam, Emily e Ryan, fico tão feliz de sermos uma família. Torta de milho para todos!

A todos os leitores, bibliotecários, blogueiros, booktubers, instagrammers, usuários do booklr, escritores de fanfics, artistas, criadores de artes e de playlists: obrigada por darem vida ao mundo Grisha além das páginas desses livros. Sou realmente muito grata.

E por fim, se você quer ajudar a acabar com o tráfico de pessoas e trabalho escravo em nosso mundo, você não precisa de uma escuna nem de canhões pesados.

A GAATW.org oferece recursos on-line e informações sobre organizações respeitáveis que adorariam receber o seu apoio.w

Conheça a trilogia que deu início ao Grishaverso.

E DESCUBRA OS SEGREDOS DE NIKOLAI LANTSOV, UM DOS PERSONAGENS MAIS CATIVANTES DO GRISHAVERSO.

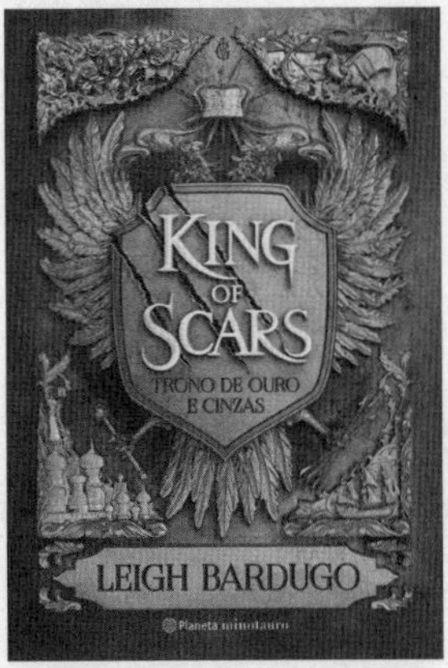

Acreditamos
nos livros

Este livro foi composto em Adobe Caslon Pro e impresso pela Geográfica para a Editora Planeta do Brasil em fevereiro de 2025.